CB129066

501 GRANDES ESCRITORES

EDITOR GERAL JULIAN PATRICK

COM PREFÁCIO DE JOHN SUTHERLAND

SEXTANTE

Título original: 501 Great Writers
Copyright © 2008 por Quint**essence** Editions Ltd.
Copyright da tradução © 2009 por Editora Sextante Ltda.
Todos os direitos reservados. Nenhuma parte deste livro
pode ser reproduzida sob quaisquer meios existentes
sem a autorização por escrito dos editores.

Este livro foi produzido por:
Quint**essence**
226 City Road
London EC1V 2TT

Impresso na China por TOPPAN Leefung Printers Ltd.

Editora sênior: **Jodie Gaudet**
Editoras: **Rebecca Gee, Fiona Plowman**
Editores assistentes: **Philip Contos, Andrew Smith**
Pesquisa de imagem: **Sunita Sharma-Gibson**
Design: **Rod Teasdale**

Diretora editorial: **Jane Laing**
Publisher: **Tristan de Lancey**

Tradução: **Livia Almeida e Pedro Jorgensen Junior**
Assistência editorial: **Melissa Lopes Leite**
Revisão: **Cristiane Pacanowski, Hermínia Totti e Luis Américo Costa**
Adaptação de capa e diagramação: **Miriam Lerner**
Pré-impressão: **Marcelo Morais**

Agradecemos a Daniel Piza, José Castello e Wilson Figueiredo pelas
sugestões de escritores brasileiros consagrados que serviram de base para
a seleção feita pela editora para esta edição.

CIP-BRASIL. CATALOGAÇÃO-NA-FONTE
SINDICATO NACIONAL DOS EDITORES DE LIVROS, RJ

Q64

501 grandes escritores / editor geral Julian Patrick; com prefácio de John Sutherland
[tradução de Livia Almeida e Pedro Jorgensen Junior]. - Rio de Janeiro: Sextante, 2009.
il.

Tradução de: 501 great writers
ISBN 978-85-99296-53-0

1. Escritores - Biografia. 2. Literatura - Bio-bibliografia. I. Patrick, Julian. II. Título:
Quinhentos e um grandes escritores.

09-4117 CDD: 928
CDU: 929

Todos os direitos reservados, no Brasil, por
Editora Sextante Ltda.
Rua Voluntários da Pátria, 45/1.407 – Botafogo
22270-000 – Rio de Janeiro – RJ
Tel.: (21) 2286-9944 – Fax: (21) 2286-9244
E-mail: atendimento@esextante.com.br
www.sextante.com.br

ÍNDICE DE ESCRITORES

PREFÁCIO

John Sutherland, escritor e crítico literário

Nenhuma geração antes da nossa dispôs de tanta informação literária ou de tanta matéria-prima, com tudo facilmente acessível pela internet. Se você estiver procurando um "fato" ou uma "grande obra", basta apertar algumas teclas e encontrar o que deseja na tela do computador. É verdade que os fatos podem não ser tão confiáveis e os textos, não necessariamente compreensíveis, mas ninguém pode ter tudo. Se você busca um guia sobre bons livros que seja mais agradável de folhear e mais confiável, creio que, pelos próximos anos (e provavelmente por mais tempo), você vai precisar de um bom livro. Como este.

A literatura mundial é, para muitos de nós, um dos maiores prazeres da vida. Mas uma de suas aflições é o fato de que, ao contrário de outros maravilhosos bens de consumo, ela não desaparece depois de consumida. A literatura é o mais durável dos bens duráveis. A melhor produção sobrevive a seus criadores e a cada nova geração de leitores. Ela pode até mesmo sobreviver às bibliotecas onde é armazenada. E a massa de literatura cresce de forma alarmante. Não se trata apenas do crescimento da literatura nacional: os livros ganham cada vez mais traduções, atravessando as fronteiras de seus países de origem.

O território é imenso e torna-se cada vez maior. Houve uma época (a época de Shakespeare, por exemplo) em que a obra de 501 grandes escritores provavelmente daria conta de tudo. Isso já não é mais possível. O universo de "livros que precisam ser lidos" amplia-se em bem mais de 501 títulos a cada semana. Como se manter culto quando existe tanto para ser lido?

Quanto maior o território, mais necessidade sentimos de guias e recursos que nos ajudem a selecionar a leitura, que possamos pegar e folhear. Este livro é assim. Ele não diz o que deve ser lido, mas aponta o caminho para a leitura inteligente.

A literatura, como já disse, é muito, muito abrangente. E o tempo, em nosso acelerado mundo multimídia, é artigo de luxo. Podemos estar desfrutando de vidas mais longas do que nossos antepassados, mas também vivemos bem mais depressa.

O que se segue é o guia mais confiável entre os mais confiáveis guias. Cada artigo é uma ponte para futuras leituras, ao mesmo tempo que contém informações essenciais, impecavelmente acuradas e acessíveis, envoltas em uma bela embalagem. Um grande livro sobre os melhores livros e seus criadores.

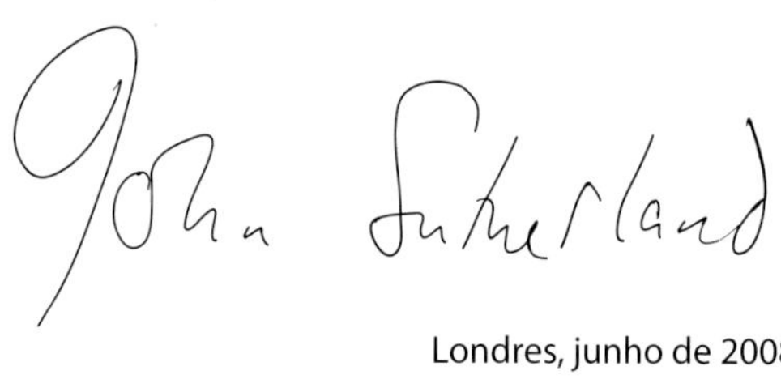

Londres, junho de 2008

INTRODUÇÃO

Julian Patrick, editor geral

"Um bom prefácio", como disse certa vez o escritor alemão Friedrich Schlegel, "deve ser ao mesmo tempo a raiz quadrada e o quadrado do livro". É difícil não pensar numericamente sobre o escopo deste livro, considerando-se o título. *501 grandes escritores* dá sequência a outra série que inclui *1001 livros para ler antes de morrer* (volume que será publicado em breve pela Editora Sextante). A "sentença de morte" pode ter sido abolida, mas o problema na seleção se tornou talvez ainda mais premente, pois o foco deixou de ser uma obra em particular e passou a se concentrar no conjunto da obra e num nome – em 501 nomes, para ser preciso.

O poder de concisão do prefácio se estende aqui para a natureza de cada artigo, que tem como objetivo apresentar um escritor: expressar, mesmo num espaço extremamente limitado, a razão que torna "grande" determinado escritor e por que sua obra merece ser lida. Essa tarefa se tornou ainda mais desafiadora e satisfatória pelo alcance histórico e pelo caráter internacional de nossa lista. E, embora inevitavelmente anglófila e eurocêntrica, essa lista resultou de um esforço diversificado e cooperativo, envolvendo muitos colaboradores e debates prolongados.

Cada artigo traz comentários biográficos e uma representativa seleção de obras que pretende ter mais o caráter de sugestão do que de obrigação. Como outras formas de escritos concisos, cada artigo pode funcionar como um daqueles brinquedos japoneses descritos por Proust, que parecem ser apenas pedacinhos de papel, mas, quando colocados na água, se desdobram e revelam uma riqueza oculta de cores e formas. Se essa imagem for sofisticada demais, talvez você prefira refletir que vivemos na era da "biobib", que significa a biografia e a bibliografia juntas.

A adição do número "1" ao título ainda pode indicar a possibilidade de acrescentar, sinalizando que uma lista desse tipo nunca é abrangente nem completa. Nem é preciso dizer que uma lista, um conjunto como este, só pode ser formada por meio de um desalentador processo de subtração e concessões. Oferecemos não a essência, mas um conjunto de sinais, indicações de caminhos para fortalecer seus hábitos de leitura, fazendo com que sejam mais sistemáticos, proveitosos e estimulantes. Que seja uma forma de vislumbrar estradas que, um dia, você poderá trilhar.

Toronto, maio de 2008

HOMERO

Nascimento: Século VIII a.C.

Estilo e gênero: Poeta épico grego cujos trabalhos celebravam eventos míticos e heroicos, com atenção especial à aristocracia. Utilizava um dialeto poético artificial, fraseologia repetida e cenas, dando destaque aos discursos e a extensas comparações.

Da mesma forma que os ingleses chamam Shakespeare de "o Bardo", os antigos gregos se referiam a Homero simplesmente como "o Poeta". Assim como Shakespeare, Homero pertence ao mais alto escalão da literatura ocidental e sua poesia revela uma compreensão da natureza humana raramente igualada e jamais suplantada. Apesar disso, não sabemos quase nada sobre ele.

Mesmo os antigos gregos dispunham de poucas informações sobre o personagem que reverenciavam não apenas como fundador da poesia épica, mas também como da própria literatura. Os detalhes sobre a vida de Homero foram recolhidos de trechos supostamente autorreferenciais de seus poemas. A lenda a respeito da cegueira de Homero, por exemplo, deriva de sua própria descrição de um bardo cego chamado Demódoco. Muitos estudiosos de todas as épocas evitam falar de um autor individual chamado Homero e preferem encarar a poesia homérica como produto de uma longa tradição de poesia oral. A evidência linguística aponta uma origem jônica para a poesia homérica, datada do fim do século VIII ou início do século VII a.C.

Principais obras

Poesia

Ilíada, século VIII a.C.

Odisseia, *c.*700 a.C.

ACIMA: Homero, na versão de Rembrandt, produzida em 1663.

À DIREITA: Mosaico da Tunísia, do século III, mostra Odisseu enfrentando as sereias.

ACIMA: *O saque de Troia*, obra do artista francês Jean Maublanc.

Mais tarde, os gregos atribuíram a Homero vários poemas antigos, mas apenas dois – *Ilíada* e *Odisseia* – podem ser verdadeiramente descritos como homéricos. Não importa se ambos foram compostos ou não pelo mesmo autor – eles claramente pertencem à mesma tradição de poesia oral e se destacam de outros exemplares da primitiva poesia épica grega em termos de qualidade e tamanho. A *Ilíada*, ambientada durante o décimo e último ano da mítica Guerra de Troia, traça as consequências complicadas de uma desavença entre Aquiles e Agamemnon, dois dos comandantes gregos no cerco de Troia. A *Odisseia*, que se passa depois da queda de Troia, conta a árdua viagem de volta ao lar de outro herói grego, Odisseu (Ulisses, na versão latina), e sua luta para se restabelecer como rei de Ítaca. Embora existam certas diferenças na linguagem e na visão religiosa, os dois poemas chamam atenção pelo domínio narrativo, pelo brilho retórico de suas falas e pela sensibilidade à amplidão das experiências humanas. **TP**

Homero: homem ou mulher?

Na Antiguidade, nunca houve dúvida de que Homero fosse um homem e, durante a maior parte do período moderno, essa conclusão não foi questionada. Em raríssimas ocasiões, porém, uma voz dissonante se fez ouvir. O escritor britânico Samuel Butler, neto do estudioso de mesmo nome, desenvolveu a teoria de que pelo menos a *Odisseia* teria sido escrita por uma mulher da Sicília. Robert Graves adotou e aperfeiçoou essa teoria no romance *A filha de Homero*. Mais recentemente, sugeriu-se que o poeta que supervisionou a versão escrita dos poemas, e talvez até sua composição, poderia ter sido uma mulher.

SAFO

Nascimento: *c.*630 a.C. (Lesbos, Grécia). Morte: *c.*580 a.C. (lugar desconhecido, provavelmente Lesbos).

Estilo e gênero: Poetisa do século VI a.C., da ilha de Lesbos, que mereceu de Platão a alcunha de "a décima musa". Suas canções sobrevivem em fragmentos vívidos.

Coerente com sua reputação de poetisa e amante, a obra de Safo mescla um lirismo tangível com encantos eróticos. Altamente conceituados por toda a Antiguidade, seus poemas foram reunidos em nove volumes para a extinta Biblioteca de Alexandria. Safo chegou a dar nome a uma métrica inspirada na estrutura de seus versos, com três estrofes longas e uma final, mais curta, como um suspiro de desejo. Sua popularidade permitiu que fragmentos de seus poemas fossem encontrados na prosa de muitos filósofos gregos, bem como – de forma mais romântica – em pedacinhos de papiro no deserto.

A vida de Safo é um quebra-cabeça quase tão complexo quanto suas obras completas, o que não impediu que poetas, de Ovídio a Mary Robinson, escrevessem de modo ardente e fundamentado sobre ela. A biografia mais aceita, que combina interpretação poética e lendas, sustenta que era uma aristocrata pertencente a uma comunidade artística e religiosa feminina em Lesbos. Teria sido exilada para a Sicília depois de um golpe, e dado à luz uma filha, Cleis. Segundo a lenda, cometeu suicídio por ter sido rejeitada pelo barqueiro Faon.

O século XIX apresentou uma Safo mais enquadrada, diretora de uma escola para meninas. Os estudiosos do período clássico no século XX discutiram se seus poemas belos e sensíveis, que lamentavam o casamento de amigas queridas, seriam apenas canções tradicionais de núpcias. Independentemente dessas objeções, Safo permanece uma referência para as lésbicas por seu olhar sensual sobre as mulheres, em especial no Fragmento 31, em que se imagina em um triângulo amoroso, observando cheia de desejo a mulher que flerta com um homem. Baseados ou não em fatos biográficos, e sobrevivendo por meio de fragmentos e traduções, os poemas de Safo são capazes de emocionar qualquer homem ou mulher que já tenha experimentado o amor. **SM**

> "Alguns homens dizem que uma frota de navios é a coisa mais bela. Digo que é o amor." – Fragmento 16

Principais obras

Poesia

Poemas e fragmentos, 2003

ACIMA: Afresco que talvez represente Safo – sua verdadeira aparência permanece desconhecida.

ÉSQUILO

Nascimento: *c.*525 a.C. (Elêusis, próximo a Atenas, Grécia). Morte: *c.*455 a.C. (Gela, Sicília).

Estilo e gênero: Com uma linguagem repleta de riqueza descritiva e imagens complexas, Ésquilo fez inovações ousadas na forma dramática e deu destaque a temas políticos e religiosos.

O epitáfio de Ésquilo dizia simplesmente que ele havia lutado contra os persas em Maratona, em defesa da sua Atenas natal. Omitia, porém, o vigor de seus feitos literários, pois suas inovações formais tiveram um papel decisivo nos primórdios da tragédia grega, e sua poesia é notável pela persistência de seu poder e pela beleza das imagens.

Nascido quando Atenas ainda era governada por um tirano, Ésquilo testemunhou a fundação da democracia ateniense e a aurora da era clássica. Durante uma carreira que abrangeu quase meio século, ele produziu cerca de 80 peças, das quais apenas sete sobreviveram. Cada uma dessas sete peças demonstra a influência da era de transição em que foram escritas, caracterizadas por preocupações políticas com a democracia que ainda dava seus primeiros passos. Acompanhando essa consciência política está uma arraigada sensibilidade religiosa que, ao reconhecer a responsabilidade individual, considera que as ações humanas estão inextricavelmente vinculadas à vontade divina. O progresso humano é possível, mas apenas por meio do sofrimento imposto pelos deuses (tema que é magistralmente exemplificado na obra-prima de Ésquilo, a trilogia *Oréstia*).

A seriedade dos temas enfrentados pelo autor combina com a majestade de seu estilo. Delicia-se em enfileirar uma sequência de adjetivos compostos e misturar imagens, e valoriza mais a grandeza misteriosa do que a clareza. Além de ser um poeta de primeira linha, Ésquilo foi o mais inovador dos antigos autores de tragédias e responsável pela introdução do segundo ator (a tragédia anteriormente envolvia apenas um ator e o coro). Com essa combinação de estilo refinado e inovação ousada, Ésquilo abriu caminho para a era de ouro do drama clássico e preparou o palco para a entrada de seus sucessores, Sófocles e Eurípides. **TP**

"Zeus decidiu que a sabedoria viria por meio do sofrimento..."
— Agamemnon

Principais obras

Peças

Os persas, 472 a.C.

Os sete contra Tebas, 467 a.C.

As suplicantes, *c.*463 a.C.

Prometeu acorrentado, *c.*465-469 a.C.

Oréstia (Agamemnon, Coéforas, Eumênides), 458 a.C.

ACIMA: Busto sem data de Ésquilo dos Museus Capitolinos, em Roma.

PÍNDARO

Nascimento: *c.*520 a.C. (Cinoscéfalas, Grécia). Morte: *c.*440 a.C. (Argos, Grécia).

Estilo e gênero: Considerado por muitos o maior poeta lírico da Grécia antiga, Píndaro escreveu poesias celebradas por sua linguagem elaborada e elíptica, pela complexidade de sua métrica, pela visão aristocrática e pela consciência autoral.

Principais obras

Poesia

Odes píticas, 498-446 a.C.
Odes olímpicas, 488-460 a.C.
Odes nemeias, 485-444 a.C.
Odes ístmicas, 480-454 a.C.

Quintiliano, o retórico romano, descreveu Píndaro como sendo "de longe o maior" dos poetas líricos. Passados mais de 2 mil anos, o veredito de Quintiliano ainda se mantém, pois poucos nomes da poesia lírica foram capazes de rivalizar com Píndaro em nobreza de expressão, inventividade de linguagem e domínio da forma.

Como acontece com muitos autores da Antiguidade, os detalhes da vida de Píndaro são obscuros. Nasceu na cidade de Cinoscéfalas no fim do período arcaico e manteve-se ativo como poeta durante o início do período clássico. De origens aristocráticas, Píndaro manteve implacavelmente o ponto de vista dessa classe social por toda a carreira, escrevendo sob o patrocínio de algumas das principais famílias da Grécia.

Mais tarde, editores organizaram sua poesia em 17 livros, dos quais apenas quatro sobrevivem. Estes contêm as odes de vitória de Píndaro, poemas corais líricos escritos para celebrar os êxitos dos atletas em competições olímpicas, píticas, nemeias e ístmicas. As odes fornecem pouco material para a descrição dos jogos em si. Em vez disso, concentram-se em louvações a cada atleta, a suas famílias e cidades. Píndaro chama atenção para o mérito nos feitos ao acompanhar cada um deles com episódios cuidadosamente selecionados da mitologia, em geral protagonizados por um herói da cidade do atleta. Muitas odes, porém, também soam como um alerta, e o vitorioso é aconselhado a evitar atrair a inveja dos deuses. A poesia de Píndaro revela um alto nível de consciência de seu papel. Constantemente se compara com os atletas que celebra e lembra a eles da reciprocidade de seu relacionamento: a vitória atlética fornece uma oportunidade para o poeta. A poesia, por sua vez, imortaliza o atleta. **TP**

"Não busque... a vida imortal; mas esgote as possibilidades que estão a seu alcance." – *Odes píticas*

ACIMA: Gravura de J. W. Cook, do século XIX, retrata Píndaro.

SÓFOCLES

Nascimento: *c.*496 a.C. (Hippeios Colonus, Grécia). Morte: *c.*406 a.C. (Atenas, Grécia).

Estilo e gênero: Sófocles foi um dramaturgo de escritos ousados, compactos e contidos (se comparados com os de Ésquilo). Usava o contraste de personagens, temas e climas e empregava a ironia com grande habilidade.

Durante sua longa vida, Sófocles de Atenas escreveu 123 peças e competiu tanto com Ésquilo quanto com Eurípides. As sete tragédias remanescentes exploram a grandeza e o sofrimento de seres humanos excepcionais, com habilidades quase divinas, que precisam escolher entre um desastre certeiro ou um compromisso que trairia a natureza heroica que os separa dos mais comuns dos mortais. A habilidade dramatúrgica de Sófocles foi reconhecida desde Aristóteles, que elogiava seu domínio do ritmo narrativo e da tensão dramática, até então sem paralelos.

Quando a loucura enviada pelos deuses faz com que Ajax traga a desgraça para si em Troia, em *Aias*, um feroz senso de honra e de vergonha não permite que reste ao mais poderoso guerreiro grego outra opção além do suicídio. *Édipo rei* dramatiza como a própria inteligência que outorga poder ao monarca conduz sua busca implacável pela verdade, levando em seguida à loucura, à cegueira autoprovocada e ao exílio. Esses dilemas trágicos podem ser compreendidos em termos políticos mais amplos como confronto entre os valores de um passado homérico, que privilegiava o indivíduo, e os contemporâneos, da democracia ateniense do século V, que servia aos interesses da comunidade e desencorajava comportamentos extremos.

A intransigência heroica leva a um isolamento total e assustador, até mesmo dos deuses, em um mundo governado por um destino misterioso e cruel. *As traquínias* nos mostra que Zeus não salvará nem mesmo seu filho Héracles (Hércules, na versão latina), modelo do heroísmo grego, de uma morte torturante que o despe tanto de sua carne quanto da sua celebrada masculinidade. Porém, a opção livre e autônoma do sofrimento no lugar da aceitação das limitações humanas dota os heróis de Sófocles de assombro e poder num mundo onde o passado não lega qualquer conhecimento, o futuro não reserva esperanças e o presente traz apenas padecimento. **DS**

"Sófocles pintava os homens como deveriam ser. Eurípides, como eram." – Aristóteles, em *Poética*

Principais obras

Peças

Aias, *c.*450-440 a.C.
Antígona, *c.*442 a.C.
As traquínias, *c.*430 a.C.
Édipo rei, *c.*430-420 a.C.
Édipo em Colono, 410 a.C.
Electra, *c.*410 a.C.
Filoctetes, 409 a.C.

ACIMA: Retrato sem data de Sófocles com base em descrições de seus contemporâneos.

PRÉ-1500

EURÍPIDES

Nascimento: 480 a.C. (Salamis, Grécia). Morte: 406 a.C. (Macedônia).

Estilo e gênero: Eurípides foi o *enfant terrible* da tragédia grega do século V a.C. Seus protagonistas desfigurados pela guerra exibem um ceticismo sofista e sofisticado em relação aos mitos e heróis.

Principais obras

Peças

Medeia, 431 a.C.
Hipólito, 428 a.C.
Hécuba, 424 a.C.
Electra, c.420-410 a.C
As troianas, 415 a.C.
Helena, 412 a.C.
Ifigênia em Áulis, 410 a.C.
As bacantes, 407-406 a.C.

Fascinado por deuses e monstros, Eurípides poderia ser chamado de o primeiro dramaturgo moderno. Embora evitasse a política – ao contrário de seus contemporâneos mais velhos e de Sófocles, seu rival –, Eurípides deixava claro sua desilusão pela cultura ateniense, vestindo seus heróis com farrapos. Em *As troianas*, chegou a criticar abertamente a política de relações exteriores da cidade-estado ao comparar o massacre de Melos com a destruição de Troia – vista, de forma incomum, pelo ponto de vista dos troianos.

Para protestar contra a Guerra do Vietnã em 1971, Michael Cacoyannis filmou *As troianas* valendo-se de uma tradução feita por Edith Hamilton em 1937, que via Eurípides como um pacifista vivendo em uma era beligerante. Certamente, suas outras peças sobre os mitos heroicos fundadores da Grécia – *Helena*, *Ifigênia em Áulis* e *Hécuba* – perguntam "Guerra? Para que serve?". Peças como *As bacantes*, que satirizam os fundadores da Grécia, revelam o autor como um iconoclasta. Seus deuses, como o Baco selvagem e carismático, são monstros. Mais do que isso, são políticos.

Enquanto as peças de Ésquilo sugerem um temor ritual pela incompreensão das ações dos deuses, e os dramas de Sófocles exploram sua lógica de longo prazo, Eurípides vê os deuses e os seres humanos envolvidos em uma dança do poder volúvel, egoísta, profunda e dolorosamente constrangedora. Embora considerado um poeta menor em comparação a seus predecessores, Eurípides demonstra uma sagacidade selvagem ao olhar o lado oculto das palavras e dos personagens. Em *Medeia*, várias vezes atribui-se à heroína a qualidade de *sophronsyne*, o mais alto nível de sabedoria masculina para os gregos. Eurípides quer demonstrar, em parte, que *sophronsyne* é diferente para as mulheres e também que o pensamento, como todos os dons dos deuses, é uma espada de dois gumes. Suas peças ainda são afiadas o bastante para lacerar. **SM**

"[Eurípides é,] com todos os seus defeitos, o mais trágico dos poetas." – Aristóteles

ACIMA: Gravura de J. W. Cook, do século XIX, retratando Eurípides.

ARISTÓFANES

Nascimento: *c.*448 a.C. (provavelmente em Atenas, Grécia). Morte: *c.*388-385 a.C. (local desconhecido).

Estilo e gênero: Considerado o mais representativo da comédia grega por seu estilo, que unia deboche e invenções pessoais à sátira política e paródia sutil da literatura.

O primeiro perfil de Aristófanes encontra-se em *Simpósio*, de Platão, um retrato amistoso de um homem que apreciava os prazeres da vida e era, como suas comédias, ao mesmo tempo divertido e sério. A maior parte do material biográfico sobre Aristófanes, porém, não é comprovada e provavelmente baseia-se em suas peças.

Os acarnenses, sua obra mais antiga a sobreviver, incorpora preocupações altamente atuais e enredos fantásticos característicos das peças "políticas" da velha comédia na Atenas do século V antes da era cristã: um herói simpático, frustrado com a situação, emprega toda a sua sagacidade maliciosa para superar seus inimigos com meios sobrenaturais. O pobre fazendeiro Dicaeopolis passa a perna nos demagogos linha-dura de Atenas ao obter, em particular, a paz com os espartanos, garantindo para si, dessa forma, todos os prazeres impedidos pela Guerra do Peloponeso – comida, vinho e sexo. Acompanhando a obscenidade onipresente e o humor grosseiro, tais interesses genéricos da antiga comédia colocavam a ação no mundo cotidiano, no aqui e agora, em contraste extremo com o passado mitológico, altivo, austero e distante empregado pelo gênero rival, a tragédia grega. *Os acarnenses* também prima por conter o trecho indiscutivelmente mais picante da literatura antiga, no qual o herói negocia as filhas de um comerciante recorrendo a uma série de trocadilhos muito explícitos sobre a vagina.

Aristófanes estilhaçou a ilusão dramática preservada a todo custo pela tragédia graças ao abuso do *ad hominem*, recurso adotado pela mais antiga tradição de poesia iâmbica. Para provocar riso, o poeta cômico desfazia dos políticos, de cidadãos, de outros poetas e da própria plateia com deboche disperso e persistente. O implacável retrato de Sócrates em *As nuvens*, onde aparece como um charlatão excêntrico e representativo do crescente movimento sofista, levou fama de ter contribuído para a execução do filósofo. **DS**

> "Deméter... Posso dizer muito que é engraçado e muito que é sério." – Coro, em *As rãs*

Principais obras

Peças

Os acarnenses, 425 a.C.
Os cavaleiros, 424 a.C.
As nuvens, 423 a.C.
As vespas, 422 a.C.
A paz, 421 a.C.
As aves, 414 a.C.
Lisístrata, 411 a.C.
As tesmoforiantes, 411 a.C.
As rãs, 405 a.C.
A revolução das mulheres, *c.*393-392 a.C.
Um deus chamado dinheiro, 388 a.C.

ACIMA: Gravura sem data representando o dramaturgo ateniense Aristófanes.

PLATÃO

Nascimento: c.427 a.C. (Atenas, Grécia). Morte: 347 a.C. (Atenas, Grécia).

Estilo e gênero: Platão foi um renomado professor-filósofo e fundador da Academia cujos escritos tomaram a forma de diálogos sobre assuntos tão diversos quanto a política, o amor, o conhecimento e o julgamento de Sócrates.

Platão se mantém ao lado de seu professor Sócrates e de seu discípulo Aristóteles como um dos três fundadores da tradição filosófica ocidental. Mas, enquanto o próprio Sócrates nunca escreveu nada e o que sobrevive da obra de Aristóteles é pouco mais do que anotações para palestras, temos a sorte de possuir mais de 30 trabalhos filosóficos completos de Platão, obras que prestam testemunho tanto da sua flexibilidade e riqueza de pensamento como também da sua condição de um dos grandes mestres da prosa grega.

Platão, cujo nome verdadeiro pode ter sido Aristocles, descendia de famílias notáveis por pai e mãe. Uma tradição informa que o pai de Platão, Ariston, alegava descender de Codro, rei mítico de Atenas. Ariston morreu enquanto Platão ainda era uma criança e sua mãe, Perictione, casou com Pirilampes, amigo do grande esta-

Principais obras

Diálogos

Eutífron, *c.*380 a.C.
Protágoras, *c.*380 a.C.
Apologia, *c.*360 a.C.
Críton, *c.*360 a.C.
Fédon, *c.*360 a.C.
A República, *c.*360 a.C.
O banquete, *c.*360 a.C.
As leis, *c.*360 a.C.

ACIMA: Pintura da escola francesa do século XVII retratando Platão.

À DIREITA: Mosaico com Platão e seus discípulos, da casa de T. Siminius, em Pompeia.

ACIMA: Pintura do século XVII da caverna de Platão, produzida pela escola flamenga.

dista democrático Péricles. Apesar de suas poderosas ligações políticas, Platão desprezou uma carreira na política e devotou-se à filosofia. As razões para essa escolha não estão claras, mas a execução de seu amigo e mestre Sócrates pode ter sido decisiva para que Platão rejeitasse não apenas a política democrática de Atenas, mas também a própria democracia como um sistema viável.

"Sócrates, qual é o alimento da alma? Com certeza, disse eu, o conhecimento..." – *Apologia*

Da vida adulta de Platão existem poucos detalhes confiáveis. É provável que tenha feito muitas viagens, possivelmente ao Egito e com toda a certeza ao sul da Itália e à Sicília. Ao voltar para Atenas em 387 a.C., fundou a Academia, um instituto de pesquisa e ensino devotado à filosofia (incluindo a matemática e a teoria política). A maior parte do resto de sua vida foi dedicada ao ensino e à escrita, mas ele realizou mais duas viagens à Sicília em 367 (ou pouco depois) e 361 a.C. O objetivo seria

Platão, o criador de mitos

Em um famoso trecho de *A República*, Platão introduz Sócrates, declarando que a maioria das formas de poesia, e especialmente a poesia baseada em mitos de Homero e dos autores das tragédias, deveria ser banida da cidade ideal. A razão para isso é que a poesia mítica é responsável pela corrupção do caráter em virtude da descrição de comportamentos imorais. É irônico, pois, que o próprio Platão seja famoso pelo uso do mito em sua própria obra.

Geralmente, Platão fica feliz em adaptar mitos já existentes para que se enquadrem no seu objetivo filosófico – o Mito de Er, por exemplo, é uma reforma de mitos gregos sobre o submundo para discutir a recompensa ou a punição da alma após a morte. Em outros casos, Platão simplesmente inventa seus próprios mitos.

O exemplo mais conhecido é o Mito de Atlantis, inventado para desenvolver certas ideias políticas. O mito descreve a organização política da ilha de Atlantis. O Mito de Atlantis é ficção do início ao fim, mas muita gente se deixou seduzir pela precisão das descrições de Platão, levando a mais de uma busca infrutífera por sua localização.

À DIREITA: Aristóteles e Platão em detalhe da pintura de Rafael *Escola de Atenas* (1510-1511).

educar Dionísio II, tirano de Siracusa, e torná-lo um rei-filósofo. A iniciativa fracassou fragorosamente.

A forma inspiradora de diálogo

Uma história apócrifa relatada por Diógenes Laércio conta que a primeira composição de Platão foi uma tragédia, mas que ele a teria queimado depois de ouvir Sócrates falar. Os verdadeiros trabalhos de Platão foram todos escritos sob a forma de diálogos em prosa (a única exceção seria *Apologia*, que tem como objetivo ser o discurso de defesa do julgamento de Sócrates). O diálogo representa tanto uma escolha estilística quanto filosófica. Do ponto de vista estilístico, permite que Platão apresente uma discussão filosófica de forma eloquente e envolvente, com total comando de suas consideráveis habilidades. *O banquete*, por exemplo, não é apenas uma discussão da natureza do amor, é também um *tour de force* dramático. Do ponto de vista filosófico, o diálogo reforça a crença de Platão de que o conhecimento só é valoroso quando conquistado por meio do esforço individual. Cada diálogo inclui uma gama de perspectivas e objetivos para estimular o questionamento filosófico do leitor.

A importância de Platão para todos os ramos da filosofia é vasta, mas as contribuições mais duradouras foram na epistemologia e na teoria política. Sua epistemologia é construída em torno de uma cosmologia dualista, segundo a qual o mundo cotidiano é uma imitação pálida de um mundo separado de "formas" perfeitas e imutáveis. O mundo das formas não está aberto à percepção sensorial e só pode ser alcançado mediante a contemplação filosófica. A teoria política de Platão é baseada na ideia de que a estrutura do Estado deve refletir a estrutura da alma. A Justiça no Estado, como no indivíduo, existe no funcionamento harmonioso de suas partes: a classe dominante, a militar e a econômica. Tais teorias são primorosamente desenvolvidas em *A República*.

O diálogo rapidamente estabeleceu-se como um gênero filosófico e foi usado por autores desde Aristóteles a David Hume. A concepção dualista da realidade de Platão foi revivida no fim da Antiguidade pelos neoplatonistas e por intermédio deles exerce uma profunda influência na filosofia cristã. **TP**

Principais obras

Poesia

Carmina, 1472 (baseada em cópias feitas no século XIII de um manuscrito possivelmente do século IX)

Poemas, 1981

O livro de Catulo, 1996

CAIO VALÉRIO CATULO

Nascimento: *c.*84 a.C. (Verona, Itália). Morte: *c.*54 a.C. (Roma, Itália).

Estilo e gênero: Escritor ousado e moderno, Catulo mapeou o terreno entre o ódio e o amor em uma lírica pessoal de intimidade estarrecedora e em pequenos épicos de atordoante frescor.

Caio Valério Catulo foi o primeiro escritor moderno. Decidido a cultivar uma amizade com Júlio Cesar, Catulo prestou um odioso ano de serviço político na Bitínia e depois retornou às luzes brilhantes de Roma, onde – segundo muitos de seus detratores – devotou-se de forma rebelde ao sexo, à bebida e à poesia, criando um círculo, o Neoteroi, inspirado na Grécia clássica, tão em voga.

Entretanto, foi o relato mal dissimulado de um caso com a esposa do cônsul, Clódia Metella, sob o codinome "Lesbia", que garantiu a ele uma reputação de ousadia social. Seus epílios, que condensavam narrativas épicas em apenas algumas páginas, demonstraram sua ousadia literária. Em ambas as formas, ele inventou expressão poética para as paixões que dominavam seus heróis e a si mesmo. **SM**

Principais obras

Poesia

Éclogas (também conhecido como *Bucólicas*), 42-37 a.C.

Geórgicas, *c.*36-29 a.C.

Eneida, 19 a.C. (publicado em 12 livros, mas incompleto quando da morte de Virgílio)

VIRGÍLIO

Nascimento: Publius Vergilius Maro, 15 de outubro de 70 a.C. (próximo a Mântua, na Itália). Morte: 19 a.C. (Brindisi, Itália).

Estilo e gênero: Para Dante, Virgílio é o mestre supremo e o criador de "*lo bello stile*". Dryden chamou as *Geórgicas* de "o melhor poema do melhor poeta".

Virgílio costuma ser considerado o mais importante poeta romano do período clássico, e sua obra teve enorme influência na literatura europeia. Seu primeiro trabalho, *Éclogas*, é ambientado na idílica Arcádia, embora eventos políticos contemporâneos sejam debatidos por pastores e fazendeiros que habitam esse paraíso. O poeta incluiu maior senso de realidade sobre a vida no campo em *Geórgicas*, sua obra seguinte, que descrevia a rotina diária de uma fazenda. Talvez sua criação mais conhecida, porém, seja a *Eneida*. Virgílio reconta a jornada de Eneias, desde o saque de Troia até a fundação de Roma, tanto como uma afirmação das origens heroicas de Roma como também em uma tentativa de fornecer à cultura romana uma obra comparável à *Ilíada* e à *Odisseia*. **PG**

À DIREITA: Vênus pede a Vulcano armas para Eneias, na obra de Charles-Joseph Natoire de 1734.

HORÁCIO

Nascimento: Quintus Horatius Flaccus, 8 de dezembro de 65 a.C. (Venosa, Itália).
Morte: 27 de novembro de 8 a.C. (Roma, Itália).

Estilo e gênero: Satirista e crítico romano cuja obra está repleta de tolerância e de crença na moderação e em um reconhecimento melancólico da brevidade da vida.

Principais obras

Poesia

Sátiras, 35-30 a.C.

Epodos, 30 a.C.

Odes (Carmina), 23-13 a.C.

Crítica

Arte poética ou *Epístola aos pisões*, 18 a.C.

A vida de Horácio – de forma condizente com quem cunhou a expressão *carpe diem* – foi repleta de oportunidades aproveitadas. Seu pai, apesar de escravo, fez muito dinheiro como leiloeiro para mandar o filho estudar em Roma e depois em Atenas. Horácio alistou-se no exército republicano de Brutus e lutou em Filipos (42 a.C.). Com amarga autoironia, mais tarde diria que largara o escudo e fugira do campo de batalha. Ao retornar para casa, descobriu que suas propriedades haviam sido confiscadas, mas obteve um cargo de secretário no tesouro para ganhar seu sustento.

A poesia que Horácio escreveu durante os poucos anos seguintes impressionou Virgílio, que o apresentou ao grande patrono Mecenas. Esse acontecimento marcou o início de uma amizade que duraria a vida inteira. Dali em diante, Horácio não teve mais preocupações financeiras. Circulava com desenvoltura entre os principais poetas e estadistas de Roma. Mecenas lhe deu uma propriedade agrícola nas terras de Sabina, próximas a Roma, que foi fonte de muita felicidade para Horácio e inspiração de alguns dos mais belos trechos de seus escritos. *Epodos* e *Odes* incluem poemas curtos em variadas métricas líricas, cujos temas se relacionam com amor e amizade, vinho, alegrias da vida no campo e mudanças de estações, a grandeza romana e o caráter do cidadão ideal. Os poemas urbanos e inteligentes em *Sátiras* zombam suavemente das sandices e dos vícios dos homens. O *Poema II, vi*, é a famosa sátira da vida na cidade e no campo, conhecida como a fábula do rato da cidade e o rato do campo.

"É doce e adequado morrer por seu país." – *Odes III*

Depois da morte de Virgílio, em 19 a.C., Horácio tornou-se o Poeta Laureado de Augusto e foi contratado para lhe escrever o hino *Carmen Saeculare*. Apresentado por um coral de 27 meninas e 27 meninos, ele invocava os deuses e pedia-lhes que garantissem prosperidade a Roma e ao governo de Augusto. **PG**

ACIMA: Retrato de Horácio feito por Luca Signorelli, c.1500-1504, na Capela de San Brizio, em Orvieto.

OVÍDIO

Nascimento: Publius Ovidius Naso, 20 de março de 43 a.C. (Sulmona, Itália). Morte: 17 d.C. (Constança, Romênia).

Estilo e gênero: A poesia de Ovídio é marcada pela consciência literária, pelos temas mitológicos, pela expressão elegante e concisa e por um fluxo musical de versos.

Reconhecido como o último dos grandes poetas da era de Augusto, Ovídio superou todos os seus predecessores em inteligência, elegância e charme. Depois de abandonar uma carreira política em favor de uma vida de poesia dentro dos círculos da moda e dos redutos literários de Roma, Ovídio encontrou sucesso imediato com suas primeiras investidas nas elegias de amor. Embora devotasse a maior parte da sua carreira ao gênero elegíaco, talvez seja mais conhecido pelo grandioso poema mitológico *Metamorfoses*, sua única obra na tradição épica. Tendo como motivo unificador a mudança de corpos, o tema central do amor e narrativas embutidas que continuamente se reproduzem, *Metamorfoses* constitui o ápice de todo o virtuosismo de Ovídio. O poema é ao mesmo tempo um catálogo de mitologia e um exame erudito da convenção e herança literárias.

No auge do sucesso, em 8 d.C., Ovídio foi exilado em Tomis, uma das paragens mais distantes do império, por razões ainda envoltas em mistério. A suspeita é de que, por trás da acusação formal de imoralidade de sua poesia, tenha sido punido por um escândalo adúltero envolvendo a neta do imperador. Longe dos holofotes, Ovídio retornou às raízes elegíacas, lamentando a separação da sociedade para a qual escrevera sua poesia e que havia aplaudido sua excelência poética de forma tão ardente. O exílio marcou uma mudança abrupta no tom e no estilo de seus escritos, que se tornaram taciturnos e introspectivos. A produção do exílio, porém, trai a mesma paixão pela própria fama e pela permanência de sua poesia que já caracterizavam seus trabalhos em Roma. Foi, de fato, adequado que Ovídio tenha permanecido como uma presença influente no cânone ocidental. **MP**

"Eu, que brinquei entre amores delicados, fui assassinado por meu próprio talento." – *Tristezas*

Principais obras

Poesia

Amores, c.25-16 a.C.
Cartas de pônticas, depois de 8 a.C.
As heroides, c.5 a.C.
Curas para o amor, c.5 a.C.
A arte de amar, c.1 a.C.
Metamorfoses, c.8 d.C.
Tristezas, depois de 8 d.C.

ACIMA: Retrato de Ovídio feito por Luca Signorelli, c.1500-1504, na Capela de San Brizio, em Orvieto.

APULEIO

Nascimento: Lucius Apuleius, *c.*124 (Madauros, Numídia, próximo ao que é hoje Mdaourouch, na Argélia). Morte: *c.*170 (Numídia).

Estilo e gênero: A prosa de Apuleio é uma mistura divertida de mágica, farsa e mitologia, escrita em um estilo vivaz extremamente refinado e com frequência picaresco.

Principais obras

Romance

Metamorfoses (O asno de ouro), data desconhecida

Discursos

*Apologia, c.*158

No papel, Apuleio levou uma vida privilegiada. Recebeu uma substancial quantia em dinheiro depois da morte do pai, um magistrado de província, que rapidamente desperdiçou. Matriculou-se na universidade em Cartago e depois em Atenas, e estudou filosofia platônica. Após sua iniciação nos mistérios de Ísis, estudou oratória latina em Roma e começou uma carreira bem-sucedida nos tribunais. Foi esse sucesso que lhe permitiu viajar muito pela Ásia Menor e pelo Egito, estudando filosofia e religião. Porém, nessa época, foi acusado de usar magia e feitiçaria para ganhar o afeto e a fortuna da viúva com quem havia se casado. Ao fazer um discurso em sua própria defesa, tratando, em essência, do uso da magia, ele provavelmente garantiu sua absolvição. Voltou a trabalhar no discurso e publicou uma versão que chamou de *Apologia*.

Apuleio é renomado principalmente pelo romance episódico e picaresco conhecido como *Metamorfoses* ou popularmente como *O asno de ouro* – o único romance latino a sobreviver na íntegra. Conta as turbulentas e às vezes libertinas aventuras de Lucius, um grego que faz experiências com a magia e tem o azar de ser transformado em asno. Na pele desse animal, ele vive muitas aventuras, cai nas mãos de ladrões, compartilha suas fantásticas proezas e finalmente volta à forma humana graças à intervenção da deusa Ísis. Acontecem múltiplas digressões: a mais longa é a famosa fábula do noivo encantado, Cupido e Psiquê (Livros IV-VI), que na Antiguidade tardia e na Idade Média às vezes foi interpretada como uma alegoria da alma (psique) em relação ao amor (cupido). *O asno de ouro* foi usado mais tarde por Shakespeare como uma das fontes para sua famosa comédia *Sonho de uma noite de verão*. **PG**

"A familiaridade gera o desprezo e raramente traz a admiração." – Apuleio

ACIMA: ***O asno de ouro*, de Apuleio, é o único romance latino a sobreviver integralmente.**

SANTO AGOSTINHO

Nascimento: Aurelius Augustinus, 13 de novembro de 354 (Tagaste, Numídia). Morte: 28 de agosto de 430 (Hipona, Numídia, atual Argélia).

Estilo e gênero: A análise de Santo Agostinho sobre o lado emocional da experiência cristã diante do pecado permanece insuperável.

Principais obras

Autobiografia

Confissões, 397-398

Obras teológicas

A cidade de Deus, *c.*413-426

O pai de Agostinho era pagão, mas sua mãe (Santa Mônica) era uma cristã devota que exerceu grande influência sobre o filho. Ao ler *Hortensius*, de Cícero, Agostinho tornou-se profundamente interessado em filosofia. Converteu-se à religião maniqueísta, da qual manteve alguns princípios depois de abrir sua própria escola de retórica em Roma. Durante esse período, teve um filho (Adeodato) com uma mulher que seria sua concubina por mais de 15 anos. Em Milão, recebeu a oferta de um cargo de professor e sofreu as influências do neoplatonismo e dos sermões de Santo Ambrósio.

Depois de intensos conflitos interiores, Agostinho renunciou a todos os seus credos pouco ortodoxos e devotou-se inteiramente ao serviço de Deus e às práticas do sacerdócio, entre elas a castidade. De acordo com seu próprio relato, levou uma vida de pecado até a conversão ao cristianismo, aos 32 anos. Ele retrata de forma comovente suas lutas espirituais e a busca pela verdade nas *Confissões*, escritas com profunda introspecção para a edificação dos leitores.

Ao voltar para a África do Norte, Agostinho converteu a casa da família em uma fundação monástica para si e um grupo de amigos. Começou então a trabalhar nos 22 livros de *A cidade de Deus*, tarefa que o ocuparia por quase 14 anos. Os livros foram escritos para restaurar a confiança de seus companheiros cristãos, seriamente abalada depois do saque de Roma pelos visigodos em 410. Na obra, ele estabeleceu a alegoria de duas cidades: uma celestial, composta pelos virtuosos na terra e os santos no céu, vivendo de acordo com a vontade de Deus, e outra terrena, guiada por princípios egoístas e carnais. Agostinho morreu aos 75 anos, enquanto os invasores vândalos cercavam a cidade de Hipona. **PG**

> "Conceda-me a castidade e a continência, mas ainda não."
> — *Confissões, VII, vii*

ACIMA: Detalhe de *Santo Agostinho*, de Filippino Lippi, *c.*1490.

CHRÉTIEN DE TROYES

Nascimento: *c.*1130 (lugar desconhecido). Morte: *c.*1190 (lugar desconhecido).

Estilo e gênero: Chrétien de Troyes foi o autor medieval dos contos de cavalaria com enredos complexos e entrelaçados e episódios misteriosos e mágicos que davam atenção especial ao amor e ao casamento.

Principais obras

Romances

*Érec et Énide, c.*1170

*Cligés, c.*1176

*Yvain, o cavaleiro do leão, c.*1177-1181

*Perceval ou o conto do Graal, c.*1190

Poemas

*Lancelote, o cavaleiro da carreta, c.*1177-1181

ACIMA: Perceval e o Santo Graal, 1286.

ABAIXO: Representação do século XIII de uma cena da história de Perceval.

Como acontece com muitos autores medievais, pouco se sabe sobre a vida de Chrétien. A dedicatória de *Lancelote, o cavaleiro da carreta* para Marie, condessa de Champagne, sugere que ele pode ter sido ligado a sua corte em Troyes, na França, embora não esteja claro como. Independentemente do mistério, sua influência literária expandiu-se pela Europa Ocidental durante toda a Idade Média.

A carreira de Chrétien desenrolou-se durante um período de mudanças significativas na literatura francesa. Na segunda metade do século XII, os romances com versos longos tornaram-se cada vez mais populares, em detrimento do épico tradicional ou canção de gesta. Enquanto a canção discorria sobre batalhas e o destino de populações inteiras em estrofes ousadas e repetitivas, o romance tratava da trajetória de um cavaleiro ou dos acontecimentos em torno de um par de amantes. Os melhores romances medievais, com profundo interesse pelas motivações psicológicas dos personagens, parecem antepassados distantes do romance moderno.

Embora Chrétien pertença ao período inicial da tradição do romance, sua obra indiscutivelmente nunca foi superada. Seus cinco romances (dois inacabados) se passam na lendária Bretanha do rei Arthur,

ACIMA: *A chegada do Graal* (1350), de uma iluminura francesa no *Roman de Perceval.*

aproveitando uma rica tradição de lendas arturianas provenientes da Inglaterra, da França e do País de Gales. Chrétien retirou o foco do próprio rei (que se tornou um tanto sedentário e até moralmente ambíguo) e concentrou-se nos cavaleiros e em suas aventuras longe da corte.

Embora o mundo de suas composições seja repleto de maravilhas – cavaleiros heroicos, donzelas idealizadas, anéis mágicos –, está bem distante de ser um domínio da pura fantasia. Os relacionamentos humanos, sejam eróticos ou políticos, sempre foram a principal preocupação de Chrétien. Em mais de uma ocasião, ele zomba discretamente dos elaborados códigos sociais de estética da corte: *Yvain, o cavaleiro do leão* começa com Arthur deixando a mesa de jantar inesperadamente para ir para a cama com Guinevere. Em outro romance, o autocentrado Lancelote é derrubado do cavalo, enquanto sonhava acordado com suas desventuras amorosas, sem perceber que inadvertidamente havia aceitado o desafio de um cavaleiro rival.

Se a medida de um ideal é o grau de sua capacidade para provocar o pensamento, de resistir aos questionamentos sem necessariamente inspirar a devoção cega, então pode-se dizer que o ideal da cavalaria permanece vivo nos romances de Chrétien. **CT**

O Santo Graal

Chrétien foi o primeiro autor a associar o Graal a Arthur e seus cavaleiros. No inacabado *Perceval ou o conto do Graal* (que costuma ser considerada sua última obra), não aparece como a taça de Cristo, mas como um graal vazio, ou prato de peixe, carregado em uma misteriosa procissão diante do herói Perceval. Os romances de Chrétien estão mais preocupados com a rivalidade dinástica do que com o misticismo. Perceval precisa escolher entre sua lealdade a Arthur e as demandas de sua família, hostil ao rei. Enquanto alguns dos personagens alegam que o Graal é um ícone religioso, Chrétien demonstra com habilidade seu verdadeiro significado como um símbolo de uma causa política.

DANTE ALIGHIERI

Nascimento: Maio de 1265 (Florença, Itália). Morte: 13 ou 14 de setembro de 1321 (Ravenna, Itália).

Estilo e gênero: Pai da poesia em italiano, viveu no exílio por razões políticas a partir de 1302. Em 1308, iniciou o maior poema épico da Idade Média, *A divina comédia.*

Principais obras

Poesia

Vida nova, 1292-1295

Banquete, 1304-1307

A divina comédia, 1308-1321

Ensaios

A vulgar eloquência, 1303-1305

No *Pequeno tratado em louvor de Dante* (c.1355), Giovanni Boccaccio faz esta descrição: "nosso poeta de estatura mediana que havia alcançado a idade madura e se tornara um tanto pesado, de andar solene e suave, sempre vestido com as roupas mais corretas, trajes que, na sua idade, eram os que mais o favoreciam. Seu rosto era comprido e o nariz, aquilino, com olhos grandes e pequenos ao mesmo tempo. O queixo era marcante e o lábio superior se sobressaía. Seu tom de pele era escuro e o cabelo e a barba, negros e crespos. O rosto era melancólico e meditativo." Uma fortuita tradição iconográfica confirma que as características marcantes da aparência de Dante eram o nariz, os lábios e o queixo. Os termos "melancólico" e "meditativo", empregados por Boccaccio, relembram o solitário isolamento do poeta, sustentado, porém, por uma sede infinita de conhecimento e alimentado pelo esplêndido orgulho que o impedia de se submeter aos caprichos dos poderosos mesmo quando isso o obrigava a suportar uma vida passada no exílio.

A primeira obra de literatura que pode ser atribuída a Dante com algum grau de acerto é *Vida nova*. É composta por uma mis-

ACIMA: Retrato de Dante da escola italiana do século XVI.

À DIREITA: A conversa de Dante com Justiniano, no Canto VI de *Paraíso*.

ACIMA: Dante e Virgílio entre adivinhos e falsos profetas, cujas cabeças foram viradas para trás como forma de punição.

tura de 42 capítulos de prosa e 31 poemas de métrica variada e reconta o amor de Dante por Beatriz, de seu primeiro encontro até a morte dela. No último capítulo, encontramos as famosas linhas que anunciam *A divina comédia*, uma obra que Dante alega ter sido concebida para homenagear sua amada Beatriz: "Assim, se for do agrado Dele a quem todas as coisas devem a vida, se me forem dados mais alguns anos, espero escrever sobre ela aquilo que nunca foi escrito sobre nenhuma mulher."

Também escrito em italiano vulgar, *Banquete* é uma coletânea de quatro tratados criados com o objetivo de servir de convite para todos os que se sentem excluídos para partilhar da bem favorecida mesa do Conhecimento. Trata-se de um exercício acadêmico sobre a filosofia medieval – em outras palavras, uma tentativa de reconciliar a doutrina da cristandade com a escola aristotélica clássica de pensamento. Em *A vulgar eloquência*, escrito em latim e parcialmente concluído, o poeta debate a importância do emprego da língua vulgar, caracterizando-a como "ilustre", "fundamental", "culta" e "crítica". Os três livros reunidos em *Monarquia* (1313-1318) também foram escritos em latim. Neles, por meio da metáfora dos dois sóis, Dante descreve seus ideais políticos e

"Orgulho, inveja, avareza... põem fogo nos corações dos homens." – *Inferno, VI*

O grande amor de Dante

Imortalizada na obra de Dante, Beatriz Portinari foi transformada em uma das grandes musas da literatura, no mesmo patamar da Laura de Petrarca e da *Dark Lady* de Shakespeare.

Dante tinha apenas 9 anos e Beatriz, 8, quando se encontraram pela primeira vez. Ele alega ter se apaixonado à primeira vista, apesar de nunca ter conversado com Beatriz e, a partir dessa relação tão fugaz, devotou considerável volume de sua produção literária à celebração de suas virtudes. De acordo com *Vida nova*, eles se encontraram apenas mais uma vez antes da morte de Beatriz, aos 24 anos, embora, como fossem membros de importantes famílias florentinas, seja possível que Dante estivesse tomando certa licença poética.

Apesar de se casar com Gemma di Manetto Donati, Dante se desfez em elogios a Beatriz em *Vida nova*, e ela lhe serviu de guia no *Paraíso*, assumindo o papel desempenhado no *Inferno* por Virgílio. A adoração de uma vida inteira por uma mulher que ele dizia ter encontrado apenas duas vezes levou os estudiosos a argumentarem que a importância de Beatriz para Dante poderia não ser nada além de um símbolo da pureza. Ou ela pode ter simplesmente fornecido a Dante a oportunidade de demonstrar suas habilidades com as convenções do amor cortês. Real ou não, o relacionamento permanece como uma das mais marcantes histórias de amor não correspondido da literatura.

À DIREITA: ***Cenas de A divina comédia de Dante*, 1842-1844, por Carl Vogel Von Vogelstein.**

defende uma clara separação entre o poder imperial (política) e a esfera de influência papal (religião).

A divina comédia

A obra que torna Dante o supremo modelo para os escritores italianos é, sem dúvida, *A divina comédia* (iniciada em 1308). O adjetivo "divina" foi, na realidade, um acréscimo do século XVI, influenciado pelo veredito de Boccaccio sobre seus méritos. Consiste em 14.233 versos divididos em tercetos com ritmos concatenados. Cem cantos são divididos em três cânticos com 33 cantos cada um, além de um canto de abertura. O personagem principal, que leva o nome do autor, descreve sua jornada aos 35 anos, "na metade do caminho de nossas vidas". A obra se passa em 1300 durante a Semana Santa, nos três dias de orações que precedem o banquete. Nos três reinos subterrâneos do purgatório, inferno e paraíso, Dante e seu guia Virgílio – o principal poeta da Antiguidade clássica e arauto do cristianismo – encontram personalidades do passado e do presente. Dante usa esses personagens como prenúncios: no inferno, eles anunciam os pecados mortais que podem levar à condenação eterna. No purgatório, a alma tem a capacidade de ascender à glória celestial ao se purificar de pecados menos severos. Quando chega à última zona, o paraíso terrestre, Dante troca a companhia de Virgílio pela de Beatriz, sua bem-amada, e viaja pelos nove céus do paraíso com ela até alcançar a experiência suprema de contemplar a face de Deus. *A divina comédia* é uma obra fascinante, que abraça desde as críticas aos conflitos políticos que na época dividiam Florença até um obscuro debate teológico sobre a natureza do pecado e os meios para a redenção. Combina uma variedade de meios e formas de comunicação, das expressões em dialeto a neologismos e da dicção de características do latim aos coloquialismos. Dessa forma, é o equivalente italiano aos *Contos de Cantuária*, de Geoffrey Chaucer, ao desafiar a predominância do latim como linguagem da arte e ao defender o potencial literário dos dialetos italianos. Essas linguagens e esses temas diversos são unificados em um texto sublime, produzido por um gênio da poesia. **CC**

DIVINA COMEDIA DI DANTE ALIGHIERI
BEATRICE PORTINARI

FRANCESCO PETRARCA

Nascimento: 20 de julho de 1304 (Arezzo, Itália). Morte: 18 ou 19 de julho de 1374 (Arquà, Itália).

Estilo e gênero: Pai do humanismo europeu, celebrou o potencial humano e justificou a busca pelas conquistas individuais em termos religiosos.

Principais obras

Poesia

*Cancioneiro, c.*1335-*c.*1374

*O meu livro secreto, c.*1342-*c.*1358

Triunfos, 1351-1374

Cartas

*Cartas sobre assuntos familiares (Rerum familiarum), c.*1325-1366

Cartas sobre a velhice (Rerum senilium), 1361-1373

Petrarca costuma ser considerado fundamental pelos estudiosos para o estabelecimento do movimento humanista na Europa. Seus escritos representaram uma reação a uma doutrina mais antiga da Igreja, que defendia a aceitação passiva da vida, argumentando em vez disso que o indivíduo era capaz de escolher seu próprio destino e que deveria ter a permissão de perseguir essa escolha. Petrarca aproximou essa nova filosofia à tradicional crença religiosa, ao sugerir que Deus não teria dotado a humanidade com o intelecto sem esperar que ela o empregasse para aprimorar a condição humana. Ideias como essas demonstraram ser fundamentais para o florescimento criativo do Renascimento.

O humanismo de Petrarca foi calcado pela redescoberta dos textos clássicos da Europa Ocidental. O próprio Petrarca desencavou uma coletânea até então desconhecida de cartas de Cícero, o *Ad Atticum*. Boa parte da reputação de Petrarca foi

ACIMA: Retrato de Petrarca no Museu de Versalhes.

À DIREITA: Manuscrito do século XV com sonetos de Petrarca.

À ESQUERDA: *O triunfo do tempo*, de Jacopo del Sellaio, inspirou *Triunfos*, de Petrarca.

firmada por seus escritos em latim, derivados de exemplares clássicos, como *Cartas sobre assuntos familiares*, *Cartas sobre a velhice* e *Carta à posteridade (Epistula ad Posteros*, *c.*1372). Também é notável *O meu livro secreto*, um testamento espiritual sob a forma de um diálogo entre o poeta e Santo Agostinho. Os principais temas da obra são o conflito entre a luta pela pureza da alma e as tentações da carne; a reflexão sobre a morte; o fluxo contínuo do tempo, e inclinações inconfessáveis como a preguiça – tudo parte da crise espiritual de seu tempo, sem qualquer solução.

Outra grande realização de Petrarca foi o *Cancioneiro*, inspirado pelo amor de sua vida, Laura. (Há pouca informação sobre Laura, mas ela era casada e, por isso, na verdade, tinha pouco contato com ele.) Petrarca trabalhou nesse texto de 1335 até o ano de sua morte e o reescreveu diversas vezes. No centro da coletânea está a história de uma alma indócil, eternamente dividida entre a beleza do ideal e a miséria da realidade, resultando em um contínuo monólogo do poeta. Na tradução para o inglês, o *Cancioneiro* estabeleceu o estilo Petrarca, com seus padrões inconfundíveis de rimas e suas preocupações com o amor inalcançável, como um dos principais formatos para a composição de sonetos. **CC**

O alpinista

Além de estabelecer o humanismo europeu, reabilitar obras clássicas e desenvolver e influenciar a feitura dos sonetos, Petrarca também alegava (erradamente) ser o primeiro a escalar montanhas por prazer desde Filipe V da Macedônia, depois de ter alcançado o topo do monte Ventoux, no sul da França, em 1336. A escalada foi, desde então, interpretada como uma alegoria da busca por uma vida melhor, mas em uma carta a um amigo, com a descrição da viagem, Petrarca afirmava: "Meu único motivo era o desejo de ver o que tal elevação tinha a oferecer."

HAFIZ

Nascimento: Khwajeh Shams al-Din Muhammed Hafez-e Shirazi, *c.*1310-1325 (Shiraz, Pérsia, hoje Irã). Morte: *c.*1389 (Shiraz, Pérsia).

Estilo e gênero: Poeta da corte que tratava do amor espiritual e professor do Corão que obteve consciência cósmica, Hafiz incorporou a sofisticação erudita da Pérsia medieval.

Principais obras

Poesia

Divan-e-Hafiz, 1410 (compilação de Mohammad Golandaam)

Os gazéis de Hafiz, 1944

Como Petrarca, quase seu contemporâneo, Hafiz criou uma poesia cristalina sobre o amor divino e sexual. Por mais de 50 anos, escreveu movido pela inspiração divina, porém muitos dos 500 gazéis cantam a riqueza e a beleza de Shakh-e Nabat, que ocupa em sua obra o mesmo lugar que Laura na de Petrarca. Além de ser poeta da corte de Abu Ishak e depois do xá Shuja, Hafiz foi um mestre divino. Seus conhecimentos religiosos estão embutidos em seu nome de escritor: Hafiz indica aquele que memorizou o Corão. Como o poeta italiano, ele herdou uma grandiosa tradição lírica exemplificada por Rumi e Nizami. Porém, a tradição de Hafiz, expressa em sua obra, celebrou a interligação entre o erótico e o espiritual. **SM**

GIOVANNI BOCCACCIO

Nascimento: Junho ou julho de 1313 (provavelmente em Florença, Itália). Morte: 21 de dezembro de 1375 (Certaldo, próximo a Arezzo, Itália).

Estilo e gênero: Boccaccio é considerado um dos três mestres da literatura italiana, ao lado de Dante e Petrarca.

Principais obras

Poesia

Filostrato, 1335-1340

Romances

Decamerão, 1349-1353

Biografias

Sobre os destinos de homens famosos, 1355-1374

Sobre mulheres famosas, *c.*1362

Entre muitas obras menores de Boccaccio, o *Decamerão*, uma coletânea de 100 contos, destaca-se por sua originalidade. Tendo como pano de fundo a peste que fustigava Florença em 1348, sete crianças e três jovens buscam refúgio em uma casa fora da cidade. Ao longo de 10 dias, distraem-se contando 10 histórias curtas por dia. A obra começa com um prefácio dirigido às "mulheres não identificadas" que pessoalmente experimentaram o amor, indicando o valor simbólico desse sentimento capaz de criar vida diante dos horrores da peste. Em cada conto, o leitor testemunha um confronto entre os vícios e as virtudes da humanidade por meio de uma galeria de personagens e situações que exemplificam o heroísmo, o sacrifício, a tolice, a inteligência e a modéstia. **CC**

GEOFFREY CHAUCER

Nascimento: *c.*1340-1345 (Londres, Inglaterra). Morte: 25 de outubro de 1400 (Londres, Inglaterra).

Estilo e gênero: Chaucer é o mais influente dos poetas ingleses medievais, conhecido por seu estilo coloquial e senso de humor simples.

Filho de um negociante de vinho, Geoffrey Chaucer foi parte de uma classe burguesa emergente educada que mantinha posições elevadas no governo. O próprio Chaucer ocupou diversos postos importantes. Embora sua inteligência tenha, sem dúvida, acentuado seu sucesso, ser cunhado de John de Gaunt – tio do rei Ricardo II e personagem importante na peça de Shakespeare – também não atrapalhou.

Chaucer viveu durante um dos mais turbulentos períodos da história inglesa. No estrangeiro, a Guerra dos Cem Anos devastava a Inglaterra e a França. Em casa, os sinais de agitação começavam a aparecer. Chaucer tinha conhecimento e talvez simpatizasse com a popular heresia Lollard. Estava em Londres durante a Revolta Camponesa de 1381, quando os revolucionários executaram o arcebispo de Cantuária e saquearam o palácio de John de Gaunt. Esse período também assistiu aos primeiros fulgores do Renascimento no continente por intermédio dos escritos de poetas italianos como Petrarca e Boccaccio, ambos lidos por Chaucer.

O *Decamerão* (1349-1353), de Boccaccio, foi uma influência decisiva naquela que hoje é considerada a principal obra de Chaucer, *Os contos de Cantuária*. Chaucer empregou a mesma situação em que viajantes trocam histórias durante uma jornada e transferiu o foco para desenvolver um relacionamento repleto de nuances psicológicas entre o conto e o contador. O resultado é uma conversa vivaz entre um elenco de personagens bem equilibrados que permanece fresca, capaz de fazer pensar e (por mais incrível que pareça) excitante há centenas de anos. Embora os poemas de Chaucer sobre visões oníricas e sua tragédia épica *Troilus and Criseyde* tenham sua própria sofisticação e seu brilho, o encantador e sinuoso *Os contos de Cantuária* é o poema que, para muitos escritores, é o começo de tudo. **SY**

> "Não há trabalhador, seja ele quem for,/ que consiga trabalhar bem e depressa."

Principais obras

Poesia

The Book of the Duchess, *c.*1369-1372

The House of Fame, *c.*1380

Troilus and Criseyde, *c.*1381-*c.*1386

Romances

Os contos de Cantuária, *c.*1387-1400

ACIMA: Retrato que faz parte de um manuscrito do século XV, hoje no acervo do British Museum, em Londres.

FRANÇOIS VILLON

Nascimento: François de Montcorbier, *c.*1431 (Paris, França). Morte: *c.*1463 (lugar desconhecido).

Estilo e gênero: A vida de violência e devassidão de Villon – por tavernas, bordéis e prisões – demonstrou ser de uma atração irresistível para futuras gerações.

Principais obras

Poesia

O legado (Le Lais ou Le Petit testament), *c.*1456

O grande testamento (Le Grand testament), *c.*1462

Pouco se sabe sobre a vida desse poeta tão famoso pela devassidão, e o que se sabe nem sempre combina com o que ele descreveu em seus poemas, supostamente em primeira pessoa. Nascido sob o nome de François de Montcorbier, era sobrinho de um rico sacerdote, Guillaume de Villon, que se interessou por ele e financiou seus estudos universitários no Collège de Navarre, em Paris. Levou uma vida dissoluta: em 1455, matou um padre a facadas durante uma rusga e, em 1456, ele e um grupo de amigos roubaram a escola. Não causa surpresa que tenha precisado deixar Paris às pressas e que, mesmo depois de receber perdão por esses crimes, tenha passado boa parte da vida na cadeia. Em 1462, foi condenado à morte após outra briga violenta em Paris. Depois de um apelo, a sentença foi reduzida a 10 anos de exílio. Não se sabe ao certo para onde foi e onde morreu, ainda na casa dos 30 anos.

A maior parte da obra de Villon consiste em poemas curtos, escritos em um *argot* quase indecifrável do submundo ou usando a gíria dos criminosos. Mas também deixou dois poemas mais longos, conhecidos como *O legado* e *O grande testamento*, admirados pela inventividade e pelo humor mordaz. *O legado* data de sua primeira temporada no exílio e teria sido escrito durante o Natal miserável de 1456, enquanto ele tiritava de frio em um sótão, sentindo a falta de uma mulher "dura e traiçoeira" por quem havia se apaixonado. Ele vai em frente e faz um testamento no qual deixa para os amigos objetos peculiares, como placas de estalagens, mechas de cabelo e sua própria reputação dúbia. Também faz legados obscenos e injuriosos aos inimigos. O segundo poema, mais extenso, também é um testamento de mentirinha, supostamente ditado em estado de arrependimento pelo poeta a um secretário, deixando mais uma vez legados mordazes enquanto reflete sobre a morte e sua própria juventude desperdiçada. **RC**

> *"Mais où sont les neiges d'antan?* (onde estão as neves de antanho?)" – *Balada*, 1461

ACIMA: Uma gravura de 1810, de Stich von Rullmann, retrata François Villon.

NICOLAU MAQUIAVEL

Nascimento: 3 de maio de 1469 (Florença, Itália). Morte: 21 de junho de 1527 (Florença, Itália).

Estilo e gênero: Autor de poesia, peças de teatro e novelas; conhecido por seus escritos políticos, que refletem sobre exemplos históricos.

A carreira de Nicolau Maquiavel como funcionário de destaque em Florença levou à autoria de um dos mais famosos tratados políticos jamais escritos, *O príncipe*, dedicado ao duque de Florença, Lorenzo de Medici. Em uma carta a um colega, ele descreveu a obra como um "capricho", minimizando o exame feroz dos problemas relacionados ao exercício do poder. Combinando citações eruditas, títulos em latim e ditados populares, Maquiavel analisa alguns dos principais conceitos em política – virtude, sorte e oportunidade –, ilustrando seus argumentos com exemplos retirados do mundo clássico e moderno.

No centro das reflexões de Maquiavel, tanto em *O príncipe* quanto em outros escritos políticos, está a crise política contemporânea na Itália, causada pela intensa competição entre vários governantes. Tendo esse cenário turbulento como pano de fundo, fica mais fácil compreender a justificativa de Maquiavel a respeito da necessidade ocasional dos governantes de recorrerem a um comportamento ambíguo para garantir a estabilidade. Embora ações impiedosas não devam ser tomadas enquanto existe uma alternativa, em última instância, de acordo com o autor, para um soberano, é melhor ser temido do que amado.

A influência de *O príncipe* geralmente obscurece os outros escritos de Maquiavel, entre eles a comédia em cinco atos *A mandrágora*. Nicia, o idoso marido da bela Lucrezia, está infeliz por não ter herdeiros. E cai na armadilha do jovem e robusto Callimaco, apaixonado por Lucrezia. Nicia é levado a crer que Lucrezia ficará grávida se tomar um preparado à base de mandrágora, mas que a droga matará o primeiro homem que se deitar com ela. Callimaco se oferece para a tarefa supostamente mortífera, enquanto Nicia consente alegremente, perdendo a mulher para o rival. **CC**

"Aquele que é tido em grande estima não se torna objeto de conspirações". – *O príncipe*

Principais obras

Sobre política

Discursos sobre a primeira década de Tito Lívio, 1512-1517

O príncipe, 1513, publ. 1532

A arte da guerra, 1519-1520, publ. 1521

Peça

A mandrágora, 1518, publ. 1524

ACIMA: Retrato de Maquiavel, feito por Santo di Tito, que se encontra no Palazzo Vecchio, em Florença.

ERASMO

Nascimento: Desiderius Erasmus Roterodamus, 27 de outubro de 1466 (Roterdã, Holanda). Morte: 12 de julho de 1536 (Basileia, Suíça).

Estilo e gênero: Erasmo leva o crédito por popularizar expressões ainda de uso corrente como "mal necessário", "ave rara", "a ferro e fogo".

Principais obras

Sobre teologia

Manual do cristão militante, 1503

Elogio da loucura, 1509

Ecclesiastes, 1535

Retórica

Adágios, 1500

Copia: De ultraque verborum ac rerum copia, 1512

Pressionado por seus guardiões, Erasmo se tornou um monge beneditino, mas teve permissão para fazer longas viagens pela Europa. Por toda a vida, concentrou-se na produção de novas edições comentadas do Novo Testamento, em latim e grego, que se tornaram o ponto de partida para as interpretações bíblicas modernas. Recusou postos acadêmicos, preferindo a atividade literária independente como *Elogio da loucura*, uma sátira dirigida aos teólogos, e *Adágios*, um livro de provérbios. Embora tenha escrito sobre assuntos religiosos e também sobre aqueles de interesse geral, parece ter considerado este segundo tema uma atividade de lazer, de pouca importância. Porém, são justamente essas obras que lhe conferiram a fama atual. **PG**

LUDOVICO ARIOSTO

Nascimento: 8 de setembro de 1474 (Reggio Emilia, Itália). Morte: 6 de julho de 1533 (Ferrara, Itália).

Estilo e gênero: Feitos ousados e emocionantes se alternam com passagens altivas sobre história e profecia na poesia sofisticada e ocasionalmente paródica de Ariosto.

Principais obras

Poesia

Orlando furioso, 1516-1532

A fama de Ariosto se baseia no zombeteiro poema épico *Orlando furioso*, uma das obras mais importantes do Renascimento italiano. Mistura lendas da corte de Carlos Magno à invasão sarracena da França numa paródia mordaz do romance medieval. O poema foi criado para exaltar a casa de Este e seu lendário ancestral Rogero (Ruggiero) e para dar seguimento à história do amor de Orlando por Angélica, iniciada por Matteo Maria Bolardo em *Orlando Innamorato* (*c.*1472-1486). Foram desenvolvidas três histórias principais: o amor de Orlando por Angélica, a guerra entre os francos e os sarracenos, e o amor de Ruggiero, sarraceno, por Bradamante, uma cristã. O poema serviu de "modelo" para *Faerie Queene*, de Edmund Spenser, publicado em 1590. **PG**

FRANÇOIS RABELAIS

Nascimento: *c.*1494 (perto de Chinon, Indre-et-Loire, França). Morte: 9 de abril de 1553 (Paris, França).

Estilo e gênero: Autor da série cômica *Gargantua e Pantagruel*, Rabelais ficou famoso pelo humor, pela sátira desbocada e por descrições irreverentes sobre a vida religiosa.

Rabelais trabalhava como médico, mas sua reputação sobrevive graças a sua celebrada prosa e aos talentos de humorista e satirista com gosto exuberante para a extravagância. Filho de um famoso advogado, Rabelais estudou medicina na universidade. Homem de contrastes, também ingressou em ordens religiosas, teve dois filhos com uma viúva e então se estabeleceu como médico em Lyon. Foi lá que escreveu o primeiro dos livros consagrados, dando início em 1530 a uma série que se tornou conhecida coletivamente como *Gargantua e Pantagruel*. O livro gira em torno do gigante Gargantua e seu filho Pantagruel, norteados pelos princípios de "comer, beber e ficar alegre", e as aventuras de seus amigos malandros, que partem numa jornada em busca da Garrafa Divina. Ele publicou quatro livros da série e um quinto foi lançado após sua morte (embora alguns estudiosos discutam se este último foi realmente escrito por Rabelais). Uma de suas criações fictícias características foi a Abadia de Thelema, fundada por Gargantua, onde os monges viviam segundo o princípio do "Fazer o que Quiser". Tinham criadas à mão e uma piscina.

Por tratar as instituições cristãs com humor e sarcasmo, Rabelais não angariou muita simpatia da Igreja. Seus livros foram banidos e ele esteve sob suspeita de heresia. Por sorte, tinha o apoio da poderosa família Du Bellay e a aprovação do rei francês, Francisco I. Rabelais foi várias vezes para Roma com Jean Du Bellay, bispo de Paris, e na década de 1540 morou em Turim, mas pelo que parece houve tempos em que precisou se esconder. De acordo com a lenda, seu testamento consistia em apenas uma frase: "Não tenho nada, devo muito e deixo o restante para os pobres." Suas últimas palavras foram: "Vou em busca de um grande talvez." **RC**

"Sempre desejamos o proibido..."
— *Gargantua e Pantagruel*

Principais obras

Prosa

Os horríveis e espantosos feitos e palavras do mui famoso Pantagruel, rei dos dipsodos, 1532

Gargantua, 1534

O terceiro livro dos fatos e ditos heroicos do bom Pantagruel, 1546

O quarto livro dos fatos e ditos heroicos do bom Pantagruel, 1552

ACIMA: Uma litografia do século XIX retrata François Rabelais.

PIERRE DE RONSARD

Nascimento: 11 de setembro de 1524 (Couture-sur-Loire, Loir-et-Cher, França). Morte: dezembro de 1585 (Saint-Cosme, nas imediações de Tours, Indre-et-Loire, França).

Estilo e gênero: Saudado na França como "príncipe dos poetas", Ronsard exemplificou o apaixonado entusiasmo renascentista pela Grécia e a Roma clássicas.

Principais obras

Poesia

Les Amours, 1552
Les Hymnes, 1555-1556
Remonstrance au peuple de France, 1563
La Franciade, 1572 (inacabado)
Les Derniers Vers, 1586

Ronsard passou o início da vida nos mais elevados círculos sociais. Filho caçula de uma família nobre, quando menino foi designado pajem real e suas obrigações incluíam viagens para Edimburgo com a princesa Madeleine, noiva de Jaime V da Escócia. Ronsard parecia estar destinado a uma carreira de sucesso na diplomacia ou então no Exército, mas os planos foram malogrados quando se descobriu que ele estava ficando surdo. Como consequência, ele se voltou para o mundo dos livros, aprendendo latim e grego, lendo os clássicos (*Ilíada*, de Homero, lhe custou apenas três dias de leitura), fundando um grupo literário denominado de *La Pléiade* e iniciando uma caudalosa produção poética. Suas obras incluem odes, sonetos, poemas de amor, poemas sobre a natureza e memórias da sua querida infância no campo, além de poemas sobre a morte, a justiça ou o vinho, e homenagens às grandes figuras da Antiguidade. A primeira coletânea de sua obra foi editada em 1560, supostamente a pedido de Maria, rainha da Escócia, que também era a rainha da França.

Ronsard ocupava na França uma posição semelhante à do poeta laureado da Inglaterra. Era um católico praticante e foi inevitável que se envolvesse nas guerras civis religiosas que se iniciaram na década de 1560. Como consequência, sua obra foi severamente criticada pelos protestantes zelosos. Ele planejou um gigantesco épico nacional, *La Franciade*, inspirado na *Eneida*, de Virgílio, mas as coisas não correram com tanta tranquilidade e ele acabou interrompendo o projeto. Era muito admirado por Carlos IX, da França, que encomendou ao poeta versos em homenagem a Elizabeth da Áustria, em 1571. Acometido de uma doença incurável, Ronsard passou seus últimos anos inválido, ansiando pela chegada da morte, mas ao mesmo tempo escrevendo compulsivamente. Seus últimos poemas (*Les Derniers Vers*) foram publicados depois da sua morte. **RC**

"Quando você estiver velha dirá: 'Ronsard me fez versos quando eu era bela.'" – *Sonetos para Hélène*

ACIMA: Depois de perder a audição, Ronsard voltou-se para a poesia, encontrando prestígio junto à realeza.

LUÍS VAZ DE CAMÕES

Nascimento: Luiz Vaz de Camoens ou Luís Vaz de Camões, *c.*1524 (provavelmente em Lisboa, Portugal). Morte: 10 de junho de 1580 (Lisboa, Portugal).

Estilo e gênero: O grande poeta nacional de Portugal fez hinos à criação de um império católico mundial liderado por seu país.

1500-99

As informações sobre a vida de Camões são escassas, mas ele aparentemente descende de uma família de aristocratas empobrecidos. O conhecimento da cultura clássica sugere que ele teve acesso a uma boa educação. Seu poema mais famoso descreve a notável viagem de Vasco da Gama, que contornou o cabo da Boa Esperança até chegar à Índia. O próprio Camões passou muitos anos na África e na Índia, queixando-se amargamente, em versos, das dificuldades para ganhar a vida, do azar e das injustiças que sofrera. Ele fez parte de expedições navais. Teria alcançado Macau e sofrido um naufrágio na costa chinesa. Em outra ocasião, um amigo o encontrou perdido e sem dinheiro em Moçambique e o ajudou a voltar para Lisboa.

Camões escreveu graciosos poemas líricos expressando sentimentos de profunda solidão e desejos não realizados, homenageando belas mulheres (e, em anos posteriores, lhe foram atribuídos mais poemas do que aqueles que ele realmente escreveu). Seu grande épico, *Os lusíadas*, foi publicado em Lisboa, em 1572. Lusíadas deriva de Lusitânia, o antigo nome romano para Portugal, e o poeta reconta toda a história de seu país até o momento da partida de Vasco da Gama em 1497. Os deuses do Olimpo acompanham com interesse a expedição, sendo que Vênus a apoia e Baco se opõe. Os versos contam como as caravelas chegaram à Índia e finalmente voltaram em segurança para casa, acompanhadas por graciosas ninfas. Uma delas prevê as futuras conquistas portuguesas. Fortemente partidário da Igreja católica (e opositor dos ingleses), Camões justificava o imperialismo português.

"Amor é um fogo que arde sem se ver/é ferida que dói e não se sente." – *Rimas*

Os lusíadas foi dedicado ao rei Sebastião de Portugal, e Camões foi premiado com uma pensão do governo. Também escreveu peças e sua obra exerceu uma poderosa influência sobre a literatura portuguesa e a brasileira. **RC**

Principais obras

Poesia

Os lusíadas, 1572

Rimas, 1595

ACIMA: Retrato a óleo de origem portuguesa, do Museu Nacional de Arte de Antigua.

MICHEL DE MONTAIGNE

Nascimento: 28 de fevereiro de 1553 (Château de Montaigne, Dordonha, França).
Morte: 13 de setembro de 1592 (Château de Montaigne, Dordonha, França).

Estilo e gênero: Estadista cético, amigo de reis, Montaigne era apaixonado pela liberdade e detestava a crueldade, a corrupção e a injustiça.

Principais obras

Ensaios

Ensaios, 1588

Diários

Journal du Voyage 1580-1581 (publicado pela primeira vez em 1774)

Novelista e ensaísta, cético assumido, Michel de Montaigne escolheu viver em uma espécie de exílio. No início de sua vida adulta, foi advogado em Bordeaux, tornou-se conselheiro do parlamento regional e casou-se com Françoise de la Chassaigne, filha de outro representante. Em 1571, retirou-se para o campo para dedicar-se a seus escritos. Ali, publicaria, ampliaria, revisaria e publicaria novamente os *Ensaios* (*Essais*), cunhando, dessa maneira, uma nova expressão. De fato, ele mantinha as próprias crenças sob julgamento, enquanto examinava a si mesmo e o mundo a sua volta com rigor, em infinitas contemplações. Recheadas de citações clássicas, essas composições sobre temas que versam da educação à embriaguez seriam um testemunho não apenas da evolução da filosofia de Montaigne, como também de sua própria criação – o pai insistia que falasse apenas latim na primeira infância. Ironicamente, talvez, ele escolheu escrever em francês coloquial.

Um tema recorrente na obra de Montaigne é o prejuízo causado pelo costume. Ele acreditava que a percepção das pessoas em relação ao mundo é cerceada pelo meio limitado em que vivem, e que aquilo que passou a ser atribuído à "natureza" é, de fato, uma série de conclusões mesquinhas baseadas na pouca informação concebida pela mente. Dessa forma, por haver tanta coisa impossível de ser apreendida, os indivíduos deveriam tentar apenas compreender a si mesmos no contexto do meio que os cerca. Depois do sucesso de suas primeiras edições, quando chegou a visitar o rei da França para presenteá-lo com um exemplar da obra, Montaigne determinou que seu desejo era produzir um retrato escrito de si mesmo. Embora um tanto narcisista – talvez os leitores não se importem em saber que os rabanetes não lhe caíam bem –, a teoria por trás desse exercício era a de que escrever sobre sua própria existência ainda interessaria aos

"Todos vão para outro lugar e rumo ao futuro, ninguém chega a si mesmo." – *Da fisionomia*

ACIMA: Retrato de Montaigne feito no século XIX por Jean-Baptiste Mauzaisse.

À ESQUERDA: O brasão de Montaigne, legado ao escritor Pierre Charron (1541-1603).

leitores de todos os lugares, pois os seres humanos seriam essencialmente feitos do mesmo material. Foi durante esse período, entre 1580 e 1581, que ele também escreveu um diário de viagem documentando suas jornadas pela Europa e registrando as diferenças que encontrou entre seus povos.

O impacto dos escritos de Montaigne não se limitou aos leitores. De fato, a literatura e a filosofia que tratam sobre a consciência humana devem muito à obra do ensaísta francês. Embora os *Ensaios* tenham se tornado literalmente a obra da sua vida e ele os revisasse até sua morte, em 1592, o ponto de vista autodepreciativo de Montaigne era de que os leitores poderiam não querer desperdiçar tempo contemplando "assunto tão frívolo e árido". **JS**

A influência de Montaigne

Nunca saberemos quanto Shakespeare foi influenciado por Montaigne. Porém, parece que a marca do ensaísta francês está deliciosamente presente na obra do bardo inglês. A ideia de Montaigne de que a mente humana é capaz de conceber muito pouco parece muito semelhante à perspectiva de Hamlet – de que existem mais coisas além da vã filosofia – e de Bottom, em *Sonho de uma noite de verão*, que proclama que o "homem" não é nada além de um "bufão maltrapilho". Ecos de Montaigne ressoam com clareza em *A tempestade*. Sua influência direta também é encontrada em Pascal, Ralph Waldo Emerson e Nietzsche, entre outros.

TORQUATO TASSO

Nascimento: 11 de março de 1544 (Sorrento, Itália). Morte: 25 de abril de 1595 (Roma, Itália).

Estilo e gênero: Tasso tentou, em sua *Jerusalém libertada*, unir o estilo clássico da poesia épica de Virgílio ao tema mais moderno da Primeira Cruzada.

Principais obras

Poesia
Rinaldo, 1562
Jerusalém libertada, 1574
Peças
Aminta, 1573
Crítica
Discorsi del poema eroico, 1594

Depois de uma vida de perambulações marcada por temporadas em hospitais e na cadeia, Torquato Tasso começou a receber atenção do mundo literário com o poema *Rinaldo*, que consiste em 12 cantos. Foi publicado em 1562 e descreve a missão do paladino Rinaldo da Montalbano, tema inegavelmente na tradição dos escritos de Ludovico Ariosto. Obra mais original é a peça *Aminta*, de temática pastoril, ambientada na Antiguidade clássica. Em cinco atos, Tasso descreve o amor não correspondido do pastor Aminta pela ninfa Silvia. Em desespero, Aminta se joga de um penhasco e, quando Silvia sabe de sua (falsa) morte, lamenta tê-lo rejeitado anteriormente, garantindo um final feliz ao descobrir que ele sobreviveu.

Semelhante a essa composição é a coletânea com cerca de 2 mil partes chamada *As rimas*, que apresenta influências de Petrarca. A poesia contém um complexo viés autobiográfico, repleto de angústia e insegurança.

A fama de Tasso é fortemente associada a *Jerusalém libertada*. O tema principal da obra é a Primeira Cruzada para libertar o Santo Sepulcro em Jerusalém, evento histórico combinado a episódios imaginários e idílicos. Esse grandioso pano de fundo para a narrativa se destaca, bem como a pesquisa meticulosa em relação às armas, às batalhas e aos costumes. Dentro desse cenário imponente, tecem-se tramas que parecem ter importância menor, mas muito bem desenvolvidas, em particular o tema do amor sob variadas formas. O texto se baseia na visão de Tasso de que a humanidade é insignificante comparada à natureza e de que o homem, em última instância, é impotente diante das forças misteriosas que governam o mundo. **CC**

"Ninguém merece ser chamado de Criador além de Deus e do poeta." – *Discorsi del poema eroico*

ACIMA: Ilustração francesa sem data que retrata o italiano Tasso.

À DIREITA: *Torquato Tasso lendo um poema para Leonora D'Este*, de Luigi Mussini.

CERVANTES

Nascimento: Miguel de Cervantes Saavedra, 29 de setembro de 1547 (Alcalá de Henares, Espanha). Morte: 23 de abril de 1616 (Madri, Espanha).

Estilo e gênero: Gênio cômico com delicioso senso de absurdo, Cervantes produziu descrições de viagens repletas de aventura e mistério.

Principais obras

Prosa

La galatea, 1585

Dom Quixote, primeira parte, 1605

Novelas exemplares, 1613

Dom Quixote, segunda parte, 1615

Os trabalhos de Persiles e Segismunda, 1617

Poesia

Viaje del Parnaso, 1614

Peças

Ocho comedias e ocho entremeses nuevos, nunca representados, 1615

Poeta, dramaturgo e celebrado autor do primeiro romance moderno, *Dom Quixote* (*El ingenioso hidalgo Don Quijote de la Mancha*), o espanhol Cervantes é um dos mais importantes nomes da literatura. A grandeza de *Dom Quixote* reside em seu encanto duradouro, capaz de atravessar séculos e culturas diferentes, como exemplificado pelo fato de ter sido traduzido em mais de 60 idiomas. Os protagonistas, Dom Quixote e Sancho Pança, são dois dos personagens mais amados e mais reconhecidos da literatura mundial e o romance costuma encabeçar as listas de maiores obras de ficção.

A vida de Cervantes desperta tanto interesse quanto suas obras. Ele nunca foi para a universidade. Sua primeira obra publicada, datada de 1569, versava sobre a morte da rainha Elizabeth de Valois. Nesse mesmo ano, Cervantes viajou para a Itália, alistou-se como soldado e combateu na Batalha de Lepanto contra a frota turca. Resistiu a três diferentes ferimentos a bala, sendo que um deles deixou sua mão esquerda aleijada. Em 1575, partiu para

ACIMA: *Retrato de Cervantes* (1600), de Juan de Jauregui y Aguilar (c.1566-1641).

À DIREITA: *Dom Quixote parte em busca de aventuras*, de Gustave Doré, 1863.

ACIMA: *Sancho Pança e o vendedor de nozes*, tapeçaria de 1735 da oficina de Beauvais, baseada na obra de Natoire (1700-1777).

casa, mas sua embarcação foi capturada por corsários berberes. Junto com o irmão Rodrigo, foi vendido como escravo na Argélia, permanecendo em cativeiro por cinco anos, tempo em que fez quatro ousadas tentativas para recuperar a liberdade. Foram os esforços de sua família e dos monges da ordem da Santíssima Trindade que asseguraram sua libertação, encerrando um período de sua vida que seria frequentemente revisitado em suas criações literárias.

"Todo homem é feito à vontade dos céus, e às vezes pior que a encomenda." – *Dom Quixote*

De volta à Espanha, Cervantes conseguiu iniciar uma carreira literária com a publicação de seu primeiro romance, o bucólico *La galatea*. Num estilo popular em sua época, o livro examinava as questões do amor pelo olhar de pastores e pastoras e, apesar de seu sucesso modesto, chamou a atenção do

A vida com Dom Quixote

A permanente popularidade de *Dom Quixote* foi, em parte, ampliada por sua influência no mundo das artes em geral. Numerosos artistas encontraram no romance inspiração para suas obras.

- Pintores tão diferentes entre si como Honoré Daumier, Gustave Doré e Salvador Dalí o retrataram, mas foi Pablo Picasso que desenhou aquela que pode ser a imagem definitiva de Dom Quixote e Sancho Pança. Em 1955, ele completou uma série de ilustrações amplamente reproduzidas, reforçando a imagem popular dos dois heróis literários.
- Várias versões cinematográficas do romance foram realizadas por diretores como Eric Rohmer, Arthur Hiller, Rafael Gil e Terry Gilliam – uma prova do apelo universal da história.
- O primeiro romance moderno por certo encorajaria a reprodução, e alguns dos melhores escritores abertamente se voltaram para ele em suas obras. Em *Joseph Andrews*, Henry Fielding assume, na página do título, ter escrito à maneira de Cervantes. Em outro clássico da literatura, *O idiota*, Dostoievski explicitamente modelou o personagem principal, o príncipe Myshkin, com base no nobre cavaleiro errante.
- O compositor Richard Strauss criou o poema sinfônico para orquestra, fazendo referências claras a diversos momentos marcantes do livro, como os episódios do moinho e das ovelhas.

À DIREITA: Desenho a lápis e nanquim de Dom Quixote, feito por Pablo Picasso em 1955.

mundo literário para o autor. Animado pela recepção ao livro, Cervantes esforçou-se em ganhar dinheiro com o drama teatral. Conhecemos apenas duas dessas obras, a tragédia histórica *A destruição da Numância* (1582) e *El Trato de Argel* (1580), únicas sobreviventes de seu tempo como dramaturgo contratado.

A ascensão de Dom Quixote

Apesar de todos os esforços, Cervantes foi incapaz de ganhar a vida apenas como escritor e teve de encontrar outras formas de trabalho. Enquanto passava uma temporada como fiscal de impostos na Andaluzia, ele deixou de recolher uma soma devida ao tesouro e foi aprisionado em Sevilha. Durante o cárcere, começou a escrever *Dom Quixote*.

Publicada em 1605, essa monumental obra de ficção conta, de forma hilariante, as fantásticas aventuras de Dom Quixote, herói trágico, obcecado por romances de cavalaria. Envergando uma antiga armadura, Quixote parte em viagem montado em seu cavalo, o esquálido Rocinante, para defender os oprimidos e destruir os perversos, tudo em nome de seu verdadeiro amor, uma camponesa que ele passa a chamar de Dulcinea del Toboso. Depois de uma primeira expedição fracassada, Quixote volta e contrata seu vizinho Sancho Pança como escudeiro. O que se segue é uma jornada épica que incorpora numerosos incidentes farsescos, entre eles o mais memorável, o ataque de Dom Quixote aos moinhos de vento que, em sua mente delirante, ele identifica como gigantes.

Cervantes reforçou sua reputação de escritor com a publicação de *Novelas exemplares*, *Viaje del Parnaso* e a segunda parte de *Dom Quixote*. O segundo livro se concentra mais em Sancho Pança, levado a crer que é o governante de um feudo fictício. Pança "governa" com sabedoria surpreendente, mas, ao descobrir quão exaustiva é a responsabilidade, volta para o lado de seu mestre. A obra termina quando Dom Quixote renuncia à cavalaria, pouco antes de sua morte. *Dom Quixote* foi um marco, gerando a expressão popular "quixotesco" e influenciando um universo de escritores como Defoe, Dostoievski e Joyce. Permanece como uma das poucas obras-primas da literatura a alcançar a eternidade. **SG**

EDMUND SPENSER

Nascimento: c.1552 (Londres). Morte: 13 de janeiro de 1599 (Londres, Inglaterra).

Estilo e gênero: "Sua poesia é culta sem apresentar dificuldade e assim pode ser apreciada, ou ao menos compreendida, pela maioria, mas julgada apenas pelos mais esclarecidos." (Introdução de *The Shepheardes Calender*.)

ACIMA: Versão colorida de uma gravura retratando Spenser, feita por volta de 1590.

Principais obras

Poesia

The Shepheardes Calender, 1579

The Faerie Queene, 1590, 1596, 1609

Colin Clout's Come Home Againe, 1595

Astrophel: A Pastoral Elegy Upon the Death of the Most Noble and Valorous Knight, Sir Philip Sidney, 1595

Amoretti, 1595

Epithalamion, 1595

Fowre Hymnes, 1596

Prothalamion, 1596

Edmund Spenser foi educado em Londres na Merchant Taylor's School e, em 1569, se matriculou no Pembroke College, em Cambridge. Por intermédio de seu colega Gabriel Harvey, ele obteve um posto junto à família do marquês de Leicester e conheceu Philip Sidney. Em 1579, publicou as 12 éclogas de *The Shepheardes Calender* com grande sucesso e iniciou o épico alegórico e romântico *The Faerie Queene*. Serviu nas forças inglesas na Irlanda como secretário do representante da rainha, lorde Grey, e "ganhou" o castelo Kilcolman, em County Cork. Ali se estabeleceu e se ocupou com o trabalho literário, escrevendo a elegia para Philip Sidney e aprontando os originais de *Faerie Queene* para impressão, sendo que os primeiros três livros foram confiados à gráfica na visita do poeta a Londres em 1589. Ele esperava assegurar um lugar na corte por meio da sua poesia, mas isso nunca aconteceu.

Relutante, Spenser retornou a Kilcolman, que considerava lugar de exílio, e escreveu a pastoral alegórica *Colin Clout's Come Home Againe*, que dedicou a Walter Raleigh. Embora o poema celebre as glórias da rainha Elizabeth e de suas damas, também contém um ataque amargo à inveja e às intrigas da corte. Em 1594, Spenser casou-se com Elizabeth Boyle, descrevendo a corte nos sonetos de *Amoretti* e celebrando o casamento em *Epithalamion*. Kilcolman foi incendiado em uma súbita insurreição, em outubro de 1598, e a família, obrigada a fugir e buscar refúgio em Cork. As opiniões de Spenser sobre a questão irlandesa foram expressas no polêmico panfleto em prosa *A View of the Present State of Ireland* (1596). Ele morreu em Londres aos 46 anos. Seu funeral contou com a presença da maior parte dos poetas de seu tempo, que lançaram elegias em seu túmulo. **PG**

"É a mente que transforma o mal em bem, torna miserável ou feliz, rico ou pobre."

PHILIP SIDNEY

Nascimento: 30 de novembro de 1554 (Penshurst, Inglaterra). Morte: 17 de outubro de 1586 (Amhem, Holanda).

Estilo e gênero: Poeta, cortesão, estadista, patrono das artes e soldado, Sidney foi popular enquanto vivo e considerado um perfeito "cavalheiro".

Durante sua vida, Philip Sidney recebeu grande afeição pública e chegou a representar a essência do cavalheirismo da época da rainha Elizabeth. De família influente, foi educado na Shrewsbury School e em seguida no Christ Church, em Oxford, que abandonou antes de concluir. Tornou-se um eminente cortesão da rainha Elizabeth I até 1580, quando caiu em desgraça por conta de uma carta infeliz para a rainha, sendo forçado a deixar a corte por uma temporada.

Além da animada vida na corte, Sidney também era um dos maiores poetas de seu tempo e é lembrado principalmente pelo conjunto de suas obras e pela influência que teve no desenvolvimento da poesia inglesa. *Astrophel and Stella* é um de seus melhores trabalhos e uma das primeiras entre as famosas sequências de sonetos ingleses. Foi inspirado por seu amor a Penelope Devereaux, que se casou relutantemente com lorde Rich em 1581. Sidney usou como base para o poema o modelo italiano, famoso graças a Petrarca, mas alterou o esquema das rimas. Após sua saída da corte, escreveu *The Countess of Pembroke's Arcadia*, para a irmã, Mary Sidney. Romance literário com tramas entrelaçadas baseadas em uma descrição altamente idealizada da vida pastoral, *Arcadia* teve grande influência e popularidade. William Shakespeare e os dramaturgos John Day e James Shirley se referiram à obra em seus escritos e o rei Carlos I supostamente teria feito citações desse texto pouco antes de sua execução.

O mais importante trabalho de Sidney, porém, seria *Defesas da poesia*, que enfatizava a importância do poeta na sociedade e seus papéis artísticos específicos. Sua forma de empregar a linguagem e as complexas teorias humanistas mescladas em sua obra serviram a Percy Bysshe Shelley, William Wordsworth e Samuel Taylor Coleridge. **TP**

"Cada coisa excelente, uma vez aprendida, serve de medida para todos os outros conhecimentos."

Principais obras

Poesia

The Countess of Pembroke's Arcadia, 1580

Astrophel and Stella, 1581

Ensaio

Defesas da poesia, c.1581

ACIMA: *Retrato póstumo de Sidney*, por John de Critz, o Jovem, c.1620.

WILLIAM SHAKESPEARE

Nascimento: Crismado em 26 de abril de 1564 (Stratford-upon-Avon, Inglaterra). Morte: 23 de abril de 1616 (Stratford-upon-Avon, Inglaterra).

Estilo e gênero: Dramaturgo e poeta cujos versos vibrantes exploraram o espírito de seu tempo e a condição humana com um lirismo atordoante e acessível.

Principais obras

Peças

Romeu e Julieta, 1597
Henrique IV, Parte I, 1598
Trabalhos de amor perdidos, 1598
Júlio César, c.1599
Sonho de uma noite de verão, 1600
Henrique V, 1600
Como gostais, c.1600
Muito barulho por nada, 1600
O mercador de Veneza, 1600
Noite de reis, 1601
Otelo, 1602-1604
Hamlet, 1603
Medida por medida, 1604
Rei Lear, c.1604-1608
Macbeth, c.1606
Antônio e Cleópatra, 1606-1607
Conto de inverno, 1610-1611
A tempestade, 1611

Poesia

Vênus e Adônis, 1593
Sonetos, publicados em 1609

É um truísmo desgastado dizer que Shakespeare é o tesouro nacional da Inglaterra e o maior escritor do mundo em todos os tempos. Alguns discutem essa afirmação, mas o que parece estar acima de qualquer discussão é que Shakespeare tinha uma extraordinária facilidade no uso da linguagem para sua época – ou para qualquer época. O que ele tinha a dizer e como ele o dizia encontrou enorme popularidade em vida, e foi reinventado de formas incontáveis para novas plateias desde então.

Segundo o que pode ser vislumbrado através da lente exuberante de provas documentais incompletas, contos tradicionais e mexericos da época que chegaram até nós, Shakespeare, o homem, parece merecer a fama de superastro intrigante. Nascido durante a era elizabetana, época especialmente estimulante para os artistas, ele conseguiu deixar para trás suas raízes provincianas e se tornar o queridinho da realeza. No meio do caminho, também foi ator e andava com uma turma formada pelos principais escritores de sua era (entre eles seu rival literário: Ben Jonson, 1572-1637). O anedotário popular costuma retratá-lo como um caçador ilegal de cervos que fugiu para Londres

ACIMA: ***O retrato Chandos*** **– provavelmente de Shakespeare, mas impossível de se provar.**

À DIREITA: ***As três bruxas*****, de Henry Fuseli, c.1783, baseado em** ***Macbeth*****, de Shakespeare.**

ACIMA: A famosa pintura de Ofélia feita por Millais (*c.*1851-1852), inspirada em *Hamlet*.

para escapar da perseguição, e também como o amante ilícito da "Dark Lady" (dos sonetos). Também foi escrutinado por suas supostas tendências homossexuais ou bissexuais, acusado de não ter escrito suas obras e frequentemente apontado como tendo morrido depois de uma longa sessão de bebedeira.

O que podemos deduzir de sua obra é que Shakespeare tinha uma compreensão muito humana de todos os tipos de personalidades e situações – de reis escoceses enlouquecidos pelo poder a Isabella, a personagem moralmente comprometida de *Medida por medida*, das intrigas da Antiguidade de *Antônio e Cleópatra* à trupe teatral escrachadamente cômica de *Sonho de uma noite de verão*. Muito desse material deve ter se baseado em sua própria vida. Ele foi criado por uma família de classe média na cidadezinha de Stratford-upon-Avon. Seu pai, John, vendia luvas e era uma personalidade na região, mas acabou se endividando.

"Ele não pertencia a uma era, mas a todos os tempos."
— Ben Jonson, sobre Shakespeare

Gênio ou impostor?

Séculos afora se desenrolam discussões acaloradas – alimentadas pela falta de provas concretas de sua vida e obra – questionando se Shakespeare teria ou não escrito as peças que lhe são atribuídas. Um dos principais suspeitos é Francis Bacon (1561-1626), dono de intelecto elevado, escritor talentoso e, por algum tempo, juiz supremo da Inglaterra. Um estudioso vitoriano chegou a ter um colapso nervoso ao tentar provar essa tese. Ben Jonson, amigo e rival de Shakespeare, é outro suspeito. Também fazem parte da lista nobres como Edward de Vere e o conde de Oxford (teoria defendida por Sigmund Freud).

Outros suspeitos mencionados incluem o poeta e dramaturgo Christopher Marlowe e Walter Raleigh e a própria rainha Elizabeth. O ponto em comum a muitas dessas teorias é basicamente o esnobismo – a crença de que um homem com os antecedentes de Shakespeare não poderia ter sido capaz de escrever peças que lançam mão de uma gama tão ampla de alusões cultas. Também é preciso considerar a paixão que costumam despertar as teorias conspiratórias.

A maioria dos estudiosos da obra de Shakespeare rejeita essas teorias, mas reconhece que alguns trechos (talvez até peças inteiras) possam ter sido escritos parcial ou mesmo completamente por outros autores. A colaboração entre os escritores era muito comum na época de Shakespeare.

À DIREITA: ***Sonho de uma noite de verão*, por Gustave Doré (sem data).**

Shakespeare era o terceiro de oito filhos. Três irmãos morreram ainda jovens e apenas um sobreviveria a Shakespeare (que morreu no início da casa dos 50 anos). Hamnet, seu próprio filho, um dos três que teve com Anne Hathaway (a moça da região com quem ele se casou aos 18 anos, quando ela estava grávida de seu primeiro filho), morreu ainda na infância – vinculou-se esse evento a lamentos presentes em muitas obras, entre elas *Noite de reis*.

O mistério da vida de Shakespeare

Uma neblina encobre a cronologia da vida e da obra de Shakespeare. Provavelmente se deixou contagiar pelo teatro ainda na infância, quando Stratford recebeu uma sucessão de grupos teatrais itinerantes. Deve ter recebido uma sólida educação clássica na esplêndida escola primária de Stratford. Depois de anos sem qualquer notícia sua, ele aparece em Londres, durante a década de 1590 como respeitado ator-dramaturgo. Deve ter começado a escrever peças por volta de 1590, e, provavelmente, a trilogia *Henrique VI* e *Ricardo III* estão entre suas primeiras obras. Os sucessos na poesia incluem *Vênus e Adônis*. No início dos anos 1600, ele estava à frente da principal companhia de teatro da Inglaterra, King's Men, em homenagem a seu patrono, Jaime II), que desfrutava na corte de prestígio.

Shakespeare prosseguiu sua ascensão com uma sucessão de peças e sonetos expressivos (1609). A maioria das peças foi escrita em grupos de cinco estrofes iâmbicas, que ele transformou em algo mágico. Conhecido por sua sagacidade, conseguia escalar os píncaros da poesia, chafurdar no humor mais rasteiro e produzir inversões sábias como "desperdicei tempo e agora o tempo me desperdiça" (*Ricardo II*). Usou a linguagem para explorar personalidades complexas, criar climas variados e controlar enredos estonteantes, recheados de identidades trocadas.

Segundo a tradição, Shakespeare iniciou uma aposentadoria pacífica e confortável em uma de suas propriedades em Stratford por volta de 1610, mas não existem provas disso. Ele morreu em Stratford, porém, segundo dizem alguns, por causa de uma febre após uma noite de bebedeira com Ben Jonson e outros. A causa precisa de sua morte é mais um mistério em uma vida repleta de charadas intrigantes. **AK**

JOHN DONNE

Nascimento: Entre 24 de janeiro e 19 de junho de 1572 (Londres, Inglaterra).
Morte: 31 de março de 1631 (Londres, Inglaterra).

Estilo e gênero: Um dos grandes poetas metafísicos de sua era, sua poesia apresenta um misto de engenhosidade, paixão, erudição e sagacidade.

Principais obras

Poesia

Poems, 1633 (publicação póstuma)

Sermões

LXXX Sermons, 1640 (publicação póstuma)

Fifty Sermons, 1649 (publicação póstuma)

XXVI Sermons, 1660 (publicação póstuma)

Prosa

Pseudo-Martyr, 1610

Ignatius His Conclave, 1611

Devotion Upon Emergent Occasions, 1624

Essays in Divinity, 1651 (publicação póstuma)

"Nenhum homem é uma ilha. A morte de qualquer um me diminui..." – *Meditação XVII*

ACIMA: Pintura de Donne, da escola inglesa, feita em torno de 1595.

John Donne pertencia a uma família católica de destaque em um tempo em que era perigoso seguir abertamente essa fé. Seu pai foi um próspero funileiro e a mãe era filha de John Heywood, o dramaturgo. Donne foi educado em Oxford e depois na Universidade de Cambridge, mas não pôde obter um diploma das duas instituições por conta de sua religião. Aos 20 anos, ingressou em Lincoln's Inn para estudar Direito. Porém, apesar de sua evidente inclinação para o aprendizado, quando jovem era também mulherengo e aventureiro. Em 1596, Donne partiu de navio na expedição de Cádiz e então, mais uma vez com Walter Raleigh, em 1597, foi caçar tesouros de navios afundados nos Açores. Seus poemas "A tempestade" (1597) e "A calmaria" (1597) lembram essas experiências.

Em 1601, Donne tornou-se membro do parlamento representando Brackley, mas essa carreira civil altamente promissora foi arruinada quando ele se casou secretamente com uma adolescente, Anne More. A união aconteceu à revelia do pai de Anne e Donne passou algum tempo na cadeia. Em consequência, os 14 anos seguintes de sua vida foram profissionalmente pouco auspiciosos e marcados por problemas financeiros. Donne acabou caindo nas graças de Jaime I, que recomendou que ele procurasse uma carreira na Igreja, conselho que ele seguiu com muito sucesso até sua morte em 1631. Com o passar do tempo no púlpito, o poderoso conteúdo de seus sermões atraiu muita atenção e elogios. Os escritos religiosos também o ajudaram a obter um doutorado na Universidade de Cambridge e a disputadíssima reitoria da catedral de Saint Paul. Esses sermões foram publicados postumamente em três volumes.

Muito da poesia de Donne é difícil de ser datada. Porém, costuma haver consenso em atribuir seus poemas de amor e sátiras à

À ESQUERDA: Donne pintou sua própria máscara funerária semanas antes de sua morte em 1631.

juventude e a poesia mais devota, bem como os sermões, aos tempos em que serviu à Igreja. Embora seus escritos circulassem amplamente durante sua vida, o grosso de sua obra só foi publicado após a sua morte.

A poesia mais antiga de Donne em geral é francamente sexual e pode ter sido inspirada pelo relacionamento físico muito próximo com sua mulher, que lhe deu 11 filhos, embora nem todos tenham sobrevivido à infância. A luta do escritor com a fé católica e sua subsequente conversão à Igreja anglicana são expressas em polêmicas obras em prosa como *Pseudo-Martyr* (1610) e *Ignatius His Conclave* (1611). **GM**

Uma fusão de sangue

Na tradição metafísica, boa parte da poesia de amor de Donne funde duas ideias disparatadas para criar outra, elaborada e extravagante (uma metáfora engenhosamente ampliada), que une os aspectos emocionais e intelectuais. Em "A pulga", poema que se dirige ao objeto de um amor não correspondido, Donne descreve como a pequenina praga sugou sangue de ambos. Esse incidente, ligeiramente desagradável, é transformado em causa para a celebração romântica, quando a fusão do sangue se transforma em símbolo do casamento, do sexo, da procriação, tudo ao mesmo tempo. O poeta usa essa concepção para defender sua união real.

BEN JONSON

Nascimento: Junho de 1572 (Londres, Inglaterra). Morte: 6 de agosto de 1637 (Londres, Inglaterra).

Estilo e gênero: Poeta e dramaturgo elizabetano, maior rival contemporâneo de Shakespeare, Jonson é mais conhecido por suas peças satíricas e licenciosas.

De estatura avantajada, tanto em termos de reputação literária quanto em presença física, Ben Jonson foi um personagem marcante e curioso, que partiu de origens humildes para se tornar o primeiro poeta laureado da Grã-Bretanha. Começou a vida como pedreiro, mas logo percebeu que a atividade não era para ele. Alistou-se no Exército, onde participou de ações em Flandres, matando um inimigo em combate. Então entrou para uma companhia de atores itinerante e logo se tornou um ator-escritor. Uma ocasião, foi para a cadeia por estar envolvido em uma peça subversiva, *Isle of Dogs*, e depois por ter matado um colega ator em um duelo. Depois disso, imaginou-se que Jonson optaria por sair de circulação, mas ele se manteve como um crítico eloquente e destemido de seus contemporâneos (entre eles, Shakespeare) e descarado promotor de seus próprios talentos.

Every Man in His Humour, apresentada pela trupe do lorde Chamberlain em 1598, transformou Jonson em celebridade. Com *Sejanus His Fall*, sua fama se tornou mais parecida com infâmia, quando foi levado ao Conselho Privado da rainha para se defender de acusações de "papismo e traição". Depois, voltou para a cadeia por sua participação em *Eastward Ho*, cujas referências antiescocesas ofenderam Jaime I. A reputação de Jonson se mantém com as peças *Volpone* e *The Alchemist*, entre outras, nas quais sua inteligência mordaz se combina a uma engenhosa sátira. Foi também como poeta e bem-sucedido autor de mascaradas que Jonson liderou o círculo literário do qual emergiu um punhado de famosos escritores. Inevitavelmente, o fato de ter sido amigo e contemporâneo de Shakespeare costuma encorajar todos os tipos de comparação. Nesses casos, costuma-se contrastar o gênio autodidata de Shakespeare e sua sagacidade nata com a erudição, o classicismo e o domínio técnico de Jonson. **GM**

"É a linguagem que mais revela um homem: falai para que possa vos ver." – *Discoveries*

Principais obras

Peças

Every Man in His Humour, 1598
The Poetaster, 1601
Sejanus His Fall, 1603
Eastward Ho, 1604
Volpone, ou A raposa, 1606
The Alchemist, 1610
Bartholomew Fair, 1614

Poesia

The Forest, 1616
Underwoods, 1640

Prosa

Timber, or Discoveries, 1640

ACIMA: Cópia sem data de um retrato feito por Gerrit van Honthorst no século XVII.

TIRSO DE MOLINA

Nascimento: Gabriel Téllez, *c.*1571-1584 (Madri, Espanha). Morte: 12 de março de 1648 (Soria, Espanha).

Estilo e gênero: Dramaturgo e poeta do barroco espanhol, é conhecido pela profundidade de seus personagens, por sua gama de assuntos e sagacidade.

Principais obras

Peças

El Vergonzoso en Palacio, 1611

El Condenado por Desconfiado, 1624

O burlador de Sevilha e o convidado de pedra, 1630

La Venganza de Tamar, 1634

1500-99

Tirso de Molina foi um dos grandes dramaturgos da era de ouro da Espanha e talvez, em talento, só fique atrás de seu compatriota Lope de Vega. Prolífico, De Molina alegava ter escrito 400 peças, entre comédias como *El Vergonzoso en Palacio* e tragédias como *La Venganza de Tamar*, mas menos de 90 sobreviveram. A mais conhecida é *O burlador de Sevilha e o convidado de pedra*, na qual criou o personagem do lendário sedutor Don Juan Tenório. Talvez seja irônico, considerando-se que De Molina era padre. Capaz de ser espirituoso e comovente, criou personagens simpáticos e argumentos realistas. Esse talento lhe criou problemas em 1625, quando uma parte de sua obra foi classificada como obscena. **CK**

JOHN WEBSTER

Nascimento: *c.*1580 (Londres, Inglaterra). Morte: *c.*1630 (Londres, Inglaterra).

Estilo e gênero: Dramaturgo dos tempos da rainha Elizabeth e do rei Jaime conhecido por suas tragédias, Webster enfrentava o lado negro da natureza humana e tinha entre seus temas a revanche e a violência macabra.

Principais obras

Peças

The White Devil, 1612

The Duchess of Malfi, 1623

The Devil's Law Case, 1623

Pouco se sabe da vida de John Webster. Talvez tenha estudado Direito – hipótese sustentada pelo uso de cenas de tribunal em suas peças e pelo senso de justiça, ou melhor, de falta de justiça. O primeiro registro de sua carreira de escritor surge em 1602 e ele foi autor ou coautor de peças e tragicomédias junto com dramaturgos de destaque como Thomas Dekker. Porém, costuma ser lembrado por duas tragédias que se passam na Itália, *The White Devil* e *The Duchess of Malfi*. Reconhecidas pela violência sangrenta e pelo senso macabro, ambas enfocam o lado mais obscuro da natureza humana. A plateia sente que o mal nunca está longe em uma sociedade corrupta até a medula. Para Webster, até um exemplar da Bíblia pode servir como arma letal. **CK**

FRANCISCO DE QUEVEDO

Nascimento: 17 de setembro de 1580 (Madri, Espanha). Morte: 8 de setembro de 1645 (Villanueva de los Infantes, Espanha).

Estilo e gênero: Quevedo é famoso pela sátira e pela sagacidade, mas também foi um erudito e autor de poemas de amor, novelas, tratados filosóficos e teológicos.

Quevedo, ao lado de seu arquirrival Luis de Góngora, foi um dos principais poetas do *Siglo de Oro* (ou século de ouro) da Espanha. Os pais descendiam da nobreza de Castela e eram figuras de destaque na corte espanhola, mas morreram quando Quevedo tinha 6 anos de idade. Todos os relatos dão conta de que o garoto era um personagem extremamente interessante, que ficou famoso por seus poemas, sua prosa e obras na corte. Ele se correspondia com o humanista Justus Lipsius e conhecia Miguel de Cervantes.

De acordo com relatos contemporâneos, Quevedo tinha natureza impulsiva e uma tendência à perversidade e ganhou fama pelos comentários cáusticos a respeito da aparência das pessoas. Apesar de ter um pé torto e miopia, não se furtava a atacar outros homens pela aparência, escrevendo sátiras devastadoras ou paródias. Também tinha um péssimo gênio e, em mais de uma ocasião, chegou a desafiar um adversário para duelo sob os menores pretextos. A mais famosa dessas rivalidades foi com Luis de Góngora, cuja poesia, estilo de vida e aparência física Quevedo satirizava impiedosamente. Góngora, naturalmente, retribuía na mesma moeda.

A vida na corte espanhola podia ser tempestuosa, dependendo das amizades pessoais e lealdades – ou melhor, dependendo de quem estava ocupando o poder no momento. Depois de uma temporada no exílio – provocado por ter escolhido o lado errado em uma escaramuça política –, Quevedo voltou a viver na corte sob um novo rei, Filipe IV. Ao retornar, ainda estava mais belicoso do que antes – era um bebedor, fumante e frequentador de bordéis. O rei Filipe IV, igualmente turbulento, tinha Quevedo em grande conta. Em 1632, ajudou-o a alcançar o auge de sua ambição política ao nomeá-lo seu secretário particular. **REM**

"Morte, desperdiças teu tempo sobre minha ferida, pois aquele que nunca viveu não morrerá."

Principais obras

Prosa

O gatuno: História da vida do gatuno chamado Dom Pablo, exemplo de vagabundos e espelho de velhacos, 1626

Os sonhos (também conhecido como *Los Sueños y Discursos*), 1627

Teologia

La cuna y la sepultura, 1612

La providencia de Dios, 1641

Política

La politica de Dios, 1617-1626

La vida de Marco Bruto, 1632-1644

ACIMA: Tela a óleo da escola espanhola do século XVII, localizada em Madri.

PEDRO CALDERÓN DE LA BARCA

Nascimento: 17 de janeiro de 1600 (Madri, Espanha). Morte: 25 de maio de 1681 (Madri, Espanha).

Estilo e gênero: Principal dramaturgo no auge do poder e da influência da Espanha, seus temas têm como inspiração a corte real

Calderón nasceu e morreu em Madri, passando a maior parte de sua vida nas cortes de Filipe III e de Filipe IV, que reuniram em torno de si um grupo de seus escritores favoritos. Em 1637, o rei Filipe IV sagrou Calderón Cavaleiro de Santiago.

Os pais de Calderón tinham vindo do norte da Espanha (diz-se que sua mãe descendia de flamengos). Os dois morreram ainda jovens e, aos 15 anos, Calderón estava órfão. Destinado inicialmente ao sacerdócio, entrou na escola jesuíta de Madri, mas mudou de ideia e preferiu estudar Direito na Universidade de Salamanca. Embora os relatos costumem variar, aparentemente ele serviu, por pouco tempo, nas forças armadas. Lutou em nome do rei na revolta catalã de 1640 e também teria servido em campanhas contra os italianos e os holandeses.

Durante a temporada na universidade, Calderón começou a ganhar nome como escritor e, ao voltar para Madri, o estilo acessível e a imaginação vívida garantiram-lhe o sucesso. Escreveu peças para a corte real, bem como mascaradas e óperas, e suas obras também foram encenadas em teatros públicos, levando seu nome a se tornar conhecido de uma plateia maior. Seu sucesso foi tanto que, depois da morte de Lope de Vega, Calderón passou a ser considerado o principal dramaturgo da Espanha. Ele nunca se casou, embora tenha assumido a paternidade de um filho ilegítimo. Em 1651, voltou para sua primeira vocação, tornando-se sacerdote, indicado mais tarde para o cargo de capelão real. Continuou a escrever sobre temas religiosos e seculares, entre os quais muitos roteiros para apresentação na festa anual de Corpus Christi em Madri. Suas comédias foram descritas como fundamentalmente sérias. "O que é a vida?", pergunta em uma delas. "Uma loucura. O que é a vida? Uma ilusão, uma sombra, uma história." **RC**

"Ele supera todos os modernos dramaturgos à exceção de Shakespeare." – Percy Bysshe Shelley

Principais obras

Peças

El príncipe constante, 1629

El médico de su honra, 1635

A vida é sonho, 1635

El alcalde de Zalamea, 1640

La hija del aire, 1653

ACIMA: Retrato de Calderón pintado por Antonio Pereda y Salgado no século XVII.

PIERRE CORNEILLE

Nascimento: 6 de junho de 1606 (Rouen, França). Morte: 1º de outubro de 1684 (Paris, França).

Estilo e gênero: Considerado o pai da tragédia clássica francesa, suas obras geralmente giram em torno de um dilema moral.

A famosa peça de Corneille *O Cid*, baseada em histórias sobre o grande herói espanhol El Cid, foi um divisor de águas. É considerada um marco do teatro francês por sua abordagem inédita do drama clássico. Embora tenha sido um sucesso, provocou inflamada polêmica artística entre pessoas nas altas esferas, levando à desaprovação oficial da Académie Française.

Apesar desse aparente revés e do pouco tato de Corneille, suas peças permaneceram muito populares. Foram admiradas pelo público e pelos principais dramaturgos de seu tempo, como Molière, e ele acabou sendo admitido na Academia em 1647. Nessa época, bem estabelecido como dramaturgo, Corneille já tinha no currículo uma série de peças, entre elas comédias muito espirituosas como *Le Menteur*, além das tragédias pelas quais costuma ser louvado.

Tornou-se bem conhecido por conta de sua "tetralogia clássica", produzida nas décadas de 1630 e 1640: *O Cid*, *Horácio*, *Cinna* e *Polieucto*. O dom especial de Corneille era a reinterpretação pessoal da camisa de força teatral em voga no seu tempo – a observação das três unidades supostamente clássicas de tempo, lugar e ação – de uma forma que permitia uma expressiva percepção psicológica, aliada a uma clareza de visão bem equilibrada. Suas peças geralmente contrapõem interesses pessoais e questões morais, e oferecem um heroísmo edificante. Talvez o inimitável senso de ordem artística de Corneille se deva ao fato de pertencer a uma família de advogados. Ele mesmo foi treinado para a função e trabalhou como magistrado e oficial local durante sua vida. Continuou a produzir peças na velhice, mas depois foi obscurecido por Racine, a quem muito influenciou. Sua obra também exerceu profundo efeito em personalidades como o dramaturgo John Dryden, durante a Restauração inglesa. **AK**

Principais obras

Peças

Medée, 1635
O Cid, 1637
Horácio, 1640
Cinna, 1641
Polieucto, 1643
Le Menteur, 1643
Andromède, 1650
Nicomède, 1651
Oedipe, 1659

"Quando não há riscos na luta, não há glória no triunfo." – *O Cid*

ACIMA: Uma cópia do retrato de Corneille feito por Charles Le Brun, guardado em Versalhes, na França.

À DIREITA: Frontispício de *O Cid*, publicado por Augustin Courbé em 1637.

LE CID
TRAGI-COMEDIE

A PARIS,
Chez AVGVSTIN COVRBE, Imprimeur & Libraire de Monſeigneur frere du Roy, dans la petite Salle du Palais, à la Palme.

M. DC. XXXVII.
AVEC PRIVILEGE DV ROY.

JOHN MILTON

Nascimento: 9 de dezembro de 1608 (Londres, Inglaterra). Morte: 8 de novembro de 1674 (Chalfont St. Giles, Buckinghamshire, Inglaterra).

Estilo e gênero: T. S. Eliot considerava Milton "de fato um grande poeta", mas achava que como homem era antipático, e sua poesia, caracterizada pela dominância do som.

Milton permanece como o mais poderoso dos poetas da língua inglesa, ensejando releituras frequentes talvez mais do que qualquer outro escritor. A criança que se tornaria um polemista selvagem com sua prosa – em boa medida em razão da tendência à misoginia em sua obra e pela personalidade inflexível – foi bem educada por pais ambiciosos, primeiro em casa, com a ajuda de tutores, depois na St. Paul School e em Cambridge. Terminou sua educação por conta própria, graças a um intenso período de leituras quando chegou à casa dos 20 anos, e adiou, para depois finalmente abandonar, uma carreira na Igreja.

Apesar do aparente atraso (o tema da "longa escolha e início tardio" é frequente em sua obra), ele havia composto antes dos 30 anos de idade quatro brilhantes poemas: "L' Allegro", "Il Penseroso", "Lycidas" e *Comus* (uma mascarada). Quando se formou, já era um mestre do latim e do grego, podia ler e escrever em francês e italiano, sabia hebraico o bastante para parafrasear, em grego, o salmo 114 e, mais tarde, defendeu Carlos I em latim tão robusto que ficou conhecido por toda a Europa não apenas como um bem-sucedido polemista, mas também pelo estilo que lembrava Cícero. Foi o

Principais obras

Poesia

Paraíso perdido, 1667

Paraíso reconquistado, 1671

Sansão guerreiro, 1671

Poemas

"On the morning of Christ's Nativity", 1629

"Lycidas", 1637

Ensaios

Areopagítica, 1644

The Tenure of Kings and Magistrates, 1649

Second Defence of the English People, 1654

The Readie & Easie Way to Establish a Free Commonwealth, 1659

Peça

Comus, apresentada em 1634, publicada em 1637

ACIMA: Gravura representando Milton, da escola inglesa do século XIX.

À DIREITA: *Satã tenta Eva*, por John Martin, cena de *Paraíso perdido*, de Milton.

ACIMA: *Satã, o pecado e a morte* (1735-1740), esboço inacabado inspirado em *Paraíso perdido*.

primeiro intelectual da Inglaterra a chegar à arena internacional.

Milton escreveu quase que exclusivamente prosa entre 1640 e 1656, durante a emergência gradual do republicanismo revolucionário que ele defendia, voltando para a poesia apenas ao começar *Paraíso perdido*. Em 1642, casou-se com a primeira esposa, Mary Powell, filha de uma família monarquista que devia dinheiro ao pai de Milton. As núpcias foram apenas dois meses antes do início da guerra civil na Inglaterra. Supostamente por causa do conflito, a esposa o deixou e foi se abrigar na casa da família em Oxford, de onde só sairia depois de três anos inteiros. Milton começou a escrever seus quatro tratados sobre o divórcio durante essa separação, argumentando que a verdadeira base de um casamento é o companheirismo, e que a incompatibilidade de temperamentos é uma razão melhor para o divórcio do que o adultério.

"Estar cego não é uma miséria. Não ser capaz de suportar a cegueira é a miséria."

Satã sobre-humano

O Satã de Milton é um novo tipo de personagem na poesia épica, muito diferente das monstruosas representações do demônio na literatura medieval e renascentista. O Lúcifer de Milton é ao mesmo tempo super e subumano:

Confiou em exército tamanho,
aspirando no Império a ter assento
De seus iguais acima, destinara
Ombrear com Deus, se Deus se lhe opusesse,
E com tal ambição, com tal insânia,
Do Onipotente contra o Império e trono
Fez audaz e ímpia guerra, deu batalhas.
Mas, da altura da abóbada celeste,
Deus, com a mão cheia de fulmíneos dardos,
O arrojou de cabeça ao fundo Abismo,
Mar lúgubre de ruínas insondável,
A fim que atormentado ali vivesse
Com grilhões de diamante e intenso fogo
O que ousou desafiar em campo o Eterno.
Paraíso perdido, Livro I, 40-49

Em *O casamento do Céu e do Inferno*, William Blake comenta: "A razão para Milton escrever de algemas ao tratar dos Anjos e liberdade, ao falar dos Demônios e do Inferno, é porque ele era um poeta verdadeiro e partidário do Demônio sem sabê-lo." Para Blake, Satã simbolizava o desejo, a energia e as forças criativas vitais que habilitam a humanidade a viver uma existência plena: "Em Milton, o Pai é o Destino, o Filho, uma Relação entre os cinco sentidos e o Espírito Santo, o vácuo."

À DIREITA: ***Satã anima os anjos rebeldes*, pintado em 1808 por William Blake.**

Mary morreu ao dar à luz, deixando-o com três meninas e um menino que não sobreviveu ao parto. Ele voltou a se casar duas vezes, sendo que a terceira esposa viveu mais uns 50 anos após sua morte. Teve problemas nos olhos, perdendo a visão do olho esquerdo em 1648 e ficando completamente cego em 1652 (ele nunca viu sua segunda esposa, a muito amada Katherine Woodcock. Precisou que o guiassem e que lhe lessem pelo resto de seus dias).

Paraíso perdido e *Sansão guerreiro*

Embora Milton tenha escrito *Paraíso perdido* ininterruptamente em 1656, quando já estava claro que o Protetorado de Cromwell logo seria substituído pela volta do governo monárquico, Milton planejava o poema épico desde o fim da década de 1630. Nenhum poema longo na língua inglesa tem uma amplitude espacial maior e nenhum outro tem personagens mais bem delineados. Agora o lemos como um poema da consciência dramatizada, trágica, com a atenção voltada para Satã, Eva no Jardim do Éden e a apresentação do próprio Milton como um poeta "inalterado... embora vítima de dias perversos/ Em dias perversos, embora vítima, e línguas perversas/ Na escuridão e envolto em perigos/ E solidão". Satã é glamouroso, sedutor e perverso, um retrato sublime de uma hipocrisia canastrona tão perspicaz que só poderia ser percebida por um deus, embora ele próprio seja franco e desiludido em relação ao papel que passou a desempenhar. "Onde quer que eu voe é o Inferno; eu mesmo sou o Inferno/ ...Todo o bem me foi perdido/ Mal, vós sois o meu bem."

Milton confere a Eva uma personalidade imensamente complexa: narcisista e persuasiva na discussão com Adão; crédula ao conhecer Satã sob a forma de serpente, e comovente como a desgraçada mãe da humanidade no momento em que Adão escolhe segui-la na queda. Quando seu paraíso está perdido, lhe é prometido "um paraíso dentro de vós, ainda mais feliz".

Ao fim de *Paraíso perdido*, Milton enfatiza a introspecção da mesma maneira em que sua redefinição da tragédia, em *Sansão guerreiro*, ele une o pessoal com o político e o histórico para forjar uma inesquecível imagem da solidão humana diante do vazio do desconhecido. **JP**

ANDREW MARVELL

Nascimento: 31 de março de 1621 (Winestead, Inglaterra). Morte: 16 de agosto de 1678 (Londres, Inglaterra).

Estilo e gênero: Poeta, panfletário e político a serviço de Cromwell, seus escritos estão repletos de dualidades, talvez reflexo de uma personalidade dividida.

1600-99

Principais obras

Poemas

"An Horatian Ode", 1650

"The Coronet", *c.*1650-1652

"A Dialogue Between the Soul and the Body", *c.*1650-1652

"To His Coy Mistress", *c.*1650-1652

"The Mower Against the Gardens", *c.*1650-1652

"The Garden", *c.*1650-1652

"Upon Appleton House, to my Lord Fairfax", 1651

Prosa

The Re-hearsal Transps'd or Animadversions Upon a Late Book, Intituled A Preface, Shewing What Grounds There Are of Fears and Jealousies of Popery, 1672

The Growth of Popery and Arbitrary Government, 1677

Nascido em Yorkshire, educado no Trinity College, em Cambridge, tendo feito muitas viagens pelo continente, Andrew Marvell tornou-se tutor da filha de Thomas Fairfax em 1648. Presume-se que tenha escrito boa parte de sua poesia enquanto desempenhava a função. Em algum momento, Marvell conheceu o grande poeta John Milton e usou de sua influência política para libertá-lo da prisão.

Em 1657, sob recomendação de Milton, Marvell foi designado secretário assistente de latim para o Conselho de Estado, sob a liderança de Oliver Cromwell (desdobramento surpreendente, pois Marvell havia se aliado anteriormente aos monarquistas). Em 1659, Marvell foi eleito representante de Hull no parlamento, posto que manteve até sua morte. Nas últimas duas décadas de sua vida, esteve sempre muito envolvido na política. Escreveu numerosas e mordazes sátiras políticas e participou de missões diplomáticas em lugares tão distantes quanto a Rússia.

As tensões que eram evidentes na vida pública de Marvell permeiam sua arte. Examinou com grande habilidade a natureza voraz do tempo contra o prazer, ladrão que ele conhecia muito bem por ter experimentado precocemente as mortes do pai e da mãe. Marvell também tratou do conflito entre os prazeres mundanos e as responsabilidades morais da alma. Talvez o mais relevante para sua personalidade dividida seja a exploração do papel do indivíduo como esteta em união com a natureza, e do contraste inevitável com seu lado racional. Para Marvell, em sua experiência de vida e em seus esforços artísticos, os dois lados sempre estariam em conflito. Morreu de uma febre terçã em 1678 e é lembrado como um leal patriota. Sua poesia só foi publicada depois de 1681. **JS**

"A sociedade é tudo menos rude para essa deliciosa solidão." – "The Garden"

ACIMA: Uma gravura produzida por volta de 1880 a partir de *Old England Worthies*, de Lord Brougham.

JEAN DE LA FONTAINE

Nascimento: 8 de julho de 1621 (Château-Thierry, França). Morte: 13 de abril de 1695 (Paris, França).

Estilo e gênero: Autor que transformou a fábula em seu próprio gênero, seus versos sobre animais e antigos heróis foram emprestados de Esopo e outras fontes.

1600-99

Todos os estudantes de língua francesa já ouviram falar das *Fábulas* de La Fontaine. Essas elegantes historinhas arrematadas por uma moral vêm sendo recitadas por crianças nos últimos 300 anos. Porém, um exame mais atento revela que a moral das famosas fábulas de La Fontaine não exemplifica a sabedoria caseira, mas comenta de forma satírica a sociedade contemporânea.

La Fontaine nasceu em Château-Thierry, a leste de Paris, filho de um funcionário do governo. Estudou teologia, direito e talvez medicina, mas era mais um diletante e nunca pôs esses estudos em prática. Não começou a escrever antes dos 33 anos, mas a partir de então se dedicou à arte. Para financiar seus escritos, manteve vários cargos no governo que lhe garantiam uma renda, mas exigiam pouca atenção. Também teve uma série de patronos aristocráticos a lhe dar proteção. O primeiro, Nicolas Fouquet, superintendente de finanças de Luís XIV, lhe traria problemas no futuro. Quando Fouquet caiu em desgraça, La Fontaine continuou a lhe oferecer apoio, despertando tais suspeitas que o rei, pessoalmente, impediu por um ano sua admissão à Académie Française.

O primeiro sucesso literário de La Fontaine veio com *Contes et nouvelles en vers*, coletânea de histórias obscenas sobre padres lascivos, mulheres devassas e maridos traídos. Quando se voltou para a religião, na velhice, La Fontaine arrependeu-se do tom licencioso dos *Contes* e os renegou. Envolveu-se com todas as formas de escrita em voga, do romance longo à elegia, mas foi com as 240 fábulas que ele conquistou um lugar no panteão da literatura francesa. Em uma era em que os autores empregavam uma linguagem formal e contida, esses contos de animais e antigos heróis, escritos com uma fabulosa riqueza de linguagem e repletos de palavras arcaicas e coloquialismos, transbordam de vida e sagacidade. **CW**

"Todo lisonjeador vive à custa daquele que lhe dá ouvidos."

— *A raposa e o corvo*

Principais obras

Prosa

Contes et nouvelles en vers, 1644-1674

Fables choisies mises en vers, 1688-1694

Les Amours de Psyché et de Cupidon, 1669

ACIMA: Retrato de La Fontaine do estúdio de Hyacinthe Rigaud (1659-1743).

MOLIÈRE

Nascimento: Jean Baptiste Poquelin, 15 de janeiro de 1622 (Paris, França). Morte: 17 de fevereiro de 1675 (Paris, França).

Estilo e gênero: Dramaturgo francês do século XVII, amplamente reconhecido como um dos maiores autores de comédias de todos os tempos.

1600-99

Molière, influente autor de comédias, nasceu sob o nome de Jean Baptiste Poquelin, filho de um bem-sucedido estofador que trabalhava para a corte francesa. Ainda jovem, Molière já achava mais divertido fazer graça com a aristocracia do que ser contado em suas fileiras. Usando sua parte nos bens deixados pela mãe, montou um grupo chamado L'Illustre Théâtre, que viajava pelas províncias e permitiu que Molière começasse a dominar seu ofício. Quando voltou a Paris, já havia adotado o nome de Molière.

Em 1658, teve a oportunidade de fazer uma apresentação para o rei Luís XIV, mas tanto este quanto a corte não se impressionaram com a peça escolhida, uma tragédia. Finalmente, Molière aproximou-se do rei e pediu-lhe permissão para apresentar "uma das pecinhas que costumavam regalar a província". O rei concordou e a farsa do próprio Molière, *Le docteur amoureaux*, demonstrou ser tão popular que os atores tiveram permissão para utilizar o teatro do Hôtel du Petit Bourbon. Foi ali que ele encenou seu primeiro sucesso parisiense, *As preciosas ridículas*, peça que enfureceu integrantes da corte francesa, que acreditavam que o texto falava sobre eles e por isso tentaram interromper sua carreira. Apesar disso, o rei concedeu a Molière

Principais obras

Peças

Os ciúmes de Barbouillé, c.1645
O médico volante, c.1648
As preciosas ridículas, 1659
Escola de maridos, 1661
Escola de mulheres, 1662
Casamento forçado, 1664
O tartufo, 1664 (reescrita em 1667 e 1669)
Don Juan, 1665
O misantropo, 1666
Le Médecin malgré lui, 1666
O avarento, 1668
Amphitryon, 1668
George Dadin, 1668
O burguês fidalgo, 1670
As artimanhas de Scapino, 1671
As eruditas, 1672

ACIMA: Detalhe de um retrato de Jean-Baptiste Mauzaisse que está em Versalhes.

À DIREITA: *Crispin e Scapin ou Scapin e Sylvester*, c.1863-1865, de Honoré Daumier.

o uso do Palais Royale, onde ficaria pelo resto de sua vida e onde, mais tarde, sua companhia seria designada como "a trupe do rei".

Pelos 13 anos seguintes, Molière escreveria criações cômicas que continuariam a provocar reações da aristocracia, dos médicos e do clero, entre elas uma das suas obras mais famosas e polêmicas, *Tartufo*. Os conflitos com sua jovem esposa parecem ter inspirado seus escritos também, como outra de suas obras-primas cômicas, *O misantropo*.

Depois de produzir uma série de peças de dar inveja aos dramaturgos dos séculos posteriores, Molière morreu após interpretar no palco, ironicamente, o protagonista de *O doente imaginário*. A trupe lhe implorou que não continuasse, mas ele retrucou: "Existem 50 trabalhadores pobres que têm apenas seu pagamento diário para viver. O que vai acontecer com eles se não houver apresentação?" Costuma-se dizer que ele esteve tão bem em cena que a plateia não percebeu quão doente ele realmente estava. **JM**

ACIMA: ***Molière ceando com Luís XIV*** **(1857), de Jean Auguste Dominique Ingres.**

Molière e a religião

Molière passou boa parte da vida cercado de polêmica, por causa de seu hábito de fazer graça com as classes dominantes, especialmente o clero da Igreja católica. Em 1664, quando escreveu *Tartufo*, um olhar gozador sobre a hipocrisia reinante dentro da Igreja, o arcebispo de Paris ameaçou de excomunhão qualquer pessoa que participasse, assistisse ou mesmo lesse a peça. Apesar da influência que exercia junto ao rei, passaram-se cinco anos e pelo menos duas revisões para que a peça tivesse a permissão de fazer uma apresentação pública oficial. Tornou-se um grande sucesso, mas rendeu, a Molière, numerosos inimigos.

MADAME DE SÉVIGNÉ

Nascimento: Marie de Rabutin-Chantal, marquesa de Sévigné, 5 de fevereiro de 1626 (Paris, França). Morte: 17 de abril de 1696 (Grignan, Drôme, França).

Estilo e gênero: O fluxo de sua correspondência com a alta sociedade parisiense a transformou em uma das mais famosas escritoras de cartas de todos os tempos.

Principais obras

Cartas

The Letters of Madame de Sévigné to Her Daughter and Friends, 1869

Selected Letters of Madame de Sévigné, 1947

Letters from Madame de Sévigné, 1955

Marie de Rabutin-Chantal, aristocrata de Borgonha muito bem-educada, viveu na elegante Paris que descreve com perspicácia em relatos extremamente agradáveis. Havia se casado com um nobre que gastou a maior parte do seu dinheiro antes de ser morto em duelo por causa de outra mulher, em 1651. Sua vida e a daqueles à sua volta foram registradas em centenas de cartas cheias de mexericos, dirigidas a amigos e à filha, Madame de Grignan. Escrevia sobre os últimos eventos e sobre as pessoas em Paris, tratando de assuntos "do controle da natalidade a penteados". Até Madame de Sévigné, esperava-se que a correspondência se conformasse a determinadas regras. Ela escolheu ignorá-las. Sua vivacidade e habilidade literária garantiram um lugar importante à escrita de cartas na tradição francesa. **RC**

JOHN BUNYAN

Nascimento: Batizado em 30 de novembro de 1628 (Harrowden, Inglaterra). Morte: 31 de agosto de 1688 (Londres, Inglaterra).

Estilo e gênero: Bunyan é mais famoso pela densa alegoria de *O peregrino* – a ação representa o progresso espiritual de um cristão em busca da salvação.

Principais obras

Alegorias

O peregrino, 1678

Guerra santa, 1682

Autobiografia

Grace Abounding to the Chief of Sinners, 1666

John Bunyan foi preso duas vezes por pregar sem licença, e foi na primeira temporada na cadeia que iniciou *O peregrino*. Publicado pela primeira vez em 1678, seu conto alegórico da busca cristã pela salvação espiritual se tornou uma das obras mais influentes da literatura inglesa. Bunyan não foi certamente o primeiro a transformar a cristandade em alegoria, mas a simplicidade de sua linguagem, as descrições vívidas e as reverberações estilísticas da magistral Bíblia do rei Jaime fizeram com que sua alegoria fosse mais acessível ao leitor em geral. De fato, o Dr. Johnson acreditava que a força do livro estava no fato de que "não há nada que um homem culto possa encontrar para louvar de forma mais elevada e para divertir a criança que não sabe de nada". **AS**

JOHN DRYDEN

Nascimento: 19 de agosto de 1631 (Aldwinkle, Northamptonshire, Inglaterra).
Morte: 12 de maio de 1700 (Londres, Inglaterra).

Estilo e gênero: Fez da copla heroica um importante componente da poesia, para gerar efeito grandioso, em versos satíricos e pseudo-heroicos.

Poucos personagens tiveram maior impacto na literatura da Inglaterra da Restauração do que John Dryden. Escrevendo em tempos de extrema tensão entre a monarquia e o parlamento, ele achou prudente celebrar os dois lados. Compôs *Heroic Stanzas* (1658) na ocasião da morte de Oliver Cromwell, louvando a vida do homem responsável pela execução de Carlos I, e em seguida celebrou a restauração de Carlos II com *Astraea Redux* (1660).

Em 1671, Dryden foi designado como poeta laureado, mas em 1688 perdeu a posição, quebrando uma tradição vitalícia, porque havia se recusado a jurar apoio ao governo que se seguiu à Revolução Gloriosa e à deposição de Jaime II. Em uma reviravolta cruel do destino, o posto foi presenteado a Thomas Shadwell, dramaturgo que havia sido alvo de um dos poemas satíricos mais causticantes de Dryden, *MacFlecknoe*. Os feitos de Dryden iam muito além da poesia. Era reputado como dramaturgo, crítico literário e tradutor de primeira linha. Mas sua influência poética mostrou-se extremamente durável graças à popularização de um dos recursos poéticos mais comuns do período – um par de estrofes com rima seguindo o pentâmetro iâmbico. Apropriadamente, uma das mais famosas dessas coplas vem de *Absalom and Achitopel*: "Grande inteligência pode muito bem servir à loucura/ e muito tênue é a linha que separa as duas." Como o nome sugere, a forma serviu de base para a poesia épica, heroica, mas também serviu à zombaria, com boa parte da sátira derivando da sensação de que o assunto não merece tal tratamento. *MacFlecknoe* é o melhor exemplo da utilização dessa forma por Dryden e sua influência satírica pode ser claramente percebida em *The Dunciad* (1728), de Alexander Pope. **AS**

"Tudo pode decair; quando o destino ordena, monarcas devem servir." – *MacFlecknoe*

Principais obras

Poesia

Absalom and Achitophel, 1681
Religio Laici, 1682
MacFlecknoe, 1682
A Song for St. Cecilia's Day, 1687, 1687

Tradução

Juvenal: The Sixth Satire, 1693

ACIMA: Retrato de Dryden gravado por William Falthorne (1616-1691).

SAMUEL PEPYS

Nascimento: 23 de fevereiro de 1633 (Londres, Inglaterra). Morte: 26 de março de 1703 (Londres, Inglaterra).

Estilo e gênero: Pepys é conhecido por seus diários, que contêm relatos detalhados da vida contemporânea e de eventos históricos.

Principal obra

Diários

The diaries of Samuel Pepys, 1825

Talvez não exista outro retrato da vida na Inglaterra do século XVII tão cativante e historicamente esclarecedor como aquele esboçado nos diários de Samuel Pepys, iniciados em 1º de janeiro de 1660. Influente integrante do parlamento e administrador naval, Pepys levou uma vida movimentada, tendo parado na cadeia em diversas ocasiões e sido acusado de traição (embora depois absolvido). Ele continuou a escrever durante os nove anos seguintes, até 31 de maio de 1669, quando fez o último registro, culpando a perda da visão pela interrupção dos escritos.

Os diários são um relato pessoal da vida de Pepys e incluem generalidades domésticas e informações sobre o tenso relacionamento com a esposa, além de registrar vários envolvimentos com diferentes mulheres. Nessa categoria está uma descrição particularmente vívida de um incidente ocorrido em 25 de outubro de 1668, quando a mulher o pegou abraçando Deborah Willet, que por ironia havia sido contratada como dama de companhia. Junto de registros altamente pessoais, que muito fizeram para despertar o interesse do leitor moderno pela personalidade do autor, estão relatos fascinantes da atmosfera política e social da época e dos principais acontecimentos históricos. Os diários fornecem, por exemplo, uma descrição em primeira mão da grande peste de 1665 e do incêndio de Londres no ano seguinte, escritos com tremenda compaixão e perspicácia, além de uma vívida reconstituição da coroação de Carlos II e de vários eventos ocorridos durante a segunda guerra anglo-holandesa (1665-1667). Os diários foram escritos em uma linguagem repleta de abreviaturas, padrão para a época, e claramente foram concebidos como registro pessoal, não para publicação. Pepys, porém, encadernou os volumes para melhor preservá-los, indicando que tinha consciência de que um dia os livros poderiam ser lidos por outras pessoas. **TP**

"Feliz como qualquer homem do mundo, pois o mundo inteiro parece me sorrir!"

ACIMA: Retrato de Pepys feito por Godfrey Kneller, do acervo da Royal Society of Arts, em Londres.

MADAME DE LA FAYETTE

Nascimento: Marie-Madeleine Pioche de La Vergne, batizada em 18 de março de 1634 (Paris, França). Morte: 25 de maio de 1693 (Paris, França).

Estilo e gênero: La Fayette é saudada como a fundadora da tradição francesa de romances históricos sérios, que empregam o passado para iluminar o presente.

Madame de La Fayette fazia parte de uma família de menor importância da nobreza francesa. Casou-se com um representante de uma família de mais destaque em 1655. Seu marido era o conde de La Fayette. Viveram inicialmente em sua propriedade rural e ela teve dois filhos com ele. Depois de alguns anos, porém, ela se mudou para Paris, deixando-o para trás, e se transformou em uma das anfitriãs mais formidáveis da sociedade parisiense. Era muito amiga de Madame de Sévigné e muitos personagens famosos da literatura se reuniam em seus fulgurantes salões. Entre os frequentadores estavam o poeta Jean de Segrais, que colaborou com La Fayette em *Zayde* (que tinha a Espanha moura como cenário), o galanteador Gilles Ménage, que supostamente teria sido tutor dela e de Madame de Sévigné, e, principalmente, o duque de La Rochefoucauld, que desde então é famoso por suas máximas maravilhosamente desencantadas.

O marido de Madame de La Fayette continuou a morar no campo, embora a visitasse em Paris com frequência. A tragédia de um casamento sem amor é tema de vários de seus romances, entre eles o mais famoso, *A princesa de Clèves*, que costuma ser chamado de o primeiro romance moderno por sua profundidade psicológica. Contém um retrato de La Rochefoucauld, que se envolveu de perto com sua criação. A heroína é um ornamento arrebatadoramente desejável da corte francesa do século XVI, casada com um homem a quem não ama. Ao se perceber ameaçada com enredos de intriga e de sedução na corte, consegue manter sua virtude intacta abandonando a corte e passando seus últimos anos sozinha. Os leitores acharam que a história sugeria que casamento e amor verdadeiro são incompatíveis e muitos escreveram cartas para a revista *Mercure galant* afirmando considerar a heroína uma pessoa real, de seu próprio tempo. **RC**

"A vergonha é a mais violenta das paixões."
— *A princesa de Clèves*

Principais obras

Romance

A princesa de Clèves, 1678

Romanço

Zayde, 1670

ACIMA: Gravura colorida por Felix Geille, a partir de Friedrich Bouterwek.

JEAN RACINE

Nascimento: Dezembro de 1639 (La Ferté-Milon, França). Morte: 21 de abril de 1699 (Paris, França).

Estilo e gênero: Um dos principais dramaturgos de seu tempo (e rival de Molière e Corneille), Racine seguiu a tradição clássica, criando personagens convincentes.

Principais obras

Peças

Tebaida ou Os irmãos inimigos, 1664
Alexandre le Grand, 1665
Andrômaca, 1667
Bérénice, 1670
Fedra, 1676
Ester, 1689
Atália, 1691

ACIMA: *Retrato de Racine*, de Jean Baptiste Santerre (*c.*1700).

Jean Racine pode ser considerado um dos principais dramaturgos do século XVII. Durante sua vida, obteve grande êxito com seus dramas e foi bem-sucedido do ponto de vista crítico e financeiro, tornando-se um dos primeiros personagens da literatura francesa a ganhar a vida com seus escritos. Seu estilo era marcadamente diferente daquele de seus principais rivais, Molière (1622-1673) e Pierre Corneille (1606-1684), caracterizado por um tom mais rigidamente clássico. A abordagem direta e despojada de Racine agradou o público e o colocou em vantagem junto à crítica. Ele também era amigo de um dos principais críticos da época, Nicolas Boileau-Despréaux (1636-1711), o que certamente ajudou.

Racine foi criado pela avó, Marie des Moulins, e educado no convento de Port-Royal, dirigido por integrantes do polêmico movimento jansenista. Recebeu farta instrução a respeito da literatura e da linguagem da Grécia e Roma clássicas – especialmente em relação à mitologia –, conhecimentos que moldariam posteriormente sua carreira literária. Os mestres o encorajaram a estudar Direito, mas Racine voltou-se para os círculos artísticos e literários de Paris. Começou a escrever poesia e despertou a atenção de Boileau-Despréaux. O crítico incentivou o jovem escritor a prosseguir seu caminho na literatura. Em seguida, Racine escreveu sua primeira peça, *Amasie*, que nunca chegou a ser produzida. Pouco depois conheceu Molière.

Em 1664, Molière produziu a segunda peça de Racine, a tragédia *Tebaida,* e, no ano seguinte, seu grupo teatral encenou outra peça de Racine, *Alexandre le Grand*, que recebeu aclamação entusiástica do público. Racine então decidiu abordar um grupo teatral rival, com mais reputação em montagens de tragédias. *Alexandre le Grand* teve a carreira interrompida no teatro de Molière, seguida por uma reestreia com a trupe do Hôtel de Bourgogne menos de duas semanas após a primeira apresentação. Em outro ato de traição, Racine roubou a principal atriz de Molière, Thérèse du Parc,

ACIMA: *Racine lê "Athelie" para Luís XIV*, 1819, de Julie Philipault.

que foi para a companhia de Bourgogne. É fácil de compreender por que Molière rompeu relações com Racine e por que os dois nunca se reconciliaram.

Racine continuou a produzir peças dramáticas (e uma comédia), obtendo crescente sucesso de público. A maioria delas era baseada em histórias clássicas, como *Bérénice* e *Fedra*. A essa altura, Racine também havia feito um punhado de inimigos importantes, e foi em parte por esse motivo que ele parou de escrever e assumiu o cargo de historiador na corte de Luís XIV. Pelos 12 anos seguintes, trabalhou, casou-se e cuidou da família até ser persuadido a voltar às letras por Madame de Maintenon (1635-1719), amante de Luís XIV, que lhe pediu duas peças para as crianças da escola de Saint-Cyr. *Ester* e *Atália* foram bem recebidas, mas foram suas últimas obras. Ele morreu alguns anos depois, em 1699. **TP**

Atrizes principais

De acordo com alguns, Racine teria levado uma vida privada um tanto indecorosa, fato que teria influenciado a interrupção de sua carreira de escritor em 1677. Um escândalo irrompeu quando ele roubou a principal atriz da trupe de Molière, Thérèse du Parc, e iniciou com ela um turbulento caso. A atriz, que era casada, morreu em circunstâncias estranhas e, a princípio, Racine esteve sob a suspeita de tê-la envenenado. Mais tarde, foi absolvido, e a possível causa da morte pode ter sido um aborto malsucedido. Depois, Racine supostamente teria tido um caso com outra atriz, La Champmeslé, protagonista de sua peça *Bérénice*.

APHRA BEHN

Principais obras

Peças

Abdelazer, 1677

The Rover, 1677-1681

The Lucky Chance, 1686

Romance

Oroonoko, ou O escravo real, 1688

Nascimento: Aphra Johnson, julho de 1640 (Harbledown, Inglaterra). Morte: 16 de abril de 1689 (Londres, Inglaterra).

Estilo e gênero: Primeira mulher a se tornar escritora profissional na Inglaterra, sua vida e obra foram pouco convencionais e avançadas para seu tempo.

1600-99

Como Christopher Marlowe, Aphra Behn encontra-se envolta em mistérios dignos de uma espiã. Porém, ao contrário de Marlowe, ela produziu um expressivo volume de obras entre 1670 e 1689, formado por 18 peças, dois romances e diversos poemas celebrados atualmente pela exploração sagaz do desejo lésbico. Embora suas peças tenham sido bem-sucedidas na época, principalmente porque incorporavam o clima animado da Restauração, sua reputação contemporânea baseia-se grandemente em *Oroonoko, ou O escravo real*. Primeira narrativa sobre a escravidão africana, é protagonizada por Oroonoko, um personagem não só do seu tempo como avançado para a época – tal como Behn, esperta e determinada, também uma mulher com essas características. **SM**

CARLOS DE SIGÜENZA Y GÓNGORA

Principais obras

Ciência

Libra astronómica y philosóphica, 1691

Filosofia

Manifiesto philosóphico contra los cometas, 1681

Parayso Occidental, plantado y cultivado en su magnífico Real Convento de Jesüs María de México, 1684

Poesia

Las Glorias de Queretaro, 1668

Romances

Infortunios de Alonso Ramírez, 1690

Nascimento: Agosto de 1645 (Cidade do México, México). Morte: 22 de agosto de 1700 (Cidade do México, México).

Estilo e gênero: Autêntico homem do Renascimento, Sigüenza escreveu poesia, foi da Companhia de Jesus, historiador, cartógrafo real e geólogo.

O pai de Sigüenza, antigo tutor da família real espanhola, ensinou matemática e astronomia ao filho. O jovem Sigüenza fez votos para se tornar um religioso em 1662, embora tenha sido expulso do colégio por não observar a disciplina correta. Apesar disso, mais tarde se tornou capelão em um hospital. Estudioso reverenciado por seus conhecimentos, publicou um almanaque em 1671 e criou *El Mercurio Volante*, o primeiro jornal da Nova Espanha, em 1693. Como geógrafo real, Sigüenza foi o primeiro cidadão nascido na colônia a preparar um mapa da Nova Espanha e, durante a década de 1680, começou seus aclamados escritos sobre a história do México. Sua obra abrange poesia, filosofia e astronomia, e ele exerceria uma imensa influência sobre romancistas latino-americanos posteriores. **REM**

JOHN WILMOT

Nascimento: 1º de abril de 1647 (Ditchley, Inglaterra). Morte: 26 de julho de 1680 (Woodstock, Inglaterra).

Estilo e gênero: Cortesão no início da Restauração inglesa, sua pena espirituosa ficou famosa ao satirizar a vida decadente da Inglaterra do fim do século XVII.

1600-99

Se John Wilmot, segundo conde de Rochester, iluminava, ao mesmo tempo lançava sombras escuras. Estava submerso na politicagem (às vezes mesquinha e sexual) da corte de Carlos II. Ainda jovem, tornou-se um favorito do rei, servindo como cortesão e "Cavaleiro de Alcova". O jovem conde logo se associou ao grupo de engraçadinhos da corte que adotavam a licenciosidade moral e sexual da Restauração. No início da casa dos 20 anos, Rochester contraiu sífilis, doença que, combinada com a bebida em excesso, acabou por matá-lo na flor de seus 33 anos. Apesar dos problemas de saúde, ele continuou a frequentar bordéis e a ter numerosas amantes. Passou a maior parte da vida correndo atrás de dinheiro e raramente pagava suas dívidas.

Rochester era famoso por sua sagacidade, que costumava se manifestar em poesia satírica mordaz sobre pessoas da corte, entre elas o rei e suas amantes. A sátira sobre as cortesãs, *Signior Dildo*, despertou o interesse do rei, mas equivocadamente Rochester lhe entregou uma cópia de *Satyr on Charles II*. Precisou deixar a corte às pressas e se recolher a um exílio temporário. Não foi a primeira nem a última vez que irritou o rei.

O desencanto de Rochester aumentava conforme sua saúde piorava, e sua poesia reflete os arrependimentos e o alcoolismo. Seus versos não foram publicados enquanto vivia. Foram passados de mão em mão, em manuscrito, e frequentemente copiados em cadernos pessoais de amigos e conhecidos. Mesmo uma parte de sua poesia mais improvisada foi preservada pelos amigos, transcrita da melhor maneira que podiam. Em seu leito de morte, arrependeu-se dos pecados e do ateísmo. Sua família queimou muitos de seus originais, especialmente aquilo que parecia ser licencioso. Por isso, muito do que ele escreveu está perdido. **IJ**

"O homem difere mais de outro homem que das feras."
— *A Satyr Against Reason and Mankind*

Principais obras

Poesia

A Ramble in St. James's Park, 1672
Signior Dildo, 1673
A Satyr Against Reason and Mankind, 1675
To the Postboy, 1676
The Imperfect Enjoyment, 1685
Upon His Drinking Bowl, 1685

Peças

Valentinian, 1685
The Farce of Sodom, or the Quintessence of Debauchery, 1685

ACIMA: ***Retrato de John Wilmot***, de Peter Lely (1618-1680).

1600-99

DANIEL DEFOE

Nascimento: Daniel Foe, 1660 (Londres, Inglaterra). Morte: 26 de abril de 1731 (Londres, Inglaterra).

Estilo e gênero: Defoe inventou o romance de aventura. Seus protagonistas espelham a ética de trabalho protestante, mas nem sempre a moralidade protestante.

Daniel Defoe foi prolífico no mais amplo sentido da palavra. Como autor de panfletos, ensaios e livros, foi facilmente um dos homens mais lidos de sua era: os registros mais conservadores atribuem a ele mais de 300 obras. Seu periódico, *The Review*, revolucionou o jornalismo inglês. Trabalhou como propagandista e espião em Londres e Edimburgo com tal sucesso que chegou a ser chamado de "serviço secreto em pessoa". Teve oito filhos, seis dos quais chegaram à idade adulta. Como economista, foi um dos primeiros a esboçar as bases do Império Britânico do século posterior. Seu primeiro romance, *Robinson Crusoé*, publicado quando ele tinha 59 anos, inspirou levas de imitadores e – mais importante – nunca deixou de ser editado.

Apesar da ampla variedade de gêneros enfrentada por Defoe, sua obra caracteriza-se por uma singular clareza de enfoque: o comércio, praticado com justiça, de acordo com princípios pacíficos e racionais, fornece o melhor meio para aprimorar a condição humana. Isso não quer dizer que Defoe escrevesse apenas como um cientista deplorável, embora a catalogação obsessiva de bens materiais seja uma característica notável de sua técnica. Seu melhor trabalho é marcado por perfis psicológicos astutos e sensibilidade ao fato de que problemas gerados pelas circunstâncias econômicas não podem ser resolvidos facilmente. Os protagonistas de seus romances, homens e mulheres, tendem a ser mercenários por força de circunstâncias que fogem a seu controle. Embora não tentem justificar seus atos, também não vemos razões para julgá-los com severidade. Em seus textos, Defoe teve êxito em uma difícil e dupla tarefa: dar voz à emergente sociedade capitalista e também às pessoas impiedosamente vitimadas por ela. **SY**

Principais obras

Romances

Robinson Crusoé, 1719
Capitão Singleton, 1720
Coronel Jack, 1722
Moll Flanders, 1722
Um diário do ano da peste, 1722
A New Voyage Around the World, 1724
Os segredos de Lady Roxana, 1724

"O primeiro autor inglês a escrever sem imitar ou adaptar obras anteriores." – James Joyce

ACIMA: Daniel Defoe em gravura de Michael Van der Gucht (1660-1725).

À DIREITA: Capa da edição de *Robinson Crusoé*, de Defoe, publicada em 1881.

ROBINSON
CRUSOÉ

JONATHAN SWIFT

Nascimento: 30 de novembro de 1667 (Dublin, Irlanda). Morte: 19 de outubro de 1745 (Dublin, Irlanda).

Estilo e gênero: Sacerdote relutante e combativo, satirizou as práticas religiosas e políticas da Irlanda, provocando riso e ultraje.

Principais obras

Romance

As viagens de Gulliver, 1726

Prosa

Uma história de um tonel, 1704

A batalha dos livros, 1704

Um argumento contra a abolição do cristianismo, 1711

Drapier's Letters, 1724

Modesta proposta, 1729

Poesia

Cadenus and Vanessa, 1713

Diário a Stella, 1720

The Grand Question Debated, 1729

A Beautiful Young Nymph, Going to Bed, 1731

Versos sobre a morte do Doutor Swift, 1731

Swift levou uma vida de expectativas frustradas. Sem pai ao nascer, foi transferido de um lugar para outro durante a infância, formando-se no Trinity College, em Dublin, e tornando-se secretário de William Temple no sul da Inglaterra. Foi ali que começou a escrever poesia, embora viesse a deixar suas maiores contribuições em prosa. Infeliz por ter sido educado na Irlanda, descrita por ele como "um vil país", Swift se viu de volta após a morte de Temple em 1699, como capelão do lorde chefe do judiciário. Publicou em 1704 suas primeiras obras satíricas, nas quais atacou o pedantismo e o fanatismo religioso.

À medida que sua reputação literária crescia, aumentava a animosidade que inspirava no sistema, com sátiras como *Um argumento contra a abolição do cristianismo*, difícil de ser engolida por aqueles que poderiam favorecê-lo. Visitante regular da Inglaterra, onde se tornou amigo de alguns dos principais nomes da literatura da época, ele realmente só se assentou na Irlanda ao se tornar reitor da catedral de Saint Patrick, em Dublin, a partir de 1713. Foi nesse posto que escreveu as obras que estariam para sempre associadas a ele. O extraordinário *As viagens de Gulliver*, sátira da irracionalidade humana (e agora um favorito do público infantil), forneceu munição para aqueles que consideravam Swift apenas um misantropo. O panfleto *Modesta proposta*, em que ele ironicamente defendia a criação de crianças pobres na Irlanda com fins alimentares como forma de resolver simultaneamente os problemas da alta taxa de natalidade e da fome no país, reforçou essa visão. Um tumor cerebral fez com que passasse os últimos anos de sua vida sofrendo de demência, final trágico, porém perversamente apropriado para o mais preciso e provocante dos pensadores. **PS**

"Não me espanto com a perversidade dos homens, mas com sua falta de vergonha."

ACIMA: Retrato de Jonathan Swift no estúdio, pintado por Charles Jervas no século XVIII.

À DIREITA: *Gulliver em Lilliput*, a partir de desenho de Fréderic Théodore Lix.

ALEXANDER POPE

Nascimento: 22 de maio de 1688 (Londres, Inglaterra). Morte: 30 de maio de 1744 (Twickenham, Inglaterra).

Estilo e gênero: São características de sua obra a sátira inteligente, o sarcasmo espirituoso e a profunda observação da natureza humana e de suas fraquezas.

Alexander Pope estava acostumado com a zombaria de seus rivais literários por ser um adulto corcunda, de saúde precária e altura inferior a 1,50m, e ainda por cima católico em meio a uma ampla maioria anglicana. Aprendeu a se defender dos abusos com um azeitado senso de humor e uma língua ferina e sarcástica. Além do mais, como filho de um homem que venceu pelo próprio esforço – um comerciante que se tornou um rico mercador –, ele inventou para si antecedentes ilustres, com ancestrais aristocráticos e histórias de valor. Pope herdou uma grande fortuna após a morte do pai, o que parecia dar mais crédito a suas alegações de origem nobre.

Incapaz de praticar esportes na infância, ele adorava os livros e começou a escrever ainda muito jovem, afirmando ter escrito sua primeira obra apresentável, uma "Ode à Solidão", antes de completar 12 anos. Influenciado pelo conde de Rochester, escreveu poemas com temática sexual, disfarçando-os de espirituosa comédia de comportamento. Seu mais famoso poema, *The Rape of the Lock* (O rapto da madeixa), conta de forma galhofeira a história de uma mecha de cabelo roubada – tradicional presente trocado pelos enamorados. Baseado em uma história real que originou uma rixa entre duas famílias, é escrito em estilo empolado, com o tema prosaico deliberadamente se transformando em um drama. Repleto de simbolismos, o poema pode ser lido em dois níveis: como comédia ligeira ou como uma visão corrosivamente subversiva da sociedade contemporânea.

Suas outras obras, entre elas "ensaios de mentirinha", faziam graça com a hierarquia de classes e as rígidas regras sociais. Muitas de suas cartas também foram destinadas à publicação e escritas com esse objetivo. Em 1717, poeta aclamado e favorito de muitas damas da sociedade, comprou uma chácara em Twickenham, então um vilarejo nas imediações de Londres, e visitá-lo ali se tornou moda. Foi lá que morreu aos 56 anos. **LH**

Principais obras

Poesia

Essay on Criticism, 1711

The Rape of the Lock, 1712-1714

Windsor Forest, 1713

Eloisa to Abelard, 1717

Elegy to the Memory of an Unfortunate Lady, 1717

The Dunciad, 1728

Essay on man, 1733-1734

Traduções

Ilíada, de Homero, 1715-1720

Odisseia, de Homero, 1726

"Conheça a si mesmo, não examine Deus; / O estudo da humanidade centra-se no homem."

ACIMA: Detalhe de *Alexander Pope e seu cão Bounce*, c.1718, de J. Richardson.

SAMUEL RICHARDSON

Nascimento: 19 de agosto de 1689 (Mackworth, Derbyshire, Inglaterra). Morte: 4 de julho de 1761 (Londres, Inglaterra).

Estilo e gênero: Frequentemente chamado de "pai do romance", Richardson explorava as questões da moral contemporânea por meio do uso inovador da forma epistolar.

É difícil imaginar a popularidade da obra de Samuel Richardson no século XVIII, quando as provas, os dilemas e os infortúnios dos personagens de seus romances eram assunto de conversa da mesma forma que acontece hoje com as novelas de televisão. Porém, sua capacidade de criar personagens psicologicamente convincentes resistiu ao teste do tempo, e suas histórias românticas, escritas na forma epistolar, permanecem uma leitura gratificante.

Richardson é famoso pelos romances *Pamela, or Virtue Rewarded*; *Clarissa, or The Story of a Young Lady* e *Sir Charles Grandison*. Era gráfico de profissão e não começou a escrever antes de entrar na casa dos 50 anos. O romance como gênero literário estava ainda em forma embrionária quando ele estreou com *Pamela*. Tinha como objetivo despertar o interesse de uma classe média letrada tanto pela diversão como por meio da instrução moral. O tom moralista desse e de outros romances talvez choque os leitores modernos, mas também oferece um olhar fascinante sobre a vida da Inglaterra no século XVIII. Mesmo então, a história da protagonista de Richardson, a criada Pamela, e de seus esforços para proteger sua "virtude" contra as investidas de seu patrão foi objeto de sátira. Os exemplos mais conhecidos são de autoria de Henry Fielding em romances como *Shamela* (1741) e *Joseph Andrews* (1742).

A obra-prima de Richardson é *Clarissa*, que consiste em cartas escritas por diversos personagens, em vez de apenas um autor, como acontece em *Pamela*, obtendo uma perspectiva mais ampla sobre os eventos e uma visão mais profunda sobre os sentimentos e as motivações dos personagens. A capacidade de Richardson em criar personagens realistas, tanto na fala quanto em gestos, e argumentos plausíveis mantém suas obras como uma leitura envolvente e marca uma das primeiras tentativas de transformar o romance em ficção romântica. **CK**

"Quanto mais ele é lido, mais prazer se extrai dele."
— Denis Diderot sobre Richardson

Principais obras

Romances

Pamela, or Virtue Rewarded, 1740

Clarissa, or The Story of a Young Lady, 1747-1748

Sir Charles Grandison, 1753-1754

ACIMA: *Samuel Richardson*, retrato pintado por Joseph Highmore em 1747.

1600-99

VOLTAIRE

Nascimento: François-Marie Arouet, 21 de novembro de 1694 (Paris, França). Morte: 30 de maio de 1778 (Paris, França).

Estilo e gênero: Autor de obras históricas e dramas trágicos, Voltaire foi um polemista satírico que embebeu suas obras de crítica com uma inteligência mordaz.

Os escritos de Voltaire são a encarnação da Era das Luzes, transbordando de sagacidade ao desconstruir as questões morais e sociais. Sua obra abrange poesia, peças, ensaios e filosofia, expondo sua crença nos direitos civis, na liberdade de credo e na necessidade de progresso social. Embora boa parte de seu trabalho não seja mais acessível ao grande público, sua reputação como opositor da tirania e dos preconceitos permanece intacta.

Voltaire foi educado na faculdade jesuíta de Louis-le-Grand, quando experimentou pela primeira vez a sensação de desilusão com a religião. Apesar de se formar em direito, escolheu se tornar um escritor. No início da carreira, em episódio que se repetiria regularmente, Voltaire enfureceu as autoridades ao ousar zombar do duque de Orleans, o que provocou seu banimento de Paris e eventual aprisionamento na Bastilha. Nesse período, escreveu a tragédia *Oedipe* (Édipo), um sucesso triunfante ao ser encenado após sua libertação, e assumiu o pseudônimo de Voltaire. Dedicou-se a um poema épico sobre a vida do popular rei francês Henrique

Principais obras

Prosa

Zadig, 1741

Micrômegas, 1752

Cândido, 1759

O ingênuo, 1767

Poesia

Henriada, 1723

Peças

Oedipe, 1718

Alzire, 1736

Mahomet, 1741

La princesse de Navarre, 1745

Não ficção

Cartas filosóficas, 1733

Eléments de la philosophie de Newton, 1738

Le siècle de Louis XIV, 1751

Tratado sobre a tolerância, 1763

Dicionário filosófico, 1764

ACIMA: Retrato de Voltaire, de Nicholas de Largillière, pintado depois de 1718.

À DIREITA: Ilustração de *Cândido*, a partir da obra de Jean Michel Moreau, o Jovem.

ACIMA: *Voltaire conversa com camponeses em Ferney*, de Jean Huber (1721-1786).

IV, que de início teve dificuldade para obter autorização de publicação por conta da vigorosa defesa da tolerância religiosa. *Henriada* deliciou os livres-pensadores da elite parisiense e valeu a Voltaire uma carreira como poeta da corte. Estabelecido na companhia de alguns dos maiores pensadores franceses da época, o desenvolvimento intelectual de Voltaire prosperou até que sua pena voltou a lhe criar problemas ao insultar um membro de uma importante família francesa, o Chevalier de Rohan. Depois de uma visita à cadeia, Voltaire aceitou a opção do exílio e dirigiu-se para Londres em maio de 1726.

"Todos os homens são iguais. Não é o nascimento, mas sim a virtude, que os diferencia."

Passou dois anos na Inglaterra dominando a linguagem e digerindo a filosofia de John Locke e o pensamento científico de Isaac Newton. Sua alta estima pelo liberalismo das instituições inglesas e por sua tolerância religiosa inspirou a escrita de *Cartas filosóficas,* quando voltou para casa. O ataque mal disfarçado à sociedade francesa causou mais ultraje, obrigando-o a deixar Paris e se

Voltaire e seus inimigos

Os atritos com as pessoas eram, para Voltaire, um modo de vida. Enquanto estava na casa dos 20 e 30 anos, entrou e saiu da Bastilha por diversos ataques contra a aristocracia e a monarquia francesas. Pareceu ter finalmente feito as pazes com a nata da sociedade francesa até fazer um gracejo infeliz sobre a integridade de certas pessoas durante um jogo de cartas. Temendo a reação habitual a suas observações espirituosas, retirou-se rapidamente para a casa de campo da duquesa du Maine.

Depois de sucumbir aos repetidos convites para juntar-se a Frederico II em Berlim, Voltaire não demorou a perturbar o rei ao ridicularizar Maupertuis, presidente da academia de ciências de Frederico, no panfleto *Diatribe du Docteur Akakia*. Tão enfurecido ficou o rei que ele chegou a colocar Voltaire em prisão domiciliar em Frankfurt quando o escritor fazia o caminho de volta para a França. Ele não chegou a voltar para casa, pois circulava a história de que Luís XV não permitiria seu retorno a Paris como punição por indiscrições passadas.

Voltaire não reservou sua verve apenas aos ataques às classes dominantes. Tinha constantes conflitos com outro grande pensador da época, Rousseau, sobre temas filosóficos. Para se vingar da crítica de Rousseau a seu trabalho, publicou anonimamente um panfleto informando o público de que Rousseau havia abandonado seus filhos.

Mesmo depois de morto, Voltaire foi capaz de despertar fortes sentimentos. Em 1814, um grupo de fanáticos religiosos roubou seus restos mortais e os jogou em um buraco.

refugiar no castelo de Madame du Chatelet, em Cirey, na região de Champagne. Escreveu muitos dramas nesse período, entre eles *Alzire*, peça que defendia as ideias da superioridade moral daqueles que pregam a tolerância no lugar da repressão, e também apresentou as ciências naturais para o público em *Eléments de la philosophie de Newton*. Novas indiscrições trouxeram mais atritos com a corte francesa, ao mesmo tempo que era bem-sucedido nos palcos com *Merope* e *La princesse de Navarre*. As constantes fugas para se proteger exauriram Voltaire e se tornaram fonte de inspiração para o romance *Zadig*. A história do filósofo Zadig, na Babilônia, que sofre com as perseguições e os azares e questiona a capacidade do homem de determinar seu próprio caminho e vencer o destino, tem mais do que uma leve semelhança com as experiências vividas pelo próprio autor.

Em julho de 1750, Voltaire chegou a Berlim, a convite de Frederico II. Durante a temporada no palácio real, ele completou a obra histórica *Le siècle de Louis XIV*, estudo exaustivo feito com base em relatos de testemunhas do período. Diferenças inevitáveis com Frederico obrigaram Voltaire a deixar a Prússia e se mudar para Ferney, na Suíça, onde escreveu a obra-prima satírica *Cândido*. O romance acompanha o jovem Cândido em uma odisseia pelo mundo, na companhia de seu professor, o Dr. Pangloss, discípulo do otimismo filosófico de Gottfried Leibniz. As formidáveis atrocidades humanas testemunhadas e as dificuldades suportadas na odisseia obrigam Cândido a descartar a crença de seu mestre de que "tudo vai bem no melhor dos mundos". A miséria infindável é moderada pela inteligência e a sátira que acompanham cada tragédia, mascarando convenientemente críticas ao Estado e à Igreja.

Voltaire dedicou boa parte do fim de sua vida a continuar a luta em favor da tolerância religiosa e pela abolição da tortura, que o estimulava a interferir em prol das vítimas do fanatismo. Considerado um herói pela Revolução Francesa, seu corpo foi finalmente posto em descanso no Panthéon em 1791. **SG**

À DIREITA: Gravura da escola francesa na abertura de *Eléments de la philosophie de Newton*.

ELÉMENS
DE LA
PHILOSOPHIE
DE NEUTON,

Mis à la portée de tout le monde.

Par Mr. DE VOLTAIRE.

I. F. Du B. del. Cl. Duflos fecit

A AMSTERDAM,
Chez JACQUES DESBORDES.
M. DCC. XXXVIII.

JEAN-JACQUES ROUSSEAU

Nascimento: 28 de junho de 1712 (Genebra, Suíça). Morte: 2 de julho de 1778 (Ermenonville, França).

Estilo e gênero: O suíço Rousseau foi um filósofo e romancista famoso por suas observações críticas a respeito da sociedade e da natureza do homem.

Principais obras

Ensaios

Discurso sobre as ciências e as artes, 1750

Romance

Julie, ou La Nouvelle Héloïse, 1761

Política

O contrato social, 1762

Filosofia

Émile, ou De l'éducation, 1762

Autobiografias

Réveries du promeneur solitaire, 1782

Confissões, Parte 1, 1782

Confissões, Parte 2, 1789

A profunda influência de Rousseau como filósofo político e novelista ultrapassou as fronteiras da Era das Luzes, com a qual entrou frequentemente em conflito. Ganhou destaque como teórico social graças ao *Discurso sobre as ciências e as artes*, escrito em 1750 para um concurso de ensaios que ele venceu. *Discurso* e as obras seguintes anunciaram uma linha de pensamento radicalmente nova. Suas opiniões sobre a religião, a defesa de uma vida interior autêntica em preferência à conformidade social exterior, o argumento de que o homem no estado natural é intrinsecamente virtuoso e moral, pois as instituições políticas e mesmo as culturais são intrinsecamente corruptas, sua ênfase na liberdade individual e na igualdade, a franqueza em relação às sensações – tudo isso atraiu a atenção de filósofos como Diderot e Voltaire e, em última instância, tornou Rousseau uma figura importante nos conflitos ideológicos que levaram à Revolução Francesa.

"O homem nasce livre e em toda parte está acorrentado." Assim inicia *O contrato social*, uma das obras mais conhecidas de Rousseau,

ACIMA: Retrato de Jean-Jacques Rousseau, de Maurice Quentin de la Tour (1704-1788).

À DIREITA: Página de uma das coleções de espécimes de plantas de Rousseau.

na qual defendia uma ligação próxima entre liberdade e justiça, e também a soberania da vontade coletiva. Seu romance *Émile*, um tratado em forma de narrativa sobre educação, dramatizava as posições filosóficas de Rousseau em relação ao indivíduo, à natureza e à sociedade. Tanto *O contrato social* quanto *Émile* foram considerados afrontas ao sistema religioso e político vigente, queimados em Genebra e banidos em Paris. Rousseau, com toda certeza, nunca se recuperou da veemência desses ataques que levaram periodicamente à falta de moradia e à paranoia.

Em seu último livro, *Réveries*, Rousseau se dedica à autoexploração e autodefesa. Estruturado em torno de 10 caminhos, ele valorosamente argumenta com aqueles que o compreenderam mal, celebra as virtudes da solidão, copia música e estuda botânica. Inacabado na ocasião de sua morte, oferece de qualquer forma um comovente retrato final. **ST**

ACIMA: Ilustrações do século XVIII de *Émile*, de Rousseau, da escola francesa.

Desnudando tudo

Rousseau considerava sua vida e seus escritos interligados e costuma receber o crédito por inventar a autobiografia moderna. Em *Confissões*, em especial, define a personalidade como sendo irredutivelmente singular, mas sujeita a transformações. Com sensibilidade, explora não apenas os acontecimentos de sua vida, mas seus sentimentos. Não trata só de circunstâncias externas, mas do efeito que tiveram em sua infância, bem como sobre suas crenças como adulto e suas tendências sexuais. Com honestidade, analisa e defende seus conflitos e relações, apresenta o texto como "a história de sua alma" e se desnuda completamente.

LAURENCE STERNE

Nascimento: 24 de novembro de 1713 (Clonmel, Irlanda). Morte: 18 de março de 1768 (Londres, Inglaterra).

Estilo e gênero: Sterne foi um romancista e sacerdote inglês, famoso por seus romances excêntricos e bem-humorados, entre eles, em particular, *Tristram Shandy*.

1700-99

Criado na Irlanda e em Yorkshire, educado em Cambridge com vistas a uma carreira na Igreja, Sterne passou boa parte da vida adulta dedicando-se a uma paróquia rural – e, na sua última década, escreveu romances excêntricos e espirituosos. A primeira obra publicada foi um panfleto, *A Political Romance*, mas foi o romance *A vida e as opiniões do cavalheiro Tristram Shandy* que o transformou em celebridade. *Tristram Shandy* foi criticado por alguns por seu humor debochado – com toda certeza, brincava com as convenções narrativas –, mas de modo geral foi considerado um triunfo literário. Apesar das pretensões biográficas, tinha pouco a dizer sobre "a vida e as opiniões" do herói do título (embora tivesse muito a dizer sobre classes sociais, sexualidade e fraquezas familiares no século XVIII) e pouco a ver com enredo ou personagens, esteios da ficção narrativa. A jovialidade proposital de Sterne – que incluía duas páginas negras para celebrar o falecimento do "pobre Yorick" – inspirou monumentais obras de ficção experimental do século XX, como *Ulysses*, de James Joyce.

Sterne morreu no mesmo ano da publicação de *Uma viagem sentimental*. Curiosamente, seu personagem principal e narrador, Parson Yorick, havia aparecido (e morrido) em *Tristram Shandy* e funcionava como um alter ego de Sterne, que havia assinado cartas e publicado sermões sob esse nome. O último romance de Sterne veio de uma viagem de sete meses pela França e pela Itália. Porém, embora possa ser encaixado na categoria de narrativa de viagem, não é apenas cheio de desvios, mas também desordenado e praticamente sem enredo, oferecendo um retrato irônico e às vezes absurdamente engraçado dos excessos do culto da sensibilidade. Como iria destacar Virginia Woolf, sua "estrada atravessa frequentemente sua própria mente e as principais aventuras [são]... com as emoções de seu coração". **ST**

"Comparados [a Sterne], os outros são rígidos, intolerantes e diretos." – Nietzsche

Principais obras

Romances

A vida e as opiniões do cavalheiro Tristram Shandy, 1759-1767 (publicado em nove volumes)

Uma viagem sentimental através da França e da Itália, 1768

ACIMA: Retrato de Laurence Sterne (do século XIX), da escola inglesa.

DENIS DIDEROT

Nascimento: 5 de outubro de 1713 (Langres, Haute-Marne, Champagne-Ardenne, França). Morte: 31 de julho de 1784 (Paris, França).

Estilo e gênero: Editor e colaborador da *Enciclopédia*, Diderot foi filósofo, escritor, livre-pensador e figura de destaque do iluminismo francês.

Denis Diderot foi um dos grandes livres-pensadores do iluminismo francês, cujas ideias radicais e escrita inovadora desafiaram o pensamento convencional em toda a parte. Sua contribuição para o pensamento iluminado e para as fundações do liberalismo moderno praticamente não encontra paralelo, mas sua complexidade e suas crenças vigorosas também foram mal interpretadas ou simplesmente rejeitadas em seu tempo. O escopo de seus escritos varia de peças a romances, traduções e ensaios sobre muitos assuntos, mas principalmente sobre religião e política.

Trabalhou durante 25 anos como editor e colaborador da monumental *Enciclopédia ou Dicionário raciocinado das ciências, das artes e dos ofícios*. **TP**

Principais obras

Não ficção

Carta sobre os cegos (endereçada àqueles que enxergam), 1749

Enciclopédia ou Dicionário raciocinado das ciências, das artes e dos ofícios, 1751-1772

Peças

O filho natural, 1757

Pai de família, 1758

Romances

Joias indiscretas, 1748

Jacques, o fatalista, e seu amo, 1796

A religiosa, 1796

1700-99

TOBIAS SMOLLETT

Nascimento: Tobias George Smollett, 19 de março de 1721 (Dalquhum, West Dumbartonshire, Escócia). Morte: 17 de setembro de 1771 (Livorno, Itália).

Estilo e gênero: Seus romances encarnam o espírito do iluminismo escocês, alternando-se entre representação grotesca e surreal e observação realista.

Tobias Smollett escreveu peças, críticas, vinhetas satíricas e literatura de viagem, mas é mais famoso por romances picarescos como *The Adventures of Roderick Random* e *The Adventures of Peregrine Pickle*. Nascido na Escócia, em uma família de proprietários de terras, Smollet ambicionava seguir a carreira médica, mas em 1739 mudou-se para Londres para embarcar na literatura.

Smollett costuma ser creditado como o progenitor da novela modernista, pois muitos de seus trabalhos apresentam personagens com dialetos distintos que antecipam personagens da literatura moderna como a Molly Bloom de James Joyce. Seus romances também celebram a perspectiva individualizada que remete à experimentação de Virginia Woolf com a narrativa do fluxo de consciência. **SD**

Principais obras

Não ficção

Travels through France and Italy, 1766

Romances

The Adventures of Roderick Random, 1748

The Adventures of Peregrine Pickle, 1751

The Adventures of Ferdinand Count Fathom, 1753

The Life and Adventures of Sir Launcelot Greaves, 1760

The History and Adventures of an Atom, 1769

The Expedition of Humphry Clinker, 1771

Tradução

Dom Quixote, 1755

GIACOMO CASANOVA

Nascimento: 2 de abril de 1725 (Veneza, Itália). Morte: 4 de junho de 1798 (Dux, Boêmia, hoje Duchos, República Tcheca).

Estilo e gênero: Escritor, diplomata e ensaísta, Casanova não perde a pose ao recontar o mundano e o lascivo em seus escritos autobiográficos libidinosos e eróticos.

1700-99

Principais obras

Autobiografias

Histoire de ma fuite des prisons de la République de Venise qu'on appelle les Plombs, 1787

Memórias de Casanova (Histoire de ma vie), 1960

É fácil demais associar o nome de Casanova ao estereótipo do homem que transformou a busca da satisfação sexual em uma forma de arte. A autobiografia de Casanova (escrita em francês na esperança de atingir um público maior) o retrata como boêmio em busca de aventuras. As viagens satisfaziam essa necessidade, mas também o expunham aos riscos envolvidos no processo, naquela época. Dessa forma, o escritor inicialmente desconhecido e sem recursos acabou passando noites em hospedarias de má reputação, recorrendo ao roubo e à violência. Além disso, havia o desejo sexual: tão incontrolável que obscurece qualquer literatura erótica da época. A gama de seus encontros amorosos era eclética. Depois que Casanova penetrou no círculo da aristocracia veneziana, graças ao conhecimento de um nobre da região, sua vida passou por mudanças drásticas que lhe trouxeram, no fim das contas, um breve período de aflição e fama eterna.

Um dos mais famosos incidentes de sua vida imprudente foi sua prisão pelas autoridades venezianas. Casanova conseguiu fugir da famosa prisão Piombi di Venezia de forma quase inacreditável, revivida em cenas extraordinárias da autobiografia, impregnadas com sentido de ritmo e enredo que lembram o cinema. Ele combina algumas empreitadas mundanas com suas maiores realizações naquele que se tornou o mais bem-sucedido livro de sua vida, *Histoire de ma fuite des prisons de la République de Venise qu'on appelle les Plombs*. O fato é que, apesar de exilado da sua querida Veneza, sua reputação o precedia em cada corte da Europa, onde o escritor demonstrava sua inteligência em relação à sexualidade, às finanças e até à medicina. **FF**

"É possível aprender muito com mulheres inexperientes."

— *Memórias de Casanova*

ACIMA: Retrato de Casanova feito por Anton Raphael Mengs (1728-1779).

GOTTHOLD LESSING

Nascimento: 22 de janeiro de 1729 (Kamenz, Alemanha). Morte: 15 de fevereiro de 1781 (Brunswick, Alemanha).

Estilo e gênero: Na Alemanha ainda formada por Estados independentes, Lessing se tornou um personagem importante na criação de uma literatura alemã.

Considerado o primeiro dramaturgo alemão digno de nota, Lessing era filho de um pastor luterano. Menino inteligente e letrado que aprendeu grego, latim e hebraico na escola, foi estudar teologia na universidade em Leipzig, mas estava muito mais interessado na literatura, nas artes e na filosofia. Para desespero do pai, começou a escrever peças que foram encenadas em Leipzig. Em uma delas, *Die Juden*, ele desfere um golpe contra o antissemitismo.

Mais tarde, Lessing morou em diversas cidades alemãs, entre elas Berlim, onde ganhou a reputação de brilhante resenhista e crítico literário. Grande admirador de Shakespeare, foi chamado de "o pai da crítica alemã". Também trabalhou como tradutor e foi contratado por um tempo por Voltaire, até que os dois se desentenderam. As peças de Lessing foram descritas como "dramas burgueses", enfocando a vida da classe média e seus personagens, em vez de se concentrar na aristocracia, como era o costume na época. *Minna Von Barnhelm*, peça de 1767, foi a primeira comédia alemã a ter como cenário o mundo alemão contemporâneo.

Além de peças, Lessing escreveu sobre pintura e produziu obras filosóficas. Defendia o direito do cristão de ter suas próprias ideias e, no espírito do iluminismo, acreditava no cristianismo da razão no lugar do dogma religioso. Ganhava muito pouco, mas em 1770 obteve o posto de bibliotecário da corte do duque de Brunswick. Com isso, passou a ter vencimentos regulares e pôde finalmente se casar. A escolhida foi uma viúva chamada Eva König, mas, tragicamente, dois anos depois ela morreu durante o parto, assim como o bebê. Seus últimos anos foram infelizes e empobrecidos. Foi enterrado como indigente. **RC**

"É possível beber demais, mas nunca o bastante."
— prefácio de *Lieder*

ACIMA: Retrato do escritor alemão Gotthold Lessing (*c.*1769).

1700-99

Principais obras

Peças

Die Juden, 1749

Minna Von Barnhelm, 1767

Emilia Galotti, 1772

Nathan der Weise, 1779

Ensaio

Lacoonte, ou Sobre as fronteiras da pintura e da poesia, 1766

Filosofia

Die Erziehung des Menschengeschlechts, 1780

1700-99

BEAUMARCHAIS

Nascimento: Pierre-Augustin Caron, 24 de janeiro de 1732 (Paris, França). Morte: 18 de maio de 1799 (Paris, França).

Estilo e gênero: O criador de Fígaro fazia muitas coisas além de escrever peças – foi professor de música, inventor, negociante, fornecedor de armas e editor.

O criado habilidoso, intrigante e infinitamente cheio de expedientes, que continuamente passa a perna no patrão, é um arquétipo que remonta aos palcos romanos, mas o exemplar supremo do gênero é Fígaro, personagem de duas populares peças de Beaumarchais transformadas em ópera – *O barbeiro de Sevilha* e *As bodas de Fígaro* – que deliciam as plateias desde então. As peças zombam das classes superiores e demonstram um sentimento muito particular de identificação com os desfavorecidos.

Pierre-Augustin Caron era filho de um relojoeiro de Paris. Quando jovem, inventou um novo mecanismo de escapo e, em 1756, casou-se com a primeira de suas três esposas, uma viúva rica, cliente de seu pai, Madeleine Francquet. Esta era dona da propriedade de Beaumarchais, que forneceu um novo e mais grandioso sobrenome para ela e seu marido. Ela faleceu não muito tempo depois das núpcias. Beaumarchais era um músico habilidoso e, a essa altura, tinha sido contratado para dar aulas de música para as filhas de Luís XV.

Por intermédio da corte, Beaumarchais atraiu a atenção de um rico financista, que o empregou em vários negócios relacionados com o tráfico de escravos. Beaumarchais fez muito dinheiro e, na década de 1770, forneceu armas para que os americanos lutassem contra os ingleses, pela independência. Também foi enviado por Luís XV e Luís XVI para a Inglaterra e a Áustria em missões secretas e, na década de 1780, publicou a primeira edição completa das obras de Voltaire, em 70 volumes, o que lhe custou uma fortuna. Objeto de suspeita durante a Revolução Francesa pelas ligações na corte, Beaumarchais tentou vender mosquetes holandeses para os revolucionários, mas acabou na prisão, sendo solto graças à intervenção de uma antiga amante. Morreu relativamente pobre. **RC**

"Entre todas as coisas sérias, o casamento é a mais farsesca."

— *As bodas de Fígaro*

Principais obras

Peças

O barbeiro de Sevilha, 1775

As bodas de Fígaro, 1785

ACIMA: Retrato de Beaumarchais por Paul Soyer, a partir de um original de Jean-Baptiste Greuze.

RESTIF DE LA BRETONNE

Nascimento: Nicolas-Edme Rétif, 24 de outubro de 1734 (Sacy, Yonne, França). Morte: 2 de fevereiro de 1806 (Paris, França).

Estilo e gênero: Seus temas preferidos são a vida camponesa e o submundo, que aparecem em romances sexualmente explícitos, bem como em ensaios.

Sua incomum combinação de erotismo com zelo extremado pela reforma social rendeu a Rétif apelidos como "Rousseau da sarjeta" e "Voltaire da camareira". Começou a vida tendo Rétif como sobrenome, nascido em uma fazenda na aldeia de Sacy, na Borgonha, como o oitavo entre 14 filhos e o mais velho por parte da segunda esposa de seu pai. Mais tarde, ele adicionou seu nome ao nome da fazenda, La Bretonne, para celebrar suas raízes rurais. Depois, ainda alterou a forma de escrever seu sobrenome para Restif, para sugerir que a estabilidade era o principal elemento da sua personalidade. Ele era alguém *"qui est porté à rester, à ne pas avancer"* ("inclinado a ficar e não a avançar").

Restif não se importava com o mundo em veloz transformação que encontrou ao se mudar para Paris. Lá, trabalhou como gráfico e, segundo dizia, teve mulheres em números equivalentes a sua cota de livros. Escritor compulsivo com imensa produção, despejou algo em torno de 250 volumes de histórias, peças, ensaios e fantasias utópicas. Em *Le Pornographe*, defendeu a liberdade social e a criação de bordéis estatais. Entre suas outras obras consta uma imensa e explícita autobiografia em 16 volumes, *Monsieur Nicolas*. Boa parte do restante de sua produção foi também baseada em sua própria vida e se concentra na sua nostalgia pela inocência e segurança da infância no campo, ao lado de sua adorada e deliciosa mãe e amoroso (mas austero) pai, celebrado em *A vida de meu pai*. Seus romances idealizavam a vida camponesa como um idílio pastoral em contraste com a agitação da vida urbana, com suas ruas propensas ao crime e à corrupção. Também publicou muitos ensaios defendendo a reforma social. Por serem protagonizados pelas classes camponesas e pelo submundo de Paris, os romances de Restif não fizeram grande sucesso junto aos críticos literários e leitores esnobes. **RC**

"Irei dissecar o homem comum assim como Jean-Jacques Rousseau dissecou a grandeza."

1700-99

Principais obras

Romances

Le Paysan perverti, 1775

La Vie de mon père, 1779

La Paysanne pervertie, 1784

Les Parisennes, 1787

Autobiografia

Monsieur Nicolas, 1794-1797

Não ficção

Le Pornographe ou la prostitution réformée, 1769

ACIMA: Detalhe de um retrato de Restif, da escola francesa do século XVIII.

MARQUÊS DE SADE

Nascimento: Donatien Alphonse François de Sade, 2 de junho de 1740 (Paris, França). Morte: 2 de dezembro de 1814 (Charenton, França).

Estilo e gênero: Sade foi o polêmico autor francês de obras eróticas e filosóficas que exploram o lado mais sombrio da natureza humana.

O marquês de Sade veio de uma família aristocrática cuja posição e riqueza lhe garantiriam um futuro privilegiado. Porém, ele estava destinado a passar um terço da vida na cadeia. Foi preso a pedido da sogra depois de constranger a família dela com escândalo público. Submetido a uma *lettre de cachet* (ordem real de detenção e aprisionamento), Sade foi para a cadeia sem julgamento, sem saber quando ou se porventura seria libertado. Por isso, o marquês é tido, por alguns, como um símbolo da opressão do *ancien régime* (antigo regime), que levou uma vida aventureira dedicada à busca do prazer.

Na cadeia, Sade dirigiu suas energias para a escrita. Foi na Bastilha que escreveu *Os 120 dias de Sodoma* em tiras de papel de 10 centímetros que ele juntava e enrolava para que pudessem ser facilmente escondidas. Com a queda da Bastilha em 1789, o manuscrito incompleto foi perdido, mas reapareceu um século depois. Durante a Revolução Francesa, ele permaneceu livre e publicou *Os crimes do amor* sob seu próprio nome. Os contos reunidos no livro lidam com os mesmos temas dos romances

Principais obras

Contos

Os crimes do amor, 1800

Peças

A filosofia na alcova, 1795

Le Comte Oxtiern ou les effects du liberinage, 1800

Diálogo entre um padre e um moribundo, 1926

Romances

Justine, 1791

Juliette, 1797

Os 120 dias de Sodoma, 1905

Não ficção

Adresse d'un citoyen de Paris au roi des Français, 1791

ACIMA: Detalhe de uma gravura colorida retratando o Marquês de Sade (*c.*1830).

À DIREITA: *Thérèse* (1748) era um dos livros eróticos favoritos de Sade.

À ESQUERDA: Gravura de Eustache l'Orsay apresentando Sade em pose característica.

– vício, ateísmo e crime –, mas têm finais moralistas. De qualquer maneira, a coletânea apresenta uma parte da melhor produção de Sade.

Ele foi detido sob acusações espúrias em 1793, durante o Reino do Terror, e sentenciado à morte. Porém, quando chegou o dia da execução, ele não pôde ser encontrado, talvez em razão de um erro burocrático ou suborno. No dia seguinte, Maximilien Robespierre foi executado e encerrou-se o Reino do Terror. Sade estava livre, mas também empobrecido. Publicou uma versão expandida de *Justine*, com uma novela seguinte sobre sua irmã devassa, *Juliette*, que é a mais completa expressão da filosofia libertina de Sade.

Em 1801, foi traído por um editor e preso como autor de obras obscenas. Encaminhado para um asilo por estar supostamente sofrendo de demência libertina, lá passou o resto de sua vida. **IJ**

O Asilo de Charenton

O Asilo de Charenton era uma instituição médica progressista, onde Sade desfrutou de relativa liberdade. A amante e companheira de longa data Marie-Constance Quesnet viveu com ele, fingindo ser sua filha. Em 1805, sob a direção de Sade, o asilo abriu um teatro como parte de seu programa terapêutico. Durante a vida inteira, ele foi apaixonado pelo teatro. Fracassou como dramaturgo, pois faltava a suas peças o mesmo fogo dos romances. O teatro do asilo caiu nas graças dos intelectuais de Paris, com quem Sade socializava e jantava. Porém, aumentaram também as objeções ao envolvimento de Sade no projeto e as produções foram encerradas em 1813.

1700-99

PIERRE CHODERLOS DE LACLOS

Nascimento: Pierre-Ambroise-François Choderlos de Laclos, 18 de outubro de 1741 (Amiens, França). Morte: 5 de setembro de 1803 (Taranto, Puglia, Itália).

Estilo e gênero: Autor de um dos primeiros romances psicológicos – dos mais celebrados, condenados e perfeitos escritos em forma epistolar de todos os tempos.

Aos 40 anos, Pierre Choderlos de Laclos era soldado do Exército francês, lotado em um tedioso posto avançado na baía de Biscaia. Para fazer o tempo passar, decidiu escrever um romance ambientado no coração da sociedade parisiense. O romance, *Ligações perigosas*, se tornaria uma sensação literária.

No livro, uma dupla de aristocratas, o visconde de Valmont e a marquesa de Merteuil, em busca de novas diversões que estimulem suas vidas ociosas e frívolas, se desafiam a seduzir alguns inocentes recém-chegados à sociedade de Paris. Escrito sob a forma de cartas trocadas entre os protagonistas, *Ligações perigosas* desnuda o funcionamento da psicologia de cada personagem com estarrecedora eficácia, demonstrando a intenção maliciosa de Valmont e Merteuil e o tumulto moral das vítimas. O editor fictício que "reuniu" as cartas alega que o livro tem objetivos didáticos e morais, mas a virtude não triunfa ao fim e, de fato, o leitor é levado de certa forma a admirar a fria inteligência dos personagens. Desde sua primeira publicação, *Ligações perigosas* foi considerado escandaloso e, em 1824, o romance foi banido da França por sua imoralidade.

Laclos produziu outros escritos, mas nada chegou ao nível dessa joia, o exemplo mais perfeito do romance epistolar. Sua *Lettre à MM. De l'Académie Française sur l'éloge de M. Le Maréchal de Vauban* era uma explícita condenação ao Exército e fez com que perdesse seu cargo na corporação. Ele passou para a política na década de 1780, medida perigosa naqueles tempos turbulentos, e sobreviveu à Revolução Francesa por um triz. Sob Napoleão Bonaparte, voltou ao Exército e chegou ao posto de general, participando da ação em várias campanhas. Morreu de disenteria e malária enquanto rumava para Nápoles, na Itália, onde assumiria um posto. **CW**

Principais obras

Não ficção

Lettre à MM. De l'Académie Française sur l'éloge de M. Le Maréchal de Vauban, 1786

Ensaio

De l'éducation des femmes, 1783

Romance

Ligações perigosas, 1782

Ópera

Ernestine, 1776

"O que você chama de felicidade não é nada além de um distúrbio da mente..." – *Ligações perigosas*

ACIMA: Detalhe de um retrato em pastel de Laclos de uniforme, do século XVIII.

À DIREITA: *Casal se abraçando*, de Georges Barbier, inspirado em *Ligações perigosas*.

GEORGE BARBIER
MCMXXX

JOHANN WOLFGANG VON GOETHE

Nascimento: 28 de agosto de 1749 (Frankfurt am Main, Alemanha). Morte: 22 de março de 1832 (Weimar, Alemanha).

Estilo e gênero: Em Goethe, a linguagem e a voz germânicas tradicionais combinam, de forma complexa, o pensamento intelectual com uma trama dramática.

Principais obras

Romances

Os sofrimentos do jovem Werther, 1774

Os anos de aprendizado de Wilhelm Meister, 1795-1796

As afinidades eletivas, 1809

Poesia

Römische Elegien, 1790

Hermann und Dorothea, 1798

Peças

Götz Von Berlichingen, 1773

Clavigo, 1774

Die mitschuldigen, 1787

Egmont, 1788

Die Laune des Verliebten, 1806

Fausto, Parte 1, 1808

Fausto, Parte 2, 1832

Não ficção

Viagem à Itália, 1816-1817

Poucos escritores incorporam tão completamente a cultura literária de uma nação como Goethe faz por sua Alemanha natal. Um autêntico homem do Renascimento, excelente em poesia, drama, literatura, ciências, filosofia, pintura e política, sua posição como principal autor da língua alemã permanece inconteste. Figura de destaque nos movimentos culturais *Sturm und Drang* (tempestade e ímpeto) e do classicismo de Weimar, que buscava imitar o classicismo grego, a influência de Goethe se espalhou por toda a Europa como a representação emblemática do romantismo.

Goethe nasceu em uma família relativamente privilegiada, recebendo aulas particulares antes de seguir os desejos do pai e estudar Direito em Leipzig. Na universidade, preferiu comparecer às aulas de poesia a recitar antigas leis, aperfeiçoando o estilo de sua escrita e queimando numerosas obras que considerava inaceitáveis antes de iniciar a comédia madura *Os cúmplices*. Problemas de saúde precipitaram sua volta para Frankfurt antes do fim do curso e, depois de uma longa convalescença, Goethe se mudou para Estrasburgo a fim de concluir os estudos. Foi ali que experi-

ACIMA: Detalhe de *Goethe em sua viagem à Itália* (1788), de J. H. W. Tischbein.

À DIREITA: *O adeus de Dorothea*, de Heinrich Maria Von Hess, inspirado em *Hermann und Dorothea*.

ACIMA: *O encontro de Fausto e Margarete* (1860), pelo pintor francês James Tissot.

mentou um despertar intelectual, ao conhecer o crítico literário e filósofo Johann Gottfried Herder. Ele encorajou Goethe a encarar a linguagem e a literatura de forma científica, explorando os conceitos de identidade nacional, as canções folclóricas e a genialidade de indivíduos como Martinho Lutero em comparação com aqueles que estavam do outro lado das fronteiras da Alemanha, como William Shakespeare. Goethe viajou pela Alsácia familiarizando-se com a tradição oral dos vilarejos de língua alemã e com as raízes populares de sua língua-mãe, intensificando o desejo de escrever uma peça germânica que obtivesse a aprovação de Herder. Isso aconteceu com *Götz Von Berlichingen*, história de um cavaleiro do século XVI. Sua publicação foi um marco na história da literatura, promovendo por toda a Europa o ressurgimento do drama baseado na história de nações individuais,

"O declínio da literatura indica o declínio de uma nação."

A onipresença de Fausto na cultura popular

Poucas obras da literatura forneceram tanta inspiração ou foram referência tão constante para tantas mentes criativas como *Fausto*, de Goethe. Desde a sua publicação, serviu de base para incontáveis criações literárias, cinematográficas, artísticas e musicais. A influência do livro ainda pode ser sentida hoje em dia.

Música

- *In Rainbows*, disco do Radiohead de 2007, contém temas fundamentais da lenda de Fausto. Particularmente a canção "Faust's Arp" e a faixa "Videotape", onde estão os versos "When Mephistopheles is just beneath/And he's reaching up to grab me" (Quando Mefistófeles está logo atrás e tenta me pegar).
- Durante a excursão do show *Zooropa*, do U2, no início dos anos 1990, apresentado para um público de mais de 5 milhões de pessoas, o cantor e militante mundial Bono Vox apresentou nos palcos o personagem do Sr. Macphisto – um trocadilho com Mefistófeles.

Filmes

- Em *E aí, meu irmão, cadê você?* (*O Brother, Where Art Thou?*), produção de 2000 dos irmãos Coen, o personagem Tommy Johnson aparece insistindo ter vendido a alma ao demônio para aprender a tocar guitarra. Além de comparações com Fausto, o episódio também reflete a história do pacto entre o cantor de blues Robert Johnson que teria vendido a alma ao diabo para poder tocar.
- *Motoqueiro fantasma* (*Ghost Rider*) é um filme de 2007, baseado em um super-herói do mesmo nome, da Marvel Comics. Johnny Blaze (Nicolas Cage) assina um contrato com Mefistófeles (Peter Fonda) para curar o câncer do pai em troca da sua alma.

À DIREITA: Poster de Jules Massenet para uma produção parisiense de *Werther*, de 1893.

como se refletiu nas obras de Walter Scott, Victor Hugo e Alexandre Dumas.

Para Goethe, a peça trouxe fama imediata, embora ela fosse atingir novos píncaros com a publicação de *Os sofrimentos do jovem Werther*, romance que capturou a imaginação de uma geração e que fez com que o autor fosse associado intimamente ao movimento *Sturm und Drang*. Werther era um jovem em conflito com o mundo, incapaz de se expressar e encontrar a felicidade. Seu amor obsessivo por Lotte, jovem comprometida, e seu fracasso em superar a dor da rejeição contribuem para levá-lo a um violento suicídio. Em *Werther*, Goethe criou o suprassumo da alma torturada, uma criatura sensível demais para o meio hostil em que vive, destinada a ser incompreendida. O romance deu origem a um verdadeiro culto, pois centenas de jovens que se identificavam com Werther vestiam-se com calças amarelas e casacos azuis, como o herói, e em casos extremos tragicamente se suicidavam de forma idêntica.

Como estrela em ascensão, Goethe aceitou o posto de oficial da corte e conselheiro privado de Carlos Augusto, o jovem duque de Saxe-Weimar-Eisenach, em 1776. Por 10 anos, serviu diligentemente como conselheiro do duque, sendo alçado à nobreza. Porém seu gene criativo vinha sendo obstruído pelos deveres de Estado. Foi a amizade com o poeta e dramaturgo Friedrich Schiller que sinalizou um novo período de produtividade. Dessa época são *Os anos de aprendizado de Wilhelm Meister*, romance de autoconhecimento, e o bem-sucedido *Hermann und Dorothea*, história de alemães comuns e dos efeitos da Revolução Francesa.

Fausto, a inigualável obra-prima de Goethe, tragédia na qual trabalhou durante a maior parte de sua vida adulta, veio à tona mais tarde. A primeira parte acompanha Fausto, que em sua busca pela felicidade faz um pacto com o demônio sob a forma de Mefistófeles. Isso o conduz à beira da degradação moral, depois que o caso de amor com Margarete resulta em infanticídio e execução. Na segunda parte, recheada de alusões clássicas, política, história e psicologia, testemunha-se a redenção de Fausto graças ao divino amor de Margarete. É uma obra de estonteante complexidade e ousadia literária e, indiscutivelmente, o ápice da literatura alemã. **SG**

THEÂTRE NATIONAL DE L'OPERA COMIQUE
Drame lyrique
d'après
GOETHE
par M.M
Edouard Blau
Paul Milliet
et Georges Hartmann
WERTHER
Musique
de
J. MASSENET
En vente au MENESTREL 2bis Rue Vivienne
HEUGEL & Cie Editeurs pour tous Pays. PARIS
Sté DES IMPies LEMERCIER, PARIS

WILLIAM BLAKE

Nascimento: 28 de novembro de 1757 (Londres, Inglaterra). Morte: 12 de agosto de 1827 (Londres, Inglaterra).

Estilo e gênero: Poeta, escritor e artista de obra visionária, criativa e evoluída, seus poemas refletem misticismo religioso e temas filosóficos e políticos.

Hoje em dia, William Blake é amplamente reconhecido como um dos mais criativos e visionários talentos artísticos de seu tempo. Era profundamente interessado no misticismo e no cristianismo, embora se opusesse à religião oficializada. Trouxe suas agudas percepções e profundas crenças para sua obra nas artes plásticas e na literatura. O fascínio pelo lado espiritual começou na infância, quando, aos 10 anos de idade, teve sua primeira experiência mística, ao ver uma árvore em Peckham Rye, Londres, carregada de anjos. Blake afirmou ter experimentado visões como essa durante toda a vida e que elas inspiravam a profunda espiritualidade inerente a suas obras escritas e ilustradas.

Durante sete anos, foi aprendiz do gravador James Basire, enquanto estudava na Royal Academy. Em 1782, Blake se casou com Catherine Boucher, que passou a ajudá-lo na impressão de muitas de suas gravuras e tornou-se um pilar emocional e espiritual para o artista e escritor. No ano após o casamento, ele publicou a primeira coletânea de poemas, *Poetical Sketches*, e em 1784 abriu uma gráfica com o irmão Robert. Continuou a trabalhar com ilustrações e desenvolveu um novo tipo de gravação em relevo que usou para ilustrar a maior parte de seus textos,

Principais obras

Poesia

Poetical Sketches, 1783
Canções da inocência, 1789
O livro de Thel, 1789
O casamento do céu e do inferno, 1790-1793
Visions of the Daughters of Albion, 1793
America, a Prophecy, 1793
Europe, a Prophecy, 1794
Canções da experiência, 1794
Primeiro livro de Urizen, 1794
The Book of Los, 1795
The Book of Ahania, 1795
Milton, a Poem, *c.*1804-1811
Jerusalem, The Emanation of the Giant Albion, 1804-1820

Poemas

"Tiriel", 1789
Poemas do manuscrito Pickering (*c.*1802-1804)
"The Mental Traveller"
"The Crystal Cabinet"
"Auguries of Innocence"

ACIMA: Detalhe de um retrato a óleo do poeta e artista William Blake.

À DIREITA: *Newton* (1795), aquarela de Blake, revela suas suspeitas em relação à ciência.

ACIMA, À ESQUERDA: Blake costumava ilustrar sua própria obra, como acontece aqui, com *Pity* (1795).

ACIMA: Gravura 7: *The Lamb*, de *Canções da inocência e da experiência* (1794).

entre eles *Canções da inocência* e *Canções da experiência*. Depois de concluir este último, Blake publicou as duas obras juntas para que formassem um conjunto de poemas contrastantes. *Canções da inocência* celebra o mundo natural com entusiasmo quase infantil. *Canções da experiência*, escrito ao fim da Revolução Francesa, tem um tom bem mais sombrio e trata a perda da inocência como uma consequência inevitável da vida e da compreensão do adulto.

A partir de 1800, Blake trabalhou em *Milton, A Poem*, e parte do prefácio se transformou no comovente hino *Jerusalem* e no longo e visionário livro profético *Jerusalem, The Emanation of the Giant Albion*.

Durante toda a vida, Blake se dedicou com afinco à espiritualidade e acreditou firmemente na igualdade racial e sexual, e numa humanidade inclusiva. Rejeitava a religião organizada, sendo que alguns de seus comentários causaram revolta na época. Em vez disso, se concentrava no poder da imaginação. As fronteiras criativas de sua mente eram ilimitadas. Sua obra e sua percepção do mundo tiveram enorme influência sobre uma sucessão de escritores, artistas e cantores. **TP**

Blake em julgamento

Em 1803, Blake precisou retirar, fisicamente, um soldado bêbado, John Schofield, de seu jardim em Felpham, West Sussex. Schofield, de acordo com testemunhas, estava causando desordem e urinando. Mais tarde Schofield alegaria que Blake tinha proferido as palavras "Dane-se o rei. Todos os soldados são escravos" e faria acusações de agressão e alta traição contra o escritor. Blake foi levado a julgamento em Chichester, mas absolvido por falta de provas. Depois disso, voltou para Londres e mais tarde incluiu um desenho de Schofield usando "algemas forjadas pela mente" para ilustrar um trecho de sua obra-prima, o profético *Jerusalem*.

MARY WOLLSTONECRAFT

Nascimento: 27 de abril de 1759 (Londres, Inglaterra). Morte: 10 de setembro de 1797 (Londres, Inglaterra).

Estilo e gênero: Escritora e educadora famosa por suas opiniões a respeito da política contemporânea, é saudada como a primeira grande escritora feminista.

Principais obras

Filosofia

A Vindication of the Rights of Man, 1790

A Vindication of the Rights of Woman, 1792

Sobre viagens

Letters Written During a Short Residence in Sweden, Norway, and Denmark, 1796

Romance

The Wrongs of Woman, or Maria, 1798

Segunda entre sete crianças de uma família de agricultores decadentes, Wollstonecraft cresceu ressentindo-se da preferência automaticamente concedida ao irmão mais velho. Inteligente e vivaz, começou cedo a estudar e a denunciar as injustiças inerentes à sociedade patriarcal. Basicamente uma autodidata, trabalhou como governanta, fundou sua própria escola e publicou um tratado sobre a educação de meninas em 1787. Viveu em Paris durante a Revolução Francesa, viajou para a Escandinávia e teve em Paris um caso fracassado com um aventureiro americano, Gilbert Imlay, com quem teve uma filha. Em Londres, Wollstonecraft frequentou um círculo ligado ao editor radical Joseph Johnson, que incluía William Blake, o pintor suíço Henry Fuseli, Tom Paine e William Godwin, com quem se casaria em 1797. Essa aliança foi tragicamente curta. Wollstonecraft deu à luz sua segunda filha, a futura escritora Mary Shelley, e morreu de complicações logo depois.

Os textos de Wollstonecraft não foram completamente obscurecidos por sua vida extraordinária. *A Vindication of the Rights of Man* e *A Vindication of the Rights of Woman* trouxeram-lhe fama. O argumento central deste último foi romanceado em *Maria*, que explorava o destino de uma mulher confinada na Bastilha por toda a vida pelo casamento e de outra, aprisionada pela classe social e a pobreza. Os polêmicos vínculos entre política e vida privada atraíram hostilidade. No clima conservador do fim da década de 1790, ela era considerada escandalosamente pouco convencional, "uma hiena de anágua", sentimento inadvertidamente alimentado pelas memórias de Godwin, que trazem um relato implacável de sua vida (incluindo duas tentativas de suicídio) e obra. Agora, porém, ela desfruta de um lugar seguro e merecido na história. **ST**

"Não era o mundo uma vasta prisão e as mulheres, escravas?" — *Maria*

ACIMA: Detalhe de um retrato de Mary Wollstonecraft feito em 1793 por John Keenan.

À DIREITA: *Mulheres marcham para Versalhes, 5/6 de outubro de 1789*, gravura da escola francesa.

FRIEDRICH SCHILLER

Nascimento: Johann Christoph Friedrich Schiller, 10 de novembro de 1759 (Marbach, Alemanha). Morte: 9 de maio de 1805 (Weimar, Alemanha).

Estilo e gênero: Dramaturgo, poeta e filósofo do romantismo, cujos escritos sobre estética reviveram o classicismo na Alemanha e em outros países.

Principais obras

Peças
Os bandoleiros, 1781
Don Carlos, 1787
Wallenstein, 1796-1799
Maria Stuart, 1800
Guilherme Tell, 1804
Filosofia
Sobre a educação estética do ser humano, 1795

Friedrich Schiller era o único menino entre 10 irmãs. Embora os pais quisessem que ele se tornasse um religioso, Schiller escolheu estudar medicina. Além disso, o amor pelas obras de Rousseau e Goethe inspirou sua primeira peça, *Os bandoleiros*. É um banquete dramático que explora o conflito entre dois irmãos aristocratas: um rebelde líder estudantil e um manipulador que trama herdar os bens do pai. Ao tratar de temas como a liberdade física, a opressão política e a tirania das convenções sociais, a peça virou uma sensação ao estrear, em 1782, no Teatro Nacional, em Mannheim, mas os sentimentos pró-revolucionários implícitos demonstraram ser excessivos para Karl Eugen, duque de Württemberg. A peça foi proibida em Stuttgart, e Schiller, detido temporariamente e proibido de escrever novas obras para o palco.

Schiller deixou Stuttgart, mas não abandonou sua visão política. A peça seguinte, o drama *Don Carlos*, tratava do relacionamento entre Filipe II, da Espanha, e seu filho. Significativa para o teatro alemão, a obra era construída em versos brancos, recurso que posteriormente se tornou uma marca registrada da dramaturgia daquele país. Ao chegar a Weimar em 1789, Schiller conheceu Goethe e assumiu o posto de professor de história e filosofia em Iena. De 1793 a 1801, depois da leitura da filosofia de Immanuel Kant, escreveu uma série de ensaios na tentativa de definir a atividade estética e sua relação com a experiência ética. Os ensaios continuam a influenciar a filosofia e a crítica literária nos dias de hoje. Embora seus últimos escritos sejam menos explicitamente preocupados com as condições políticas, Schiller manteve até o fim da vida um interesse em relação aos ideais de liberdade humana na arte, na filosofia e na história. Em 1802, três anos antes de sua morte, foi promovido à nobreza e adicionou a partícula "Von" a seu nome completo. **SD**

> "Não vos percais em tempos distantes, aproveitai o momento que é vosso..."

ACIMA: Detalhe de um retrato de Friedrich Schiller, da escola alemã do século XIX.

MADAME DE STAËL

Nascimento: Anne Louise Germaine Necker, 22 de abril de 1766 (Paris, França). Morte: 14 de julho de 1817 (Paris, França).

Estilo e gênero: Romancista e intelectual, De Stäel foi famosa por seus comentários políticos, pela sátira social e pelas minuciosas observações da vida contemporânea.

Germaine de Staël, filha do famoso ministro das Finanças de Luís XVI, Jacques Necker, e fruto dos salões parisienses do fim do século XVIII, era uma mulher para ser levada a sério, de acordo com todos os relatos. Intelectual, comentarista de política, romancista e dona de ótima conversa, fez parte do time de autores mais conhecidos de seu tempo, ao lado de Byron, Goethe e Walter Scott, e exerceu notável influência política. De fato, seus romances serviam de veículo para astutas observações políticas e, durante boa parte da sua vida adulta, ela viveu em exílio, fora de Paris, por ter repetidamente incorrido na ira de Napoleão com suas críticas.

A publicação de *Delfina* em 1802, dedicado à "França silenciosa", provocou a primeira temporada de 10 anos no exílio, mas a experiência de viver em diferentes capitais europeias marcou sua obra com uma perspectiva internacionalista muito singular e ela recebeu créditos por ter desenvolvido uma nova "ciência das nações". Inicialmente, De Staël fugiu para a Alemanha, onde encontrou as principais personalidades da política e da intelectualidade, como Goethe, Schiller e os Schlegel (August W. Schlegel se tornaria tutor de seus filhos). *De L'Allemagne*, obra massacrada por Napoleão por não ser "nem um pouco francesa", usou dessa experiência.

A obra mais importante de De Staël, porém, cedeu espírito e distinção para outra nação europeia que, segundo ela, andava fora de moda: a Itália. *Corina* combina um guia de viagens com romance. A história de um trágico caso de amor entre Corina (retrato semiautobiográfico de uma mulher genial com talento para o improviso) e um viajante escocês tem como pano de fundo uma calorosa apreciação das paisagens históricas e culturais da Itália. A denúncia de De Staël contra o preconceito nacional avançou também na direção de um retrato incriminador dos privilégios patriarcais, tornando *Corina* um clássico feminista. **ST**

"Suas obras me deliciam, assim como ela... deveria ter nascido homem." – Lord Byron

Principais obras

Não ficção

De la littérature, 1800

De L'Allemagne, 1810

Romances

Delfina, 1802

Corina, ou A Itália, 1807

ACIMA: Detalhe de um retrato de Madame de Staël, por Anne-Louis Girodet de Roucy-Trioson.

1700-99

FRANÇOIS CHATEAUBRIAND

Nascimento: François-Auguste-René, visconde de Chateaubriand, 4 de setembro de 1768 (St.-Malo, França). Morte: 4 de julho de 1848 (Paris, França).

Estilo e gênero: Novelista, apologista cristão e diplomata, Chateaubriand exerceu uma poderosa influência sobre a literatura francesa a partir do início do século XIX.

1700-99

Principais obras

Romance
Atala, 1801
Novela
René, 1802
Não ficção
O gênio do cristianismo, 1802
Autobiografia
Mémoires d'outre-tombe, 1848-1850

Chateaubriand veio de uma família arruinada da nobreza da Bretanha e passou boa parte da infância em uma propriedade rural na companhia da irmã Lucille. Mais tarde escreveu uma novela (*René*) sobre os sentimentos incestuosos de um casal de irmãos, considerada uma obra com mal disfarçados toques de autobiografia.

O "pai do romantismo francês" iniciou a moda de histórias sobre amores malfadados e heróis melancólicos, torturados por um intangível desejo insatisfeito. Além de escrever, esteve intensamente envolvido nos acontecimentos de seu tempo. Lutou ao lado dos monarquistas na Revolução Francesa e, na década de 1790, passou temporadas nos Estados Unidos e na Inglaterra. Em 1800, voltou para Paris sob nome falso e obteve sucesso com o romante *Atala*, sobre uma moça cristã que jura se manter casta, mas se apaixona por um indígena americano na Louisiana e, desesperada, acaba se matando.

Chateaubriand também escreveu em defesa do cristianismo em reação aos ataques do iluminismo contra a religião. *O gênio do cristianismo* apareceu no momento certo para atrair a aprovação de Napoleão Bonaparte, que estava restaurando o catolicismo como religião do Estado francês. Como resultado, Chateaubriand ocupou rapidamente o posto de primeiro secretário na embaixada francesa em Roma. Depois do retorno dos Bourbon em 1814, ele foi sagrado visconde e começou também um duradouro caso com uma badalada anfitriã, Madame Récamier. Na década de 1820, foi embaixador em Berlim e depois em Londres, ministro de Relações Exteriores e embaixador em Roma. Sua obra mais perene, a autobiografia *Mémoires d'outre-tombe,* escrita para ser publicada após sua morte, relata a história da França em sua época, seu amor pelas mulheres e pelas belezas da natureza e sua tendência à melancolia. **RC**

"O escritor original é aquele que não pode ser imitado por ninguém." – *O gênio do cristianismo*

ACIMA: Detalhe de um retrato de 1811, feito por Anne-Louis Girodet de Roucy-Trioson.

FRIEDRICH HÖLDERLIN

Nascimento: Johann Christian Friedrich Hölderlin, 20 de março de 1770 (Lauffen am Neckar, Alemanha). Morte: 7 de junho de 1843 (Tübingen, Alemanha).

Estilo e gênero: A poesia de Hölderlin ressuscita, de forma pungente, o espírito lírico da Grécia antiga – e fornece um exemplo fascinante da escrita solta da loucura.

ACIMA: Detalhe de um retrato em pastel de Hölderlin, de 1792, de Franz Karl Hiemer.

1700-99

A formação de Hölderlin foi marcada pela morte precoce de seu pai. A mãe, filha de um pastor, esperava que o filho também seguisse carreira religiosa. Hölderlin estudou filosofia e teologia como bolsista em Tübingen, onde manteve comunhão espiritual com Hegel e Schelling, que se tornariam filósofos de monumental importância. Em 1794, Hölderlin foi para lena e conheceu o lendário Goethe. Como muitos escritores alemães da época que queriam evitar a carreira religiosa, Hölderlin embarcou então em um período de 10 anos em empregos instáveis, trabalhando como professor particular em casas de famílias ricas.

Muitos estudiosos acreditam que, independentemente de seu estado mental anterior, em 1806 Hölderlin estava completamente louco. Foi removido à força para Tübingen, onde foi internado, passando os 36 anos seguintes em uma torre (hoje denominada, carinhosamente, de Torre Hölderlin) que contemplava o rio Neckar, até morrer em 1843. Ali continuou a escrever, preferindo assinar seus poemas como "Scardanelli" a usar seu próprio nome. A poesia que sobreviveu, produzida depois de 1806, hoje é considerada a produção mais fascinante de Hölderlin, mas até o século XX era descartada, por ser julgada insana.

Antes de fixar residência na torre, Hölderlin publicou cerca de 70 poemas em jornais variados, bem como um volume com traduções da obra de Sófocles e *Hipérion*, um romance epistolar, poderosa demonstração do papel interpretado pela Grécia antiga na construção do moderno imaginário alemão. No século XX, luminares tão diversos quanto o filósofo Martin Heidegger e o poeta John Ashbery citaram Hölderlin como uma influência poderosa e desconcertante, assegurando-lhe um lugar singular na história da poesia moderna. **JK**

> "Se você tiver cabeça e coração, mostre apenas um de cada vez."
> — De "Bom conselho" (1797)

Principais obras

Romance

Hipérion, ou O eremita na Grécia, 1797-1790

Poesia

Gedichte von Friedrich Hölderlin, 1826

Tradução

Trauerspiele des Sophokles, 1804

WILLIAM WORDSWORTH

Nascimento: 7 de abril de 1770 (Cockermouth, Inglaterra). Morte: 23 de abril de 1850 (Rydal Mount, Inglaterra).

Estilo e gênero: Poeta romântico cujos versos sobre paisagens, memórias e a imaginação se identificam com o Lake District, no norte da Inglaterra.

1700-99

Principais obras

Poesia

Lyrical Ballads, 1798, 1800
Poems, in Two Volumes, 1807
The Excursion, 1814
Yarrow Revisited, 1835
The Poems of William Wordsworth, 1849
The Prelude, 1850

Ensaios

Essays upon Epitaphs, 1810
A Description of the Scenery of the Lakes in the North of England, 1810, 1822

Autobiografia

Home at Grasmere, 1960

Os primeiros anos de Wordsworth foram felizes, apesar da morte dos pais e de longas separações de seus queridos irmãos, especialmente da irmã Dorothy. A infância no Lake District da Inglaterra lhe causou uma profunda impressão que ele examinaria extensamente em seu épico poema sobre o desenvolvimento de sua mente, "The Prelude". Iniciado durante um longo inverno na Alemanha em 1799, ampliado em 1805 até compor 13 livros (e revisado mais uma vez em 1850 para ser publicado perto da sua morte), esse poema extraordinário acompanha o curso de sua vida até 1798, tratando de sua passagem por Cambridge, das caminhadas pela França e pelos Alpes em 1790, o tempo passado em Londres e uma longa temporada na França em 1791-1792 que estimulou seu apoio entusiástico à Revolução Francesa (*"Bliss was it in that dawn to be alive/But to be young was very heaven!"* – Ventura, em tal alvorecer, era estar vivo/mas ser jovem era o paraíso!), mas omitindo o caso com Annette Vallon, em Orleans, que resultaria em uma filha, Caroline. O título da obra não foi escolhido por Wordsworth, mas o poema, de fato, oferece um adequado "prelúdio" para o retorno poético ao Lake District, junto com Dorothy, no fim de 1799, e para

ACIMA: Detalhe de um retrato de Wordsworth, de 1840, feito por Henry William Pickersgill.

À DIREITA: *Retrato de William e Mary Wordsworth* (1839), de Margaret Gillies.

ACIMA: *Vista norte da Abadia Tintern,* de *Ilustrações pitorescas do rio Wye* (1818), de Anthony Fielding.

tudo o que veio depois: sua moradia no Dove Cottage, em Grasmere (agora transformada em museu), o casamento com Mary Hutchinson, a vida em família e a "restauração" de sua capacidade de imaginar depois de períodos de dor e desorientação.

Os primeiros livros de "The Prelude" recontam as experiências "correndo solto pelas montanhas" e falam de travessuras de moleque – do roubo de barcos ao ataque a ninhos de passarinhos – que, ao expô-lo às forças da natureza, assentaram as fundações de sua mente e nutriram o desenvolvimento de sua imaginação. A natureza deixou "impressões", algumas que permaneceriam adormecidas "até serem chamadas por estações mais maduras/para fecundar e elevar a mente". No fim da década de 1790, Wordsworth havia encontrado aqueles que seriam seus temas característicos ("a música serena e triste da humanidade") e sua voz poética.

"A floresta primaveril/ Ensina mais sobre o homem... Do que todos os sábios."

Colaboração de Coleridge

Lyrical Ballads, que pertence a um dos períodos mais férteis da vida de Wordsworth, foi, em sua concepção, um projeto feito em parceria com Coleridge, com o objetivo de arrecadar fundos para a viagem dos dois à Alemanha em 1798. A primeira edição, publicada anonimamente, tinha como poema de abertura "A balada do antigo marinheiro", de Coleridge, e, como fecho, "Tintern Abbey", de Wordsworth, poemas que merecidamente tornaram famosos seus respectivos autores.

Uma segunda edição, em 1800, acrescentou um volume de poemas feitos principalmente por Wordsworth (nomeado como autor) e incluiu um extenso prefácio – um manifesto crítico que defendia a condição experimental do projeto e que se tornou um documento influente na história da teoria e crítica literárias. O objetivo declarado dos poetas era primeiro "escolher incidentes e situações da vida cotidiana, relatar ou descrevê-los... por meio de uma seleção de linguagem realmente empregada pelos homens e ao mesmo tempo derramar sobre eles alguma cor da imaginação". O prefácio tinha muito que dizer sobre o que tornava "boa" a poesia e incluía duas das declarações mais famosas de Wordsworth: que a poesia é "o derramamento espontâneo de sentimentos poderosos" e que sua origem é "a emoção relembrada na tranquilidade".

No famoso prefácio de *Lyrical Ballads*, Wordsworth defendia seu interesse pela vida e pela linguagem das comunidades rurais, argumentando que elas ensinavam sobre o elo entre "as paixões essenciais do coração" e "as belas e permanentes formas da natureza". Wordsworth é, portanto, considerado tipicamente um poeta da natureza, mas seu interesse pelo mundo natural é bem mais complexo do que pode parecer. Os detalhes topográficos de um lugar são, para ele, menos importantes do que a compreensão visionária, menos importantes do que ver com o coração e a mente, como nas palavras de seu poema "Lines Composed a Few Miles Above Tintern Abbey" (Versos compostos algumas milhas acima da Abadia Tintern): "... com um olhar tranquilizado pelo poder/ Da harmonia e pelo profundo poder da alegria,/ Compreendemos a vida das coisas." O estilo relaxado e meditativo de Wordsworth, desenvolvido a partir do encontro criativo com Samuel Coleridge, influenciou em muito a poesia inglesa posterior.

Últimos anos e êxitos

Wordsworth viveu o suficiente para revisar sua obra poética, que passou por diversas edições expandidas enquanto ainda estava vivo, para moderar o radicalismo da juventude e se tornar um poeta laureado. Embora houvesse uma tensão crescente entre os dois a partir do início dos anos 1800, Wordsworth dizia que a amizade com Coleridge era uma das mais importantes de sua vida. No auge de sua parceria criativa nos anos 1790, a avaliação feita por Coleridge de que Wordsworth tinha o potencial para se tornar um grande poeta, capaz de escrever "o primeiro poema genuinamente filosófico", serviu para que o jovem consolidasse a certeza da vocação poética. Wordsworth nunca escreveu o grande poema filosófico que Coleridge imaginara: "The Recluse", concebido como uma obra abrangente sobre o homem, a natureza e a sociedade. Wordsworth admitiu que extrapolava sua capacidade. Por outro lado, "The Prelude", ao qual Wordsworth se referia como "poema para Coleridge", que serviria de prefácio ou preparação para aquela grande obra, é um substituto digno: um monumento perene à sua amizade e ao sucesso de Wordsworth em assegurar para si um lugar junto aos grandes poetas da língua inglesa. **ST**

À DIREITA: Cópia gráfica de "Daffodils", escrita à mão por Mary, esposa de Wordsworth.

To the Printer

(after the Poem (in the set under the title of "Moods of my own mind") beginning "The Cock is crowing" please to insert the two following properly numbered, & number the succeeding ones accordingly)

~~I wandered like a Cloud~~

I wandered lonely as a Cloud
That floats on high o'er Vales and Hills,
When all at once I saw a crowd
A host of dancing Daffodils;
Along the Lake, beneath the trees,
Ten thousand dancing in the breeze.

The Waves beside them danced, but they
Outdid the sparkling Waves in glee:—
A Poet could not but be gay
In such a laughing company:
I gaz'd—and gaz'd—but little thought
What wealth the shew to me had brought.

For oft when on my couch I lie
In vacant or in pensive mood,
They flash upon that inward eye
Which is the bliss of solitude,
And then my heart with pleasure fills,
And dances with the Daffodils.

Who fancied what a pretty sight
This Rock would be if edged around
With living Snowdrops? circlet bright!

WALTER SCOTT

Nascimento: 15 de agosto de 1771 (Edimburgo, Escócia). Morte: 21 de setembro de 1832 (Abbotsford, Roxburgh, Escócia).

Estilo e gênero: Scott foi um romancista e poeta romântico fascinado pela história da Escócia e por suas lendas, nas quais baseou muitas de suas histórias.

Principais obras

Poesia

The Lay of the Last Minstrel, 1805

The Lady of the Lake, 1810

Romances

Waverley, 1814

Guy Mannering, 1815

Rob Roy, 1817

Ivanhoé, 1819

Uma lenda de Montrose, 1819

Kenilworth, 1821

Peveril of the Peak, 1822

Woodstock, 1826

Ana de Geierstein, 1829

1700-99

Sir Walter Scott foi o autor perfeito de tramas românticas e arrojadas, exemplificadas pelo popular *Ivanhoé* e por contos como *Waverley*, com base na história da Escócia. Suas obras dramáticas e descritivas fizeram renascer o interesse pelas *highlands* (terras altas) escocesas junto ao grande público na Inglaterra e no estrangeiro, bem como popularizaram o romance histórico na qualidade de gênero.

Scott produziu um grande número de romances, além de poesias e obras de crítica literária, sendo que sua prosa de ficção foi particularmente popular enquanto ainda estava vivo. No período que se seguiu à Primeira Guerra Mundial, sua obra sofreu críticas, foi considerada instável, mal engendrada e sem humor, embora ele tenha, desde então, voltado a ser exaltado como mestre do romance histórico. **TamP**

NOVALIS

Nascimento: Friedrich Leopold von Hardenberg, 2 de maio de 1772 (Oberwiederstedt, Alemanha). Morte: 25 de março de 1801 (Weissenfels, Alemanha).

Estilo e gênero: Um dos fundadores do romantismo alemão, Novalis foi um multitalentoso poeta, filósofo e místico, pioneiro nas formas mais livres da expressão literária.

Principais obras

Poesia

Hinos à noite, 1800

Não ficção

Cristandade ou Europa, 1799

Fragmentos

Pólen, 1798

Glauben und Liebe, oder Der König und die Königin, 1798

Novalis foi um protegido do dramaturgo e poeta Friedrich von Schiller, a quem conheceu enquanto estudava na Universidade de Leipzig. Tornou-se uma das figuras mais importantes do início do romantismo alemão. Sua poesia e prosa expressam um sentimento místico em relação ao significado simbólico da vida. Em 1795, Novalis ficou noivo de Sophie von Kühn, de 13 anos. Dois anos mais tarde, ela morreu de tuberculose, fato que afetou profundamente o escritor, que produziu então sua obra mais famosa, *Hinos à noite*, uma série de poemas em que exprime seu anseio pela morte para se reencontrar com a amada. Continuou a escrever, mas boa parte de sua obra estava inacabada quando morreu, também de tuberculose, aos 28 anos. **HJ**

SAMUEL TAYLOR COLERIDGE

Nascimento: 21 de outubro de 1772 (Ottery St. Mary, Devon, Inglaterra). Morte: 25 de julho de 1834 (Londres, Inglaterra).

Estilo e gênero: Coleridge foi um poeta romântico inglês mais conhecido pela obra-prima sobrenatural "A balada do velho marinheiro".

Coleridge foi um personagem brilhante e precoce, cuja imaginação se deixou capturar cedo pelo espírito revolucionário de seu tempo. Em 1795, em um esforço para levantar fundos para a criação de uma comuna "pantissocrática" na Pensilvânia, podia ser encontrado dando palestras em Bristol sobre temas contemporâneos – tráfico de escravos, a guerra contra a França – e ganhando fama como um orador apaixonado e político radical. Passou boa parte de sua vida posterior rejeitando essa imagem.

Foi durante essa fase que conheceu Wordsworth e, embora a amizade esfriasse mais tarde, fez surgir os poemas mais famosos de Coleridge: "A balada do antigo marinheiro" e "Kubla Khan", densamente simbólico, supostamente criado durante devaneios provocados pelo ópio em uma fazenda distante. A inovação mais permanente foram seus poemas de "conversação", como "Frost at Midnight" e "This Lime-Tree Bower My Prison". O estilo desses poemas meditativos, que seguem os movimentos espontâneos do pensamento e da imaginação, exerceu profunda influência sobre Wordsworth e sobre a poesia inglesa que estava por vir.

Tão variados eram os dons e as ocupações de Coleridge (que não era apenas um poeta, crítico literário e pensador religioso, mas também jornalista, dramaturgo e filósofo) que seus feitos são difíceis de resumir. A longo prazo, talvez seja irônico que o seu maior impacto tenha ocorrido justamente na área que ele foi deixando de lado para se dedicar a outras: a poesia. A promessa da juventude foi tolhida por doenças e por uma série de decepções – tudo isso amplificado por uma crescente dependência do ópio –, mas ele nunca deixou de ser, como diria o amigo Charles Lamb nos seus últimos anos, "um arcanjo um pouco danificado". **ST**

"O único homem que conheci que correspondia à ideia de gênio." – William Hazlitt

ACIMA: Detalhe de um retrato de 1804 de Coleridge, feito por James Northcote.

1700-99

Principais obras

Poemas

"A balada do velho marinheiro", 1798

"Kubla Khan, or A Vision in a Dream", 1816

"Frost at Midnight", 1798

Autobiografia

Biographia Literaria, 1817

Não ficção

Cadernos, 1794-1834

JANE AUSTEN

Nascimento: 16 de dezembro de 1775 (Steventon, Hampshire, Inglaterra). Morte: 18 de julho de 1817 (Winchester, Inglaterra).

Estilo e gênero: Austen é uma romancista de popularidade duradoura, cujas obras estão repletas de penetrantes observações sociais e comentários irônicos.

1700-99

O pouco que se sabe da vida de Jane Austen teve um efeito desproporcional na forma com que lemos seus romances, protagonizados por heroínas espirituosas, atraentes e geralmente empobrecidas, premiadas com casamentos felizes e bem-sucedidos apesar de todas as dificuldades. Integrante da numerosa família de um sacerdote, criada à margem da aristocracia rural de Hampshire, a própria Austen nunca se casou e morreu relativamente jovem. Indiscutivelmente, o filme *Amor e inocênica* é apenas uma das mais recentes manifestações do desejo de incluir Austen em seus romances, mas também é um testemunho da permanência de sua obra.

Ao dar conselhos para um jovem escritor, Austen sugeriu que "três ou quatro famílias de uma aldeia rural são o ideal para se trabalhar". Essa fórmula está no coração de todos os seus romances, que cuidadosamente examinavam a política social de um pequeno círculo, e particularmente o que cabia às mulheres em uma era em que os costumes de herança patriarcal faziam com que um bom casamento fosse uma forma de sobrevivência. Estruturados, talvez inevitavelmente, pelas convenções do enredo que acompanha a corte entre dois personagens, os romances de Austen, ape-

Principais obras

Romances

Razão e sensibilidade, 1811

Orgulho e preconceito, 1813

Mansfield Park, 1814

Emma, 1815

Persuasão, 1818 (publicação póstuma)

A Abadia de Northanger, 1818 (publicação póstuma)

ACIMA: Retrato de Jane Austen (*c.*1810), feito pela irmã Cassandra.

À DIREITA: Gravura de 1894, representando as irmãs Bingley, de *Orgulho e preconceito*.

sar de tudo, revelam um dom extraordinário para a sátira e para comentários sociais penetrantes. Enfatizando a moral e o comportamento, também demonstram uma tendência irresistível para o cômico e a irreverência. Austen descreveu sua técnica de forma depreciativa para o sobrinho como "um pouquinho de marfim (duas polegadas de largura) que trabalho com um pincel tão fino que produz pouco efeito depois de muito trabalho".

Essa atenção meticulosa para o cotidiano, um de seus pontos fortes, também fez com que seus romances tivessem um alcance limitado, um descompasso com as tendências culturais de seu tempo e, aliás, de todo o século XIX. O que Margaret Oliphant definiu como "um belo veio de cinismo feminino" não era o que Twain tinha em mente quando comentou: "Sempre que leio *Orgulho e preconceito* quero tirá-la da cova e bater seu crânio com a própria mandíbula." No século XX, porém, Austen conquistou a importância cultural que hoje desfruta e se transformou em um ícone da Inglaterra. **ST**

ACIMA: Pintura de 1806, *A sala dos banhos em Bath*, de John Claude Nattes.

The Janeites, de Kipling

Em 1924, Rudyard Kipling publicou um conto, "The Janeites", em homenagem à obra e à influência de Jane Austen. Apareceu na revista *The Storyteller*.

Conta a história de soldados britânicos na Primeira Guerra Mundial, vivendo nas trincheiras e procurando escapar dos horrores da guerra com a leitura de Jane Austen.

Quase todos os soldados são mortos na guerra – como acontecera com o próprio filho de Kipling. O único que sobrevive conta a história e comenta: "Não há quem supere Jane Austen quando você está em dificuldades."

E. T. A. HOFFMANN

Nascimento: Ernst Theodor Wilhelm (alterado para Amadeus em 1813) Hoffmann, 24 de janeiro de 1776 (Kaliningrado, Rússia). Morte: 25 de junho de 1822 (Berlim, Alemanha).

Estilo e gênero: Autor de contos fantásticos e grotescos, Hoffmann foi um dos mais importantes representantes do movimento romântico na Alemanha.

"Conselheiro do Tribunal de Justiça, excelente em seu ofício como poeta, como músico, como pintor, dedicado a seus amigos." O epitáfio de E. T. A. Hoffmann resume a vida impressionante desse gênio do romantismo. Hoje, Hoffmann é lembrado principalmente por seus contos fantásticos, como *O homem de areia*, que se tornou um sucesso de vendas na sua Prússia natal, bem como no restante da Europa.

A carreira original de Hoffmann, no Direito, foi interrompida em 1806, quando Varsóvia, onde trabalhava com funcionário da Justiça, foi ocupada depois da vitória de Napoleão sobre a Prússia. Hoffmann recusou-se a jurar lealdade ao novo governo, decidindo em vez disso seguir sua vocação artística. Trabalhou primeiro como diretor musical e depois como dramaturgo em Bamberg. Também escreveu críticas para um jornal em Leipzig que já havia publicado sua novela *Ritter Gluck*.

Quando Napoleão foi derrotado e Hoffmann reintegrado em sua função no judiciário em Berlim, a publicação da coletânea de contos *Fantasiestücke* (1814) já havia lhe proporcionado fama literária. *Nachtstüke*, publicado em 1817 e igualmente bem-sucedido, incluía *O homem de areia*, conto de horror no qual um jovem mentalmente perturbado se apaixona por um autômato que acaba por levá-lo ao suicídio. *Lebensansichten des Katers Murr* (1816) é uma paródia pouco lisonjeira da aristocracia prussiana e da burguesia de Berlim. As sátiras de Hoffmann enfureceram seus superiores em mais de uma ocasião e apenas a sua morte, em 1822, o privou de passar por processo administrativo por ter zombado de um comissário de polícia em *Meister Floh* (1822), seu último romance. Suas novelas inspiraram a ópera *Contos de Hoffmann*, de Jacques Offenbach. Sua própria ópera, *Undine*, estreou com sucesso em Berlim, em 1814, e é considerada a primeira ópera romântica da Alemanha. **FHG**

"Como é propensa a humanidade a construir um toldo que a impeça de olhar para o céu."

Principais obras

Romances

Die Elixiere des Teufels, 1815
História de um quebra-nozes, 1816
Lebensansichten des Katers Murr, 1819-1821
Meister Floh, 1822

Contos

Vaso de ouro, 1814
O homem de areia, 1817
Das Majorat, 1817
Doge und Dogaressa, 1819
Das Fräulein von Scuderi, 1819
Prinzessin Brambilla, 1820

Novela

Ritter Gluck, 1809

ACIMA: Uma gravura de Hoffmann, de 1821, de Johann Passini (1798-1874).

HEINRICH VON KLEIST

Nascimento: Bernd Heinrich Wilhelm von Kleist, 18 de outubro de 1777 (Frankfurt an der Oder, Alemanha). Morte: 21 de novembro de 1811 (Berlim-Wannsee, Alemanha).

Estilo e gênero: Suas peças e novelas tratam de temas como amor, violência e ilusão com uma intensidade só comparada à de sua vida curta e sem paz.

Nascido em uma família nobre prussiana, aos 15 anos Bernd von Kleist já era membro da guarda de elite do rei. A sede de conhecimento e o desgosto pela subordinação logo o afastaram de uma carreira militar. Viajante indócil e discípulo problemático do iluminismo, Kleist encontrou sonhos desfeitos em cada curva da estrada. Uma fantasia de se tornar fazendeiro na Suíça, inspirada em Rousseau, empreitada que a esposa se recusou a seguir, encerrou seu curto casamento. Outra tentativa de caminhar de Königsberg até Dresden jogou-o numa cadeia napoleônica, como suspeito de espionagem. Suas peças viram pouco sucesso em vida e o grande Goethe simplesmente se recusou a compreendê-lo. A vida de Kleist encerrou-se com suicídio duplo, ao lado de sua alma gêmea Henriette Vogel. **JK**

Principais obras

Peças

Die Familie Schroffenstein, 1803

Penthesilea, 1808

Novelas

Das Erdbeben in Chili, 1807

A marquesa d'O, 1808

A vingança de Michael Kohlhaas, 1808

Noivado em São Domingos, 1811

Der Zweikampf, 1811

Ensaio

Sobre o teatro de marionetes, 1810

1700-99

STENDHAL

Nascimento: Marie-Henri Beyle, 23 de janeiro de 1783 (Grenoble, França). Morte: 23 de março de 1842 (Paris, França).

Estilo e gênero: Suas ideias ousadas e seu hedonismo irônico ocultam grande complexidade. Usa vários recursos literários para examinar a vida e a sociedade.

No centro de *O vermelho e o negro* está um jovem cujas batalhas filosóficas refletem as preocupações conflituosas do próprio autor. A vida de Stendhal misturou política (uma carreira no Exército) com literatura e alternou temporadas na Itália e em Paris, onde era o queridinho dos *salons* e da nata dos livres-pensadores. Profundamente afetado pela morte da mãe quando tinha 7 anos, a busca pelo amor e pela felicidade tornou-se tema recorrente em sua obra, e na vida real se traduziu em uma série de casos e um grande amor fracassado. Sua obra foi admirada por seus contemporâneos e o mesmo ocorre ainda hoje. Os temas e as preocupações de seus romances são expressos em um estilo que combina lirismo, sátira, cinismo, esperança e percepções psicológicas de maneira irresistível. **AK**

Principais obras

Romances

Armance, 1827

O vermelho e o negro, 1830

A cartuxa de Parma, 1839

Lucien Leuwen (inacabado), 1894

Autobiografias

La vie de Henri Brulard (inacabada), 1890

Souvenirs d'egotisme (inacabada), 1892

Não ficção

Do amor, 1822

A vida de Rossini, 1823

Promenades dans Rome, 1829

THOMAS DE QUINCEY

Nascimento: 15 de agosto de 1785 (Manchester, Inglaterra). Morte: 8 de dezembro de 1859 (Edimburgo, Escócia).

Estilo e gênero: Celebrado escritor, ensaísta e crítico, De Quincey é mais famoso pela descrição das alucinações do ópio em *Confissões de um comedor de ópio.*

1700-99

Principais obras

Autobiografias

Confissões de um comedor de ópio, 1822

Recollections of the Lake Poets, 1830-1840

Suspiria de Profundis, 1845

Ensaios

On the Knocking at the Gate in Macbeth, 1823

Do assassinato como uma das belas-artes, 1827

Antologias

Collected Writings, 1889

Uncollected Writings, 1890

O brilhantismo de Thomas de Quincey ficou evidente desde cedo. Ele era particularmente talentoso em relação aos clássicos, falando e escrevendo grego com fluência aos 15 anos e parecendo destinado a uma soberba carreira acadêmica. Em 1800, entrou na Manchester Grammar School para se preparar para uma bolsa na Universidade de Oxford, mas, 18 meses depois, fugiu e passou os meses seguintes na pobreza. Reencontrou a família e assumiu uma vaga em Oxford, onde permaneceu até 1807, antes de conseguir o diploma.

Foi durante os anos em Oxford que começou a usar o ópio, inicialmente com o objetivo de combater dores nevrálgicas, embora pouco a pouco aumentasse as quantidades que consumiu durante toda a vida. Conheceu e ficou amigo de Samuel Taylor Coleridge em 1807, e por intermédio dele foi apresentado a Robert Southey e a William Wordsworth. De Quincey mudou-se para o Lake District em 1809, morando na antiga casa de Wordsworth, Dove Cottage, por cerca de 10 anos. Depois de gastar seu dinheiro, voltou-se para o jornalismo, escrevendo artigos e resenhas para diversos periódicos nos 30 anos seguintes. Em 1822, publicou *Confissões de um comedor de ópio*, coleção de histórias autobiográficas detalhando os efeitos de seu vício. Foi sucesso imediato e tornou-se sua obra mais famosa. Depois dela, continuou a escrever artigos, publicando várias centenas sobre assuntos variados, e, de 1853 até sua morte, trabalhou na reunião de seus escritos, publicados como *Selections Grave and Gay, from the Writings Published and Unpublished by Thomas de Quincey.*

"Tenho lutado contra este fascinante cativeiro com zelo religioso..." – *Confissões*

Seus textos tiveram grande influência em contemporâneos como Edgar Allan Poe e Charles Baudelaire e continuam a encontrar grande número de leitores hoje em dia. **TamP**

ACIMA: Uma litografia da escola inglesa do século XX retratando Thomas de Quincey.

LORD BYRON

Nascimento: George Gordon Byron, 22 de janeiro de 1788 (Londres, Inglaterra).
Morte: 19 de abril de 1824 (Missolonghi, Grécia).

Estilo e gênero: Lendário poeta romântico e satirista, Byron é quase tão famoso por seu estilo de vida exótico e dramático quanto por seus escritos.

Lord Byron compôs algumas das obras mais famosas e influentes do romantismo do século XIX. Sua personalidade e seu estilo de vida acompanhavam a literatura que produzia, com uma vida privada composta por um turbulento catálogo de casos e várias acusações, do incesto à pederastia. Apesar disso, ou talvez por causa desses escândalos, ele permanece como a personificação essencial do herói e do escritor românticos.

Byron chegou a Cambridge em 1805 e logo publicou sua primeira importante coletânea de poemas, *Hours of Idleness*. O livro foi mal recebido e a ele se seguiu a sátira *English Bards and Scotch Reviewers*, uma revanche contra os críticos. Embarcou em uma grande viagem por todo o Mediterrâneo e começou a trabalhar em *Childe Harold's Pilgrimage*. Os dois primeiros contos foram publicados em 1812 e obtiveram reconhecimento imediato. Foram seguidos por *The Corsair*, que vendeu aproximadamente 10 mil exemplares no primeiro dia de publicação. No mesmo período, Byron embarcou em um tumultuado caso com Lady Caroline Lamb, e então se casou com Anne Isabella Milbanke, com que teve a filha Ada no mesmo ano, embora o casal se separasse pouco depois. Àquela altura, os detalhes da vida particular de Byron haviam comprometido sua reputação junto à boa sociedade. Foi perseguido por boatos sobre um relacionamento com uma meia-irmã e acusações de dívidas, e, em 1816, deixou a Inglaterra para nunca mais voltar.

Estabeleceu-se em Genebra com Percy Bysshe Shelley, Mary Wollstonecraft Shelley e Claire Clairmont e escreveu *The Prisoner of Chillon* antes de viajar para a Itália, onde começou a trabalhar no épico *Don Juan*. Foi para Gênova, onde ficou até 1823, quando zarpou para a Grécia para ajudar na luta contra os turcos. Morreu de febre em 1824, em Missolonghi, antes de participar de qualquer ação militar séria. **TamP**

"Louco, mau e perigoso de se conhecer." – Lady Caroline Lamb falando sobre Lord Byron

Principais obras

Poesia

English Bards and Scotch Reviewers, 1809
Childe Harold's Pilgrimage, 1812-1818
The Corsair, 1814
Hebrew Melodies, 1815
The Prisoner of Chillon, 1816
Beppo, 1818
Don Juan, 1819-1824 (incompleto)

Peça

Manfred, 1817

ACIMA: Retrato de 1813 de Byron em roupas albanesas, por Thomas Phillips.

1700-99

JAMES FENIMORE COOPER

Nascimento: 15 de setembro de 1789 (Burlington, EUA). Morte: 14 de setembro de 1851 (Cooperstown, EUA).

Estilo e gênero: Autor de romances históricos, de aventuras marinhas e dos pioneiros frequentemente críticos, com as tendências sociais e políticas da época.

James Fenimore Cooper foi um dos primeiros romancistas americanos e desfrutou sucesso internacional em vida, recebendo elogios dos dois lados do Atlântico. Seus envolventes romances históricos e, em particular, a descrição da vida dos pioneiros e da América contemporânea o levaram a ser saudado como "romancista nacional" dos Estados Unidos. Embora sejam obras de ficção, seus livros ainda fornecem um importante relato sobre esse período da história americana.

Apesar da impressionante produtividade, hoje a fama de Cooper se apoia principalmente em um livro, *O último dos moicanos*, que

Principais obras

Romances

Precaution, 1820
O espião, 1821
The Pioneers, 1823
O último dos moicanos, 1826
The Prairie, 1827
The Pathfinder, 1840
The Deerslayer, 1841

ACIMA: Detalhe de uma gravura de Cooper, por Julien Léopold Boilly.

À DIREITA: Ilustração de 1826 de *O último dos moicanos*.

ganhou popularidade com sucessivas gerações graças a diversas adaptações para o cinema. *O último dos moicanos* era um dos cinco livros que formavam a série *Longstocking*, protagonizada por um pioneiro chamado Natty Bumppo. Com individualismo turbulento e coragem, Bumppo encarnava o espírito aventureiro da época e logo se tornou um herói junto ao público. Por meio desses livros, Cooper astutamente criou um retrato romantizado e historicamente impreciso das relações entre as tribos indígenas americanas e os colonizadores brancos que era, ainda assim, extremamente popular e palatável para o público nos Estados Unidos e no estrangeiro.

Cooper começou a carreira de escritor por acaso. Supostamente, enquanto lia um livro em voz alta para a esposa, ele o jogou para um lado e anunciou "Eu mesmo poderia escrever alguma coisa melhor do que isso", e então foi estimulado pela mulher. O primeiro romance, *Precaution*, foi bem recebido e refletia claramente a influência das obras históricas de Walter Scott, Amelia Opie e Jane Austen. O segundo, *O espião*, fez sucesso imediato. Foi rapidamente seguido por *The Pioneers*, o primeiro da série *Longstocking*. Cooper continuou a escrever copiosamente, com frequência situando suas tramas no contexto da história americana e lidando com temas como os diversos desafios da vida na fronteira e os conflitos de terras, a remoção dos indígenas pelos colonizadores brancos e as experiências dos antisseparatistas durante a Revolução Americana.

Na década de 1820, no auge da fama, Cooper viajou para a Europa com a família, permanecendo lá por sete anos. Durante o período escreveu *Notions of the Americans* (1829) e trabalhou em quatro livros de viagem. Voltou para os Estados Unidos em 1833 e, no ano seguinte, publicou *A Letter to His Countrymen*, na qual criticava a mentalidade provinciana vigente no país. Essas obras, bem como uma série de processos que ele ganhou contra jornalistas, afetaram a popularidade de Cooper, mas, apesar disso, sua obra continuou a ser apreciada por muitos e ele permanece entre os grandes escritores dos Estados Unidos. **TamP**

ACIMA: Edição de 1925 de *The Deerslayer*, da Scribner, ilustrada por N. C. Wyeth.

O americano impopular

Apesar da popularidade de seus livros, a obra de Cooper não foi imune a críticas, encabeçadas por Mark Twain, que escreveu o causticante ensaio *Fenimore Cooper's Literary Offenses* (A ofensa literária de Fenimore Cooper) em 1895. Os exageros românticos, a falta de personagens femininos verossímeis e consistentes, o didatismo em relação a seus pontos de vista pessoais, sociais e políticos serviam de alvo principal a seus detratores. Com o passar dos anos, os comentários ácidos de Cooper em relação à política e à crise da democracia americana, detalhados em sua crítica final à política e à sociedade, *The American Democrat* (1838), fizeram com que se tornasse impopular em alguns círculos. Porém, sua posição como primeiro verdadeiro gigante literário dos Estados Unidos nunca foi usurpada e sua popularidade permanece intata, apesar dos ataques dos críticos.

FRANZ GRILLPARZER

Nascimento: 15 de janeiro de 1791 (Viena, Áustria). Morte: 21 de janeiro de 1872 (Viena, Áustria).

Estilo e gênero: Considerado o melhor dramaturgo da Áustria, seus temas incluem o mundo clássico, a história medieval e a crença no individualismo.

Franz Grillparzer é um dos melhores escritores da Áustria. Embora seja mais conhecido como dramaturgo, também escreveu poesia lírica e uma novela. Usou variados cenários para suas peças, entre eles a Antiguidade grega e a Idade Média, mas sempre estabeleceu relações com o tempo em que vivia.

Grillparzer escreveu a primeira peça quando ainda era estudante, mas foi com *Die Ahnfrau*, tragédia sobre o destino apresentada pela primeira vez em 1817, que conheceu a fama. Sua obra seguinte, *Sappho*, inspirada na Grécia antiga, reforçou sua reputação e foi traduzida para diversos idiomas. Grillparzer usou mais histórias da Grécia antiga em sua trilogia de 1822, *Das Goldene Vlies*, formada por *Der Gastfreund*, *Die Argonauten* e *Medea*, baseada nas histórias de Jasão e Medeia.

Voltando a inspiração para um diferente período da história, Grillparzer produziu uma série de tragédias, entre elas *König Ottokars Glück und Ende*, concluída em 1823, mas que, por causa de problemas com a censura, não pôde ser apresentada (ou publicada) até 1825. As dificuldades criadas pela censura da corte da Áustria fizeram com que caísse em depressão, agravada também pelo fracasso do noivado com Katharine Fröhlich. Apesar de seu estado de espírito, produziu duas de suas melhores obras, *Des Meeres und der Liebe Wellen* e *Der Traum ein Leben*. Permanecendo no universo da tragédia, a primeira reconta a história de amor entre Hero e Leandro e é considerada a mais bela tragédia de amor escrita em alemão.

Posteriormente, Grillparzer voltou-se para a comédia e escreveu *Weh dem, der lügt*. Foi tão mal recebida que fez com que se recusasse a publicar outra peça enquanto viveu. Três obras concluídas foram encontradas entre seus documentos depois de sua morte. **HJ**

"Quando uma turba chega... é tarefa do poeta transformá-la em plateia." – "Plateia", de *Poemas*

Principais obras

Peças

Die Ahnfrau, 1817

Sappho, 1818

Das Goldene Vlies, 1821

- *Der Gastfreund*
- *Die Argonauten*
- *Medea*

König Ottokars Glück und Ende, 1825

Des Meeres und der Liebe Wellen, 1831

Der Traum ein Leben, 1834

Weh dem, der lügt, 1838

ACIMA: Detalhe de um retrato de Grillparzer impresso em 1820.

PERCY BYSSHE SHELLEY

Nascimento: 4 de agosto de 1792 (Horsham, Inglaterra). Morte: 8 de julho de 1822 (no mar, nas imediações de Livorno, Itália).

Estilo e gênero: Shelley foi o *enfant terrible* do romantismo britânico. Levou uma vida turbulenta, mas produziu poesia liricamente brilhante e intelectualmente rigorosa.

Percy Shelley nasceu na boa sociedade inglesa, mas passou a sua curta vida se rebelando contra ela. Depois de ser expulso de Oxford em 1811 por ter publicado um panfleto ateu, fugiu para se casar com Harriet Westbrook, de 16 anos, deixando para trás sua herança. Seus arranjos domésticos foram sempre improvisados e nunca estáveis – em 1814, ele trocou Harriet por Mary Godwin, que pouco depois se tornaria sua segunda esposa. Shelley participou rapidamente da política radical e permaneceu comprometido com ela por toda a vida.

Em 1818, Shelley fugiu dos credores e de um clima intelectual hostil, rumando para a Itália. Conhecera Byron em 1816 e, ao reencontrá-lo, os dois se tornaram os personagens mais importantes de um círculo nômade de exilados que haviam deixado a Inglaterra e escolhido a Itália como lar. "Julian and Maddalo" detalha o complexo relacionamento. Tanto Percy quanto Mary Shelley sofriam de longos períodos de depressão, exacerbados pelas mortes do filho e da filha. Apesar de tudo, a produção artística de Shelley nesses anos foi intensa, e ele escreveu uma série de grandes obras poéticas que equilibram o idealismo político e filosófico com o desânimo pessoal.

Shelley foi celebrado, com toda a justiça, por joias como "To a Skylark" e "Ode to the West Wind". Seu manifesto poético, *Uma defesa da poesia*, publicado postumamente, declara sua crença de que os poetas são "os legisladores desconhecidos do mundo". Muitos de seus versos não puderam encontrar leitores quando ainda estava vivo. Mesmo assim, defendem intensamente o poder da canção para trazer uma ordem aprazível ao mundo. Sua vida pessoal foi tempestuosa e desordenada. De fato, foi condizente que, ao se afogar, estivesse usando um barco cujo nome havia trocado para *Ariel*, em homenagem ao duende malicioso de *A tempestade*, de Shakespeare. **TM**

"Os poetas são os legisladores desconhecidos do mundo."
— *Uma defesa da poesia*

Principais obras

Poemas

"Queen Mab", 1813
"Mont Blanc", 1816
"Ozymandias", 1818
"The Revolt of Islam", 1818
"To a Skylark", 1820
"Ode to the West Wind", 1820
"Adonais", 1821
"Epipsychidion", 1821
"Julian and Maddalo", 1824
"O triunfo da vida", 1824
"The Mask of Anarchy", 1832

Peça

Prometeus Unbound, 1820

Ensaio

Uma defesa da poesia, 1840

ACIMA: Detalhe de *Retrato de Percy Bysshe Shelley* (1819), de Amelia Curran.

1700-99

JOHN CLARE

Nascimento: 13 de julho de 1793 (Helpstone, Inglaterra). Morte: 20 de maio de 1864 (Northampton, Inglaterra).

Estilo e gênero: Clare foi um poeta rural cujas origens humildes e cujo mergulho na loucura obscureceram seu mérito artístico.

Principais obras

Poesia

Poems Descriptive of Rural Life and Scenery, 1820

The Village Minstrel and Other Poems, 1821

The Shepherds Calendar with Village Stories and Other Poems, 1827

The Rural Muse, 1835

Cartas

The Letters of John Clare, 1951

John Clare foi o mais autêntico dos "poetas camponeses" que se popularizaram na década de 1820. Teve origens genuinamente humildes. Nascido em Northamptonshire, zona rural, era filho de um agricultor e teve pouca educação formal. Ajudava o pai desde os 7 anos. Lia com voracidade e sem discriminação e começou a escrever aos 13 anos, tentando publicar um livro ao mesmo tempo que trabalhava como jardineiro em 1817.

Embora fracassasse em obter apoio, Clare atraiu a atenção dos editores de Keats, que produziram *Poems Descriptive of Rural Life and Scenery* em 1820. A obra alcançou grande êxito, permitindo que Clare se casasse. Em seguida, publicou *The Village Minstrel and Other Poems*, que obteve bem menos sucesso, o que o forçou a voltar ao trabalho no campo para sustentar uma família cada vez maior. As dificuldades que enfrentava ficam evidentes pelo tempo que levou para preparar sua coletânea seguinte. *The Shepherds Calendar* foi um fiasco crítico e comercial, principalmente porque Clare procurou escrever, em vão, aquilo que ele achava que os editores e o público queriam, em vez de escrever o que realmente queria. Clare há muito mantinha um delicado equilíbrio psicológico e a pressão desse fracasso teve um preço. Em 1837, dois anos após sua última publicação, *The Rural Muse*, foi internado em um asilo de Essex. Embora parecesse feliz no asilo, Clare fugiu e voltou a ser internado cinco meses depois, dessa vez em uma instituição de Northampton. Foi ali que passou o resto da vida, escrevendo ocasionalmente, porém com delírios mais frequentes. Seus poemas, ignorados em vida, passaram por uma reavaliação crítica no século XX e agora são considerados algumas das mais belas evocações jamais escritas da paisagem e da vida rural. **PS**

"Anseio o cenário onde o homem jamais pisou... Onde as mulheres nunca sorriram nem choraram."

ACIMA: Detalhe de uma gravura retratando o poeta inglês John Clare.

À DIREITA: A *eclusa*, de John Constable, retrata a vida rural descrita por Clare.

MARY WOLLSTONECRAFT SHELLEY

Nascimento: Mary Wollstonecraft Godwin, 30 de agosto de 1797 (Londres, Inglaterra). Morte: 1º de fevereiro de 1851 (Londres, Inglaterra).

Estilo e gênero: Filha de Mary Wollstonecraft e William Godwin, a esposa de Percy Bysshe Shelley praticamente inventou a ficção científica com *Frankenstein*.

Mary Shelley viveu quase 30 anos a mais do que seu marido, o famoso poeta Percy Bysshe Shelley, tempo que usou escrevendo romances, apesar da oposição da família dele, para preservar seu legado e criar o filho que tiveram. Embora sua produção literária entre 1822 e 1851 seja considerável, ela continua mais conhecida por *Frankenstein, ou O Prometeu moderno*, uma das raras obras literárias cujos personagens foram incorporados à cultura popular.

Embora os filmes de horror da Hammer tenham perpetuado a fama do Dr. Frankenstein, do monstro e de sua noiva (que não figurava na obra literária), o restante da obra de Shelley voltou a despertar atenção. A escritora foi reconduzida a seu posto no meio literário da época, não apenas por causa da famosa sessão de histórias na Villa Diodati, no lago Genebra, que também gerou o romance *The Vampyre*, de John Polidori, mas também pelo lar radical onde foi criada, como filha dos escritores e reformadores sociais Mary Wollstonecraft e William Godwin.

Wollstonecraft morreu de complicações no parto, mas seu legado feminista está presente nos romances da filha, que se debruçam no espinhoso questionamento da natureza humana, segundo o estilo gótico da época. Shelley perdeu vários bebês durante a gestação. Outros tantos morreram ainda na primeira infância. Sua experiência como mãe aparece em *Maurice, or The Fisher's Cot*, novela inédita que, como *Frankenstein*, examina os perigos da reprodução.

O legado de Godwin pode ser percebido no desejo do monstro pela educação e nos debates políticos presentes no último romance de Shelley, o apocalíptico *O último homem*, no qual um mal disfarçado Lord Byron governa uma Grã-Bretanha tomada por uma epidemia. O romance é emoldurado por uma visita à Caverna da Sibila, onde a história é encontrada em folhas ao vento. A obra de Shelley é tão profética quanto negligenciada. **SM**

Principais obras

Romances

Frankenstein, ou O Prometeu moderno, 1818

O último homem, 1826

Ficção infantil

Maurice, or The Fisher's Cot, 1998

Não ficção

Mary Shelley's Journal, 1947

"Apresento ao público minhas últimas descobertas nas escassas páginas sibilinas." – *O último homem*

ACIMA: Detalhe de um retrato de 1818 da romancista gótica Mary Shelley.

À DIREITA: Uma ilustração de *Frankenstein*, de Shelley, por Theodor M. von Holst.

HEINRICH HEINE

Nascimento: Christian Johann Heinrich Heine, 13 de dezembro de 1797 (Düsseldorf, Alemanha). Morte: 17 de fevereiro de 1856 (Paris, França).

Estilo e gênero: O alemão Heine, de origem judaica, foi um poeta romântico e jornalista político e combinou uma devastadora inteligência com sua versatilidade lírica única.

1700-99

Principais obras

Poesia
Livro das canções, 1827
Deutschland: Ein Wintermärchen, 1844
Neue Gedichte, 1844
Atta troll, 1847
Não ficção
Die Harzreise, 1826
Reisebilder, 1826-1831
Französische Zustände, 1832
Die romantische Schule, 1836
Shakespeares Mädchen und Frauen, 1838

Nenhum escritor alemão suportou a tensão entre arte e política com a mesma inteligência cáustica e leveza trágica de Heinrich Heine. Nascido em uma família alemã de origem judaica em 1797, o jovem poeta foi herdeiro de um romantismo estético e nostálgico que considerava politicamente insípido. A apropriação de Heine do romantismo restaurou valor político ao movimento ao virá-lo de cabeça para baixo, forçando seus limites a níveis quase caricaturais, esforço do qual o movimento nunca se recuperaria. Seus poemas líricos, que inspiraram compositores como Robert Schumann, levaram Friedrich Nietzsche a declará-lo o primeiro artista da língua alemã.

Depois de pouco sucesso no comércio, Heine conseguiu se formar em Direito em 1825. Converteu-se à religião luterana em uma tentativa de driblar a exclusão institucional sofrida pelos judeus na Alemanha, mas sua condição marginalizada era denunciada de forma extrema por suas inovações literárias. Como poeta, dessacralizou o alemão literário ao impregná-lo com a linguagem do cotidiano, e como jornalista transformou o folhetim – desprezado pelos círculos literários da época – em uma forma de arte politicamente carregada. Sob a pressão de leis de imprensa cada vez mais rígidas, Heine se exilou em Paris depois da Revolução de Julho de 1831. Quatro anos depois, suas obras, junto às de outros integrantes do movimento Jovem Alemanha, foram banidas sumariamente da Prússia e da Áustria, mas os frenéticos esforços das autoridades em suprimi-las não impediram que a voz de Heine alcançasse ativistas revolucionários em toda a Europa. Como escreveu, em 1849, seu admirador húngaro Karl-Maria Keertbeny: "Perecerás com a Europa, mas a juventude nobre e saudável te levará para o novo mundo, onde serás abrigado no altar dos deuses domésticos." **JK**

"Pouco me importa se meus poemas são elogiados ou criticados."

ACIMA: *Retrato de Heinrich Heine* (1831), de Moritz Daniel Oppenheim (1800-1882).

ALEKSANDR PUCHKIN

Nascimento: 6 de junho de 1799 (Moscou, Rússia). Morte: 10 de fevereiro de 1837 (São Petersburgo, Rússia).

Estilo e gênero: Sua escrita é maravilhosamente lírica, com enredos detalhados e temas politicamente astutos, plenos de tensão dramática.

A vida de Puchkin foi repleta de contrastes. Bastou publicar seu primeiro poema para ser entronizado como gênio literário. Ao mesmo tempo, sempre seria desprezado por alguns por causa da cor da sua pele – seu bisavô era um escravo africano que caíra nas graças de Pedro, o Grande, e se tornara aristocrata.

Puchkin sempre foi polêmico. "Ode à liberdade", escrito quando tinha 20 anos, alarmou de tal forma o czar Alexandre I que o autor se viu forçado a seguir para o exílio – embora sob o disfarce de cargo administrativo – bem longe de Moscou. Seus textos políticos eram tão poderosos que, na insurreição decembrista de 1825, os rebeldes desfilavam com cópias das obras. Puchkin não era integrante do movimento e foi tomado de pânico depois, destruindo seus documentos com medo de sofrer acusações.

A vida amorosa do poeta foi recheada de escândalos e de boatos sobre casos com mulheres casadas. Em 1831, ele se casou com a bela e fogosa Natalia Goncharova, com quem teve quatro filhos. Sempre viveram em um padrão acima de suas possibilidades, tentando manter uma fachada próspera, apesar de contarem com poucos recursos. Em 1834, conheceram o soldado George d'Anthès, invejoso de Puchkin e encantado por Natalia. Ele fazia provocações a Puchkin, alegando publicamente ter dormido com sua esposa (embora não haja prova disso). Depois de dois anos, o poeta desafiou o soldado para um duelo e acabou sendo morto aos 37 anos. Ironicamente, o enredo de sua obra mais célebre, *Eugene Onegin*, gira em torno de um duelo entre rivais no amor. O povo russo lamentou sua morte e as autoridades entraram em pânico, desejando suprimir a manifestação de emoções e uma possível ressurgência da rebelião. Puchkin não receberia honras públicas por seus feitos literários antes que se passassem outras três décadas. **LH**

"Faça planos para viver. Olhe, tudo é pó e iremos morrer."
— "É hora, meu amigo"

1700-99

Principais obras

Poesia

Ruslan e Ludmilla, 1820
Ode à liberdade, 1820
As ciganas, 1824
Eugene Onegin, 1825-1832
O cavaleiro de bronze, 1833
A filha do capitão, 1836 (publicado no Brasil)

Peças

Boris Godunov, 1831 (publicado no Brasil)
Mozart e Sallieri, 1830

Romance

O negro de Pedro, o Grande (inacabado), 1827 (publicado no Brasil)

ACIMA: Detalhe de uma cópia feita por A. P. Yelagina do retrato original de Puchkin, de V. A. Tropinin.

HONORÉ DE BALZAC

Nascimento: 20 de maio de 1799 (Tours, Vale do Loire, França). Morte: 18 de agosto de 1850 (Paris, França).

Estilo e gênero: Um dos fundadores do realismo na literatura, foi romancista e dramaturgo de destaque no século XIX. Era um observador da humanidade sem idealismo.

Honoré de Balzac foi um dos fundadores da literatura realista. Escreveu abundantemente por toda a vida, publicando algumas obras sob pseudônimo, entre elas a ultrajante *Le Vicaire des Ardennes* (sob o nome de Horace de Saint-Aubin), que tratava de um padre casado e falava de incesto. Publicou outras anonimamente. Porém, o principal conjunto de sua obra, *A comédia humana* (*La Comédie humaine*), foi lançado sob seu próprio nome e representa um dos mais complexos e estarrecedores feitos da literatura realista. *A comédia humana* é composta por quase 100 romances que pintam, em detalhes vívidos e sórdidos, a vida na França urbana e provinciana após a queda de Napoleão Bonaparte. As obras lidam com temas como amor, política e convenções sociais, com inúmeros personagens recorrentes.

Depois de uma juventude turbulenta, Balzac trabalhou por três anos no escritório de advocacia de um amigo de sua família, antes de se desiludir e resolver tentar a carreira literária. A ópera cômica *Le Corsaire* foi sua primeira obra, embora nunca tenha sido concluída, seguida pela tragédia *Cromwell*. Só em 1832, depois de diversos romances, o escritor concebeu a ideia da *Comédia humana*, publicando no ano seguinte *Eugênia Grandet*, seu primeiro romance a ter sucesso de vendas, seguido pelo também bem-sucedido *O pai Goriot*, em 1835.

Balzac trabalhou com voracidade até a morte. O tom dos textos evoluiu de um desânimo profundo a um otimismo comedido, embora sua observação da humanidade tenha permanecido firmemente enraizada no realismo. Exerceu profundo impacto no desenvolvimento da literatura, influenciando autores como Gustave Flaubert, Marcel Proust, Emile Zola, Charles Dickens e Henry James. **TamP**

"Ele reluzirá... entre as mais brilhantes estrelas de sua terra natal." – Victor Hugo, sobre Balzac

Principais obras

Romances

Le Vicaire des Ardennes, 1822
A comédia humana
- *A pele de onagro*, 1831
- *Eugênia Grandet*, 1833
- *O pai Goriot*, 1835
- *Esplendores e misérias das cortesãs*, 1838-1847

ACIMA: ***Honoré de Balzac em seu hábito de monge*, pintura de 1829, de Louis Boulanger.**

ALEXANDRE DUMAS

Nascimento: Dumas Davy de la Pailleterie, 24 de julho de 1802 (Villers-Cotterêts, Aisne, França). Morte: 5 de dezembro de 1870 (Puys, Dieppe, França).

Estilo e gênero: Dumas escreveu romances seriados que revigoraram o gênero histórico na França, com arrebatadoras histórias de ousadia e bravura.

Alexandre Dumas continua a ser um dos mais populares escritores franceses e muitos de seus romances históricos foram transformados em superproduções cinematográficas. Foi um dos primeiros autores a explorar o romance em formato episódico, embora fosse ajudado pela suspensão da censura à imprensa na década de 1830, que provocou um crescimento repentino na circulação dos periódicos e na demanda por aventuras instigantes. Dumas revitalizou o romance histórico francês praticamente sozinho, combinando fatos e ficção em obras com apelo para o grande público.

Um de seus primeiros trabalhos bem-sucedidos foi a peça *Henri III et sa cour*, que o motivou a escrever um punhado de obras para o teatro, além da vasta produção de romances e artigos. Em 1838, reescreveu uma dessas peças para convertê-la em seu primeiro seriado, *Le Capitaine Paul*, e, graças ao sucesso, fundou uma companhia de produção com uma grande equipe que criou muitas histórias sob sua supervisão. Continuou a usar colaboradores nos romances, sendo que o mais famoso deles foi Auguste Maquet, o qual, embora nunca tenha recebido créditos, esboçou a estrutura dos seriados e trabalhou nas tramas de *Os três mosqueteiros* e *O conde de Monte Cristo,* enquanto Dumas se dedicava ao detalhamento e ao desenvolvimento dos diálogos.

Dumas conseguiu gastar várias vezes sua fortuna em razão do estilo de vida indulgente e de seus múltiplos casos. Por causa das dívidas e da impopularidade junto a Napoleão III, fugiu para Bruxelas em 1851, depois viajou para a Rússia e, finalmente, para a Itália. Em busca de aventura, juntou-se à luta pela unificação italiana e organizou o jornal *Indipendente*. Mais tarde, passou quatro anos em Nápoles como curador dos museus, só voltando para a França em 1864. Continuou a trabalhar e a gastar mais do que ganhava. **TamP**

"A sabedoria humana é resumida em duas palavras: 'Espera' e 'Esperança'." – *O conde de Monte Cristo*

Principais obras

Romances

Le Capitaine Paul, 1838

Os três mosqueteiros, 1844

O conde de Monte Cristo, 1845

O visconde de Bragelonne, 1847

A tulipa negra, 1850

Peças

Henri III et sa cour, 1829

Antony, 1831

Não ficção

Crimes célebres, 1839-1940

1800–19

ACIMA: Retrato de Dumas (*c.*1825-1830), atribuído a Eugène Delacroix.

VICTOR HUGO

Nascimento: Victor-Marie Hugo, 26 de fevereiro de 1802 (Besançon, França). Morte: 22 de maio de 1885 (Paris, França).

Estilo e gênero: A aguçada consciência social de Hugo e sua interpretação progressista dos valores da literatura tradicional refletiam o clima político de seu tempo.

Principais obras

Romances

Han d'Islande, 1823
O corcunda de Notre-Dame, 1831
Os miseráveis, 1862
Os trabalhadores do mar, 1866
Quatre-vingt-treize, 1874

Peças

Cromwell, 1827
Hernani, 1830
Ruy Blas, 1838

Poesia

Les Châtiments, 1853
La Légende des siècles, 1859-1883

Reverenciado na França como poeta, mas lembrado no exterior pelos romances – *O corcunda de Notre-Dame* e *Os miseráveis*, em particular –, Hugo foi o principal representante do romantismo francês. Formado em Direito, foi influenciado pela obra de François Chateaubriand, a quem procurou emular. Aos 21 anos, publicou o primeiro romance, *Han d'Islande*, atraindo a atenção do jornalista Charles Nodier, que o introduziu num fechado círculo de escritores românticos. Produziu uma série de poemas e peças importantes, entre elas *Cromwell*, um drama em versos nunca encenado, que continha um longo e instigante prefácio encorajando os artistas a abandonarem as regras formais da tragédia grega, o qual dividiu acirradamente as opiniões da *intelligentsia*. Por ser uma declaração de princípios do romantismo, o prefácio é hoje mais importante do que a peça.

O êxito de sua obra seguinte para o palco, *Hernani*, abriu um novo caminho para a literatura francesa. Hugo ficou famoso junto a um público mais amplo com *O corcunda de Notre-Dame*. É a história do corrupto arquidiácono Claude Frollo, que vê serem frustradas suas tentativas de raptar a cigana Esmeralda com a ajuda do sineiro corcunda Quasímodo. Este, de algoz da jovem, acaba se tornando

ACIMA: Detalhe de um retrato de Victor Hugo feito por Léon Bonnat (1833-1922).

À DIREITA: Cartaz anunciando a publicação de *Os miseráveis* em 1886, de Jules Chéret.

seu salvador. Dominado pela arquitetura gótica da catedral de Paris, o romance alcançou sucesso internacional e deflagrou uma campanha nacional pela preservação dos tesouros da arquitetura.

Seguiu-se um período intensamente criativo em que Hugo empregou suas peças para combinar ideias políticas e sociais. Em 1848, ele era um membro eleito da Assembleia francesa, mas foi forçado a se exilar por causa de críticas feitas a Napoleão III. Nessa época, obteve um sucesso extraordinário com *Os miseráveis*, épico da injustiça social e um estudo da natureza do bem e do mal. O romance gira em torno de Jean Valjean, criminoso reabilitado que, apesar de ter pago sua dívida à sociedade, é impiedosamente perseguido pelo detetive Javert, que se recusa a deixar que Valjean esqueça o passado. Tendo como pano de fundo o submundo parisiense e a França revolucionária, a história continua a cativar o público de hoje. Ao morrer, Hugo mereceu um funeral com honras de Estado. Seu corpo descansa no Panthéon, em Paris. **SG**

ACIMA: Lon Chaney estrela *O corcunda de Notre-Dame* (1923), no papel de Quasímodo.

A batalha de *Hernani*

Trincheiras se abriram entre os românticos e os classicistas na estreia de *Hernani* em Paris, em fevereiro de 1830. Antecipando um ataque hostil dos tradicionalistas, Hugo colocou seus partidários em pontos estratégicos, espalhados por todo o Théâtre Français, permitindo que reagissem a qualquer voz discordante.
Por mais que os defensores da velha guarda vaiassem, os paridários do romantismo aplaudiam. Brigas tiveram início e o pânico tomou conta do teatro, mas a peça prosseguiu sem pausa. Ao fim, apesar da inferioridade numérica, o exército romântico garantiu que as manifestações de aprovação afogassem as vaias, entregando a vitória a Hugo.

RALPH WALDO EMERSON

Nascimento: 25 de maio de 1803 (Boston, EUA). Morte: 27 de abril de 1882 (Concord, EUA).

Estilo e gênero: Entre os temas abordados por Emerson estão a crença na divindade do indivíduo, a ênfase na originalidade e a natureza como fonte de instruções éticas.

ACIMA: Detalhe de um retrato da escola americana do século XIX.

Principais obras

Poesia

Concord Hymn, 1837

The Rhodora, 1847

Poems, 1847

May-Day and Other Pieces, 1867

Ensaios

Nature, 1836

The American Scholar, 1837

Divinity School Address, 1838

Self-Reliance, 1841

Ensaios, Primeira Série, 1841

Ensaios, Segunda Série, 1844

Homens representativos, 1850

Conduta para a vida, 1860

Em vida, Ralph Waldo Emerson se tornou o mais importante intelectual de seu país e permanece até hoje como o mais influente pensador americano. Seu clamor em prol de uma nova literatura nacional atenta para a nova sociedade nos Estados Unidos inspirou muitos grandes escritores, entre eles Herman Melville, Walt Whitman e Emily Dickinson. *Self-Reliance*, seu ensaio mais lido, exorta o público a prestar atenção a suas próprias "leis interiores" antes de dar ouvidos às expectativas da sociedade ou da crença religiosa. É o indivíduo que é verdadeiramente sagrado, não as instituições.

Nascido em uma antiga família de puritanos, Emerson parecia destinado a se tornar um pregador. Após a morte do pai, ministro unitarista, ele foi criado pela mãe, profundamente religiosa, e pela tia, excêntrica e intelectual. O crescimento de Emerson como filósofo pode ser acompanhado por uma série de rompimentos com a ortodoxia religiosa. Em 1832, pediu para deixar o posto de pastor da Segunda Igreja de Boston, pois não conseguia administrar a eucaristia com a consciência limpa. Seis anos depois, escandalizou a Harvard Divinity School com um discurso que contestava a divindade de Cristo, insistindo que Deus se encontrava encarnado em cada homem e mulher. Em vez de permanecer em Boston, Emerson estabeleceu-se em Concord, nos arredores, perseverando na carreira de ensaísta, poeta e palestrante.

> "Para ser um homem, é preciso ser um não conformista."
>
> — *Self-Reliance*

Embora salientasse a importância de viver perto da natureza, Emerson tinha muito de homem do mundo. Como orador, conquistou considerável fama, embarcando em excursões por todos os cantos dos Estados Unidos e pela Europa. Embora se interessasse principalmente pela ética e pela religião, não se furtava a falar de uma série de questões políticas. A oposição ferrenha à escravidão é testemunho de seu profundo comprometimento com a liberdade pessoal. **CT**

NATHANIEL HAWTHORNE

Nascimento: Nathaniel Hathorne, 4 de julho de 1804 (Salem, EUA). Morte: 19 de maio de 1864 (Plymouth, EUA).

Estilo e gênero: Hawthorne foi um romancista cujos ricos retratos dos Estados Unidos estiveram entre os primeiros a ganhar reconhecimento geral no cenário mundial.

Se a obrigação de escrever "o grande romance americano" permanece como desafio para todos os escritores americanos, Hawthorne é um dos responsáveis. Quando seu primeiro romance, *A letra escarlate*, foi publicado, as estantes dos Estados Unidos ainda continham apenas os títulos que atravessavam o Atlântico. A edição esgotou-se em poucos dias, transformando-se em best-seller. Mas talvez uma parte do sucesso se deva ao fato de a ficção de Hawthorne ter menos a dizer sobre o que os europeus haviam descoberto no Novo Mundo e bem mais sobre as razões que os levaram a fazer a viagem.

História de adultério na colônia de Massachusetts, *A letra escarlate* é decididamente americana nos temas, como deixa claro o autor ao começar pela observação de que a primeira tarefa de qualquer sociedade utópica é designar um local para o cemitério e outro para a cadeia. Alinhado ideologicamente com o transcendentalismo de contemporâneos como Ralph Waldo Emerson e Walt Whitman, o romance de Hawthorne evoca a beleza do imaculado cenário de Massachusetts. Seu retrato simpático da proscrita Hester Prynne tem sido elogiado como precursor do movimento feminista.

Como jovem escritor em princípio de carreira, Hawthorne trabalhou em uma alfândega que mais tarde serviria de cenário para o prefácio autobiográfico de *A letra escarlate*. Também passou um breve período na comunidade utópica de Brook Farm, experiência que transformou em ficção em seu terceiro romance, *The Blithedale Romance*. Como tudo na ficção de Hawthorne, o livro beira a alegoria, mas está concentrado demais no intangível, naquilo que jaz além dos seus paradigmas, para permitir que dali se extraia qualquer argumento concreto. Hawthorne pode ter ajudado a inventar o romance americano, mas também já sinalizava o futuro. **SY**

"O estilo de Hawthorne é a própria pureza."
— Edgar Allan Poe

Principais obras

Romances

A letra escarlate, 1850

A casa das sete torres, 1851

The Blithedale Romance, 1852

O fauno de mármore, 1860

The Dolliver Romance, 1863

Contos

Twice-Told Tales, 1837

Mosses from an Old Manse, 1846

The Snow-Image, and Other Twice-Told Tales, 1852

Tanglewood Tales, 1853

ACIMA: Retrato do escritor americano Nathaniel Hawthorne, de 1840, feito por Charles Osgood.

GEORGE SAND

Nascimento: Amandine-Aurore-Lucile Dupin, 1º de julho de 1804 (Paris, França). Morte: 8 de junho de 1876 (Nohant, França).

Estilo e gênero: Livre-pensadora, Sand escreveu ficção com temas bucólicos, personagens pouco convencionais e diálogos realistas.

1800–19

Principais obras

Romances

Rose et Blanche, 1831
Indiana, 1832
Lélia, 1834
Spiridion, 1839
Horace, 1842
Consuelo, 1842-1843
O pântano do diabo, 1846
A pequena Fadette, 1849
Les Maîtres sonneurs, 1853

Autobiografias

Un Hiver à Majorque, 1842
História de minha vida, 1854-1855

Renomada romancista e livre-pensadora, George Sand tornou-se tão famosa pelo seu estilo de vida quanto pelo que escrevia. Escolheu um nome de homem como pseudônimo, frequentemente usava roupas masculinas e costumava pedir que as pessoas se dirigissem a ela como *"mon frère"* (meu irmão). Também era uma autora incomum para a época, pois sua obra era lida indiscriminadamente por homens e mulheres. A contemporânea Elizabeth Barrett Browning escreveu um poema intitulado "Para George Sand: um desejo" (1844), no qual descreve a francesa como "mulher de grande cérebro e homem de grande coração".

George Sand foi educada principalmente pela avó, cuja personalidade forte moldou a da própria Sand e a de muitos de seus personagens. Residiam na propriedade familiar em Nohant, ao sul de Paris, área que aparece com destaque na obra de Sand. Ela também passou dois anos morando em um convento, a pedido da avó, que morreu em 1821. Em 1822, aos 18 anos, Sand casou-se com um barão muito mais velho do que ela, com quem teve dois filhos. O casamento era profundamente infeliz. Ela deixou o marido e os filhos nove anos depois, para viver em Paris.

Sand começou a carreira escrevendo artigos para publicações como *Le Figaro*. O primeiro romance, *Rose et Blanche*, saiu sob o nome Jules Sand. Foi escrito em parceria com o seu amante na época, Jules Sandeau. Sand tornou-se tão famosa pelos casos amorosos quanto pela obra. Havia se revoltado contra a instituição do casamento e acreditava no amor livre. Seu caso mais conhecido foi com o compositor Frédéric Chopin. O livro *Un Hiver à Majorque* conta como foram os meses que passaram juntos na ilha. Suas obras e o modo como escolheu viver são fundamentais para a emergência da emancipação da mulher na França. **LH**

> "Existe apenas uma felicidade na vida: amar e ser amada."
>
> — Carta para Lina Calamatta, 1862

ACIMA: *Retrato de George Sand* (detalhe), de Auguste Charpentier (1813-1880).

ELIZABETH BARRETT BROWNING

Nascimento: Elizabeth Barrett Moulton-Barrett, 6 de março de 1806 (Coxhoe Hall, County Durham, Inglaterra). Morte: 29 de junho de 1861 (Florença, Itália).

Estilo e gênero: Poetisa vitoriana cuja imaginação fértil serviu-lhe de antídoto contra as restrições sociais do período e aquelas decorrentes de sua saúde frágil.

Elizabeth Barrett teve o azar de nascer em uma família vitoriana de situação privilegiada. Mesmo ao se aproximar dos 40 anos, continuava a ser guardada zelosamente pelo pai, a ponto de ser forçada a se casar secretamente com Robert Browning, voltar para a casa da família e passar sozinha a noite de núpcias. Já era uma poetisa célebre e a fama do marido só foi obscurecê-la muito depois de sua morte. A correspondência dos dois é absolutamente singular e envolvente, pois permite vislumbrar a evolução de uma notável parceria criativa.

Browning encorajou a esposa a publicar os sonetos que havia escrito para ele durante o namoro. Apareceram como *Sonetos portugueses*, provavelmente a mais notável sequência produzida em um período em que a composição de sonetos estava no auge da moda. Depois de casar, os Browning foram morar na Itália, onde "E. B. B." (como preferia ser chamada) desabrochou na atmosfera intelectual e idealista que envolvia o grupo de expatriados britânicos e americanos que escolhera morar em Florença. Suas simpatias republicanas estão mais evidentes em *Casa Guidi Windows*, no qual promove a causa do nacionalismo italiano em uma era revolucionária. Foi em Florença que começou a se interessar pelo espiritualismo, ocupação que aborrecia Browning e deixou uma pequena mácula em um casamento tranquilo e feliz.

O maior feito poético de E. B. B. é o romance em versos *Aurora Leigh*. Traz referências autobiográficas, pois narra o ousado desenvolvimento artístico de uma poetisa que sofria as restrições da estrutura da sociedade vitoriana. E. B. B. precisou superar dificuldades demais para ser capaz de se pronunciar ou mesmo encontrar uma plateia para sua voz apaixonada. Sua saúde permaneceu precária na Itália. Embora sua felicidade tenha sido breve, foi genuína. Morreu nos braços do marido em 1861. **TM**

"Como te amo? Deixa-me contar os modos." – *Poemas traduzidos* (Manuel Bandeira)

Principais obras

Poesia

An Essay on Mind and Other Poems, 1826
Poems, 1844
Sonetos portugueses, 1850
Casa Guidi Windows, 1851
Aurora Leigh, 1856
Poems Before Congress, 1860
Last Poems, 1862

Não ficção

The Letters of Robert Browning and Elizabeth Barrett, 1845-1846

1800–19

ACIMA: Detalhe de um retrato de Browning em 1853, de Thomas Buchanan Read.

1800–19

EDGAR ALLAN POE

Nascimento: Edgar Poe, 19 de janeiro de 1809 (Boston, EUA). Morte: 7 de outubro de 1849 (Baltimore, EUA).

Estilo e gênero: Poe foi poeta, contista e ensaísta. Suas histórias plenas de mistério e elementos macabros redefiniram o chamado estilo "gótico americano".

Principais obras

Contos

A máscara da morte vermelha, 1838
A queda da Casa de Usher, 1839
Os assassinatos da rua Morgue, 1841
O poço e o pêndulo, 1842
O coração revelador, 1843
A carta roubada, 1845
O barril de amontillado, 1846

Poesia

Tamerlane and Other Poems, 1827
Poems, 1831
O corvo, 1845
Annabel Lee, 1849

Embora William Carlos Williams chamasse Edgar Allan Poe de primeiro autor verdadeiramente americano, ele só ganhou fama em sua terra natal décadas depois de já ter uma sólida reputação na França. O talento como contador de histórias foi reconhecido ainda por seus contemporâneos, mas sua forma de escrever tem, como diria Robert Louis Stevenson, "um toque desconcertante, uma nódoa de algo que não desejamos examinar ou nomear". Essa reação tão singular advém, em parte, do fato de não ser possível identificar ao certo se o desconforto é obtido deliberadamente pelo escritor ou se é um efeito decorrente de doença mental. Em plena era da razão, época que apenas começava a questionar sua própria sanidade, essa característica foi precisamente o que fez com que a obra de Poe repercutisse tanto.

Poe experimentou um grande número de gêneros e, indiscutivelmente, inventou alguns: a ficção científica, a história de detetives e o

ACIMA: Detalhe de um retrato fotográfico de Edgar Allan Poe (*c.*1848).

À DIREITA: *Fortunado e Montresor*, de Arthur Rackam, personagens de *O barril de amontillado*.

ACIMA: Ilustração de Gustave Doré para *O corvo* (século XIX).

terror, entre elas. Suas obras completas, porém, poderiam caber em apenas um livro volumoso. O fato de esse tomo conter uma boa amostra da literatura mais influente dos últimos 200 anos é um testemunho de sua maestria na estrutura e no minimalismo. Quando o protagonista de *O coração revelador* decide assassinar alguém por não gostar de seus olhos, o fato praticamente não gera qualquer comentário. Mas esse curto conto, de qualquer maneira, pinta um retrato da insanidade talvez mais vívido e aterrorizante justamente pela naturalidade das palavras do narrador. O recurso é ainda mais marcante na poesia, principalmente em *O corvo* e *Annabel Lee*, cuja dicção simples e cujos esquemas de rimas quase musicais emolduram narrativas de profunda complexidade psicológica. As melhores histórias de Poe, como *A queda da Casa de Usher* e *O poço e o pêndulo*, apresentam essa característica. Sugerem que há mais para se saber do que o que está na superfície, mas deixam os leitores com a sensação de que seria melhor permanecer na ignorância. **SY**

Um detetive precoce

As histórias de Poe sobre seu personagem recorrente, C. Auguste Dupin, constituem um dos primeiros exemplos do gênero que passaria a ser chamado de romance policial. Os quatro contos com Dupin, entre eles os conhecidos *A carta roubada* e *Os assassinatos na Rua Morgue*, descrevem como o personagem usa seus poderes de observação e lógica para ajudar a polícia de Paris a encontrar soluções improváveis para problemas impossíveis. Mas, ao contrário de sucessores como Sherlock Holmes, que usam a razão para desmistificar o desconhecido, o personagem de Poe costuma deixar o leitor com respostas mais desconcertantes do que as perguntas iniciais.

NIKOLAI GOGOL

Nascimento: Nicolai Vasilievich Gogol, 31 de março de 1809 (Sorochyntsy, Poltava Oblast, Ucrânia). Morte: 4 de março de 1852 (Moscou, Rússia).

Estilo e gênero: Gogol é conhecido pelo humor satírico, pelas observações minuciosas, o surrealismo, a sátira política, as situações farsescas e por personagens exuberantes.

Principais obras

Romances

Tarás Bulba, 1835

Almas mortas, 1842

Contos

Noites na granja ao pé de Dikanka, 1831-1832

Mirgorod, 1835

Diário de um louco, 1835

O nariz, 1836

O capote, 1842

Peças

O inspetor geral, 1836

Zhenitba, 1842

Os jogadores, 1843

Não ficção

Letters of Nikolai Gogol, 1967

Escritor experimental, Nikolai Gogol hoje em dia é mais conhecido por *Diário de um louco*, soberba e original criação influenciada pelos mestres russos e por Walter Scott. Seus textos exerceram influência sobre Leon Tolstói, Fiódor Dostoievski, Vladimir Nabokov e Franz Kafka. Eram obras surrealistas décadas antes da eclosão do movimento. *O nariz*, por exemplo, relata as aventuras de um nariz separado do rosto e de sua tentativa de ter uma vida independente.

Gogol nasceu em uma família abastada e cresceu em uma propriedade profundamente dividida pelo imenso abismo que separava os ricos dos pobres. Determinado a se tornar um poeta, mudou-se para São Petersburgo, onde flertou com a ideia de ser ator. Trabalhou para o governo em cargos administrativos de menor importância até 1831, quando começou a dar aulas de História. Ao mesmo tempo, conheceu um de seus ídolos, o poeta Aleksandr Puchkin. Tornaram-se bons amigos; Puchkin influenciou seu gosto literário, convencendo-o a insistir na publicação do primeiro livro, *Noites na granja ao pé de Dikanka*, uma coletânea de contos. Puchkin também incluiu uma obra de Gogol em sua revista. Três anos depois, Gogol se tornou um escritor em tempo integral.

ACIMA: Retrato de Nikolai Gogol, feito por Otto Moeller em 1845.

À DIREITA: Ilustração para *O nariz* (1904), do pintor russo Léon Bakst.

ACIMA: Projeto cenográfico da ópera *Almas mortas* (1976), do compositor Rodion Shchedrin.

Os primeiros anos em São Petersburgo inspiraram o brilhante *O inspetor geral*. Sátira mordaz à burocracia, a peça funciona tanto como uma farsa absurda convencional quanto em um nível mais subversivo. A primeira apresentação teve a presença do czar, cujos comentários ferinos fizeram com que Gogol temesse por sua própria segurança. Deixou a Rússia por 12 anos, viajando pela Europa e pelo Oriente Médio até se estabelecer em Roma, onde escreveu *Almas mortas*. Foi um sucesso, e Gogol pôde voltar à Rússia como escritor célebre. Ao fim da vida, voltou-se para o fanatismo religioso, profundamente influenciado pelo padre Konstantinovski, sacerdote que convenceu Gogol de que seus textos eram blasfemos, levando-o a queimar alguns originais. Ao morrer, Gogol era considerado insano, ironia cruel para o autor do icônico *Diário de um louco*. Seus últimos anos foram tão estranhos que estão cercados de boatos, entre os quais o de que ele não estava realmente morto ao ser enterrado. **LH**

Almas mortas

Supostamente, a ideia central de *Almas mortas* teria sido uma sugestão de Puchkin. Gogol começou o livro em 1835, ano em que parou de dar aulas para se tornar um escritor em tempo integral, mas não o concluiu até seu exílio autoimposto em Roma. Puchkin teria sugerido a história de um homem que atravessa a Rússia comprando a posse de servos que já tinham morrido – as "almas" do título. Embora seja uma comédia, o livro traz uma denúncia contra o sistema de classes rigidamente hierarquizado e a corrupção que ele engendra – uma corrupção que Gogol experimentou na Rússia e em Roma, onde o papa exercia poder absoluto.

ALFRED, LORD TENNYSON

Nascimento: 6 de agosto de 1809 (Somersby, Lincolnshire, Inglaterra). Morte: 6 de outubro de 1892 (Aldworth House, Surrey, Inglaterra).

Estilo e gênero: A poesia liricamente fluida de Tennyson abraçava temas ambiciosos e dramáticos, assuntos medievais e intensas emoções.

1800–19

Principais obras

Poesia

Poems Chiefly Lyrical, 1830
The Lady of Shallot, 1832
Poems, 1832
The Lotus-Eaters, 1833
Poems, 1842
In Memoriam A. H. H., 1850
Ode on the Death of the Duke of Wellington, 1852
The Charge of the Light Brigade, 1854
Maud: A Monodrama, 1855
The Idylls of the King, 1859-1885

Peça

The Foresters, Robin Hood and Maid Marion, 1892

Alfred, Lord Tennyson, o mais popular de todos os poetas da era vitoriana, era um dos 12 filhos de um pastor e sua esposa. Apesar de Alfred ter ido para Cambridge, onde ganhou uma medalha por sua poesia, ele precisou deixar a universidade depois da morte do pai para poder sustentar a mãe. Tennyson não herdou o título. Ele lhe foi presenteado pela rainha Vitória em 1884. Ele havia sido amigo do príncipe Alberto e dedicara à sua memória a coleção de poemas inspirados na lenda do rei Arthur, *The Idylls of the King*.

Tennyson ficou famoso com *In Memoriam A. H. H.*, poema de lamento pela morte do amigo Arthur Henry Hallam, falecido no mesmo ano em que Edward, irmão de Tennyson, foi internado em um asilo. A delicada poesia produzida naquele ano miserável representou o auge da obra do escritor. *In Memoriam A. H. H.* é absolutamente representativo de seu tempo, coerente com a postura de luto profundo tão associada ao reinado de Vitória. Esses versos levaram Tennyson a ser designado poeta laureado, como sucessor de William Wordsworth, em 1850.

No mesmo ano, ele se casou com a namorada de infância, Emily Sellwood. Tiveram dois filhos, Hallam e Lionel. A família viveu em Londres e em Freshwater, na ilha de Wight. A presença de Tennyson e de amigos como Julia Margaret Cameron, os Prinsep e G. F. Watts tornou Freshwater um lugar da moda. Virginia Woolf mais tarde escreveu a peça *Freshwater: A Comedy* (1923), que tinha entre os personagens Tennyson e sua turma.

"É melhor ter amado e ter perdido/ do que nunca ter amado." – *In Memoriam A. H. H.*

Os poemas de Tennyson continuam bem conhecidos, entre eles obras-primas como *The Lady of Shallot* e *The Lotus-Eaters.* Como poeta laureado, também foi responsável pela criação de poemas em momentos importantes da nação, como a *Ode on the Death of the Duke of Wellington* (Ode sobre a morte do duque de Wellington). **LH**

ACIMA: Retrato de Alfred, lorde Tennyson, em gravura de C. Laurie, do século XIX.

ELIZABETH GASKELL

Nascimento: Elizabeth Stevenson, 29 de setembro de 1810 (Londres, Inglaterra). Morte: 12 de novembro de 1865 (Holybourne, Hampshire, Inglaterra).

Estilo e gênero: Cronista de sua época, Gaskell fornece descrições fascinantes e observações minuciosas sobre a natureza humana, ao lado de comentários sociais.

Elizabeth Gaskell, esposa de William Gaskell, pastor da Igreja Unitária, passou a maior parte de sua vida no norte da Inglaterra, onde escrevia e ajudava o marido em sua missão junto aos pobres. Foi essa paisagem, dominada pelas atividades econômicas e pelo amplo descompasso entre os abastados e os pobres, que ela retratou em seus romances. Tratou dos direitos da mulher, ou melhor, da falta de direitos da mulher, e defendeu as classes trabalhadoras – notoriamente, seus personagens falam o dialeto local – fazendo sutis comentários sobre os diferentes níveis sociais na Inglaterra vitoriana.

O primeiro romance, *Mary Barton: A Tale of Manchester Life*, gerou uma reação hostil de alguns críticos por sua simpatia pelas classes trabalhadoras. Sem perder o ânimo, voltou mais tarde a tratar do relacionamento entre patrões e trabalhadores em *North and South*. Seu terceiro romance, *Ruth*, também provocou escândalo na sociedade da época por abordar o destino de uma mulher seduzida, e portanto "perdida", e sua experiência ao sofrer o ostracismo social. As observações sensíveis de Gaskell sobre pequenas comunidades e a respeito das convenções morais do tempo tornam sua obra valiosa para os historiadores sociais, além de possuir méritos literários. Seu último romance, *Wives and Daughters: An Everyday Story*, é considerado o melhor, escrito no auge da sua capacidade em descrever relacionamentos.

"A mais poderosa e refinada romancista feminina de uma época..." – *The Athenaeum*, 1865

Foi profundamente respeitada por John Ruskin, William e Mary Howitt e Charles Dickens. Este publicou uma série de histórias de fantasma ao estilo gótico, criadas por Gaskell, na revista *Household Words*, obras de estilo bem diferente de seus romances.

Gaskell era amiga de Charlotte Brontë e foi autora da sua primeira biografia, considerada até hoje a obra definitiva sobre a escritora. **TamP**

Principais obras

Romances

Mary Barton: A Tale of Manchester Life, 1848

Cranford, 1851-1853

Ruth, 1853

North and South, 1854-1855

Sylvia's Lovers, 1863

Cousin Phyllis, 1864

Wives and Daughters: An Everyday Story, 1864-1866

Contos

The Poor Clare, 1856

The Grey Woman, 1861

Não ficção

The Life of Charlotte Brontë, 1857

ACIMA: Detalhe de uma litografia (a partir de obra de George Richmond) retratando Elizabeth Gaskell.

HARRIET BEECHER STOWE

Nascimento: Harriet Elizabeth Beecher, 14 de junho de 1811 (Litchfield, EUA). Morte: 1º de julho de 1896 (Hartford, EUA).

Estilo e gênero: Escreveu obras polêmicas, especialmente contra a escravidão, em estilo realista e perspicaz, com frequência utilizando temas cristãos.

1800–19

A importância da obra de Harriet Beecher Stowe para a abolição da escravatura foi suprema. Hoje ela é lembrada principalmente pelos romances sobre o assunto. Tão grande foi sua influência sobre o público, encorajando-o a apoiar o movimento abolicionista, que, de acordo com sua filha Hattie, quando Harriet finalmente foi apresentada ao presidente Abraham Lincoln, em 1862, ele a teria cumprimentado com as palavras: "Então você é a mulherzinha que escreveu o livro que começou esta grande guerra!"

Stowe escreveu uma série de livros, alguns com temas cristãos, mas a obra em defesa do abolicionismo é considerada a sua melhor. Uma das primeiras e mais significativas foi *A cabana do Pai Tomás*. Inicialmente, foi publicada em capítulos no jornal abolicionista *The National Era*, em 1851. A recepção positiva levou à sua publicação em forma de livro no ano seguinte, com sucesso instantâneo. Embora polêmico, alcançou um enorme público, vendendo milhares de exemplares em poucas semanas. As vendas foram particularmente boas na Grã-Bretanha e o livro foi traduzido para muitas línguas. Em 1853, Stowe viajou para a Inglaterra, onde foi recebida com entusiasmo e fez palestras sobre a abolição da escravatura. Também obteve grande apoio dos estados do Norte dos Estados Unidos, mas no Sul o romance provocou manifestações públicas, sendo banido de muitas regiões. Ela foi acusada de invenção e incorreções. Em retaliação, Stowe publicou *A Key to Uncle Tom's Cabin* (Uma chave para a cabana de Pai Tomás), volume que calçava sua pesquisa de forma irrefutável. Os livros de Stowe constituem um relato duradouro e tocante desse período da história dos Estados Unidos e, além de tratar de temas abolicionistas, também descrevem com realismo brutal o povo, a cultura e a essência do tempo em que ela viveu. **TamP**

Principais obras

Romances

A cabana do Pai Tomás, 1852

Dred: A Tale of the Great Dismal Swamp, 1856

The Minister's Wooing, 1859

Little Foxes, 1866

Old Town Folks, 1869

Pink and White Tyranny: A Society Novel, 1871

Contos

Queer Little Folks, 1853

Não ficção

A Key to Uncle Tom's Cabin, 1853

Sunny Memories of Foreign Lands, 1854

"Não escrevi. Deus escreveu. Só reproduzi o seu ditado."

— Introdução de *A cabana do Pai Tomás*

ACIMA: Uma gravura da escola inglesa do século XIX retratando Harriet Beecher Stowe.

WILLIAM MAKEPEACE THACKERAY

Nascimento: 18 de julho de 1811 (Calcutá, Índia). Morte: 24 de dezembro de 1863 (Londres, Inglaterra).

Estilo e gênero: Sua escrita é marcada pela sátira contundente, enredos complexos, caracterização detalhada dos personagens e compreensão profunda da natureza humana.

Embora tenha nascido na Índia – onde o pai trabalhou para a Companhia das Índias Orientais –, William Makepeace Thackeray foi enviado para estudar na Inglaterra e ali se estabeleceu. Estava cursando Direito quando começou a escrever, participando de um concurso de poesias (no qual foi vencido pelo jovem Alfred, Lord Tennyson). Em seguida, Thackeray começou a trabalhar como jornalista. Tornou-se um dos romancistas mais populares do século XIX e parte integrante da cena literária de Londres.

Aos 25 anos, Thackeray casou-se com Isabella Shawe. Tiveram três filhas: Jane, que morreu na primeira infância; Minny, que morreu de complicações no parto, aos 35 anos; e Anny, a mais velha, uma bem-sucedida romancista. Isabella teve problemas mentais depois do nascimento da caçula e passou o resto da vida acompanhada por uma enfermeira. Thackeray trabalhou febrilmente escrevendo para revistas para poder arcar com as despesas necessárias ao cuidado da esposa e o sustento das duas filhas. Ganhou fama na *Punch*, com *O livro dos esnobes,* e alega-se ter sido ele quem trouxe a palavra "esnobe" para o vocabulário cotidiano. Seus romances, publicados em capítulos mensais, tiveram imenso sucesso, particularmente *Feira das vaidades* e *The Newcomes*. Com seus textos, ele conseguiu uma renda extraordinariamente alta. Em 1859, Thackeray organizou o *Cornhill Magazine* com George Smith. A primeira edição vendeu mais de 100 mil exemplares. Depois de um curto período de enfermidade, Thackeray morreu subitamente em casa, na véspera do Natal de 1863, aos 52 anos. O público ficou de luto pela morte desse gigante da literatura, um amigo bondoso e leal, um pai amoroso. Mais de 2 mil pessoas foram ao funeral – o pintor John Everett Millais registraria depois seu ultraje pela presença de grande número de prostitutas vestidas em roupas vulgares. **LH**

"Depois dos jovens, suponho que os muito velhos sejam os mais egoístas." – *The Virginians*

Principais obras

Romances

Catherine, A Story, 1839-1840

The Luck of Barry Lyndon, 1844

Feira das vaidades, 1847-1848

Pendennis, 1848-1850

Rebecca and Rowena, 1850

Men's Wives, 1852

The History of Henry Esmond, 1852

The Newcomes, 1853-1855

O anel e a rosa, 1855

The Virginians, 1857-1859

The Adventures of Philip on His Way Through the World, 1860-1862

Não ficção

O livro dos esnobes, 1848

ACIMA: Detalhe de um retrato de Thackeray, de autoria de William Drummond (*c.*1800-1850).

CHARLES DICKENS

Nascimento: Charles John Huffam Dickens, 7 de fevereiro de 1812 (Portsmouth, Inglaterra). Morte: 9 de junho de 1870 (Gad's Hill Place, Kent, Inglaterra).

Estilo e gênero: Caracterizações grotescamente cômicas, enredos intricados, descrições sugestivas da atmosfera e consciência social perpassam a ficção de Dickens.

Pouquíssimos autores chegam à situação de terem seus nomes transformados em adjetivo, ou empregados para descrever a época em que viveram e sobre a qual escreveram. Charles Dickens é um entre esses raros nomes. O adjetivo "dickensiano" entrou para o uso corrente na língua inglesa. É usado para descrever algo grotesco, espirituoso, ridículo, socialmente marginalizado e até mesmo como uma referência para todo o século XIX.

Autor extremamente prolífico, Dickens escreveu romances, contos, artigos jornalísticos e peças, sem falar em numerosas cartas que foram reunidas e editadas. Também fez parcerias com Wilkie Collins e Elizabeth Gaskell e editou as revistas *Household Words* e *All The Year Round*. A carreira de Dickens começou com uma experiência como jornalista na cobertura do poder judiciário, em Londres, o que o levou a satirizar o mundo dos tribunais em uma série de romances. As primeiras obras de ficção foram uma série de esquetes sobre a vida em Londres, publicadas em revistas sob o pseudônimo Boz, a partir de 1833. Viraram o assunto do momento, um involuntário golpe publicitário, pois os leitores queriam saber a verdadeira identidade de Boz. Em *As aventuras do Sr.*

Principais obras

Romances

As aventuras do Sr. Pickwick, 1836-1837

Oliver Twist, 1837-1839

Vida e aventuras de Nicholas Nickleby, 1838-1839

The Old Curiosity Shop, 1840-1841

Barnaby Rudge: A Tale of the Riots of 'Eighty, 1841

Um conto de Natal, 1843

The Life and Adventures of Martin Chuzzlewit, 1843-1844

Dombey and Son, 1846-1848

David Copperfield, 1849-1850

A casa soturna, 1852-1853

Hard Times for These Times, 1854

A pequena Dorrit, 1855-1857

Um conto de duas cidades, 1859

Grandes esperanças, 1860-1861

Our Mutual Friend, 1865

O mistério de Edwin Drood, 1870

Contos

Retratos londrinos, 1836

Não ficção

The Uncommercial Traveller, 1860-1869

ACIMA: Foto de Charles Dickens em 1868, dois anos antes de sua morte.

À DIREITA: Ilustração de Hablot K. Browne ("Phiz") para *Nicholas Nickleby*.

ACIMA: *A sepultura da pequena Nell*, de George Cattermole, inspirado em *The Old Curiosity Shop*.

Pickwick, Dickens revelou o segredo e o livro seguinte, *Oliver Twist*, lhe garantiu popularidade geral. Seus romances eram escritos em fascículos mensais, sendo cada um desses capítulos publicado assim que terminava de ser escrito.

Um dos mais importantes aspectos da obra de Dickens é a consciência social. Os livros chamam atenção para questões cruciais da época: o abuso infantil, a pobreza, a violência doméstica, a prostituição, as condições das fábricas, a falta de trabalho e a limitada educação oferecida à classe trabalhadora, para listar apenas algumas das causas que defendeu. O talento jornalístico de Dickens permitiu que suas obras de ficção tivessem uma influência direta e realmente provocassem mudanças. Ativista dedicado, ele trabalhou com um punhado de colegas filantropos em projetos como o de reforma sanitária, reforma da educação,

"Os filhos dos mais pobres não estão sendo educados, mas sim arrastados." – *A casa soturna*

Assombrado pela infância

Boa parte da obra de Dickens foi diretamente influenciada por sua própria infância. Seu pai (funcionário da Marinha, ironicamente no departamento que fazia a folha de pagamentos) não era bom com dinheiro e frequentemente não conseguia sustentar a família. A infância do escritor foi assombrada por credores e oficiais de justiça. Quando estava com 12 anos, o pai foi preso por dívidas e toda a família, à exceção de Charles e da irmã mais velha, Fanny (que estava no colégio interno), foi levada para a prisão de devedores em Marshalsea. O jovem Charles precisou abandonar os estudos e trabalhar em uma fábrica para ganhar dinheiro para a família. Trabalhou e morou sozinho em alojamentos por apenas três meses, mas foram meses que o perseguiriam pelo resto da vida. Quando adulto, contaria a experiência para apenas duas pessoas: a esposa Catherine e o amigo e biógrafo John Forster.

O episódio exerceu grande influência em seus livros. A fábrica produzia graxa preta de sapatos e a tarefa de Dickens era colar etiquetas nos vidros. Em todos os seus romances há menção a um vidro de graxa, geralmente apenas uma referência passageira, mas a graxa e o que aquilo representava para Dickens está sempre presente. As pessoas que Dickens conheceu, a pobreza que testemunhou diariamente ao caminhar pelas ruas de Londres para o trabalho, a prisão e o alojamento levaram-no a se transformar em um devotado militante da reforma social. Também deram origem a personagens envolventes como a prostituta Nancy, em *Oliver Twist*, e o negligenciado Jo, varredor itinerante de *A casa soturna*.

À DIREITA: Ilustração de Arthur Rackham representando Bob Cratchit, de *Um conto de Natal*.

apoio a "mulheres perdidas" e na criação do hospital pediátrico de Great Ormond Street. Em *Vida e aventuras de Nicholas Nickleby*, ele expôs o que havia aprendido sobre as Escolas de Yorkshire – estabelecimentos perversos para onde eram enviadas – e esquecidas – crianças indesejadas. Como pretendia, o romance levou jornalistas investigativos até Yorkshire para descobrir se tais lugares realmente existiam. A constatação causou uma reação do público e dos políticos. Poucos anos após a publicação do romance, todas as Escolas de Yorkshire haviam sido fechadas.

Desintegração da vida familiar

Dickens casou-se jovem e teve 10 filhos com a esposa Catherine (Hogarth era seu nome de solteira). Como autor, costumava enaltecer as alegrias da vida familiar, mas o idílio pessoal foi interrompido quando Dickens se separou, de forma muito pública, em 1858, embora continuasse oficialmente casado até a morte da mulher. Aos 46 anos, havia se apaixonado por uma atriz de 18, Ellen Ternan. Tal era sua popularidade que os jornais abstiveram-se de comentar o caso, sabendo que uma publicação que zombasse de Dickens perderia leitores. Em vez disso, começaram a correr boatos cruéis sobre Catherine, rumores de que era alcoólatra e péssima mãe, todos completamente falsos.

Dickens foi a primeira celebridade do mundo das letras. Sua popularidade era internacional, atingindo desde os leitores mais pobres até a rainha da Inglaterra. Quando publicou *Um conto de Natal*, escrito em menos de seis semanas, disse que estava lutando em favor "do filho do pobre". A tiragem inicial de 6 mil cópias esgotou-se em cinco dias. Aos 31 anos, Dickens havia se tornado o escritor mais bem-sucedido da Inglaterra desde William Shakespeare.

Apesar das numerosas obras, Dickens tinha apenas 58 anos ao morrer, deixando inacabado *O mistério de Edwin Drood*. Sua filha Katey afirmava que ele havia morrido de tanto trabalhar. Sua partida provocou luto internacional e demonstrações públicas de pesar. Ele havia se tornado extraordinariamente famoso, quase mítico. Conta-se até que uma criancinha, ao ouvir sobre a morte de Dickens, teria perguntado se Papai Noel também ia morrer. **LH**

ROBERT BROWNING

Nascimento: 7 de maio de 1812 (Londres, Inglaterra). Morte: 12 de dezembro de 1889 (Veneza, Itália).

Estilo e gênero: Poeta vitoriano de monólogos dramáticos desafiadores, mas ao mesmo tempo alegres, foi casado com Elizabeth Barrett.

Principais obras

Poesia

Paracelsus, 1835
Sordello, 1840
Christmas-Eve and Easter-Day, 1850
Men and Women, 1855
Dramatis Personae, 1864
The Ring and the Book, 1868-1869
Asolando, 1889

Poemas

"In a Balcony", 1855
"Fra Lippo Lippi", 1855
"Bishop Blougram's Apology", 1855
"Andrea del Sarto", 1855

Não ficção

The Letters of Robert Browning and Elizabeth Barrett, 1845-1846

Robert Browning fez sua aprendizagem poética na grande e exuberante biblioteca do pai. O entusiasmo adolescente por Lord Byron e a admiração duradoura por Percy Bysshe Shelley não deixaram marca apenas em seus textos, mas também no visual de dândi, um tanto fora de moda na década de 1830. Sua produção poética mais antiga era culta e precoce, e levou muitos críticos a acusarem o jovem de ser propositadamente obscuro. Tais acusações acompanhariam Browning por toda a carreira.

Em 1845, Browning começou a se corresponder com Elizabeth Barrett, seis anos mais velha do que ele e poetisa consagrada. Embora Elizabeth estivesse confinada em casa pela saúde precária e pelo pai draconiano, os dois poetas permitiram que o amor florescesse em uma célebre troca de sinceras cartas de amor. Casaram-se secretamente em 1845 e fugiram para a Itália, onde se tornaram parte da grande comunidade de expatriados de Florença. Foi ali que Browning desenvolveu seus notáveis talentos para o ventriloquismo poético, criando os monólogos dramáticos da coletânea *Men and Women*. Entre eles estão "Fra Lippo Lippi", "Bishop Blougram's Apology" e "Andrea del Sarto", poemas que entrelaçam de forma brilhante as singulares expressões de seus oradores à textura muito peculiar dos versos brancos de Browning.

"Considero a vida apenas um recurso/ para testar a força da alma." – "In a Balcony"

O poeta sofreu uma devastação interior com a morte da esposa em 1861, mas reagiu com um estoicismo que surpreendeu muitos amigos. Deixou Florença imediatamente e voltou para Londres, onde publicou o aclamado *Dramatis Personae* em 1864. Escrever tornou-se uma forma de conter a dor. Ele passou a segunda metade da década mergulhado na criação de sua obra-prima, *The Ring and the Book*. É uma maravilhosa cacofonia de vozes e opiniões dissonantes – como se um grande romance vitoriano houvesse sido transformado em versos. **TM**

ACIMA: Foto de Robert Browning, mestre do monólogo dramático.

GEORG BÜCHNER

Nascimento: Karl Georg Büchner, 17 de outubro de 1813 (Goddelau, Alemanha). Morte: 19 de fevereiro de 1837 (Zurique, Suíça).

Estilo e gênero: Dramaturgo, poeta e romancista, Büchner escreveu obras que exploram o espírito revolucionário e os conflitos da classe trabalhadora.

Georg Büchner costuma ser chamado de "o pai do teatro moderno", o que é estranho ao se considerar o fato de que nenhuma de suas peças foi encenada durante sua breve vida e que o conjunto de sua obra é pequeno. Escreveu uma comédia romântica, *Leonce e Lena,* e duas tragédias históricas, *A morte de Danton* e *Woyzeck.* Infelizmente, esta última ainda não havia sido concluída quando Büchner morreu de tifo, com apenas 23 anos. Posteriormente, ganhou uma célebre adaptação para a ópera, do compositor Allan Berg, encenada pela primeira vez em 1925.

Passaram-se quase 60 anos entre a morte de Büchner e a primeira apresentação de *Leonce e Lena* na Alemanha. A demora pode ter sido em decorrência da morte precoce do autor, mas também serve de indicação de como ele estava adiante de seu tempo. Descrevia personagens proletários e as obras são notáveis pelo espírito revolucionário. *A morte de Danton* apresenta a desilusão do ativista George Danton em relação à Revolução Francesa. *Woyzeck* lida com a sorte de um oprimido soldado eslavo.

As obras de Büchner refletem as tendências políticas do autor. Nascido em uma família de classe média, ele estudou zoologia e anatomia comparada em Estrasburgo. Também se tornou um radical, vindo a fundar o grupo revolucionário Sociedade dos Direitos Humanos. Em 1834, escreveu e distribuiu um panfleto político ilegal, que o levou a ser denunciado às autoridades, embora ele tenha negado a autoria. Assustado, pouco depois fugiu para a França e, em seguida, para a Suíça. Passou o resto da vida no exílio, sem voltar a se envolver em atividades políticas, mas continuou a escrever ficção, usando a literatura como um meio para extravazar suas críticas às convenções sociais. O estilo e o conteúdo inovador de suas obras levaram-no a ser saudado como o antecessor do naturalismo e do expressionismo. **CK**

"Os indivíduos não passam de espuma sobre uma onda, e a grandeza, o mais puro acaso."

Principais obras

Novela

Lenz, 1836 (publicação póstuma em 1839)

Peças

A morte de Danton, 1835; encenada pela primeira vez em 1902

Leonce e Lena, 1836 (publicação póstuma em 1895)

Woyzeck, 1836-1837 (publicação póstuma em 1879)

1800–19

ACIMA: Gravura em metal retratando Georg Büchner, de A. Limbach.

MIKHAIL LERMONTOV

Nascimento: Mikhail Yuryevich Lermontov, 15 de outubro de 1814 (Moscou, Rússia). Morte: 27 de julho de 1841 (Pyatigorsk, Rússia).

Estilo e gênero: Poeta romântico, Lermontov foi um dos primeiros escritores de prosa da Rússia a assumir, em sua obra, posição contrária ao czar.

1800–19

Principais obras

Romance

Um herói de nosso tempo, 1840

Poesia

Borodino, 1837

Morte do poeta, 1837

A canção do mercador Kalashnikov, 1837

A mulher do tesoureiro de Tambov, 1837-1838

Nuvens, 1840

Satã, 1841 (publicado no Brasil)

O sonho, 1841

Profeta, 1841

Sashka, 1862

Peças

Um homem estranho, 1831

Mascarada, 1834-1836

Mikhail Lermontov foi criado pela avó rica após a morte da mãe, quando ele tinha 3 anos. O pai, um pobre oficial do Exército, foi mantido a distância e não é de surpreender que o escritor tenha sido um garoto difícil e raivoso. Enquanto cursava a universidade em Moscou, Lermontov começou a escrever. A peça *Um homem estranho* denunciava a tirania do regime czarista e os infortúnios dos servos. Tomou Lord Byron como modelo para sua personalidade e suas primeiras poesias. Depois da universidade, cursou a escola de cadetes e assumiu um posto na cavalaria.

Lermontov fez nome inicialmente após a morte de Aleksandr Puchkin em um duelo, em 1837. Escreveu um poema que louvava o amor à liberdade do poeta morto e atacava os aristocratas da corte que apoiavam a tirania do czar como "carrascos que assassinam a liberdade, a genialidade e a glória". Foi imediatamente enviado em exílio ao Cáucaso, onde ficou fascinado com o folclore da região e pela obra dos poetas contemporâneos da Geórgia. Foi o primeiro banimento sofrido por Lermontov em razão de suas posições libertárias e inspirou um romance que acabaria exercendo tremenda influência, famoso por suas belas descrições do Cáucaso, *Um herói de nosso tempo*. Nele, Lermontov examina a Rússia da época, descrita como um retrato de "todos os vícios de nossa geração completamente desabrochados". Seu anti-herói à moda de Byron é inteligente e educadíssimo, mas, diante da falta de liberdade, canaliza suas energias de forma autodestrutiva. Os apreciadores consideraram o personagem bem típico da Rússia dos czares e Lermontov, que descrevia sua poesia como "versos de ferro mergulhados em amargura e ódio", começou a ser louvado em círculos liberais como sucessor de Puchkin. Devolvido à ação militar no Cáucaso, lutou bravamente em batalhas até que uma desavença com outro oficial levou a um duelo em que perdeu a vida. **RC**

"As paixões são apenas ideias em estágios iniciais."

— *Um herói de nosso tempo*

ACIMA: Detalhe de *Pintura de Lermontov* (1837), de Piotr Yefimovich Sabolotsky.

ANTHONY TROLLOPE

Nascimento: 24 de abril de 1815 (Londres, Inglaterra). Morte: 6 de dezembro de 1882 (Londres, Inglaterra).

Estilo e gênero: Além das tramas bem conduzidas e da compreensão da natureza humana, trabalhou com personagens femininas fortes e independentes.

Autor de 47 romances, Anthony Trollope passou sua vida adulta trabalhando nos Correios, levantando às 5h30 da manhã para escrever durante três horas antes de ir para o trabalho. Era amigo de um punhado de artistas e escritores, entre eles William Thackeray, que publicou obras de Trollope na *Cornhill Magazine*. Trollope tornou-se uma das personalidades mais respeitadas da literatura de Londres, mas não deixou o emprego.

Trollope usava os romances para divulgar suas opiniões políticas e expor o que considerava as hipocrisias da sociedade contemporânea. Embora seus primeiros livros tenham sido relativamente malsucedidos, na casa dos 30 anos já era famoso.

Uma infância turbulenta fez com que o jovem Trollope sofresse de depressão profunda. O pai, homem de temperamento difícil, tinha pouco dinheiro, mas quis que os filhos estudassem em escolas caras. A disparidade entre a situação de seus colegas e sua realidade familiar o levou a ser perseguido e, mais tarde, pensar em suicídio. As finanças familiares foram salvas por Frances, a mãe de Trollope, que se tornou uma escritora de sucesso, influenciando o filho. A carreira nos Correios, iniciada em posição subalterna, o levou a um cargo importante que fez com que ele viajasse pelo mundo inteiro. Esteve na África, no Oriente Médio, na Austrália, na Nova Zelândia, no Caribe, nos Estados Unidos e em toda a Europa – lugares de que muitos de seus contemporâneos sequer tinham ouvido falar. Porém, apesar da grande variedade de lugares onde escreveu, Trollope é mais conhecido pelas crônicas "Barsetshire", sobre um condado fictício, na Inglaterra.

Além de mudar a face da literatura inglesa, Trollope também alterou a paisagem britânica. Foi ele quem introduziu a caixa de correio que se tornou um ícone da Grã-Bretanha. **LH**

"Não há caminho mais fácil e respeitável para a riqueza do que o matrimônio." – *Doctor Thorne*

Principais obras

Romances

O guardião, 1855

As torres de Barchester, 1857

Doctor Thorne, 1858

Framley Parsonage, 1861

The Small House at Allington, 1864

Can You Forgive Her?, 1864

The Last Chronicle of Barset, 1867

Phineas Finn, 1869

He Knew He Was Right, 1869

The Eustace Diamonds, 1873

Phineas Redux, 1874

The Way We Live Now, 1875

The Prime Minister, 1876

The Duke's Children, 1880

ACIMA: Foto de Anthony Trollope da escola inglesa do século XIX.

CHARLOTTE BRONTË

Nascimento: 21 de abril de 1816 (Thornton, Yorkshire, Inglaterra). Morte: 31 de março de 1855 (Haworth, Yorkshire, Inglaterra).

Estilo e gênero: Romancista vitoriana que ajudou a criar um novo tipo de personagem feminino na literatura: a mulher forte, independente e pouco convencional.

Principais obras

Romances

Jane Eyre, 1847

Shirley, 1849

Villette, 1853

O professor, 1857

Poesia

Poems by Currer, Ellis, and Acton Bell, 1846

1800–19

Charlotte Brontë continua famosa por *Jane Eyre*, romance que combina o imaginário gótico e o romantismo arrebatador com o comentário social cuidadosamente forjado. Serviu de introdução para um novo papel feminino: a mulher independente, inteligente, que foge das convenções e supera as adversidades. *Jane Eyre* e *Shirley* foram publicados sob o pseudônimo de "Currer Bell", pois Brontë achava que um nome masculino daria às obras mais chances de serem levadas a sério. Depois, Brontë revelou sua verdadeira identidade. Embora tenha publicado diversas outras obras, nenhuma se equiparou ao grande sucesso de *Jane Eyre*. A vida de Brontë terminou tragicamente cedo, em 1855, quando estava grávida de seu primeiro filho, depois das mortes das irmãs Emily e Anne. **TamP**

HENRY DAVID THOREAU

Nascimento: David Henry Thoreau, 12 de julho de 1817 (Concord, EUA). Morte: 6 de maio de 1862 (Concord, EUA).

Estilo e gênero: O estilo da prosa de Thoreau, robusto e complexo, complementou sua inspiração filosófica na natureza e a forte oposição à escravidão e à injustiça.

Principais obras

Não ficção

A Week on the Concord and Merrimack Rivers, 1849

A desobediência civil, 1849

Slavery in Massachusetts, 1854

Walden, ou A vida nos bosques, 1854

A Plea for Captain John Brown, 1859

O pequeno livro da sabedoria, 1862

Life Without Principle, 1863

The Maine Woods, 1864

A Yankee in Canada, with Anti-Slavery and Reform Papers, 1866

Estudante, professor, faz-tudo, eremita, naturalista, manifestante e homem de letras: Henry David Thoreau viveu uma vida em muitos capítulos. Possuía um forte senso prático e dedicação à filosofia. Em 1845, construiu uma cabana próxima ao lago Walden, em Concord. Viveu sozinho por dois anos e depois recontou a experiência em *Walden, ou A vida nos bosques*, reconhecido atualmente como um dos clássicos americanos. Embora apreciasse a solidão e tenha tentado viver em Walden apenas com seus recursos, Thoreau era um ser furiosamente político. A vida no mato não era uma fuga da sociedade, mas uma tentativa de descobrir uma forma mais justa de existência, parte da sua campanha pela desobediência civil contra um governo corrupto e egoísta. **CT**

EMILY BRONTË

Nascimento: Emily Jane Brontë, 30 de julho de 1818 (Thorton, Yorkshire, Inglaterra). Morte: 19 de dezembro de 1848 (Haworth, Yorkshire, Inglaterra).

Estilo e gênero: Brontë foi uma romancista da escola romântica que registrou recantos selvagens da alma, bem como das charnecas de Yorkshire, onde viveu e escreveu.

Em 1978, o tema musical do filme *Wuthering Heights* (*O morro dos ventos uivantes*) chegou ao topo das paradas musicais, no disco de estreia da cantora Kate Bush, que deu voz à heroína de Emily Brontë, Catherine Earnshaw. Bush tornou-se a primeira mulher a encabeçar as paradas com uma música de sua própria autoria, um tributo apropriado a Brontë, cuja adorada história de uma heroína temperamental apareceu pela primeira vez sob o pseudônimo masculino de "Ellis Bell".

Foi Charlotte, a irmã mais velha, quem determinou que ela, Emily e Anne, a do meio (as três filhas de um religioso de Yorkshire que chegaram à idade adulta), deveriam assumir nomes masculinos para enfrentar o sexismo vitoriano, ao decidir pela publicação de uma antologia de poesias das três. Além de *O morro dos ventos uivantes*, os poemas reunidos no livro *Poems by Currer, Ellis, and Acton Bell* são as únicas obras de Emily publicadas.

Os versos de Emily Brontë demonstram uma mente inquieta e indagadora a explorar as sombrias fronteiras do relacionamento humano com a natureza e a divindade. Porém, ela costuma ser encarada essencialmente como uma romancista da escola romântica. Não deixa de ser uma anomalia. A severa investigação de Brontë em torno da opressão de classe e gênero, contada sob a forma de uma história de fantasmas gótica, sugere que não é possível viver feliz para sempre. Talvez o mais notável personagem do romance não seja nenhum dos protagonistas, mas o próprio morro cujo clima tempestuoso está no título. As charnecas eram o mundo de Brontë na imaginação e na literatura, influenciando não apenas o cenário, mas todo o drama da narrativa. Da residência paroquial isolada, em Haworth, ela criou um romance que assumiu a condição de mito moderno, talvez um prêmio de consolação pela obra que deixou de ser feita em razão de sua morte precoce aos 30 anos. **SM**

"Não importa do que sejam feitas – a minha alma e a dele são uma só." – *O morro dos ventos uivantes*

Principais obras

Romance

O morro dos ventos uivantes, 1847

Poesia

Poems by Currer, Ellis, and Acton Bell, 1846

ACIMA: Emily Brontë, no detalhe de uma pintura da família feita por Branwell Brontë.

1800–19

IVAN TURGUÊNIEV

Nascimento: Ivan Sergeyevich Turguêniev, 8 de novembro de 1818 (Oryol, Rússia). Morte: 3 de setembro de 1883 (Paris, França).

Estilo e gênero: Polêmico representante do realismo russo, Turguêniev descreve detalhadamente a vida cotidiana e as dificuldades dos camponeses.

1800–19

Principais obras

Romances

Rudin, 1856
Um ninho de nobres, 1859
Primeiro amor, 1860
Na véspera, 1860
Pais e filhos, 1862
Fumaça, 1867
Terras virgens, 1877

Contos

Zapiski Okhotnika, 1852
"Águas da primavera", 1872

Peças

Neostorozhnost, 1843
Um mês no campo, 1850
Nakhlebnik, 1848

Ivan Turguêniev costuma ser colocado ao lado de Fiódor Dostoievski e Leon Tolstói como um dos três maiores romancistas russos, embora suas relações pessoais com os outros dois fossem complicadas e, durante 17 anos, ele e Tolstói se recusassem a trocar palavras. Integrante de uma família abastada e proprietária de terras, Turguêniev foi criado com severidade por uma mãe que costumava bater nele. Jovem tímido, foi para a universidade em Moscou, São Petersburgo e, depois, Berlim. Voltou para a Rússia em 1841 para se tornar, por insistência da mãe, um funcionário público.

Começou a criar reputação com uma coletânea de histórias, *Zapiski Okhotnika* ("Esquetes de um esportista"), publicada em 1852. Basearam-se em suas experiências ao caçar na propriedade da mãe em Spasskoye, onde ele observou os abusos sofridos pelos camponeses e as injustiças da sociedade russa. A necessidade de melhorar suas condições de vida era sua principal preocupação e anunciava uma nova era. Supostamente, o livro teria influenciado a decisão de Alexandre II de emancipar os servos, embora na época as opiniões liberais do autor o tornassem suspeito aos olhos do regime e lhe rendessem 18 meses de prisão domiciliar.

Turguêniev foi em frente e escreveu uma sucessão de romances, contos e peças que mereceram aplausos dos círculos literários da Rússia. Costumavam refletir sua própria frustração com o amor, pois teve um longo relacionamento com uma cantora de ópera francesa casada, Pauline García-Viardot, por quem era apaixonado. Suas obras mais famosas são a peça *Um mês no campo* e o romance *Pais e filhos*, que lhe trouxe fama internacional. Reações adversas a *Pais e filhos* na Rússia fizeram com que o escritor deixasse sua terra natal e se mudasse para a Alemanha, depois Londres e finalmente Paris. García-Viardot estava à sua cabeceira quando ele morreu de câncer, aos 64 anos. **RC**

"Niilista é o homem que não se curva diante de qualquer autoridade..." – *Pais e filhos*

ACIMA: *Retrato de Ivan S. Turgêniev* (1879), de Ilya Efimovich Repin (1844-1930).

GEORGE ELIOT

Nascimento: Mary Ann Evans, 22 de novembro de 1819 (South Farm, Arbury, Inglaterra). Morte: 22 de dezembro de 1880 (Londres, Inglaterra).

Estilo e gênero: Eliot foi uma conceituada romancista do século XIX, autora de romances perspicazes e filosóficos que descrevem a humanidade de todas as formas.

Mary Ann Evans tornou-se um dos maiores escritores da era vitoriana sob o nome de "George Eliot". Ela adotou o pseudônimo masculino por duas razões: desejava separar da obra a sua escandalosa vida privada e acreditava que os textos seriam levados mais a sério se fossem assinados por um homem. No fim das contas, a verdadeira identidade foi revelada e sua reputação como escritora não foi prejudicada.

Mary Ann cresceu em uma família religiosa, convencional e conformista. Depois da morte da mãe, ela assumiu as tarefas do lar e, em 1841, mudou-se com o pai para uma casa próxima de Coventry. Foi lá que conheceu Charles Bray e sua esposa e começou a comparecer a reuniões frequentadas por intelectuais de mente aberta, organizadas pelos dois. Seu crescente ceticismo religioso gerou problemas com a família, embora ela tenha comparecido à igreja até a morte do pai, em 1849. Depois disso, visitou a Suíça com os Bray antes de mudar-se para Londres, onde trabalhou como editora assistente do *Westminster Review*, organizando e colaborando com artigos por três anos.

Em 1851, ela conheceu George Henry Lewes, crítico e editor infeliz no casamento. Os dois chocaram a sociedade ao decidirem viver juntos em 1854. Nessa época, Eliot resolveu escrever e Lewes providenciou a publicação de uma coletânea de contos, *Scenes of Clerical Life*. Seus personagens enfrentam suas vidas tendo como pano de fundo mudanças sociais e históricas, em textos repletos de penetrantes observações psicológicas, um estilo que marcaria o restante de sua obra. Ela publicou o primeiro romance, *Adam Bede*, em 1859, com sucesso imediato. Nos 15 anos seguintes, escreveria livros de realismo e aguda sensibilidade, como *O moinho sobre o rio*, *Silas Marner* e *Middlemarch*. **TamP**

"O desespero é apenas a dolorosa ansiedade da esperança faminta."
— *Middlemarch*

Principais obras

Romances

Adam Bede, 1859
O moinho sobre o rio, 1860
Silas Marner, 1861
Romola, 1863
Felix Holt, the Radical, 1866
Middlemarch, 1871-1872
Daniel Deronda, 1876

Contos

Scenes of Clerical Life, 1858

Poesia

The Spanish Gypsy, 1868
A Minor Prophet, 1874
A College Breakfast Party, 1879
The Death of Moses, 1879

ACIMA: Retrato de Mary Ann Evans (1864), que assinava como George Eliot.

WALT WHITMAN

Nascimento: Walter Whitman, 31 de maio de 1819 (West Hills, Huntington, EUA). Morte: 26 de março de 1892 (Camden, EUA).

Estilo e gênero: Visionário, ajudou a formar a identidade dos Estados Unidos modernos graças ao uso do verso livre e de temas relacionados à democracia.

Filho de mãe quacre e pai radical, Walt Whitman foi criado no Brooklyn e teve pouca educação formal, sendo em boa medida um autodidata. Sua adolescência e juventude foram ocupadas por anos em que trabalhou como gráfico, professor e colaborador de revistas. Enquanto isso, seus textos começaram a refletir um pensamento pouco ortodoxo – passagens como editor do nova-iorquino *Aurora* e de *Eagle*, do Brooklyn, foram encurtadas porque o radicalismo vociferante de Whitman era impopular. Uma viagem através dos Estados Unidos até Nova Orleans foi fundamental para o desenvolvimento de seu projeto poético. Ele voltou profundamente alterado, com uma nova consciência a respeito da jovem nação americana e sobre a responsabilidade de seus cronistas. Esses sentimentos se exprimiram na aparência de Whitman, com barba desgrenhada e roupas grosseiras, que expressava seu idealismo democrático acompanhado por um individualismo feroz que encontrou sua maior expressão em *Folhas de relva*, coletânea de poemas editada pelo próprio Whitman em 1855.

Embora tenha sido basicamente ignorada, elogios de Ralph Waldo Emerson encorajaram Whitman e, ao chegar à terceira edição, a coletânea já incluia 156 poemas. Durante a Guerra Civil, Whitman foi correspondente do *New York Times* e cuidou de soldados feridos dos dois lados, entre eles seu irmão George. Essas experiências foram transformadoras e os poemas de *Drum Taps*, incorporados à edição de 1865 de *Folhas de relva*, estão entre os melhores que escreveu. Embora não fosse particularmente popular entre seus colegas americanos – muitos consideravam inapropriada a atenção que ele devotava ao corpo masculino e seu potencial sexual e sensual –, Whitman acabou exercendo grande influência sobre poetas posteriores. Depois de um derrame em 1873, ele permaneceu em Camden, Nova Jersey, onde sua saúde decaía à medida que a reputação finalmente começava a crescer. **PS**

Principais obras

Poesia

Folhas de relva, 1855, 1856, 1860, 1867, 1870, 1876, 1881, 1891

Poemas

"Canto de mim mesmo", 1855

"I Sing the Body Electric", 1855

"Crossing Brooklyn Ferry", 1856

"Mannahatta", 1860

"O Captain! My Captain!", 1867

"I Hear America Singing", 1867

"A noiseless patient spider", 1871

Não ficção

Democratic Vistas, 1871

Memoranda During the War, 1875

Specimen Days and Collect, 1882

"Ouço e contemplo deus em cada objeto, mas não compreendo deus." – "Canto de mim mesmo"

ACIMA: ***Retrato de Walt Whitman*** **(1887), de Thomas Cowperthwait Eakins (1844-1916).**

À DIREITA: Fotografia de corpo inteiro do poeta Walt Whitman, tirada em 1879.

HERMAN MELVILLE

Nascimento: 1º de agosto de 1819 (Nova York, EUA). Morte: 28 de setembro de 1891 (Nova York, EUA).

Estilo e gênero: Melville escreveu sobre o mar e os marinheiros com realismo narrativo e fixação na fé religiosa, ceticismo agudo e senso de humor.

No ano de sua morte, Herman Melville era um estranho na cena literária americana. Havia publicado o último romance, *Os vigaristas: seus truques*, em 1857, para seguir depois uma fracassada carreira de palestrante. Em 1866, retirou-se da vida pública, assumindo um cargo na alfândega de Nova York, onde trabalhou até a aposentadoria em 1885. Seus escritos pareciam fadados ao esquecimento. Pouca gente fora do círculo familiar se deu conta de seu falecimento. Havia poucos indícios de que o autor conquistaria um lugar de honra no cânone da literatura americana, mas, desde que houve o "Ressurgimento de Meville" na década de 1920, sua reputação mantém a grandeza e as proporções de Moby Dick, sua maior criação.

A requintada família nova-iorquina de origem holandesa da qual Melville fazia parte sofreu dificuldades financeiras ao fim de sua infância. Os primeiros 10 anos de vida se passaram em uma confortável casa em Manhattan, mas, em 1830, a família se mudou para uma moradia mais humilde em Albany, depois do colapso dos negócios do pai. Uma série de infortúnios empurrou Melville para a vida adulta. Depois que o pai morreu de uma febre em 1832, Melville começou a trabalhar em um banco. Tinha apenas 12 anos. Encontrou refúgio na biblioteca paterna até ser capaz de voltar para a escola, alguns anos depois.

A verdadeira educação de Melville começou em sua primeira viagem marítima, em 1839. Havia sido até então um espírito indócil, e a família equivocadamente esperava que a curta jornada até Liverpool, na Inglaterra, o curasse da paixão por viagens. Ao contrário, encantado pela nova liberdade, ele fez uma série de longas viagens nos cinco anos seguintes, trabalhando em navios que rumavam para o Taiti, Havaí, Lima e Rio de Janeiro. As experiências no convés formaram a inspiração para boa parte de sua ficção: *Taipi: paraíso de canibais* e *Mares do Sul*, os dois primeiros romances, forneciam um relato romanceado do mês que passou entre o povo do vale Taipi, nas ilhas Marquesas, depois de ter pulado de

Principais obras

Romances

Taipi: paraíso de canibais, 1846
Mares do Sul, 1847
Mardi, and a Voyage Thither, 1849
Redburn: His First Voyage, 1849
White-Jacket, or The World in a Man-of-War, 1850
Moby Dick, 1851
Pierre, or, The Ambiguities, 1852
Israel Potter: His Fifty Years of Exile,1855
Os vigaristas: seus truques, 1857
Billy Budd, marinheiro, 1924

Contos

The Piazza Tales, 1856
Bartleby, o escrivão, 1856

Poesia

Battle-Pieces and Aspects of the War, 1866
Clarel: A Poem and Pilgrimage in the Holy Land, 1876
John Marr and Other Sailors, 1888
Timoleon, 1891
Weeds, and Wildings, and a Rose or Two, 1924

ACIMA: Detalhe de um retrato do romancista americano Herman Melville.

ACIMA: *O baleeiro* Acushnet *(...)*, de Louis Dodd, retrata o navio em que Melville trabalhou.

um baleeiro no qual navegava. O sucesso de *Taipi* fez com que Melville conquistasse uma fama modesta. Os leitores ficaram fascinados pelo relato vigoroso da vida na ilha e imaginavam que a narrativa pertencia a um autêntico diário de viagem.

Comercialmente, Melville nunca mais chegou ao nível de *Taipi* ou de *Mares do Sul*, mas, enquanto as vendas diminuíam, sua ambição crescia. *Mardi*, o terceiro romance, adicionou dimensões filosóficas e alegóricas a sua já tradicional trama de abandono do navio. Os dois livros que se seguiram saíram depressa para garantir ganhos financeiros, embora o frescor de seu realismo indicasse a expansão dos horizontes literários.

"Deixem a procissão ambígua de eventos revelar sua própria ambiguidade." – *Pierre*

O mês de agosto de 1850 lançou as fundações para os maiores feitos de Melville. Foi quando ele conheceu Nathaniel Hawthorne em um piquenique no alto de Monument Mountain, em Massachusetts.

Moby Dick

Ao encerrar o épico romance de Melville, a maioria dos leitores se sente como se também tivesse acabado de lutar contra uma baleia. *Moby Dick* vale o esforço. Amálgama ambicioso de enciclopédia, teatro e romance, coloca lado a lado as histórias do indócil Ismael e de Ahab, homem quase que obsessivamente fixado em um único objetivo.

Ahab é o capitão da baleeira *Pequod*, tripulada por Ismael e seu companheiro polinésio, o arpoador Queequag. Algum tempo depois de o navio zarpar, Ahab revela que está abandonando o objetivo comercial da viagem para ir atrás de sua missão pessoal: perseguir e destruir a grande baleia branca que levou sua perna. Ismael, como narrador, oferece ao leitor um curso rápido de cetologia, estudo das baleias. Ele celebra o comércio dos mamíferos marinhos como um símbolo de cooperação entre as nações e da própria civilização. Quando o livro se encaminha ao clímax, porém, a perspectiva de Ismael gradualmente se subordina à história de Ahab e de sua obsessão monomaníaca – uma história que se inspira em retórica bombástica e na gravidade de uma tragédia shakesperiana. Considerado um tirano egoísta por alguns leitores ou um corajoso radical político e religioso, o capitão é a encarnação do homem que tenta ir além de suas possibilidades. Em seus olhos, a baleia é um emblema de todas as questões filosóficas que escapam à compreensão humana: a incompreensível face de Deus, o problema da perversidade radical e a impossibilidade de se obter a verdade. Apesar de perceber que a baleia pode ser apenas um inexpressivo instrumento cujo significado ele próprio construiu, Ahab leva sua tripulação a um confronto desastroso com a fera, do qual apenas Ismael escapa com vida.

Melville desenvolveu uma duradoura admiração por seu colega escritor, que compartilhava do fascínio pela questão do mal e do lado mais sombrio da personalidade humana. Semanas depois, ele se mudou para uma pequena propriedade nas imediações de Pittsfield, onde continuou a trabalhar naquela que seria sua obra-prima, *Moby Dick*. Hawthorne continuou a inspirar Melville. Seu romance seguinte, *Pierre*, gótico como *A letra escarlate* (1850), examinava as ligações entre a fé e a sexualidade. Descartado pelos críticos da época, *Pierre* está entre os mais importantes romances americanos. Com toques de humor negro, o autor refaz a história de sua família e as dificuldades de sua carreira e transforma tudo em uma advertência sobre os perigos do idealismo. Enquanto sua fama diminuía, ele produziu boa parte de seus melhores textos, entre eles *Billy Budd, marinheiro*. **CT**

À DIREITA: Ilustração da baleia branca para *Moby Dick* (c.1851), de A. Burnham Shute.

THEODOR FONTANE

Nascimento: 30 de dezembro de 1819 (Neuruppin, Brandenburgo, Alemanha). Morte: 20 de setembro de 1898 (Berlim, Alemanha).

Estilo e gênero: Fontane escreveu romances realistas que retratavam a vida das classes superiores na Prússia do século XIX com humor, compaixão e sensibilidade.

Theodor Fontane seguiu os passos do pai e se preparou para ser farmacêutico, mas aos 20 anos começou a escrever poesia e histórias para aliviar o tédio que sentia no trabalho. A primeira novela, *Geschwisterliebe*, saiu em capítulos no jornal *Figaro*, de Berlim, em 1839, embora não indicasse sinais da grandeza que o autor demonstraria no futuro.

Ele entrou para o Exército prussiano em 1844 e, depois de deixar o serviço militar, em 1849, tornou-se jornalista e escritor em tempo integral. Passou vários anos em Londres, como correspondente estrangeiro, e visitou Paris como correspondente de guerra, sendo equivocadamente tomado por espião e preso. Além de reportagens, ele também escrevia poesia, resenhas de teatro e diários de viagem. Publicou o primeiro romance, *Vor dem Sturm*, aos 58 anos. Depois, veio a escrever 16 obras que consolidariam sua reputação como maior autor do realismo na Alemanha. Fontane foi capaz de escrever com a mesma habilidade sobre a burguesia berlinense e sobre a vida no interior da Alemanha do século XIX.

Acreditava que "histórias de mulher costumavam ser bem mais interessantes" e descrevia suas vidas com grande sensibilidade. O romance *L'Adultera* foi considerado tão chocante que levou dois anos para encontrar quem o publicasse, mas *Effi Briest*, história de uma mulher que se recusa a se curvar diante das convenções, talvez seja sua obra mais apreciada. Ambientado na Alemanha do chanceler Otto von Bismarck, o livro conta a história da jovem Effi Briest, de apenas 17 anos, e de seu casamento com um tedioso barão com o dobro da sua idade, considerado um ótimo partido por sua família. Fontane descreve com grande sensibilidade como as limitações estreitas das convenções sociais podem levar à tragédia pessoal. **HJ**

"[*Effi Briest* é] um dos seis mais importantes romances já escritos." – Thomas Mann

Principais obras

Romances

Vor dem Sturm, 1878

L'Adultera, 1882

Irrungen, Wirrungen, 1888

Unwiederbringlich, 1891

Frau Jenny Treibel, 1893

Effi Briest, 1895

Novela

Geschwisterliebe, 1839

ACIMA: Detalhe de uma foto de Theodor Fontane tirada entre 1880 e 1890.

CHARLES BAUDELAIRE

Nascimento: 9 de abril de 1821 (Paris, França). Morte: 31 de agosto de 1867 (Paris, França).

Estilo e gênero: Crítico, poeta, tradutor e fundador do movimento simbolista. A poesia do francês Baudelaire criou polêmica por sua descrição do amor sagrado e profano, da moralidade e da morte, e do erotismo.

Charles Baudelaire interpretou um papel importante no desenvolvimento da literatura moderna inglesa e francesa, não apenas como autor infame de uma incendiária coletânea de poemas, mas como crítico cujas teorias sobre literatura, então polêmicas, se tornaram amplamente aceitas. Seus primeiros anos foram marcados por um estilo de vida dissoluto (que ele denominava de "*vie libre*") e foi durante esse período que ele contraiu a doença venérea que talvez o tenha deixado impotente pelo resto da vida.

O pai de Baudelaire, um sacerdote, morreu quando ele era menino, e a mãe voltou a se casar com um oficial do Exército que ascenderia até a patente de general. Foi essa figura autoritária que enviou o jovem Charles para o internato no Collège Royal, em Lyon, e depois para o Collège Louis-Le-Grand, em Paris, de onde foi expulso em 1839 por indisciplina. Os dois anos seguintes foram passados de forma dissoluta em Paris, período no qual Baudelaire dissipou uma boa parte da herança paterna e acumulou dívidas.

Principais obras

Poesia

As flores do mal, 1857

As flores do mal, 1861 (segunda edição, com poemas adicionais)

Pequenos poemas em prosa/ O spleen de Paris, 1869

Romance

A Fanfarlo, 1847

Crítica

Curiosités Esthétiques, 1868 (publicação póstuma)

L'Art romantique, 1868 (publicação póstuma)

Ensaios

*Paraísos artificiais,*1860

1820–39

ACIMA: Retrato fotográfico de Charles Baudelaire, do Goupil Studio.

À DIREITA: Uma das ilustrações de Charles Maurin para *As flores do mal*, de 1891.

ACIMA: Baudelaire (de perfil, com chapéu) na pintura *Música nas Tulherias* (1862).

Em consequência, a família insistiu para que o dinheiro fosse transferido para as mãos de um administrador, que reduziu seus gastos a níveis mais moderados.

Foi durante esses anos de boemia que Baudelaire se tornou parte do meio artístico e literário, escrevendo uma série de poemas que fariam parte da coletânea *As flores do mal*, que atrairia atenção ao ser publicada em 1857. Nessa época, ele havia consolidado sua reputação como crítico dos *salons* de 1845 e 1846, por seu único romance concluído, *A Fanfarlo* (1847), bem como pelas traduções e pelos ensaios críticos sobre Poe e De Quincey. No início da década de 1860, Baudelaire concentrou boa parte de suas energias na escrita de prosa. Foi também nessa época que sua saúde física e mental ficou em condições bem precárias, em boa parte em razão da reincidência da sífilis que o havia afligido na juventude. Depois de dois anos fracassados na Bélgica, foi vítima de um tombo muito sério que o deixou incapaz de ler e escrever. Passou o último ano de sua vida em um sanatório parisiense. **GM**

Poemas indecentes

A coletânea de poesias de Baudelaire, *As flores do mal*, é, para muitos, sinônimo de escândalo. O tratamento audacioso do sexo e da morte logo despertou a atenção das autoridades. A publicação foi recolhida e Baudelaire, multado, depois que um tribunal considerou indecentes seis de seus poemas. Ele usa o modo lírico para explorar o gosto pelo vício e pelo pecado, o sentido exasperado de conflitos existenciais, a depravação da vida parisiense, bem como seus anseios românticos e carnais. Na busca poética pelo ideal, nas tentativas visionárias de atingir o transcendental, Baudelaire antecipou muito do que estava por vir com o movimento simbolista.

GUSTAVE FLAUBERT

Nascimento: 12 de dezembro de 1821 (Rouen, França). Morte: 8 de maio de 1880 (Croisset, França).

Estilo e gênero: Flaubert nunca precisou trabalhar para se sustentar e pôde viajar e escrever quando queria, escolhendo as palavras com cuidado.

Principais obras

Romances

Madame Bovary, 1857

Salambô, 1862

Educação sentimental, 1869

As tentações de Santo Antão, 1874

Contos

Três contos, 1877

Não ficção

Dicionário das ideias feitas, 1911 (publicação póstuma)

1820–39

No romance *O papagaio de Flaubert*, Julian Barnes lista alguns dos títulos que costumam ser aplicados ao autor francês, todos corretos: "O eremita de Croisset. O primeiro romancista moderno. O pai do realismo. Açougueiro do romantismo... o burguesófobo burguês." Flaubert é uma lenda, um dos grandes inovadores do romance realista, mas também uma espécie de contradição. Filho de um médico rico, o jovem Flaubert se rebelou contra a vida confortável que levava – foi expulso da escola por mau comportamento aos 18 anos – e manteve desprezo pela burguesia. Depois da morte do pai e da irmã, e de sofrer um ataque epiléptico que o forçou a abandonar a faculdade de Direito, ele se mudou para Croisset, onde morou com a mãe até completar 50 anos. Viajou e escreveu, mas fora isso nunca trabalhou, aproveitando as benesses de uma existência endinheirada. Talvez um de seus ditos seja a melhor explicação: "Seja metódico e organizado em sua vida como um burguês, para poder ser violento e original em sua obra."

O escândalo que resultou da publicação de seu primeiro romance, *Madame Bovary*, catapultou Flaubert para a fama. A história dolorosamente realista do adultério e suicídio de Emma

ACIMA: *Retrato de Gustave Flaubert* (1881), de Eugène Giraud (1806-1881).

À DIREITA: *O leito de morte de Madame Bovary* (anterior a 1889), de Albert-Auguste Fourie.

À ESQUERDA: Gravura do século XIX representando Emma Bovary.

Bovary era uma crítica ao tipo de obra romântica que infundiu na própria Emma o desejo por uma vida amorosa de trovões e fúria, com um homem totalmente diferente do dedicado, mas tedioso, médico de província com quem se casara. Também era uma crítica na própria forma: o narrador nunca interfere para dizer ao leitor que ele deve sentir pena de Emma ou julgá-la. Deixa conosco a decisão – talvez isso tenha provocado maior ultraje entre seus detratores.

Flaubert publicava apenas a cada cinco ou seis anos – em coerência com sua famosa expressão: *"le seul mot juste"* ou "a palavra certa". Flaubert acreditava que cada pensamento merecia a mais perfeita expressão e que "quanto mais bela a ideia, mais sonora a sentença". Embora sua obra fosse imensamente bem-sucedida, seu estilo de vida extravagante o levou à ruína. **CQ**

Madame Bovary

Madame Bovary foi publicado inicialmente em capítulos na *Revue de Paris*, editada pelo amigo de Flaubert Maxime du Camp, que cortou as cenas mais explícitas. Apesar disso, o romance foi acusado de "ultrajar a moral pública e a religião". Flaubert e a revista conseguiram escapar da condenação, embora ele preferisse acabar em uma cela a censurar a própria obra. Além da frase exaustivamente repetida, *"Madame Bovary, c'est moi"*, o máximo que Flaubert dizia do escândalo era que "não gostaria de morrer antes de esvaziar mais alguns baldes de merda na cabeça dos meus companheiros".

FIÓDOR DOSTOIEVSKI

Nascimento: Fiódor Mikhallovich Dostoievski, 11 de novembro de 1821 (Moscou, Rússia). Morte: 9 de fevereiro de 1881 (São Petersburgo, Rússia).

Estilo e gênero: Romancista russo cujos poderosos dramas a respeito da confusão moral marcam o início da moderna ficção psicológica.

Principais obras

Romances

Pobre gente, 1846
O duplo, 1846
Nhiétotchaka Nezvânova, 1849
Humilhados e ofendidos, 1861
Recordações da casa dos mortos, 1862
Memórias do subterrâneo, 1864
Crime e castigo, 1866
O jogador, 1867
O idiota, 1868
Os demônios, 1872
Os irmãos Karamázov, 1880

Se uma vida movimentada fornece material para uma produção literária de melhor qualidade, então as circunstâncias providenciaram para Fiódor Dostoievski toda a inspiração de que ele precisava. Na década de 1840, ele se envolveu com o liberalismo otimista da *intelligentsia* russa e entrou para uma sociedade chamada Círculo Petrashevsky. Foi preso por seu envolvimento, sentenciado à morte e esteve a ponto de ser executado quando, no último minuto, recebeu a suspensão da sentença e acabou sendo enviado para quatro anos de trabalhos forçados na Sibéria. Ele transformou essa experiência em ficção no romance *Recordações da casa dos mortos*. Ao retornar a São Petersburgo em 1859, ele encarava com ambiguidade o movimento cultural ao qual pertencera e voltou-se com crescente fascínio para a ortodoxia russa e o tradicionalismo. A influência desse sistema de crenças sobre sua ficção se tornou cada vez mais forte enquanto ele envelhecia.

O que torna os textos de Dostoievski tão irresistíveis é que ele propõe grandes questões, mas nunca toma uma decisão definitiva entre a fé e a política. Dessa forma, o que é transmitido por sua obra é menos um sistema coerente de crenças e mais um desejo

ACIMA: Retrato fotográfico do romancista russo Fiódor Dostoievski.

À DIREITA: Marian Marsh e Peter Lorre na versão cinematográfica de *Crime e castigo*, de 1935.

urgente de crer. Essa é a razão pela qual os argumentos filosóficos e os elementos alegóricos característicos de seus romances, que poderiam pesar em mãos menos competentes, permanecem originais e envolventes mesmo depois de mais de um século.

ACIMA: Ilustração de Boris Grigoryev (1916-1932), baseada em *Os irmãos Karamázov*.

Esse aspecto da ficção de Dostoievski talvez esteja mais nítido em *Crime e castigo*, que acompanha a sequência de um assassinato mal planejado e mal executado. Pela abordagem compreensiva de um tema tão sensacionalista, o romance ajudou a criar o gênero de ficção criminal. Todo o gênero literário formado pelos romances de suspense com personagens durões (e o seu equivalente nas telas de cinema, o filme *noir*) se passa sob a mesma desconfortável neblina moral que esse romance dramatiza com tanto sucesso. Como acontece em outra obra-prima de Dostoievski, *Os irmãos Karamázov*, a

"Sumidouros que sibilam, entram em ebulição e nos sorvem."
— Virginia Woolf, sobre Dostoievski

Existencialismo e *Memórias do subterrâneo*

No título de *Existentialism from Dostoevsky to Sartre*, Walter Kaufman associa o escritor russo ao "existencialismo" – abordagem filosófica moderna que se concentra no que é pessoal e ético, em detrimento do universal e metafísico, contrastando com a filosofia "essencialista", que funciona da maneira oposta. Em seu livro popular, Kaufman diz que a primeira expressão do existencialismo pode ser encontrada nos textos de Dostoievski. Segundo Kaufman, um de seus primeiros romances, *Memórias do subterâneo*, põe em cena uma "voz completamente nova", que exerceria influência direta sobre Nietzsche, Sartre e a maioria dos grandes filósofos do século XX.

Composto por duas partes, o romance é uma reação ao "egoísmo racional" de Chemychevsky, contemporâneo de Dostoievski, que parte da premissa de que o ser humano sempre reage com base na percepção de seus próprios interesses e que, na realidade, escolhe conscientemente fazer o oposto daquilo que ele sabe ser bom para ele. A primeira parte é uma declaração desses princípios. A segunda é uma história contada por um narrador tão revoltante que muitos leitores consideram que ela, ironicamente, enfraquece o primeiro segmento. O ponto, porém, é que, seja o que for que possamos pensar sobre o homem do subterrâneo, ele escolheu ser a pessoa que é, gostemos dele ou não.

À DIREITA: ***Retrato de Fiódor Dostoievski*** **(1872), de Vasili Grigorievich Perov (1833-1882).**

narrativa é arrebatadora e, ao mesmo tempo, lenta, acumulando tensão sem ceder ao peso de sua própria ambivalência. Dostoievski realizou esse feito ao manter tudo em constante movimento, mesmo na construção de suas frases. Seus romances atraem leitores por um senso de inevitabilidade, e os afastam graças a uma aura de temor. Ao contrário dos protagonistas da tragédia clássica, os personagens são totalmente responsáveis por seu sofrimento e estão conscientes de sua culpa. Desafortunadamente para eles, esse conhecimento apenas aperta mais forte o nó.

O perfil de um personagem que parecia fascinar Dostoievski é o do amoral, ou melhor, de alguém com uma visão de mundo que os psicólogos de hoje diagnosticariam como sociopata. Em contraste com o sujeito simplesmente imoral, que escolhe egoisticamente ir atrás de seus próprios ganhos fáceis, os personagens amorais de Dostoievski – como Svidrigailov em *Crime e castigo* e Smerdyakov, em *Os irmãos Karamázov* – não estão comprometidos por motivações consistentes. Parecem ter apenas uma vaga concepção sobre as implicações éticas de seu comportamento e a melhor explicação para suas ações parece ser simplesmente o fato de que querem ferir as pessoas próximas apenas para ver o que acontece.

Em *Os demônios*, Dostoievski cria talvez seu personagem mais amoral: Stavrogin, o líder de uma organização radical não muito diferente do Círculo Petrashevsky. A diferença é que os radicais no romance são menos inocentes. A obra é ambientada na década de 1860, depois que a *intelligentsia* já descartara muito dos ideais utópicos que caracterizaram o clima da juventude de Dostoievski, dando lugar a um materialismo prático e niilista. Muitos leitores sugeriram que os propagandistas cínicos e economistas implacáveis que habitam esse romance são uma indicação de que o autor já antecipava os perigos que poderiam advir da ascensão dos bolcheviques, meio século depois. Não teria sido a única vez que Dostoievski antecipou o futuro. De fato, pode-se dizer seguramente que poucos escritores do século XIX pertencem tão completamente ao clima intelectual do século XX. Mas, se Dostoievski pôde ver o futuro, foi por causa da sua fixação nos dilemas que se desenrolavam diante de seus olhos, em um presente instável e incerto. **SY**

WILKIE COLLINS

Nascimento: William Wilkie Collins, 8 de janeiro de 1824 (Londres, Inglaterra). Morte: 23 de setembro de 1889 (Londres, Inglaterra).

Estilo e gênero: Sua obra é conhecida pelos temas dramáticos intercalados com humor, pelos enredos melodramáticos e por uma aura ocasional de mistério sinistro.

Principais obras

Romances

Mr. Whay's Cash-Box, 1852

A mulher de branco, 1860

No Name, 1862

Armadale, 1866

A pedra da Lua, 1868

O hotel assombrado, 1878

Heart and Science, 1883

Peças

The Lighthouse, 1855

O abismo, 1857 (em parceria com Charles Dickens)

Muito lido e admirado enquanto vivo, Wilkie Collins hoje é famoso por *A pedra da Lua* e *A mulher de branco*, obras repletas de imagens vívidas como as de um delírio provocado por drogas, inspiradas no vício do autor em um opiáceo, o láudano, que ele consumia para aliviar as dores da gota. Viveu uma existência boêmia com duas mulheres: Caroline Graves, viúva com uma filha, e Martha Rudd, com quem teve três filhos. Não se casou com nenhuma das duas, mas vivia assumidamente com ambas, em casas separadas. Suas obras refletem essa recusa em se conformar, lidando com temas como filhos ilegítimos, divórcio e até vivissecção. Tinha um grande círculo de amigos no mundo das letras, entre eles Charles Dickens. **LH**

JÚLIO VERNE

Nascimento: Jules Gabriel Verne, 8 de fevereiro de 1828 (Nantes, França). Morte: 24 de março de 1905 (Amiens, França).

Estilo e gênero: Popular autor de aventuras inspiradas em fatos científicos, Verne pode reivindicar o título de "pai da verdadeira ficção científica".

Principais obras

Romances

Cinco semanas em um balão, 1863

Viagem ao centro da Terra, 1864

Da Terra à Lua, 1865

Viagem ao redor da Lua, 1870

20.000 léguas submarinas, 1879

A aldeia aérea, 1871

A volta ao mundo em 80 dias, 1873

Keraban, o cabeçudo, 1883

Paris no século XX, 1994 (publicação póstuma)

Júlio Verne se preparou para ser um advogado antes de voltar-se para a escrita de relatos realistas de aventuras, cujos enredos se apoiavam em tecnologias ainda não inventadas. Seus livros previram os submarinos (*20.000 léguas submarinas*), as viagens espaciais (*Da Terra à Lua*), os helicópteros (*Robur, o conquistador*) e os arranha-céus (*O dia de um jornalista americano em 2889*). Porém, como o próprio Verne destacou, não eram descobertas suas, mas extrapolações dos desenvolvimentos científicos contemporâneos. De qualquer maneira, algumas de suas ideias são impressionantemente concretas, como o foguete espacial. Os enredos emocionantes de Verne fizeram com que ele se tornasse um dos autores mais traduzidos de todos os tempos. **JM**

À DIREITA: Capa de *Keraban, o cabeçudo*, publicado pela Hetzel em 1883.

VOYAGES EXTRAORDINAIRES
PAR
JULES VERNE
KÉRABAN-LE-TÊTU
ÉDITION J. HETZEL

HENRIK IBSEN

Nascimento: 20 de março de 1828 (Skien, Noruega). Morte: 23 de maio de 1906 (Oslo, Noruega).

Estilo e gênero: Os diálogos de Ibsen reafirmam os valores morais. As peças, retratos da classe média, lidam com a hipocrisia masculina e a futilidade do idealismo.

Principais obras

Peças

Brand, 1866
Peer Gynt, 1867
Imperador e Galileu, 1873
Samfundets Stoetter, 1877
Casa de bonecas, 1879
Espectros, 1881
Um inimigo do povo, 1882
Hedda Gabler, 1890
Solness, o construtor, 1892

Importante dramaturgo do fim do século XIX, Ibsen foi responsável pela introdução do drama realista no palco. Seu amor pelo teatro o levou inicialmente à Bélgica e mais tarde a Christiania (a Oslo dos dias de hoje), trabalhando como diretor de cena, escrevendo e dirigindo peças. Apesar de ganhar uma valiosa experiência prática, Ibsen não conseguia estabelecer uma ligação intelectual com uma plateia que ele achava mesquinha e de horizontes estreitos. Seguiu-se um exílio voluntário de 27 anos, que o levou até Roma, Dresden e Munique. Aparentemente liberado das restrições de sua terra natal, Ibsen escreveu o grosso de suas peças teatrais no estrangeiro, a começar por *Brand*, obra em torno de um sacerdote que põe seus princípios morais e religiosos antes do bem-estar da família. A filosofia "tudo ou nada" de *Brand,* que em última instância termina arruinado e sozinho, demontrou ser popular, assim como a peça seguinte, *Peer Gynt*, com um personagem egoísta e sem propósitos, praticamente a antítese de Brand.

Foi *Casa de bonecas* que despertou a atenção internacional, por sua polêmica denúncia e pela escandalosa (segundo os padrões vitorianos) ausência de um final feliz. O cenário caseiro e comum testemunha a gradual desilusão de Nora, a heroína, com o marido, a quem ela começa a encarar como um estranho, deixando para trás ele e os filhos. Ibsen enfrentou ainda mais condenações com *Espectros*, que tratava de doenças venéreas e defendia a tese de que ignorar verdades duras pode acarretar consequências drásticas no futuro. Obras posteriores desviaram o foco até então concentrado nas pressões sociais sofridas pelas mulheres para os conflitos psicológicos interpessoais de controle e dominação, como aparece em *Hedda Gabler* e *Solness, o construtor*. Ibsen reescreveu as regras da tragédia, permanecendo desafiador e provocante até o fim. **SG**

"O homem mais forte do mundo é aquele que resiste sozinho." – *O inimigo do povo*

ACIMA: Fotografia de um Ibsen barbudo, c.1900, poucos anos antes de sua morte.

À DIREITA: Ilustração de Arthur Rackham para *Peer Gynt*, segundo ato, cena VI.

LEON TOLSTÓI

Nascimento: Lev Nikolaievich Tolstói, 9 de setembro de 1828 (Yasnaya Polyana, Rússia). Morte: 20 de novembro de 1910 (Astapovo, Rússia).

Estilo e gênero: Escritor, ensaísta, dramaturgo e filósofo, o russo Tolstói é celebrado como um dos maiores romancistas de todos os tempos.

O conde Leon Tolstói pertencia a uma família de nobres russos. Depois de ficar órfão aos 9 anos, foi criado por tias e professores particulares. Deixou a universidade cedo, sem se formar, mas era um grande defensor da educação e, quando retornou à propriedade dos pais em Yasnaya Polyana, fez tentativas infrutíferas de educar os trabalhadores. Costumava viajar para Moscou e São Petersburgo na companhia do irmão, seguindo o estilo de vida permissivo esperado de um jovem nobre russo, mas logo se cansou dessa forma libertina de viver e ficou propenso a temporadas de introspecção e ódio de si mesmo. Em 1851, entrou para o Exército e, no ano seguinte, publicou *Infância*, primeiro volume de uma trilogia autobiográfica concluída por *Adolescência* e *Juventude*. Durante a Guerra da Crimeia, lutou em Sebastopol. Os artigos sem rodeios que escreveu a seguir tornaram-no conhecido dentro do circulo literário de São Petersburgo e mereceram a atenção do czar.

Principais obras

Romances

Os cossacos, 1863

Guerra e paz, 1865-1869

Ana Karenina, 1873-1877

A morte de Ivan Ilitch, 1886

Sonata a Kreutzer, 1889

Ressurreição, 1899

Khadji-Murad, 1912 (publicação póstuma)

Não ficção

Breve explicação sobre os Evangelhos, 1881

No que creio, 1882

Confissão, 1882

O que devemos fazer?, 1886

O que é arte?, 1897-1898

A lei do amor e a lei da violência, 1908

Peças

O poder das trevas, 1886

Zhivoi trup, 1911 (publicação póstuma)

Autobiografias

Infância, 1852

Adolescência, 1854

Juventude, 1857

ACIMA: Retrato de Leon Tolstói, por volta de 1887.

À DIREITA: Tchekov e Tolstói na propriedade da condessa Paniva, perto de Ialta, em 1901.

Embora Tolstói seja mais lembrado como romancista, ele escreveu apenas três romances de fôlego: *Guerra e paz*, *Ana Karenina* (mais tarde descrito por Vladimir Nabokov como "uma das maiores histórias de amor da literatura mundial") e *Ressurreição*. Durante sua vida, Tolstói era reconhecido principalmente como filósofo e pelos escritos políticos que lhe angariaram grande número de seguidores na Rússia. Acreditava em uma vida simples de trabalho em busca do necessário, sem bens materiais. Escreveu longos tratados sobre seus pontos de vista anticapitalistas, o caminho do protesto pela não violência (mais tarde adotado por Gandhi) e a Reforma religiosa. Em 1901, foi excomungado da Igreja ortodoxa por tentar criar uma nova e mais simples versão do cristianismo, o que serviu para torná-lo mais popular.

Tolstói passou os últimos anos de sua vida coerente com suas crenças, desfazendo-se de títulos e bens, para desgosto da mulher e da família. Morreu como um eremita. **JM**

ACIMA: Ilustração que apresenta um idoso Tolstói cercado por criancinhas russas.

Guerra e paz

- Escohido pela revista *Time* como o maior romance de todos os tempos, *Guerra e paz* acompanha a vida de quatro famílias aristocráticas tendo como pano de fundo a invasão da Rússia por Napoleão.
- Começou a ser publicado em capítulos, em um periódico, mas acabou se tornando uma obra verdadeiramente descomunal que levou sete anos para ser concluída, com 580 personagens (alguns baseados em personalidades reais e outros fictícios).
- Seu enredo abrangente explora o valor da família e mostra como a vitória na vida e na guerra se baseia em nada além do acaso e das circunstâncias.

EMILY DICKINSON

Nascimento: 10 de dezembro de 1830 (Amherst, EUA). Morte: 15 de maio de 1886 (Amherst, EUA).

Estilo e gênero: Empregava a linguagem cotidiana de forma poética, enfatizada por sentenças curtas, pela pontuação incomum e pelo lirismo introspectivo.

Principais obras

Poesia

Selected Works, 1924

Bolts of Melody, 1945

The Collected Poems of Emily Dickinson, 1998

Cartas

Emily Dickinson's Correspondences, 2005

Poetisa que viveu de forma tão excêntrica quanto seria possível para uma mulher no século XIX sem ser confinada a um asilo, Emily Dickinson foi pouco conhecida em vida, mas tornou-se célebre após a morte. As histórias das excentricidades, das manias e de sua insanidade mantêm viva a lenda de Dickinson e garantem que novas gerações compartilhem o desejo de redescobri-la. Ela escreveu mais de 1.700 poemas, bem como um grande número de cartas, embora praticamente nenhum de seus poemas tenha sido publicado em vida. Boa parte de seus versos parece impenetrável, como uma série de charadas que se prestam às mais variadas interpretações. A discussão de acadêmicos e estudiosos sobre os significados dos poemas se mantém há mais de um século.

Os Dickinson formavam uma família abastada e respeitada. O pai de Emily, advogado e cristão rigoroso, comandava os filhos com austeridade, o que provavelmente contribuiu para o delicado equilíbrio emocional da jovem. De acordo com a história familiar,

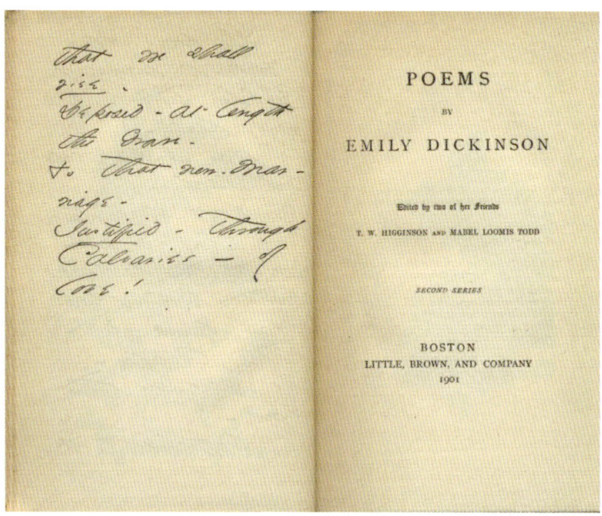

ACIMA: Retrato da jovem e solitária Emily Dickinson por volta de 1850.

À DIREITA: O final de "Renúncia", do primeiro volume de poemas de Dickinson.

ACIMA: A residência dos Dickinson em Amherst, Massachusetts, que abriga atualmente o Museu Emily Dickinson.

o senhor Dickinson sequer permitia que as filhas escolhessem os livros que queriam ler ou os amigos que queriam ter. Tomava todas as decisões por elas. Emily Dickinson permaneceu infantil mesmo adulta, relutando em crescer. Quando estava com 20 e poucos anos, decidiu parar de usar cores, insistindo que todas as suas roupas fossem brancas. Ao chegar à casa dos 30, havia se tornado praticamente uma reclusa, recusando-se a deixar a residência até mesmo para participar do funeral do pai. A poesia registra a frustração de Dickinson com o mundo e com sua própria incapacidade de lidar com isso, registrada em estrofes como "Senti minha mente se partindo/ como se o cérebro em dois se dividisse". As muitas fases de depressão também podem ser testemunhadas nos poemas, vislumbre tocante do mundo da doença mental.

Depois da morte prematura de Emily, vítima da doença de Bright, Lavinia, sua irmã mais nova, descobriu o tesouro de poemas que ela deixara para trás. Emily pedira que os poemas fossem destruídos, mas Lavinia não conseguiu fazê-lo. Publicou o primeiro de três volumes com os poemas da irmã em 1891. Desde então, Emily Dickinson, que ganhou a alcunha de "a freira de Amherst", transformou-se em figura cultuada. O local de seu nascimento se tornou um templo para os amantes da poesia do mundo inteiro. **LH**

Amizades íntimas

Apesar de escrever uma poesia tão apaixonada e sexual, a poetisa aparentemente não teve autênticos casos de amor, embora estudiosos tenham tentado provar que seus correspondentes poderiam ser seus amantes. Apesar da vida reclusa, ela cultivava um punhado de amigos íntimos e correspondentes de ambos os sexos, como sua querida cunhada Susan (esposa de Austin Dickinson). Entre seus correspondentes regulares estavam o escritor, abolicionista e reformador social Thomas Wentworth Higginson (1823-1911) e a escritora Helen Hunt Jackson (cujo nome de solteira era Fiske; 1830-1855), que faziam uma campanha fervorosa em prol dos direitos dos indígenas americanos.

CHRISTINA ROSSETTI

Nascimento: 5 de dezembro de 1830 (Londres, Inglaterra). Morte: 29 de dezembro de 1894 (Londres, Inglaterra).

Estilo e gênero: Poetisa espiritualizada da Irmandade Pré-Rafaelita, cujas convicções religiosas se chocavam com a imaginação pagã presente em suas obras mais famosas.

Principais obras

Poesia

Goblin Market and Other Poems, 1862

The Poetical Works of Christina Georgina Rossetti, With Memoir and Notes, & c., de William Michael Rossetti, 1904

Complete Poems of Christina Rossetti: A Variorum Edition, 1986

1820–39

Poucas poetisas do século XIX sobrevivem no cânone do século XX. A maioria foi relegada ao fundo das prateleiras, porém Christina Rossetti e Elizabeth Barrett têm suas obras incluídas em inúmeras antologias. O noivado romântico de Elizabeth Barrett com o poeta Robert Browning provavelmente responde pelo interesse em torno de seus versos, mas com Christina Rossetti todas as atenções se concentram em sua obra – 1.100 poemas que caíram nas graças do público. Especialmente os versos invernais de "In the Deep Midwinter" e o febril e extenso *Goblin Market* (poema com tamanho compatível ao de uma novela), publicado inicialmente com ilustrações de seu irmão, o poeta e pintor Dante Gabriel Rossetti.

Christina era a caçula dos quatro notáveis irmãos Rossetti. Teve contato com muitos amigos dos irmãos, que faziam parte da elite artística da Inglaterra na década de 1860, como Whistler, Charles Dodgson (Lewis Carroll) e o poeta W. H. Swinburne. *Goblin Market* explora a adolescência feminina da era vitoriana, à beira do despertar sexual. Como a poesia de Swinburne, emprega linguagem e referências elaboradamente medievais.

Embora o ímpeto criativo de Rossetti aparentemente derivasse de seu rigoroso cristianismo, sua obra inclui muitos poemas embebidos no mesmo erotismo feminino de *Goblin Market*, como os lamentos dedicados ou pronunciados por Safo. Como o irmão, Christina Rossetti deu nova vida ao soneto graças ao mesmo dom para a construção de imagens exuberantes. Espelhando-se na estrutura do soneto, os poemas costumam explorar uma dicotomia profunda – em seu caso, entre o espiritual e o sensual, ambos simbolizados pelo emprego notável do mundo natural. Embora nunca tenha se casado e só tivesse sido comprometida por muito pouco tempo, Christina Rossetti usou o soneto para expressar sentimentos de amor (metafísico). **SM**

"Melhor é me esqueceres, mas contente, que me lembrares e ficares triste." – "Remember"

ACIMA: Litografia de Christina Rossetti feita tomando por base um desenho de Dante Gabriel Rossetti.

LEWIS CARROLL

Nascimento: Charles Lutwidge Dodgson, 27 de janeiro de 1832 (Daresbury, Cheshire, Inglaterra). Morte: 14 de janeiro de 1898 (Guildford, Surrey, Inglaterra).

Estilo e gênero: Autor de dois dos livros infantis mais populares em todo o mundo, Carroll também escreveu poemas, panfletos e artigos.

O nome Lewis Carroll, pseudônimo adotado por Charles Dodgson, está associado a alguns dos textos mais imaginativos do século XIX. Atualmente é cultuado: sociedades e clubes em todo o mundo se dedicam a manter viva sua obra. Ironicamente, Lewis Carroll assumiu uma identidade praticamente independente do Charles Dodgson real, e existem numerosos e infundados mitos associados ao "personagem". O nome de Lewis Carroll também foi sujeito a um punhado de acusações (não confirmadas) de pedofilia, por conta da afeição que Dodgson nutria por meninas e por fotografias que tirava de crianças, entre as quais ensaios de nudez.

Em 1851, Dodgson entrou no Christ Church College, em Oxford, iniciando uma relação com a universidade que duraria até o fim de seus dias e que atingiu o auge quando ele se tornou professor de matemática. Não apreciava muito o emprego, porém permaneceu no cargo mesmo depois de obter sucesso literário e financeiro.

Em 1856, Henry Liddell, novo reitor do Christ Church, chegou a Oxford com a esposa e três filhas pequenas: Lorina, Edith e Alice. Dodgson tornou-se muito amigo da família e costumava levar as meninas a piqueniques. Foi durante um desses passeios que começou a contar para elas a história de uma garotinha e de suas aventuras. Alice Liddell o convenceu a colocar tudo no papel e Dodgson mostrou o resultado para um amigo, o escritor George MacDonald. Em 1863, ele entregou o manuscrito ao editor MacMillan e, em 1865, *Alice no país das maravilhas* foi publicado. Fez sucesso imediato e foi seguido por *Alice no país dos espelhos* (1872) e *A caça ao turpente*, em 1876. Nenhuma dessas obras conquistou o mesmo nível de popularidade da primeira história de Alice. **TP**

> "Tudo tem uma moral, basta encontrá-la."
> — Lewis Carroll

Principais obras

Ficção infantil

Alice no país das maravilhas, 1865

Alice no país dos espelhos, 1871

Algumas aventuras de Sílvia e Bruno, 1889, volume 2, 1893

Versos absurdos

A caça ao turpente, 1876

1820–39

ACIMA: Retrato fotográfico de Lewis Carroll, tirado por Oscar Gustav Rejlander.

MARK TWAIN

Nascimento: Samuel Langhorne Clemens, 30 de novembro de 1835 (Flórida, Missouri, EUA). Morte: 21 de abril de 1910 (Redding, EUA).

Estilo e gênero: Twain demonstra ceticismo em relação à religião, traz à cena heróis malandros e inocentes e faz penetrante sátira social.

Principais obras

Romances

The Gilded Age, 1873 (com C. D. Warner)
As aventuras de Tom Sawyer, 1876
O príncipe e o mendigo, 1882
As aventuras de Huckleberry Finn, 1884
Um ianque na corte do rei Arthur, 1889
The Tragedy of Pudd'nhead Wilson, 1894

Não ficção

The Innocents Abroad, 1869
Roughing It, 1872
Velhos tempos no Mississippi, 1883
Is Shakespeare Dead?, 1909
Autobiografia de Mark Twain, 1924

Contos

A célebre rã saltadora do condado de Cavaleras e outras histórias, 1867
O homem que corrompeu Hadleyburg, 1899
O diário de Adão e Eva, 1904
Captain Stormfield's Visit to Heaven, 1909

ACIMA: Retrato fotográfico feito em estúdio de Twain no auge da fama.

À DIREITA: Ilustração de *As aventuras de Tom Sawyer*.

Terno branco, bigodes, charuto: a marca registrada de Mark Twain é tão conhecida quanto seus personagens mais populares, Tom Sawyer e Huckleberry Finn. Como mais famoso literato na primeira grande era comercial da América, Twain compreendia que a forma com que aparecia em público era tão importante para a plateia quanto a qualidade de seus textos. Escritor extremamente produtivo, publicou mais de 30 livros, bem como numerosos ensaios e centenas de contos. Transformado em ícone ainda em vida, Mark

Twain permanece no coração da tradição literária americana – as sátiras sociais, a compaixão e a mordacidade continuam sendo uma inspiração para os escritores da atualidade.

Twain nasceu com o nome de Samuel Clemens, em Flórida, Missouri, mas passou a infância na cidade de Hannibal, à beira do Mississippi. Embora tenha se mudado em 1853, poucos meses antes de completar 18 anos, o espírito da fronteira do Meio-Oeste e da vida do rio estariam sempre presentes na sua obra. Adotou o famoso pseudônimo 10 anos depois, quando trabalhava como jornalista nas minas de prata de Virginia City, Nevada. Embora não tenha enriquecido em Nevada, Twain amealhou uma considerável fortuna durante a carreira literária iniciada ali. Os dois primeiros livros, *The Innocents Abroad* e *Roughing It*, fizeram tremendo sucesso comercial. O primeiro descrevia suas viagens à Europa, enquanto o segundo versava sobre o tempo na fronteira de Nevada.

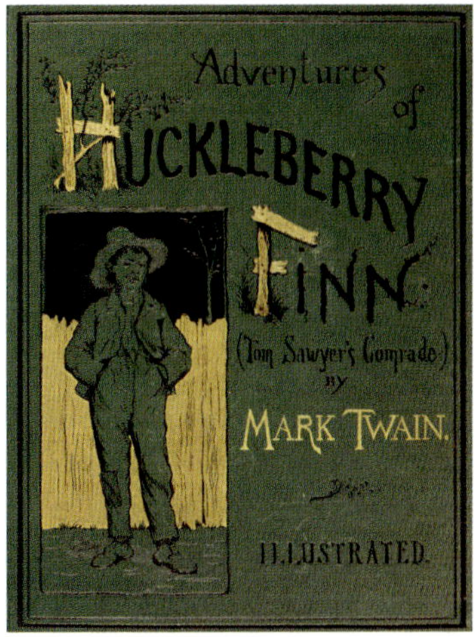

ACIMA: Capa da primeira edição americana de *As aventuras de Huckleberry Finn*.

O criador de Tom Sawyer e Huckleberry Finn

Enquanto a fama de Twain como humorista e jornalista se espalhava até as terras europeias, sua carreira de romancista começaria com um retorno à Hannibal de sua juventude. Embora planejado como um livro para meninos, *As aventuras de Tom Sawyer* demonstrou ter um apelo bem mais amplo. Junto com a continuação, *As aventuras de Huckleberry Finn*, tornou-se sua obra mais popular e mais aclamada pela crítica. Embora os dois livros transbordem de nostalgia, exibem a língua ferina e cética de Twain no auge da forma, bem como sua capacidade de observação dos detalhes provincianos.

Apesar da aparência de um homem rude de Missouri, os valores políticos de Twain eram mais bem recebidos na liberal Nova Inglaterra, onde ele passou boa parte dos últimos anos. As obras exibem suas visões políticas, disfarçadas sob a forma de ficção, e suas observações sobre a sociedade contemporânea. Tinha pontos de vista particularmente progressistas em relação aos problemas raciais enfrentados pela América. Twain, contudo, não era um idealista ingênuo. Apesar das crenças igualitárias, sua melhor obra está embebida de um saudável desprezo pela estupidez flagrante e pela venalidade humanas. **CT**

Huckleberry Finn

Descrito por Hemingway como o livro "do qual toda a literatura moderna descende", *As aventuras de Huckleberry Finn* permanece como o essencial conto americano de chegada à maturidade. O momento em que Huck percebe que prefere ir para o inferno por infringir a lei a vender o amigo Jim, o escravo fugitivo, às autoridades retém toda a sua força. Twain emprega a perspectiva inocente de Huck em seus infortúnios para expor as hipocrisias e mesquinharias da sociedade sulista. A balsa no Mississippi demonstra ser o único lugar onde brancos e negros podem conviver como iguais.

MACHADO DE ASSIS

Nascimento: Joaquim Maria Machado de Assis, 21 de junho de 1839 (Rio de Janeiro, Brasil). Morte: 29 de setembro de 1908 (Rio de Janeiro, Brasil).

Estilo e gênero: Seus textos refletem as tendências contemporâneas da Europa. Usava ironia em suas críticas sociais e satirizava a burguesia.

Machado de Assis, um dos maiores romancistas do Brasil, também escreveu peças, poesia e ensaios críticos. Filho de um pintor de paredes empobrecido, conseguiu fazer parte da elite literária, apesar de ter recebido pouca educação formal. Machado aprendeu sozinho o francês e o inglês e, em 1897, fundou a Academia Brasileira de Letras, tornando-se seu primeiro presidente. Os romances, os poemas e as peças iniciais seguiram o romantismo, mas, com *Memórias póstumas de Brás Cubas*, Machado começou uma nova etapa, rompendo muitas das convenções literárias de sua época. Influenciado por Laurence Sterne e Xavier de Maistre, seus romances foram comparados à obra de Henry James pela profundidade psicológica. **REM**

Principais obras

Poesia

Crisálidas, 1864

Americanas, 1875

Romances

Iaiá Garcia, 1878

Memórias póstumas de Brás Cubas, 1881

Quincas Borba, 1891

Dom Casmurro, 1900

Contos

Histórias da meia-noite, 1873

THOMAS HARDY

Nascimento: 2 de junho de 1840 (Higher Bockhampton, Dorset, Inglaterra). Morte: 11 de janeiro de 1928 (Dorchester, Inglaterra).

Estilo e gênero: Poeta e romancista, Hardy criou descrições vívidas e compassivas da vida rural e de um mundo fatalista repleto de injustiças.

Hardy ambientou seus romances principalmente no condado semifictício de Wessex, descrevendo com minuciosos detalhes a vida rural no sudoeste da Inglaterra. A paisagem testemunha os eventos dramáticos, românticos e trágicos que permeiam sua obra. Muitos dos personagens de Hardy são vítimas de suas próprias paixões e emoções, com consequências catastróficas. Os últimos romances, *Tess (Tess of the d'Ubervilles)* e *Judas, o obscuro*, são os melhores e mais polêmicos. Desafiavam a moralidade vitoriana e os costumes sexuais vigentes, abordando com um olhar de compaixão temas como os filhos ilegítimos. Muito criticado pelo aparente pessimismo, Hardy deixou de escrever romances em 1898 para se concentrar em sua obra poética. **SG**

Principais obras

Romances

Longe da multidão estulta, 1874

A volta do nativo, 1878

O prefeito de Casterbridge, 1886

The Woodlanders, 1887

Tess, 1891

Judas, o obscuro, 1895

Poesia

Wessex Poems, 1898

Poems of the Past and Present, 1902

Satires of Circumstance, 1914

ÉMILE ZOLA

Nascimento: Émile-Édouard-Charles-Antoine Zola, 2 de abril de 1840 (Paris, França). Morte: 28 de setembro de 1902 (Paris, França).

Estilo e gênero: Zola foi romancista e jornalista. É considerado o fundador da ficção naturalista e ficou famoso pelo envolvimento no famoso caso Dreyfus.

No dia do enterro de Émile Zola, as ruas ficaram tomadas por pessoas que queriam lhe prestar homenagem. Mas o caminho para tal sucesso no coração da progressista Paris não foi fácil. A infância de Zola em Aix-en-Provence foi marcada pela pobreza, assim como a juventude em Paris. Em 1865, ele celebrou a publicação do primeiro romance, *La Confession de Claude*, mas também experimentou pela primeira vez o gosto da polêmica. O realismo gráfico do livro despertou o interesse da polícia e fez com que Zola perdesse o emprego na editora Hachette.

A carreira de escritor, tanto no jornalismo quanto na ficção, estava prestes a começar. Foi dominada por uma série de 20 romances de ambição e alcance impressionantes, registrando uma época de grandes mudanças na França. A série *Os Rougon-Macquart* acompanhava duas famílias durante o Segundo Império francês (1852-1870). Utilizando uma impetuosa mistura de lirismo romântico e realismo sórdido, a série varou todos os aspectos da vida francesa contemporânea, dos infortúnios dos camponeses à ascensão dos impressionistas. O objetivo de Zola era estudar como a hereditariedade e o ambiente influenciavam o comportamento. No meio do caminho, despertou a ira de muitos: daqueles que se ofendiam pelo lado mais sombrio da vida moderna ao amigo de infância Cézanne, que julgou ter sido retratado de forma pouco lisonjeira em *A obra*, e aos oponentes das críticas de Zola ao governo francês em *A derrocada*.

"A vida moderna, sob todos os aspectos. É este o tema!" – *A obra*, 1886

A polêmica política voltou à cena em 1898, quando Zola defendeu o oficial do Exército Alfred Dreyfus em um caso de traição de grande repercussão. Sua famosa defesa, publicada no jornal *L'Aurore*, começava com "J'accuse..." ("Eu acuso") e fez com que fosse perseguido e tivesse que se refugiar na Inglaterra. Ele e Dreyfus foram absolvidos, mas há quem ainda acredite que a morte de Zola, por asfixia, foi tramada por conspiradores anti-Dreyfus. **AK**

Principais obras

Romances

La Confession de Claude, 1865

Thérèse Raquin, 1867

Série *Os Rougon-Macquart*, (1871-1893), que inclui:

A taberna, 1877

Nana, 1880

Germinal, 1885

A obra, 1886

A besta humana, 1890

A derrocada, 1892

Jornalismo

Eu acuso!, 1898

ACIMA: Retrato de Émile Zola tirado por volta de 1875.

STÉPHANE MALLARMÉ

Nascimento: 18 de março de 1842 (Paris, França). Morte: 9 de setembro de 1898 (Paris, França).

Estilo e gênero: Um dos principais poetas simbolistas, sua obra influenciou a poesia moderna. Participou do grupo de intelectuais conhecido como Les Mardistes.

Stéphane Mallarmé foi uma figura de ponta no desenvolvimento da poesia moderna, adotando na sua obra o que era, na época, uma abordagem radical, ao colocar a fonética, as qualidades simbólicas e a forma visual das palavras acima de seu significado literal. Assim, seus poemas evoluíram até se transformarem praticamente em obras de arte combinando estímulos visuais e auditivos de tal maneira que as fronteiras entre a literatura e a arte se tornavam difíceis de serem distinguidas. Ele abandonou a sintaxe convencional, criando obras enigmáticas e às vezes difíceis de digerir.

Mallarmé escreveu poesia desde cedo, estudando as obras de Charles Baudelaire, que muito o influenciou no início da carreira. Aprendeu inglês e absorveu as obras de Edgar Allan Poe, que o afetaram de forma profunda. Trabalhando como professor de inglês em escolas francesas e escrevendo poemas nas horas vagas, Mallarmé produziu relativamente poucas obras concluídas. Era um grande perfeccionista, detendo-se na forma de obter a união precisa e inigualável entre estilo, conteúdo e som.

Principais obras

Poesia

Poésies, 1887

Divagations, 1897

Poemas

"L'après-midi d'un faune", 1876

"Les Mots anglais", 1878

"Les Dieux antiques", 1879

"Hérodiade", 1896

"Un Coupe de dés jamais n'abolira le hazard", 1897

Ensaios

The impressionists and Edouard Manet, 1876

La Musique et les lettres, 1891

Antologias

Selected Poetry and Prose, 1982

Selected Letters, 1988

Mallarmé in Prose, 2001

ACIMA: Retrato de Mallarmé tirado por volta de 1895.

À DIREITA: Detalhe da pintura *Retrato de Stéphane Mallarmé* (1876), de Edouard Manet.

ACIMA: Ilustração de Edouard Manet para "L'après-midi d'un faune", de 1876.

Começou dois de seus mais famosos poemas, "Hérodiade" e "L'aprés-midi d'un faune", no início da década de 1860, mas nenhum deles foi publicado antes que se passassem muitos anos. Ambos exerceram profunda influência sobre seus contemporâneos: "L'aprés-midi d'un faune", em particular, inspirou diversas obras musicais, entre elas o orquestral *Prélude à l'après-midi d'un faune* (1894), de Claude Debussy. Mallarmé tornou-se uma figura central na vanguarda francesa, organizando saraus frequentados por um grande círculo de intelectuais, filósofos, artistas e escritores, como W. B. Yeats e Paul Valéry – grupo que mais tarde ficou conhecido como Les Mardistes. Ficou amigo de Edouard Manet e, por intermédio dele, conheceu o círculo de pintores impressionistas e pós-impressionistas que lutavam pelo reconhecimento em Paris. Em 1876, publicou *The impressionists and Edouard Manet*, uma crítica favorável e importante ao estilo dos pintores.

No ano anterior à sua morte, Mallarmé publicou seu poema mais complicado, "Un Coupe de dés jamais n'abolira le hazard", que depois seria ilustrado por Odilon Redon e se tornaria sua obra de maior repercussão. **TamP**

A perda da mãe

A mãe de Mallarmé morreu quando ele tinha apenas 5 anos e, mais tarde, ele se recordaria de como se mortificara por não conseguir sentir emoções mais profundas, a ponto de se jogar no chão, puxando os cabelos, para convencer quem estava próximo da autenticidade de sua dor. Ele explicou que a ausência de emoções resultou de ter sido criado pela ama de leite, sem ter a oportunidade de conhecer a mãe. Havia experimentado a dor de deixar a ama de leite, bem como todas as complexas camadas de sentimentos associados à mãe, com quem ele nunca havia se ligado verdadeiramente. Mesmo tão jovem, ele claramente percebia que essa ligação deveria ter ocorrido.

HENRY JAMES

Nascimento: 15 de abril de 1843 (Nova York, EUA). Morte: 28 de fevereiro de 1916 (Londres, Inglaterra).

Estilo e gênero: James foi autor de romances complexos que contrastavam os valores vigentes nos Estados Unidos à herança europeia.

No conto "Vida privada", de 1893, Henry James descreveu um autor com a singular capacidade de estar simultaneamente em dois lugares. Ele poderia estar debruçado sobre a escrivaninha ao mesmo tempo que divertia as visitas, no andar de baixo, contando anedotas literárias e dando opiniões. O próprio James era um grande apreciador do convívio social que, de qualquer maneira, produziu um volumoso conjunto de obras em uma longa carreira. Era um solitário e solteirão convicto que jamais declinou um convite para jantar.

James se tornou um eurófilo ainda cedo, depois da leitura voraz do cânone europeu e de ter passado três anos da juventude na Europa, à custa dos experimentos educacionais do pai. Abandonou o curso de Direito em Harvard depois de um ano para se tornar um escritor em tempo integral. Após um sucesso precoce como crítico, ele começou a voltar sua atenção para a ficção. Mudou-se para a Europa em 1875, estabelecendo-se em Londres, embora tenha feito longas viagens pelo continente, especialmente na Itália. A experiência da emigração e exploração influenciou as aventuras de suas grandes heroínas, como Isabel Archer, de *Retrato de uma senhora*, e Milly Theale, de *As asas da pomba*.

James foi um escritor versátil, célebre pela perspicaz sátira social dos romances que escreveu a partir da década de 1880 e pela complexidade linguística e psicológica de suas grandes obras tardias. Escreveu uma série de peças e era um mestre de obras de ficção mais curtas, do sedutor mistério literário de *Os papéis de Aspern* ao claustrofóbico e fantasmagórico *A volta do parafuso*. Em 1915, em um gesto de lealdade ao país de adoção, James renunciou à cidadania americana e tornou-se cidadão britânico, tendo o primeiro-ministro como um de seus patronos. Morreu no ano seguinte, plenamente estabelecido como um europeu. **TM**

Principais obras

Romances

Roderick Hudson, 1875
Os europeus, 1878
Washington Square, 1981
Retrato de uma senhora, 1881
Os bostonianos, 1886
The Tragic Muse, 1890
Os espólios de Poyton, 1897
Pelos olhos de Maisie, 1897
As asas da pomba, 1902
The Ambassadors, 1903
A taça de ouro, 1904

Novelas/Ficção curta

Daisy Miller, 1879
Os papéis de Aspern, 1888
A volta do parafuso, 1897

"Tarde de verão: as palavras mais belas na língua inglesa."
— *Retrato de uma senhora*

ACIMA: Retrato do jovem Henry James aos 20 anos.

À DIREITA: Henry James relaxa no jardim de sua casa em Rye, East Sussex, Inglaterra.

1840–59

BENITO PÉREZ GALDÓS

Nascimento: 10 de maio de 1843 (Las Palmas, ilhas Canárias, Espanha). Morte: 4 de janeiro de 1920 (Madri, Espanha).

Estilo e gênero: O prolífico Pérez Galdós escreveu inimitável ficção histórica. Suas narrativas curtas registram a história da Espanha e dos indivíduos na sociedade espanhola.

Principais obras

Romances

La Fontana de Oro, 1870
Doña Perfecta, 1876
Marianela, 1878
La Desheredada, 1881
Miau, 1888
Fortunata y Jacinta, 1886-1887
Ángel Guerra, 1891
Tristana, 1892
Nazarín, 1895
Misericordia, 1897

Pérez Galdós é considerado o Tolstói da Espanha e foi comparado a Dickens e Balzac. Cresceu nas ilhas Canárias, onde morou até os 19 anos, quando se mudou para Madri, para estudar Direito. Logo abandonou o curso para seguir o jornalismo. Seu primeiro romance, *La Fontana de Oro*, publicado em 1870, fez com que se tornasse famoso e iniciasse uma série sobre a história da Espanha, das guerras napoleônicas (1805) até a restauração em 1874. Esses 46 livros, conhecidos como *Episodios nacionales* (1873-1912), mesclam acontecimentos históricos e personagens fictícios e são resultado de uma meticulosa pesquisa documental com base em livros de memórias, jornais e narrativas de testemunhas oculares.

A partir da década de 1880, ao mesmo tempo que desenvolvia *Episodios nacionales*, Pérez Galdós começou outra enorme série de romances, as *Novelas españolas contemporáneas*. Escrita no auge do seu desenvolvimento literário, a obra-prima *Fortunata y Jacinta* é um romance em quatro volumes, quase tão longo quanto *Guerra e paz*. Oferece uma perspectiva do espectro social de Madri ao acompanhar as vidas de um jovem abastado, mas fraco, sua esposa Jacinta, sua amante Fortunata, de classe social inferior, mãe de um filho seu, e o marido de Fortunata. A história varia de acordo com o narrador e se concentra particularmente nas classes trabalhadoras de Madri. A ideia espanhola de *"quedar bien"*, ou melhor, a necessidade de se retratar como sendo financeira ou mentalmente seguro (mesmo quando, na realidade, acontece o oposto), costuma aparecer em suas obras, principalmente nos personagens femininos.

Pérez Galdós escreveu aproximadamente 20 peças polêmicas e geralmente bem-sucedidas. Em 1912, ficou cego, mas continuou a ditar narrativas pelo resto da vida. A qualidade e a produção de suas últimas obras, porém, demonstram o declínio de sua mente, tristemente acelerado pela cegueira. **REM**

ACIMA: Foto do prolífico Pérez Galdós, tirada no início dos anos 1900.

À DIREITA: Perez Galdós no painel de azulejos que adorna uma parede na Espanha.

Benito Perez Galdos

GERARD MANLEY HOPKINS

Nascimento: 28 de julho de 1844 (Londres, Inglaterra). Morte: 8 de junho de 1889 (Dublin, Irlanda).

Estilo e gênero: Em vida, sua obra permaneceu inédita. Os versos complexos e experimentais foram mais tarde admirados pelo movimento modernista.

Gerard Manley Hopkins foi um homem dedicado em diversos aspectos. Católico devoto, dedicou a vida à Igreja. E também foi um dos maiores cronistas do mundo natural que a poesia em língua inglesa jamais conheceu. Hopkins converteu-se ao catolicismo enquanto estudava em Oxford, na década de 1860, época em que a universidade estava envolta em polêmica religiosa. Entrou para a ordem jesuíta e passou a maior parte de sua vida breve e solitária ensinando e pregando em postos pouco promissores por todo o país, até assumir um cargo no University College, em Dublin, em 1884. Hopkins trabalhou em Dublin nos cinco anos que antecederam sua morte prematura. Foi um período miserável no qual ele produziu sua poesia mais reflexiva, incluindo sonetos que foram chamados de "terríveis".

Hopkins escrevia em versos para explorar a si mesmo e todas as minúcias da sua própria fé. Ficava constrangido por sua poesia e uma vez chegou a queimar tudo o que havia escrito. Suas esporádicas tentativas de publicação foram malsucedidas. Quando apresentou a obra-prima "O naufrágio do *Deutschland*" a um periódico jesuíta, foi rejeitado por idiossincrasias religiosas e estilísticas. Depois de sua morte, os manuscritos foram guardados por seu grande amigo Robert Bridges, mas nenhuma edição de poesia apareceu até 1918. É uma obra extraordinária – linguística e ritmicamente tão enérgica quanto os fenômenos naturais que ele descreve com tanta frequência. Em verso e prosa, Hopkins desenvolveu uma teoria do que ele chamava de "*inscape*" (paisagem interior) e "*instress*" (energia latente) de todas as coisas – qualidades brindadas por Deus, que deram ordem ao aparente caos do mundo natural. Também oferecem uma forma útil de pensar sobre as surpresas felizes, os ecos e os saltos imaginativos dos versos intricadamente estruturados por Hopkins. **TM**

"Beleza bruta e bravura e ato, oh, ar, brio e plumagem/ aqui se fundem!" – "O falcão"

Principais obras

Poemas (publicação póstuma)

"O naufrágio do *Deutschland*", 1918

"A grandeza de Deus", 1918

"O falcão", 1918

"A beleza difícil", 1918

"Spelt from Sibyl's Leaves", 1918

"Carrion Comfort", 1918

"To seem the stranger lies my lot, my life", 1918

"That Nature is a Heraclitean Fire and of the comfort of the Resurrection", 1918

Prosa

The Journals and Papers of Gerard Manley Hopkins, 1959

ACIMA: Um retrato de Gerard Manley Hopkins tirado em 1863, quando ele tinha apenas 19 anos.

PAUL-MARIE VERLAINE

Nascimento: 30 de março de 1844 (Metz, França). Morte: 8 de janeiro de 1896 (Paris, França).

Estilo e gênero: Poeta lírico e escritor decadente, abordou o erotismo, a sexualidade, o vício e a religião. É associado a outros "malditos", como Mallarmé e Baudelaire.

Uma das obras mais admiradas de Paul Verlaine foi seu estudo sobre *Les Poètes maudits* (Os poetas malditos) – e ele próprio pertencia à categoria. Poeta lírico com uma queda para o erótico, tanto heterossexual quanto homossexual, ele foi criado em um confortável ambiente de classe média. Trabalhou para uma companhia de seguros, penetrou nos círculos literários elegantes de Paris e então começou a escrever poesia. Tinha o dom de utilizar o francês comum para expressar delicadas nuances. Seu primeiro grande sucesso veio em 1869, com a publicação do segundo livro de poesias, *Festas galantes*. O título da obra se refere aos encontros campestres da aristocracia do século XVIII e faz referência às pinturas de artistas como Watteau. Instável, imprevisível e às vezes violento, ele se apaixonou por uma jovem de 16 anos e se casou com ela. Porém, mais tarde se apaixonaria por um poeta mais jovem, Arthur Rimbaud, e em 1872 deixou a esposa e um bebê para viajar com ele. No ano seguinte, estavam em Bruxelas quando tiveram uma briga e Verlaine, embriagado, atingiu Rimbaud com um tiro no punho.

Depois de dois anos de prisão na Bélgica, onde escreveu *Romances sans paroles*, voltou-se para a fé católica, na qual tinha sido educado, e retirou-se brevemente em um mosteiro trapista. Quando voltou à França em 1877, tentou a vida como fazendeiro, sem sucessso, e, já como figura célebre em Paris, escreveu poemas, contos e estudos de escritores contemporâneos, ao mesmo tempo que levava uma vida cada vez mais triste com bebedeiras e decadência, ao lado de prostitutas envelhecidas. Em 1885, foi mais uma vez para a cadeia, acusado de agredir a mãe. Além disso, era viciado em absinto, tinha sífilis e outras doenças que o fizeram entrar e sair de hospitais. Seus admiradores na França e na Inglaterra lhe deram apoio financeiro e, a partir de 1895, ele recebeu uma pensão do Estado. Morreu na pobreza aos 51 anos. **RC**

> "Pegue a elegância e torça seu pescoço!"
> — *Jadis et Naguère*

Principais obras

Poesia

Festas galantes, 1869
Romances sans paroles, 1873-1874
Sagesse, 1880-1881
Les Poètes maudits, 1884
Jadis et Naguère, 1885
Amour, 1888

1840–59

ACIMA: Imagem colorida de Verlaine, feita por volta de 1890, a partir de um original sépia.

ANATOLE FRANCE

Nascimento: Jacques-Anatole-François Thibault, 16 de abril de 1844 (Paris, França). Morte: 12 de outubro de 1924 (St.-Cyr-sur-Loire, França).

Estilo e gênero: Considerado modelo de literato francês, France escrevia com ironia e inteligência. Seus temas incluem eventos contemporâneos, história e religião.

Principais obras

Romances

Thais, 1890
O lírio vermelho, 1894
Monsieur Bergerat em Paris, 1912
Os deuses têm sede, 1912
A rebelião dos anjos, 1914

Filho de um livreiro e decidido a se dedicar à literatura, Anatole France trabalhou como resenhista antes de se voltar rapidamente para a poesia e, em seguida, para os romances e os contos escritos com um viés cético, irônico, e implacável em relação aos valores burgueses. Em 1877, ele se casou, mas, em 1888, conheceu o amor de sua vida, Arman de Caillavet, e o caso que tiveram inspirou o romance *Thais*, sobre uma cortesã egípcia que se transforma em santa cristã, além de uma história de amor ambientada em Florença, *O lírio vermelho*. Sua obra tardia revelou uma desilusão crescente com a sociedade francesa e a política. Na década de 1890, ficou entre os partidários do oficial do Exército Alfred Dreyfus, vítima do antissemitismo. Em 1921, foi agraciado com o Prêmio Nobel de Literatura. **RC**

EÇA DE QUEIRÓS

Nascimento: 25 de novembro de 1845 (Póvoa de Varzim, Portugal). Morte: 16 de agosto de 1900 (Paris, França).

Estilo e gênero: Eça de Queirós foi um intelectual polêmico que satirizou e criticou a elite portuguesa e a hipocrisia religiosa.

Principais obras

Romances

O crime do padre Amaro, 1876
O primo Basílio, 1878
A relíquia, 1887
Os Maias, 1888
A ilustre casa de Ramires, 1900
A cidade e as serras, 1901
Últimas páginas, 1912

Contos

O mandarim, 1880

Eça de Queirós era o filho ilegítimo de uma mãe da baixa aristocracia e de um juiz, que não se casaram até ele completar 4 anos de idade e que não o reconheceram como filho até que estivesse na casa dos 40 anos. Esse abandono precoce está presente em suas obras – ele raramente retrata pais. Eça estudou Direito na Universidade de Coimbra, onde fez campanha por mudanças artísticas e sociais, tornando-se conhecido como o "Zola português". Fazia parte de um influente grupo de escritores e pensadores chamado, ironicamente, de Os vencidos da vida. Por tratar de assuntos polêmicos nos livros, a esposa católica e conservadora, de educação limitada, impediu que alguns textos fossem publicados após sua morte. **REM**

HENRYK SIENKIEWICZ

Nascimento: 5 de maio de 1846 (Wola Okrzejska, Polônia sob governo russo).
Morte: 15 de novembro de 1916 (Vevey, Suíça).

Estilo e gênero: Ficou conhecido por seus romances épicos e pela reprodução do discurso natural e o uso de sentimentalismo e do humor absurdo.

Henryk Sienkiewicz foi o criador do moderno romance polonês, produzindo ficção de arrebatador escopo histórico que cumpria um importante papel social junto a um povo que sofria sob domínio estrangeiro.

Integrante de uma família de nobres poloneses, ele começou a carreira trabalhando para jornais e escrevendo contos. Foi para a universidade estudar Direito e medicina, mas pediu transferência para o curso de história. Ativo defensor dos direitos dos camponeses e filantropo que criou um fundo para artistas e uma escola para crianças, também era um elegante dândi, conhecido pelos diversos casos amorosos. Enquanto morava na Suíça, durante a Primeira Guerra Mundial, Sienkiewicz fundou a organização que se tornaria o Governo Provisório Polonês ao fim do conflito (dois anos após a sua morte).

Os romances de Sienkiewicz dão feição humana a eventos políticos ao descrever os grandes movimentos da humanidade sob o ponto de vista de um indivíduo. *Os cavaleiros da cruz* e *A trilogia* descrevem os levantes, as invasões e as expulsões que caracterizaram a história polonesa nos séculos XIV e XVII. Com essas obras, ele se tornou imensamente popular em sua terra natal. Depois de viajar pelos Estados Unidos durante três anos e com a publicação de *Quo Vadis?*, sua popularidade tornou-se internacional. Em 1905, recebeu o Prêmio Nobel. *Quo Vadis?* dramatiza a lendária crueldade do imperador Nero, que incendeia Roma e põe a culpa nos primeiros cristãos. O retrato pouco crítico desses personagens parece comprometido e pouco convincente para o leitor dos dias de hoje. Porém, o senso de humor absurdo e a vibrante recriação da vida cotidiana em meio à decadência romana – que por vezes adquire um ritmo terrivelmente nervoso – fazem com que permaneça como uma boa leitura. **ER**

"Eros retirou o mundo do caos. Se fez bem, é outra questão." – *Quo Vadis?*

Principais obras

Romances

Quo Vadis?, 1895

A trilogia, 1884-1888

Os cavaleiros da cruz, 1900

1840–59

ACIMA: Foto do popular romancista polonês Henryk Sienkiewicz, em torno de 1870.

BRAM STOKER

Nascimento: 8 de novembro de 1846 (Dublin, Irlanda). Morte: 20 de abril de 1912 (Londres, Inglaterra).

Estilo e gênero: Escreveu histórias de terror impregnadas de romance, pesadelos, maldições e sobrenatural, com referências ao folclore e às superstições.

Principais obras

Romances

The Primrose Path, 1875
The Snake's Pass, 1891
The Shoulder of Shasta, 1895
Drácula, 1897
Miss Betty, 1898
Os sete dedos da morte, 1904
Lady Athlyne, 1908
O caixão da mulher vampiro, 1909
O monstro branco, 1911

Contos

Under the Sunset, 1891
Snowbound: The Record of a Theatrical Touring Party, 1908

1840–59

Reconhecido mundialmente por *Drácula*, romance de terror gótico, Bram Stoker começou a escrever tarde. Quando criança, não andou antes de completar 7 anos, mas superou suas limitações físicas até se tornar um destacado atleta do Trinity College, em Dublin. Apesar de acalentar sonhos de se tornar um escritor, Stoker respeitou os desejos do pai e seguiu seus passos no funcionalismo público, onde permaneceu durante 10 anos. Também trabalhou como crítico de teatro para o *Dublin Mail*, fazendo amizade com o ator inglês Henry Irving. Em 1878, Irving solicitou que Stoker assumisse o papel de seu empresário, tarefa que ele desempenhou por 27 anos, escrevendo até 50 cartas por dia para o patrão e lhe fazendo companhia em viagens pela América.

Foi enquanto enfrentava essa dura carga de trabalho que Stoker escreveu o romance *The Snake's Pass* (O castelo da serpente) – conto sombrio de um romance turbulento ambientado no oeste da Irlanda – e a obra-prima eterna *Drácula*. A história do vampiro conde Drácula é relatada por meio de trechos de agendas, cartas e diários dos personagens principais: Jonathan Harker, a esposa Mina, Dr. Seward e Lucy Westenra, bem como um ou outro recorte de jornal, o que empresta um toque de realismo à trama. O vampiro da Transilvânia – que exibe poderes sobrenaturais, necessita de sangue humano para viver e é morto com uma faca Bowie cravada no coração, o que põe fim a seus poderes – tornou-se um dos personagens mais duradouros da literatura e do cinema. Seguiram-se outros romances de terror nos quais Stoker repete a estratégia de relatar acontecimentos aparentemente inexplicáveis – como ocorre em *Os sete dedos da morte*, no qual um arqueólogo tenta reviver uma antiga múmia egípcia. Nenhum foi capaz de capturar a imaginação do público da mesma forma que *Drácula*. De fato, pouquíssimos romances conseguiram. **SG**

> "Como são abençoadas as pessoas cujas vidas não conhecem medos nem temores." – *Drácula*

ACIMA: Foto de Bram Stoker, da década de 1890.

À DIREITA: Antiga gravura retratando Vlad, o Empalador, conhecido como conde Drácula.

Van deme quaden thyrãne
Dracole wyda.

JORIS-KARL HUYSMANS

Nascimento: Charles-Marie-Georges Huysmans, 5 de fevereiro de 1848 (Paris, França). Morte: 12 de maio de 1907 (Paris, França).

Estilo e gênero: A obra de Huysmans demonstra um refinado senso estético, animado por humor sardônico, inventividade verbal, curiosidade intelectual e fantasia surreal.

Nascido em Paris, de pai holandês, Huysmans foi um intelectual e esteta parisiense, convencido do supremo valor da arte e causticamente cínico em relação a tudo mais. Apoiado por um emprego no funcionalismo público – posto que manteve sem qualquer esforço durante 30 anos –, ele embarcou na carreira literária. A princípio sob a influência do realismo praticado por Zola, ele descobriu sua própria voz na década de 1880, tornando-se um dos fundadores do movimento decadentista do fim do século.

Em Des Esseintes, anti-herói do romance *Às avessas*, Huysmans consagrou o símbolo do esteta decadente, um sensualista egocêntrico inclinado a buscar sensações refinadas e se permitir prazeres perversos, sem considerações pela moralidade e pelas convenções sociais. Além de encontrar seu tema – o indivíduo hipersensível, requintadamente educado, em conflito com a vulgaridade da sociedade materialista –, Huysmans encontrou também seu estilo, notável por passagens de fôlego, torrentes de fantasia verbal ou cômicos crescendos de frustrações em série, enriquecidas por um vocabulário abstruso e conhecimentos obscuros. Os romances ganharam fama e tiveram vendas razoáveis, sem dúvida impulsionados pela matéria-prima chocante. *Là-bas*, a obra mais popular, inclui descrições detalhadas de ritos satânicos e de pedofilia homicida. Mas Huysmans também tinha talento para criar comédia a partir da observação da vida cotidiana – por exemplo, detalhando os ultrajes sórdidos da vida de solteiro. Huysmans acabou encontrando repouso para sua angústia existencial no catolicismo. A história de seu progresso desde o cínico interesse em satanismo e no oculto ao relutante compromisso com a fé está presente em suas últimas obras, encarnada por seu alter ego, Durtal. Huysmans morreu de câncer, doença que suportou com louvável estoicismo. **RG**

"É impossível não sentir que a vida de Huysmans foi uma triste fábula com moral." – Colin Wilson

Principais obras

Romances

Marthe, 1876
Les Soeurs Vatard, 1879
Croquis Parisiens, 1880
En Ménage, 1881
À vau-l'eau, 1882
Às avessas, 1884
En rade, 1887
Là-bas, 1891
A caminho, 1895
A catedral, 1898
L'oblat, 1903
Les Foules de Lourdes, 1906

ACIMA: Foto de Huysmans, líder do movimento Decadente, tirada por volta de 1905.

AUGUST STRINDBERG

Nascimento: Johan August Strindberg, 22 de janeiro de 1849 (Estocolmo, Suécia). Morte: 14 de maio de 1912 (Estocolmo, Suécia).

Estilo e gênero: É considerado o pai do moderno teatro sueco. Entre seus temas, destacam-se os conflitos entre os sexos e as classes sociais, e a erosão da tradição.

Escritor, pintor, fotógrafo experimental e alquimista, August Strindberg foi um inovador e um dos principais dramaturgos escandinavos do século XIX. Seu estilo deslocou-se do naturalismo inicial para o simbolismo e então para o expressionismo, levando o teatro à idade moderna.

Suas obras se concentram nas tensões entre as classes e na batalha entre os sexos – levando alguns a sugerir que Strindberg seria um misógino. Talvez fosse mais um reflexo de seu tempo e de sua história pessoal. Filho de um armador com uma antiga criada, Strindberg era temperamental e depressivo. Foi casado três vezes e levou uma existência itinerante, vivendo na Suécia, na Dinamarca, na Alemanha e na França. A Suécia de então, como boa parte da Europa, atravessava uma metamorfose, deixando de ser um país agrário para se industrializar, com todas as mudanças políticas e sociais resultantes abrindo caminho para o socialismo, a transformação da cidade e do campo, novas estruturas de classe e, finalmente, o sufrágio universal.

Strindberg escreveu 60 peças, além de romances, contos e ensaios. Inicialmente chamou atenção do público com o romance *O quarto vermelho*. É mais famoso pelas peças, particularmente pela tragédia *Senhorita Júlia*, encenada com frequência, que conta a história de uma relação nascida na noite do solstício de verão entre uma jovem de classe alta e o valete do pai, e suas terríveis consequências na sociedade claustrofóbica daquele tempo.

Strindberg descreve uma sociedade na qual a velha ordem está corroída, onde tudo se encontra no limbo de um mundo pós-Nietzsche em que Deus está morto. Os personagens são motivados pelos resistentes sentimentos de amor ou desejo que os deixam à beira da histeria, pois eles também fracassam em se mostrar buscas compensadoras – preocupações da moderna mente europeia. **CK**

"Superstição e preconceitos não podem ser extirpados de uma hora para a outra." – *Senhorita Júlia*

Principais obras

Romances

O quarto vermelho, 1879

Contos

Från Fjerdingen och Svartbäcken, 1877

Skärkarlslif, 1888

Peças

Den fredlöse, 1871

Mäster Olof, 1872

O pai, 1887

Senhorita Júlia, 1888

Rumo a Damasco (trilogia), 1898-1902

Gustaf Vasa, 1899

A dança da morte, 1900

O sonho, 1903

Sonata dos espectros, 1907

1840–59

ACIMA: Retrato do excêntrico escritor sueco August Strindberg, tirado em 1881.

GUY DE MAUPASSANT

Nascimento: Henri René Albert Guy de Maupassant, 5 de agosto de 1830 (Château de Miromesnil, Normandia, França). Morte: 6 de julho de 1893 (Paris, França).

Estilo e gênero: O francês Maupassant foi um contista do século XIX conhecido pelo estilo econômico e pelo dom para a observação social.

Principais obras

Romances
Uma vida, 1883
Bel-Ami, 1885
Pedro e João, 1888
Contos
"Bola de Sebo", 1880
Les Soirées de Médan, 1880
A pensão Tellier, 1881
Mademoiselle Fifi, 1882
Poesia
De Vers, 1880

Guy de Maupassant costuma receber o crédito pela invenção do conto na França. Guiado por Gustave Flaubert, Maupassant desenvolveu seu próprio método de descrições econômicas para contar uma história, geralmente criando um retrato social dos protagonistas diante de personagens e pressões contrastantes. A hipocrisia, em particular, era um atributo que ele identificava e desprezava nas variadas camadas sociais da França de seu tempo.

Em 1870, Maupassant lutou na Guerra Franco-Prussiana, que depois se tornaria o cenário de "Bola de Sebo", conto publicado em 1880, com sucesso retumbante. A história acompanha a viagem de um grupo de normandos de variadas classes sociais, durante a guerra. Bola de Sebo faz parte do grupo. É uma cortesã excessivamente rechonchuda, mas agradável e de bom coração, usada e depois descartada pelos hipócritas companheiros de viagem. Durante toda a trama, Maupassant permanece crítico, questionando as crenças religiosas, morais e sociais dos passageiros na carruagem, até expor seu comportamento egoísta e utilitário. Fortalecido pelos elogios unânimes a essa obra curta mas astuciosa, Maupassant começou a escrever copiosamente e a ganhar a vida produzindo muitos volumes com contos sucintos e populares. O primeiro foi o elogiado *A pensão Tellier,* seguido por outras coletâneas, além de um punhado de romances bem recebidos, principalmente *Pedro e João.* Maupassant era tomado pelo medo da doença e da morte e desenvolveu um intenso desejo de permanecer sozinho e a distância da sociedade que condenava. Por ter contraído sífilis na juventude, sua saúde física e mental deteriorou-se quando entrou na casa dos 40. Ironicamente, levando-se em conta o profundo interesse que nutria pela psiquiatria, Maupassant foi declarado insano em 1891. Foi o fim de um produtivo período de criação literária. **LK**

"O patriotismo é uma espécie de religião. É o ovo do qual nascem as guerras."

ACIMA: Retrato a óleo de Maupassant, feito por François N. A. Feyen-Perrin em 1876.

ROBERT LOUIS STEVENSON

Nascimento: Robert Lewis Balfour Stevenson, 13 de novembro de 1850 (Edimburgo, Escócia). Morte: 3 de dezembro de 1894 (Vailima, Samoa).

Estilo e gênero: O escocês Stevenson, romancista e poeta, também escreveu livros para crianças, ensaios, contos e não ficção.

Robert Louis Stevenson foi um aventureiro e viajante com profundo senso romântico, e são essas qualidades que aparecem em seus romances para adultos e crianças. Também foram essas características que o levaram a cair em desgraça, do ponto de vista literário, nos anos que se seguiram à Primeira Guerra Mundial, quando suas obras passaram a ser consideradas excessivamente frívolas. Apenas recentemente o escritor foi reavaliado e teve reconhecido o verdadeiro mérito de seus textos muito ecléticos e imaginativos.

Stevenson estudou engenharia na Universidade de Edimburgo antes de cursar Direito, mas, apesar de ter concluído o curso, nunca exerceu a profissão. Começou a viajar com frequência, um pouco motivado pela busca de um clima mais moderado e menos severo para seus pulmões doentes, mas também animado pelo espírito aventureiro. Visitou a França muitas vezes e foi bem recebido nos círculos literários e artísticos daquele país. Suas primeiras obras publicadas foram escritos de viagem, como *An Inland Voyage*, que contava os detalhes de sua viagem de Antuérpia até o norte da França, de canoa.

Em 1876, Stevenson conheceu Fanny Vandegrift Osbourne, uma americana casada. Ele a seguiu até os Estados Unidos. Ela se divorciou e, em 1880, os dois se casaram. Entre 1880 e 1887, o casal perambulou pela Inglaterra junto com os filhos de Fanny, período em que Stevenson escreveu suas obras mais conhecidas, *A ilha do tesouro* e *O médico e o monstro*. Depois da morte do pai do escritor, em 1887, voltaram para os Estados Unidos e, no ano seguinte, zarparam para o sul do Pacífico. Finalmente, em 1890, o escritor comprou um espaçoso terreno em Upolu, uma das ilhas de Samoa, e começou a construir uma casa. Tornou-se popular entre os moradores da região, cujos direitos defendia. Depois de sua morte, em 1894, ele foi enterrado próximo ao monte Vaea, de frente para o mar. **TP**

"Não há dever mais subestimado do que o dever de ser feliz."

Principais obras

Romances

A ilha do tesouro, 1883

O médico e o monstro, 1886

Raptado, 1886

O morgado de Ballantrae, 1889

Catriona, 1893

Weir of Hermiston, 1896 (inacabado)

Poesia

Um jardim de poemas infantis, 1885

Sobre viagens

An Inland Voyage, 1878

Travels with a Donkey in the Cévennes, 1879

The Silverado Squatters, 1883

1840–59

ACIMA: Fotografia em sépia de Stevenson, tirada na década de 1880.

LEOPOLDO ALAS

Nascimento: Leopoldo Alas y Ureña, 25 de abril de 1852 (Zamora, Espanha). Morte: 13 de junho de 1901 (Orviedo, Espanha).

Estilo e gênero: Alas escreveu sobre o isolamento físico e psicológico, e a busca de um significado mais profundo na vida em estilo cortante e provocante.

Principais obras

Romances

La Regenta, 1884-1885

Su único hijo, 1890

Doña Berta, 1892

¡Adiós, Cordera!, 1892

O Senhor e o resto são histórias, 1893

Cuentos Morales, 1896

El Gallo de Sócrates, 1900

Ensaios

Solos de Clarín, 1881

La literatura en 1881, 1882

Sermón perdido, 1885

Nueva campaña, 1887

Ensayos y revistas, 1892

Embora tivesse estudado Direito e mantivesse o cargo de professor desse curso e do de economia política na Universidade de Orviedo até sua morte, Leopoldo Alas ficou mais famoso pelas críticas literárias e por sua atuação no jornalismo. Geralmente sob o pseudônimo de Clarín, publicou milhares de artigos sobre ficção, poesia e teatro em jornais e revistas nacionais, conquistando muito respeito e temor por causa de sua língua ferina. A defesa do naturalismo literário, do anticlericalismo e do liberalismo feita por Alas nesses *paliques* (tagarelices) lhe grangeou muitos inimigos.

Além desses artigos, que acabaram sendo reunidos em 30 volumes sob o nome *Solos de Clarín*, Alas escreveu diversos romances. Os dois mais importantes, que figuram entre os maiores romances espanhóis do século XIX, são *La Regenta* e *Su único hijo*. *La Regenta* descreve uma mulher enredada pelo amor negligente do marido, vitimizada e rejeitada como forasteira na sociedade da Restauração, época misógina e de ideias estreitas. O declínio físico e psicológico de Ana Ozores – frequentemente chamada de "a Madame Bovary espanhola" – espelha aquilo que Alas pensava a respeito dos males e da degeneração de seu país. Em *Su único hijo*, Alas explora com sensibilidade a insatisfação do protagonista com o casamento e a vida em geral. O título se refere ironicamente às dúvidas do personagem sobre a paternidade de seu único filho, que ele não sabe se é mesmo dele ou se é de sua esposa com outro homem. Esses romances empregam técnicas como o monólogo interior ou o estilo indireto livre e costumam ser chamados, talvez erradamente, de naturalistas. Neles, a ênfase está mais no tumulto interior e no questionamento psicológico do que nos aspectos físicos e comportamentais dos personagens. Às vezes indecifráveis, essas obras de ficção parecem ao mesmo tempo encorajar a busca por Deus e a busca pelo humanismo. **REM**

"Aquele que prova tudo na vida a esvazia."
— *El Gallo de Sócrates*

ACIMA: Retrato do jovem Alas, cujas opiniões fortes lhe conquistaram muitos inimigos.

ARTHUR RIMBAUD

Nascimento: Jean Nicholas Arthur Rimbaud, 20 de outubro de 1854 (Charleville, França). Morte: 10 de novembro de 1891 (Marselha, França).

Estilo e gênero: Dissidente e vagabundo, levou uma vida extravagante, produzindo versos subversivos. Ganhou a reputação de *enfant terrible*.

A movimentada vida de Rimbaud é obscurecida por uma espessa camada de boatos, especulações e polêmicas. Sua considerável reputação se mantém graças ao minúsculo conjunto de obras que ele produziu dos 16 aos 19 anos. Estudante brilhante, logo ficou indócil com o convencionalismo da mãe e das raízes burguesas provincianas, fugindo de casa diversas vezes. Em uma dessas expedições, ele talvez tenha participado rapidamente da Comuna de Paris de 1871. Mais conhecido é o fato de ter se tornado amante de Paul Verlaine, poeta mais velho, com quem teve um caso violento e tempestuoso que terminou quando Verlaine o atingiu na mão com um tiro de pistola.

A aparência surrada de Rimbaud, seu comportamento ultrajante e a iconoclastia costumavam escandalizar aqueles com quem entrava em contato durante as viagens pela Europa, mas, após o rompimento com Verlaine, ele foi mais além, primeiro até o Oriente Médio e depois para a Abissínia. A essa altura, já havia abandonado os esforços literários há muito tempo e procurava ganhar dinheiro como comerciante e vendedor de armas. Voltou para a França apenas depois que ficou doente, com câncer, e morreu aos 37 anos, em 1891, seis meses depois de amputar uma das pernas.

Embora pouco conhecidos enquanto Rimbaud estava vivo, seus textos tiveram um grande impacto em sucessivas gerações de escritores e são considerados por muitos uma antecipação do surrealismo das décadas de 1920 e 1930. A poesia rejeita o modo clássico e é dissonante ao empregar disparatados níveis de linguagem, diferentes tons e registros, um tratamento subversivo dos temas clássicos e termos chulos. Em "Vénus Anadyomène", por exemplo, a deusa do amor é transformada em uma mulher gorda e feia que ao deixar um banho de imundícies permite ao leitor vislumbrar a úlcera em seu ânus. **GM**

"Juventude ociosa, submissa... Por delicadeza, perdi minha vida."

Principais obras

Poesia

"Vénus Anadyomène", 1870

"O barco ébrio", 1871

Uma temporada no inferno, 1873

Iluminuras, 1886

Cartas

Lettres, 1899

1840–59

ACIMA: Imagem de Arthur Rimbaud aos 17 anos.

OSCAR WILDE

Nascimento: Oscar Fingal O'Flahertie Wills Wilde, 16 de outubro de 1854 (Dublin, Irlanda). Morte: 30 de novembro de 1900 (Paris, França).

Estilo e gênero: Dramaturgo, romancista, poeta, esteta, ativista e autor de contos, Wilde foi famoso pela decadência e pela sagacidade sem paralelos.

Embora a vida particular de Oscar Wilde por vezes pareça obscurecer sua obra, não se coloca em questão seu talento literário e sua sagacidade sem paralelos. Até ser preso em 1895, por "atentado ao pudor", o irlandês Wilde era um dos principais luminares da literatura britânica, famoso pelas peças, pelo estilo decadente de se vestir, pelo hedonismo e pela filosofia estética. Depois de dois anos na cadeia, estava falido e banido da sociedade. Passou o resto da vida no exterior, até acabar vivendo no Hotel d'Alsace, em Paris, sob o pseudônimo de "Sebastian Melmoth". A vida na cadeia e a sentença de "trabalhos forçados" deixaram marcas na saúde do escritor, que morreu aos 46 anos, apenas três anos depois de ser libertado.

Wilde veio de uma família anglo-irlandesa da classe alta e estudou os clássicos no Trinity College, em Dublin, e no Magdalen College, em Oxford, onde se envolveu com o movimento estético. Em 1879, mudou-se para Londres e começou a ser requisitado para dar palestras sobre estética em seu país e no exterior.

A poesia de Wilde foi publicada pela primeira vez em 1881, dando início a uma década produtiva em que escreveria contos parecidos com contos de fadas (como *O príncipe feliz)*, peças populares satirizando os costumes e a hipocrisia da sociedade vitoriana (como *O leque de lady Windermere*) e seu único romance, *O retrato de Dorian Gray*, que causou polêmica por sua temática homoerótica.

Embora fosse casado e tivesse dois filhos, Wilde teve uma série de casos homossexuais. O mais famoso foi com lorde Alfred Douglas, cujo pai (o nono marquês de Queensberry) mandou prender Wilde. A sequência de julgamentos (em que Wilde defendeu o amor entre iguais) resultou em sua prisão.

A última obra do escritor a ser publicada, *De Profundis*, é baseada em uma carta escrita para Alfred Douglas durante a temporada na prisão. O título se refere ao salmo 130 da Bíblia e quer dizer "Das Profundezas". Nele, Wilde fala de sua vida, da humilhação durante o processo, do sofrimento na prisão e das crenças religiosas. **CK**

Principais obras

Romance
O retrato de Dorian Gray, 1890
Contos
O fantasma de Canterville, 1887
O príncipe feliz, 1888
O crime de Lord Arthur Savile, 1891
Peças
O leque de lady Windermere, 1892
Salomé, 1893 e 1894
Uma mulher sem importância, 1893
Um marido ideal, 1895
A importância de ser prudente, 1895
Poesia
Poems, 1881
A esfinge, 1894
A balada do cárcere de Reading, 1898
Ensaios
A alma do homem sob o socialismo, 1891
De Profundis, 1905

ACIMA: Retrato de Wilde tirado em 1882, durante a viagem do poeta aos EUA.

À DIREITA: "O clímax", ilustração de Aubrey Beardsley para *Salomé*, peça de Wilde.

GEORGE BERNARD SHAW

Nascimento: 26 de julho de 1856 (Dublin, Irlanda). Morte: 2 de novembro de 1950 (Ayot St. Lawrence, Hertfordshire, Inglaterra).

Estilo e gênero: Shaw foi um dramaturgo conhecido pelo humor ácido, as insinuações políticas, os personagens femininos bem acabados e os finais infelizes.

Filho de um alcoólatra e de uma cantora profissional, o jovem George Bernard Shaw cresceu gago e com pouca confiança em si mesmo. Quando estava com 16 anos, a mãe partiu e mudou-se para Londres. Ele a seguiu mais tarde e viveu com ela até completar 42 anos. Muitos de seus enredos giram em torno de relacionamentos disfuncionais, geralmente entre pais e filhos.

Shaw começou como crítico de teatro e de artes antes de se transformar em um dos mais destacados dramaturgos de todo o mundo e inspiração para a expressão "sagacidade digna de Shaw". Vegetariano convicto, abstêmio e socialista, costumava ser visto por seus contemporâneos como metido a santo e cheio de bazófia. Porém, teve um círculo fascinante e eclético de amigos, como o líder do Exército Republicano irlandês Michael Collins, as atrizes Ellen Terry e Senhora Patrick Campbell, lorde Alfred Douglas (amante de Oscar Wilde) e a filha de Charles Dickens, Kate Perugini – que chegou a chamá-lo de "Shernard Bore". Orador frequente no Speaker's Corner, em Londres, ele defendia fervorosamente a emancipação feminina e a independência da Irlanda. Também fazia campanha para que homens e mulheres recebessem salários idênticos. Esses temas aparecem com frequência em seus textos.

As peças de Shaw incluem *A profissão da senhora Warren*, olhar benevolente sobre a prostituição, e *Pigmaleão*, mais conhecida por ter servido de inspiração para o filme *My Fair Lady* (que termina com o final feliz que Shaw havia negado). Em 1884, com Beatrice Potter e Sidney Webb, fundou a Sociedade Fabiana. Em 1925, ganhou o Prêmio Nobel de Literatura e, em 1938, um Oscar pela filmagem de *Pigmaleão* [sic]. Em 1898, casou-se com uma irlandesa rica, Charlotte Payne-Townsend. O indomável escritor morreu aos 94 anos, após cair de uma escada enquanto podava uma árvore. Na época, estava na metade de uma nova peça. **LH**

Principais obras

Peças

A profissão da senhora Warren, 1893
Arms and Men, 1894
Cândida, 1894
O homem do destino, 1895
César e Cleópatra, 1898
Homem e super-homem, 1903
Major Bárbara, 1905
Pigmaleão, 1913
Santa Joana, 1923

Não ficção

Fabian Essays in Socialism, 1889
The Inteligent Woman's Guide to Socialism and Capitalism, 1912
Everybody's Political What's What, 1944

> "Um governo que rouba Pedro para pagar a Paulo pode sempre contar com o apoio de Paulo."

ACIMA: *Retrato de George Bernard Shaw quando jovem*, em pastel, de Louise Jopling.

À DIREITA: Shaw fala em protesto contra a visita do czar da Rússia em 1909.

1840–59

JOSEPH CONRAD

Nascimento: Józef Teodor Konrad Korzeniowski, 3 de dezembro de 1857 (Berdichev, Ucrânia). Morte: 3 de agosto de 1924 (Canterbury, Inglaterra).

Estilo e gênero: Conrad, como romancista, caminhava no fio da navalha que separava as certezas morais do século XIX e o desespero existencial do século XX.

Principais obras

Novela

No coração das trevas, 1902

Romances

Lord Jim, 1900

Nostromo, 1904

O agente secreto, 1907

Sob os olhos do Ocidente, 1911

Causa espanto saber que Conrad aprendeu inglês apenas após os 21 anos. Também começou a escrever tarde. Passou 16 anos trabalhando como marinheiro antes de publicar o primeiro livro, *A loucura do Almayer*, em 1895.

As experiências de Conrad no mar formaram a base de boa parte de sua ficção, especialmente da novela *No coração das trevas,* inspirada por sua própria desastrosa jornada subindo o rio Congo. O livro – que ganhou nova vida na adaptação livre de Francis Ford Coppola para o cinema, *Apocalypse Now* (1979) – permanece uma investigação surpreendentemente poderosa e visionária dos perigos do colonialismo, da hipocrisia da humanidade e da natureza fugaz de qualquer verdade objetiva e comunicável. Esses temas voltam a aparecer em todos os textos de Conrad, resultado da sua perseverança apesar dos problemas de saúde e da falta de sucesso comercial. Porém, conseguiu impressionar muitos de seus colegas do mundo das letras, como H. G. Wells, Henry James e Ford Madox Ford, com quem trabalhou.

Eles talvez tenham reconhecido Conrad como um autor adiante de seu tempo. Suas melhores obras – *Lord Jim*, *O agente secreto,*

ACIMA: Fotografia sem data de Joseph Conrad na Inglaterra.

À DIREITA: Cena de *Apocalypse Now* (1979), filme livremente baseado em *No coração das trevas*.

O parceiro secreto – lidam com homens que, em meio a uma crise, devem tomar uma decisão moral com consequências drásticas. Nos primeiros romances, de temas marítimos, tais escolhas geralmente contrariam o código não escrito do mar. Mas Conrad também sugere que o código é inviável – e até tolo – em um tempo em que o capitalismo, a anarquia e o relativismo moral avançavam. A abordagem pessimista ainda é mais marcante nos últimos romances, mais políticos, como *Nostromo* e *Sob os olhos do Ocidente*. Ambos lidam com revoluções e revolucionários, porém são notavelmente despidos de idealismo – ou de finais felizes.

Toda essa confusão é refletida pelo estilo febril de narrativa do autor, que antecipa experiências do modernismo como os narradores múltiplos e a sequência de eventos não linear. Ao comentar o assunto, E. M. Forster afirmou que os textos de Conrad eram "nebulosos por dentro e por fora", mas é justamente esta característica – a revelação de que não existe uma verdade ou um sentido final, único e palpável – que faz com que novos leitores continuem a buscar a obra de Conrad mais de 100 anos depois de ter sido escrita. **COG**

ACIMA À ESQUERDA: Foto de Conrad e sua mulher em casa, com seu filho John.

À DIREITA: Charge de 1904 de Henry James e Joseph Conrad, por Max Beerbohm.

Sombras negras

Em 1977, Chinua Achebe escreveu um ensaio em que chamava Conrad de racista e qualificava *No coração das trevas* de "ofensivo e deplorável" no tratamento dos negros africanos. Foi o início de um debate que perdura até hoje, alimentado pelos avanços da teoria pós-colonial. Certamente o leitor moderno pode não concordar com boa parte do conteúdo, mas está claro que Conrad tem uma opinião ainda pior dos colonizadores brancos. Em seu primeiro romance, ele criou um contraste entre a "sinceridade selvagem" dos malaios e "a hipocrisia refinada" dos europeus. Isso não é exatamente racismo, mas um ceticismo penetrante. Em outras palavras, somos maus uns para os outros.

SELMA LAGERLÖF

Nascimento: 20 de novembro de 1858 (Mårbacka, Suécia). Morte: 16 de março de 1940 (Mårbacka, Suécia).

Estilo e gênero: Lagerlöf foi a primeira mulher a ganhar o Prêmio Nobel de Literatura, merecido por sua imaginação fértil e percepção espiritual.

Principais obras

Romances

A saga de Gösta Berling, 1891
Osynliga länkar, 1894
Os milagres do anticristo, 1897
Jerusalém, 1901-1902
A maravilhosa viagem de Nils Holgersson, 1906
Löwensköldska ringen, 1925
Charlotte Löwensköld, 1925
Anna Svärd, 1928

1840–59

A obra de Selma Lagerlöf se encontra impregnada pelos mitos e pelas lendas nórdicas e pela paisagem do norte da Suécia. O primeiro romance, *A saga de Gösta Berling*, é uma obra-prima do romantismo sueco. Lagerlöf começou a escrevê-lo enquanto trabalhava como professora. Inscreveu os primeiros capítulos em um concurso literário e ganhou como prêmio um contrato para publicação. O romance passou despercebido na Suécia até que uma tradução dinamarquesa posterior foi bem recebida pelos críticos. *A saga de Gösta Berling* então se transformou em um enorme sucesso na Suécia e permanece até hoje como sua obra mais popular.

Como a maioria dos romances de Lagerlöf, *A saga de Gösta Berling* é uma descrição lírica da vida na Suécia do século XIX e apresenta uma ampla gama de personagens. Ela se inspira em mitos e lendas para narrar a trajetória de Gösta Berling, um religioso desgraçado pela bebida que se junta a um grupo de 12 cavaleiros. Berling acaba se apaixonando por uma mulher chamada Elizabeth e obtém sua redenção.

ACIMA: Fotografia de Lagerlöf tirada em 1909, ano em que ganhou o Prêmio Nobel.

À DIREITA: Cena de *Herr Arnes Pengar*, de 1919, baseado em romance de Selma Lagerlöf.

O sucesso do livro, junto com o apoio da Academia Sueca e da família real, permitiu que Lagerlöf largasse a carreira de professora e pudesse se dedicar apenas à literatura. Em 1897, viajou para a Itália, onde escreveu *Os milagres do anticristo*, sobre a vida na Sicília. Depois de uma viagem ao Egito e à Palestina em 1900, publicou *Jerusalém*, inspirado na história real de um grupo de camponeses suecos que emigrou para a Terra Santa. Em 1906, Lagerlöf criou a obra que lhe conquistaria fama internacional, o livro infantil *A maravilhosa viagem de Nils Holgersson*.

Em 1909, tornou-se a primeira sueca e a primeira mulher a receber o Prêmio Nobel de Literatura. Continuou a produzir e, nos anos 1920, publicou a trilogia Varmland, composta por *Löwensköldska ringen*, *Charlotte Löwensköld* e *Anna Svärd*. Com o início da Segunda Guerra Mundial, Lagerlöf ajudou um punhado de escritores alemães a escapar dos nazistas, facilitando a obtenção de vistos suecos. Doou a medalha do Nobel para a Finlândia, para ajudar seu povo durante o bloqueio da União Soviética. Morreu de um derrame em 1940. **HJ**

ACIMA: A mais famosa escritora da Suécia, Selma Lagerlöf, em seu escritório.

Mágica jornada

A obra mais amada de Selma Lagerlöf é *A maravilhosa viagem de Nils Holgersson*. Escrito originalmente com o objetivo de ser um livro de geografia para as escolas suecas, ele conta a história de Nils Holgersson, menino travesso que encolhe até ficar do tamanho de um duende e voa, na garupa de um ganso, por toda a Suécia. A história explora a geografia, a natureza e o clima do país e, por meio de uma série de aventuras perigosas e alegres, Nils aprende sobre a natureza da amizade e do bem antes de voltar para casa e reencontrar os pais. É tão popular que o personagem Nils Holgersson aparece nas notas suecas de 20 coroas.

ARTHUR CONAN DOYLE

Nascimento: Arthur Ignatius Conan Doyle, 22 de maio de 1859 (Edimburgo, Escócia). Morte: 7 de julho de 1930 (Windlesham, Sussex, Inglaterra).

Estilo e gênero: É reverenciado pela imaginação fértil, pelas imagens inspiradas em Edgar Allan Poe, pelas descrições atmosféricas e por seus ousados contos de aventura.

Principais obras

Romances

Sherlock Holmes

Um estudo em vermelho, 1887

O signo dos quatro, 1890

As aventuras de Sherlock Holmes, 1892

O cão dos Baskerville, 1902

O vale do terror, 1915

The Surgeon of Gaster Fell, 1885

The Mistery of Cloomber, 1889

O mundo perdido, 1912

Peças

As aventuras de Gerard, 1910

The House of Temperley, 1912

Não ficção

The Great Boer War, 1900

The Roman Catholic Church. A Rejoinder, 1929

Arthur Conan Doyle, criador de Sherlock Holmes, é menos famoso do que o personagem que inventou. Seu detetive violinista, consumidor de cocaína, é uma "marca" reconhecida internacionalmente – ironia que não passaria despercebida a Conan Doyle, que desejava ser levado a sério como homem de letras. Ele também escreveu obras de não ficção, ensaios, romances e outra série com dois personagens que esperava que se tornassem tão famosos quanto Holmes, mas nada foi tão bem recebido quanto seus romances policiais. Mesmo quando recebeu o título de cavalheiro por seu trabalho como médico na Guerra dos Bôeres, correram boatos de que a honraria havia sido concedida porque o rei era fã de Sherlock Holmes.

Conan Doyle atribuiu sua imaginação aos "contos vibrantes" da mãe, uma forma de escapulir da vida com o pai alcoólatra. Enquanto estudava medicina, Conan Doyle começou a escrever contos. Viajou ao Ártico, à África e à Europa antes de abrir o consultório em Londres, escrevendo sem parar. Em 1888, *Um estudo em vermelho* apresentou Sherlock Holmes, inspirado em um antigo professor de Conan Doyle, o Dr. Joseph Bell. O companheiro de Holmes, Dr. Watson, era o alter ego do escritor – por vezes, ele chegou a assinar autógrafos em nome do "Dr. John Watson".

Em 1906, Louisa, esposa de Doyle, morreu de tuberculose e em 1907 ele se casou com uma mulher por quem era apaixonado por muitos anos. Porém a morte de Louisa o fez cair em depressão e o levou a se interessar pelo espiritismo. Tornou-se membro e orador da Sociedade de Pesquisa Psíquica. Rejeitado para o serviço ativo na Primeira Guerra Mundial, Conan Doyle imaginou invenções que ajudariam aqueles servindo em terras distantes. A guerra matou muitos de sua família, incluindo o único filho. Ele se retirou para um mundo de espiritualismo e crença em fadas, hostilizando a Igreja católica e a imprensa, que ridicularizavam suas convicções. **LH**

"Como regra... quanto mais uma coisa é bizarra, menos misteriosa ela tende a ser."

ACIMA: Foto do escritor escocês Arthur Conan Doyle em 1925.

KNUT HAMSUN

Nascimento: Knut Pedersen, 4 de agosto de 1859 (Vågå, Gudbrandsal, Noruega). Morte: 19 de fevereiro de 1952 (Nørholm, Noruega).

Estilo e gênero: Escritor norueguês que ganhou o Prêmio Nobel, Hamsun perdeu muitos leitores por seu apoio ao nazismo durante a Segunda Guerra Mundial.

Nascido no interior da Noruega, a independência de espírito de Hamsun ficou evidente desde cedo. Ele raramente ia à escola, preferindo os ares e as paisagens das imediações da fazenda no norte do país, para onde a família havia se mudado. O nome da fazenda era Hamsund. Tão importante foi seu papel na vida do escritor que ele mudou seu próprio nome. Saiu de casa jovem e, aos 16 anos, tornou-se aprendiz de um fabricante de cordas. Aos 20 anos, escreveu uma novela, *Frida*, mas não conseguiu publicá-la. Com pouco dinheiro e sem amigos, Hamsun atravessou uma fase em que praticamente não tinha o que comer, experiência que serviria de base para sua obra mais importante, o romance *Fome*, de 1890.

Aos 23 anos, Knut Hamsun viajou para os Estados Unidos, onde teve diferentes empregos, entre eles os de lenhador e leiloeiro. Recebeu o diagnóstico de tuberculose terminal e foi devolvido à Noruega – mas não antes de se curar da doença (segundo alegava), pendurando a cabeça para fora da janela de um trem.

Apesar dos progressos da sua saúde, o sucesso literário permaneceu distante. Mais dois anos de extrema pobreza se seguiram. Foi preciso outra viagem para os Estados Unidos, e mais uma para Copenhague, até que *Fome* fosse finalmente publicado. Foi um sucesso instantâneo e estrondoso, sinalizando uma reviravolta na sorte de Hamsun que chegou ao auge com *Os frutos da terra*, em 1917, e o Prêmio Nobel em 1920. Naquela época, foi uma premiação popular. Mas, em 1943, Hamsun presenteou a medalha ao ministro de propaganda nazista Josef Goebbels, atitude que gerou intensas críticas. Ele continuou a escrever até ficar senil e morreu aos 93 anos, na Noruega. Era um pária político cujos prodigiosos feitos literários não puderam ocultar as deficiências pessoais. **PS**

"Se algo de bom acontece, é a Providência. Se algo de mau acontece, é o destino."

Principais obras

Romances

Fome, 1890
Mysterier, 1892
Ny jord, 1893
Ved Rigets Port, 1895
Um vagabundo toca em surdina, 1909
Filhos da época, 1913
Os frutos da terra, 1917
Konerne ved Vandposten, 1920
Siste Kapitel, 1923
Os vagabundos, 1927
Augusto, 1930
Men Livet lever, 1933
Ringen sluttet, 1936
På gienngrodde Stier, 1949

ACIMA: Retrato de Knut Hamsun em 1914, no auge da fama.

1840–59

ANTON TCHÉKOV

Nascimento: Anton Pavlovich Tchékov, 29 de janeiro de 1860 (Taganrog, Rússia). Morte: 15 de julho de 1904 (Badenweiler, Alemanha).

Estilo e gênero: Suas peças trágicas e tragicômicas e histórias retratam dramas domésticos da vida provinciana, concentrando-se nas emoções dos personagens.

Principais obras

Contos

Sumerkakh, 1887

Minha vida, 1896

O homem no estojo, 1898

A dama do cachorrinho, 1899

Peças

Ivánov, 1888

A gaivota, 1896

Tio Vânia, 1899

As três irmãs, 1900

O jardim das cerejeiras, 1904

1860–79

Anton Tchékov foi um dos dramaturgos do século XIX que conduziram o teatro à modernidade. Desprezando o melodrama e a ação, produziu obras que se concentravam na vida emocional dos protagonistas, em cenários domésticos, que influenciariam autores do século XX como Tennessee Williams e Eugene O'Neill.

Nasceu na Rússia quando ainda havia o poderio do czar, mas depois do fim da servidão. A Revolução de Outubro estava no ar. Tchékov era filho de um antigo servo que havia se transformado em dono de uma mercearia e que mais tarde ficaria arruinado. Integrante de uma classe média emergente, Tchékov estudou medicina, carreira que viria a seguir, ao mesmo tempo que escrevia esquetes para os jornais, que ajudavam a pagar seus estudos. O trabalho fez com que entrasse em contato com camponeses e nobres, ambos nivelados pela doença. Essa percepção da natureza humana e a atitude filantrópica nortearam sua obra.

Tchékov foi um prolífico autor de contos, porém é mais famoso pelas peças, especialmente *A gaivota*, *Tio Vânia*, *As três irmãs* e *O jardim das cerejeiras*. Elas têm como tema o tédio da vida nas províncias e a decadência da burguesia arrasada pela frustração e, com frequência, por amores não correspondidos. Tchékov começou a escrever peças depois de ganhar um prêmio pelo conto *Sumerkakh* e ser contratado para escrever a peça *Ivánov*, um imenso sucesso. Hoje consagrada, *A gaivota* não foi bem recebida na noite de estreia. Foi vaiada pela plateia e arrasada pelos críticos. Tchékov chegou a jurar nunca voltar a escrever para o teatro. Pouco mais de um ano depois, o importante diretor Constantin Stanilavski montou a peça. Foi um sucesso retumbante. Também dirigiu as últimas peças de Tchékov, supervisionando a visão teatral do conjunto. **CK**

"A medicina é minha legítima esposa; a literatura, minha amante." – Carta para A. S. Suvorin, 1888

ACIMA: Detalhe de uma pintura a óleo de Tchékov feita por Osip. E. Braz.

RABINDRANATH TAGORE

Nascimento: 7 de maio de 1861 (Calcutá, Índia). Morte: 7 de agosto de 1941 (Calcutá, Índia).

Estilo e gênero: Tagore foi dramaturgo, poeta, romancista, compositor e pintor. O uso inovador do bengali coloquial criou obras plenas de lirismo.

Ganhador do Prêmio Nobel de Literatura em 1913, Rabindranath Tagore foi um raro exemplo de autor indiano muito lido e admirado no Ocidente. Nasceu em uma família rica e influente de Calcutá e, na infância, aprendeu sânscrito e inglês, bem como bengali, sua língua natal. Começou a escrever poesia ainda menino, estudou por pouco tempo na Inglaterra e em 1890 publicou *Manasi*, coletânea de poemas que causou boa impressão. A partir de 1891, passou 10 anos administrando a propriedade da família na região então conhecida como Bengala Oriental e aprendeu muito com os camponeses locais, com suas vidas, alegrias e tristezas, elementos que influenciariam seus versos e contos (alguns adaptados para o cinema por Satyajit Ray). Também musicou seus poemas, escreveu peças, romances e ensaios. Mais tarde, começaria a pintar.

Tagore rompeu a tradição bengali clássica ao usar a linguagem cotidiana, coloquial e abandonar os tradicionais modelos em sânscrito. As traduções de suas obras para o inglês, feitas por ele mesmo, lhe renderam muitos admiradores no Ocidente, entre eles W. B. Yeats e André Gide. A esposa e dois de seus filhos morreram no início do século XX, acontecimentos que imbuíram de uma tristeza profunda sua obra tardia. Ele acreditava que o que havia de melhor nas tradições culturais indiana e ocidental poderia se harmonizar em prol da união mundial e, em 1901, fundou uma escola e mais tarde uma universidade chamada "Morada da Paz" em Bengala Ocidental, para perseguir esse ideal. Morou na escola até 1921, mas passou boa parte do tempo na Europa e nas Américas, lendo poemas, fazendo palestras e defendendo com eloquência a independência da Índia. Foi feito cavaleiro do Império Britânico em 1915, mas renunciou ao título quatro anos depois, em protesto contra o massacre de Amritsar, quando indianos foram vítimas das tropas britânicas. **RC**

"Não erguemos as mãos para o vazio pedindo o impossível." – *O jardineiro*

Principais obras

Romances

The Broken Nest (Nastanirh), 1901

The Home and the World (Ghôre Baire), 1916

Contos

The Beggar Woman (Bhikarini), 1877

A fugitiva, 1895

Peças

Valmiki (The Genius of Valmiki), 1881

Sacrifice (Visajan), 1890

Poesia

The Ideal One (Manasi), 1890

The Golden Boat (Sonar Tari), 1894

O Gitanjali, 1912

O jardineiro, 1913

Colheita de frutos, 1916

ACIMA: Fotografia de 1930 de Tagore, aos 69 anos.

1860–79

ITALO SVEVO

Nascimento: Aron Ettore Schmitz, 19 de dezembro de 1861 (Trieste, Itália). Morte: 13 de setembro de 1928 (Motta di Livenza, Treviso, Itália).

Estilo e gênero: Primeiro romancista modernista da Itália, também escreveu peças e contos com prosa espirituosa e personagens narcisistas e introspectivos.

Principais obras

Romances

Uma vida, 1892

Senilidade, 1898

A consciência de Zeno, 1923

Una burla riuscita, 1928

Conto

A novela do bom velho e da bela mocinha, 1929

Dos grandes temas da literatura do século XIX, a incompetência foi o mais bem desenvolvido nos romances de Italo Svevo. A incompetência no sentido de total incapacidade em reagir ao comportamento rude das pessoas nos negócios, e no fracasso em lidar com a malícia de forma geral, seja em assuntos emocionais, sexuais ou de qualquer outra natureza. Os personagens de Svevo são distraídos, fascinados pelas pequenas coisas da vida. Todos os protagonistas se superam na arte de se fazerem de tolos, mas isso não é uma crítica – a rejeição de Svevo à eficiência e aos protagonistas bem definidos e seguros criou personagens permanentemente indecisos e, por isso mesmo, capazes de saborear a vida em um nível profundo e autêntico. **FF**

À DIREITA: Foto de 1892, mostrando Italo Svevo com as páginas de *Uma vida*.

ARTHUR SCHNITZLER

Nascimento: 15 de maio de 1862 (Viena, Áustria). Morte: 21 de outubro de 1931 (Viena, Áustria).

Estilo e gênero: Schnitzler foi um mestre da literatura sexualmente explícita, que tratava de temas como o amor e a morte na Viena hedonista do fim do século XIX.

Principais obras

Romances

Der Weg ins Freie, 1908

Breve romance de sonho, 1925

Conto

O tenente Gustl, 1900

Peças

Anatol, 1893

Leibelei, 1895

A ronda do amor, 1900

Professor Bernhardi, 1912

Filho de judeus de classe média, Arthur Schnitzler abandonou os estudos de medicina para se tornar escritor. Retratou a decadência da Viena do fim do século XIX em obras como *A ronda do amor* (*Der Reigen*), famosas pela franqueza sexual decorrente de sua própria vida privada. Mas a obra de Schnitzler trata de muito mais do que a simples busca pelo prazer. Ele se interessava pelas teorias de Sigmund Freud e foi um dos primeiros autores a empregar a técnica do fluxo de consciência em *O tenente Gustl*. Sua posição contra o antissemitismo frequentemente lhe rendeu censuras em um tempo em que os sentimentos antissemitas estavam em ascensão. Suas obras foram banidas quando o partido nazista chegou ao poder. **CK**

EDITH WHARTON

Nascimento: Edith Newbold Jones, 24 de janeiro de 1862 (Nova York, EUA). Morte: 11 de agosto de 1937 (Saint-Brice-sous-Forêt, Val-d'Oise, França).

Estilo e gênero: Wharton foi conhecida pelo interesse nos costumes e nas maneiras da elite americana e por seu profundo senso de ironia dramática.

Havia pouco que indicasse, na educação de Edith Newbold Jones, que ela seria capaz de atingir os surpreendentes píncaros a que chegou. Nascida de pais da classe ociosa – a família dela supostamente teria inspirado a expressão em inglês *"keeping up with the Joneses"* (manter o mesmo padrão de vida dos Jones) –, a infância de Edith se caracterizou pelos privilégios ímpares e pelas limitações de sua linhagem nova-iorquina. Sua profunda ambivalência em relação a esses aspectos, combinada com um casamento infeliz e sem sexo com Teddy Wharton em 1885 (de quem se divorciou em 1913), forneceu material e tema para a escritora.

Os maiores personagens de Wharton estão asfixiados pelos mesmos códigos sociais e pelo decoro que constituem sua casta privilegiada. Em *A casa da felicidade*, Lily Bart se vicia nos ornamentos da riqueza, à medida que recusa numerosas e lucrativas propostas de casamento, passa a ser gradualmente proscrita da classe ociosa. Termina em uma pensão barata, verdadeiramente assassinada pela cultura que a rejeitou. Wharton examina a mesma tensão, em um meio radicalmente diferente, em *Ethan Frome*, romance claustrofóbico que tem como cenário uma sórdida cidade da Nova Inglaterra. Ethan deseja partir com Mattie Silver, a antítese de Zeena, sua esposa rabugenta e doente; ainda assim, não consegue fazê-lo, principalmente por medo do que os vizinhos vão pensar.

"A única forma de não pensar em dinheiro é ter muito."

— *A casa da felicidade*

Wharton escreveu mais de 40 livros de ficção e não ficção e foi a primeira mulher a ganhar o Prêmio Pulitzer para ficção. Transitava no círculo literário, era amiga de Henry James e outros. Viajou muito e, depois do divórcio e de um caso tórrido, escolheu deixar os Estados Unidos e se mudar para a França. Durante a Primeira Guerra Mundial, Wharton participou ativamente visitando o front e trabalhando com refugiados que, por sua vez, inspiraram seus textos. Morreu na França aos 75 anos. **IW**

Principais obras

Romances

The Valley of Decision, 1902
A casa da felicidade, 1905
The Fruit of the Tree, 1907
Ethan Frome, 1911
The Custom of the Country, 1913
Sussuros de verão, 1917
A idade da inocência, 1920
The Glimpses of the Moon, 1922
Sono crepuscular, 1927
The Children, 1928

Não ficção

A Backward Glance, 1934
Life and I, 1990

ACIMA: Wharton na década de 1930, escritora conhecida por suas descrições da alta sociedade nova-iorquina.

GABRIELE D'ANNUNZIO

Nascimento: 12 de março de 1863 (Pescara, Itália). Morte: 1º de março de 1938 (Gardone Riviera, Bréscia, Itália).

Estilo e gênero: O italiano D'Annunzio foi poeta, dramaturgo e romancista ligado ao simbolismo, que causou polêmica com obras decadentes, violentas e sensuais.

A maior prova da complexa personalidade de "*Il Vate*", ou melhor, "O Bardo", título usado pelo próprio Gabriele d'Annunzio, é a casa onde ele passou os últimos anos de vida, o Vittoriale degli Italiani (Templo das Vitórias Italianas). O poeta, importante representante do simbolismo europeu, transformou sua casa em um templo do excesso. D'Annunzio era conhecido como uma espécie de Casanova contemporâneo e justificava a comparação com livros como *O prazer* e *O fogo*. Considerado escandaloso na época de seu lançamento, *O fogo* foi profundamente influenciado pelo conceito do *Übermensch* (Super-homem), de Friedrich Nietzsche, e também é uma perfeita descrição do erotismo aberto e abrangente. **FF**

Principais obras

Romances

O prazer, 1889

O intruso, 1892

O triunfo da morte, 1894

As virgens das rochas, 1895

O fogo, 1900

Peça

A cidade morta, 1899

Poesia

Primo Vere, 1879

Poema paradisiaco, 1893

CONSTANTINE P. CAVAFY

Nascimento: Constantine Petrou Photiades Cavafy, 17 de abril de 1863 (Alexandria, Egito). Morte: 29 de abril de 1933 (Alexandria, Egito).

Estilo e gênero: O mais recente dos poetas da tradição helenística influenciou a literatura grega e europeia com obras que tratavam de homossexualidade e nostalgia.

Nos poemas raivosos e elegíacos de Constantine P. Cavafy, como o famoso *À espera dos bárbaros*, ele previu a erradicação da comunidade grega de Alexandria, efetivada com a Segunda Guerra Mundial. Poucos dos poemas de Cavafy atingiram outro público além do círculo grego daquela cidade, com exceção da publicação de *Ítaca* na prestigiosa revista *Criterion*, de T. S. Eliot, em 1911. Ao recusar-se a entrar no mercado literário, Cavafy reverberava o classicismo de Eliot e Ezra Pound. Foram escritores como Thom Gunn, porém, que seguiriam o curso traçado por seu habilidoso casamento entre as esferas pessoal e política, em versos coloquiais e ao mesmo tempo clássicos sobre o desejo homossexual. Poucos escritores igualaram o dom de Cavafy de trazer para a contemporaneidade o mundo clássico. **SM**

Principais obras

Poesia

À espera dos bárbaros, 1904

Ítaca, 1911

Poemas de C. P. Cavafy, 1935 (publicação póstuma)

MIGUEL DE UNAMUNO

Nascimento: Miguel de Unamuno y Jugo, 29 de setembro de 1864 (Bilbao, Espanha). Morte: 31 de dezembro de 1936 (Salamanca, Espanha).

Estilo e gênero: Unamuno foi ensaísta, romancista, poeta e filósofo e explorou a tensão vigorosa e angustiante entre a razão e a fé.

Escritor político e filosófico de belos versos e prosa profunda, Miguel de Unamuno passou sua vida intelectual em busca de um equilíbrio entre a fé cristã e a razão, e das ligações entre a existência e a imortalidade. Filho de pais bascos, terceiro entre seis filhos, nascido em Bilbao, Unamuno teria ele próprio 10 filhos com a esposa, sua namorada de infância.

Depois de obter o doutorado em filosofia na Universidade de Madri, Unamuno ensinou grego e literatura na Universidade de Salamanca, onde mais tarde assumiria a reitoria. Em 1914, precisou deixar o cargo por apoiar os aliados na Primeira Guerra Mundial. Embora tenha voltado a ocupar a posição em 1924, ao se opor à ditadura militar do general Primo de Rivera, ele seguiu para o exílio, sem a família, em Fuerteventura, nas ilhas Canárias. Fugiu para Paris, onde escreveu *De Fuerteventura a Paris*. Enquanto esteve em Paris, completou *Romancero del destierro*, que viria a ser o último livro de poesia que publicou em vida. Seus amigos e essas obras ajudaram a chamar a atenção do público para o seu exílio e, quando o rei Afonso da Espanha derrubou o ditador, em 1930, Unamuno voltou a seu país. Em Salamanca, corre a lenda de que, no dia de sua volta, Unamuno começou uma

Principais obras

Romances

Amor y pedagogía, 1902

Névoa, 1914

Abel Sánchez, uma história de paixão, 1917

San Manuel Bueno, mártir, 1933

Poesia

Rimas de dentro, 1923

De Fuerteventura a Paris, 1925

Romancero del destierro, 1928

Cancionero, 1953

Não ficção

Do sentimento trágico da vida, 1913

A agonia do cristianismo, 1925

ACIMA: O escritor espanhol Miguel de Unamuno, fotografado em 1920.

À DIREITA: Unamuno deixa a universidade depois de uma discussão com o general Astray, em 1936.

À ESQUERDA: Retrato de Unamuno, de Joaquin Sorolla y Bastida, *c.*1920.

palestra dizendo "Como vimos ontem...", como se nunca houvesse partido.

Unamuno é considerado um precursor do existencialismo. Uma crise religiosa ocorrida entre 1896 e 1897 fez com que percebesse que não conseguia encontrar uma explicação racional para Deus e o significado da vida. Deixou as filosofias universais e acadêmicas para examinar os conflitos do indivíduo com a morte e a imortalidade. Concluiu que o racionalismo nunca poderia oferecer o mesmo que a fé. "A fé que não tem dúvidas está morta", disse. Obras como *Do sentimento trágico da vida* tratam dessas e de outras questões. O pensamento de Unamuno influenciou Juan Ramón Jiménez e Graham Greene, entre outros. **REM**

A morte de Unamuno

Unamuno passou a temer cada vez mais que a identidade espanhola fosse esmagada pela influência exterior e, a princípio, saudou a revolta do general Francisco Franco. Mas logo a crueldade do regime faria com que Unamuno passasse para a oposição e, em 1936, o escritor teve uma rápida desavença pública com o general fascista José Millán-Astray, na Universidade de Salamanca. O general obrigou Unamuno a sair da universidade sob a mira de armas. Embora Franco tivesse supostamente permitido seu fuzilamento, Unamuno foi mantido em prisão domiciliar para evitar protestos internacionais. Morreria de enfarte dois meses depois.

W. B. YEATS

Nascimento: William Butler Yeats, 13 de junho de 1865 (Sandymount, County Dublin, Irlanda). Morte: 28 de janeiro de 1939 (Menton, Provence-Alpes-Côte d'Azur, França).

Estilo e gênero: Poeta, dramaturgo e figura de ponta do "Renascimento Literário Irlandês", Yeats trabalhou com temas celtas, políticos e místicos.

W. B. Yeats viveu em Londres até a metade da adolescência, fazendo viagens regulares à Irlanda para visitar a família da mãe no condado de Sligo. O oeste do país fornece inspiração para muitos de seus primeiros poemas, como "The Lake Isle of Innisfree". A partir de 1880, ele teve Dublin como base, matriculado como aluno da Metropolitan School of Art, cultivando o interesse pela poesia e explorando as atrações do misticismo e do oculto. A partir de 1887, trabalhou em Londres e em Dublin, comprometendo-se vigorosamente com o ideal de um movimento literário irlandês. O encontro com o poeta e líder dos fenianos, John O'Leary, em 1885, foi fundamental para que voltasse a atenção para as tradições irlandesas na poesia, nas canções e histórias, e conferiu uma dimensão marcantemente nacionalista à sua obra. O envolvimento de Yeats na política nacionalista intensificou-se graças ao encontro, em 1889, com a revolucionária Maud Gonne, a quem ele propôs casamento inúmeras vezes, sem sucesso. Yeats via o teatro como um poderoso instrumento para a emergência de uma cultura unificada e, em 1889, foi um dos fundadores do Irish Literary Theatre,

Principais obras

Peças

The Countess Cathleen, 1892
Purgatory, 1938

Poesia

The Lake Isle of Innisfree, 1893
The Rose, 1893
O vaguear de Oisin, 1889
The Wind Among the Reeds, 1899
Responsibilities, 1914
Easter 1916, 1916
The Wild Swans at Coole, 1919
In Memory of Major Robert Gregory, 1919
A torre, 1928
The Winding Stair, 1933
New Poems, 1938

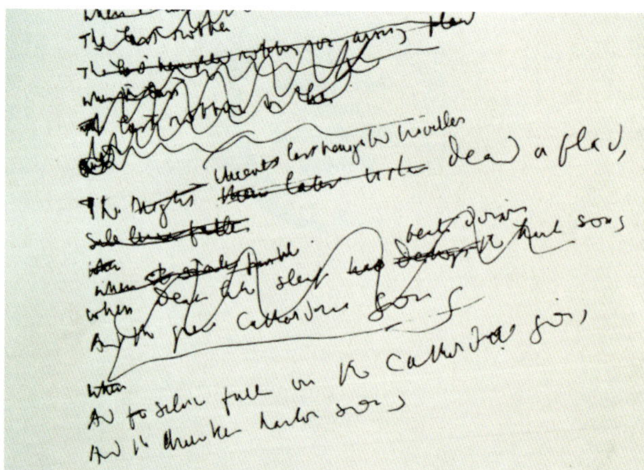

ACIMA: Retrato de William Butler Yeats tirado em 15 de julho de 1911.

À DIREITA: Metade inferior da segunda página do manuscrito de Yeats para "Byzantium".

que mais tarde daria origem ao Abbey Theatre, de Dublin.

Entre seus livros de poesias posteriores estão *The Wind Among the Reeds* e *The Wild Swans at Coole*. Neles, Yeats estabeleceu-se como poeta nacionalista irlandês e como um autor simbolista de impulsos visionários e transcendentais. A reputação de Yeats baseia-se em parte nas poderosas adaptações para o inglês dos mitos e lendas irlandeses, mas também é fruto de suas posições inflexíveis em relação aos acontecimentos da história política da Irlanda. *Easter 1916* permanece como uma das maiores elegias políticas de todos os tempos e *In Memory of Major Robert Gregory* revela um aspecto intensamente pessoal sobre a perda e o luto na poesia de Yeats.

Em 1917, ele se casou com George (Georgie) Hyde-Lees. Adquiriu uma torre normanda nas imediações de Coole Park, no condado de Galway, que transformou em seu lar. Depois do estabelecimento do Estado Livre Irlandês em 1922, Yeats tornou-se senador e, um ano depois, ganhou o Prêmio Nobel de Literatura. **SR**

ACIMA: Soldados franceses carregam o caixão de Yeats para ser enterrado na Irlanda.

A torre simbólica

A velha torre arruinada conhecida por Thoor Ballylee, adquirida por Yeats em 1917, era parte de uma fortaleza normanda. Ganhou uma enorme importância na imaginação de Yeats e forneceu o cenário para os poemas da coletânea *A torre*. Era um poderoso lembrete dos séculos de dominação colonial inglesa sobre a Irlanda, mas também tinha importantes associações literárias na mente de Yeats. Era um emblema romântico da vocação solitária do poeta, com vínculos que remontam aos poemas de Percy Bysshe Shelley e Lord Byron. Durante o conturbado período de agitação política dos anos 1920, a torre lhe forneceu refúgio e um posto de observação.

RUDYARD KIPLING

Nascimento: Joseph Rudyard Kipling, 30 de dezembro de 1865 (Mumbai, Índia). Morte: 18 de janeiro de 1936 (Londres, Inglaterra).

Estilo e gênero: Seus contos envolventes e exuberantes evocam os sentidos, com um humor suave e paixão por palavras incomuns, aliteração e onomatopeia.

O nascimento de Rudyard Kipling e os primeiros anos de vida na Índia influenciaram o estilo de todas as suas obras literárias, não importando onde tenham sido escritas. Escreveu para adultos e crianças, produzindo histórias embebidas nas cores e vibrações dos anos de formação passados sob os cuidados de uma babá indiana. Aos 5 anos, foi enviado para uma escola na Inglaterra, experiência que considerou tão infeliz que o fez buscar refúgio no mundo da imaginação, o mesmo de suas obras de ficção. Logo que pôde, deixou a Inglaterra e voltou para a Índia, onde trabalhou como jornalista. *Histórias bem assim* e *O livro da selva*, sua obra mais famosa, foram inspirados diretamente no amor que nutria pela paisagem indiana e seus animais.

O pai de Kipling era professor de arquitetura; a mãe vinha de uma notável família de muitas irmãs que, ao se casarem, tornaram Rudyard aparentado aos artistas Edward Burne-Jones e Edward Poynter e ao primeiro-ministro Stanley Baldwin. Seu lar costumava ser povoado por pessoas incomuns, cujas vidas e obras influenciariam sua própria produção literária.

Kipling ficou famoso como a voz de uma época. Suas palavras, seus pensamentos e suas imagens literárias definiam os mundos em que viveu – tanto antes quanto durante a Primeira Guerra Mundial. Apesar dos antecedentes privilegiados, sua vida se transformou em tragédia. A filha Josephine, para quem escreveu *Histórias bem assim*, morreu aos 6 anos; o filho John foi morto aos 18 anos na Primeira Guerra Mundial. A dor de Kipling o levou a produzir alguns de seus textos mais tocantes. Foi ele quem cunhou a frase que aparece na maioria dos monumentos para vítimas de guerra na Inglaterra: "Seus nomes viverão para sempre." Em 1907, Kipling recebeu o Prêmio Nobel de Literatura. Seu túmulo fica no Poet's Corner, na Abadia de Westminster, em Londres. **LH**

"Volte, soldado britânico; volte para Mandalay!"
— "Mandalay"

Principais obras

Romance

Kim, 1901

Contos

Plain Tales from the Hills, 1888

The Phantom Rickshaw and Other Eerie Tales, 1888

O livro da selva, 1894

Histórias bem assim, 1902

Puck of Pook's Hill, 1906

Poesia

Departmental Ditties, 1886

Mandalay, 1890

If–, 1910

Não ficção

Something of Myself, 1937

ACIMA: Retrato de Rudyard Kipling tirado por E. O. Hoppé por volta de 1912.

H. G. WELLS

Nascimento: Herbert George Wells, 21 de setembro de 1866 (Bromley, Kent, Inglaterra). Morte: 13 de agosto de 1946 (Londres, Inglaterra).

Estilo e gênero: Conhecido como o pai da ficção científica, Wells foi romancista, jornalista, sociólogo e historiador.

Filho de um lojista, ex-assistente de um vendedor de tecidos, professor, bacharel em biologia, candidato parlamentar do Partido Trabalhista e membro da Sociedade Fabiana – H. G. Wells usou um pouco de todas essas experiências em seus textos. Prolífico autor de contos, ensaios, histórias e romances, é mais famoso pelos livros de ficção científica, especialmente *A máquina do tempo*, *A ilha do Dr. Moreau*, *O homem invisível*, *A guerra dos mundos* e *Os primeiros homens na Lua*. Essas obras fizeram com que merecesse dividir o título de "pai da ficção científica" com Júlio Verne.

O que diferenciava Wells era a capacidade de prever os avanços tecnológicos e as mudanças sociais com rara precisão, antecipando o desenvolvimento dos tanques de guerra, da bomba atômica, da engenharia genética, das viagens espaciais, da liberação sexual, da União Europeia e da ascensão do fascismo. Tal era sua capacidade de antecipação que, durante a Segunda Guerra Mundial, Winston Churchill deu-lhe permissão para construir uma de suas criações, um "teleférico" (arma introduzida no fim da guerra, pouco influindo no seu desfecho). Não só os poderes proféticos de Wells tornam sua obra tão interessante. Ele é também um mestre da narrativa, e sua crença em uma utopia e em uma nova ordem mundial pinta um futuro em que existe esperança para a humanidade por sua inventividade e capacidade de aprender as lições ensinadas pela História. Também escreveu romances bem-humorados e satíricos como *Kipps the Story of a Simple Soul* e *As aventuras do Sr. Polly*, nos quais examina a desilusão com o casamento e com as classes sociais com base em sua própria experiência de vida. Wells acabou, inevitavelmente, desagradando alguns. Era tão libertino em sua vida amorosa quanto extravagante na variedade de assuntos que explorava na literatura. Porém permanece um pensador importante e influente, cuja obra é divertida e fascinante. **CK**

"Não há inteligência onde não há mudanças, nem necessidade delas." – *A máquina do tempo*

Principais obras

Romances

A máquina do tempo, 1895
A ilha do Dr. Moreau, 1896
O homem invisível, 1897
A guerra dos mundos, 1898
Os primeiros homens na Lua, 1901
Kipps the Story of a Simple Soul, 1905
The War in the Air, 1908
Anna Veronica, 1909
Tono-Bungay, 1909
As aventuras do Sr. Polly, 1910

Não ficção

Pequena história do mundo, 1922
World Brain, 1938

ACIMA: Fotografia de H. G. Wells, o pai da ficção científica, por volta de 1925.

RAMÓN DEL VALLE-INCLÁN

Nascimento: Ramón María del Valle-Inclán y de la Peña, 28 de outubro de 1866 (Villenueva de Arosa, Espanha). Morte: 5 de janeiro de 1936 (Santiago de Compostela, Espanha).

Estilo e gênero: Escreveu obras subversivas nas quais satirizava a sociedade espanhola.

Ramón del Valle-Inclán assumiu uma postura permanentemente misteriosa, com barba e cabelos longos, chapéu escuro, envolto em uma capa comprida e negra que lembrava a forma de um sino, modos elegantes e aristocráticos que camuflavam sua origem galega. Influenciado pelo simbolismo francês e pelas técnicas modernistas, suas primeiras obras famosas são quatro novelas reunidas em uma coleção chamada *Sonatas*. Esteticamente belas, relatam as diferentes estações do ano na vida de Don Juan Manuel de Montenegro, um galego mulherengo, personagem parcialmente autobiográfico. Montenegro e seus seis filhos ferozes são capturados por uma prosa lírica e evocativa. Humor com paródia delicada, saudade de um passado aristocrático e decadente e alusões literárias se combinam para dar vida a essas grandiosas histórias.

A segunda fase literária de Valle-Inclán se afasta dessa tradição modernista e da busca pela beleza, com uma violenta trilogia sobre as guerras carlistas. Uma nova transição foi marcada pela invenção do estilo *esperpento,* caricatura grotesca que ele empregava para satirizar e criticar certos ideais espanhóis do século XIX. Ele atacava particularmente as atitudes da realeza, da Igreja católica e do militarismo e o conceito da honra masculina. Satirizava os pontos de vista burgueses e aqueles das classes dominantes por meio de uma distorção sistemática e deliberada de personagens históricos e valores. Seu texto é intencionalmente absurdo e expressionista. As melhores peças desse período são *Luces de bohemia* e *Los cuernos de Don Friolera Esperpento*. *El ruedo ibérico* é um conjunto inacabado de nove romances sobre a ruína social e a corrupção política na Espanha. **REM**

"As mais belas imagens ficam absurdas se refletidas num espelho côncavo." – *Luces de bohemia*

Principais obras

Novela

Sonatas, 1902-1905

Romances

Los cruzados de la causa, 1908

Tirano Banderas, 1926

La Corte de los milagros, 1927

El ruedo ibérico, 1927-1936

Peças

Luces de bohemia, 1920

Los cuernos de Don Friolera Esperpento, 1921

Poesia

Claves líricas, 1930

ACIMA: Retrato tardio de Valle-Inclán, mestre da sátira grotesca.

LUIGI PIRANDELLO

Nascimento: 28 de junho de 1867 (Agrigento, Sicília, Itália). Morte: 10 de dezembro de 1936 (Roma, Itália).

Estilo e gênero: Foi um famoso dramaturgo e romancista que rompeu as tradições teatrais. Acreditava que a identidade pessoal não passava de uma atuação.

O siciliano Luigi Pirandello nasceu em um subúrbio de Agrigento chamado Caos. Considerava adequado pensar que tinha sido gerado no caos. Foi um escritor produtivo, mas sua vida ansiosa foi temperada pelo azar. Conheceu a ruína financeira quando houve uma inundação na mina de enxofre do pai, em 1903, e passou longos períodos de sua vida tomando conta da esposa, que sofria de problemas mentais, antes de ser forçado a interná-la em um asilo.

Até a Primeira Guerra Mundial, Pirandello se concentrou na prosa, criando uma série de importantes ensaios críticos e romances, como *O falecido Mattia Pascal*, obra-prima cômica na qual o herói abandona sua identidade depois de ler relatos sobre sua própria morte e, na sequência, é levado da alegria ao desânimo. As intensas emoções provocadas pela guerra fizeram Pirandello se voltar para o teatro, uma arena mais pública. Escreveu 44 peças e na década de 1920 ganhou fama internacional como dramaturgo.

Quando a maior peça de Pirandello estreou em Roma, ele foi vaiado e forçado a fugir da sala de espetáculos por uma porta lateral. *Seis personagens à procura de autor* rompeu com as convenções tradicionais a respeito do espaço teatral. Hoje considerada revolucionária, a peça sobre um grupo de atores que ensaia uma peça insinua que a vida espelha a arte, sendo não mais do que uma série de atuações sob diferentes máscaras, tema que Pirandello voltaria a abordar em seu estudo cômico sobre a loucura, *Henrique IV*. Muitos críticos citam essas obras como importantes influências sobre o "Teatro do Absurdo". Pirandello foi criticado por sua conveniente relação com os fascistas italianos, porém ele, mais do que ninguém, sabia de quanto precisava usar uma máscara para dar continuidade à sua obra no teatro. Recebeu o Prêmio Nobel de Literatura em 1934. **TM**

"Um personagem pode rir na hora da morte. Não pode morrer."

— *Seis personagens à procura de autor*

Principais obras

Romances

O falecido Mattia Pascal, 1904

Um, nenhum e cem mil, 1926

Peças

Só porque você quer, 1917

Seis personagens à procura de autor, 1921

Henrique IV, 1922

Cada um a seu modo, 1924

Esta noite improvisamos, 1930

Não ficção

O humorismo, 1908

ACIMA: Pirandello, ganhador do Prêmio Nobel, na década de 1930.

MAKSIM GORKI

Nascimento: Aleksey Maksimovich Peshkov, 16 de março de 1868 (Nizhny Novgorod, Nizhny Novgorod Oblast, Rússia). Morte: 18 de junho de 1936 (Moscou, Rússia).

Estilo e gênero: Gorki defendeu os pobres e os trabalhadores como revolucionário marxista e fundador do realismo socialista na literatura.

Aleksey Maksimovich Peshkov adotou em 1892 o pseudônimo de Maksim Gorki ("O Amargo"), que incorporava sua visão de mundo. Cresceu na pobreza e defendeu a causa dos pobres por toda a vida. Um dos fundadores do realismo socialista na literatura, suas obras descrevem as brutalidades da pobreza e a coragem e o orgulho daqueles por ela afetados. Suas opiniões políticas levaram-no à cadeia em muitas ocasiões. Escreveu romances e peças politicamente carregadas como *O submundo* e *Os filhos do Sol*, feitas na prisão. Gorki viveu por algum tempo na Itália, mas voltou à Rússia em 1932. Morreu em circunstâncias suspeitas e Genrikh Yagoda, chefe da polícia de Stalin, esteve envolvido no caso. **TamP**

Principais obras

Romances

A mãe, 1906

Os Artamov, 1925

Conto

Vinte e seis homens e uma mulher, 1899

Peças

O submundo, 1902

Os veranistas, 1903

Os filhos do Sol, 1901

Poesia

The Song of the Stormy Petrel, 1913

Não ficção

Infância, 1913

Ganhando meu pão, 1916

Minhas universidades, 1922

À DIREITA: Gorki numa reunião de revolucionários russos em 1907.

ANDRÉ GIDE

Nascimento: André Paul Guillaume Gide, 22 de novembro de 1869 (Paris, França). Morte: 19 de fevereiro de 1951 (Paris, França).

Estilo e gênero: A obra de Gide explorou a busca interior e a franqueza em relação ao sexo e às práticas sexuais de forma considerada chocante na época.

As obras de André Gide são inseparáveis de sua biografia. Viajou muito, imbuindo seus textos de experiências. Escreveu ficção e autobiografia, foi um simbolista, um esteta, um ativista político (orgulhosamente de esquerda, embora desiludido depois de uma visita à União Soviética na década de 1930), um militante contra o fascismo e um experimentalista sexual cujas crenças costumavam chocar. Personalidade forte e complexa, teve a vida repleta de paradoxos. Em 1895, na Argélia, conheceu Oscar Wilde e sentiu-se livre para assumir sua homossexualidade – embora mais tarde viesse a se casar e ter uma filha. Gide passou boa parte da vida e de sua obra devotando-se aos direitos do indivíduo. Ganhou o Prêmio Nobel de Literatura em 1947. **LH**

Principais obras

Romances

O imoralista, 1902

A sinfonia pastoral, 1919

Moedeiros falsos, 1925

Conto

A volta do filho pródigo, 1901

Peça

Saul, 1903

Não ficção

Córidon, 1924

Se o grão não morre, 1924

De volta da URSS, 1936

JOHN MILLINTON SYNGE

Nascimento: 16 de abril de 1871 (Rathfarnham, Irlanda). Morte: 24 de março de 1909 (Dublin, Irlanda).

Estilo e gênero: Sua escassa prosa lírica e os retratos realistas dos camponeses irlandeses estabeleceram sua reputação como um dos maiores dramaturgos de seu país.

J. M. Synge pretendia inicialmente se tornar músico e efetivamente estudou música na Alemanha, mas a timidez e a insegurança fizeram com que se decidisse pela literatura. Depois de viajar pela França e pela Itália, Synge foi encorajado pelo escritor W. B. Yeats a visitar as ilhas Aran, na costa oeste da Irlanda. Ele escreveu sobre as pessoas que conheceu e descartou ideias estereotipadas e românticas a respeito da vida dos camponeses irlandeses. Os textos foram publicados no *New Ireland Review* em 1898 e mais tarde em livro, sob o nome de *The Aran Islands,* em 1907.

Sua primeira peça, *À sombra da ravina*, comédia negra em um ato, foi encenada em 1903. Baseava-se em um conto popular irlandês sobre um marido idoso, preso a um casamento sem amor, que simula a própria morte para testar a fidelidade da esposa. A peça foi condenada pelos nacionalistas como sendo uma desfeita às mulheres irlandesas, mas foi a primeira obra em cartaz no revolucionário Abbey Theatre de Dublin, em 1904.

À sombra da ravina foi seguida por *Riders to the Sea*, considerada de forma geral uma das grandes tragédias curtas da dramaturgia moderna. Tem como cenário as ilhas Aran e é a história de Maurya, mãe que perdeu cinco filhos para o mar e teme perder o sexto quando ele parte da ilha para ir a uma feira de cavalos em Galway. A peça *The Tinker's Wedding*, comédia que apresenta um padre amarrado dentro de um saco, foi considerada provocadora demais para ser encenada enquanto Synge era vivo. *O prodígio do mundo ocidental* – sátira cômica sobre um jovem desconhecido que afirma ter matado o pai – é hoje considerada sua obra-prima. Foi sua peça mais polêmica e provocou tumultos ao estrear em 1907.

Synge continuou a escrever, mas teve problemas de saúde e morreu em 1909 com a doença de Hodgkin. Seus textos influenciaram o dramaturgo irlandês Samuel Beckett e suas peças fizeram parte do repertório do Abbey Theatre até a década de 1950. **HJ**

Principais obras

Peças

À sombra da ravina, 1903

Riders to the Sea, 1904

The Well of Saints, 1905

O prodígio do mundo ocidental, 1907

The Tinker's Wedding, 1908

Não ficção

The Aran Islands, 1907

Poems and Translations, 1909

ACIMA: Retrato de John Millington Synge, de 1905, pintado por John Butler Yeats.

À DIREITA: Detalhe de uma ilustração de Harry Clarke para "Queens", poema de J. M. Synge.

MARCEL PROUST

Nascimento: Valentin Louis Georges Eugène Marcel Proust, 10 de julho de 1871 (Auteuil, Paris, França). Morte: 18 de novembro de 1922 (Paris, França).

Estilo e gênero: O francês Proust foi romancista, ensaísta e crítico. Escreveu ficção que transformou textos confessionais em um gênero de romance.

Principais obras

Romances

Em busca do tempo perdido, 1913-1927

Jean Santeuil, 1954

Contos

Os prazeres e os dias, 1896

Não ficção

On Reading Ruskin, 1987

Contre Sainte-Beuve, 1954

1860–79

Em 1909, Marcel Proust mergulhou uma *madeleine* em uma xícara de chá de tília e mudou o rumo da literatura mundial. O aroma das flores de limoeiro misturado à doçura do bolinho evocou de forma poderosa lembranças da infância há muito esquecidas. Inspirado pela ideia de que a memória poderia ser estimulada pela experiência sensorial – o que passou a ser chamado de lembrança involuntária ou "proustiana" –, Proust começou a escrever *Em busca do tempo perdido*, uma obra-prima semiautobiográfica em sete volumes, que o imortalizaria como o inventor do romance moderno.

Criança asmática, nascida em uma família de classe média, Proust passou boa parte da infância em seu quarto, afastado das ruas poeirentas e das árvores floridas de Paris. Apesar da saúde precária, em 1882 ele foi capaz de frequentar e se formar pelo Lycée Condorcet, escola secundária de elite que oferecia rigoroso ensino de grego, latim, francês e filosofia. Em 1889, se alistou para prestar um ano de serviço militar em Orleans. Proust reclamava da experiência em cartas para a mãe, com quem mantinha fortes vínculos, embora viesse a idealizar o serviço no terceiro volume de *Em busca do tempo perdido*.

Ao voltar para Paris, Proust estudou Direito e política na prestigiosa École Libre des Sciences Politiques, onde, além de cursar diplomacia, tornou-se um frequentador das reuniões em salões artísticos e aristocráticos, onde conheceu, entre outros, o irlandês Oscar Wilde.

O primeiro livro de contos, *Os prazeres e os dias*, foi escrito com frases longas e embalado com um requintado design floral. Teve vendas discretas e críticas mornas. De 1900 a 1906, Proust deixou de escrever seus próprios textos e se dedicou completamente a traduzir o escritor inglês e crítico de arte John Ruskin. Foi lendo e retrabalhando a prosa de Ruskin que Proust aprimorou seu estilo característico: frases labirínticas e sintaxe retorcida que se desdobra em minúcias sobre o mundo natural e social.

ACIMA: Foto de Proust tirada em Illiers--Combray, França, por volta de 1895.

À ESQUERDA: *Art nouveau interior 1900*, de Georges de Feure (1968-1943), ilustração para *Em busca do tempo perdido*, de Proust.

Também foi por conta de Ruskin que Proust desenvolveu o senso da importância da leitura. Em um ensaio introdutório a uma de suas traduções – seu primeiro texto importante –, Proust defendeu a importância da leitura para despertar a imaginação das crianças, ideia que estaria infiltrada em sua obra máxima, *Em busca do tempo perdido*. A morte da mãe, em 1905, também afetou intensamente seus textos: tal perda, aliada à fortuna que veio parar nas suas mãos, fez com que Proust tivesse consciência da própria mortalidade. Acreditara que a morte, como a escrita, podia ser adiada. Agora sentia um desejo intenso de escrever e tinha os meios para fazê-lo.

Para celebrar sua nova determinação, Proust deixou o apartamento dos pais. No esforço de tornar o novo ambiente propício à sua saúde (que fraquejava) e ao trabalho literário, ele selou com

Um ser social

Embora a asma o forçasse a passar longos períodos de solidão, quando jovem Proust também foi um conhecido dândi e alpinista social.

Os pais do escritor ficaram preocupados com seu comportamento superficial, incompatível com sua posição de integrante da classe média. Ele acedeu a seus desejos e aceitou um emprego na Bibliothèque Mazarine, em 1896. Porém, quando não estava doente, toda a energia e a ambição se voltavam para a vida social. Depois de um prolongado período de ausência, que atribuiu a um colapso nervoso, Proust abandonou completamente o trabalho na biblioteca. Moraria com os pais enquanto viveram.

cortiça as paredes do quarto de dormir. Foi nesse cômodo que escreveu a maior parte de *Em busca do tempo perdido*. O primeiro volume, *No caminho de Swann*, publicado em 1913, recebeu críticas variadas. Mas os volumes seguintes obtiveram aclamação. Proust morreu em 1922, antes da publicação do opus final. Embora a consagração internacional só tenha se manifestado após sua morte – escritores como Virginia Woolf, Graham Greene e Vladimir Nabokov proclamaram terem sido influenciados por Proust –, o escritor viveu o suficiente para ser reverenciado em sua terra natal: em 1919 recebeu o Prix Goncourt, o mais importante prêmio literário da França. **SD**

Lembrança involuntária

Além do estilo dispersivo e do escopo filosófico de *Em busca do tempo perdido*, a obra é renomada por introduzir e cunhar a ideia da lembrança involuntária. Trata-se de um tipo de lembrança diferente da comum, não podendo ser revivida pela vontade. Nesse caso, as memórias do passado são provocadas pela experiência sensorial.

O mais famoso exemplo desse tipo de lembrança acontece no início do romance, quando o sabor e o perfume da flor de limoeiro misturados à *madeleine* fazem com que o narrador, espontaneamente, recorde-se da infância em Combray com espantosa clareza. É, sem dúvida, o momento mais significativo do romance, pois as memórias redescobertas pela experiência permitem que o narrador comece a história. Além de seu papel no romance, a percepção de Proust sobre a lembrança involuntária também se tornou um conceito importante na psicologia moderna.

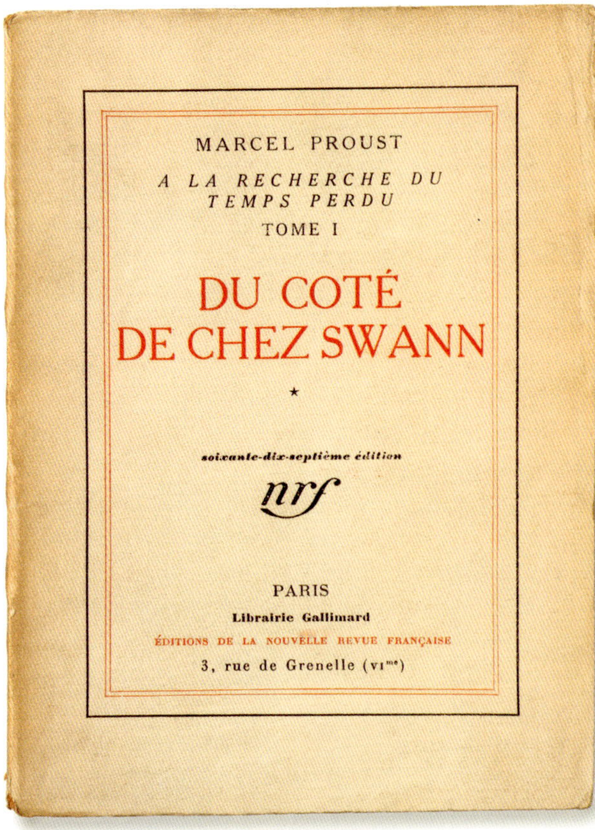

À DIREITA: ***No caminho de Swann (Du Coté de Chez Swann)*****, primeiro volume de** ***Em busca do tempo perdido*****, de Proust.**

THEODORE DREISER

Nascimento: Theodore Herman Albert Dreiser, 27 de agosto de 1871 (Terre Haute, EUA). Morte: 28 de dezembro de 1945 (Hollywood, EUA).

Estilo e gênero: A obra de Dreiser combina densidade de detalhes, documentação jornalística e interesse pelo conflito entre tendências inatas e as restrições da civilização.

Primeiro nome de destaque da literatura dos Estados Unidos no século XX, Theodore Dreiser também foi o primeiro escritor profissional daquele país sem ascendência britânica – o pai era um imigrante alemão. Suas origens foram humildes. Ele ensinou a própria mãe a ler quando ainda tinha 12 anos. Se Henry James não estava escrevendo, podia bancar "o homem desocupado". Se Dreiser não estava escrevendo, estava simplesmente desempregado. Como personagem do mundo literário, Dreiser não se confrontou apenas com o recato sexual vitoriano, mas também desafiou os pressupostos sobre quem poderia ou não ser um escritor.

A aprovação crítica não era constante. Polarizador, Dreiser costumava atrair a reprovação dos críticos: F. R. Leavis disse que ele escrevia como se não tivesse uma língua natal. Lionel Trilling o usou como exemplo do anti-intelectualismo americano. John Berryman afirmou que ele "escrevia como um hipopótamo". Dreiser, com regularidade, perpetrava frases constrangedoras. Apesar disso, seus melhores romances tiveram sucesso em redefinir paradigmas culturais previamente estabelecidos, ao mesmo tempo que capturavam imagens definitivas dos Estados Unidos urbanos.

Sister Carrie é a história de uma "mulher perdida", mas isenta de conclusões moralistas, escrita sob um pano de fundo social espaçoso o suficiente para incluir hotéis luxuosos e lojas de departamentos, bem como fábricas sórdidas e pardieiros de Nova York e Chicago. *Uma tragédia americana* começa seguindo uma trilha bem conhecida: um rapaz pobre se apaixona pela filha de um rico. Mas termina com uma execução e não com um casamento, abrindo caminho para a narração de crimes reais que conduziu até *A sangue-frio* (1966), de Truman Capote, e *A canção do carrasco* (1979), de Norman Mailer. **IW**

"... Palavras são apenas sombras vagas do muito que queremos dizer." – *Sister Carrie*

Principais obras

Romances

Sister Carrie, 1900

Jennie Gerhardt, 1911

The Financier, 1912

The Titan, 1914

The Genius, 1915

Uma tragédia americana, 1925

The Bulwark, 1946

The Stoic, 1947

Contos

Free and Other Stories, 1918

Não ficção

A Book About Myself, 1922

Dawn, 1931

ACIMA: Retrato do escritor americano Theodore Dreiser, por volta de 1915.

COLETTE

Nascimento: Sidonie-Gabrielle Colette, 28 de janeiro de 1873 (Saint-Sauveur-en-Pulsaye, Borgonha, França). Morte: 3 de agosto de 1954 (Paris, França).

Estilo e gênero: Sua ficção erótica celebra a sensualidade com descrições de personagens que expõem a superficialidade e fornecem uma dose de sátira espirituosa.

O fato de Colette ter se tornado conhecida apenas pelo sobrenome dá a verdadeira medida de sua condição como escritora e celebridade. Em 1954, o obituário do *The New York Times* notava que ela era a segunda mulher a ter sido premiada com a Légion d'Honneur. Embora o sucesso de Colette transcendesse gêneros, e Paul Claudel a chamasse de "maior nome entre os escritores vivos da França", boa parte de seus textos se preocupa com a construção da feminilidade. O romance mais famoso, *Gigi* (adaptado para a Broadway por Anita Loos, com o papel principal para a então desconhecida Audrey Hepburn), lida com a socialização de uma jovem. Sob a leveza do glamour que tornou a história um sucesso, *Gigi* relata as formas com que as mulheres aprendem a se tornar objetos em um mundo dominado pelos homens.

Principais obras

Romances

Claudine à l'école, 1900
Claudine à Paris, 1901
Claudine en ménage, 1902
Claudine s'en va, 1903
A vagabunda, 1910
Mitsou, 1919
Chéri, 1920
La Maison de Claudine, 1922
Le Blé en herbe, 1923
La Fin de Chéri, 1926
A gata, 1933
Gigi, 1944

ACIMA: Retrato fotográfico da escritora francesa Colette, de 1900.

À DIREITA: Litografia de Alexandre Rzewuski para "Procissão de Pedras Preciosas", de Colette.

ACIMA: Colette posa para a câmera sobre uma pele de leão.

O nome de adulta de Colette, Sidonie-Gabrielle Claudine Colette Gauthiers-Villars de Jouvanel Goudeket, dá uma ideia da vida movimentada que ela teve, matéria-prima de boa parte de sua obra. Foi casada três vezes, a primeira com Henri Gauthiers-Villars, escritor populista de pseudônimo "Willy", que a persuadiu a transformar os relatos sobre a vida de uma estudante na série de romances *Claudine* (publicados com a assinatura dele). O encanto direto e as conotações eróticas fizeram dos livros best-sellers – e deixaram Willy rico. *Claudine* foi uma das primeiras franquias exploradas comercialmente, inspirando uniformes, sabonetes e perfumes.

Ao se divorciar de Willy em 1906, depois de 13 anos de casamento e escritos forçados, Colette se tornou dançarina de cabaré (experiência que forneceu material para muitos romances posteriores) e, depois, jornalista, cobrindo uma ampla gama de assuntos. Em 1920, foi ao palco interpretar a personagem principal em *Chéri*, adaptação de seu romance mais bem-sucedido. História ousada de amor, sexo e classes sociais, sua mistura de melancolia e desejo é representativa da obra de Colette. Jovem e mimada, Chéri é alvo dos olhares de uma cortesã envelhecida, Léa – papel que mais tarde a própria Colette assumiria, pois aos 70 anos, ainda continuava a ter amantes, homens e mulheres. **SM**

Uma carreira tumultuada

Poucos escritores tiveram carreiras tão variadas quanto Colette, que passou da página escrita para o palco e a tela. Além de sua diversidade literária, Colette também foi uma artista famosa nos cabarés parisienses nos primeiros anos do século XX e muitos dos personagens de sua ficção são provenientes do ambiente boêmio. Defensora da liberação sexual, Colette cortejava o escândalo: era famosa por desnudar os seios em cena e, certa vez, simulou um ato sexual durante um esquete no Moulin Rouge, o que quase levou a um tumulto. Mesmo assim, recebeu as honras de um funeral de Estado, a que compareceram milhares de pessoas.

ACIMA: Uma foto da escritora modernista americana Willa Cather por volta de 1930.

WILLA CATHER

Nascimento: Wilella Sibert Cather, 7 de dezembro de 1873 (Back Creek Valley, EUA). Morte: 24 de abril de 1947 (Nova York, EUA).

Estilo e gênero: Cather foi escritora, poetisa e ensaísta modernista, escrevendo sobre a vida na fronteira de Nebraska com precisão econômica, mas elegíaca.

A escritora modernista Willa Cather escrevia com equanimidade sobre paixão e violência na fronteira e fez um lamento velado sobre a beleza da paisagem que cunhou as pessoas e as histórias que conta. Como a paisagem plana das pradarias, suas tramas se espalham em uma série de quadros arrebatadores, distribuídos com uniformidade.

Cather cresceu em Nebraska e foi lá que conheceu e juntou informações sobre os pioneiros e imigrantes que inspirariam muitos personagens de sua obra posterior. Como diria: "Claro que Nebraska é um armazém de material literário. Todos os lugares são armazéns de material literário. Se um artista autêntico nascesse no chiqueiro e ali fosse criado, ainda seria capaz de encontrar muita inspiração para sua obra. Só é preciso ter olhos para ver."

Quando Cather viajou para Paris como estudante, ficou encantada pelos afrescos do pintor francês Pierre Puvis de Chavannes sobre Santa Genoveva, em que todos os acontecimentos da vida da santa são representados da mesma distância, da mesma perspectiva. É como se, nas palavras de Cather, "todas as experiências humanas, comparadas a uma suprema experiência espiritual, tivessem a mesma importância". A escritora obtém o mesmo efeito com sua ficção. Ela escreve sobre o preparo de uma refeição na cozinha de uma cabana com a mesma precisão econômica que emprega para falar de suicídio, assassinato ou de um caso amoroso.

Cather foi negligenciada entre os principais autores americanos, mas hoje recebe sua merecida cota de atenção. Alguns estão interessados nela por se tratar de uma escritora lésbica, embora pouco possa ser dito sobre o assunto, pois ela estipulou em testamento que ninguém poderia fazer citações de seus escritos pessoais. Dito isso, é preciso ressaltar que sua ficção inovadora é importante por suas qualidades intrínsecas. Como disse o escritor A. S. Byatt, "ela era uma modernista quando Dos Passos, Hemingway e Fitzgerald eram meninos". **CQ**

Principais obras

Romances

Alexander's Bridge, 1912
O Pioneers!, 1913
The Song of the Lark, 1915
Minha Ántonia, 1918
One of Ours, 1922
Uma mulher perdida, 1923
The Professor's House, 1925
My Mortal Enemy, 1926
A morte vem buscar o arcebispo, 1927
Shadows on the Rock, 1931
Lucy Gayheart, 1935
Sofia e a escrava, 1940

Poesia

April Twilights, 1903

"Nada está distante e nada está próximo, quando se deseja."
— *The Song of the Lark*

FORD MADOX FORD

Nascimento: Ford Hermann Hueffer, 17 de dezembro de 1873 (Merton, Surrey, Inglaterra). Morte: 26 de junho de 1939 (Deauville, Normandia, França).

Estilo e gênero: Ford foi romancista, poeta e crítico. Seu estilo fluente de narrativa é marcado por prosa introspectiva, meditativa, que explora temas patrióticos.

Homem infeliz e perturbado, cujas obras refletem sua introspecção, Ford Madox Ford nunca esteve bem certo do que ou de quem deveria ser. O pai era alemão, crítico musical do *The Times*; a mãe, inglesa, filha de um pintor pré-rafaelita, Ford Madox Brown. Vendo que o sentimento antigermânico crescia na Inglaterra, o escritor decidiu mudar seu sobrenome de Hueffer para Ford, dando a seu nome uma característica palindrômica, uma identidade inglesa completa, aparentemente negando a influência do pai.

A vida privada de Ford foi instável, sintomática da natureza depressiva que espreita seus textos. Ele se casou com Elsie Martindale depois de uma fuga emocionante, apenas para descobrir que eram incompatíveis. Elsie não queria o divórcio, mas ele a deixou para poder viver com uma conhecida anfitriã de salões literários, a também escritora Violet Hunt, temperamental e passional. Em 1915, deixou de bom grado as duas mulheres para se alistar no Exército. No mesmo ano, seu livro mais famoso, *O bom soldado*, foi publicado. A luta no Somme fez com que sofresse de estresse pós-traumático.

Depois da Primeira Guerra Mundial, mudou-se para a França, apaixonado pela pintora Stella Bowen. Ele a deixou para ficar com a artista americana Janice Biala e começou a passar muito tempo nos Estados Unidos. Homem difícil, sua reputação foi prejudicada por contemporâneos que não gostavam dele. Porém, também era bondoso a ponto de se esforçar para ajudar jovens escritores a dar os primeiros passos. Como editor da respeitável *The English Review*, era influente. Trabalhou muito próximo a Joseph Conrad, com quem colaborou. Quando Conrad, mais tarde, voltou-se contra ele, Ford ficou profundamente ferido. Parece ter sido uma característica regular na vida de Ford que aqueles que o amavam acabassem por deixar de gostar dele. **LH**

"Mundo estranho e fantástico. Por que a gente não pode ter o que quer?" – *O bom soldado*

Principais obras

Romances

O bom soldado, 1915

Parade's End, 1924-1928

It Was the Nightingale, 1933

Ladies Whose Bright Eyes, 1935

Vive le Roy, 1936

Poesia

Collected Poems, 1936

Não ficção

Ford Madox Brown: A Record of His Life and Work, 1896

Rossetti: A Critical Essay on His Art, 1902

The English Novel, 1929

ACIMA: O romancista inglês Ford Madox Ford, fotografado por E. O. Hoppé.

1860–79

HUGO VON HOFMANNSTHAL

Nascimento: 1º de fevereiro de 1874 (Viena, Áustria). Morte: 15 de julho de 1929 (Viena, Áustria).

Estilo e gênero: Romancista, dramaturgo, poeta e tradutor, é conhecido pelos libretos que escreveu para as óperas do compositor Richard Strauss.

Principais obras

Peças

Elektra, 1903
Jedermann, 1912
Der Schwierige, 1921

Libretos

Elektra, 1909
O cavaleiro da rosa, 1911
Ariadne em Naxos, 1912
A mulher sem sombra, 1919
A Helena egípcia, 1928
Arabella, 1933

Nascido em uma família católica com distante ascendência judaica, Hugo von Hofmannsthal começou a publicar poemas ainda na adolescência. Depois da universidade, passou a frequentar o círculo literário de vanguarda conhecido como *Junges Wien*, ou melhor, "Jovem Viena", do qual fazia parte o dramaturgo Arthur Schnitzler.

Na década de 1890, Hofmannsthal começou a escrever peças, inicialmente usando versos. *Elektra*, que chamou de "nova versão" do clássico drama de Sófocles, atraiu a atenção do compositor Richard Strauss, que viu a montagem de Berlim com direção de Max Reinhardt e a transformou em ópera. O projeto conjunto seguinte, sugerido por Hofmannsthal em 1909 e ambientado na Viena do século XVIII, veio a ser a mais popular de todas as óperas de Strauss: o delicioso *O cavaleiro da rosa*. A dupla trabalhou junta por mais de 20 anos, até a morte de Hofmannsthal. Poucos autores de tal porte dedicaram tanto tempo e esforço a libretos para óperas, ou escreveram versos de tanta qualidade.

No teatro, Hofmannsthal conquistou um grande sucesso com *Jedermann*, adaptação de uma peça medieval inglesa com moral. Ele admirava a Inglaterra, sua sólida identidade nacional e a coesão que acreditava fornecer o pano de fundo ideal para escritores, em contraste com a fragmentada cultura germânica. Encarou a Primeira Guerra Mundial e seu desfecho, com o fim do Império Austro-Húngaro, como um desastre não apenas para a Áustria, mas para todo o futuro cultural da Europa. Depois da guerra, ele se juntou a Strauss e Reinhardt para fundar o prestigioso Festival de Salzburgo.

"[Hofmannsthal] se tornaria um dos melhores libretistas da história da ópera..." — Jan Swafford

Hofmannsthal trabalhava no libreto de *Arabella* em 1929 quando seu filho mais velho cometeu suicídio. Morreu de um derrame dois dias depois, enquanto se vestia para o funeral. **RC**

ACIMA: Foto de Hofmannsthal no início do século XX.

GERTRUDE STEIN

Nascimento: 3 de fevereiro de 1874 (Allegheny, EUA). Morte: 27 de julho de 1946 (Paris, França).

Estilo e gênero: O estilo de Stein inclui reinvenções modernistas da linguagem poética e experiências polimáticas na ópera, história e em textos sobre comida.

O poeta William Carlos Williams notou que "o tema de Gertrude Stein é a escrita", fazendo a conexão entre sua obra complexa e frequentemente frustrante e a investigação da linguagem – um reflexo das próprias tentativas de Williams para codificar o mundo material sob a forma escrita. Enquanto Williams praticava uma simplicidade enganadora, Stein, uma americana na Europa, explorou as complexidades da visão com olhos de forasteira. Seu estilo cubista pode ser mais bem exemplificado pelo engraçado e íntimo *Tender Buttons: Objects, Food, Rooms*. Um elíptico diário em prosa e poesia sobre a vida com a amante e companheira de toda a sua vida, Alice B. Toklas, o poema dá ao leitor um sentido de um mundo de coisas ocupadas em se transformar e em agir. É uma pista para a atenção agradavelmente ativa exigida pela obra de Stein.

A poetisa e crítica Juliana Spahr coloca Stein no cerne de seu relato sobre o ensino de poesia "difícil" e lhe atribui influência central na poesia pós-moderna. Enquanto isso, biógrafos como Janet Malcolm enxergam Stein não apenas como uma judia residindo na França ocupada pelos nazistas, mas como uma chave para a compreensão de uma agitada comunidade de escritores e artistas reunida na Rive Gauche de Paris, no período entreguerras. Stein, que cresceu nos anos 1880 em uma Califórnia suburbana, descrita sucintamente por ela como "lá não existe 'lá'", em seguida estudou psicologia com William James e emigrou para Paris em 1904, com o irmão Leo. Colecionador ávido, Leo foi a ligação de Gertrude com os artistas modernistas como Pablo Picasso.

Os textos de Stein explicavam a França para os americanos em *Paris, França*, os americanos para si mesmos no monumental *The Making of Americans*, e a própria escritora para o mundo em *Everybody's Autobiography*. E, graças à sua reflexão sem parelelos sobre a linguagem poética, eles explicaram o mundo para o mundo. **SM**

"Gosto de ter uma vista e de me sentar de costas para ela."

— *A autobiografia de Alice B. Toklas*

Principais obras

Romances

Três vidas, 1909

The Making of Americans; Being a History of a Family's Progress, 1934

Poesia

Tender Buttons: Objects, Food, Rooms, 1914

Não ficção

A autobiografia de Alice B. Toklas, 1933

Everybody's Autobiography, 1937

Paris França, 1940

Wars I Have Seen, 1945

1860–79

ACIMA: Retrato da excêntrica modernista Gertrude Stein em 1942.

ROBERT FROST

Nascimento: Robert Lee Frost, 26 de março de 1874 (São Francisco, EUA). Morte: 29 de janeiro de 1963 (Boston, EUA).

Estilo e gênero: A poesia de Frost interage com as tensões da palavra falada e da métrica poética e explora temas da Nova Inglaterra rural.

Embora Robert Frost geralmente seja encarado como um poeta da vida rural na Nova Inglaterra, seus primeiros poemas incluem algumas conturbadas meditações sobre os aspectos urbano e industrial dos Estados Unidos. Nascido na Califórnia, Frost frequentou por pouco tempo o Darthmouth College em New Hampshire, em 1892, e estudou na Universidade de Harvard de 1897 a 1899. O primeiro livro de poemas, *A Boy's Will*, foi publicado na Grã-Bretanha, durante uma visita de três anos, e recebeu críticas favoráveis de Ezra Pound. O celebrado *North of Boston* parece ancorar a obra de Frost a um local preciso e determinada comunidade. Porém, muitos de seus poemas foram criados nos condados de Buckingham e Gloucester, na Inglaterra, pouco antes do início da Primeira Guerra Mundial, e revelam um profundo conhecimento das tradições literárias britânicas e americanas e de seus ideais. Nesses primeiros anos, Frost e o poeta Edward Thomas lutaram para estabelecer "o som do bom senso" em seus versos, contrapondo as tensões da palavra falada à métrica poética. Frost também propôs a ideia da poesia como um "refúgio contra a confusão" existencial e como um clarão momentâneo na escuridão.

Livros posteriores como *Mountain Interval*, *New Hampshire* e *West-Running Brook* estabeleceram a identidade de Frost como poeta da Nova Inglaterra. Muitos de seus poemas mais famosos, como *Stopping by Woods on a Snowy Evening* e *The Road Not Taken*, parecem ser apenas fábulas morais, mas incorporam uma ambivalência profunda e perturbadora. Se Frost se supera na escrita de versos dramáticos e narrativos, também é supremo no lirismo e nos sonetos, como atestam poemas como *Nothing Gold Can Stay* e *The Silken Tent*. Ficou famoso por declamar *The Gift Outright* na posse do presidente John F. Kennedy, em 1961. **SR**

"Nos caprichos da brisa de verão, se percebe a menor escravidão." – *The Silken Tent*

Principais obras

Poesia

A Boy's Will, 1913
North of Boston, 1914
Mountain Interval, 1916
The Road Not Taken, 1916
Stopping by Woods on a Snowy Evening, 1922
New Hampshire, 1923
Nothing Gold Can Stay, 1923
West-Running Brook, 1928
The Gift Outright, 1941
The Silken Tent, 1942

Antologia

Robert Frost: Collected Poems, Prose & Plays, 1995

ACIMA: Fotografia de Robert Frost, poeta pastoral da Nova Inglaterra.

ANTONIO MACHADO

Nascimento: Antonio Cipriano José María y Francisco de Santa Ana Machado y Ruiz, 26 de julho de 1875 (Sevilha, Espanha). Morte: 22 de fevereiro de 1939 (Collioure, França).

Estilo e gênero: Poeta; elementos oníricos, nostálgicos, românticos e existencialistas.

Antonio Machado nasceu em Sevilha, mas sua família mudou-se para Madri quando ele tinha 8 anos. Depois de se formar na Universidade de Madri, viajou para Paris, onde estudou na Sorbonne. Ao voltar para a Espanha, Machado tornou-se professor de francês em uma escola secundária de Soria e, em 1903, publicou o primeiro volume de poesias, *Soledades*, criando laços com os poetas românticos da Europa. Os poemas descrevem a ligação com fenômenos naturais, especialmente o crepúsculo, e evocam imagens de lembranças e sonhos que o poeta captura como objeto.

Durante os anos em Soria, Machado conheceu a jovem Leonor Izquierdo, com quem se casaria em 1909, quando ela tinha 15 anos e ele, 34. Tragicamente, três anos depois, ela morreu de tuberculose, pouco após a publicação de *Campos de Castilla*, uma coletânea de poemas que registram a paisagem árida do campo na região de Castela e seu espírito, em estilo sombrio e econômico. Machado usou a realidade geográfica para debater as questões mais amplas e mais profundas no psiquismo das pessoas comuns da Espanha, abrindo um precedente para a poesia realista socialista. Ele se debatia com os problemas sociopolíticos da Espanha. Cunhou a expressão "as duas Espanhas" para descrever uma que morria e outra que bocejava, referindo-se às divisões políticas que levaram à Guerra Civil Espanhola. Por essas razões, era um típico representante da geração de 1898, grupo de romancistas, poetas e filósofos que declararam o renascimento cultural e ético da Espanha depois da derrota na Guerra Hispano-Americana de 1898. Leal à República Espanhola, Machado foi obrigado a atravessar a fronteira com a França em Collioure depois do colapso da República, em 1939. Foi ali que morreu de uma doença contraída na viagem. **REM**

"Caminheiro, não há caminhos, faz-se o caminho ao caminhar."
— *Campos de Castilla*

Principais obras

Poesia

Soledades, 1903

Soledades, Galerías y Otros poemas, 1907

Campos de Castilla, 1912

Nuevas canciones, 1924

Poesías completas, 1928

Não ficção

Juan de Mairena, 1936

ACIMA: Retrato de Antonio Machado no início do século XX.

THOMAS MANN

Nascimento: Paul Thomas Mann, 6 de junho de 1875 (Lübeck, Schleswig-Holstein, Alemanha). Morte: 12 de agosto de 1955 (Zurique, Suíça).

Estilo e gênero: As obras de Mann examinam a natureza da Alemanha e a necessidade de equilibrar a arte com as demandas da vida cotidiana.

Principais obras

Romances

Os Buddenbrook, 1901
Tristão, 1903
Sua Alteza Real, 1909
Morte em Veneza, 1912
Unordnung und frühes Leid, 1925
A montanha mágica, 1930
Mario und der Zauberer, 1930
José e seus irmãos, 1933-1943
Doutor Fausto, 1947
Confissões do impostor Felix Krull, 1955

Thomas Mann nasceu em uma abastada família de mercadores. Depois da morte do pai, em 1891, a família mudou-se para Munique, onde Mann começou a escrever contos. Foram bem recebidos, por isso seu editor o encorajou a tentar uma obra de mais fôlego. O resultado foi o sucesso de vendas *Os Buddenbrook*. Saudado como obra-prima, o romance segue a ascensão e a subsequente queda de uma família ao longo de quatro gerações.

Em *Os Buddenbrook*, Mann começou a explorar um tema recorrente: a necessidade de equilibrar a busca pela arte e as demandas da vida prática. Tema também presente em *Morte em Veneza*, a história de um artista que se apaixona por um jovem e tortuosamente se deixa levar pela autoindulgência, e em *A montanha mágica*, que examina a sociedade burguesa por meio das discussões dos internos de um sanatório.

Embora Mann tenha começado a vida como um conservador convicto, sua ideologia foi se tornando progressivamente liberal, levando-o a se opor publicamente às posições de Adolph Hitler em 1930. Mann deixou a Alemanha quando os nazistas chegaram ao poder, em 1933, e passou anos em exílio voluntário, principalmente na Suíça, antes de se estabelecer nos Estados Unidos em 1939. Cada vez mais manifestava suas posições políticas, fazendo transmissões de rádio antinazistas para a Alemanha durante a Segunda Guerra Mundial. Em 1945, publicou *Doutor Fausto*, história de um músico que vende sua alma ao demônio em troca do domínio musical, que também é uma alegoria da lenta destruição da Alemanha pelo nazismo. Em 1952, Mann mudou-se com a família para a Suíça, onde permaneceu até a morte. Sua última obra, *Confissões do impostor Felix Krull*, permaneceu inacabada.

Além de ser um notável romancista alemão, por meio de seus ensaios Mann tornou-se um porta-voz dos valores e da literatura alemães, ajudando-os a permanecerem vivos durante uma das épocas mais tenebrosas para a cultura germânica. **JM**

ACIMA: Thomas Mann fotografado por Eric Schaal em maio de 1938.

À DIREITA: Capa da primeira edição de *Os Buddenbrook*, de autoria de Wilhelm Schulz.

Thomas Mann
Buddenbrooks
Berlin
S. Fischer, Verlag.

RAINER MARIA RILKE

Nascimento: René Karl Wilhelm Johann Josef Maria Rilke, 4 de dezembro de 1875 (Praga, Tchecoslováquia). Morte: 29 de dezembro de 1926 (Montreux, Suíça).

Estilo e gênero: Poeta, romancista e ensaísta que explorava temas espirituais e místicos, equilibrado entre um romantismo melancólico e o modernismo.

Principais obras

Romance

Os cadernos de Malte Laurids Brigge, 1910

Poesia

Leben und Lieder, 1894

Neue Gedichte, 1907

Der neuen Gedichte anderer Teil, 1908

Elegias de Duíno, 1912-1922

Sonetos a Orfeu, 1922

Não ficção

Cartas a um jovem poeta, 1934

Antologia

Tender Taxes, 2002

1860–79

Modernista antes do tempo e romântico muito depois de já estar fora de moda, Rainer Maria Rilke fez uma ponte sobre o abismo da literatura alemã entre o poeta lírico Heinrich Heine e os "ismos" da década de 1920. A mãe costumava chamá-lo de Sophia até ele completar 5 anos, colocando nele as roupas de menina que pertenciam a sua irmã morta. Também encorajou o amor pela poesia, apresentando-lhe a obra de Friedrich Schiller.

Por toda a vida, Rilke estaria cercado de mulheres influentes e intrigantes, nenhuma mais marcante do que a romancista e psicanalista Lou-Andreas Salomé, que o introduziu na colônia de artistas de Worpswede onde vivia a pintora Paula Modersohn-Becker, pioneira do expressionismo. Lá, Rilke conheceu aquela que viria a ser sua esposa, a artista Clara Westhoff, que por sua vez o apresentou ao seu professor, o escultor Auguste Rodin, para quem Rilke trabalhou como secretário a partir de 1902.

Inspirado em Rodin, Rilke desenvolveu um novo tipo de poesia deliberadamente calcado nas esculturas do artista. Eram os seus "Dinggedichten" (Poemas-coisa), que condensavam observações objetivas em versos poderosos. Entre 1912 e 1922, desalojado pela Primeira Guerra Mundial, Rilke trabalhou em sua obra-prima, *Elegias de Duíno*. Em um frenético período criativo de dois meses, ele completou as elegias e escreveu o belo *Sonetos a Orfeu*, no qual o poeta fala sobre a proximidade da morte. Depois dessas duas importantes sequências, a saúde de Rilke decaiu e ele passou os cinco anos seguintes viajando entre um sanatório em Territet, na Suíça, e Paris. Apesar do diagnóstico de leucemia, ele produziu um conjunto de poemas em francês com base nas meditações sobre a rosa que ele acreditava causar sua morte. **SM**

"E o propósito é viver tudo. Viva as perguntas agora."

— *Cartas a um jovem poeta*

ACIMA: Retrato de Rainer Maria Rilke, um dos grandes poetas líricos alemães.

JACK LONDON

Nascimento: John Griffith Chaney, 12 de janeiro de 1876 (São Francisco, EUA).
Morte: 22 de dezembro de 1916 (Glen Ellen, Califórnia, EUA).

Estilo e gênero: Romancista, contista e jornalista aclamado por suas histórias de aventura repletas de realismo, geralmente baseadas em suas próprias experiências.

O romancista americano Jack London teve uma vida curta, mas recheada de aventuras, muito diferente de uma emocionante obra de ficção. Foi nela que encontrou rico material que inspirou seus romances bem-sucedidos comercialmente. Cresceu na pobreza, ganhando a vida em uma variedade de trabalhos como marinheiro, operário, catador de ostras clandestino e garimpeiro na corrida do ouro do Klondike. Durante essa época, costumava usar o álcool para escapar da miséria dos trabalhos humilhantes. O alcoolismo se tornou o vício de uma vida inteira.

A grande chance de London apareceu com um conto realista de aventuras chamado *An Odyssey of the North*, elaborado com base em anotações feitas durante a corrida do ouro no Alasca. Havia descoberto uma fórmula campeã para escrever ficção arrebatadora baseada em experiências pessoais. Empregando esse estilo gráfico e irresistível, ele continuou a escrever aventuras inspiradas no Alasca: *The Son of the Wolf*, *O chamado da floresta* e *Caninos brancos*, imensamente populares. Muito de sua vida foi parar nessas obras, em especial no livro de memórias *John Barleycorn*, em que ele conta da batalha com o alcoolismo, e no celebrado romance *O lobo do mar*, baseada na sua experiência.

Autêntico aventureiro e orador eloquente, lutava por melhores condições de vida para os pobres e virou um personagem polêmico, ousado e romântico. Autor produtivo, escreveu mais de 50 livros entre 1900 e 1916, além de centenas de contos e artigos, sem falar nas centenas de milhares de cartas para admiradores. Tornou-se um dos autores mais bem pagos dos Estados Unidos, embora fosse perdulário e vivesse endividado. Lamentavelmente, London morreu de falência renal provocada pelo álcool aos 40 anos, privando os Estados Unidos de um de seus escritores mais prolíficos, vibrantes e naturalistas. **JM**

"Não desperdiçarei meus dias tentando prolongá-los. Usarei meu tempo."

Principais obras

Romances

O chamado da floresta, 1903
O lobo do mar, 1904
Caninos brancos, 1906
O tacão de ferro, 1908
Burning Daylight, 1910
The Valley of the Moon, 1913
The Little Lady of the Big House, 1915

Contos

The Son of the Wolf, 1900
An Odyssey of the North, 1900

Não ficção

O povo do abismo, 1903

Autobiografia

John Barleycorn, 1913

ACIMA: Jack London em foto tirada no estúdio de A. J. Mills, em San Jose, Califórnia, por volta de 1905.

1860–79

HERMANN HESSE

Nascimento: 2 de julho de 1877 (Calw, Alemanha). Morte: 9 de agosto de 1962 (Montagnola, Suíça).

Estilo e gênero: Hesse foi romancista, poeta, ensaísta e pintor. Suas obras analisam a busca por autoconhecimento dentro das restrições da sociedade.

Hermann Hesse nasceu em uma família arraigadamente cristã. O pai era um missionário pietista e Hesse foi estudar em um mosteiro, sob a expectativa de se tornar um teólogo. Rebelou-se e fugiu. Mais tarde diria: "... desde os meus 13 anos, estava claro para mim que eu seria um poeta ou nada mais."

Hesse deixou o sistema educacional deprimido, ressentido e desafiador. Primeiro tornou-se aprendiz de mecânico e depois vendedor de livros, o que permitiu que ele se refugiasse no mundo da literatura, estudando e apreciando escritores como Johann Wolfgang von Goethe e Friedrich Nietzsche. Em 1899, conseguiu publicar uma coletânea de poemas. Também teve algum sucesso com artigos, e um editor que gostava do seu trabalho pediu-lhe que escrevesse um livro. Hesse produziu uma obra-prima, *Peter*

Principais obras

Romances

Peter Camenzind, 1904

Unterm Rad, 1906

Gertrud, 1910

Rosshalde, 1914

Demian, 1919

Sidarta, 1922

O lobo da estepe, 1928

Narciso e Goldmund, 1930

Viagem ao Oriente, 1932

O jogo das contas de vidro, 1943

Contos

Eine Stunde hinter Mitternacht, 1899

Poesia

Unterwegs, 1911

Die Gedichte, 1942

Não ficção

Gedenkblätter, 1937

Sobre a guerra e a paz, 1946

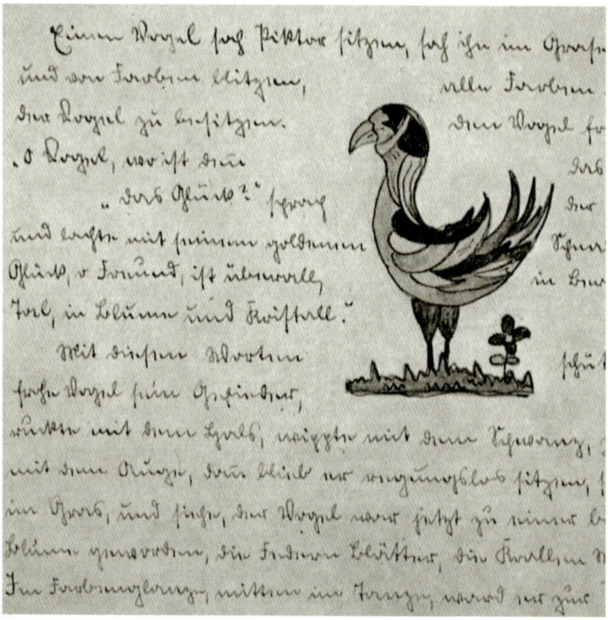

ACIMA: Herman Hesse em fotografia tirada para a revista *Der Spiegel* em 1958.

À DIREITA: Página do conto de fadas *A metamorfose de Pictor*, com ilustrações do próprio autor.

À ESQUERDA: Hesse na biblioteca de Montagnola, na Suíça, fotografado em 1937.

Camenzind, a história de um escritor fracassado que encontra vida nova ao retirar-se de uma sociedade sem rosto e voltar para a natureza. O livro deu fama a Hesse e dinheiro suficiente para que passasse a escrever em tempo integral. O romance de estreia já continha o primeiro vislumbre da filosofia que seria defendida por ele pelo resto da vida: a necessidade de equilibrar a individualidade espiritual diante das demandas mundanas e intelectuais da sociedade.

"O conhecimento pode ser transmitido, mas a sabedoria, não." – *Sidarta*

Hesse viajou muito, tendo feito até uma passagem pela Índia e pelo Sri Lanka em 1911, e emigrou para a Suíça em 1912. Quando a Primeira Guerra Mundial teve início, Hesse apelou pela paz ao público alemão. Como consequência, foi rotulado de traidor pelos jornais alemães e os periódicos pararam de publicar seus artigos. Hesse trabalhou incansavelmente na Suíça, ajudando prisioneiros de guerra, e essa atividade, somada a um casamento fracassado, à grave doença de um filho e à morte do pai, o levou bem perto de um colapso nervoso. Fez psicanálise com J. B. Lang,

Filosofia oriental

Hesse era fascinado pelo misticismo da Índia, terra natal da mãe. Em criança, vivia cercado de exóticas lembranças indianas que ajudavam a inflamar sua imaginação em relação àquele país.

Sidarta levou três anos para ser concluído e Hesse descreveu o livro como fruto de "quase 20 anos de familiaridade com o pensamento da Índia e da China". A tradução em inglês teve grande influência sobre a popularização do hinduísmo e do budismo nos Estados Unidos. Na década de 1960, *Sidarta* foi adotado por Jack Kerouac e outros poetas da geração beat. Eles se identificavam com a luta do personagem pelo autoconhecimento. Hesse tornou-se um personagem cultuado, representando o pacifismo e o humanismo em tempos conturbados.

Embora celebrado como um dos maiores defensores da filosofia oriental no Ocidente, quando Hesse viajou para a Índia ele não encontrou a luz que procurava. Percebeu que a filosofia indiana e a chinesa que imaginava eram mais uma representação de um estado de espírito do que algo que poderia ser encontrado em algum lugar determinado.

aluno de Karl Jung, e mais tarde usou essas experiências para produzir o aclamado romance *Demian*. A obra tornou Hesse popular em toda a Europa, mas, em razão de sua impopularidade na Alemanha, foi inicialmente publicada com a assinatura de "Emil Sinclair", protagonista do romance. Ironicamente, o livro foi premiado com o Fontane Preis, prêmio para romances de estreia, e Hesse teve de admitir a autoria e devolver o prêmio. Descreveu a obra como uma história de "individuação", mas muitos veem *Demian* como uma autobiografia disfarçada.

Hesse e as dualidades

Em 1922, Hesse publicou uma de suas obras mais famosas, *Sidarta*, em que segue a busca filosófica de um jovem indiano por si mesmo, combinando a filosofia ocidental e a oriental na exploração do autoconhecimento. Foi seguida pelo mais surrealista *O lobo da estepe*, assustadora exploração da dualidade da natureza humana, e por *Narciso e Goldmund*, que trata do conflito entre a razão e a criatividade.

O auge da obra criativa de Hesse foi *O jogo das contas de vidro*, escrito entre 1931 e 1942. Descreve um futuro utópico em que os ideais do espírito são ativamente preservados. Também publicou uma coletânea de quase todos os poemas produzidos e editados nos últimos 50 anos, cerca de 600 poesias, em 1942. Durante esse tempo, Hesse também escreveu críticas de livros e artigos sobre poesia. Ao reconhecer novos talentos, ajudou a criticar e a definir a literatura de seu tempo.

Quando Hesse morreu, deixou para trás um legado de mais de 50 romances, centenas de poemas e incontáveis artigos e cartas. Seu gênio literário parecia derivar de seu mal-estar com o mundo e do constante exame da luta humana para manter os ideais dentro dos limites da sociedade. É essa busca por si que encontrou eco junto ao público mundial, rendendo-lhe grande aclamação, até mesmo o Prêmio Nobel de Literatura, em 1946. **JM**

À DIREITA: Hesse em 1952, com a esposa Ninon, em Montagnola, Suíça.

EINO LEINO

Nascimento: Armas Einar Leopold Lönnbohm, 6 de julho de 1878 (Paltamo, Finlândia). Morte: 10 de janeiro de 1926 (Tuusula, Finlândia).

Estilo e gênero: Poeta, romancista, jornalista, tradutor e crítico, mais conhecido por formas poéticas inspiradas pela natureza, a cultura e o folclore da Finlândia.

Eino Leino é considerado um dos maiores poetas da Finlândia. Sua primeira obra publicada foi um poema, *Castle of Kajaani*, editado em um jornal finlandês quando ele tinha apenas 12 anos. A primeira coletânea de poesia, *Maaliskuun lauluja*, apareceu seis anos mais tarde. Leino foi influenciado por *Kalevala* (1849), poema épico compilado do folclore finlandês e careliano. Talvez sua obra mais importante seja *Whitsuntide Songs I-II,* que emprega a métrica tradicional da poesia popular finlandesa e retrata o passado com uma visão heroica. Leino foi um escritor prolífico (32 livros de poesia, 25 peças e 25 romances) e traduziu Racine, Runeberg, Schiller, Goethe, Dante e Rabindranath Tagore para o finlandês. **HJ**

Principais obras

Romances

Työn orja, 1911

Rahan orja, 1912

Naisen orja, 1913

Onnen orja, 1913

Poesia

Castle of Kajaani, 1890

Maaliskuun lauluja, 1896

Whitsuntide Songs I-II, 1903-1916

Talvi-yö, 1905

Halla, 1908

ALFRED DÖBLIN

Nascimento: 10 de agosto de 1878 (Stettin, Polônia). Morte: 26 de junho de 1957 (Emmendingen, Alemanha).

Estilo e gênero: Döblin foi integrante do movimento alemão "Nova Objetividade", cujos romances examinam a forma com que a sociedade modela o indivíduo.

Alfred Döblin estudou medicina na Universidade de Berlim e, em seguida, trabalhou como psiquiatra. Sua obra se concentra no sofrimento da humanidade. Seu primeiro romance, *Die drei Sprünge des Wang-Lun*, descreve o esmagamento, pelo Estado, de uma rebelião na China do século XVIII. Porém, foi o romance *Berlim Alexanderplatz: a história de Franz Biberkopf* – história de um homem condenado por pequenos crimes que deixa a cadeia, contada em estilo que lembra James Joyce, narrada por meio de diferentes pontos de vista – que firmou sua reputação. Judeu e socialista, Döblin fugiu da Alemanha em 1933. Primeiro, mudou-se para os Estados Unidos, onde trabalhou como roteirista, e depois para Paris, após o fim da Segunda Guerra Mundial. Sua obra influenciou Günter Grass e Bertolt Brecht. **HJ**

Principais obras

Romances

Die drei Sprünge des Wang-Lun, 1915

Berge Meere und Giganten, 1924

Berlim Alexanderplatz: a história de Franz Biberkopf, 1929

Pardon wird nicht gegeben, 1935

Das Land ohne Tod, 1937

November, 1918. Eine deutsche Revolution, 1949-1950

E. M. FORSTER

Nascimento: Edward Morgan Forster, 1º de janeiro de 1879 (Londres, Inglaterra). Morte: 7 de junho de 1970 (Coventry, Warwickshire, Inglaterra).

Estilo e gênero: Modernista cuja ironia, o simbolismo e a espirituosidade evocavam as vidas interiores e os desejos dos personagens, e um sentido de eternidade.

"Basta associar a prosa e a paixão para que ambos sejam exaltados e o amor humano atinja novos píncaros." A famosa citação de *Howards End* parece abraçar todos os objetivos pessoais e artísticos de E. M. Forster: introduzir fervor no cotidiano, compromisso com os relacionamentos pessoais e apreciação da beleza natural.

Depois de se formar no King's College, em Cambridge, Forster viajou para a Itália e a Grécia e achou suas culturas mais vitais, dinâmicas e autênticas do que a rigidez da Inglaterra eduardiana – reforçando sua visão de que havia mais na vida do que os honrados conceitos das classes abastadas. A Itália também serve de cenário para dois de seus romances, *Where Angels Fear to Tread* e *Um quarto com vista*. Ambos tratam das emoções inebriantes despertadas em reprimidos visitantes ingleses durante viagens à Itália, e nas escolhas que os personagens são seduzidos a fazer naquele clima e cultura. Mais viagens, dessa vez para experimentar a vida na Índia, inspiraram o último romance de Forster, aquele que muitos consideram ser sua obra mais sólida, *Uma passagem para a Índia*.

Apesar dessa crença, Forster foi solitário durante boa parte de sua vida. Não admitia nem para si mesmo a atração por homens até estar bem avançado na casa dos 20 anos. Viveu em solidão na maior parte do tempo. O romance *Maurice*, escrito quando estava com 30 anos, é uma das poucas obras sobre o amor homossexual datadas de antes da liberação gay. Porém não foi publicada antes da morte do autor. Forster parou de escrever romances aos 45 anos, mas permaneceu em destaque como ensaísta e locutor, na defesa de valores humanistas. A maioria de seus romances foi transformada em filmes bem-sucedidos. Em vida, Forster recusou permissão para que fossem adaptados, pois temia que o cinema tornasse suas histórias nostálgicas e sentimentais. **CQ**

"A vida é fácil para o registro, mas desconcertante para a prática." – *Um quarto com vista*

Principais obras

Romances

Where Angels Fear to Tread, 1905

A mais longa jornada, 1907

Um quarto com vista, 1908

Howards End, 1910

Uma passagem para a Índia, 1924

Maurice, 1971 (publicação póstuma)

Contos

The Celestial Omnibus (and Other Stories), 1911

The Eternal Moment and Other Stories, 1928

The Life to Come and Other Stories, 1972 (publicação póstuma)

Não ficção

Aspectos do romance, 1927

Two Cheers for Democracy, 1951

The Hill of Devi, 1953

ACIMA: O modernista britânico E. M. Forster, fotografado em 1949.

1860–79

WALLACE STEVENS

Nascimento: 2 de outubro de 1879 (Reading, EUA). Morte: 2 de agosto de 1955 (Hartford, EUA).

Estilo e gênero: Poeta modernista de exuberante e elaborada dicção e imagens românticas que via a poesia como a suprema forma de ficção.

Principais obras

Poesia

Manhã de domingo, 1915
Treze maneiras de olhar um melro, 1917
Le Monocle de Mon Oncle, 1918
Anecdote of the Jar, 1919
The Snow Man, 1921
O imperador do sorvete, 1922
The Comedian as the Letter C, 1922
Uma velha cristã de tom altivo, 1923
Harmonium, 1923
Sea Surface Full of Clouds, 1924
Ideas of Order, 1935
O homem do violão azul, 1937
Notes Toward a Supreme Fiction, 1942
Collected Poems, 1954

1860–79

Wallace Stevens é um personagem cheio de contrastes. Boa parte de sua melhor poesia é cheia de coloridos rococós, dicção exuberante e paisagens sensualmente imaginadas da Flórida, dos mares do Sul e da "Guatemala real e verdejante". Porém, ele passou quase toda a sua vida profissional decidindo prêmios de seguros para a Hartford Accident and Indemnity Company, silenciosamente amealhando fortuna até chegar à vice-presidência do grupo em 1934. Stevens era conhecido por sua reticência. Como lembrou sua filha: "Ficávamos afastados... Poderia se dizer que meu pai morava sozinho." O colega poeta William Carlos Williams escreveu: "Era sempre o que estava bem-vestido, relutante em relaxar, exato quando éramos todos desleixados." De fato, Stevens levou uma vida tão resguardada que muitos de seus colegas mais antigos não sabiam que "Wally" era um dos poetas mais amados de sua geração.

A obra de Stevens se destacava pela combinação de elegância, sagacidade e gestos enigmáticos e engenhosos. Os poemas demonstram amor por trocadilhos francófonos como *Le Monocle de Mon Oncle* e pela musicalidade travessa. O poema *Uma velha cristã de tom altivo* brinca com o som das palavras como "tran-tan-tan e trum-tum-tum", regojiza-se com a "algazarra jovial" da poesia e com a capacidade dos poetas em ignorar as suscetibilidades e "piscar em situações em que as viúvas se crispariam".

"Versos descontrolados, cheios de rumor, gritos e clamores."
— *Le Monocle de Mon Oncle*

É característico de Stevens que essa excentricidade altamente espirituosa sirva de veículo para uma discussão cuidadosa e detalhada a respeito dos papéis da poesia e da religião. Sua obra incorpora um sério envolvimento com a natureza da estética. *Uma velha cristã de tom altivo* começa com "A poesia é a ficção suprema", e essa frase foi retomada no longo poema tardio *Notes Toward a Supreme Fiction*. Como resume: "Depois de abandonar a crença em Deus, a poesia é aquela essência que assume o lugar da redenção da vida." **MS**

ACIMA: Detalhe de uma fotografia de Wallace Stevens tirada em julho de 1950.

GUILLAUME APOLLINAIRE

Nascimento: Wilhelm Apollinaris de Kostrowitzki, 26 de agosto de 1880 (possivelmente Roma, Itália). Morte: 9 de novembro de 1918 (Paris, França).

Estilo e gênero: "Arauto do surrealismo", Apollinaire envolveu-se profundamente nas novas tendências da literatura e da arte na França, no início do século XX.

A vida e a carreira de Apollinaire, ambas muito pouco convencionais, começaram pelo nascimento como filho ilegítimo de uma polonesa na Itália. O pai parece ter sido um nobre suíço-italiano que se recusou a reconhecê-lo. Apollinaire passou a infância na França com a mãe e uma sucessão de amantes dela, fingindo ser um misterioso príncipe russo. Aos 20 anos, foi para Paris, embrenhou-se nos círculos da boemia de Montparnasse, tornou-se próximo a escritores, pintores e músicos de vanguarda, como Pablo Picasso, Gertrude Stein, Jean Cocteau, Erik Satie, Marc Chagall e Raoul Dufy, e teve um caso tempestuoso com a pintora Marie Laurencin. Apollinaire escreveu pornografia anonimamente, além de contos. Um de seus primeiros trabalhos notáveis é *O mago apodrecido*, sobre o grande mago Merlin, a feiticeira Viviane e outros personagens das lendas arturianas. Em 1911, por ser estrangeiro e subversivo, foi preso como suspeito do roubo da *Mona Lisa* (Picasso também foi) e publicou a primeira coletânea de versos ilustrada por xilogravuras de Dufy.

Apollinaire escreveu um livro sobre pintura cubista que desagradou Picasso. As principais coletâneas de poesia foram *Álcoois* e *Calligrammes*. Nesta última, alguns dos poemas assumem a forma de objetos. Boa parte de sua obra foi experimental e enigmática. Foi ele quem, aparentemente, teria cunhado o termo "surrealista" em um texto para o programa do balé *Parade*, de Cocteau e Satie, em 1917. Apollinaire alistou-se no Exército francês na Primeira Guerra Mundial, em 1915, apreciou a vida militar e já foi descrito como o único poeta francês a lidar com a experiência da guerra. Uma ferida na cabeça, sofrida nas trincheiras, contribuiu, assim como a gripe epidêmica, para sua morte precoce. **RC**

"Sem poetas, sem artistas, os homens logo cansariam da monotonia da natureza."

Principais obras

Poesia

O mago apodrecido, 1909

O bestiário, ou Cortejo de Orfeu, 1911 (ilustrações de Dufy)

Álcoois, 1913

Calligrammes, 1918

Ensaio

Pintores cubistas, 1913

Peça

As mamas de Tirésias, 1917

ACIMA: Apollinaire no ateliê de Picasso em Bateau-Lavoir, Paris, no início da década de 1900.

1880–99

ROBERT MUSIL

Nascimento: 6 de novembro de 1880 (Klagenfurt, Áustria). Morte: 15 de abril de 1942 (Genebra, Suíça).

Estilo e gênero: Musil é considerado um dos mais importantes romancistas modernistas. Sua obra é caracterizada pela sutil análise psicológica.

Principais obras

Romances

O jovem Törless, 1906

O homem sem qualidades, 1930, 1932, 1942 (inacabado)

Contos

Vereinigungen, 1911

Drei Frauen, 1924

Depois de morrer no exílio, Robert Musil esteve praticamente esquecido até que o interesse pelo romance inacabado *O homem sem qualidades* ressurgiu, na década de 1950, com a primeira tradução para o inglês. O romance, que já foi comparado às obras de Proust, é uma investigação arrebatadora e muitas vezes cômica da decadência do Império Austro-Húngaro, vista pelos olhos do anti-herói Ulrich. Musil publicou o primeiro romance, *O jovem Törless*, em 1906, quando foi louvado pela crítica. Baseou-se em suas próprias experiências em uma escola interna militar. Coletâneas de contos se seguiram, mas foi a publicação dos dois primeiros volumes de *O homem sem qualidades*, em 1930 e 1932, que consolidou sua reputação. **HJ**

À DIREITA: Litografia colorida com a folha de rosto de *O jovem Törless* (1906).

STEFAN ZWEIG

Nascimento: 28 de novembro de 1881 (Viena, Áustria). Morte: 23 de fevereiro de 1942 (Petrópolis, Brasil).

Estilo e gênero: Famoso principalmente como biógrafo, Zweig ajudou a introduzir grandes personagens da literatura e cultura europeias para um público mais amplo.

Principais obras

Romance

Ungeduld des Herzens, 1938

Libreto

Die Schweigsame Frau, 1935

Não ficção

Drei Meister, 1920

Der Kampf mit dem Dämon, 1925

Brasil, país do futuro, 1941

O mundo que eu vi, 1941

Zweig foi influenciado pelo grupo de literatura de vanguarda "Jovem Viena" e por Sigmund Freud. Membro de uma rica família judia, ele fez estudos universitários em Berlim e Viena, viajou muito e escreveu estudos sobre Tolstói e Dostoievski, e também sobre Stendhal, Dickens, Nietzsche, Balzac, Maria Antonieta e outros. Também escreveu peças e contos e traduziu Baudelaire e Verlaine. Depois da morte de Hugo von Hofmannsthal, em 1929, Zweig escreveu o libreto para uma das óperas de Richard Strauss, mas, por ser judeu, os nazistas obrigaram o compositor a dispensá-lo. Zweig viveu em Salzburgo, na Áustria, de 1913 até ser expulso pelos nazistas na década de 1930. Acabou no Brasil, onde ele e a segunda esposa cometeram suicídio. **RC**

ROBERT MUSIL

Die Verwirrungen des Zöglings Törless

Plessner

WIENER VERLAG
WIEN u. LEIPZIG.

JUAN RAMÓN JIMÉNEZ

Nascimento: 24 de dezembro de 1881 (Moguer, Andaluzia, Espanha). Morte: 29 de maio de 1958 (Santurce, Porto Rico).

Estilo e gênero: Um dos grandes poetas espanhóis, Jiménez produziu trabalhos românticos, visuais e comumente associados às cores verde, amarela e, mais tarde, branca.

Principais obras

Poesia

Almas de violeta, 1900
Elejías puras, 1908
La Soledad Sonora, 1911
Poemas mágicos y dolientes, 1911
Platero e eu, 1914
Diario de um poeta recién casado, 1917
Eternidades, 1918
Piedra y cielo, 1919
Poesía, 1923
Belleza, 1923
Españoles de tres mundos, 1942
Voces de mi copla, 1945
Animal de fondo, 1949

ACIMA: Foto de Jiménez em 1956, ano em que ganhou o Prêmio Nobel.

Ganhador do Prêmio Nobel de Literatura em 1956, Juan Ramón Jiménez cresceu no clima literário que tomou conta da Espanha após a perda das colônias para os Estados Unidos em 1898. Esses poetas e romancistas se chamavam de modernistas e o líder do movimento, o poeta Rubén Dario, convidou Jiménez para ir até Madri. Lá ele o encorajou e apoiou a publicar o primeiro livro de poesia em 1900. No mesmo ano, porém, o pai de Jiménez morreu e ele caiu em profunda depressão, que se transformou em um episódio de doença mental. Foi se recuperar em um sanatório na França, mas a preocupação com a morte perduraria pelo resto de seus dias.

Por toda a vida, Jiménez foi um poeta incrivelmente prolífico, produzindo às vezes um livro por ano. Além disso, criou duas revistas literárias e trabalhou como crítico e editor de diversos periódicos literários espanhóis. Em 1912, mudou-se para Madri, onde trabalhou com a poetisa, escritora e tradutora Zenobia Camprubí Aymar na tradução das obras do poeta hindu Rabindranath Tagore. Os dois se apaixonaram. Esse amor permitiu que Jiménez enfrentasse a depressão e, quatro anos depois, ele a seguiu de barco para Nova York. Essa viagem transatlântica fez com que contemplasse o vazio do oceano em torno da embarcação, imagem que espelhava seu tema principal: como a poesia e a experiência da beleza serviam de meios para lutar contra o sentimento de vazio que ele experimentou enquanto esteve deprimido. Ele se casou com Zenobia em 1916 e, na década de 1920, tornou-se reconhecido como líder de uma nova geração de poetas espanhóis.

A poesia posterior de Jiménez exibiu uma ideologia religiosa. Referências simbólicas à cor e à música permearam sua obra. Os primeiros versos eram românticos e associados às cores verde e amarela, enquanto a produção tardia se tornou mais ascética e dominada pelas referências ao branco. Ele deixou a Espanha para viver em Cuba e nos Estados Unidos em decorrência da Guerra

ACIMA: Jiménez fala para uma turma de alunos na Universidade de Porto Rico, em outubro de 1956.

Civil espanhola iniciada em 1936. Em 1951, mudou-se em definitivo para Porto Rico.

Zenobia morreu três dias depois da divulgação do Prêmio Nobel em 1956 e o laureado foi incapaz de comparecer ao banquete de comemoração em Estocolmo (em suas palavras, ele se encontrava "sitiado pela dor e pela doença"). O discurso de agradecimento foi proferido por Jaime Benitez, reitor da Universidade de Porto Rico. Ele repetiu palavras de Jiménez: "Minha esposa Zenobia é a verdadeira ganhadora deste prêmio. Sua presença, ajuda e inspiração tornaram possível meu trabalho durante 40 anos. Hoje, sem ela, estou desolado e indefeso." Incapaz de superar essa perda, Jiménez morreu dois anos depois, na mesma clínica onde a esposa falecera. **REM**

"Tua voz é fogo branco/ no universo da água, do navio, do céu..." – "Consciência plena"

VIRGINIA WOOLF

Nascimento: Adeline Virginia Stephen, 25 de janeiro de 1882 (Londres, Inglaterra). Morte: 28 de março de 1941 (Rodmell, East Sussex, Inglaterra).

Estilo e gênero: Empregou várias técnicas narrativas, como a representação de personagens por meio do fluxo de consciência.

Terceira de quatro filhos, Virginia Woolf nasceu em uma família de classe média alta de Kensington, bairro de Londres. Do ponto de vista literário, suas origens eram promissoras. O pai, Leslie Stephen, descendia da aristocracia intelectual da Inglaterra vitoriana. Ele próprio fazia críticas e foi o primeiro editor do *Dictionary of National Biography,* além de ser viúvo da filha mais velha do romancista William Makepeace Thackeray. Dessa forma, apesar de não receber educação formal, Woolf cresceu cercada por livros e intelectuais. Pela sua primeira residência passaram visitantes como Henry James, George Eliot e George Henry Lewes. Por isso, não chega a ser uma surpresa que ela tenha decidido se tornar escritora ainda criança.

Os repetidos colapsos nervosos que acometeriam Woolf ao longo da vida costumam ser atribuídos às perdas sofridas por ela ao fim da infância, e muitas especulações foram feitas acerca do impacto dos abusos sexuais que sofreu dos meios-irmãos sobre seu equilíbrio mental. Quando tinha 13 anos, a mãe morreu repentinamente, tragédia seguida dois anos depois pela morte da meia-irmã. Golpe ainda mais sério foi a morte do pai, em 1904.

Principais obras

Romances

A viagem, 1915
Noite e dia, 1919
O quarto de Jacob, 1922
Mrs. Dalloway, 1925
Passeio ao farol, 1927
Orlando, 1928
As ondas, 1931
Os anos, 1937
Entre os atos, 1941

Contos

The Complete Shorter Fiction, 1985

Não ficção

Modern Fiction, 1919
O leitor comum, 1925
Um teto todo seu, 1929
On Being Ill, 1930
Cenas londrinas, 1931
The Common Reader: Second Series, 1932
Three Guineas, 1938
The Death of the Moth and Other Essays, 1942

ACIMA: A romancista e ensaísta britânica Virginia Woolf aos 20 anos.

À DIREITA: Virginia Woolf fotografada com o pai, Leslie Stephen.

ACIMA: O Grupo de Bloomsbury original, durante um piquenique. Woolf está no centro, à direita, de chapéu.

Um diagnóstico em retrospectiva poderia indicar que a escritora sofria de transtorno bipolar, condição que a levou a se afogar nas proximidades de sua casa em Sussex quando tinha apenas 59 anos e se encontrava deprimida com a Segunda Guerra Mundial.

Na juventude, a casa dela em Gordon Square se tornou ponto de reunião dos integrantes do Grupo de Bloomsbury, uma turma de artistas e intelectuais livre-pensadores. Entre os membros mais destacados estavam John Maynard Keynes, Lytton Strachey, E. M. Forster, Clive Bell e Leonard Woolf, com quem se casou em 1912. O casal criou a Hogarth Press, editora dedicada à publicação de obras novas e experimentais, de escritores como T. S. Eliot, Katherine Mansfield e a própria Virginia.

"Uma mulher precisa de dinheiro e de um quarto só seu, se vai escrever ficção."

Woolf escreveu para o suplemento literário do jornal *The Times* praticamente até sua morte e foi autora de uma série de romances.

Qualidades cinematográficas

O estilo literário pioneiro de Woolf, suas credenciais feministas, a personalidade exuberante e a instabilidade emocional transformaram-na em objeto de fascínio para Hollywood. Sua personalidade e obra foram temas de uma série de filmes, como *Orlando* (1992), *Mrs. Dalloway* (1997) e *As horas* (2002), que mereceu indicações ao Oscar. Este último baseia-se no romance do mesmo nome, premiado com o Pulitzer, no qual o autor Michael Cunningham adota muitos dos recursos estilísticos da autora para criar um texto repleto de alusões a Woolf. Muitos críticos destacaram a qualidade cinematográfica na narrativa de Woolf, que inclui efeitos como close-up, perspectiva subjetiva, flashbacks e rápidos cortes em cenas e personagens, bem como uma preocupação visual obsessiva.

Quatro deles são particularmente importantes. O que dá unidade a boa parte de sua ficção é a preocupação com a consciência feminina explorada por meio do recurso hoje já batido do fluxo de consciência (ou monólogo interior). Entre outras características estão o rearranjo temporal dos acontecimentos para se combinarem com a experiência interna do protagonista e a justaposição de variados pontos de vista. O resultado é um estilo subjetivo de narrativa muito diferente da voz onisciente e convencional empregada pela literatura realista do século XIX.

A ação externa de *Mrs. Dalloway* se passa em apenas um dia e acompanha a personagem-título, anfitriã que prepara uma festa da alta sociedade. A partir de uma saída para comprar flores, as imagens e os sons da região central de Londres se mesclam com retalhos de memórias de uma vida inteira. O romance chega ao auge na festa, em que os personagens do passado aparecem no presente. *Passeio ao farol* se inspira nas felizes memórias de infância da escritora, que passou férias em St. Ives, Cornualha, bem como em lembranças dos pais, nos quais se baseiam em alguma medida os personagens centrais, o senhor e a senhora Ramsey. *As ondas* acompanha as vidas de um grupo de amigos ao longo de alguns anos. A própria estrutura formal do romance é composta de uma série de pensamentos que se alternam, em que os personagens refletem sobre si mesmos e sobre os outros.

Orlando se destaca como um romance mais brincalhão e adota a forma de uma falsa biografia, usando como fonte a escritora Vita Sackville-West, com quem Woolf manteve um relacionamento muito íntimo, possivelmente sexual. Nessa encarnação, na ficção, ela vive por mais de três séculos, alternando-se entre ser um homem e uma mulher.

Caracteristicamente, os romances de Woolf exploram a reação de mulheres de caráter ao meio social, familiar ou doméstico, o que, ao lado de seu clássico ensaio crítico (*Um teto todo seu*), ajudou a transformá-la em um destacado ícone feminista. **GM**

À DIREITA: **Sobrecapa de *Mrs. Dalloway* (1925), com projeto gráfico de Vanessa Bell.**

MRS
DALLOWAY
VIRGINIA WOOLF

JAMES JOYCE

Nascimento: James Augustine Aloysius Joyce, 2 de fevereiro de 1882 (Dublin, Irlanda). Morte: 13 de janeiro de 1941 (Zurique, Suíça).

Estilo e gênero: O irlandês Joyce foi um romancista e mestre da prosa cujas representações da Dublin da virada do século XX são extraordinariamente inovadoras.

Seria pouco dizer que James Joyce domina a paisagem literária do século XX. Em 1999, *Ulisses* foi eleito o melhor romance em língua inglesa do século XX por críticos dos dois lados do Atlântico, com uma ampla margem sobre o segundo colocado por se tratar de uma escolha óbvia.

O romance relata um dia na vida do Leonard Bloom, filho de um judeu húngaro, em Dublin, em uma narrativa inspirada no poema épico de Homero, *Odisseia* (*c.*700 a.C.). No meio do caminho, Joyce lança mão de todos os recursos disponíveis em sua bem abastecida caixa de ferramentas, do fluxo de consciência ao pastiche, e faz paródias com tudo o que encontra pela frente, dos romances populares à poesia heroica irlandesa. O romance foi criticado por excesso de virtuosismo – como no capítulo passado em um jornal, que emprega todas as técnicas clássicas de retórica, ou no episódio das Sereias, composto por quatro partes interpostas, como se fosse uma representação poética da fuga (gênero musical). Mas quando entre as imitações de uma obra aparecem criações literárias tão importantes quanto *Mrs. Dalloway* (1925),

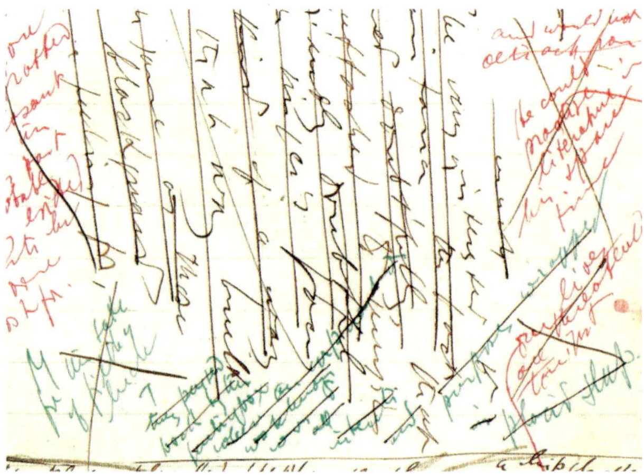

Principais obras

Romances

Stephen Hero, escrito de 1904 a 1906, publicado em 1944

Retrato do artista quando jovem, 1916

Ulisses, 1922

Finnegans Wake, 1939

Contos

Dublinenses, 1914

Peça

Exilados, 1918

Poesia

Giacomo Joyce, escrito em 1907, publicado em 1968

Música de câmara, 1907

Poemas, um tostão cada, 1927

ACIMA: Foto de James Joyce em Paris, por volta de 1938.

À DIREITA: O rascunho perdido de Eumeu, de *Ulisses*, fragmento da folha 23, verso.

ACIMA: Ford Madox Ford, James Joyce, Ezra Pound e John Quinn em Paris (1923).

de Virginia Woolf, e *Terra desolada*, de T. S. Eliot, por exemplo, tais críticas demonstram ser, de certa forma, acadêmicas. Mesmo os detratores do romance precisam reconhecer que existem poucas obras da literatura inglesa, à exceção daquelas de William Shakespeare, cuja repercussão tenha sido mais significativa ou duradoura.

"Um homem genial não comete erros." – Stephen Dedalus, *Ulisses*

Joyce era o mais velho entre 10 filhos, crescendo em Dublin na completa pobreza. Sua primeira ficção a ser publicada foi uma coletânea de contos, *Dublinenses*, que revelou de duas formas o tom de sua obra posterior. Em primeiro lugar, tudo se passa na Dublin da infância de Joyce e ele disseca em profundidade os irlandeses, demonstrando, de um lado, profundo conhecimento e simpatia por seus conterrâneos, e de outro, sua ambivalência em relação ao nacionalismo irlandês e às restrições da Igreja católica. Em segun-

Lucia Joyce

Embora o Bloomsday (16 de junho, data em que se passa *Ulisses*) seja a festa mais famosa relacionada à obra de Joyce, os irlandeses também festejam o Dia de Lucia em 26 de julho, aniversário da filha do escritor. É uma data criada para promover a conscientização sobre a esquizofrenia. Lucia foi internada pela primeira vez aos 25 anos e ainda recebia cuidados psiquiátricos ao morrer, com 75.

Joyce escreveu sobre a filha: "Seja lá qual for o brilho ou o dom que possuo, ele foi transmitido para Lucia e alimentou uma fogueira em seu cérebro." Bailarina de vanguarda, ex-aluna de Raymond Duncan (irmão de Isadora), Lucia teve um rápido relacionamento com Samuel Beckett, amigo do pai, mas acabou sendo rejeitada. Foi internada pela primeira vez quando, em uma briga com a família, jogou uma cadeira na mãe. A partir daí, seria transferida de instituições na França e na Suíça pelo resto de seus dias. Chegou a fazer psicanálise com o próprio Carl Jung, que descreveu pai e filha como "duas pessoas indo para o fundo de um rio, uma por ter caído e a outra por ter mergulhado".

À DIREITA: Placa no calçamento celebra *Ulisses* em Dawson Street, Dublin.

do lugar, o livro inspirou fortes reações negativas. Nesse caso, um leitor em Dublin chegou a adquirir – e queimar – toda a primeira edição, acontecimento que talvez esteja relacionado ao exílio voluntário de Joyce. Ele partiu em 1904 e viveu na Europa pelo resto da vida, principalmente em Trieste e Paris.

A obra seguinte de Joyce, o primeiro romance, acabou chegando às livrarias sob o nome de *Retrato do artista quando jovem*. Cheio de elementos autobiográficos, conta a história da infância de Stephen Dedalus, alter ego de Joyce. O nome do personagem une o primeiro mártir cristão com o mitológico construtor de labirintos e fabricante das asas de Ícaro. O romance traz uma reconstituição particularmente vívida da educação jesuíta de Joyce e do desejo do protagonista de voar e escapar das convenções políticas e religiosas que abafam sua criatividade artística.

Ulisses é a continuação de *Retrato do artista*, com Dedalus, mais velho, no papel de Telêmaco e Bloom como um Odisseu paternal – Joyce criou por meio da ficção seu próprio pai espiritual. O romance é, em sua essência, uma meditação sobre os laços filiais – e, em um sentido mais amplo, sobre o próprio amor. Acontece na data do primeiro encontro de Joyce com sua parceira e futura esposa, Nora Barnacle. É isso o que impede a pirotecnia verbal de se dissolver em um simples exercício intelectual. Se Joyce vai a tal extremo para contar a história, é em parte porque nenhuma literatura consegue conter a beleza de um único encontro genuíno entre dois seres humanos. Se o romance merece ser considerado o melhor do século XX, é tanto pela sua humanidade quanto pelo virtuosismo.

O talento de Joyce para incitar a polêmica não desapareceu com *Dublinenses*. *Ulisses* foi proibido nos Estados Unidos e na Grã-Bretanha por ser obsceno, até que, em 1933, uma decisão histórica do juiz John Woolsey, da corte distrital americana em Nova York, deliberou que não se tratava de pornografia. Portanto, não poderia ser obsceno. Quando os leitores americanos e britânicos puderam obter livremente exemplares do livro, Joyce já trabalhava havia 10 anos em seu último romance, *Finnegans Wake*. A saúde e a visão declinavam enquanto ele escrevia. Morreu apenas dois anos após sua publicação. **SY**

ULYSSES
—You're in Dawson street, Mr Bloom said. Molesworth street is opposite. Do you want to cross? There's nothing in the way.
P. 148
C&C
proudly sponsored by
Cantrell & Cochrane (Dublin) Limited

WYNDHAM LEWIS

Nascimento: Percy Wyndham Lewis, 18 de novembro de 1882 (Amehurst, Nova Escócia, Canadá). Morte: 7 de março de 1957 (Londres, Inglaterra).

Estilo e gênero: Lewis examinou a brutalidade e a exaltação da violência na era das máquinas. Tinha um intenso desprezo pelo sentimentalismo e pelos valores vitorianos.

Conhecido principalmente como artista plástico e fundador do vorticismo, Wyndham Lewis também foi romancista, poeta e editor. Quando jovem, passou vários anos viajando pela Europa e estudando arte. Foi apenas depois de seu retorno à Inglaterra, em 1912, que fundou o vorticismo. Dois anos depois, começou a publicar *Blast*, uma revolucionária revista vorticista na qual parodiava o sentimentalismo da era vitoriana e conclamava o mundo a abraçar a era das máquinas. Ironicamente, a publicação coincidiu com o início da Primeira Guerra Mundial. Wyndham Lewis passou os dois últimos anos do conflito lutando no front oriental. Duas décadas mais tarde, relatou suas experiências em *Blasting and Bombardiering*.

Depois da guerra, Wyndham Lewis voltou-se cada vez mais para a direita. Acreditava que a arte e a literatura contemporâneas eram degeneradas e iniciou uma ferina campanha contra seus representantes, como Roger Fry e o Grupo de Bloomsbury. Sua reputação, como era de esperar, foi gravada por esses mesmos contemporâneos, de forma que é difícil distinguir entre o que dizem de verdadeiro e o que é apenas despeito. De acordo com relatos, era um amante misógino, pai desinteressado e amigo egoísta. Seus textos e suas obras de arte foram influenciados por suas visões políticas, em especial o desprezo pela nova vanguarda (da qual, ironicamente, já fora um dos expoentes máximos) e sua simpatia pelo fascismo. Deu apoio a Oswald Mosley, na Grã-Bretanha, e a Adolph Hitler, na Alemanha, publicando *The Hitler Cult and How it Will End*. No mesmo ano, viajou para os Estados Unidos, onde viveu durante a Segunda Guerra Mundial, retornando a Londres em 1945. Abandonou a arte, embora tenha continuado a escrever, tornando-se um notável crítico. Nos últimos anos de vida, ficou cego em consequência de um tumor canceroso. **LH**

Principais obras

Romances

Tarr, 1918

The Apes of God, 1930

The Revenge for Love, 1937

Self-Condemned, 1954

The Human Age, 1955

Poesia

One-Way Song, 1933

Não ficção

Hitler, 1931

Blasting and Bombardiering, 1937

The Hitler Cult and How it Will End, 1939

The Jews, Are They Human?, 1939

America and Cosmic Man, 1948

"Se o mundo construísse apenas templos para as máquinas... então tudo seria perfeito."

ACIMA: O romancista, pintor e crítico inglês Wyndham Lewis fumando um cigarro em 1914.

JAROSLAV HASEK

Nascimento: 30 de abril de 1883 (Praga, Tchecoslováquia). Morte: janeiro de 1923 (Lipnice, Tchecoslováquia).

Estilo e gênero: Mestre da sátira política, do realismo social, das anedotas e dos elementos cômicos, Hasek era antimilitarista e colaborador frequente da *Anarchist Press*.

Mestre da sátira política, Jaroslav Hasek foi chamado de o Mark Twain da literatura tcheca. A crítica ácida da monarquia e os relatos bem-humorados sobre a vida dos tchecos no Império Austro-Húngaro estão impregnados em seus esquetes e histórias. As narrativas são estudos profundos da personalidade humana, tendo como alvo o chamado heroísmo dos dignitários austro-húngaros, zombando do seu nacionalismo e das convenções impostas. Crítico inflamado da injustiça social, Hasek tornou-se um dos principais colaboradores da *Anarchist Press*, escrevendo libelos contra o império para a Juventude Progressista. Contos como "The Gypsy's Funeral" ou "Três esquetes da planície húngara" davam voz a várias nações e nacionalidades que viviam sob o jugo do Império Habsburgo. Hasek também zombava dos excessos da Igreja católica, que via como o principal legislador do governo imperial.

Embora Hasek tenha escrito mais de 1.000 histórias, é famoso pelo romance *As aventuras do bravo soldado Schweik*, uma colagem de esquetes e histórias sobre Schweik (que apareceu pela primeira vez em um conto de 1912), o comediante e filósofo do povo, cujo grande coração e desejo excessivo de servir o Exército na Primeira Guerra Mundial viram as convenções de cabeça para baixo. Embora seja considerado o idiota do regimento, suas tiradas de duplo sentido parodiam as atitudes contraditórias dos oficiais. Por meio de incontáveis aventuras e anedotas, ele não apenas desvia a atenção do assunto mais importante, a guerra, mas também expõe implacavelmente as fraquezas do império a que ele humildemente serve. Com exceção do tenente Lukas, que tolera pacientemente os excessos cômicos e às vezes perigosos de Schweik, os oficiais servem apenas como objeto para a astuta crítica de Hasek ao domínio imperial. **PR**

"Tempos notáveis exigem homens notáveis." – *As aventuras do bravo soldado Schweik*

Principais obras

Contos

As aventuras do bravo soldado Schweik, 1912

The Tourist's Guide and other Satires from Travels Abroad and At Home, 1913

Two Dozen Stories, 1920

Romances

As aventuras do bravo soldado Schweik, 1920-1923 (4 volumes)

1880–99

ACIMA: O escritor tcheco Jaroslav Hasek, fotografado em 1910.

FRANZ KAFKA

Nascimento: 3 de julho de 1883 (Praga, Tchecoslováquia). Morte: 3 de junho de 1924 (Kierling, Áustria).

Estilo e gênero: Kafka ficou conhecido pela descrição concisa e lúcida de situações incompreensíveis, e pelos cenários em que os indivíduos são esmagados pelo Estado.

Principais obras

Romances

A metamorfose, 1915
O processo, 1925
O castelo, 1926
América, 1927

Contos

Contemplação, 1913
O veredicto, 1913
Na colônia penal, 1914
Eine kaiserliche Botschaft, 1919
Die Abweisung, 1920
Investigações de um cão, 1922
Um artista da fome, 1924

Escritor de ficção em alemão de incomensurável influência, Franz Kafka possuía uma notável originalidade de pensamento, com a visão fantasmagórica de uma máquina de Estado opressiva que sufoca o indivíduo com complexidades burocráticas. Kafka publicou apenas um punhado de obras em vida e deixou instruções ao amigo e testamenteiro literário Max Brod para que originais inéditos fossem queimados. O pedido não foi respeitado.

As obras de Kafka variam de situações corriqueiras até outras que beiram o ridículo. Apesar do emprego fixo como agente de seguros, Kafka publicou a primeira coleção de contos, *Contemplação*, em 1913. A virada veio com *O veredicto*, história de um filho que comete suicídio a pedido do pai, e *A metamorfose*, história surreal de um caixeiro-viajante, Gregor Samsa, que acorda uma bela manhã e descobre ter sido transformado em um inseto gigante. Não há muita explicação para a mudança e Samsa, a princípio, age como se nada tivesse acontecido. Sua família, porém, fica envergonhada com a situação e o abandona para que morra sozinho. A interpretação crítica da natureza simbólica da história condena o tratamento que a sociedade reserva para aqueles que parecem ser diferentes e o isolamento decorrente.

O personagem principal de *O processo*, Josef K., é preso sem um motivo claro e passa o livro inteiro em busca de uma explicação para o ocorrido, enquanto é arrastado por um labiririnto de repartições, funcionários sem nome e procedimentos desconcertantes. Com maestria, Kafka cria uma tensão claustrofóbica no romance, descrevendo um sistema de Estado que antecipava os regimes totalitaristas que devorariam a Europa em pouco tempo. Mais conflitos com funcionários de segundo escalão e autoridades estão em *O castelo*. Sombrio, enlouquecedor e igualmente arrebatador, o romance exibe perfeitamente a representação de Kafka para a ansiedade e a alienação presentes na vida do século XX. **SG**

ACIMA: A foto do passaporte de Franz Kafka em 1915.

À DIREITA: Capa da edição de 2006 de *A metamorfose*, de Kafka, da editora Penguin.

FRANZ KAFKA
META
MORPH
OSIS
AND OTHER STORIES

NIKOS KAZANTZAKIS

Nascimento: 18 de fevereiro de 1883 (Heraklion, Creta). Morte: 26 de outubro de 1957 (Freisburg-im-Breisgau, Alemanha).

Estilo e gênero: Kazantzakis é o mais admirado dos escritores gregos modernos. Perdeu o Prêmio Nobel em 1957 (para Albert Camus) por apenas um voto.

Principais obras

Poesia

The Odyssey: A Modern Sequel, 1938

Romances

Zorba, o grego, 1946

Freedom or Death, 1950

A última tentação de Cristo, 1951

Ensaio

Report to Greco, 1961

1880–99

Creta merece um lugar especial na vida e obra de Kazantzakis. Era a Ítaca de onde esse Odisseu moderno partia para suas perambulações e o lugar onde fez questão de ser enterrado, sua terra natal. Durante a infância em Creta, ele testemunhou seguidas rebeliões conta o jugo dos turcos otomanos. Depois, foi estudar Direito na universidade, em Atenas, e filosofia sob a supervisão de Henri Bergson, em Paris, voltando para a Grécia pouco antes da Primeira Guerra Mundial.

Kazantzakis escreveu no idioma grego moderno, o que lhe garantiu poucos leitores fora do seu país até sua obra começar a ser traduzida. Para ganhar a vida, ele precisava produzir muitos textos dos mais variados tipos: poesia, romances, peças, histórias infantis, livros de viagem e traduções para o grego – entre elas, *Fausto* (1808), de Goethe, e *A divina comédia* (1308-1321), de Dante. Em 1924, começou a escrever e a reescrever uma ambiciosa continuação para a *Odisseia* (*c.*700 a.C.), de Homero, que chegou a 33.333 estrofes e que ele considerava sua obra mais importante. No meio-tempo, viajou incansavelmente pela Europa, pelo Egito e pela Palestina. Envolvido com política, chegou a ser ministro sem pasta no governo grego em 1945, trabalhou para a Unesco em Paris em 1947 e 1948, e então se estabeleceu em Antibes, no sul da França. Dois romances chamaram a atenção do público fora da Grécia e foram transformados em filmes de muita repercussão: *Zorba, o grego* e *A última tentação de Cristo*, cuja abordagem incomum do Evangelho foi condenada pelas Igrejas católica e ortodoxa. Ao voltar de uma viagem à China e ao Japão em 1957, Kazantzakis foi acometido de uma doença fatal. Foi enterrado aos pés da muralha da cidade de Heraklion, pois a Igreja ortodoxa não permitiu que jazesse no cemitério. **RC**

"Não espero nada. Não temo nada. Sou livre."

— Epitáfio de Kazantzakis em Creta

ACIMA: Foto do escritor grego Nikos Kazantzakis.

WILLIAM CARLOS WILLIAMS

Nascimento: 17 de setembro de 1883 (Rutherford, EUA). Morte: 4 de março de 1963 (Rutherford, EUA).

Estilo e gênero: Conhecido pela obra vibrante, visual e econômica, e por sua crença no socialismo, seus poemas têm ritmo parecido com o do jazz, abordando o cotidiano.

ACIMA: William Carlos Williams fotografado por volta de 1950.

Embora tenha ganhado a vida trabalhando como médico em Rutherford, Nova Jersey, William Carlos Williams, nas horas vagas, foi um dos mais importantes poetas americanos do século XX.

Williams estudou em Genebra, Paris e Nova York antes de cursar medicina na Universidade da Pensilvânia. A educação no estrangeiro lhe abriu o apetite para viagens. Costumava passar fins de semana em Nova York e, durante toda a vida, passou temporadas na Europa, convivendo com artistas e escritores de vanguarda como Marcel Duchamp, Francis Picabia, James Joyce e Marianne Moore.

Foi também amigo dos poetas Ezra Pound e H. D. (Hilda Doolittle), conhecidos seus dos tempos da escola de medicina. Williams compartilhava com Pound da preocupação com a simplicidade. Mas, enquanto os versos de Pound são tensos e aforísticos, Williams é simplesmente preciso. Seus melhores poemas têm uma clareza assustadoramente sugestiva. Embora ele se resuma a descrever ameixas apenas como "tão doces/tão frias", é possível sentir o sabor. É considerado um poeta que tentou escrever sobre a existência cotidiana de pessoas comuns numa linguagem corriqueira, rejeitando deliberadamente as alusões clássicas em favor de um vocabulário que refletisse o estilo de vida americano.

O auge da influência de Williams se fez sentir na década de 1950, com os escritores da geração beat, as escolas de Black Mountain e de Nova York. Em *On The Road* (1957), de Jack Kerouac, Dean Moriarty inicia a viagem em Paterson, Nova Jersey, em homenagem ao poema épico de Williams. Mas o escritor foi mais do que uma simples influência. Foi também mentor de jovens autores, entre eles Allen Ginsberg. Dois meses depois de sua morte, em 1963, Williams recebeu um Prêmio Pulitzer póstumo por *Pictures from Brueghel and Other Poems*. **SY**

"[Williams emprega] o linguajar americano que qualquer um consegue ler." – Marianne Moore

Principais obras

Poesia

Poems, 1909

Al Que Quiere, 1917

Sour Grapes, 1921

Spring and All, 1923

An Early Martyr and Other Poems, 1935

Paterson, Livros I a IV, 1946-1958

The Desert Music and Other Poems, 1954

Journey to Love, 1955

Pictures from Brueghel and Other Poems, 1962

Prosa

The Great American Novel, 1923

1880–99

D. H. LAWRENCE

Nascimento: David Herbert Richards Lawrence, 11 de setembro de 1885 (Eastwood, Nottinghamshire, Inglaterra). Morte: 2 de março de 1930 (Vence, França).

Estilo e gênero: Escritor de poesia, contos e romances, Lawrence empregou o realismo escrito para debruçar-se sobre relacionamentos entre homens e mulheres.

Principais obras

Romances

The White Peacock, 1911
The Trespasser, 1912
Filhos e amantes, 1913
O arco-íris, 1915
Mulheres apaixonadas, 1920
A jovem perdida, 1920
Canguru, 1923
a serpente emplumada, 1926
O amante de Lady Chatterley, 1928

Contos

The Prussian Officer and Other Stories, 1914
England, My England and Other Stories, 1922

Não ficção

Twilight in Italy and Other Essays, 1916
Sea and Sardinia, 1921
Mornings in Mexico, 1927

Autor influente e polêmico, D. H. Lawrence explorou as emoções humanas, a psique e a sexualidade de forma honesta e explícita, derrubando convenções morais. A união entre o pai, mineiro alcoólatra e analfabeto, e a mãe, professora, criava uma tensão doméstica que, aliada à paisagem imaculada de Nottinghamshire, forneceu matéria-prima para suas primeiras obras, o que está mais evidente em *Filhos e amantes.* O livro beira a autobiografia com descrições vibrantes da vida em uma comunidade de mineiros. O personagem central, Paul Morel, é incapaz de se libertar do domínio da mãe, o que afeta seus relacionamentos com outras mulheres. Parece com um estudo psicanalítico do autor, um tema que serviu de base para muitas obras.

Os próximos romances criaram alvoroço pela temática sexual. *O arco-íris* acompanha três gerações da família Brangwen, permitindo que Lawrence costure na história mudanças emocionais e sociais e, ao mesmo tempo, examine habilidosamente os desejos sexuais e os relacionamentos. O romance seguinte,

ACIMA: O inglês D. H. Lawrence, escritor modernista, fotografado em 1930.

À DIREITA: Lawrence com o escritor Aldous Huxley em Bandol, na França, em 1929.

À ESQUERDA: A fênix de Lawrence, símbolo poderoso que o escritor costumava usar nas capas de seus livros.

Mulheres apaixonadas, gira em torno de duas irmãs modernas e educadas, e de suas aspirações na vida e no amor.

Perseguido pela reputação de escritor subversivo, Lawrence deixou a Inglaterra e, mesmo assim, voltou a ser vítima dos censores, ao concluir seu romance mais famoso, *O amante de Lady Chatterley*. Trata com delicadeza de um caso entre Lady Chatterley e o guarda-caça Oliver Mellors com descrições gráficas de relações sexuais e palavrões. O livro continuou proibido até 1960. Apesar da péssima reputação em vida e de receber críticas das feministas pela representação da mulher em seus livros, Lawrence hoje é considerado um importante escritor modernista, responsável por afastar a ficção das normas morais e sociais vigentes na era vitoriana. **SG**

Peregrinação selvagem

Acusado de espionagem e confinado a uma casa na Cornualha, Lawrence optou pelo exílio voluntário após a Primeira Guerra Mundial. Denominou a experiência de "peregrinação selvagem". D. H. Lawrence e a esposa Frieda viajaram pelo mundo, o que inspirou Lawrence a escrever alguns dos primeiros livros de viagem em inglês que obtiveram amplo reconhecimento. O casal atravessou a Itália, como consta em *Sea and Sardinia*, antes de visitar o Sri Lanka e a Austrália, experiência registrada no romance *Canguru*. Mas os melhores textos de viagem talvez sejam aqueles resultantes do tempo que passou nos Estados Unidos e no México, descritos em *Mornings in Mexico*.

SINCLAIR LEWIS

Nascimento: Harry Sinclair Lewis, 7 de fevereiro de 1885 (Sauk Center, EUA). Morte: 10 de janeiro de 1951 (Roma, Itália).

Estilo e gênero: As obras de Lewis tratam dos direitos das mulheres e de questões raciais. São escritas de forma astuta e direta, repletas de espírito satírico.

Sinclair Lewis foi provavelmente um dos mais bem-sucedidos escritores americanos da primeira metade do século XX, com humor seco e satírico e estilo brilhantemente descritivo, características que contribuíram para que o autor encontrasse um amplo público nos Estados Unidos. Seus romances são marcados pela crítica à sociedade americana e ao consumismo, mas o tom ácido é perfeitamente equilibrado pelo humor, gerando obras reveladoras e ao mesmo tempo sutis.

Lewis começou a escrever muito jovem, primeiro poesia e depois contos, com contribuições para a *Yale Literary Magazine*, publicação da Universidade de Yale que ele editou. Depois de se formar em 1908, trabalhou como escritor freelance e para várias editoras durante alguns anos, antes de publicar o primeiro romance, *Hike and the Aeroplane*, em 1912, sob o pseudônimo de Tom Graham. Essa foi a primeira de uma série de obras que faria com fins exclusivamente comerciais. Dois anos depois, publicou o primeiro romance "sério", *Our Mr. Wrenn: The Romantic Adventures of a Gentle Man*, que foi relativamente bem recebido.

Só em 1920, com a publicação de *Main Street*, best-seller instantâneo, Lewis conquistou o sucesso e a fama que mantém até hoje. *Main Street* resultou de uma longa pesquisa e criticava os horizontes estreitos da "América das cidadezinhas", por meio da protagonista Carol Kennicot, mulher forte e emancipada. Em seguida, escreveu *Babbit*, obra igualmente vigorosa e reveladora, e mais tarde *Dr. Arrowsmith*, que lhe rendeu um Prêmio Pulitzer, que ele recusou. Lewis ganhou o Prêmio Nobel de Literatura em 1930, tornando-se o primeiro escritor americano a merecer a honraria. Lewis não conseguiria repetir o olhar penetrante das primeiras obras. Apesar de ter outros nove romances editados, apenas *It Can't Happen Here* chegou aos pés daquelas em profundidade e perspicácia. **TamP**

"Nossos professores americanos preferem literatura que seja límpida, fria, pura e bem morta."

Principais obras

Romances

Hike and the Aeroplane, 1912

Our Mr. Wrenn: The Romantic Adventures of a Gentle Man, 1914

Main Street, 1920

Babbit, 1922

Dr. Arrowsmith, 1925

Elmer Gantry, 1927

Fogo de outono, 1929

It Can't Happen Here, 1935

ACIMA: O escritor americano Sinclair Lewis fotografado em 1940.

ISAK DINESEN

Nascimento: Baronesa Karen von Blixen-Finecke, 17 de abril de 1885 (Rungsted, Dinamarca). Morte: 7 de setembro de 1962 (Rungsted, Dinamarca).

Estilo e gênero: Isak Dinesen se consagrou pela ficção fantástica, porém é mais conhecida por *A fazenda africana*, história do tempo que passou no Quênia.

Isak Dinesen nasceu em uma família burguesa da Dinamarca e estudou arte em Copenhague, Paris e Roma. Em 1914, casou com um primo distante, o barão Bror von Blixen-Finecke, e mudou-se para o Quênia para cuidar de uma plantação de café. Porém, como o marido era infiel, ela pegou sífilis. Nessa época, conheceu o caçador Denys Finch Hatton e os dois começaram um relacionamento. Depois da morte dele, em um desastre aéreo em 1931, e do fracasso da plantação de café, Dinesen retornou à Dinamarca.

Sua primeira obra, *Sete narrativas góticas*, foi publicada em 1934 e recebeu boas críticas na Dinamarca, na Grã-Bretanha e nos Estados Unidos. Ambientados na Europa dos séculos XVIII e XIX, esses contos combinam elementos tradicionais da fantasia gótica sob o olhar renovado da psicologia moderna. Dinesen escreveu *Sete narrativas góticas* e toda a obra posterior em inglês para então traduzir tudo para o dinamarquês. Depois do sucesso inicial, encontrou inspiração nas memórias da África para o romance *A fazenda africana*, publicado em 1937. Durante a Segunda Guerra Mundial, ela escreveu *Winter's Tale* – histórias baseadas em contos populares –, contrabandeado para fora da Dinamarca via Suécia. Nos Estados Unidos, foi distribuído para os soldados americanos que lutavam no estrangeiro. Dinesen também produziu o único romance de fôlego, *The Angelic Avengers*, como uma alegoria do nazismo.

Após a guerra, Dinesen voltou aos contos. *Anedotas do destino* foi publicado em 1958 e contém cinco histórias, entre elas *A festa de Babette*, uma de suas obras mais apreciadas, que fala sobre uma cozinheira idosa que finalmente tem a chance de exibir todo o seu talento.

"Tempos difíceis me ajudaram a ver como a vida é infinitamente exuberante e bela..."

Dinesen chegou às finais do Prêmio Nobel por duas vezes, em 1954 e 1957, mas perdeu para Ernest Hemingway e Albert Camus. Durante a década de 1950, ela teve problemas de saúde cada vez mais graves que a impediram de escrever. Morreu em 1962. **HJ**

Principais obras

Romances

A fazenda africana, 1937

The Angelic Avengers, 1946

Contos

Sete narrativas góticas, 1934

Winter's Tale, 1942

Last Tales, 1957

Anedotas do destino, 1958

Sombras na relva, 1960

Carnival, 1977

ACIMA: A baronesa Karen von Blixen, que usava o pseudônimo Isak Dinesen, em janeiro de 1959.

FRANÇOIS MAURIAC

Nascimento: 11 de outubro de 1885 (Bordeaux, França). Morte: 1º de setembro de 1970 (Paris, França).

Estilo e gênero: Romancista, ensaísta, poeta, dramaturgo e jornalista, seus principais romances tratam do conflito entre pecado e salvação no mundo moderno.

Principais obras

Romances

O beijo ao leproso, 1922

O deserto do amor, 1925

Thérèse Desqueyroux, 1927

O nó de víboras, 1932

O fim da noite, 1935

O demônio da retidão, 1941

Peças

Asmodée, 1938

Les Mal-Aimés, 1945

Poesia

Les Mains jointes, 1909

Não ficção

De Gaulle, 1964

Nascido em Bordeaux, de uma família burguesa abastada e católica, François Mauriac estudou literatura em sua cidade natal e em Paris antes que a riqueza familiar lhe permitisse devotar-se inteiramente à literatura. O primeiro verdadeiro sucesso chegou na década de 1920, com a publicação do romance *O beijo ao leproso*.

Os primeiros romances de Mauriac retratam o universo da burguesia provinciana de sua infância. A atmosfera é sufocante e destituída de moral, mas as intenções religiosas não estão aparentes à primeira vista. Abalado por uma crise religiosa entre 1928 e 1931, Mauriac batalhou com aquilo que enxergava como o dilema de todo autor cristão: como descrever a perversidade humana sem expor o leitor à tentação.

A mudança dramática em sua obra subsequente fica evidente ao se compararem os dois livros mais conhecidos de Mauriac. Em *Thérèse Desqueyroux*, a heroína tenta assassinar o marido para escapar de uma vida asfixiante. Embora o retrato psicológico de Thérèse seja compassivo, está claro que suas ações só servirão para enredá-la ainda mais. Porém, em seu romance mais bem-sucedido, *O nó de víboras*, a má vontade do protagonista em relação a sua família e sua cobiça são superadas pelo despertar espiritual. Além da ficção e da poesia, Mauriac foi um jornalista de destaque, autor de eloquentes artigos políticos para diversos jornais. Durante a Segunda Guerra Mundial, foi um dos mais atuantes escritores da Resistência Francesa e depois foi um proeminente defensor de Charles de Gaulle. Também divulgou amplamente suas posições em relação à própria literatura, procurando se justificar junto aos críticos e delinear suas intenções morais. Em 1952, Mauriac recebeu o Prêmio Nobel de Literatura pela "profunda percepção espiritual e intensidade artística que empregou, em seus romances, para penetrar no drama da vida humana". **CW**

"O pecado é a matéria-prima do escritor. As paixões do coração, o pão e vinho que saboreia."

ACIMA: François Mauriac fotografado em 14 de novembro de 1946.

1880–99

EZRA POUND

Nascimento: Ezra Weston Loomis Pound, 30 de outubro de 1885 (Hailey, EUA). Morte: 1º de novembro de 1972 (Veneza, Itália).

Estilo e gênero: Exuberante e inovador, foi poeta, crítico e definiu o modernismo literário. Esteve na cadeia por fazer transmissões radiofônicas pró-fascistas.

Em 1945, depois de quatro décadas como um incansável polemista mesmo sem conquistar a influência pública que desejava, Ezra Pound viu sua vida ser atropelada pela polêmica pública. Quando o esforço de guerra italiano fracassou, Pound foi trancafiado em uma gaiola ao ar livre em uma base militar americana nos arredores de Pisa e acusado de traição pelas transmissões de rádio pró-fascistas e antissemitas feitas em Roma, atacando abertamente a participação dos Estados Unidos na guerra. Julgado em Washington, D. C., Pound escapou da pena de morte apenas por ter impetrado um recurso alegando insanidade. Foi mantido no Saint Elizabeth's Hospital, manicômio judiciário, pelos 12 anos seguintes. Apesar de tudo, Pound conseguiu criar alguns de seus melhores poemas nesse período. *The Pisan Cantos*, publicado em 1948, foi saudado por muitos como sua melhor obra até então e laureado com o prestigioso Prêmio Bollingen, apesar de protestos públicos contra a escolha.

Pound trabalhara em *Os cantos*, épico modernista, pelo menos desde 1917 e continuaria o esforço pelo resto da vida. Definia a obra épica como um "poema que inclui história". Em *Os cantos*, Pound faz uma tentativa de reorganizar a história humana de acordo com sua galeria pessoal de heróis exemplares e teorias econômicas.

O poema inclui, entre outras coisas, perfis de Odisseu, Confúcio, do presidente americano John Adams e do mercenário italiano Sigismondo Malatesta, entre a condenação da usura e a remessa dos politicamente perversos para um inferno digno de Dante. Depois de 800 páginas, a maratona sucumbe ao peso de sua vasta ambição: "Não sou um semideus,/ Não consigo fazer sentido", admite Pound. O que permanece tem a grandeza de um palácio arruinado, com detalhes luminosos sob as trevas. **MS**

> "Mas ter feito em vez de não ter feito... Isso não é vão."
> — *Os cantos*

Principais obras

Poesia

A Lume Spento, 1908
Des Imagistes, 1914
Cathay, 1915
Lustra, 1916
Quia Pauper Amavi, 1919
Homage to Sextus Propertius, 1919
Hugh Selwyn Mauberley, 1920
Os cantos, 1930-1969
The Pisan Cantos, 1948

Não ficção

ABC of Economics, 1933
ABC da literatura, 1934
Jefferson and/or Mussolini, 1935

ACIMA: Ezra Pound, fotografado por E. O. Hoppé em 1918.

1880–99

SIEGFRIED SASSOON

Nascimento: 8 de setembro de 1886 (Matfield, Kent, Inglaterra). Morte: 1º de setembro de 1967 (Heytesbury, Wiltshire, Inglaterra).

Estilo e gênero: A obra de Sassoon faz irônicos comentários contra a guerra, com subtexto pacifista e uma visão idealizada do interior da Inglaterra.

Principais obras

Poesia

The Old Huntsman, 1917

Glory of Women, 1917

The General, 1917

Counter-Attack, 1918

The Path to Peace, 1960

Autobiografias

Memoirs of a Fox-Hunting Man, 1928

Complete Memoirs of George Sherston, 1937

Siegfried's Journey, 1945

À DIREITA: Siegfried Sassoon de uniforme, em seu alojamento, na Primeira Guerra Mundial.

Siegfried Sassoon teve destaque como poeta posicionado contra a guerra e como autor de autobiografias romanceadas que descrevem a vida na zona rural da Inglaterra. Serviu como voluntário no Exército inglês depois do início da Primeira Guerra Mundial, mas no auge do conflito tornou-se um ruidoso pacifista. Sassoon registrou os horrores que testemunhou com um estilo ácido e satírico em poemas como *The General* e *Glory of Women*, que divulgavam lamentos familiares contra os militares e contra os que haviam ficado em casa. Seus protestos públicos fizeram com que fosse internado em um hospital de campanha, onde conheceu seu colega poeta Wilfred Owen. Depois, publicou *Complete Memoirs of George Sherston*, relato romanceado de sua própria vida no campo, antes da guerra. **SG**

FERNANDO PESSOA

Nascimento: Fernando António Nogueira Pessoa, 13 de junho de 1888 (Lisboa, Portugal). Morte: 30 de novembro de 1935 (Lisboa, Portugal).

Estilo e gênero: Subestimada (foi praticamente desconhecido enquanto vivo), a contribuição de Pessoa ao modernismo pôs a literatura portuguesa no mapa.

Principais obras

Poesia

Poemas ingleses, 1921

Mensagem, 1934

Poesias de Fernando Pessoa, 1942

Poemas de Alberto Caeiro, 1946

Prosa

Livro do desassossego, 1982

O primeiro volume de poemas em inglês de Fernando Pessoa, *Antinous*, surgiu em 1918. Um ano antes de sua morte, o primeiro livro em português, *Mensagem*, foi publicado, sem grande repercussão. As extraordinárias habilidades de Pessoa revelavam-se no uso de 72 heterônimos, personagens mediante os quais ele criou um exuberante mundo de poesia e ficção. Alguns dos mais famosos são Alberto Caeiro, Álvaro de Campos e Ricardo Reis. Pessoa imbuiu esses escritores de personalidades que influenciavam a forma como escreviam. Bernardo Soares, o heterônimo mais próximo da personalidade do próprio Pessoa, assinou um arrebatador projeto desenvolvido ao longo de duas décadas, uma obra montada com o que parecem ser fragmentos de um diário, o *Livro do desassossego*. **REM**

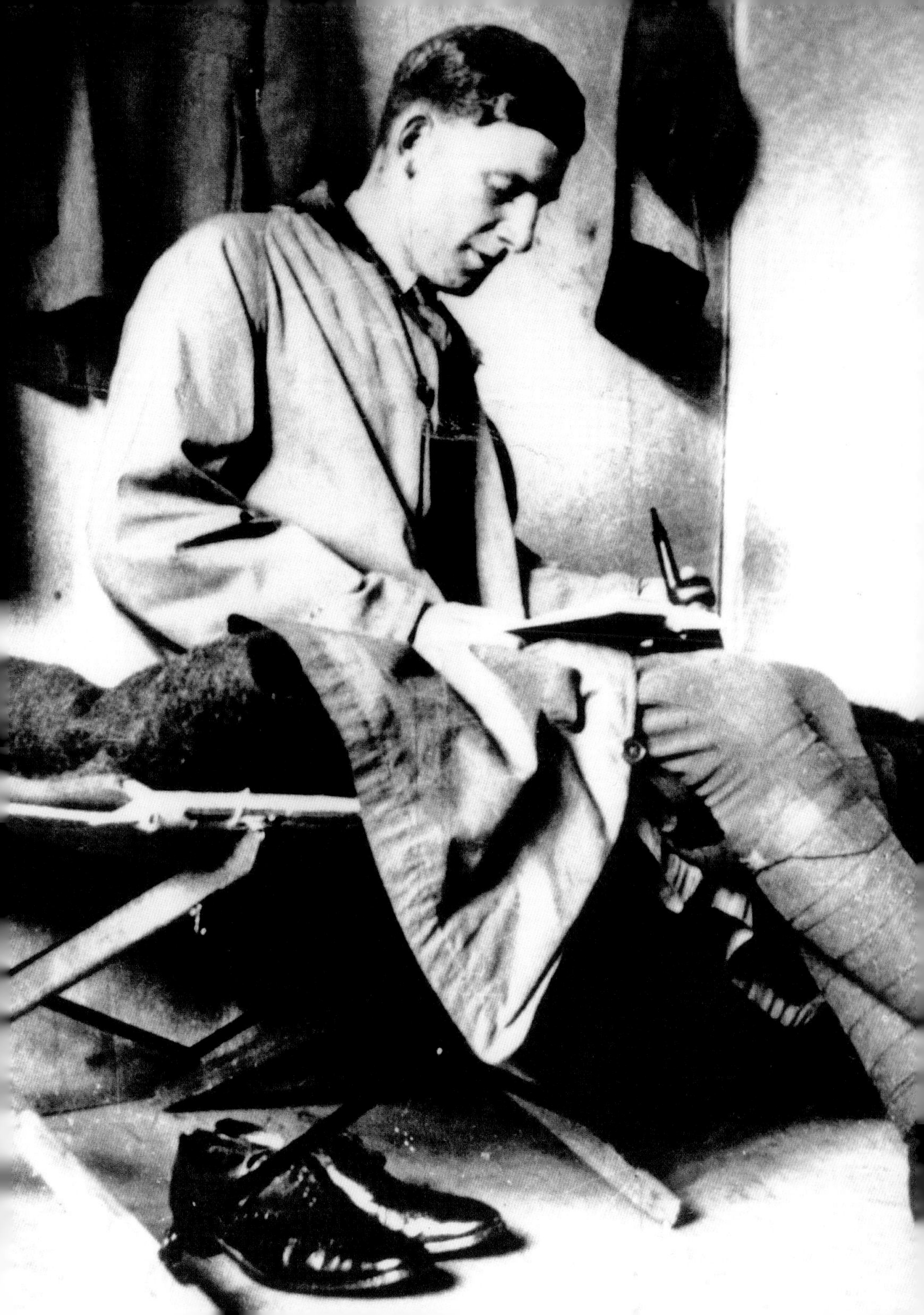

KATHERINE MANSFIELD

Nascimento: Kathleen Mansfield Beauchamp, 14 de outubro de 1888 (Wellington, Nova Zelândia). Morte: 9 de janeiro de 1923 (Fontainebleau, França).

Estilo e gênero: Mestre da prosa ligeira que mascara implicações mais profundas. A obra de Mansfield apresenta personagens marginalizados e descrições da luta de classes.

Katherine Mansfield é aclamada como uma das maiores contistas da literatura em língua inglesa e só rivaliza com Janet Frame na disputa pelo título de maior escritora da Nova Zelândia. Foi educada por uma família abastada, de classe média, em Wellington e, depois de quatro anos de estudos na Inglaterra, iniciados aos 14 anos, ela voltou para a Nova Zelândia, onde começou a escrever.

A Nova Zelândia colonial, porém, não tinha condições de competir com as atrações de Londres. Voltou para lá em 1908 e logo se enturmou com o Grupo de Bloomsbury. Depois de um casamento frustrado, que durou três semanas do primeiro encontro até o divórcio, e de um aborto espontâneo (resultado de uma relação com um amigo da família), Mansfield foi viver e depois se casou com o influente editor e crítico John Middleton Murry. Sua saúde se tornou um sério problema. Além do aborto, ela contraiu gonorreia em 1911, sofreu depressão e teve tuberculose em 1917, à qual sucumbiu em janeiro de 1923, na França.

Mansfield deixou um conjunto de obras que se inspiram tanto em suas experiências de viagem (caso da primeira coletânea, *Numa pensão alemã*), como também nas memórias da infância na Nova Zelândia. Embora nunca tenha voltado para lá após 1908, *Na baía*, *A casa de bonecas* e *A festa ao ar livre* têm o país como cenário e são algumas de suas melhores histórias. Em cada uma delas está um delicado retrato da vida privilegiada no "país jovem", apoiado por uma vaga sensação de desagrado – geralmente enraizada em conflitos de classe entre trabalhadores e burgueses ou na hipocrisia social – que impede Mansfield de sucumbir a uma nostalgia sem sentido. **AS**

Principais obras

Contos

Numa pensão alemã, 1911
The Woman at the Store, 1912
Miss Brill, 1920
Marriage à la Mode, 1921
Her First Ball, 1921
As filhas do falecido coronel, 1921
Na baía, 1922
A casa de bonecas, 1922
A festa ao ar livre, 1922
A Married Man's Story, 1923
The Canary, 1923

"Tinha inveja de seus textos. Os únicos textos que jamais invejei." – Virginia Woolf

ACIMA: Retrato fotográfico de Katherine Mansfield.

GEORGES BERNANOS

Nascimento: 20 de fevereiro de 1888 (Paris, França). Morte: 5 de julho de 1948 (Neuilly-sur-Seine, França).

Estilo e gênero: Católico convicto, os conflitos espirituais e as crenças religiosas permeiam seus romances, em particular, *Diário de um pároco de aldeia*.

Georges Bernanos, veterano da Primeira Guerra Mundial, era um católico devoto e monarquista fiel. Era também extremamente crítico em relação à sociedade moderna como um todo e se opôs violentamente ao derrotismo na França, durante a Segunda Guerra Mundial. Em vida, defendeu uma ordem moral baseada nos ensinamentos da Igreja católica. Um tema recorrente em seus textos é a crença na existência do mal.

Depois da Primeira Guerra Mundial, quando serviu no Somme e em Verdun e foi ferido em diversas ocasiões, Bernanos trabalhou no setor de seguros antes de escrever o primeiro livro, o romance *Sob o sol de Satã*, em 1926. Conta a história tocante e comovente de um padre jovem e ingênuo que, de forma trágica, se envolve com a autora de um assassinato.

Quase todos os principais trabalhos de Bernanos foram escritos em um período altamente produtivo, de 1926 a 1937. Entre essas obras estão *L'Imposture*, de 1927, que detalha a crise espiritual de um padre, e *La Joie*, a continuação, de 1929. A obra-prima, *Diário de um pároco de aldeia*, foi escrita em 1936 e relata a vida de um jovem padre, seus conflitos espirituais ao tentar melhorar a vida de suas ovelhas e a forma com que lida com a proximidade da morte, doente de câncer. Mais tarde, foi filmada pelo cineasta francês Robert Bresson.

Depois da publicação, Bernanos ficou preocupado com o cenário de guerra que se armava e emigrou em 1938 para o Brasil, de onde denunciou a exaustão espiritual da França e deu grande apoio ao movimento do general De Gaulle pela França Livre. Voltou ao país e, em 1948, pouco antes de morrer, completou um roteiro para o cinema, *Dialogues des Carmelites*, sobre freiras martirizadas durante a Revolução Francesa. **HJ**

"Ser capaz de sentir alegria com a alegria do outro: eis o segredo da felicidade."

Principais obras

Romances

Sob o sol de Satã, 1926

L'Imposture, 1927

La Joie, 1929

Diário de um pároco de aldeia, 1936

Ensaio

Os grandes cemitérios sob a lua, 1938

ACIMA: Bernanos durante a Conferência de Paz do Pensamento em Genebra, em 1946.

1880–99

EUGENE O'NEILL

Nascimento: Eugene Gladstone O'Neill, 16 de outubro de 1888 (Nova York, EUA). Morte: 27 de novembro de 1953 (Boston, EUA).

Estilo e gênero: Dramaturgo cuja obra foi definida pelo realismo corajoso, abordando religião e tragédia, descreveu com frequência os dramas da classe trabalhadora.

Eugene O'Neill foi um dos mais influentes dramaturgos americanos no início do século XX e, sozinho, mudou a natureza do teatro de seu país, por meio de suas peças. Pouco convencional, ele introduziu nos palcos dramas espinhosos, tragédias individuais da vida humana, temas delicados e desempenhos expressionistas.

Os primeiros anos e a educação de O'Neill tiveram profunda influência sobre sua vida e obra, sendo que uma de suas melhores peças, *Longa jornada noite adentro*, é um relato dolorosamente autobiográfico. O pai era um ator bem estabelecido, cujo trabalho o levava a viajar muito. A família era desajustada: a mãe, viciada em drogas, e o irmão, alcoólatra que morreu jovem. A vida familiar do próprio O'Neill também seria obscurecida pela tragédia.

Quando jovem, ele saiu de casa e viveu uma existência errante, trabalhando em diversas funções, tornando-se alcoólatra e, finalmente, tentando o suicídio. No fim de 1912, ficou gravemente enfermo e permaneceu hospitalizado durante seis meses. Foi uma virada para O'Neill, que começou a escrever peças curtas, de um ato, durante a convalescença, encontrando inspiração na família e na vida dos marginalizados. Em 1916, ele conheceu um grupo de jovens atores experimentais, o Provincetown Players, que montou suas primeiras peças. O relacionamento era simbiótico e, de 1916 a 1920, o grupo produziu todas as peças curtas. A primeira obra de fôlego, *Além do horizonte*, apareceu em 1920 na Broadway, recebeu críticas positivas e lhe rendeu o primeiro de quatro Prêmios Pulitzer. Nos 20 anos seguintes, escreveu 20 peças longas e numerosas curtas. Foi uma fase de tremenda criatividade. O'Neill recebeu o Prêmio Nobel de Literatura em 1936. **TamP**

> "Nenhum de nós pode mudar o que a vida fez conosco."
>
> — *Longa jornada noite adentro*

Principais obras

Peças

Além do horizonte, 1920
Ana Cristina, 1922
All God's Chillun Got Wings, 1924
Desejo sob os olmos, 1925
Strange Interlude, 1928
Dynamo, 1929
Mourning Becomes Electra, 1931
A juventude não é tudo, 1933
The Iceman Cometh, 1939 (produzida em 1946)
Longa jornada noite adentro, 1941 (produzida em 1956)

ACIMA: Retrato do dramaturgo americano Eugene O'Neill.

RAYMOND CHANDLER

Nascimento: 23 de julho de 1888 (Chicago, EUA). Morte: 26 de março de 1959 (La Jolla, EUA).

Estilo e gênero: Durões, mas de coração mole, os detetives de Chandler, ríspidos, beberrões e mulherengos, enxergam a tristeza e a comicidade de um assassinato.

Até 1933, Raymond Chandler recebia salário como vice-presidente de uma companhia de petróleo. O emprego não se adaptava ao seu lado criativo e, por isso, ele começou a escrever – para felicidade dos amantes dos romances baratos de todo o mundo. Mesmo nos primeiros contos, escritos para revistas popularescas como *Dime Detective*, Chandler levou as histórias de detetives durões a um novo patamar. Introduziu não apenas o realismo físico – seus detetives nem sempre estão no lugar certo na hora certa –, mas também o realismo emocional, confrontando as duras verdades da pobreza, da inveja, da cobiça e do crime.

Isso não quer dizer, porém, que os livros não apresentam alguns tolos que apanham de brutamontes e bandidos. Philip Marlowe, seu principal herói, passa quase tanto tempo inconsciente quanto bebendo bourbon e fazendo piadas. É a voz de Marlowe, recheada de gírias da época e de comparações improváveis ("As paredes ali eram tão finas quanto a carteira de uma dançarina"), que faz com que a história vá em frente, mais do que os enredos labirínticos, repletos de voltas e reviravoltas. Quando Marlowe finalmente conclui a aventura, explicando o "quem", "como" e "por que" do assassinato – geralmente mais de um –, o leitor está tão confuso quanto os policiais bobos que pararam de tentar resolver o caso 200 páginas atrás.

Os livros de Chandler são estranhamente atemporais, com pouco senso de passagem do tempo entre eles. Destacam-se *Adeus, minha adorada*, que apresentou Moose Molloy ao mundo, sujeito com não mais de 2 metros de altura e largura não superior à de um caminhão de cerveja, e *O longo adeus*, em que Marlowe se debate com a traição do amigo Terry Lennox. Este último, escrito enquanto a esposa de Chandler estava moribunda, costuma ser considerado sua melhor obra. **CO**

"O detetive particular da ficção é uma invenção que age e fala como um homem de verdade."

Principais obras

Romances

O sono eterno, 1939

Adeus, minha adorada, 1940

Janela para a morte, 1942

A dama do lago, 1943

A irmãzinha, 1949

O longo adeus, 1954

Playback, 1958

Contos

Smart-Aleck Kill, 1934

The Man Who Liked Dogs, 1936

Roteiros

Pacto de sangue, 1944

Pacto sinistro, 1951

ACIMA: Retrato informal de Raymond Chandler, tirado em 30 de novembro de 1943.

T. S. ELIOT

Nascimento: Thomas Stearns Eliot, 26 de setembro de 1888 (St. Louis, EUA). Morte: 4 de janeiro de 1965 (Londres, Inglaterra).

Estilo e gênero: Eliot foi um modernista de lirismo desarticulado e marcante que criou algumas das mais memoráveis evocações de desejos irrealizáveis em toda a literatura.

Como poeta, ensaísta, crítico, dramaturgo, editor e mesmo como escritor de livros para crianças (*Os gatos* serviu de base para o musical *Cats*, de Andrew Lloyd Webber, um dos maiores sucessos do gênero em todos os tempos), a influência de T. S. Eliot sobre a paisagem cultural do século XX é tamanha que descrever sua obra escrita também é descrever seu tempo. Eliot foi editor assistente de *The Egoist*, de Ezra Pound, e editou seu próprio periódico, o quinzenal *The Criterion*, até 1939. Também trabalhou como editor literário para a Faber and Faber até a morte. Escreveu uma série de ensaios e resenhas no fim da década de 1910 – reunidos e publicados sob o nome de *The Sacred Wood* – que continuam a influenciar as concepções poéticas e críticas do que a literatura deve ser, em seu nível mais básico. Embora seja mais famoso como poeta, Eliot teria direito de reivindicar a condição de um dos mais influentes escritores e pensadores de sua geração mesmo se não tivesse publicado um verso sequer.

Eliot nasceu em St. Louis, de uma família abastada e aristocrática com raízes na Nova Inglaterra. Entre seus parentes, estão três presidentes dos Estados Unidos e um dos pioneiros da colônia de Massachusetts Bay. Eliot frequentou Harvard e começava a se pre-

Principais obras

Peças

O rochedo, 1934
Crime na catedral, 1935
The Family Reunion, 1939
The Cocktail Party, 1950
The Confidential Clerk, 1954
The Elder Statesmen, 1959

Poesia

Prelúdios, 1917
A canção de amor de J. Alfred Prufrock, 1917
A terra desolada, 1922
Os homens ocos, 1925
The Journey of the Magi, 1927
Quarta-feira de cinzas, 1930
Os gatos, 1939
Quatro quartetos, 1942

Não ficção

The Sacred Wood: Essays on Poetry and Criticism, 1920
The Use of Poetry and the Use of Criticism, 1933
Notas para uma definição de cultura, 1948

ACIMA: Retrato de Eliot, ganhador do Prêmio Nobel de Literatura em 1948.

À DIREITA: Eliot com a mãe e Marian, a irmã, na Inglaterra, em 1921.

ACIMA: T. S. Eliot examina originais na sua escrivaninha.

parar para o doutorado em filosofia quando foi catapultado para a cena da poesia moderna com *A canção de amor de J. Alfred Prufrock*. Nunca chegou a concluir o curso. Embora seja, substancialmente, um monólogo de título irônico, protagonizado por um dos personagens mais patéticos e passivos da literatura mundial, o lirismo do poema e a riqueza de seus jogos de palavras investem Prufrock de uma intensa dramaticidade que não apenas o redime de sua existência boçal como também o transforma em leitura arrebatadora.

"Um grande feiticeiro de palavras, o maior dos guardiões da linguagem." – Igor Stravinsky

Passaram-se alguns anos antes que Eliot escrevesse o poema seguinte – talvez sua obra-prima –, *A terra desolada*. Trata-se de uma viagem fraturada e desarticulada através de uma paisagem exaurida tanto do ponto de vista ecológico quanto do cultural, habitada por vozes fragmentadas, quase fantasmagóricas, ligadas apenas por sua ânsia em renascer.

A terra desolada

O registro da morte de T. S. Eliot na revista *Life* só exagerava um pouco quando dizia: "Nossa época, acima de qualquer dúvida, é e continuará a ser a época de T. S. Eliot." *A terra desolada*, especificamente, se tornou para um ramo literário do movimento estético do século XX denominado de "modernismo" o mesmo que *Lyrical Ballads* (1798), de William Wordsworth, significou para o romantismo do século XIX. São textos que servem ao mesmo tempo de manifesto e exemplo, enquanto anunciam o que está por vir e registram que o futuro já estava ali.

Não é difícil imaginar que um poema tão revolucionário em forma e conteúdo quanto *A terra desolada* tenha suscitado críticas na época de sua publicação, em 1922. O que é mais surpreendente é o fato de ter sido acusado de falta de originalidade. Mas logo foi ressaltado que, como o *Ulisses* (1922) de James Joyce, *A terra desolada* lança mão de um mito arcaico para se fundamentar – no caso de Eliot, a lenda do Rei Pescador. Eliot reagiu a essas críticas dizendo que a inovação de Joyce tinha "a importância de uma descoberta científica". Como na ciência, a inovação é tão importante quanto for útil para seus pares, criando estímulo para que eles a incorporem em seus próprios experimentos.

Também foi destacado que as contribuições de Pound para a edição de *A terra desolada* seriam importantes o bastante para lhe dar a coautoria. Porém, esse método colaborativo é indiscutivelmente uma das contribuições mais importantes de Eliot para o movimento que ele personifica. Como escreveu o próprio escritor: "Poetas imaturos imitam; poetas maduros roubam."

À DIREITA: Caricatura de T. S. Eliot com três gatos.

A terra desolada incorporava o espírito da "Geração Perdida", após a Primeira Guerra Mundial, que começava a questionar a fé na ciência e no progresso que caracterizava o século anterior.

O próprio Eliot negou ter qualquer intenção de deixar o pessimismo da obra falar em nome de sua geração, chamando o poema de "alívio de uma pendenga pessoal e completamente insignificante com a vida". A mudança talvez possa ser atribuída a uma grande alteração de perspectiva, que culminou em 1927 com sua naturalização como cidadão britânico e seu batismo na Igreja anglicana. A justaposição desses dois eventos não é acidental. Em um ensaio sobre poetas metafísicos, Eliot escreveu sobre uma mudança na literatura inglesa que chamou de "dissociação da sensibilidade", que ele identificou no século XVII. Antes disso, segundo seus argumentos, os poetas podiam "sentir o pensamento tão rapidamente quanto sentiam o perfume de uma rosa".

No fundamento de toda a obra de Eliot encontra-se uma nostalgia por essa experiência estética e intelectual mais genuína, supostamente erradicada na trilha de John Dryden e John Milton mais ou menos na época em que os ancestrais do próprio Eliot se estabeleciam nos Estados Unidos. É uma característica particular da obra tardia de Eliot explicitar o desejo de renascimento e renovação, como a vontade de fazer com que o relógio ande para trás. Entre suas mais fortes declarações nessa linha está a peça poética *Murder in the Cathedral*, sobre a morte do santo medieval Thomas Becket. A peça usa seu tema – um dos mais dramáticos confrontos entre as autoridades eclesiásticas e seculares antes da Reforma – para fazer um comentário sobre a política na década de 1930 e a ascensão do fascismo na Europa.

O último feito poético de Eliot foi a composição de *Quatro quartetos*. Esses quatro poemas líricos, considerados pelo próprio Eliot os melhores, põem em prática a ideia de uma poética cristã que retome os clássicos com uma sensibilidade moderna e, nesse sentido, representam o que ele produziu de mais próximo ao seu ideal de poesia. Como o próprio Eliot escreveu no último quarteto, *Little Gidding:* "Não cessaremos nunca de explorar/ E o fim de toda a exploração/ Será chegar ao ponto de partida/ E conhecer o lugar pela primeira vez." **SY**

JOHN
MINNION

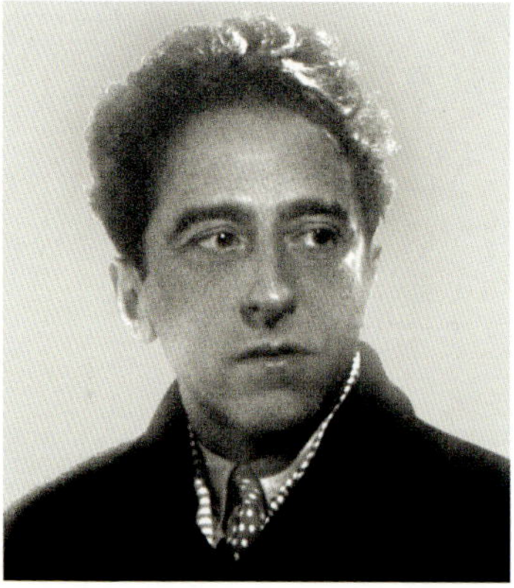

JEAN COCTEAU

Nascimento: Jean Maurice Eugène Clément Cocteau, 5 de julho de 1889 (Maisons-Laffite, Île-de France, França). Morte: 11 de outubro de 1963 (Milly La Forêt, Essonne, França).

Estilo e gênero: Multitalentoso e produtivo, Cocteau se via como um Orfeu da Paris modernista e enriqueceu todas as formas de arte que experimentou.

Principais obras

Romance

Os meninos diabólicos, 1929

Peças

Orfeu, 1926

A voz humana, 1930

La Machine Infernale, 1934

A águia de duas cabeças, 1946

The Storm Within, 1948

Roteiro

A Bela e a Fera, 1946

1880–99

Jean Cocteau pode não ter cunhado a expressão "enfant terrible" – título original de seu romance *Os meninos diabólicos*, de 1929 –, mas ele certamente incorporava o espírito ao pé da letra. Depois do suicídio do pai, Jean, rico e órfão, foi matriculado em uma escola particular. Cinco anos depois, em 1904, foi expulso e fugiu para Marselha, porto francês famoso por seu bairro de prostituição homossexual. Embora a polícia tenha devolvido o jovem aos cuidados do tio, Jean não retornou ao provincianismo de classe média. A partir de 1908, quando conheceu Édouard de Max, importante autor de tragédias, Cocteau ocupou seu lugar como centro das atenções em Paris, em uma época em que a própria cultura da cidade desfrutava do posto de centro das atenções do resto do mundo.

Em uma era de possibilidades, Cocteau estava consciente de seu próprio potencial e do potencial de novas práticas estéticas. Depois de trabalhar com Igor Stravinsky na famosa montagem de *A sagração da primavera* (1913), ele reinventou o balé com Serge Diaghilev, Léonide Massine, Erik Satie e Pablo Picasso em *Parade* (1917). Pouco depois, Cocteau caiu em desgraça junto aos maiorais da arte de Paris, como Picasso e André Breton – segundo alguns, pela homossexualidade –, mas continuou a produzir arte, como sua clássica e dramática reinterpretação da história de Édipo, *La Machine Infernale*. *Orfeu*, peça de Cocteau, dramatiza as dificuldades de um artista de vanguarda que está tão à frente do seu tempo a ponto de atrair a atenção da Morte – reverberação da trágica perda do seu amante jovem e talentoso, o romancista Raymond Radiguet, em 1923. Mais tarde, *Orfeu* foi filmado com Jean Marais, fonte de inspiração e supostamente amante de Cocteau. Boa parte da arte de Cocteau foi inspirada por uma combinação de modelos clássicos e de si mesmo, criando variações para levar a era do jazz ao teatro, à poesia, à ficção, ao desenho e ao filme. **SM**

> "História são fatos que se tornam mentiras. Lendas são mentiras que viram história..."

ACIMA: Retrato fotográfico do multitalentoso Jean Cocteau, em 1925.

PIERRE REVERDY

Nascimento: 13 de setembro de 1889 (Narbonne, França). Morte: 17 de junho de 1960 (Solesmes, França).

Estilo e gênero: Enigmático poeta cubista e surrealista. Os experimentos sintáticos de Reverdy criaram novas realidades e exploraram os limites da linguagem.

Pouco se sabe sobre Reverdy, o homem. Evitava dar informações biográficas. Sua poesia experimental não é acessível. É difícil traduzi-la do francês sem que perca significado. Porém, o abandono das formas convencionais que tanto chocou nos primeiros anos do século XX continua a atrair novos públicos.

Reverdy usou uma sintaxe muito pessoal para construir um mundo internamente lógico inspirado pelas técnicas cubistas e surrealistas. Depois de se estabelecer em Paris por volta de 1910, viveu uma época emocionante do ponto de vista artístico, tempo em que as formas de se buscar a representação da "realidade" foram viradas de cabeça para baixo. Integrante de um grupo de poetas cubistas do qual faziam parte Guillaume Apollinaire e Jean Cocteau, Reverdy foi um grande admirador do pintor Juan Gris.

Em 1917, Reverdy começou a editar o importante periódico *Nord-Sud*, de curta carreira, para avançar a estética cubista tanto do ponto de vista visual quanto do literário. Suas simpatias voltaram-se mais para os surrealistas durante os anos 1920, porém mais tarde penderam para o cubismo. Essa década produtiva também viu a publicação de obras como *Les Épaves du ciel*. A afinidade de Reverdy com o cubismo visual está na maneira com que ele, como Picasso, desmonta o que parece ser real e reconstrói novas formas. Seus poemas tentam revelar um estado mais autêntico, no qual a emoção absoluta e as reações sensoriais são possíveis. Apesar de certa transcendência, a obra de Reverdy é cuidadosamente controlada e não despreza por completo a realidade "normal". Ele tenta compreender a vida e fazer as perguntas importantes, mas não tem respostas concretas. Para descobrir algumas respostas, o solitário Reverdy internou-se na Abadia Beneditina de Solesmes por volta de 1930. Ali viveu o resto da vida em isolamento, interrompido apenas por visitas ocasionais a Paris. **AK**

"Tantos poemas são gestos simples desnudando o coração." – Kenneth Rexroth

Principais obras

Poesia

Étoiles peintes, 1921

Les Épaves du ciel, 1924

Flaques de verre, 1929

Le Gant de crin, 1927

Le Livre de mon bord, 1948

ACIMA: Retrato de Pierre Reverdy fumando um cigarro, em 1940.

1880–99

H. P. LOVECRAFT

Nascimento: Howard Phillips Lovecraft, 20 de agosto de 1890 (Providence, EUA). Morte: 15 de março de 1937 (Providence, EUA).

Estilo e gênero: Autor de ficção científica, fantasia e terror, Lovecraft também foi um missivista compulsivo, bem como poeta, ensaísta e colunista.

Principais obras

Romances

O chamado de Cthulhu, 1926

At the Mountains of Madness, 1931

Novela

O caso de Charles Dexter Ward, 1941

Contos

"The Lurking Fear", 1923

"As ratazanas nas paredes", 1924

"The Outsider", 1926

"A cor que caiu do céu", 1927

"A sombra vinda do tempo", 1936

"A criatura na soleira da porta", 1937

H. P. Lovecraft é um dos mais importantes escritores de ficção científica, fantasia e terror do século XX. A última década de sua vida foi a mais produtiva, quando escreveu clássicos como *O chamado de Cthulhu* e *A sombra vinda do tempo*. Lovecraft e seus contemporâneos (o Círculo Lovecraft) compartilhavam ideias, personagens e temas, sendo Lovecraft a principal influência. Ele tirou várias ideias de seus próprios pesadelos, muitas vezes pintando um retrato pessimista do futuro e incorporando realidades alternativas povoadas por entidades monstruosas. Lovecraft causou profunda influência em escritores posteriores como Stephen King e Clive Barker, bem como na cultura popular, no cinema, na música e na televisão. **TamP**

KAREL ČAPEK

Nascimento: 9 de janeiro de 1890 (Malé Svatonovice, Boêmia). Morte: 25 de dezembro de 1938 (Praga, Tchecoslováquia).

Estilo e gênero: Indicado ao Prêmio Nobel, Čapek foi o biógrafo do primeiro presidente tcheco. É associado ao futurismo, à ficção científica e ao humanitarismo.

Principais obras

Romances

Boží muka, 1917

Továrna na absolutno, 1922

Três novelas: Hordubal, Povětroň e *Obyčejný život*, 1934

A guerra das salamandras, 1936

Escritos de viagem

Italské listy, 1923

Anglické listy, 1924

Cesta na Sever, 1936

Peças

R. U. R., 1920

Věc Makropulos, 1922

Adam Stořitel, 1937

À DIREITA: Asimo, robô falante, deixa um buquê de flores no busto de Karel Čapek, durante uma homenagem.

A prosa filosófica de Karel Čapek, que questiona os limites da inteligência humana, contribuiu imensamente para a ficção científica. Ao mesmo tempo que celebram o progresso tecnológico, suas obras pregam a cautela contra o pensamento estreito, a corrupção e a ambição. Na trilogia composta por *Hordubal*, *Povětroň* e *Obyčejný život*, ele descarta a ideia de uma verdade universal, fazendo um apelo em nome da tolerância e da diversidade. O interesse em explorar formas de vida alternativas e o impacto da ciência moderna sobre a civilização humana pauta seus textos (como em *A guerra das salamandras*, *R. U. R.* e *Insect Play*). *R. U. R.* mereceu atenção pela crítica da exploração social e do racismo, e por ter sido a primeira obra a empregar o substantivo *robô*, derivado de *robota*, que em tcheco quer dizer "trabalho". **PR**

HONDA

VICTOR SERGE

Nascimento: Victor Lvovich Khibalchich, 30 de dezembro de 1890 (Bruxelas, Bélgica). Morte: 17 de novembro de 1947 (Cidade do México, México).

Estilo e gênero: A vida de Victor Serge foi tão extraordinária que costuma obscurecer seus romances magistrais e líricos sobre a Revolução Russa e os expurgos de Stalin.

Principais obras

Não ficção

O ano I da Revolução Russa, 1930

Romances

Les Hommes dans le prision, 1930

Naissance de notre force, 1931

O caso do camarada Tulayev, 1948

Les Années sans pardon, 1948

Victor Serge nasceu em Bruxelas, na Bélgica, em uma família de imigrantes russos. Em 1919, voltou para a Rússia, para apoiar a revolução, e rapidamente ascendeu no Comintern. Porém, ficou cada vez mais perturbado com a ascensão do stalinismo e foi expulso do Partido Comunista em 1928. Dedicou-se então à literatura. Produziu uma obra de história, *O ano I da Revolução Russa*, e dois romances, *Les Hommes dans le prision* e *Naissance de notre force*. Os três foram proibidos na Rússia, mas publicados na França e na Espanha. Em 1933, Serge foi preso e, três anos depois, exilado na França. Quando o país foi ocupado pelos nazistas, ele deixou a Europa e se mudou para a Cidade do México.

São esses os eventos históricos que fornecem o pano de fundo dos romances. *O caso do camarada Tulayev*, publicado em 1948, é um dos maiores romances russos do século XX. Explora o assassinato de um funcionário do governo e a busca pelo assassino. O Estado arrebanha mais e mais suspeitos, promove falsas confissões e envia inocentes para os gulags, refletindo os expurgos que aconteciam na Rússia stalinista. Outro grande romance de Serge, *Les Annés sans pardon*, é uma aventura épica em quatro partes, arrebatadora e profundamente humana, com um toque alucinatório. Segue um revolucionário chamado de "D" que foge de Paris e de seu passado, um outro revolucionário em Leningrado durante o cerco alemão, as experiências de uma mulher chamada Daria durante a queda da Alemanha e, finalmente, o reencontro de "D" e Daria no México, depois da guerra. Acometido por problemas de saúde que remontavam aos tempos na prisão, Serge morreu no México em 1948. *O caso do camarada Tulayev* e *Les Annés sans pardon* tiveram publicação póstuma. **HJ**

"Por que escrever e ler senão para dar e achar um retrato maior da vida?" — *Les Années sans pardon*

ACIMA: Fotografia do revolucionário Victor Serge em 1912.

BÓRIS PASTERNAK

Nascimento: 10 de novembro de 1890 (Moscou, Rússia). Morte: 30 de maio de 1960 (Peredelkino, próximo a Moscou, Rússia).

Estilo e gênero: Pasternak foi muito admirado no exterior, mas teve muitos problemas em seu país por não seguir a linha soviética.

ACIMA: Retrato do escritor russo Bóris Pasternak por volta de 1935.

Bóris Pasternak é mais famoso pelo romance *Doutor Jivago*, contrabandeado para fora da Rússia na década de 1950. Já havia sido traduzido para 18 idiomas em 1958, ano em que ele ganhou o Prêmio Nobel de Literatura. Mais tarde se transformou em um sucesso cinematográfico, dirigido por David Lean.

Pasternak começou a vida como integrante de uma família judia muito culta de Moscou e planejava, inicialmente, se tornar músico. Em vez disso, começou a estudar filosofia, antes de publicar os primeiros livros de poesia entre 1913 e 1922. Seus versos eram de vanguarda, mas muito respeitados. Porém, na década de 1930, ele não conseguiu mais publicar, pois sua obra não correspondia ao padrão de realismo socialista estabelecido para a literatura e as artes pelo comunismo soviético. Corre a história de que Stalin o teria chamado de "tolo sagrado" e que só poupou sua vida porque ele teria traduzido a poesia da Geórgia, terra natal do ditador. A tradução era a única forma de Pasternak ganhar a vida. Fez versões para o russo de Shakespeare, Shelley, Swinburne, Goethe, Verlaine e Rilke, entre outros.

Em 1956, ele enviou o original de *Doutor Jivago* para uma revista de Moscou, que o rejeitou por caluniar a revolução bolchevique e o sistema soviético. Chegou ao Ocidente por intermédio de uma editora italiana e se tornou uma sensação. No país do próprio Pasternak, o livro só podia ser encontrado clandestinamente até a década de 1980. A conquista do Prêmio Nobel deu início a uma chuva de abusos e houve quem defendesse sua deportação. Ele se sentiu obrigado a recusar o prêmio e divulgou um pedido de desculpas. Disse a Nikita Khruschev, o primeiro-secretário do Partido Comunista da URSS, que "deixar minha terra natal seria uma sentença de morte para mim". Viveu seus últimos meses sofrendo de câncer e doença cardíaca em casa, nas imediações de Moscou. **RC**

"Imensamente grato, tocado, orgulhoso, atônito e constrangido." – Sobre ganhar o Prêmio Nobel

Principais obras

Poesia

Poverkh bar'erov, 1917

Sestra moiajizn, 1922

Safe Conduct, 1931

Romance

Doutor Jivago, 1956

1880–99

AGATHA CHRISTIE

Nascimento: Agatha Mary Clarissa Miller, 15 de setembro de 1890 (Torquay, Devon, Inglaterra). Morte: 12 de janeiro de 1976 (Cholsey, Inglaterra).

Estilo e gênero: Enredos bem elaborados, coincidências, pistas falsas e observações minuciosas sobre as fraquezas humanas podem ser encontrados nos livros de Christie.

ACIMA: A decana da ficção policial britânica, fotografada em meados da década de 1930.

Principais obras

Romances

O misterioso caso de Styles, 1920
O segredo de Chimneys, 1925
O assassinato de Roger Ackroyd, 1926
Assassinato na casa do pastor, 1930
Assassinato no Expresso do Oriente, 1934
Tragédia em três atos, 1935
A morte nas nuvens, 1935
Morte na Mesopotâmia, 1936
Poirot perde uma cliente, 1937
Morte no Nilo, 1937
Encontro com a morte, 1938
Um brinde de cianureto, 1945
Seguindo a correnteza, 1948
Convite para um homicídio, 1950
O cavalo amarelo, 1961
Cai o pano: o último caso de Poirot, 1975
Um crime adormecido, 1976

Peça

A ratoeira, 1952

Não ficção

Come, Tell Me How You Live, 1946

Agatha Christie é um fenômeno global. Todas as suas obras continuam no catálogo das editoras e, regularmente, surgem novas adaptações dos livros para o cinema, a televisão e o palco que atraem um imenso público. Além dos 78 romances policiais, ela também escreveu ficção romântica (sob o nome de Mary Westmacott), peças, um livro para crianças, contos (geralmente protagonizados por seus detetives mais famosos, Hercule Poirot e Miss Jane Marple), e não ficção. Estima-se que 4 bilhões de exemplares de seus romances foram vendidos pelo mundo afora.

Agatha Miller casou-se com o coronel Archibald Christie em 1914, assumindo dessa forma o sobrenome que tornou famoso. Durante a Primeira Guerra Mundial, ela trabalhou na farmácia de um hospital, e o conhecimento ali obtido – em especial a respeito de venenos – seria usado futuramente em obras de ficção, com muito louvor. Também se tornou amiga de um grupo de refugiados belgas, o que inspirou a criação de um detetive belga. Meticuloso e encantador, Hercule Poirot fez a primeira aparição na cena literária em 1920, em *O misterioso caso de Styles*.

Na época desse primeiro sucesso, já enfrentava problemas no casamento. Em 1928, depois do divórcio, Agatha viajou sozinha para o Oriente Médio, de trem. Na Mesopotâmia (atual Iraque), ela conheceu o segundo marido, Max Mallowan, arqueólogo 14 anos mais novo do que ela. Passou muitos anos viajando em sua companhia, satisfeita, aprendendo sobre arqueologia e reunindo inspiração para romances como *Morte no Nilo*, *Morte na Mesopotâmia* e o intrigante *Encontro com a morte*. Também escreveu uma obra de não ficção, *Come, Tell Me How You Live*, sobre a vida do casal nos sítios arqueológicos.

Miss Marple, sua famosa detetive, é a típica velhinha inglesa, cujo conhecimento da natureza humana foi baseado no da própria Christie, apesar de ela ser bem mais jovem do que a personagem. Miss Marple exibe uma confiança que Christie raramente

À ESQUERDA: Hercule Poirot na capa de uma revista com um conto de Christie, em 1936.

conseguiu demonstrar na vida real. Apesar da imensa fama e riqueza, Agatha Christie estava sempre insegura e, mesmo na velhice, não se sentia à vontade em muitas situações sociais. Era mais feliz no mundo de ficção que criara e passava muitas horas com os personagens: publicava diversos livros por ano.

Embora ridicularizada por autores de ficção por repetir frequentemente a mesma fórmula, a popularidade de Christie jamais vacilou com o passar do tempo. Seu jeito de escrever, seus enredos cuidadosamente planejados e os personagens adoráveis continuam a encantar gerações de novos leitores. Sua vida movimentada também inspirou diversos biógrafos. **LH**

O misterioso desaparecimento

Em 1926, depois de casada por 12 anos, Agatha descobriu que o marido tinha um caso. Em um grande golpe publicitário, Christie desapareceu. Seu carro acidentado foi descoberto com malas e manchas de sangue, mas sem qualquer vestígio da dona. Os jornais ofereceram recompensa para quem a encontrasse. Archibald Christie ficou sob suspeita de ter assassinado a esposa. Depois de 11 dias de busca, ela foi descoberta em um hotel em Harrogate, no norte da Inglaterra, registrada com o sobrenome da amante do marido, alegando ter perdido a memória.

JEAN RHYS

Nascimento: Ella Gwendolen Rees Williams, 24 de agosto de 1890 (Roseau, República Dominicana). Morte: 14 de maio de 1979 (Exeter, Devon, Inglaterra).

Estilo e gênero: Famosa pela prosa minimalista, explorou a cultura caribenha e a britânica, a sensibilidade feminina e temas como a solidão, o deslocamento e o exílio.

Principais obras

Romances

Postures, 1928 (publicado nos EUA como *Quartet*)

After Leaving Mr. Mackenzie, 1930

Viagem no escuro, 1934

Bom dia, meia-noite, 1939

Vasto mar de sargaços, 1966

Contos

The Left Bank and Other Stories, 1927

Tigers Are Better Looking, 1968

Sleep it Off Lady, 1976

Autobiografia

Smile Please: An Unfinished Autobiography, 1979

Jean Rhys, escritora modernista das Índias Ocidentais, chegou à Inglaterra em 1907 para estudar teatro em Cambridge. Quando fracassaram seus sonhos de atuar, Rhys trabalhou como modelo, corista e *ghost writer*. Encorajada por Ford Madox Ford, Rhys começou a escrever contos, usando personagens deslocados e socialmente marginalizados para examinar o universo dos expatriados na modernidade. Aborda temas como o exílio e a perda de identidade, o conflito entre as culturas caribenha e inglesa, a sensibilidade feminina e a desapropriação cultural. *Vasto mar de sargaços*, magistral revisão de *Jane Eyre*, explora o sofrimento feminino diante das discriminações culturais, raciais e sexuais, através das lentes de um casamento nocivo e um duplo exílio. **PR**

PÄR LAGERKVIST

Nascimento: 23 de maio de 1891 (Växjö, Suécia). Morte: 11 de julho de 1974 (Estocolmo, Suécia).

Estilo e gênero: Poeta, dramaturgo e romancista, ganhou o Prêmio Nobel de Literatura em 1951 por escrever sobre o socialismo, a religião e a batalha entre o bem e o mal.

Principais obras

Romances

Guest of Reality, 1925

O anão, 1944

Barrabás, 1950

Novela

The Hangman, 1933 (adaptado para o palco em 1934)

Ensaio

The Triumph over Life, 1927

Lagerkvist era filho de um funcionário ferroviário e teve uma educação convencional em uma cidadezinha no sul da Suécia. Educado como luterano, depois se distanciou da fé. Após cursar a universidade em Uppsala, viveu na Dinamarca, França e Itália, antes de voltar à Suécia em 1930. Socialista e feroz oponente do fascismo, ele se descrevia como "um ateu religioso" e se preocupava com a estarrecedora combinação de bem e mal presente na natureza humana, que se repete em romances como *The Hangman* e *O anão*. Este último, um best-seller, fez com que se transformasse em figura de destaque na Suécia. *Barrabás* levou seu nome para o restante do mundo. A influência modernizadora que exerceu na poesia sueca já foi comparada com a de T. S. Eliot na Inglaterra. **RC**

MIKHAIL BULGAKOV

Nascimento: Mikhail Afanasievich Bulgakov, 15 de maio de 1891 (Kiev, Ucrânia). Morte: 10 de março de 1940 (Moscou, Rússia).

Estilo e gênero: Bulgakov foi um escritor inteligente e provocador, de temas grotescos e antiautoritários, e de enredos teatrais brilhantemente perturbadores.

No início da década de 1920, o trabalho de Mikhail Bulgakov mereceu louvor, mas, depois de cair em desgraça junto a Stalin, suas obras foram proibidas. Antes de se tornar escritor, Bulgakov estudou medicina e colaborou com o Exército Branco, antibolchevique, durante a Guerra Civil russa. Depois, se mudou para Moscou, deixando a medicina para trabalhar como jornalista, romancista e dramaturgo.

As fortes crenças de Bulgakov, bem como o prazer que sentia em zombar das autoridades, fizeram-no merecer censuras da nova liderança soviética e, em 1929, suas peças foram proibidas. Bulgakov não tinha outra escolha senão apelar a Stalin, que o designou para trabalhar no Teatro de Arte de Moscou, onde podia ser monitorado. Enredado pela burocracia, Bulgakov começou a escrever secretamente sua obra-prima, *O Mestre e Margarida*, romance brilhantemente subversivo, espirituoso e perturbador que dizia muito sobre a pressão que o autor vivia e sobre sua necessidade de se livrar de Stalin.

Depois de adaptar obras de outros autores para as plateias russas, Bulgakov ousou produzir sua própria peça, *Molière, Kabala Svyatosh*, sobre a perseguição de Molière pelas autoridades. Foi encenada apenas sete vezes antes de ter a carreira interrompida. A seguinte, sobre Aleksandr Pushkin, também foi suspensa. Apesar de escrever uma peça especialmente para Stalin, glorificando a juventude revolucionária do ditador, Bulgakov permaneceu no ostracismo e a obra nunca foi encenada. Morreu arruinado. Bulgakov casou-se três vezes e foi a tenacidade de Elena, sua terceira esposa, que levou à publicação das obras após sua morte. Em 1930, Bulgakov destruiu o primeiro original de *O Mestre e Margarida*, com medo de que as autoridades revistassem sua casa e o encontrassem. Começou a reescrevê-lo no ano seguinte e Elena terminou a obra, após sua morte. **LH**

"... Onde estaria o bem se não houvesse o mal?"
— *O Mestre e Margarida*

Principais obras

Romances

Belaya Gvardiya, 1925
Coração de cão, 1925
Rokovye Yaytsa, 1925
Novy Mir, 1936
O Mestre e Margarida, 1966-1967

Peças

Dni Turbinykh, 1926
Molière, Kabala svyatosh, 1934
Batumi, 1939
Puskin, 1943

Contos

Zapiski na manzhetakh, 1922-1923

Não ficção

Zapiski Yunogo Vracha, 1963

ACIMA: Retrato fotográfico do escritor russo tirado por volta de 1930.

HENRY MILLER

Nascimento: Henry Valentine Miller, 26 de dezembro de 1891 (Nova York, EUA). Morte: 7 de junho de 1980 (Los Angeles, EUA).

Estilo e gênero: Romancista, autor de livros sobre viagens, ensaísta, crítico e filósofo, suas obras, com temas eróticos e semiautobiográficos, empregam o fluxo de consciência.

Principais obras

Romances

Trópico de Câncer, 1934
Primavera negra, 1936
Trópico de Capricórnio, 1939
Remember to Remember, 1947
A Crucificação encarnada
Sexus, 1949
Plexus, 1953
Nexus, 1960

Peça

Just Wild About Harry, 1963

Escritos de viagem

O colosso de Marússia, 1941
Pesadelo refrigerado, 1945
Big Sur e as laranjas de Hieronymus Bosch, 1957

Henry Miller talvez seja mais famoso pelo romance *Trópico de Câncer*, considerado por muitos uma das obras-primas da literatura do século XX. Foi escrito enquanto Miller morava em Paris, para onde se transferira em 1930, e vivia em dificuldades. Nesse período, conheceu a escritora Anaïs Nin, que se tornou sua amante e benfeitora, e o escritor Alfred Perlès. *Trópico de Câncer* baseou-se na vida e nos amores de Miller em Paris, com encontros sexuais descritos graficamente e um complexo estilo narrativo que combinava trechos de monólogo interior com outros, realistas. O livro foi publicado em Paris e lhe proporcionou reconhecimento como escritor moderno, embora um tanto polêmico, ao mesmo tempo que o transformou em um herói *underground*. Foi proibido nos Estados Unidos, tendo sido editado apenas em 1961, quando virou tema de um julgamento por obscenidade. George Orwell o saudou como "o mais importante livro de meados da década de 1930" e desde então faz parte da lista dos 50 maiores livros do século XX.

Miller publicou na sequência *Trópico de Capricórnio*, vagamente autobiográfico, que acompanha sua vida em Nova York, quando trabalhava para a companhia telegráfica Western Union, nos anos 1920. Pouco depois da publicação Miller deixou Paris e viajou para a Grécia, onde passou seis meses com o amigo Lawrence Durrell, romancista. Miller mais tarde escreveria o importante *O colosso de Marússia*, uma investigação sobre a Grécia e seu passado acompanhada por relatos de viagem, mas definitivamente tocante.

"Odeio a inspiração. Ela é capaz de dominá-lo completamente. Mal consigo esperar que ela passe..."

Miller voltou para os Estados Unidos em 1940 e continuou a escrever muito, produzindo obras como *Pesadelo refrigerado* e o eloquente *Big Sur e as laranjas de Hieronymus Bosch*. **TamP**

ACIMA: Foto sem data de Miller, tirada em seus últimos anos.

À DIREITA: Miller e Eve McClure em uma praia espanhola, em 1953, ano em que se casaram.

Principais obras

Peças

Tezei-Ariadna, 1927

Fedra, 1928

Poesia

Vechernü al'bom, 1910

Volshebnyi fonar', 1912

Girlfriend, 1914

Versty, 1921

Razluka, 1922

Psikheya, 1923

Remeslo, 1923

Poem of the End, 1924

Poem of the Mountain, 1924

Krysolov, 1925-1926

Depois da Rússia, 1928

Lebedinyi stan, 1957

1880–99

ACIMA: Boa parte da obra de Tsvetaeva reflete o sofrimento de sua vida.

MARINA TSVETAEVA

Nascimento: Marina Ivanovna Tsvetaeva, 9 de outubro de 1892 (Moscou, Rússia). Morte: 31 de agosto de 1941 (Yelabuga, Tartaristão, Rússia).

Estilo e gênero: Notável poetisa russa do século XX. A obra da Tsvetaeva aborda imensa variedade de temas, da história da Rússia ao papel da mulher na sociedade.

Marina Tsvetaeva nasceu em uma família abastada e intelectual de Moscou. A mãe, Maria Mein, foi uma talentosa pianista e o pai, o filólogo clássico Ivan Tsvetaev, fundou o Museu Pushkin de Belas-Artes. Depois de estudar na Alemanha, na Suíça e em Paris, ela voltou para a Rússia e publicou a primeira coletânea de poemas, *Vechernü al'bom*, aos 18 anos. Em 1912, casou-se com Sergei Efron. Tiveram duas filhas e um filho. Mas durante toda a vida de casada ela manteve uma série de casos que inspiraram diversos poemas. Entre eles, *Girlfriend*, sobre o relacionamento com a libretista de ópera Sophia Parnok, e *Poem of the Mountain* e *Poem of the End*, recontando o fim do caso com Konstantin Borisovich Rodzevich, ex-oficial do Exército Vermelho.

A poesia de Tsvetaeva se caracteriza pela cadência, pelo ritmo e pela qualidade musical. Boa parte de sua obra reflete o grande sofrimento que suportou por toda a vida e os eventos históricos em que esteve envolvida – uma das filhas morreu de fome durante a Revolução Russa. Durante a Guerra Civil, Tsvetaeva ficou separada do marido e escreveu um longo ciclo de poemas, *Lebedinyi stan*, sobre o Exército Branco, do qual fazia parte o marido, e a luta contra os comunistas. Embora tenha sido escrito em 1921, só foi publicado em 1957.

Tsvetaeva e a família seguiram para o exílio em 1922, passando por Berlim, Praga e Paris e vivendo em pobreza cada vez maior. Ela publicou ensaios, peças, cinco coletâneas de versos, poesia narrativa, algumas delas evocando o folclore russo e as orações ortodoxas. *Krysolov* é um poema narrativo baseado na lenda do flautista de Hamelin, no qual os ratos representam os revolucionários. A família de Tsvetaeva vivia à custa de seus textos, mas passaram a ser ignorados pela comunidade literária de exilados em Paris quando o marido dela começou a trabalhar para a polícia secreta soviética, ou melhor, o Comissariado do Povo para Assuntos Internos, também conhecido pela sigla NKVD.

À ESQUERDA: Uma das poucas imagens existentes de Tsvetaeva, tirada em 1914.

Tsvetaeva voltou para a Rússia com a família em 1938. Mas em 1941 aconteceu nova tragédia: o marido foi executado por espionagem e a filha, enviada a um campo de trabalhos forçados. Sob o regime de Stalin, a escritora não conseguia mais publicar seu trabalho. Depois da invasão alemã de 1941, Tsvetaeva foi transferida de Moscou para a pequena cidade de Yelabuga. Incapaz de conseguir trabalho, sob o flagelo da fome, ela se enforcou, embora haja versões que digam que agentes da NKVD visitaram sua casa e a forçaram a cometer suicídio. O interesse por sua poesia começou a aumentar nos anos 1960. Sua obra foi traduzida para diversas línguas, especialmente para o inglês. **HJ**

Inspiração para Lara

Tsvataeva teve um longo e produtivo relacionamento, vivido apenas por intermédio de cartas, com o escritor e poeta russo Bóris Pasternak. Semanas depois de Tsvetaeva partir para o exílio, em 1922, Pasternak descobriu sua poesia e foi arrebatado pelo lirismo. Escreveu para a irmã dizendo: "É como se meu coração fosse arrancado da minha camisa. Enlouqueci, fragmentos voam em todas as direções. Existe alguém parecido comigo neste mundo, e que alguém!" Ele começou a escrever para Tsvetaeva e a correspondência durou mais de uma década. Ela foi a inspiração para a heroína Lara da obra-prima *Doutor Jivago* (1957).

J. R. R. TOLKIEN

Nascimento: John Ronald Reuel Tolkien, 3 de janeiro de 1892 (Bloemfontein, África do Sul). Morte: 2 de setembro de 1973 (Bournemouth, Inglaterra).

Estilo e gênero: J. R. R. Tolkien foi um acadêmico e fabulista que criou um universo complexo e transformou completamente o gênero da fantasia.

Principais obras

Romances

O hobbit, 1937

A sociedade do anel, 1954

As duas torres, 1954

O retorno do rei, 1955

O Silmarillion, 1977 (publicação póstuma)

Não ficção

The Monsters and the Critics, 1983 (publicação póstuma)

Em uma famosa palestra proferida por J. R. R. Tolkien na Academia Britânica, como parte de seu trabalho como titular de linguagem anglo-saxã e literatura na Universidade de Oxford, ele fez uma analogia: um fazendeiro inglês descobre uma antiga ruína em sua propriedade e usa as pedras para construir uma torre. Embora os filhos fiquem zangados com ele por ter destruído a ruína, Tolkien diz que, se tivessem subido ao alto da torre, teriam percebido que, daquela nova perspectiva, o fazendeiro agora era capaz de enxergar o mar.

Tolkien usa essa imagem para falar sobre as camadas de cristianismo e paganismo no antigo poema inglês *Beowulf* (*c.*700-1000). Mas a analogia também funciona para caracterizar o emprego, pelo próprio Tolkien, de uma mitologia já existente na criação de uma adorada série de romances, *O hobbit* e sua sequência, a trilogia *O senhor dos anéis*. Como muitos estudantes que se debruçaram sobre a mais antiga obra de literatura britânica, Tolkien também lamentava a sobrevivência de apenas alguns vestígios das primeiras tradições anglo-saxãs e celtas, após séculos de conquista e da chegada do catolicismo romano. Em vez de se contentar com as ruínas, ele partiu para construir sua própria torre. O mundo dos romances de Tolkien começa pequeno e seus hobbits são uma suave sátira da vida tranquila e sem graça das cidadezinhas inglesas. Mas não se passa muito tempo em suas aventuras para que uma forma épica, mais ampla, entre em cena, e logo os leitores começam a acompanhar atentamente os detalhados mapas que aparecem no início de cada volume. Os romances estão impregnados de nostalgia do passado, mas possuem uma tristeza madura que falta às hordas de imitadores que praticamente constituíram um gênero à parte. Tolkien pode ter erguido uma torre, mas ele não se esqueceu das perdas que permitiram sua construção. **SY**

> "Os temas de Tolkien são atemporais, no mais puro sentido de atemporalidade..." – Peter Jackson

ACIMA: Tolkien, fotografado no fim da vida, no princípio dos anos 1970.

1880–99

IVO ANDRIĆ

Nascimento: 9 de outubro de 1892 (Travnik, Bósnia). Morte: 13 de março de 1975 (Belgrado, Sérvia).

Estilo e gênero: Sua obra é sobre a Bósnia, sua história, cultura, folclore e os laços que unem os povos da região. Ganhou o Prêmio Nobel de Literatura em 1961.

A carreira literária de Ivo Andrić varou seis décadas. Em 1919, ele publicou a primeira obra, *Anxieties* – livro de prosa lírica que se concentrava sobre as experiências na prisão durante a Primeira Guerra Mundial. Andrić se tornou diplomata e viajou muito enquanto continuava a escrever contos. Mas foi quando esteve em prisão domiciliar, durante a ocupação nazista de Belgrado, que começou a escrever romances. Em 1945, escreveu sua trilogia bósnia: *A ponte sobre o Drina*, *Bosnian Chronicle* e *A velha menina*. Considerado sua obra-prima, *A ponte sobre o Drina* é constituído por uma série de vinhetas em que acompanhamos a trajetória de personagens muçulmanos, cristãos e judeus que vivem sob a sombra da ponte há muitas gerações. **HJ**

Principais obras

Romances

A ponte sobre o Drina, 1945

Bosnian Chronicle, 1945

A velha menina, 1945

Prosa lírica

Anxieties, 1919

DJUNA BARNES

Nascimento: 12 de junho de 1892 (Cornwall-on-Hudson, EUA). Morte: 19 de junho de 1982 (Nova York, EUA).

Estilo e gênero: Barnes é conhecida pela acidez, versatilidade estilística, pela visão melancólica sobre a condição feminina e a paródia grotesca da sexualidade.

Djuna Barnes, escritora e dramaturga moderna, começou a carreira como jornalista. Na década de 1920, deixou Nova York e foi para Paris, onde fez parte da boemia modernista expatriada. Era famosa pelo estilo malicioso e pelo cinismo, geralmente acentuado por desenhos e caricaturas inspirados em Beardsley. No primeiro romance, *Ryder*, faz paródias das convenções patriarcais através da misoginia de Wendell Ryder, o pai que sonha com uma raça de Ryder. Em *No bosque da noite*, o romance mais famoso, aparece o Dr. O'Connor, um transexual socrático em meio à decadente angústia do *fin de siècle*. É uma cultuada obra-prima literária: as histórias individuais dos personagens desafiam as ideologias que normatizam o gênero, a sexualidade e a identidade – e apresentam uma Europa em crise. **PR**

Principais obras

Romances

Ryder, 1928

Ladies Almanack, 1928

No bosque da noite, 1936

Contos

A Book, 1923 (reimpresso como *Uma noite entre os cavalos* em 1929 e como *Spillway* em 1962)

Peças

At the Roots of the Stars, 1995

The Antiphon, 1958

Poesia

The Book of Repulsive Women, 1915

The Creatures in the Alphabet, 1982

REBECCA WEST

Nascimento: Cicily Isabel Fairfield, 21 de dezembro de 1892 (Londres, Inglaterra). Morte: 15 de março de 1983 (Londres, Inglaterra).

Estilo e gênero: A obra de West é permeada por fortes temas feministas, detalhes minuciosamente observados, fervorosas visões políticas e um humor brusco e mordaz.

Principais obras

Romances

The Return of the Soldier, 1918

The Judge, 1922

Harriet Hume, 1929

The Thinking Reed, 1936

The Fountain Overflows, 1957

The Birds Fall Down, 1966

Não ficção

The Sterner Sex, 1913

Henry James, 1916

The Strange Necessity: Essays and Reviews, 1928

D. H. Lawrence, 1930

Black Lamb and Grey Falcon, 1941

The Phoenix: Meaning of Treason, 1949

A Train of Powder, 1955

Acalentando o sonho de se tornar uma atriz, Cicily Isabel Fairfield foi cursar a Royal Academy of Dramatic Art em Londres, onde escolheu atuar sob o nome de "Rebecca West", copiado da heroína de uma peça de Henrik Ibsen e que se tornaria famoso. West começou a escrever antes da Primeira Guerra Mundial, com artigos para a publicação sufragista *The Freewoman*. As opiniões políticas e os intensos sentimentos influenciariam todos os seus textos, não importando o gênero. Um de seus mais famosos ensaios feministas foi *The Sterner Sex*, publicado em 1913.

Seu interesse na luta pela emancipação da mulher teve início na adolescência. Depois ela se tornou uma *suffragette* fervorosa, politicamente ativa, que acreditava no amor livre. Em 1913, conheceu o escritor H. G. Wells, casado, com quem teria um caso por mais de uma década – e um filho. Boatos dão conta de que teria tido numerosos amantes, entre eles Charlie Chaplin, antes de se casar com o financista Henry Maxwell Andrews, quando já estava avançada na casa dos 30 anos.

West tornou-se famosa pela ficção e pelos textos de viagem, bem como pelo jornalismo agressivo que praticou em uma série de publicações de esquerda. Durante a Segunda Guerra Mundial, ela trabalhou para a BBC, em Londres, e, de 1945 a 1946, fez a cobertura do Julgamento de Nuremberg para a *New Yorker*, experiência que lhe trouxe muita angústia, ao mesmo tempo que lhe rendeu aclamação internacional. Seu texto mais famoso sobre viagens é o excelente *Black Lamb and Grey Falcon*, tratando do que então era conhecido como Iugoslávia. Socialista dedicada e reformadora social que odiava as brutalidades do fascismo e do comunismo, escreveu *The Birds Fall Down* sobre a Revolução Russa. Foi seu último romance. No fim da vida, West era reconhecida como um dos personagens principais da literatura da Grã-Bretanha. **LH**

"A maternidade é a coisa mais estranha. Você pode se converter em seu próprio cavalo de Troia."

ACIMA: A escritora e jornalista Rebecca West, fotografada em 1930.

WILFRED OWEN

Nascimento: Wilfred Edward Salter Owen, 18 de março de 1893 (Oswestry, Inglaterra). Morte: 4 de novembro de 1918 (Canal de Sambre-Oise, França).

Estilo e gênero: A poesia inovadora, chocante e realista de Owen descreve em detalhes os horrores das trincheiras e das armas com gás na Primeira Guerra Mundial.

Wilfred Owen foi o mais notável poeta inglês da Primeira Guerra Mundial. Depois de se alistar no Exército britânico em 1915, chegou a dizer que o tema de sua poesia era "a guerra e a miséria da guerra". Enquanto se recuperava de estresse pós-traumático num hospital de campanha, conheceu o poeta Siegfried Sassoon, que o encorajou a escrever sobre suas experiências. O uso do realismo, aliado a experimentos como a aliteração, pode ser apreciado em *Dulce et Decorum Est*, em que brutais descrições das batalhas nas trincheiras e dos ataques a gás denunciam as noções românticas sobre a guerra. Em *Anthem for Doomed Youth*, a raiva e o ressentimento diante do destino que aguarda os jovens soldados são expostos com maestria. Owen foi morto uma semana antes do armistício. **SG**

Principais obras

Poesia

Anthem for Doomed Youth, 1917
Dulce et Decorum Est, 1917
Greater Love, 1917
Disabled, 1918
Exposure, 1918
Futility, 1918
Insensibility, 1918
Spring Offensive, 1918
Strange Meeting, 1918
The Send-Off, 1918
Collected Poems, 1920
Collected Poems of Wilfred Owen, 1965

VLADIMIR MAIAKOVSKI

Nascimento: 19 de julho de 1893 (Bagdati, Geórgia). Morte: 14 de abril de 1930 (Moscou, Rússia).

Estilo e gênero: Um dos principais poetas da Revolução Russa e parte do movimento futurista russo, Maiakovski era fascinado pelo dinamismo da vida moderna.

Depois de frequentar o Instituto de Pintura, Escultura e Arquitetura de Moscou, Vladimir Maiakovski mudou-se para São Petersburgo, onde ajudou a criar um manifesto para o Futurismo Russo, *Um tapa na cara do gosto público*, obviamente querendo provocar polêmica. O primeiro grande poema, "A nuvem de calças", era sobre o amor não correspondido. O início da Revolução Russa trouxe inspiração para poemas que apoiavam os bolcheviques, e ele também escreveu peças como *Mistério-bufo* – peça de mistério religioso que debochava da religião. Temas recorrentes na obra de Maiakovski foram o amor e o suicídio. Em 1930, depois de lhe terem negado um visto para viajar ao exterior, apaixonado pela esposa de seu editor e trucidado pelos críticos literários, suicidou-se com um tiro. **HJ**

Principais obras

Ensaio

Um tapa na cara do gosto público, 1912

Poesia

"A nuvem de calças", 1915
"A flauta de vértebras", 1916

Peças

Mistério-bufo, 1918
O percevejo, 1928
The Bathhouse, 1930

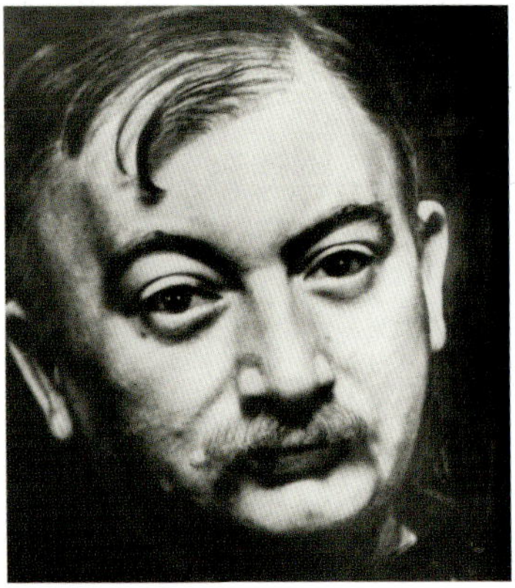

JOSEPH ROTH

Nascimento: Moses Joseph Roth, 2 de setembro de 1894 (Brody, Lviv Oblast, Ucrânia). Morte: 27 de maio de 1939 (Paris, França).

Estilo e gênero: A ficção e o jornalismo de Roth desejam um mundo mais humano, que ele só conseguia imaginar com maior clareza nostálgica no passado imperial da Áustria.

Principais obras

Romances

Das Spinnennetz, 1923

Hotel Savoy, 1924

Der Blinde Spiegel, 1925

Fuga sem fim, 1927

Jó, 1930

A marcha de Radetzky, 1932

Die Kapuzinergruft, 1938

A lenda do santo beberrão, 1939

O leviatã, 1940

Conto

"Die Büste des Kaisers", 1935

Quando Joseph Roth nasceu, Brody, na Ucrânia, havia se tornado uma espécie de aberração. Importante centro no circuito de comércio entre a Áustria e a Rússia, a cidade tornou-se afluente no século XIX, mas em 1894 sua terra natal ainda não tinha uma estação de trem ou indústrias modernas. Porém, era um centro de aprendizado, um *shtetl* (cidadezinha) que abrigava judeus esclarecidos e ortodoxos, burgueses de língua alemã e imigrantes que vinham de pontos distantes do Leste.

De muitas formas, Roth nunca deixou Brody. Levou-a consigo quando foi estudar em Lemberg e depois em Viena, onde cursou a universidade, e em seguida para o corpo de jornalistas do Exército austríaco, durante a Primeira Guerra Mundial, quando publicou os primeiros artigos. A infância, segundo ele, tinha sido estragada pela pobreza. Alguns biógrafos apontam fotos em que ele aparece bem-vestido e mencionam aulas de violino, mas, como mostra sua novela tardia, *A lenda do santo beberrão*, a empatia, que era a maior qualidade de Roth, também foi sua mais profunda fraqueza.

Sem dinheiro para terminar os estudos depois da guerra, Roth foi para Berlim e lá também encontrou Brody: nos pobres trabalhadores e nos desempregados. Em suas obras de não ficção, os dourados anos 1920 de Berlim engasgavam constantemente com coquetéis de dificuldades e vícios. O casamento de Roth foi perturbado por problemas financeiros, viagens constantes e pela esquizofrenia da esposa. Em janeiro de 1933, no dia em que Adolph Hitler subiu ao cargo de chanceler, Roth deixou a Alemanha e foi para Paris. Enquanto seus livros queimavam na Alemanha, Roth continuava a beber, escrever e a viajar tanto quanto antes, mas a saúde e a situação financeira pioravam. Ele morreu pobre em Paris, na primavera de 1935, de uma pneumonia piorada pela abstinência de álcool. **JK**

"Minha experiência mais inesquecível da guerra foi o fim da minha terra natal..."

ACIMA: Retrato do escritor austríaco Joseph Roth, em uma fotografia sem data.

LOUIS-FERDINAND CÉLINE

Nascimento: Louis-Ferdinand Destouches, 27 de maio de 1894 (Courbevoie, Haute-Seine, França). Morte: 1º de julho de 1961 (Paris, França).

Estilo e gênero: Céline criou um estilo de prosa vibrante, baseado no ritmo do discurso cotidiano, para exprimir sua fúria diante da moderna condição humana.

Louis-Ferdinand Céline coloca, de forma extrema, a questão da relação entre os pontos de vista políticos de um autor e o valor da sua obra. Reverenciado como mestre inovador do modernismo literário, ele tem sido ao mesmo tempo vilipendiado por seu antissemitismo radical e sua associação a colaboracionistas pró-nazistas.

A violência irracional da guerra fundamentou a vida de Céline. Severamente ferido no front ocidental em 1914, ele sobreviveu ao morticínio da Primeira Guerra Mundial para observar o mundo do pós-guerra com um olhar intensamente desiludido. Escreveu o romance de estreia, *Viagem ao fim da noite*, enquanto trabalhava como médico em uma clínica municipal do empobrecido distrito de Clichy, em Paris. Condizente com o clima da era da Depressão, o livro se tornou um imediato sucesso de crítica e de vendas. O corrosivo humor negro de seus enfurecidos monólogos em linguagem coloquial transporta o leitor em um passeio assustador pelo mundo moderno, da guerra nas trincheiras até as colônias na África e as fábricas em Detroit.

Céline prosseguiu com *Morte a crédito*, uma história de amadurecimento escabrosa e anárquica que introduziu uma nova marca registrada estilística, a elipse. Nessas duas obras-primas episódicas, a visão sombria é obscurecida por um incrível dom para a narrativa, comédia exagerada e um traço de doçura. No fim da década de 1930, Céline publicou panfletos antissemitas. No último ano da Segunda Guerra Mundial, ele fugiu dos Aliados, apesar de não ter colaborado ativamente com os nazistas. Suas perambulações pelo Terceiro Reich, que se desintegrava, forneceram material para os romances amargos e errantes do pós-guerra. Aprisionado por um ano na Dinamarca e condenado na França, *in absentia*, teve permissão para voltar para casa em 1951. A reputação dos romances sobreviveu à desonra de seu autor. **RG**

"Dirigir-se à posteridade é fazer discursos para os vermes." – *Viagem ao fim da noite*

Principais obras

Romances

Viagem ao fim da noite, 1932
Morte a crédito, 1936
Guignol's Band, 1943
Féerie pour une autre fois, 1952
De castelo em castelo, 1957
Norte, 1960
Le pont de Londres, 1964
Rigodon, 1969

ACIMA: Louis-Ferdinand Céline fotografado na França, em 1955.

1880–99

DASHIELL HAMMETT

Nascimento: Samuel Dashiell Hammett, 27 de maio de 1894 (St. Mary's County, EUA). Morte: 10 de janeiro de 1961 (Nova York, EUA).

Estilo e gênero: Hammett escreveu histórias de detetives repletas de sexo e violência, com diálogos rápidos, recheados de gírias.

Principais obras

Romances

Safra vermelha, 1929

A estranha maldição, 1929

O falcão maltês, 1930

A chave de vidro, 1931

A ceia dos acusados, 1932

Contos

The Adventures of Sam Spade, 1944

Continental Op, 1945

The Return of the Continental Op, 1945

Hammet Homicides, 1946

Tiros na noite, 1948

The Creeping Siamese, 1950

Mulher no escuro, 1951

A Man Named Thin, 1962

Dashiell Hammett é o pai dos romances de detetives durões e criador de um dos investigadores mais famosos da ficção. Ele trabalhou por sete anos como detetive para a agência Pinkerton National, o que forneceu generoso material para suas histórias. Revistas baratas foram as primeiras a publicar o trabalho de Hammett, antes que ele lançasse dois romances, *Safra vermelha* e *A estranha maldição*, em 1929. Em seguida veio *O falcão maltês*, protagonizado por Sam Spade, detetive solitário, cheio de tiradas espirituosas e com um rígido código pessoal de honra. O último trabalho de Hammett, *A ceia dos acusados*, apresentou o casal de detetives Nick e Nora Charles, que ficavam bêbados boa parte do tempo. Depois de 1934 ele se dedicou à defesa dos direitos civis. **SG**

E. E. CUMMINGS

Nascimento: Edward Estlin Cummings, 14 de outubro de 1894 (Cambridge, EUA). Morte: 3 de setembro de 1962 (North Conway, EUA).

Estilo e gênero: A experimentação pouco convencional e idiossincrática com as formas de linguagem e a pontuação permeiam a poesia de Cummings.

Principais obras

Poesia

Tulips and Chimneys, 1923

is 5, 1926

ViVa, 1931

95 poems, 1958

Complete Poems, 1981 (dois volumes, publicação póstuma)

Não ficção

The Enormous Room, 1922

Eimi, 1933

Peça

him, 1927

Balé

Tom, 1935 (baseado em *A cabana do Pai Tomás*)

À DIREITA: ***Autorretrato com um bloco*, de Cummings, pintado por volta de 1939.**

Educado em Harvard, Cummings costuma ser celebrado pela poesia, mas também escreveu prosa, drama e fez trabalhos de artes plásticas. Ao trabalhar como motorista de ambulância na França, na Primeira Guerra Mundial, Cummings foi preso supostamente por ter feito críticas ao esforço de guerra. Sinal de seu posicionamento modernista, inconformista, a experiência foi registrada com franqueza e inteligência em *The Enormous Room*. Recebendo influências que vão do romantismo inglês até Ezra Pound, a oscilação anarquicamente arranjada de Cummings entre o lirismo, a ingenuidade e o linguajar das ruas lhe trouxe imensa aclamação do público – mas menor da crítica. É folclore a história de que ele mudou seu nome oficialmente para e. e. cummings. Ele também costumava usar as letras maiúsculas. **AK**

ALDOUS HUXLEY

Nascimento: 26 de julho de 1894 (Godalming, Surrey, Inglaterra). Morte: 22 de novembro de 1963 (Los Angeles, EUA).

Estilo e gênero: A obra de Huxley explora o impacto da ciência e da tecnologia com teorização intelectual proferida de forma espirituosa, satírica e pessimista.

Romancista e ensaísta nascido em uma família de intelectuais, Aldous Huxley foi educado no Eton College e Balliol College, em Oxford. Apesar de sofrer de cegueira parcial, conseguiu se estabelecer como um romancista de extrema sagacidade e discernimento já com os dois primeiros livros, *Crome Yellow* e *Geração devassa*.

Principais obras

Romances

Crome Yellow, 1921
Geração devassa, 1923
Folhas Inúteis, 1925
Contraponto, 1928
Admirável mundo novo, 1932
Sem olhos em Gaza, 1936
Também o cisne morre, 1939
O macaco e a essência, 1948
O gênio e a deusa, 1955
A ilha, 1962

Não ficção

Os demônios de Loudun, 1952
As portas da percepção, 1954
Céu e Inferno, 1956

ACIMA: Aldous Huxley fotografado com um cigarro em 1946.

À DIREITA: Sobrecapa da primeira edição de *Admirável mundo novo*.

Poucos autores captaram tão perfeitamente a atmosfera de desencantamento da juventude britânica dos anos 1920. Essas primeiras obras eram sátiras cintilantes sobre as classes privilegiadas e a *intelligentsia*, nas quais os personagens tratam da moral, do comportamento e da cultura em casas de campo e, em última instância, se distanciam da seriedade dessas conversas em favor de assuntos triviais ou sexuais.

Quando publicou o quarto romance, *Contraponto*, que exprime a preocupação em relação ao irrestrito progresso da ciência e da tecnologia, Huxley já era sinônimo de uma ficção provocadora, de opiniões e ideias arrebatadoras.

O livro seguinte foi *Admirável mundo novo*, que definiria o escritor. Inspirado parcialmente por uma viagem aos Estados Unidos (ele se mudou para lá em 1937 e ali permaneceria pelo resto da vida), país que ele temia estar se aproximando da dominação mundial, Huxley cria uma visão aterrorizante do futuro em que a ciência genética produz uma raça humana perfeita, subdividida em castas, à custa da família, cultura, religião e filosofia. *Admirável mundo novo* desafia classificações literárias e é considerado uma das principais obras antiutópicas do século XX – citado pelos meios de comunicação em relação a qualquer progresso abertamente moderno ou ameaçador para as liberdades humanas.

Huxley continuou a pintar um retrato sombrio de uma sociedade violenta e sem rumo em *Sem olhos em Gaza*, embora sugerisse alternativas viáveis por meio da sua conversão ao pacifismo, que forneceu um contraponto ao cinismo mordaz anterior. Das obras posteriores, *As portas da percepção* é a mais lembrada, pelas detalhadas descrições das experiências do autor com a mescalina, droga alucinógena que ele tomou para tentar compreender como a mente funciona. Não é de surpreender que esse livro tenha se tornado leitura obrigatória para a emergente cultura hippie e psicodélica dos anos 1960, principalmente pelo fato de Huxley, de forma memorável, ter tomado LSD no leito de morte.

Escritor de imenso intelecto, Huxley combinou humor e sátira cáustica a uma exploração visionária dos impactos da ciência e da tecnologia para se tornar um dos mais destacados escritores do século XX. **SG**

ACIMA: Desenho de Huxley feito por David Low para *The New Statesman*, 1926.

Os demônios de Loudun

Uma das raras incursões de Huxley em obras de não ficção produziu uma de suas criações mais arrebatadoras, *Os demônios de Loudun*. Esse relato histórico, ambientado na França do século XVII, revela magistralmente os eventos que levaram Urbain Grandier, padre promíscuo, a ser queimado na fogueira depois de preso por bruxaria. Grandier foi acusado de ter parte com o demônio e seduzir todas as freiras de um convento, acusação que ele negou até o horrendo fim. Possessão demoníaca, superstição, fanatismo religioso e histeria sexual são descritos em detalhes, oferecendo uma percepção singular sobre a época. Os temas predominantes de perseguição humana, preconceito, inveja e cobiça coadunam-se perfeitamente com boa parte da obra de ficção de Huxley.

ROBERT GRAVES

Nascimento: 24 de julho de 1895 (Londres, Inglaterra). Morte: 7 de dezembro de 1985 (Deià, Majorca, Espanha).

Estilo e gênero: Sua poesia se centra nas lembranças da guerra. Mais tarde, escreveu romances históricos sobre as antigas civilizações mediterrâneas.

Robert Graves foi um poeta, romancista e estudioso inglês que se tornou conhecido pelos poemas escritos enquanto servia o Exército na Primeira Guerra Mundial. Essas lembranças vívidas das condições da guerra estão em *Over the Brazier* e *Fairies and Fusiliers*, embora o romance autobiográfico *Good-Bye to All That* tenha se tornado o relato definitivo dos horrores da guerra. O sucesso do livro permitiu que Graves se mudasse para Majorca, onde completou os romances históricos *Eu, Cláudio* e *Cláudio, o deus, e Messalina*. O fascínio pelos mitos gregos inspirou *A deusa branca*, estudo polêmico da linguagem dos mitos poéticos. Mais tarde, Graves escreveu numerosos poemas de amor, admirados como alguns dos melhores versos produzidos no último século. **SG**

Principais obras

Poesia

Over the Brazier, 1916

Goliath and David, 1917

Fairies and Fusiliers, 1917

Collected Poems, 1975

Romances

Eu, Cláudio, 1934

Cláudio, o deus, e Messalina, 1935

The Golden Fleece, 1944

Não ficção

Lawrence and the Arabs, 1927

A Survey of Modernist Poetry, 1927

Good-Bye to All That, 1929

A deusa branca, 1948

Deuses e heróis do Olimpo, 1955

PAUL ÉLUARD

Nascimento: Eugène-Émile-Paul Grindel, 14 de dezembro de 1895 (Saint-Denis, França). Morte: 18 de novembro de 1952 (Charenton-le-Pont, França).

Estilo e gênero: Um dos fundadores do surrealismo, Éluard escreveu poesia notável pelo lirismo, que costuma refletir os eventos sociais e políticos de seu tempo.

Paul Éluard é lembrado como um dos fundadores do surrealismo na poesia (embora mais tarde rejeitasse essa honra), junto de dois de seus amigos, André Breton (com quem colaborou) e Louis Aragon. A poesia de Éluard é notável pela linguagem direta e marcante que evoca passagens de tempo, lugar e ação por meio do uso econômico das palavras. A obra reflete seus triunfos e amores pessoais, bem como suas perdas e o cenário mundial mais amplo, especialmente os acontecimentos sociais e políticos. Éluard foi um personagem extremamente político, integrante do Partido Comunista Francês. Via a poesia como forma de inspirar emoção e ação nos leitores, e de exibir a luta da esquerda pelo poder sociopolítico. **TamP**

Principais obras

Poesia

Le Devoir et l'Inquiétude, 1917

Poèmes pour la paix, 1918

Capitale de la douleur, 1924

L'amour la poésie, 1929

Poésie et vérité, 1942

Poésie ininterrompue, 1946

Le dur désir de durer, 1946

Poemas políticos, 1948

Le Phénix, 1951

À DIREITA: Foto de Éluard com André Breton e Robert Desnos em um parque de diversões.

F. SCOTT FITZGERALD

Nascimento: Francis Scott Key Fitzgerald, 24 de setembro de 1896 (St. Paul, EUA). Morte: 21 de dezembro de 1940 (Hollywood, EUA).

Estilo e gênero: Fitzgerald forneceu um toque de elegância à decadência da era do jazz. Seus personagens transbordam com indiferença e imensos e fatais defeitos.

F. Scott Fitzgerald levou a vida em ritmo veloz, como se já previsse a brevidade da sua existência. A paixão de escrever moldou sua personalidade desde cedo e as primeiras histórias foram publicadas em uma revista da escola. Durante a Primeira Guerra Mundial, ele entrou para o Exército, mas continuou a escrever matérias para revistas e letras para canções e também a tentar, sem sucesso, a publicação do primeiro romance, *The Romantic Egoist* (1917). Depois da guerra, Fitzgerald trabalhou em publicidade, experiência que afiou a visão enfastiada e cínica que transmitiria nos romances.

Fitzgerald era a personificação da era do jazz – e ele tornou a própria era do jazz um personagem decisivo em toda a sua obra. Seus personagens, tão atraentes e cheios de vida, frequentemente se condenam a inevitáveis fracassos e misérias, pois o excesso cobra um preço e costuma levar à tragédia, deprimente denúncia sobre a vida do próprio Fitzgerald. Ele criou a "melindrosa", mulher moderna, independente e muitas vezes polêmica. Casou-se com uma: o diálogo pronunciado por suas personagens frequentemente saía da boca de sua esposa, Zelda Sayre.

Com o primeiro sucesso, *Este lado do paraíso*, os Fitzgerald dispuseram de renda para viajar muito e levar uma existência privilegiada e glamourosa. Viviam em permanente estado de tensão e hedonismo e Fitzgerald escreveu intensamente sobre o assunto, incorporando experiências pessoais a suas obras de ficção, como *Os belos e malditos* – nome bem sugestivo – e seu livro mais famoso, *O grande Gatsby*. A esquizofrenia da esposa e suas tentativas de lidar com o problema são descritas de forma amorosa e trágica em *Suave é a noite*. Ele morreu antes de concluir o romance *O último magnata*. A obra, o estilo e a vida de Fitzgerald levaram a textos subversivos e underground, exemplificados por Jack Kerouac nos anos 1960. Fitzgerald não legou para os Estados Unidos apenas a era do jazz retratada em palavras, mas também abriu as portas para que fossem expostos os elementos menos palatáveis da vida. **LH**

Principais obras

Romances

Este lado do paraíso, 1920

Os belos e malditos, 1922

O grande Gatsby, 1925

Suave é a noite, 1934

O último magnata, 1941

Contos

Flappers and Philosophers, 1920

Contos da era do jazz, 1922

All the Sad Young Men, 1926

The Pat Hobby Stories, 1962

The Collected Short Stories of F. Scott Fitzgerald, 2000

Não ficção

The Crack-Up, 1945

ACIMA: Retrato de F. Scott Fitzgerald tirado por volta de 1928.

À DIREITA: O rosto de uma moça flutua sobre Coney Island na capa de *O grande Gatsby*, de 1925.

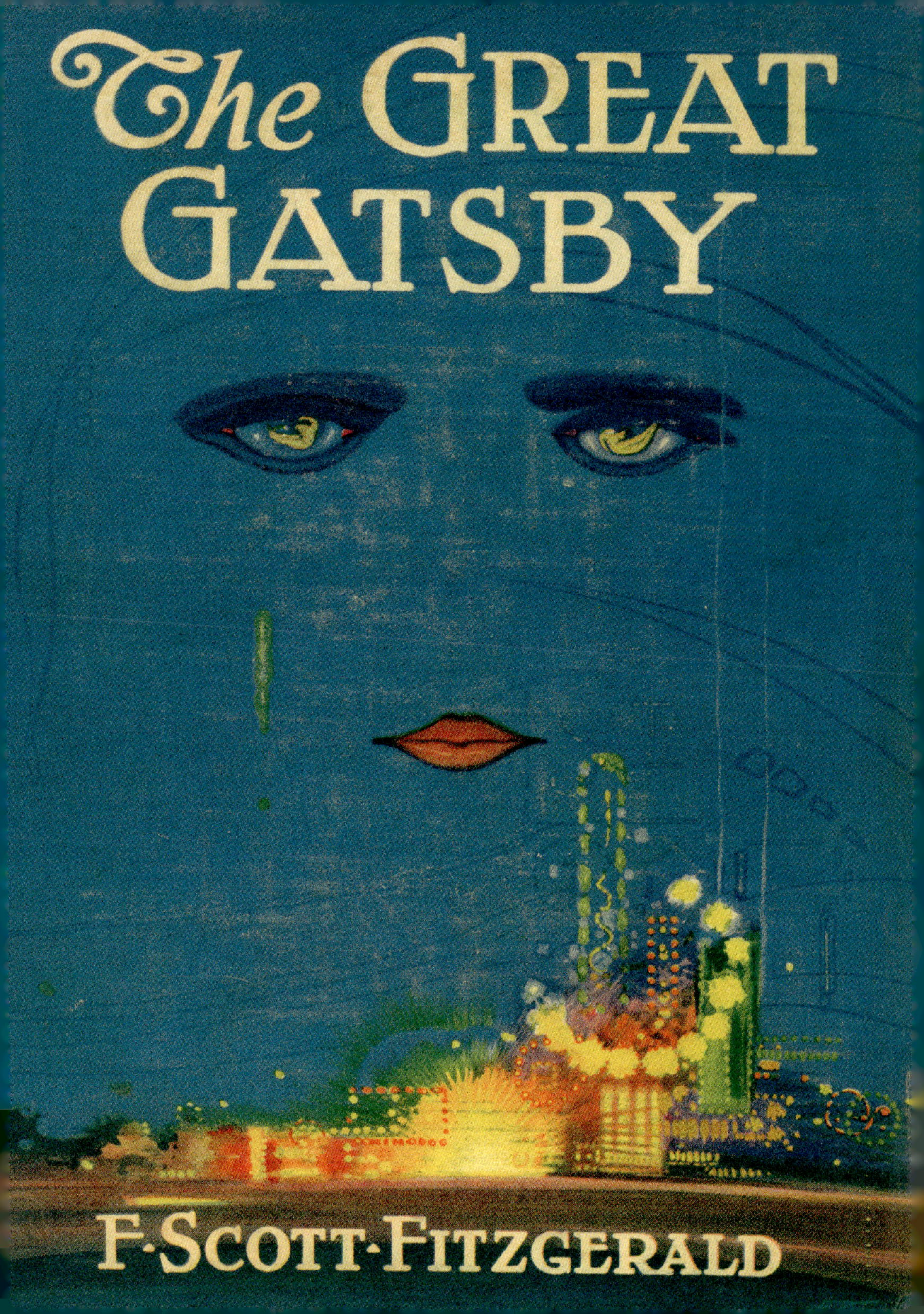
The GREAT
GATSBY
F·SCOTT·FITZGERALD

ANTONIN ARTAUD

Nascimento: Antoine Marie Joseph Artaud, 4 de setembro de 1896 (Marselha, França). Morte: 4 de março de 1948 (Ivry-sur-Seine, França).

Estilo e gênero: Poeta, ensaísta, dramaturgo, ator e diretor, Artaud redefiniu o teatro com sua influência e a defesa de uma experiência mais sensual do que literária.

Principais obras

Peças

Jet de Sang, 1925

Les Cenci, 1935

Não ficção

O teatro e seu duplo, 1938

Heliogábalo, ou o anarquista coroado, 1934

D'un voyage au pays de Tarahumaras, 1945

Roteiro

La Coquille et le clergyman, 1928

Em 1931, Antonin Artaud viu uma apresentação de teatro balinês na Exposição Colonial de Marselha. Foi um momento decisivo e ele se deixou influenciar pela abordagem dramática e mística do espetáculo. Escreveu depois *O teatro e seu duplo*, uma seleção de ensaios com contribuições para os dois manifestos do "Teatro da Crueldade". Ele atacava as convenções do teatro francês, defendendo a necessidade de mais drama e sugerindo que o espetáculo deveria ser uma experiência mais holística, em que a plateia e os atores fizessem parte do processo. Seu conceito de "crueldade" baseava-se na criação do drama por meio de experiências radicais: violência, iluminação, som e linguagem projetada para espatifar a complacência da realidade. **TamP**

GIUSEPPE TOMASI DI LAMPEDUSA

Nascimento: 23 de dezembro de 1896 (Palermo, Sicília, Itália). Morte: 23 de julho de 1957 (Roma, Itália).

Estilo e gênero: Duque de Palma e príncipe de Lampedusa, escritor siciliano cujo romance póstumo sobre a unificação italiana se tornou um best-seller internacional.

Principais obras

Romance

O gattopardo, 1958

Contos

Os contos, 1961

Não ficção

Le lezioni su Stendhal, 1959

Invito alle lettere francesi del Cinquecento, 1970

O siciliano Lampedusa começou a escrever a sério dois anos antes de sua morte. Toda a sua vida foi um exercício preparatório para a composição de *O gattopardo*, pelos anos que passou observando a gradual desintegração da aristocracia e da vida tradicional que costumava estar associada a ela. Desiludido inicialmente com os liberais corruptos e depois com os fascistas violentos, nos anos entre as duas guerras tornou-se introvertido e começou a meditar sobre os desapontamentos do progresso histórico. Ambientado na Itália do Risorgimento, *O gattopardo* mapeia a paralisia política da aristocracia siciliana. Explora de forma tocante e muito bem pensada o conflito entre os desejos humanos de promover mudanças e de resistir a elas. **TM**

ANDRÉ BRETON

Nascimento: 18 de fevereiro de 1896 (Tinchebray, Orne, França). Morte: 28 de setembro de 1966 (Paris, França).

Estilo e gênero: Nas obras de Breton fundem-se o humor negro, temas políticos de esquerda, surrealismo, simbolismo e um fascínio pela psicologia e a insanidade.

André Breton, fundador do movimento surrealista, é mais famoso pelos manifestos, o primeiro deles publicado em 1924, anunciando ao mundo o nascimento do surrealismo. Poeta e psiquiatra, Breton usou sua instrução médica para moldar a poesia e seu conjunto de crenças. Dadaísta em um primeiro momento, ficou desiludido não apenas com a arte dadaísta, mas com o mundo em geral depois de viver os horrores da Primeira Guerra Mundial. Durante a guerra, trabalhou em um hospital tratando dos problemas físicos e também mentais dos soldados. A partir dessa época, a busca por aquilo que ele via como a simplicidade na vida antes da guerra motivou sua imaginação e suas criações.

Os textos de Breton costumam se centrar nas duras realidades da vida e nos mais tenebrosos recessos da mente humana. Via a vida por intermédio dos dementes que tratava e ganhou aclamação por *O amor louco*, coletânea de poemas que defendiam as loucuras feitas por amor. Escreveu livros, ensaios e poesia. O romance *Nadja* foi mais bem recebido em vida do que seus versos, mas, após sua morte, a poesia foi redescoberta. Breton também editou coletâneas com obras de outros poetas e escritores, escolhendo aqueles que haviam exercido influência sobre si, como Edgar Allan Poe, Lewis Carroll e Franz Kafka.

A Segunda Guerra Mundial afetou Breton tão profundamente quanto a anterior. Antes do combate, ele havia se tornado comunista. Deixou a França para viajar por países intocados pela guerra, escrevendo poesia que lidava com as questões do exílio. Em 1946, voltou para a França, prosseguindo seu trabalho como um surrealista com uma nova geração de seguidores. Ficou famoso por dizer: "A mente que mergulha no surrealismo revive com excitação ardente a melhor parte da infância" – tocante comentário sobre a simplicidade e a inocência que ele tanto desejava reencontrar. **LH**

"Viver e deixar de viver são soluções imaginárias. A existência está em outra parte."

Principais obras

Romance

Nadja, 1928

Poesia

O amor louco, 1937

Clair de terre, 1937

Arcano 17, 1945

Poèmes 1919-1948, 1948

Não ficção

Manifesto do surrealismo, 1924

Segundo manifesto do surrealismo, 1930

Vasos comunicantes, 1932

O que é surrealismo?, 1934

1880–99

ACIMA: Foto de Breton tirada em meados da década de 1930, no auge da fama.

JOHN DOS PASSOS

Nascimento: John Roderigo Dos Passos, 14 de janeiro de 1896 (Chicago, EUA).
Morte: 28 de setembro de 1970 (Baltimore, EUA).

Estilo e gênero: Dos Passos combina ficção e biografia para criar estudos críticos e arrebatadores sobre a vida nos Estados Unidos.

Filho, ou supostamente filho, de um bem-sucedido advogado americano de origem portuguesa, Dos Passos passou os primeiros anos viajando com a mãe, segundo suas palavras, como "criança criada em hotel".

Depois de se formar na Universidade de Harvard, em 1916, foi para a Europa e serviu como voluntário na Primeira Guerra Mundial, trabalhando como motorista de ambulância. A experiência inspirou *Três soldados*, romance intensamente antibelicista. Também passou a ver seu país como uma nação dividida em duas: uma dos ricos e poderosos e outra dos pobres e impotentes. Estabeleceu sua reputação com *Manhattan Transfer*, romance sobre Nova York.

Na trilogia escrita nos anos 1930, *U. S. A.*, ele habilidosamente combinou ficção com biografias reais de americanos, entre eles J. P. Morgan, Woodrow Wilson, Rodolfo Valentino e Henry Ford. Usou autênticas manchetes de jornal, anúncios e canções populares da época, bem como "cinejornais" simulados e trechos de discursos políticos, para produzir uma crônica da história americana desde o início do século XX, atacando o que ele considerava um sistema abastecido pela ganância e pela exploração.

Deu apoio a causas de esquerda, aprovou o comunismo e visitou a Rússia. Simpatizante dos republicanos na Guerra Civil espanhola, foi para a Espanha com Ernest Hemingway, mas se desentenderam e Dos Passos ficou cada vez mais incomodado com o que via do comunismo posto em prática. E pendeu para a direita do espectro político. Em outra trilogia de romances, *District of Columbia*, exprimiu sua crescente desilusão com a política americana e o New Deal do presidente Roosevelt, e com os políticos radicais e os sindicatos. Também escreveu peças, poesia, livros de viagem e ensaios, mas, na época de sua morte, seu conservadorismo lhe tirara a influência sobre os intelectuais liberais. **RC**

"O marxismo fracassou em promover a liberdade humana e em produzir alimentos."

Principais obras

Romances

Três soldados, 1921

Manhattan Transfer, 1925

Trilogia U. S. A.

- *Paralelo 42*, 1930
- *1919*, 1932
- *Dinheiro graúdo*, 1936

Trilogia District of Columbia

- *Aventuras dum jovem*, 1939
- *Number One*, 1943
- *The Grand Design*, 1949

Autobiografia

Os melhores tempos, 1966

ACIMA: Retrato tardio (c.1955) de Dos Passos, com o inseparável charuto.

EUGENIO MONTALE

Nascimento: 12 de outubro de 1896 (Gênova, Itália). Morte: 12 de setembro de 1981 (Milão, Itália).

Estilo e gênero: Poeta, jornalista e ensaísta. Seus poemas tratam de temas existenciais sobre o valor da humanidade, temperados por humor sutil.

A primeira coletânea de poemas de Eugenio Montale, *Ossos de sépia*, estabeleceu uma linguagem nova e experimental na poesia italiana, ao mesmo tempo que capturava a paisagem mediterrânea com imagens precisas e penetrantes. Em 1938, foi dispensado do posto de diretor da biblioteca do Gabinetto Viesseux, em Veneza, por suas posições antifascistas. *Le occasioni* manteve uma visão estoica e voz de resistência em tempos de opressão política. Seguiu-se *La bufera e altro*, um amálgama visceral de experiências da guerra e do pós-guerra. Em 1948, Montale se tornou crítico literário do jornal *Corriere della Sera*. Continuou a escrever poesias e ensaios sobre literatura moderna, ganhando o Prêmio Nobel de Literatura em 1975. **SR**

Principais obras

Poesia

Ossos de sépia, 1920-1927

La Casa dei doganieri e altri versi, 1932

Le occasioni, 1939

La bufera e altro, 1956

Selected Poems, 1966

Satura, 1971

Não ficção

Selected Essays, 1978

The Second Life of Art: Selected Essays of Eugenio Montale, 1982

GEORGES BATAILLE

Nascimento: 10 de setembro de 1897 (Billom, Auvergne, França). Morte: 9 de julho de 1962 (Paris, França).

Estilo e gênero: Ensaísta, teórico da filosofia e romancista, seus temas abordam o surrealismo, a transgressão, o erotismo, a morte, a degradação e a obscenidade.

A obra de Georges Bataille influenciou os teóricos franceses do século XX, como Jacques Lacan e Michel Foucault. Ele próprio sofreu influências de Friedrich Nietzsche e do marquês de Sade. Seus ensaios e romances cultuados, como *História do olho*, derrubaram tabus sexuais, enquanto exploravam o conceito de sagrado dentro do êxtase dionisíaco e do erótico. Algumas vezes usou pseudônimos e, ocasionalmente, suas obras foram consideradas pornográficas e proibidas. Ao escrever numa época em que a Europa tropeçava de guerra em guerra e o fascismo chegava ao auge, ele procurou, como muitos, encontrar significado num momento em que a ordem social existente entrava em colapso e os princípios da sociedade burguesa passavam a ser questionados. **CK**

Principais obras

Romances

História do olho, 1928

O azul do céu, 1945

Não ficção

A experiência interior, 1943

Le Coupable, 1944

Sur Nietzsche, 1945

WILLIAM FAULKNER

Nascimento: 25 de setembro de 1897 (New Albany, EUA). Morte: 6 de julho de 1962 (Byhalia, EUA).

Estilo e gênero: Escritor modernista cuja linguagem poética e os retratos do Sul dos Estados Unidos, após a Guerra Civil, são lendários.

William Faulkner ficou conhecido por dizer que parte da razão da miséria humana se deve ao fato de que a única coisa que as pessoas conseguem fazer durante oito horas seguidas é trabalhar. A produção desse ganhador do Prêmio Nobel demonstra que ele podia trabalhar durante muito mais tempo: além da poesia da juventude e de uma temporada como roteirista em Hollywood, Faulkner escreveu 20 romances e 85 contos, muitos deles na lista da mais importante literatura produzida por qualquer escritor americano. A maior parte da obra é ambientada em "Yoknapatawpha County", localidade no norte do Mississippi, e os fragmentos de história compartilhada que se sobrepõem dão ao conjunto uma identidade de lugar muito bem construída.

O primeiro romance importante de Faulkner é *O som e a fúria*, que apresenta todas as características de sua melhor ficção: técnicas inovadoras de narrativa são usadas para emoldurar uma tragédia quase clássica, com personagens bem desenvolvidos e ao mesmo tempo simbólicos equilibrando-se entre a exemplificação e a alegoria da violenta nostalgia característica dos anos de Depressão, no Sul. Ele voltou a esses temas com uma estrutura mais complexa em *Enquanto agonizo*, menos de um ano depois. Também escreveu *Santuário*, romance arrebatador e terrível ambientado na época da Lei Seca, qualificado por ele de "barato", apesar de ser o maior sucesso comercial do início de sua carreira. Outras obras famosas de Faulkner são *Luz em agosto*, a mais explícita em relação ao conflito de raças; *Absalão, Absalão*, história da obsessão de um jovem por uma família da região; e a trilogia *Snopes* – *O povoado*, *A cidade* e *A mansão* –, sobre uma família que encarna a ganância oportunista que está na base da emergência do novo Sul. Talvez Faulkner não tenha ficado feliz em trabalhar oito horas por dia, mas os leitores têm sorte de que ele assim o fizesse. **SY**

"Tento dizer tudo em uma frase, entre uma maiúscula e um ponto final."

Principais obras

Romances

O som e a fúria, 1929
Enquanto agonizo, 1930
Santuário, 1931
Luz em agosto, 1932
Absalão, Absalão, 1936
If I Forget thee, Jerusalem, 1939
O povoado, 1940
A cidade, 1957
A mansão, 1959
Os invictos, 1962

Contos

These 13, 1932

Poesia

The Marble Faun, 1924

ACIMA: Faulkner fotografado em 5 de fevereiro de 1954.

THORNTON WILDER

Nascimento: 17 de abril de 1897 (Madison, EUA). Morte: 7 de dezembro de 1975 (Hampden, EUA).

Estilo e gênero: Ícone entre os dramaturgos e romancistas dos Estados Unidos, Wilder trata de temas filosóficos universais em contexto moderno.

A primeira obra de Thornton Wilder, o romance *The Cabala*, foi publicada em 1926 e desde então ficou claro que o escritor estava destinado à fama. Escrevia principalmente peças, mas também produziu romances, embora se considerasse em primeiro lugar e acima de tudo um professor. Tal modéstia era característica do homem que ganhou dois prêmios Pulitzer, além de outros tantos, por textos que frequentemente abordavam profundas questões filosóficas e examinavam a condição humana.

Wilder era de uma família ilustre. O pai era diplomata e os irmãos, muito talentosos. Cresceu em um ambiente que estimulava a atividade intelectual, começando a escrever peças enquanto ainda estava na escola. A primeira, *The Russian Princess* (1913), foi criada enquanto ele frequentava a Thatcher School em Ojai, na Califórnia, onde supostamente vivia infeliz e passava a maior parte do tempo na biblioteca. O primeiro grande sucesso de Wilder, que lhe trouxe o primeiro Pulitzer, veio em 1927, com o romance *A ponte de São Luís Rei*, que relata as histórias entrelaçadas de diversas pessoas que morreram durante a queda da ponte e dos eventos que as levaram a estar naquele lugar, naquela hora. Explora as razões filosóficas por trás da tragédia aleatória e da morte de inocentes e abriu um precedente para as futuras histórias de desastres épicos: é um modelo constantemente reinterpretado pela literatura e a filmografia desde os tempos de Wilder. Depois do triunfo precoce com *A ponte de São Luís Rei*, Wilder continuou a publicar uma série de obras bem-sucedidas, como as peças *The Skin of Our Teeth* e *Nossa cidade*, que lhe rendeu o segundo Pulitzer.

"Estou interessado nas coisas que se repetem na vida de milhões de pessoas."

A obra de Wilder se caracteriza pela forma tocante e perspicaz de tratar dos sentimentos e da complexidade do comportamento humano, bem como pelo exame de temas profundamente filosóficos, pertinentes a todos os aspectos da vida. **TamP**

Principais obras

Romances

The Cabala, 1926
A ponte de São Luís Rei, 1927
The Woman of Andros, 1930
O céu é meu destino, 1935
Ides of March, 1948
O oitavo dia, 1967
Theophilus North, 1973

Peças

The Trumpet Shall Sound, 1926
Nossa cidade, 1938
The Skin of Our Teeth, 1942
The Matchmaker, 1955
Childhood, 1960
Infancy, 1960

1880–99

ACIMA: Retrato de Thornton Wilder por volta de 1950.

LOUIS ARAGON

Nascimento: 3 de outubro de 1897 (Paris, França). Morte: 24 de dezembro de 1982 (Paris, França).

Estilo e gênero: Poeta, romancista e surrealista. Suas obras foram influenciadas pelo engajamento político e romperam com as convenções literárias.

Em 1924, Louis Aragon foi um dos fundadores do movimento surrealista, ao lado de André Breton e de Philippe Soupault. Com Breton, Aragon produziu um periódico chamado *Littérature*, que estabeleceu as teorias do surrealismo. O objetivo dos dois era libertar a imaginação por meio do uso do inconsciente como fonte de inspiração. Ao usar a escrita automática – escrita sem qualquer forma de controle consciente –, acreditavam que a mente poderia se libertar de todas as inibições. Também pensavam que a poesia deveria assumir riscos e emancipar a linguagem ao perturbar e romper com as convenções literárias.

Em 1924, Aragon escreveu *Le Libertinage*, coletânea de contos curtos e fragmentados. Mediante cenas da vida cotidiana, ele explora a mente subconsciente e o resultado combina uma série de impressões e fantasias. Dois anos depois, criou *O camponês de Paris*, uma das principais obras do surrealismo. Aragon disse que não se tratava nem de uma história nem de um estudo de personagem, mas "de um romance que romperia com todas as regras tradicionais que governam a escrita de ficção... um romance que os críticos seriam obrigados a abordar desarmados".

Além de criar textos surrealistas e de ter se associado ao Partido Comunista Francês, Aragon trabalhou como jornalista e editor. Durante a Segunda Guerra Mundial, foi membro da Resistência Francesa e organizou uma rede de escritores que produzia periódicos subversivos e empregava a literatura para enfraquecer a ocupação. Muitos dos poemas que escreveu nessa época foram musicados.

"Sabemos que a natureza da genialidade é fornecer ideias aos idiotas, 20 anos depois."

Depois da guerra, Aragon passou a se inspirar cada vez mais nas próprias experiências como base para seus últimos romances, geralmente salpicando neles artigos de jornal, discursos, ensaios e suas teorias sobre a arte. **HJ**

Principais obras

Romances

O camponês de Paris, 1926
Les Communistes, 1949-1951
A semana santa, 1958
Le mise à mort, 1965
Blanche; ou l'oubli, 1967
Théâtre/Roman, 1974

Contos

Le Libertinage, 1924

Poesia

Feu de joie, 1920
Le Mouvement perpétuel, 1926
Le Front rouge, 1930

1880–99

ACIMA: Foto do escritor surrealista Louis Aragon, em 1936.

FEDERICO GARCÍA LORCA

Nascimento: 5 de junho de 1898 (Fuente Vaqueros, Espanha). Morte: 19 de agosto de 1936 (Viznar, Espanha).

Estilo e gênero: Pessoal, coletivo, mitológico, vanguardista e cósmico – as criações de Lorca fundem a natureza com os mundos espirituais da infância e do folclore.

A educação de García Lorca foi embalada pelo folclore e por cantigas de ninar, pelo mundo natural e pela música, pintura e fantoches. Formou-se em Direito, mas mergulhou imediatamente no universo da arte, no qual logo se distinguiu como personalidade marcante: produziu peças, compôs para o piano, transcreveu canções folclóricas e, especialmente, declamou seus poemas em apresentações que testemunhos da época descrevem como eletrizantes.

As primeiras peças e os poemas dramatizando a conflituosa transição da infância para a vida adulta consolidaram sua reputação e confirmaram a convicção de que o meio ideal para os versos era ser popular, oral e dramático. *Primer romancero gitano* evoca ritmos e paixões de um mundo violento e sensual e muitos dos poemas em *Canción de jinete* refletem o ponto de vista de uma criança, expressando dessa forma a dualidade de sua personalidade.

Enquanto enfrentava uma crise em relação à sua homossexualidade, Lorca visitou Nova York de 1929 a 1930 e encontrou um mundo estranho. A experiência trouxe à tona as obras mais surreais de Lorca, entre elas *Nova Iorque num poeta*, na qual as experiências de medo e isolamento se combinam à condenação da cidade. Em 1931, Lorca assumiu a direção do grupo teatral La Barraca, encarregado de apresentar os clássicos espanhóis para plateias rurais. Pelos cinco anos seguintes, Lorca viajou muito e escreveu suas obras mais apreciadas, como a trilogia rural composta por *Bodas de sangue*, *Yerma* e *A casa de Bernarda Alba*.

O perfil público de Lorca na qualidade de produtor de teatro popular, bem como sua sexualidade, transformaram-no em um alvo. Foi assassinado por partidários do fascismo nos primeiros dias da Guerra Civil espanhola. Seu corpo foi enterrado em uma cova desconhecida e nunca foi encontrado. **CH**

"Um morto na Espanha está mais vivo que um morto em outro lugar..." – *Nova Iorque num poeta*

Principais obras

Poesia

Poemas do cante jondo, 1921
Canción de jinete, 1927
Primer romancero gitano, 1928
Llanto por Ignacio Sánchez Mejías, 1936
Sonetos do amor obscuro, 1936
Nova Iorque num poeta, 1940
Divã do Tamarit, 1941

Peças

Bodas de sangue, 1932
Yerma, 1934
A casa de Bernarda Alba, 1936

ACIMA: Federico García Lorca posa em uma biblioteca, em 1930.

BERTOLT BRECHT

Nascimento: Eugen Bertolt Friedrich Brecht, 10 de fevereiro de 1898 (Augsburg, Alemanha). Morte: 14 de agosto de 1956 (Berlim, Alemanha).

Estilo e gênero: Dramaturgo, poeta e diretor de teatro alemão, autor de dramas famosos pela ausência do artifício da ilusão e pelo uso de canções.

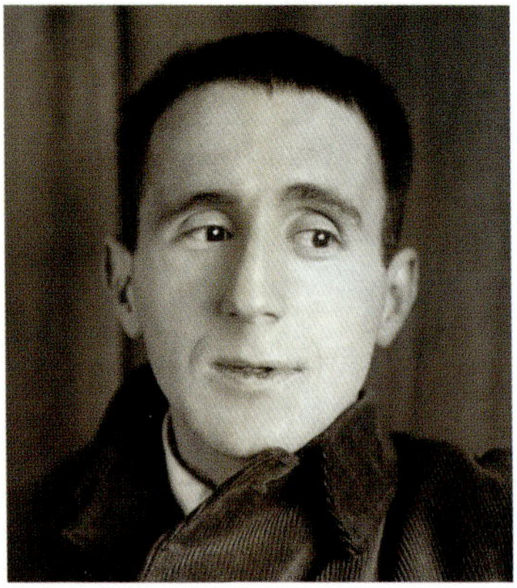

Dramaturgo e diretor de teatro marxista, Brecht mudou o teatro de tal forma que o termo "brechtiano" foi cunhado para descrever o estilo de peças e filmes dele e de outros autores. As crenças políticas de Brecht levavam-no a ver no teatro uma forma de experiência didática para o proletariado e, frequentemente, ele adaptou acontecimentos históricos para o palco, garantindo que tinham importância para se compreenderem os tempos atuais e seus problemas sociais, como acontece em *Vida de Galileu*.

Porém, talvez o que causou maior impacto tenha sido a forma com que suas peças foram encenadas. Brecht rejeitava o ilusionismo e buscava fazer com que as plateias estivessem conscientes de que assistiam a uma obra de ficção, optando por cenários austeros, pela inclusão de canções e pelo emprego de projeções para reiterar um ponto, naquilo que deve ter sido provavelmente a primeira aplicação do conceito de multimídia no teatro.

O compromisso de Brecht com o marxismo também o levou a abraçar o conceito de coletivo. Isso permitiu uma parceria com cenógrafos, atores e compositores, principalmente com o compositor Kurt Weill, quando a dupla escreveu *A ópera dos três vinténs*, contrapondo o submundo criminoso de Mack The Knife às elites vitorianas.

Principais obras

Peças

Baal, 1918

Santa Joana dos Matadores, 1929-1931

Vida de Galileu, 1937-1939

Mãe Coragem, 1938-1939

A alma boa de Setsuan, 1939-1942

A resistível ascensão de Arturo Ui, 1941

O círculo de giz caucasiano, 1943-1945

Musical

A ópera dos três vinténs, 1928

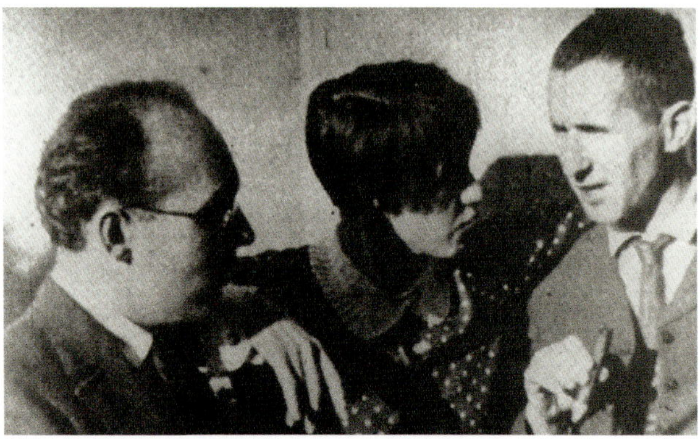

ACIMA: Retrato do dramaturgo Bertold Brecht tirado nos anos 1930.

À DIREITA: Brecht e Kurt Weill com Lotte Lenya, nos ensaios de *A ópera dos três vinténs*.

Brecht estudou teatro na Universidade de Munique e trabalhou como resenhista. Escreveu a primeira peça, *Baal*, em 1918, mas foi na década de 1920 que se tornou o queridinho do teatro na República de Weimar, atuando como dramaturgo, diretor e também notável teórico. A era nazista levou Brecht a cair em desgraça pela oposição ao fascismo, demonstrada em peças como *Mãe Coragem*. Ele emigrou para os Estados Unidos em 1941. Lá, trabalhou como roteirista em Hollywood, mas sua visão da arte como forma de propaganda não lhe granjeou muita popularidade.

Depois da Segunda Guerra Mundial, Brecht caiu na mira do Comitê de Atividades Antiamericanas e, em 1947, foi chamado a prestar depoimento. Negou ser membro do Partido Comunista – apesar de marxista, nunca se associou ao partido. Deixou os Estados Unidos e dirigiu-se para a Suíça, onde ficou até ser convidado a voltar pelo governo comunista da Alemanha Oriental. **CK**

ACIMA: Esboço de cenário para o musical *Happy End*, escrito com Kurt Weill.

A ópera dos três vinténs

Escrita com o compositor Weill, o musical de Brecht se baseia na inglesa *A ópera do mendigo*, de John Gay. Ao estrear em Berlim, em 1928, rapidamente se tornou o espetáculo de maior sucesso da República de Weimar. Um ano depois da estreia, já existiam 46 montagens do musical por toda a Europa, e o diretor de cinema G. W. Pabst fez a primeira versão cinematográfica em 1931. O espetáculo chegou ao auge da glória após a Segunda Guerra Mundial, quando uma produção off-Broadway ficou em cartaz entre 1954 e 1961, a mais longa carreira de um musical até então.

ERNEST HEMINGWAY

Nascimento: Ernest Miller Hemingway, 21 de julho de 1899 (Oak Park, EUA). Morte: 2 de julho de 1961 (Ketchum, EUA).

Estilo e gênero: Escritor da "Geração Perdida", Hemingway é conhecido pela prosa enxuta e despojada que estabeleceu o estilo vigente da época.

No outono de 1950, Ernest Hemingway estava praticamente acabado. Acabara de lançar *Do outro lado do rio e entre as árvores*, primeiro romance desde *Por quem os sinos dobram*, e recebera as piores críticas de sua vida. A obra acompanha um coronel americano de 50 anos que volta a uma localidade nas imediações de Veneza, onde lutara na Primeira Guerra Mundial, para passar seus últimos dias caçando patos, comendo, bebendo e fazendo amor com uma condessa de 18 anos. Pelo fato de o próprio Hemingway também andar ocupado, de uma forma pouco saudável, com uma jovem *amorosa*, os críticos interpretaram o romance como uma constrangedora manifestação da menopausa masculina. Já havia se passado mais de uma década desde o último romance de sucesso e Hemingway parecia tropeçar na autoparódia. Prodígio do modernismo americano, chamado de "papa" desde que estava na casa dos 20 anos, Hemingway parecia ter pulado completamente a meia-idade: já era um velho mergulhado em um oceano de bebida, doença e depressão. Aos 51 anos, idade em que a maioria dos grandes autores parece estar apenas concluindo o aquecimento, considerava-se encerrada a carreira de Hemingway.

Principais obras

Romances

The Torrents of Spring, 1926
O sol também se levanta, 1926
In Another Country, 1927
Adeus às armas, 1929
Ter e não ter, 1937
Por quem os sinos dobram, 1940
Do outro lado do rio e entre as árvores, 1950
O velho e o mar, 1952
As ilhas da corrente, 1970
O jardim do Éden, 1986

Contos

In Our Time, 1925
Men Without Women, 1927
Winner Takes Nothing, 1933
As neves do Kilimanjaro, 1936

Não ficção

Death in the Afternoon, 1932
As verdes colinas de África, 1935
Paris é uma festa, 1964

ACIMA: Hemingway em Málaga, Espanha, fotografado um ano antes de sua morte.

À DIREITA: Hemingway e o amigo Taylor "Beatracks" Williams caçando antílopes.

ACIMA: O escritor conversa com o líder cubano Fidel Castro, no fim de 1959.

Por incrível que pareça, seus maiores sucessos – e tormentos – ainda estavam por vir. Em 1952, reabilitou-se com *O velho e o mar*, que ganhou os prêmios Pulitzer e Nobel de Literatura. Nos anos seguintes, continuou a produzir grande volume de ficção de qualidade, publicada após sua morte. Mas esses anos também trouxeram sofrimentos físicos e mentais para o autor.

"Escrever e viajar podem expandir o traseiro e talvez a mente, e eu prefiro escrever de pé."

Se houvesse antecipado as sérias lesões internas e as queimaduras decorrentes de dois acidentes de avião seguidos, o agravamento da hipertensão e da cirrose, bem como a depressão cada vez mais aguda, a paranoia e um tratamento com eletrochoques que prejudicou sua memória, é bem possível que tivesse decidido cometer o suicídio muito antes.

De qualquer forma, poucos autores americanos chegaram à condição de ícone da literatura como Hemingway. A barba, a sué-

O amor pelas touradas

Hemingway assistiu à sua primeira tourada na Espanha, em 1923, a conselho de Gertrude Stein. A experiência teve um grande impacto no jovem escritor. Tornou-se, pelo resto da vida, um apaixonado pelo ritual e escreveu sobre o assunto em *O sol também se levanta* e em *Death in the Afternoon*, obra de não ficção. Viajou pela primeira vez para Pamplona, em Navarra, em julho de 1923, para assistir à grande festa de São Fernando, festividade cristã que remonta a 1126. O evento mais popular associado ao evento é a "corrida de touros" pelas ruas da cidade. Até hoje, admiradores de Hemingway, mal informados, visitam a cidadezinha espanhola para correr com os touros – coisa que o próprio escritor nunca fez.

Tauromaquia ou tourada não se resume à execução do animal a estocadas – é um ritual complexo, dramático e coreografado. Durante 30 anos de relacionamento com o esporte, Hemingway apreciou os aspectos teatrais e espirituais da cerimônia. Ele admirava a dignidade e a honestidade da tourada, "a arte e o valor" da luta e correspondia "à graciosidade sob pressão" demonstrada pelo matador.

Como dizia o autor: "A tourada é a única arte em que o artista corre risco de morte e em que a magnitude do desempenho depende da honra do lutador."

À DIREITA: Capa da primeira edição britânica de *O velho e o mar*, publicada por Jonathan Cape.

ter, o olhar intenso – a imagem de Hemingway e do que ele representa obscurece qualquer um de seus romances. Apesar de ter colaborado para construir sua própria lenda, ele também viveu uma vida incrivelmente movimentada.

Aos 18 anos, Hemingway foi trabalhar como motorista de ambulância no front italiano, durante a Primeira Guerra Mundial, ocasião em que uma granada austríaca o deixou com mais de 200 estilhaços na perna. Enquanto convalescia em Milão, apaixonou-se perdidamente pela enfermeira Agnes von Kurowsky, seis anos mais velha, que terminou o relacionamento por achar que ele era jovem demais. (Dois anos depois, Hemingway se casaria com Hadley Richardson, um ano mais velha que Kurowsky.) Ao completar 25 anos, Hemingway morava em Paris e tinha ficado amigo de Gertrude Stein, Ezra Pound e James Joyce. Aos 27 anos, consolidou a reputação literária com *O sol também se levanta*. Aos 30, havia enterrado o pai (que se suicidara), casado pela segunda vez e escrito o segundo romance digno de nota, *Adeus às armas*. Voltou-se então para questões políticas com *Ter e não ter*, considerado um fracasso artístico. Ele reagiu com a publicação daquele que talvez seja seu melhor romance, *Por quem os sinos dobram*, não muito depois de os sinos terem anunciado seu terceiro casamento.

Hemingway se sentia à vontade na guerra. Na realidade, ele a procurava. Em 1942, com a bênção do governo americano, ele equipou seu barco de pesca para caçar embarcações alemãs na costa de Cuba. Acompanhou a guerra entre gregos e turcos em 1922 e a Guerra Civil espanhola entre 1937 e 1939. Em 1944, documentou o desembarque na praia Omaha, na Normandia, no Dia D, de uma embarcação que chegava ao local. Mais tarde, no mesmo ano, Hemingway cobriu a luta na fronteira entre Alemanha e Bélgica, e matou um soldado nazista. Esteve presente no dia da libertação de Paris, onde conheceu a quarta esposa.

Costuma-se insistir que a vida levada por um escritor é o maior determinante da natureza de sua expressão literária. No caso de Hemingway, acontece o oposto: sua vida acabou se aproximando do romance, da aventura, do desespero e da escala épica de sua ficção. **IW**

HEMINGWAY

THE OLD MAN AND THE SEA

ELIZABETH BOWEN

Nascimento: Elizabeth Dorothea Cole Bowen, 7 de junho de 1899 (Dublin, Irlanda). Morte: 22 de fevereiro de 1973 (Hythe, Kent, Inglaterra).

Estilo e gênero: Modernista com um olhar de forasteira para examinar as paixões interiores, povoou seus romances com órfãs desajeitadas que se apaixonam.

Elizabeth Bowen publicou os primeiros contos – já caracterizados pelo impecável comando do tom e da linguagem – aos 24 anos. Orbitou em torno do Grupo de Bloomsbury, e seus romances reverberam as experiências intimistas que definem a ficção de Virginia Woolf e James Joyce.

Ao contrário dos contemporâneos mais famosos, Bowen era um sucesso de vendas em sua época, escrevendo para revistas da moda como *Tatler* e *Harper's Magazine*. Depois de morrer de câncer em 1973, sua obra foi negligenciada, mas voltou a merecer atenção depois da adaptação para o cinema de *The Last September* (1999), de Deborah Warner. É o segundo romance de Bowen e o mais autobiográfico no relato da decadência da cultura protestante anglo-irlandesa.

A consciência central de *The Last September* pertence a Lois Farquar, sobrinha de uma linhagem nobre que se agarra à residência rural e a um antigo modo de vida. Mas a jovem está dividida por desejos conflituosos: permanecer na Irlanda e estudar arte em Londres; ficar noiva de um soldado inglês e ser beijada por um rebelde irlandês. Observadora perspicaz em meio a essas nuvens de pensamentos amorfos, Farquar antecipa Portia Quayne, a anti-heroína voluntariosa e ardente do romance de Bowen que mais teve sucesso junto aos críticos, *The Death of the Heart*. As observações cáusticas da autora, feitas à margem da boa sociedade, foram fundamentadas por um período itinerante semelhante ao de suas protagonistas, passando temporadas com parentes e em pensionatos, enquanto o pai se recuperava de um colapso nervoso. Os romances costumam ser estruturados por meio da consciência de uma adolescente deslocada, cujas percepções imperfeitas da misteriosa vida adulta levam a trágicos desenlaces. **SM**

"Não me importo de me sentir pequena, mas temo que o mundo seja assim." – *The House in Paris*

Principais obras

Romances

The Hotel, 1926
The Last September, 1929
Friends and Relations, 1931
To the North, 1932
The House in Paris, 1935
The Death of the Heart, 1938
The Heat of the Day, 1949
A World of Love, 1955
Eva trout, 1968

Contos

Encounters, 1923
Joining Charles and Other Stories, 1929
The Cat Jumps and Other Stories, 1934
The Demon Lover and Other Stories, 1945

ACIMA: Elizabeth Bowen fotografada do lado de fora de sua casa.

NOËL COWARD

Nascimento: 16 de novembro de 1899 (Teddington, Inglaterra). Morte: 26 de março de 1973 (Port Maria, Jamaica).

Estilo e gênero: Coward encontrou a fama com letras de música e peças sarcásticas e espirituosas, que beiram a farsa, mas são salvas por enredos inteligentes.

Noël Coward foi dramaturgo, letrista, romancista, músico, ator, diretor de cinema e astro da televisão – sem falar em seu desempenho como celebridade mundial e ícone. Da era do jazz aos *swinging sixties*, ele esteve à frente do mundo literário e suas obras continuam a atrair um grande público. Diversas peças foram adaptadas para o cinema. *This Happy Breed* (1944) e *Blithe Spirit* (1945) estão entre as mais famosas.

Coward subiu ao palco pela primeira vez aos 11 anos e permaneceu sob a luz dos refletores até o fim da vida. Homossexual em uma época em que isso ainda era ilegal na maior parte dos países, ele levou a vida de uma forma surpreendemente aberta, embora o público parecesse ignorar o fato, com a ajuda dos meios de comunicação, que insinuavam casos com mulheres, especialmente com a atriz Gertrude Lawrence. O relacionamento mais duradouro foi com o ator Graham Payn e durou quase 30 anos, encerrando-se apenas com a morte de Coward.

A vida romântica instável de Coward e o esforço cômico que a mídia fazia para apresentá-lo como heterossexual deram uma nota tocante a suas comédias, nas quais faz alusões recatadas a relacionamentos entre pessoas do mesmo sexo, apesar dos personagens marcadamente heterossexuais. O cinismo em relação ao amor aparece em muitas obras, nas quais há sempre pelo menos um casal incapaz de viver junto ou separado – especialmente Elyot e Amanda em *Private Lives*. A dualidade da personalidade era uma característica evidente em quase todas as áreas da vida de Coward. Recentemente, foi divulgado que na Segunda Guerra Mundial, quando viajava regularmente para divertir as tropas, ele trabalhou como agente secreto para o governo britânico. Coward era tão famoso e apreciado que ganhou o apelido de "o Mestre". **LH**

"Gosto de longas caminhadas, sobretudo quando praticadas por pessoas que me aborrecem."

Principais obras

Peças

The Vortex, 1923
Fallen Angels, 1923
Hay Fever, 1924
Easy Virtue, 1924
Semi-Monde, 1926
This Was a Man, 1926
Private Lives, 1929
Cavalcade, 1931
Design for Living, 1932
Present Laughter, 1939
This Happy Breed, 1939
Blithe Spirit, 1941
Star Quality, 1967

ACIMA: Foto de divulgação de Noël Coward tirada no fim dos anos 1950.

VLADIMIR NABOKOV

Nascimento: Vladimir Vladimirovich Nabokov, 23 de abril de 1899 (São Petersburgo, Rússia). Morte: 2 de julho de 1977 (Montreux, Suíça).

Estilo e gênero: Romancista e contista conhecido pela prosa extravagante, inventiva, erudita e elaborada, e também pelo tratamento ousado de tabus.

Vladimir Nabokov foi um mestre da prosa cujo romance mais famoso é, sem dúvida, *Lolita*, obra que explora com elegância e inteligência a história da obsessão de um acadêmico de meia-idade por uma adolescente. Apesar do uso magistral do inglês, Nabokov passou os primeiros 20 anos de vida na Rússia. A facilidade com a linguagem talvez se deva ao fato de ter sido criado em uma casa onde se falavam três idiomas e de sua transição posterior do russo para o inglês escrito ter sido uma reversão para uma língua que ele dominara na infância. Sua família era abastada e o pai, membro da assembleia constituinte russa.

Em 1919, a família fugiu do país para escapar da revolução bolchevique, com expectativa de voltar em breve, assim que a turbulência passasse. Isso não aconteceu. Pouco depois, Nabokov foi para a Inglaterra estudar línguas modernas na Universidade de Cambridge e, depois de se formar, mudou-se para Berlim, onde escreveu em russo nove romances, mais de 300 poemas e cerca de 50 contos. Graças a essa produção, ele lentamente construiu uma reputação na comunidade de emigrantes russos, embora não fosse suficiente para se tornar escritor em tempo integral. Depois de três anos em Paris, ele fugiu de novo, dessa vez das

Principais obras

Romances

Bend Sinister, 1947
Lolita, 1955
Pnin, 1957
Fogo pálido, 1962
Ada ou ardor: crônica de uma família, 1969
Coisas transparentes, 1972
Somos todos arlequins, 1974

Contos

Nine Stories, 1947
Nabokov's Dozen: A Collection of Thirteen Stories, 1958

Poesia

Poems, 1916
The Cluster, 1922

Não ficção

Notes on Prosody, 1963
A pessoa em questão: uma autobiografia revisitada, 1967

ACIMA: Nabokov procurando borboletas na Suíça, por volta de 1975.

À DIREITA: Cartaz do filme de Stanley Kubrick, de 1962, com Sue Lyon no papel de Lolita.

1880–99

tropas nazistas, e foi para os Estados Unidos. Nesse país, ganhou a vida dando aulas de literatura comparada no Wesley College. Suas palestras eram inimitáveis, divertidas e espirituosas, e seus cursos ganharam muita popularidade. Ao mesmo tempo, trabalhou no Museu de Zoologia Comparada de Harvard, como pesquisador de entomologia, disciplina que lhe deu algum prestígio.

Seu emprego seguinte foi na Universidade de Cornell, onde deu aulas de literatura russa entre 1948 e 1959. Em 1957, publicou *Pnin*, romance protagonizado por um acadêmico residente nos Estados Unidos, com um passado de emigrante russo, personagem que compartilha muitas semelhanças óbvias com Nabokov.

Depois do sucesso financeiro resultante da publicação de *Lolita* nos Estados Unidos em 1958 – três anos depois de ter sido editado com menos hesitação pela Olympian Press na França –, Nabokov pôde se aposentar em Montreux, na Suíça, onde passou a se devotar exclusivamente à literatura. **GN**

ACIMA: Nabokov fotografado enquanto escrevia no carro, em setembro de 1958.

Enamoramento erótico

Em apenas quatro anos, *Lolita* deixou de ser considerada uma publicação perigosamente obscena e alternativa para ser saudada como exemplo de prosa sofisticada e magistral que explorava e subvertia o gênero do amor cortês. Narrado por Humbert Humbert, acadêmico com uma assumida atração por ninfetas, o romance acompanha seu enamoramento erótico por Lolita, de 12 anos, filha de sua vilipendiada hospedeira que ele seduz e com quem mantém um relacionamento sexual. Foi proibido por pouco tempo na França e na Grã-Bretanha, embora tenha se tornado sucesso imediato nos Estados Unidos.

1880–99

JORGE LUIS BORGES

Nascimento: Jorge Francisco Isidoro Luis Borges, 24 de agosto de 1899 (Buenos Aires, Argentina). Morte: 14 de junho de 1986 (Genebra, Suíça).

Estilo e gênero: Fabulista, poeta, contista, ensaísta e mitógrafo assumido, conhecido pela prosa lacônica, mas atordoante e inimitável.

Principais obras

Contos

História universal da infâmia, 1935

Pierre Menard, autor del Quijote, 1939

A biblioteca de Babel, 1941

Funes el memorioso, 1942

Ficções, 1944

O aleph, 1949

Não ficção

Otras Inquisiciones 1937-1952, 1952

Sete noites, 1977

Antologias

O fazedor, 1960

Antologia pessoal, 1961

Labyrinths: Selected Stories and Other Writings, 1962

Nascido em um lar bilíngue, Jorge Luis Borges aprendeu a ler em inglês antes de aprender em espanhol, sob a supervisão da avó paterna. Garoto precoce, aos 6 anos declarou a intenção de se tornar escritor. Com 7 anos, escreveu em inglês uma análise sobre a mitologia grega; aos 8, rascunhou a primeira história; aos 9, publicou a primeira obra, uma tradução para o espanhol de *O príncipe feliz* (1888), de Oscar Wilde. Como tinha o mesmo nome do pai, professor de inglês e escritor pouco conhecido, muita gente pensou que a tradução era obra do Borges mais velho.

Borges foi educado em casa, passando um bom tempo na ampla biblioteca do pai. Essa educação teve duas consequências que se transformariam em determinantes de sua estética: um conhecimento enciclopédico de "literatura" – o que para Borges englobava ficção, poesia, metafísica e mitologia – e uma sensibilidade anglófila. Certa vez ele chegou a dizer que só no fim da infância percebeu que o inglês e o espanhol eram línguas diferentes.

Sob a influência dos poetas espanhóis da vanguarda radical, Borges consolidou seu nome nos anos 1920 como poeta e ensaís-

ACIMA: Borges em seu escritório na Biblioteca Nacional, em Buenos Aires, em 1973.

À DIREITA: Foto tirada em 1968, com Borges na companhia de Elsa, sua primeira esposa.

À ESQUERDA: Cópia da edição argentina de *Poemas (1922-1943)*, de Borges.

ta que combinava as sensibilidades da vanguarda internacional com a cor local da agitada e multicultural Buenos Aires e a mitologia popular do tango, seus marginais e a gíria de rua. Durante os anos 1930, Borges começou a fazer experiências com pequenas obras em prosa ou "ficções" e, ao fazê-lo, começou a se transformar no autor renomado que seria. *História universal da infâmia* (1935) escondia o trabalho de um editor e bibliófilo que simplesmente recontava uma série extravagante de anedotas biográficas retiradas de livros esquecidos. Em 1937, Borges aceitou um emprego na biblioteca municipal, demitindo-se em reação à ascensão de Juan Perón ao poder em 1946. Com a queda de Perón, em 1955,

"Todo romance é um plano ideal inserido no domínio da realidade." – *Labyrinths*

Alucinações úteis

Muitas histórias de Borges são animadas por aquilo que ele chamava de "imanência de uma revelação que não acontece", sentimento de delírio quase narcótico e lucidamente controlado. Ironicamente, isso pode ter sido resultado da séria doença de Borges em 1938 e das alucinações que ela lhe trouxe. Durante a convalescença, Borges experimentou uma crise, com medo de que suas faculdades poéticas e mentais tivessem sido danificadas permanentemente e o impedissem de voltar a escrever poesia. Para testar suas habilidades em "segurança", Borges resolveu experimentar com um conto (*Pierre Menard*), pois, se fracassasse, o resultado poderia ser atribuído à inexperiência com a ficção. A dilatação infinita do tempo e do espaço característica do delírio, aliada aos terrores e estarrecimentos que a acompanham, seria exposta de forma magistral em *A biblioteca de Babel* e *Funes el memorioso*.

ele foi nomeado diretor da Biblioteca Nacional da República Argentina, cargo que manteve até 1973. O tema da biblioteca, da catalogação e dos infinitos mundos criados pelas palavras impregna uma série de obras de Borges.

Em 1938, Borges sofreu uma ferida na cabeça que se infectou e o deixou à beira da morte por muitas semanas, tomado por alucinações. Em consequência, começou a perder a visão, ficando cego no fim dos anos 1950. Durante a recuperação, começou a escrever a primeira obra em seu verdadeiro estilo, *Pierre Menard, autor del Quijote*. A história é um obituário de um literato pouco conhecido que se impõe a tarefa heroica, absurda e infinita de escrever – palavra por palavra – *Dom Quixote* (1605). Era uma história revolucionária por sugerir que a ficção poderia ser criada com base na matéria-prima de outras ficções.

Pelas duas décadas seguintes, Borges perseguiu o fantástico, o labiríntico e o "infinito" por meio de uma série de histórias e parábolas de ressonância mítica e laboriosa precisão. A literatura fantástica, segundo Borges, não é uma fuga da realidade, mas uma visão mais lúcida, rigorosa e autêntica dela. Outras afirmações do universo do autor consideram a futilidade da identidade e a originalidade, a tolice da erudição, a impossibilidade da separação absoluta entre o bem e o mal, o pecado original e a graça, a simetria entre o caos absoluto e a ordem absoluta, a certeza pura e a futilidade pura. A visão sombria é moderada pela humildade, o humor astuto e a ironia de seus narradores.

Do fim dos anos 1950 até a morte, Borges fez muitas palestras e, por causa da deficiência visual, que tornava difícil a composição de narrativas em prosa, voltou a escrever poesia. O reconhecimento internacional veio em 1961 com o Prêmio de Fomento às Editoras Internacionais e com o boom do realismo mágico latino-americano nos anos 1960, por intermédio de autores que reconheciam em Borges um brilhante precursor. **CH**

ANTOINE DE SAINT-EXUPÉRY

Nascimento: 29 de junho de 1900 (Lyon, França). Morte: 31 de julho de 1944 (no mar, nas imediações do sul da França).

Estilo e gênero: Saint-Exupéry é famoso pelas narrativas oníricas, entremeadas por lembranças de viagem. Também fez experiências com o realismo mágico.

Antoine de Saint-Exupéry é famoso pelo romance para crianças *O pequeno príncipe*, mágico e provocante, um clássico da literatura francesa. Também escreveu não ficção e romances que parecem com livros de viagem, inspirados por sua vida como piloto e pelos países onde viveu e que visitou.

O início da carreira de Saint-Exupéry foi passado no norte da África, que o inspirou a escrever sobre a paisagem, o povo e o deserto que ele tanto adorava. Seus textos estão impregnados do distanciamento de uma vida passada sobre as nuvens e dos pensamentos etéreos que lhe ocorreram enquanto vivia no deserto. Em 1929, mudou-se para a Argentina, onde aprendeu a voar as dificílimas rotas que cruzam os Andes. Em 1931, casou-se com a viúva Consuelo Gomez Carillo. Foi uma união turbulenta e ele, muitas vezes, infiel. Um tanto nômade e mais à vontade nos céus, Saint-Exupéry parecia ter nascido com uma estrela na testa ao sobreviver a um acidente aéreo aparentemente fatal, no deserto do norte da África, em 1935, descrito por ele em *Terra dos homens*. Sobreviveu a outro acidente na Guatemala, em 1937. No começo da Segunda Guerra Mundial, alistou-se confiante na força aérea francesa, mas foi ficando cada vez mais deprimido diante da fraqueza da França perante a ocupação alemã.

Em 1944, o avião de Saint-Exupéry, um P-38 Lightning, desapareceu enquanto sobrevoava o Mediterrâneo. Não se sabe ao certo se ele foi derrubado, se sofreu um acidente, ou se cometeu suicídio. O corpo e a aeronave nunca foram encontrados.

Em 1998, a resposta pareceu estar próxima, pois um pescador francês alegou ter encontrado uma pulseira gravada, que poderia ter pertencido ao escritor. Investigações mais recentes, porém, sugerem que a aparição da pulseira pode ter sido uma fraude. **LH**

"Conheço apenas uma liberdade: a liberdade da mente."

Principais obras

Não ficção

O aviador, 1926

Correio Sul, 1929

Terra dos homens, 1939

Piloto de guerra, 1942

Cidadela, 1948 (publicação póstuma)

Ficção Infantil

O pequeno príncipe, 1943

ACIMA: Foto sem data do escritor e piloto desaparecido durante a Segunda Guerra Mundial.

1900–19

THOMAS WOLFE

Nascimento: 3 de outubro de 1900 (Ashville, EUA). Morte: 15 de setembro de 1938 (Baltimore, EUA).

Estilo e gênero: Suas obras são definidas pelo uso de linguagem rica e emotiva e obtiveram grande repercussão, especialmente junto aos escritores da geração beat.

Principais obras

Romances

Look Homeward, Angel, 1929
Of Time and the River, 1935
From Death to Morning, 1935
The Story of a Novel, 1936

Apesar de sua vida ter sido tragicamente breve, Thomas Wolfe deixou um importante legado. Além das obras publicadas em vida, três romances puderam ser extraídos dos originais que deixou: *The Web and the Rock* (1939), *You Can't Go Home Again* (1940) e *The Hills Beyond* (1941).

Wolfe escrevia em um momento crítico da história dos Estados Unidos, enquanto a Grande Depressão varria o país com efeitos devastadores. Talvez seja inevitável que essa mudança na atmosfera forme o pano de fundo de boa parte de sua obra, que também costuma ter toques autobiográficos. O emprego descritivo e expressionista da linguagem dá vida aos Estados Unidos da década de 1930.

Depois de se formar pela Universidade de Harvard, Wolfe viajou para a Europa. Foi na viagem de volta, em 1925, que ele conheceu a abastada senhora Berstein, com quem começou um caso. Esta deu apoio financeiro a Wolfe, permitindo que escrevesse a primeira obra, *Look Homeward, Angel*, dedicada a ela. O caso turbulento acabou e Wolfe voltou para a Europa graças a uma bolsa da Fundação Peggy Guggenheim.

Terminou o segundo romance, *Of Time and the River*, em Nova York, onde foi publicado pelo famoso editor Maxwell Perkins, da Scribners, que trabalhou também com F. Scott Fitzgerald e Ernest Hemingway. As obras de Wolfe costumavam ser extremamente longas e, com isso, o processo de edição foi bastante complicado. Houve problemas entre o escritor e Perkins, e Wolfe acabou se transferindo para a Harpers. Permaneceu com a Harpers e trabalhou até morrer de tuberculose cerebral. No leito de morte, escreveu uma carta sentida para Perkins sobre o tempo que os dois tinham compartilhado. **TamP**

"Solidão... é o fato principal e inevitável da existência humana."

ACIMA: Retrato de Thomas Wolfe, sem data.

JACQUES PRÉVERT

Nascimento: 4 de fevereiro de 1900 (Neuilly-sur-Seine, França). Morte: 11 de abril de 1977 (Omonville-la-Petite, França).

Estilo e gênero: Foi um dos mais populares autores franceses do século XX. Escreveu poesia, baladas e um punhado de importantes roteiros cinematográficos.

A poesia de Jacques Prévert viaja da sátira feroz à melancolia e costuma ridicularizar a ordem estabelecida. Ele foi e continua a ser um dos poetas mais populares da França, com boa parte da obra dedicada à vida parisiense. Muitos de seus poemas foram musicados, como "Les Feuilles Mortes", e cantados por intérpretes como Edith Piaf, Yves Montand e Juliette Greco.

Na década de 1920, Prévert trabalhava para uma agência de publicidade. Começou a escrever poesia nas horas vagas. Associou-se ao movimento surrealista, ao lado de André Breton e Louis Aragon, até ser expulso por Breton por causa de sua "irreverência". Em 1932, entrou para o "Groupe Octobre", grupo de esquerda cujos integrantes participaram do filme surrealista *L'Affaire Est Dans le Sac* (1932), que teve Prévert como um dos autores. Tornou-se um importante roteirista durante os anos 1930, escrevendo para Jean Renoir *Le Crime de Monsieur Lange* (1936). Com o diretor de cinema Marcel Carné, Prévert desenvolveu um movimento cinematográfico conhecido como realismo poético, que serviu de base para o cinema *noir* americano.

Depois da Segunda Guerra Mundial, Prévert publicou uma série de livros de poesia, como *Paroles*, *Spetacle*, *La Pluie et le beau temps* e *Eaux-fortes*. Foi notável pelo desprezo às convenções e pelas liberdades que tomava com a linguagem, características que manteve desde o tempo em que acompanhou os surrealistas. Em seus poemas, ele infringe as regras relativas a rimas e pontuação e chama atenção para a natureza arbitrária da linguagem por meio de trocadilhos, da criação de novas palavras e expressões, brincando com o significado literal das palavras e com seus sons. Prévert foi o poeta mais bem-sucedido comercialmente na França e sua obra ainda é muito difundida nas escolas daquele país. **HJ**

"Mesmo se a felicidade se esquecer de você um pouquinho, nunca se esqueça dela."

Principais obras

Poesia

Paroles, 1946

Spetacle, 1951

La Pluie et le beau temps, 1955

Eaux-fortes, 1973

ACIMA: Prévert capturado em foto durante uma exposição de suas colagens em 1966.

1900–19

NATHALIE SARRAUTE

Nascimento: 18 de julho de 1900 (Ivanovo, Rússia). Morte: 19 de outubro de 1999 (Paris, França).

Estilo e gênero: Foi uma das pioneiras do *nouveau roman*, movimento que se afastou radicalmente das noções convencionais de enredo, diálogo, caracterização e narrativa.

Nathalie Sarraute nasceu na Rússia, mas cresceu em Paris. Foi advogada até a guerra e então se tornou escritora. Por ser judia, foi forçada a se esconder durante a ocupação nazista. *Tropismes*, sua primeira obra, foi publicado em 1939. Gira em torno de "tropismos" – movimentos interiores e involuntários da mente que guiam o comportamento. Nas décadas de 1950 e 1960, Sarraute aprofundou suas ideias em *Portrait d'un inconnu*, descrito por Sartre como um antirromance. Explora o relacionamento entre um pai e uma filha, mas as observações do narrador se alteram constantemente e não são confiáveis. Sarraute recebeu o Prix International de Litterature em 1963 pelo romance *Os frutos de ouro*, que fez com que se tornasse conhecida por um público mais amplo. **HJ**

Principais obras

Romances

Tropismes, 1939
Portrait d'un inconnu, 1949
Martereau, 1953
L'ère du soupcon, 1956
Os frutos de ouro, 1963
Infância, 1983
Ici, 1997

À DIREITA: Sarraute fotografada com ar meditativo em 1986.

ANDRÉ MALRAUX

Nascimento: 3 de novembro de 1901 (Paris, França). Morte: 23 de novembro de 1976 (Paris, França).

Estilo e gênero: Romancista, crítico de arte e político pró-De Gaulle, em sua vida e obra assumiu ousadas atitudes políticas e explorou ideias estéticas.

Homem carismático, de extraordinário intelecto e energia, Malraux consolidou seu lugar na dianteira da vida literária francesa com o premiado romance *A condição humana*. Para Malraux, a condição humana era, essencialmente, algo miserável e solitário, mas ele acreditava que a salvação viria por meio da união em envolvimento político direto e também da criatividade. Romances repletos de ação e questionadores como *Os conquistadores*, do início da carreira, e o posterior *A esperança* refletem a participação direta de Malraux nos movimentos revolucionários do Extremo Oriente e da Espanha durante os anos 1920 e 1930. A partir da década de 1940, Malraux voltou-se cada vez mais para os textos sobre arte, produzindo a obra-prima *As vozes do silêncio*. **AK**

Principais obras

Romances

Os conquistadores, 1928
A estrada real, 1930
A condição humana, 1933
A esperança, 1937
Les Noyers d'Altenburg, 1943

Não ficção

As vozes do silêncio, 1951
La Musée imaginaire de la sculpture mondiale, 1952-1954 (três volumes)

Autobiografia

Antimemórias, 1967

JOHN STEINBECK

Nascimento: 22 de fevereiro de 1902 (Salinas, EUA). Morte: 20 de dezembro de 1968 (Sag Harbor, EUA).

Estilo e gênero: Os romances naturalistas de Steinbeck costumam se centrar em trabalhadores rurais, na Grande Depressão, com referências a mitos e ao Antigo Testamento.

Principais obras

Romances

Pastagens do céu, 1932
Boêmios errantes, 1935
Luta incerta, 1936
Ratos e homens, 1937
As vinhas da ira, 1939
The Sea of Cortez, 1941
A longa noite sem lua, 1942
A rua das ilusões perdidas, 1945
Os náufragos do autocarro, 1947
A pérola, 1947
A leste do Éden (ou Vidas amargas), 1952
O curto reinado de Pepino IV, 1957
O inverno da nossa desesperança, 1961

Um dos grandes autores americanos, ganhador do Prêmio Nobel de Literatura, Steinbeck criou romances sociais que capturaram perfeitamente as dificuldades suportadas pelos trabalhadores durante a Grande Depressão. Estudou na Universidade de Stanford, mas partiu para Nova York antes de se formar, tentando se estabelecer como escritor freelance. Voltou para a Califórnia, escrevendo contos e ganhando a vida como trabalhador braçal, mantendo contato direto com as pessoas que mais tarde se tornariam tema de suas obras de maior sucesso. Tais experiências conferiram autenticidade à intensidade documental de Steinbeck e a suas descrições dos trabalhadores rurais, que mais tarde enfrentariam a fome e o desemprego.

Em 1929, conseguiu publicar o primeiro romance, *A taça de ouro*, mas foi apenas depois do lançamento de *Boêmios errantes*, em 1935, que Steinbeck obteve sucesso de crítica e de vendas. O romance tratava de imigrantes ilegais na Califórnia com compaixão e um humor simples entremeado por alusões à história dos cavaleiros do rei Arthur, da tradição britânica. A atmosfera das três obras que se seguiram é notadamente mais sombria. Com *Luta*

ACIMA: John Steinbeck, fotografado nos anos 1960, já no fim da vida.

À DIREITA: Foto do romancista com uma amiga em Veneza, na Itália, em 1952.

incerta, *Ratos e homens* e *As vinhas da ira*, Steinbeck abordou a questão dos trabalhadores desalojados que buscam em vão por uma fatia do "sonho americano" enquanto enfrentam injustas condições de trabalho. *As vinhas da ira*, certamente o maior feito literário de Steinbeck, conta a história de meeiros de Oklahoma, incapazes de garantir a sobrevivência nas planícies empoeiradas e forçados a emigrar para a Califórnia, e então explorados pelos donos de plantação e assediados pela polícia. A mistura agressiva de personagens proletários e radicalismo político causou tumulto na época do lançamento, já que observadores conservadores criticaram as teorias socialistas e as mensagens anticapitalistas expressas pelo romance. Apesar de proibido em várias partes do país, tornou-se um best-seller e mais tarde virou um aclamado filme de Hollywood.

Steinbeck parou de escrever para explorar seu fascínio pela vida marinha, mas serviu como correspondente de guerra do *New York Herald Tribune* na Segunda Guerra Mundial. As obras posteriores ao conflito são menos ásperas em sua crítica social, mas em *A leste do Éden* ele compôs um romance de atordoante ambição, com muitos paralelos com a história bíblica de Caim e Abel. Seus livros continuam a ser obras fundamentais nas escolas dos Estados Unidos. **SG**

ACIMA À ESQUERDA: Elenco do aclamado filme *As vinhas da ira* (1940).

ACIMA: Sobrecapa da edição de 1947 do romance *Ratos e homens*, sucesso de vendas.

Steinbeck na tela

As obras de Steinbeck tiveram numerosas versões em Hollywood.

- *As vinhas da ira* – Direção do lendário John Ford, premiada com o Oscar, estrelada pelo jovem Henry Fonda, John Carradine e Jane Darwell (que recebeu o Oscar de melhor atriz coadjuvante).
- *Ratos e homens* – Adaptação feita em 1939, com Lon Chaney Jr. e Burgess Meredith, indicada ao Oscar em quatro categorias.
- *Vidas amargas* – Versão de *A leste do Éden*, dirigida por Elia Kazan e imortalizada como uma das poucas atuações de James Dean no cinema.
- *O. Henry's Full House* – Cinco roteiros individuais, todos narrados por Steinbeck, que fez uma rara aparição diante das câmeras para apresentar cada história.

1900–19

CARLO LEVI

Principais obras

Romances

Cristo parou em Eboli, 1945

O relógio, 1950

Não ficção

Paura della libertà, 1946

Le parole sono pietre, 1955

Nascimento: 29 de novembro de 1902 (Turim, Itália). Morte: 4 de janeiro de 1975 (Roma, Itália).

Estilo e gênero: Escritor, pintor, ensaísta e ativista político, demonstrou simpatia pelos despossuídos e esquecidos. Seu estilo o colocou à frente do neorrealismo italiano.

Carlo Levi foi um intelectual engajado em diversas frentes, o que torna difícil dizer qual teria sido sua principal atuação. Acima de tudo, porém, foi um escritor cujo livro *Cristo parou em Eboli* conquistou louvor internacional. A história acontece no sul da Itália, na mesma época em que Levi esteve preso nas mãos do Partido Fascista. De fato, ele adotou uma posição firme contra o regime de Mussolini, lutando de maneira incansável pelas liberdades individuais e sociais. A inclinação "expressionista" para o protesto também se revelou em suas incursões nas artes plásticas. Pintou figuras assombradas, vítimas de abuso, fortemente influenciado pela filosofia existencialista, cujos proponentes contestam o modo de vida mais materialista e vazio. **FF**

LANGSTON HUGHES

Principais obras

Romance

Not Without Laughter, 1930

Poesia

The Weary Blues, 1926

Shakespeare in Harlem, 1942

Montage of a Dream Deferred, 1951

Peça

Black Nativity, 1961

Nascimento: James Mercer Langston Hughes, 1º de fevereiro de 1902 (Joplin, EUA). Morte: 22 de maio de 1967 (Nova York, EUA).

Estilo e gênero: A obra de Hughes teve a influência da era do jazz (a qual também refletiu) e descreveu a vida de afro-americanos por meio de uma linguagem rica e evocativa.

Langston Hughes foi um dos principais poetas em atividade durante o renascimento do Harlem, em Nova York, e sua obra capturou a turbulência da época na cultura negra e na vida em geral. O jazz, em particular, influenciou profundamente sua produção, sobretudo em *Montage of a Dream Deferred*, livro de poesia que hoje é considerado um de seus melhores. A obra de Hughes exprimia os embates e os triunfos dos negros americanos, que atravessavam tempos de mudança, e enfocava as classes trabalhadoras. Em 1926, publicou o importante ensaio "The Negro Artist and the Racial Mountain" (O artista negro e a montanha racial) no *The Nation*, jornal político e cultural. Com palavras eloquentes e expressivas, o ensaio se tornou um manifesto para Hughes e seus contemporâneos. **TamP**

ISAAC BASHEVIS SINGER

Nascimento: 21 de novembro de 1902 (a data precisa é objeto de discussão, na Polônia russa). Morte: 24 de julho de 1991 (Miami, EUA).

Estilo e gênero: Escritos em ídiche, os romances e os contos de Singer preservam a memória dos judeus do Leste Europeu antes do Holocausto.

A data e o local do nascimento de Singer são imprecisos, mas ele passou a maior parte da infância em Varsóvia e aparentemente mudou a data de nascimento para 14 de julho de 1904 para parecer mais jovem e evitar o serviço militar. O pai era rabino, a mãe, filha de rabino, e o irmão e a irmã mais velha também eram escritores. Singer decidiu não seguir os passos do pai e, em 1935, depois de iniciar uma carreira de escritor em Varsóvia após a Primeira Guerra Mundial, emigrou para os Estados Unidos e estabeleceu-se em Nova York como redator de um jornal em ídiche. Logo começou a produzir uma série de romances e contos que chamaram atenção e foram bastante admirados. Sua obra é praticamente toda em ídiche, mas ele supervisionou as traduções para o inglês que fizeram sua reputação e lhe renderam o Prêmio Nobel de Literatura em 1978.

Imbuída de humanidade e humor, a produção de Singer foi inspirada pelas memórias da juventude e pela fé judaica, suas lendas e seus folclores. Romances como *A família Moskat*, *O solar* e *The Estate* contavam histórias de famílias de judeus de diversas gerações e das mudanças que destruíram o mundo judaico no fim do século XIX. Em uma entrevista de 1979, ele disse que achava que algo daquele mundo desaparecido, "pode chamar do espírito ou de qualquer outra coisa", estava "ainda em alguma parte do universo". Singer também se inspirou nas próprias experiências para escrever sobre o mundo dos imigrantes recém-chegados aos Estados Unidos. Um de seus temas recorrentes era o elo entre a tirania das paixões humanas e seu poder criativo. Além disso, *Schlemiel Went to Warsaw* é uma deliciosa coletânea de histórias para crianças e *A Day of Pleasure*, um relato autobiográfico da infância em Varsóvia. **RC**

"Deus é um escritor e somos, ao mesmo tempo, heróis e leitores."

Principais obras

Romances

A família Moskat, 1950

O solar, 1967

The Estate, 1969

O Golem, 1983

Contos

Schlemiel Went to Warsaw and Other Stories, 1968

A imagem e outras histórias, 1985

The Death of Methuselah and Other Stories, 1988

Autobiografia

A Day of Pleasure: Stories of a Boy Growing Up in Warsaw, 1969

Lost in America, 1981

ACIMA: Singer fotografado em Nova York cinco anos antes de sua morte.

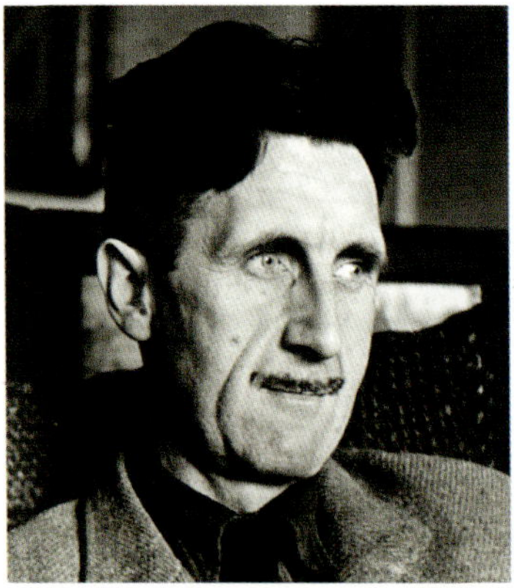

Principais obras

Romances

Dias na Birmânia, 1934

A revolução dos bichos, 1945

1984, 1949

Não ficção

Na pior em Paris e Londres, 1933

A caminho de Wigan, 1937

Lutando na Espanha, 1938

Collected Essays, Letters and Journalism, 1968

1900–19

ACIMA: O romancista e jornalista fotografado no início dos anos 1940.

GEORGE ORWELL

Nascimento: Eric Arthur Blair, 25 de junho de 1903 (Motihari, Bihar, Índia). Morte: 21 de janeiro de 1950 (Londres, Inglaterra).

Estilo e gênero: Intelectual de esquerda, jornalista e produtivo autor de alegorias políticas e memórias, Orwell aliou talento literário a objetivos políticos.

George Orwell nasceu em uma família que descreveria como sendo "de classe média baixa inglesa". Reagiu às desigualdades da imobilidade social de sua juventude tornando-se um eloquente defensor da derrubada das barreiras de classe. Formou-se em Eton sem ter os fundos necessários para ir para a universidade. Juntou-se então à polícia imperial indiana na Birmânia (Myanmar), passando a nutrir um profundo desagrado em relação ao imperialismo. Ao voltar para a Inglaterra, escolheu viver na pobreza, entre os trabalhadores pobres e os sem-teto, sobre quem escreveu. Em *Na pior em Paris e Londres*, Orwell registra experiências de trabalho nas cozinhas de hotéis de Paris, recebendo parca remuneração, antes de partir para outro tipo de desespero, ao ficar sem emprego entre os "vagabundos" de Londres. Foi provavelmente nessa época que contraiu a tuberculose que o mataria.

Em *Lutando na Espanha*, Orwell documenta sua experiência como voluntário na Guerra Civil espanhola e expõe as profundas divisões econômicas e ideológicas entre os soldados de esquerda. Era sensível ao impacto problemático dos "intelectuais soldados" como W. H. Auden, a quem acusou de romancear a guerra. Seu socialismo dissidente fez com que fosse usado politicamente por grupos de direita e de esquerda. Em 1997, uma matéria no jornal *The Guardian* revelou que Orwell havia fornecido uma lista de simpatizantes stalinistas a um oficial de inteligência, um ano antes de sua morte. O jornalismo testemunhal o atraiu como um recurso para se contrapor à propaganda. Sua confiança no poder das imagens sobre a palavra escrita está expressa em *A revolução dos bichos*, alegoria antissoviética. Esperar um futuro melhor é uma poderosa arma de resistência para os animais, pois se baseia em imagens mentais, fora do âmbito da linguagem e da retórica política.

Em *1984*, a decência humana desapareceu com a memória, e as emoções que unem as pessoas foram transformadas em medo. O romance mais impactante e visionário de Orwell descreve as consequências extremas de se tolherem as liberdades de imprensa e de

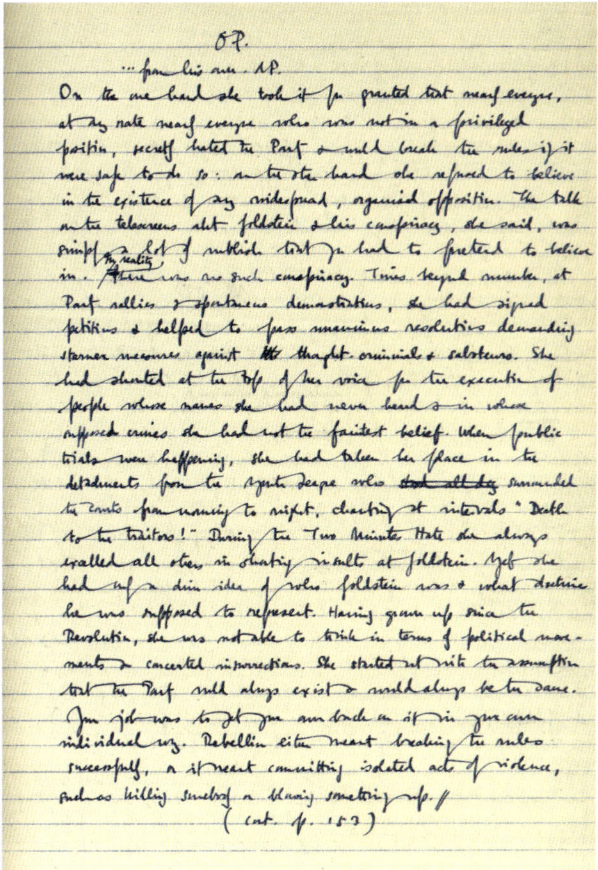

ACIMA: A experiência de Orwell na polícia imperial indiana inspirou o romance de 1934.

À ESQUERDA: Trecho do original sem correções de *1984*.

expressão. A linguagem e a literatura estão subordinadas à política e a liberdade de pensamento se torna impossível, como demonstra a malfadada luta do protagonista em busca de contato humano e da expressão própria. O governo totalitário do romance é genérico o bastante para poder ser lido como uma representação tanto do fascismo quanto das ditaduras socialistas.

Décadas após *1984*, as notícias internacionais e a cobertura jornalística de guerra permanecem tão pouco objetivas quanto antes. O inquietante legado de Orwell nos faz questionar até que ponto nossa liberdade se encontra envolvida em contradições. **ER**

1900–19

EVELYN WAUGH

Nascimento: Arthur Evelyn St. John Waugh, 28 de outubro de 1903 (Londres, Inglaterra). Morte: 10 de abril de 1966 (Combe Florey, Somerset, Inglaterra).

Estilo e gênero: Romancista, autor de textos de viagem e de obras espirituosamente satíricas, mas com viés jocosamente sinistro.

O gênio cômico de Evelyn Waugh provavelmente nunca foi igualado na literatura britânica. Nascido na classe média alta, filho de um editor, Waugh foi educado no Lancing College e na Universidade de Oxford. Entre as duas guerras, socializou com a elite em uma roda-viva de coquetéis, interagindo com famílias de sobrenomes como Guinness, Asquith e Churchill. Desfrutava do frenesi hedonista da vanguarda composta por Robert Byron, Anthony Powell e John Betjeman em uma época em que a velha ordem, das normas do tempo do rei Eduardo, havia desaparecido e a atmosfera sombria dos anos 1930 pairava no ar.

Influenciados pelo catolicismo afetado e pela sagacidade do escritor Ronald Firbank, os dois primeiros romances de Waugh – *Declínio e queda* e *Vile Bodies* – fazem troça com a decadência da alta sociedade e do sistema de educação particular no qual Waugh havia estudado. Criador de enredos absurdos e personagens desajeitados, ele captura o espírito da época com humor ácido, expondo as hipocrisias e moderando a sátira com um sentido de decência nascido de sua própria conversão ao catolicismo em 1930.

Waugh continuou a examinar as fraquezas da aristocracia decadente de forma magistral em *Um punhado de pó* e *Memórias de Brideshead*. Não teve problemas em voltar suas atenções para outra direção, encarando as asneiras do colonialismo inglês em *Malícia negra* e parodiando o jornalismo sensacionalista de uma forma inédita em *Furo!*. Apesar da chegada da meia-idade, Waugh alistou-se no Exército durante a Segunda Guerra Mundial e participou da batalha. Depois, usou as experiências em *Sword of Honour*, trilogia em que usa o humor mordaz para tratar da ascensão do comunismo, do fim do cavalheirismo inglês e dos horrores da guerra. Waugh morreu de ataque cardíaco em sua casa de campo, para sempre um mestre da farsa. **CK**

"Notícia é aquilo que um cara que não quer saber de nada deseja ler." – *Furo!*

Principais obras

Romances

Declínio e queda, 1928
Vile Bodies, 1930
Malícia negra, 1932
Um punhado de pó, 1934
Furo!, 1938
Put Out More Flags, 1942
Memórias de Brideshead, 1945
O ente querido, 1948
Homens em armas, 1952
Oficiais e gentlemen, 1955
Rendição incondicional, 1961

ACIMA: O romancista satírico Evelyn Waugh, fotografado em 1943.

1900–19

RAYMOND QUENEAU

Nascimento: 21 de fevereiro de 1903 (Le Havre, França). Morte: 25 de outubro de 1976 (Paris, França).

Estilo e gênero: Poeta e romancista, Queneau foi um precursor do pós-modernismo que brincava com a linguagem e usava a matemática como fonte de inspiração.

O francês Queneau, romancista e poeta, era fascinado pela linguagem e pelo desafio de subverter as convenções da ortografia, do estilo e do vocabulário tradicionais. Costumava afirmar que o verdadeiro tema de sua obra não eram as histórias, mas a própria linguagem.

O primeiro romance, *Le Chiendent*, publicado em 1933, é a história de uma série de personagens cômicos em Paris. Notabilizou-se pelo emprego das gírias e do francês falado pelas pessoas comuns.

Entre suas obras mais importantes está *Exercícios de estilo*, a mesma história recontada de 99 maneiras diferentes – de uma carta oficial a um soneto e a baboseiras de um editor, graças apenas a alterações no tom e no estilo.

Seu romance mais popular, *Zazie no metrô*, foi publicado em 1959, e também brincava com a linguagem. Conta a história de uma garota que visita o tio em Paris. Ao atravessar a cidade, ela se envolve em uma complicada série de acontecimentos farsescos. Nele, são usados gírias, palavrões e fonética. Também foi bem acolhido pelo público, que apreciou seu bom humor. Foi adaptado para o teatro, transformou-se em história em quadrinhos e depois foi filmado pelo diretor francês Louis Malle.

Em 1960, Queneau, que sempre se interessara pela matemática e pela relação entre esta e a literatura, colaborou com um punhado de escritores e matemáticos para criar o *Ouvroir de littérature potentielle* (OuLiPo), um experimento com a escrita sob variadas restrições. Queneau empregou a técnica para escrever *Cent mille millards de poèmes* – livro de 10 sonetos em que cada página se subdivide em 14 tiras. Ele estimava que fossem necessários 200 milhões de anos para se ler todas as combinações possíveis. **HJ**

"A religião tende a desaparecer com a boa sorte do homem."

Principais obras

Romances

Le Chiendent, 1933

Sempre se é bom demais com as mulheres, 1947

Exercícios de estilo, 1947

Zazie no metrô, 1959

Les Fleurs bleues, 1965

Le Vol d'Icare, 1968

Poesia

Cent mille millards de poèmes, 1961

ACIMA: Um dos principais nomes do OuLiPo, Queneau nunca deixou de buscar a inovação.

ANAÏS NIN

Nascimento: 21 de fevereiro de 1903 (Neuilly, França). Morte: 14 de janeiro de 1977 (Los Angeles, EUA).

Estilo e gênero: Escritora de diários e narrativas eróticas, teve um estilo de vida tão ousado quanto seus romances e contos.

Principais obras

Romances

A casa do incesto, 1936

Cities of the Interior

- *Children of the Albatross*, 1947
- *The Four-Chambered Heart*, 1950
- *Uma espiã na casa do amor*, 1954
- *Escadas de incêndio*, 1959
- *Seduction of the Minotaur*, 1961

Contos

Debaixo de uma redoma, 1944

Delta de Vênus, 1978 (publicação póstuma)

Não ficção

O diário de Anaïs Nin, Volumes 1 – 7 (publicado de 1966 a 1978)

1900–19

De pai cubano e mãe dinamarquesa, Anaïs Nin viveu em diferentes lugares da Europa antes de se mudar para Nova York, aos 11 anos, com a mãe e dois irmãos. Joaquin, o pai que mais tarde ela diria tê-la molestado na infância, abandonou a família na mesma época. Os diários que iniciou nesse período se tornariam sua obra fundamental. Embora extremamente pessoais, eles tratam de temas universais relacionados à mulher e às ambições artísticas.

Nin se casou em 1923, voltando a Paris com o marido, o banqueiro Hugh Guiler. Começou a escrever ficção e iniciou um caso com Henry Miller, relacionamento apaixonado e duradouro que influenciou intensamente seus escritos, em especial o estarrecedor *A casa do incesto*. Os numerosos contos que escreveu para revistas foram transformados, ainda em vida, em duas antologias, embora os mais eróticos só tenham entrado em antologias depois de sua morte. Esses contos eróticos foram escritos originalmente para um colecionador na década de 1940, supostamente por um dólar a página.

As obras publicadas em vida, como uma série de romances nas décadas de 1940 e 1950, são notáveis pela sensualidade e pelas protagonistas de personalidade forte. Seus textos certamente se beneficiaram da experiência adquirida em casos extraconjugais, que o marido preferia ignorar, entre os quais um relacionamento de 25 anos com Rudolph Pole. Com o tempo, Nin se tornou uma palestrante popular nos Estados Unidos, viajando incansavelmente de Nova York, onde morava com o marido, para a Califórnia, onde se encontrava com o amante, sendo até o fim a encarnação e a antítese da mulher voluntariosa e independente que desejava ser. **PS**

"O amor nunca morre de causas naturais. Morre porque não sabemos como reabastecer sua fonte."

ACIMA: Anais Nïn fotografada em Chicago, por volta de 1972.

À DIREITA: Os contos eróticos, da década de 1940, só foram publicados depois de 1978.

DELTA OF VENUS

EROTICA BY

ANAÏS NIN

ALAN PATON

Nascimento: 11 de janeiro de 1903 (Pietermaritzburg, KwaZulu-Natal, África do Sul). Morte: 12 de abril de 1988 (Durban, KwaZulu-Natal, África do Sul).

Estilo e gênero: O estilo dos textos de Paton é lírico. Boa parte de sua obra trata das tensas relações raciais na África do Sul do apartheid.

Principais obras

Romances

Chora, terra bem-amada, 1948
Too Late the Phalorope, 1953
Instrument of Thy Peace, 1968
Case History of a Pinky, 1972
Ah, But Your Land is Beautiful, 1981
Save the Beloved Country, 1989

Contos

Tales from a Troubled Land, 1961

Autobiografia

Towards the Mountain, 1980
Journey Continued: an Autobiography, 1988

Alan Paton passou a infância assistindo à maioria negra da África do Sul perder seus direitos enquanto os brancos ganhavam – situação que influenciaria sua literatura e visão política. Foi o fundador e presidente do Partido Liberal, que se opunha ao apartheid, e, enquanto esteve vivo, foi considerado provocador pelo governo racista e inadequado pelos ativistas antiapartheid.

O livro mais famoso de Paton, *Chora, terra bem-amada*, sofreu influência de outro romance, *In a Province*, de Laurens van der Posts. Conta a história de um zulu que viaja para Johanesburgo em busca do filho único que, como ele descobre, matou o filho de um branco. Os dois pais se ligam pelo assassinato e iniciam uma espécie de amizade. Essa amizade inter-racial causou variadas reações, que mudaram conforme também mudou a política na África do Sul. Meses depois da publicação, o Partido Nacional assumiu o poder, abrindo caminho para a era do apartheid. No ano da morte de Paton, *Chora, terra bem-amada* já havia vendido 15 milhões de exemplares e o apartheid havia sido abolido.

A educação cristã de Paton exerceu influência em seus textos e boa parte de sua obra tem uma ressonância bíblica. Ele também escreveu biografias e autobiografias, o que se justifica, pois sua obra pode ser comparada a uma biografia da África do Sul em um momento crítico de sua história. Talvez seja menos conhecido o fato de que Paton forneceu provas para suavizar a pena de Nelson Mandela no julgamento de 1964. Depois, Mandela diria que "*Chora, terra bem-amada* é também um monumento ao futuro. Um dos principais humanistas da África do Sul, Alan Paton capturou de forma vibrante sua fé eloquente na bondade essencial das pessoas nessa obra épica". **JSD**

"Desistir de reformar a sociedade é desistir de suas responsabilidades como homem livre."

ACIMA: Foto de divulgação do escritor sul-africano Alan Paton, tirada em 1950.

GEORGES SIMENON

Nascimento: 13 de fevereiro de 1903 (Liège, Bélgica). Morte: 4 de setembro de 1989 (Lausanne, Suíça).

Estilo e gênero: Romancista belga, produtivo autor das histórias do detetive Maigret. Seus romances psicológicos são escritos em prosa direta e concisa.

Georges Simenon aprendeu o ofício de jornalista em um periódico regional. Como escritor, começou escrevendo sob pseudônimo, para publicações baratas. Sua criação mais famosa, o introspectivo detetive da polícia de Paris comissário Maigret, estreou em 1930. Maigret era, de algumas formas, o oposto de seu criador – um marido bem-comportado, enquanto Simenon era um mulherengo de proporções épicas –, mas compartilhavam do mesmo fascínio pela psicologia do assassinato. Simenon escreveu numerosos contos e romances realistas, descrevendo crises emocionais de pessoas aparentemente banais. Publicou cerca de 450 volumes de ficção. Nenhuma obra em particular se destaca das demais, mas a maioria possui uma percepção perturbadora sobre os personagens e atmosfera marcante. **RG**

Principais obras

Romances

O homem que via o trem passar, 1938
Trois Chambres à Manhattan, 1946
Sangue na neve, 1948
Meu amigo Maigret, 1949
L'Horloger d'Everton, 1954
Le Petit Homme d'Arkhangelsk, 1957
Os escrúpulos de Maigret, 1958
Maigret no tribunal, 1960
Os trens, 1961
Maigret e o fantasma, 1964

NANCY MITFORD

Nascimento: Nancy Freeman-Mitford, 28 de novembro de 1904 (Londres, Inglaterra). Morte: 30 de junho de 1973 (Versalhes, Paris, França).

Estilo e gênero: Os principais temas dos textos brilhantes e espirituosos de Mitford são as convenções e classes sociais, com mal disfarçados toques autobiográficos.

Nancy Mitford tinha uma das famílias mais excêntricas da Grã-Bretanha. Filha de lorde e lady Redsdale, tinha cinco irmãs de personalidades completamente diversas: as outras tornaram-se nazista, partidária de Moseley, socialista, duquesa de Devonshire e dona de casa satisfeita. As irmãs passaram por numerosos dramas e aquela vida aristocrática tão incomum deixou marcas em toda a obra de Nancy. Ela fugiu do turbilhão graças a uma mudança para Paris e à concentração na produção literária. Seus livros ainda estão no catálogo das editoras e permanecem favoritos. São extremamente observadores, espirituosos e perspicazes, inspirando gerações de escritores. O grande círculo de amigos de Nancy incluía Evelyn Waugh. A correspondência entre os dois já foi publicada. **LH**

Principais obras

Romances

Highland Fling, 1931
Christmas Pudding, 1932
À procura do amor, 1945
Amor em clima frio, 1949

Biografias

Madame de Pompadour, 1954
Voltaire in Love, 1957
The Sun King, 1966
Frederick the Great, 1970

PABLO NERUDA

Nascimento: Neftalí Ricardo Reyes Basoalto, 12 de julho de 1904 (Parral, Chile).
Morte: 23 de setembro de 1973 (Santiago, Chile).

Estilo e gênero: A obra de Neruda se caracteriza por um apetite voraz pelo amor, a vida e a linguagem e uma infindável capacidade para a invenção e a reinvenção.

A produção de Neruda é estarrecedora: mais de 50 livros, contabilizando 3.500 páginas de versos, que venderam talvez mais de um milhão de exemplares e foram traduzidos para várias dezenas de idiomas.

Na década de 1920, Neruda logo consolidou a reputação graças ao intenso lirismo e prodigiosa criatividade, publicando cinco volumes de poesia aos 22 anos. O segundo livro, *Vinte poemas de amor e uma canção desesperada*, foi extremamente popular e se tornou imediatamente um "clássico" em virtude da elegância, da doçura quase impossível e da profunda melancolia.

Sem uma renda fixa, em 1927 Neruda assumiu uma série de postos consulares não remunerados na Ásia. Nos cinco anos seguintes, passou a se identificar cada vez mais com as massas oprimidas, cujas culturas ancestrais e modos de vida lhe pareciam estar sendo esmagados pelo capitalismo, pela corrupção e pela ordem colonial. Durante esses anos, escreveu *Residência na Terra*, expressão de uma angústia pessoal e coletiva, mostrada de forma surpreendente e surrealista.

Novos postos na Espanha e na França colocaram Neruda em contato com a vanguarda espanhola e com a causa antifascista. Com o início da Guerra Civil espanhola em 1936, ele se engajou na

Principais obras

Poesia

Vinte poemas de amor e uma canção desesperada, 1924
Residência na Terra, 1947
Alturas de Machu Picchu, 1947
Canto geral, 1950
Os versos do capitão, 1952
Odes elementares, 1957
Cem sonetos de amor, 1960

Não ficção

Confesso que vivi, 1973

1900–19

ACIMA: Retrato do escritor chileno em Londres, em 1965.

À DIREITA: Neruda durante a campanha presidencial do Chile, em 1969.

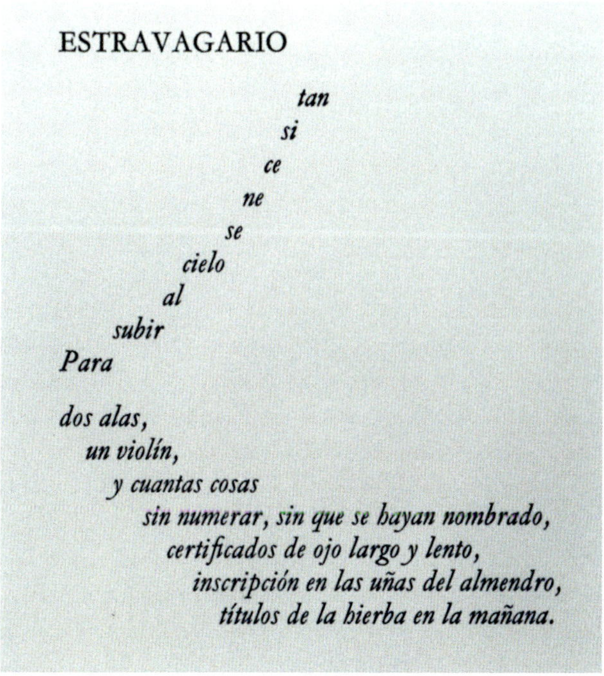

ESTRAVAGARIO

tan
si
ce
ne
se
cielo
al
subir
Para

dos alas,
un violín,
y cuantas cosas
sin numerar, sin que se hayan nombrado,
certificados de ojo largo y lento,
inscripción en las uñas del almendro,
títulos de la hierba en la mañana.

À ESQUERDA: O poema "Estravagario" (publicado em 1958), escrito na forma de um caligrama.

mobilização de apoio para os republicanos. Em 1940, começou a trabalhar em um poema épico que detalhava a flora, a fauna, a história, a mitologia e as lutas políticas dos povos da América Latina. Inspirado na grandeza das civilizações pré-colombianas, escreveu *Alturas de Machu Picchu*, que mais tarde se tornaria o coração do épico *Canto geral*.

Em 1945, Neruda elegeu-se senador e entrou para o Partido Comunista. Por suas críticas ao regime de direita do presidente Videla, caiu na clandestinidade e depois foi para o exílio, para evitar a prisão. Em 1952, o clima havia mudado e Neruda voltou ao Chile rico e famoso. Suas últimas décadas foram marcadas pela felicidade conjugal (com Matilde Urrutia), muitas viagens, uma produtividade inacreditável e a reinvenção. As obras desse período estão entre as mais simples e adoráveis do poeta, e incluem *Os versos do capitão, Odes elementares e Cem sonetos de amor*. Ganhou o Prêmio Nobel de Literatura em 1971. **CH**

Saindo do forno

A coletânea de poemas militantes de Pablo Neruda, *Espanha do meu coração*, tem uma das histórias de edição mais bizarras do século XX. Publicada anonimamente na Espanha, não passou despercebida pelas autoridades chilenas e Neruda foi logo destituído de seu posto de cônsul. Em outubro de 1937, Neruda publicou a obra em Santiago, com grande sucesso, tendo vendido quatro edições até 1938. Mais tarde, naquele mesmo ano, foi publicada uma edição pelas tropas republicanas no front oriental da Guerra Civil espanhola, com uma prensa móvel e papel produzido à base de velhas bandeiras e uniformes.

ALEJO CARPENTIER

Nascimento: 26 de dezembro de 1904 (Lausanne, Suíça). Morte: 24 de abril de 1980 (Paris, França).

Estilo e gênero: Romancista cubano e estudioso de música, serviu de inspiração para a literatura latino-americana e é apontado como pai do realismo mágico.

Alejo Carpentier foi criado em um lar onde se falava francês e se vivia em meio a um clima de conforto cosmopolita. Quando o pai desapareceu em 1922, Carpentier deixou a universidade para se dedicar ao jornalismo, publicando periódicos de vanguarda, fazendo campanha contra o ditador Machado e apoiando o recém-nascido movimento afro-cubano. Durante toda a carreira, Carpentier tentaria fundir estas três tendências – o cosmopolitismo atemporal, a política utópica e o profundo conhecimento da herança indígena, negra e colonial da América Latina – para criar sua visão de identidade cubana.

Depois de uma campanha contra dissidentes, em 1927, Carpentier foi posto na cadeia. Ao ser libertado, fugiu para Paris, onde permaneceria até 1939, fazendo um aprendizado sobre o surrealismo e pesquisando a etnologia da América Latina. Sua primeira obra foi *La musica en Cuba*, pioneira na visão de história cultural, relato abrangente sobre a identidade cubana que examina 500 anos de história da musicologia afro-europeia. Foi seguida por *O reino deste mundo*, narrativa caleidoscópica sobre a revolução do Haiti (1791-1804) e suas consequências, que relatava e reconstituía a teia de acontecimentos políticos e crenças religiosas, o que Carpentier chamava de "real maravilhoso". Morador de Caracas entre 1945 e 1959, nos anos do "progresso" venezuelano baseado na exploração do petróleo, Carpentier trabalhou em publicidade e no rádio, e fez viagens para a Amazônia. Essas polaridades animam a obra-prima de 1953, *Os passos perdidos*, que trata de um musicólogo infeliz de Nova York que descobre as verdadeiras raízes do homem pós-industrial em um mágico processo de transformação. Talvez sua melhor obra seja o suntuoso *O século das luzes*, relato inspirado em Goya que fala da chegada do iluminismo e da guilhotina ao Caribe, em uma história disfarçada do século XX. **CH**

Principais obras

Romances

O reino deste mundo, 1949
Os passos perdidos, 1953
O cerco, 1956
Guerra do tempo, 1958
O século das luzes, 1962
Concerto barroco, 1974
O recurso do método, 1974
A harpa e a sombra, 1979

Não ficção

La musica en Cuba, 1946

"Novos mundos precisaram ser vividos antes de poderem ser analisados." – *Os passos perdidos*

ACIMA: O escritor, ensaísta e musicólogo fotografado em 1976.

À DIREITA: Carpentier durante uma sessão de autógrafos em 19 de março de 1976.

GRAHAM GREENE

Nascimento: Henry Graham Greene, 2 de outubro de 1904 (Berkhamsted, Inglaterra). Morte: 3 de abril de 1991 (Vevey, Suíça).

Estilo e gênero: Greene foi um romancista inglês preocupado com a ambivalência moral, as questões políticas e a influência esmagadora da Igreja católica.

Greene teve sucesso na mais rara das proezas ao combinar imenso sucesso de público com a aclamação da crítica. Seus romances, thrillers carregados de política, crimes e intrigas, exploram as questões da moralidade no século XX. O controle magistral da tensão, os diálogos realistas e as narrativas arrebatadoras cativaram o público e deram uma qualidade cinematográfica à sua obra, levando muitos de seus livros a terem boas adaptações para o cinema.

O sucesso modesto do primeiro romance, *The Man Within* (1929), encorajou Greene a deixar o emprego no *The Times*. Os dois livros seguintes não deixaram marcas, mas o sucesso veio com *Expresso do Oriente* (1932). Combinação atraente de thriller e história de assassinato misterioso, entremeada por uma profunda moral e subtextos filosóficos, teria sido influenciada pela recente conversão de Greene ao catolicismo. Questões de fé desempenham um importante papel em *O condenado*. O protagonista Pinkie Brown, violento líder de uma gangue, é um católico derrotado por uma combinação de sua dedicação ao mal e à condenação eterna com a persistente perseguição da alegre e bondosa Ida Turner, que, embora não seja religiosa, tem uma forte sensibilidade moral. Há pouca ambiguidade em

Principais obras

Romances

O condenado, 1938
O poder e a glória, 1940
O ministério do medo, 1943
O coração da matéria, 1948
Fim de caso, 1951
O americano tranquilo, 1956
Nosso homem em Havana, 1958
Um caso liquidado, 1961
Os comediantes, 1966
O cônsul honorário, 1973
O fator humano, 1978

ACIMA: Foto tardia do escritor de thrillers e mistério, Graham Greene.

À DIREITA: Greene bebe na companhia do diretor de cinema Carol Reed em 1951.

À ESQUERDA: Capa de 1961 de *Um caso liquidado* (*A Burnt-Out Case*), editado por William Heinemann, de Londres.

relação ao tema católico em *O poder e a glória*, considerado por muitos o maior feito literário de Greene. A história de um padre beberrão, sem nome, em uma região rural do México onde a Igreja católica foi proscrita é uma denúncia brutal da fraqueza humana e dos poderes redentores da religião.

As viagens inspiraram boa parte das obras posteriores de Greene. Enquanto trabalhava para o Foreign Office em Serra Leoa, durante a Segunda Guerra Mundial, escreveu *O coração da matéria*. Em *O americano tranquilo* (ambientado no Vietnã), *Nosso homem em Havana* (Cuba) e *Um caso liquidado* (Congo Belga), a onipresente batalha entre o bem e o mal enfrentada pelo indivíduo acontece em lugares paupérrimos, envolta em perigos e espionagem política. **SG**

Shirley é inocente

Em 1937, Graham Greene causou escândalo ao fazer a critica de *Wee Willi Winkie* e dizer que o desempenho de Shirley Temple demonstrava "certo charme coquete capaz de atrair homens de meia-idade". O processo movido pela Twentieth Century Fox contra a publicação *Night and Day* levou a seu fechamento. Durante 70 anos, manteve-se em segredo o fato de que Greene precisou fugir da Grã-Bretanha para evitar uma possível temporada na cadeia. Por ser um país sem extradição, o México foi o destino escolhido. E o restante, como se costuma dizer, é história.

JEAN-PAUL SARTRE

Nascimento: Jean-Paul Charles Aymard Sartre, 21 de junho de 1905 (Paris, França). Morte: 15 de abril de 1980 (Paris, França).

Estilo e gênero: Sartre expôs suas ideias em variadas formas literárias e centrou-se na noção de que o indivíduo tem absoluta liberdade de escolha.

Principais obras

Filosofia

O ser e o nada, 1943

Crítica da razão dialética, 1960

Romances

A náusea, 1938

A idade da razão, 1945

Sursis, 1947

Com a morte na alma, 1949

Autobiografia

As palavras, 1964

Peças

As moscas, 1943

Entre quatro paredes, 1945

Crítica literária

Que é a literatura?, 1948

Um dos gigantes da filosofia do século XX, Sartre exerceu imensa influência sobre o pensamento moderno. Como descreve na curta mas espetacular autobiografia *As palavras*, ele era filho de um oficial da Marinha cuja morte prematura o deixou sob os cuidados da jovem mãe e dos avós. O avô mimava o jovem Sartre e, no papel de pedagogo, orgulhou-se em vê-lo se tornar um leitor precoce, se bem que um tanto afetado. Desde muito cedo, Sartre resolvera ser escritor.

Sartre se especializou em filosofia na École Normale Supérieure, onde conheceu a escritora feminista Simone de Beauvoir, com quem desenvolveu um relacionamento romântico intelectualmente fecundo que duraria o restante de sua vida. Serviu o Exército por algum tempo, mas foi preso quando os alemães tomaram conta da França. Suas experiências na Segunda Guerra Mundial ajudaram-no a formular o raciocínio moral desenvolvido em seus textos posteriores, de maior repercussão.

As doutrinas filosóficas de Sartre são exploradas em uma imensa e variada obra que inclui romances, contos, peças, artigos e panfletos, bem como publicações acadêmicas mais inacessíveis.

ACIMA: Jean-Paul Sartre fotografado em Paris em 1971.

À DIREITA: Sartre e André Gide descansando em Cuverville, França, em 1945.

À ESQUERDA: Retrato de Sartre de 1976, da série "Splendours II", de Gerard Fromanger.

Seus pendores fenomenológicos e existenciais são explorados no romance *A náusea*, no qual ele acompanha as reações do herói diante dos absurdos e das contingências da vida. Voltou a explorar tais ideias na trilogia de romances semiautobiográficos conhecida como *Caminhos da liberdade* (1945-1949). Ambientada na Paris do pós-guerra, a trilogia gira em torno da vida de Mathieu, professor de filosofia, e seu grupo de amigos. A mais conhecida obra filosófica é *O ser e o nada*, na qual explora a relação da consciência individual com o mundo à sua volta. O Prêmio Nobel de Literatura foi oferecido a Sartre em 1964, mas ele o recusou, em uma típica demonstração de resistência política. **GM**

Liberte-se

Sartre tinha o compromisso de se comunicar com o maior público possível. Sua mensagem era que os indivíduos deveriam agir em prol do aprimoramento das liberdades pessoais e humanas. Como outros existencialistas, ele colocava o indivíduo à frente de sua filosofia, enfatizando a noção fenomenológica de que toda experiência é subjetiva e capaz de ser alterada pela força de vontade. Procurou alertar sobre a *mauvaise foi* (má-fé) com a qual nos enganamos em acreditar que as escolhas são restringidas pelas circunstâncias e que, portanto, não temos culpa por nossos atos.

ELIAS CANETTI

Nascimento: 25 de julho de 1905 (Rustchuk [atual Ruse], Bulgária). Morte: 13 de agosto de 1994 (Zurique, Suíça).

Estilo e gênero: Romancista e dramaturgo, Canetti era fascinado pela psicologia das massas e pelos inseparáveis desejos humanos de deter o poder e obedecer.

Filho de um homem de negócios descendente de judeus espanhóis, Elias Canetti cresceu falando ladino, um dialeto judaico do espanhol, e búlgaro. Aprendeu inglês ainda menino, quando a família se mudou para Manchester, na Inglaterra, e alemão quando ele e a mãe se estabeleceram em Viena, em 1913, após a morte do pai. Educado em Zurique e Frankfurt, Canetti foi agraciado com um doutorado em química na Universidade de Viena. Foi em alemão que escreveu romances e peças. A terrível impressão que teve, cercado nas ruas de Viena por multidões enraivecidas, inspirou *Auto de fé,* romance de 1935 que trata da "comédia humana da loucura". Proibida pelos nazistas, a obra fala das dificuldades de um indivíduo em um mundo que parece desabar à sua volta e que não parece mais caber na ficção convencional.

Em 1938, Canetti deixou Viena e viajou para Paris. Então se mudou para a Inglaterra e estabeleceu-se em Londres, onde permaneceria pela maior parte da vida. Pretendia escrever mais romances, mas abandonou a ficção e passou a se devotar à pesquisa do comportamento das massas. Também estudou a psicologia e a tentadora sedução do fascismo, que ele acreditava só poder ser comprendida por meio de abordagens científicas. O estudo *Massas e poder*, em que ele sustenta que a necessidade fundamental da sociedade seria "a humanização do poder", foi produto dessas pesquisas e, embora criticado por não ser adequadamente rigoroso em termos científicos, era uma obra de força arrebatadora. Posteriormente, na década de 1960, Canetti publicou seleções de suas notas em *Die Provinz des Menschen*, além de três livros autobiográficos. **RC**

Principais obras

Romance

Auto de fé, 1935

Não ficção

Massas e poder, 1960

Die Provinz des Menschen, 1973

Peça

Dramen, 1964

Memórias

A língua absolvida, história de uma juventude, 1977

Uma luz em meu ouvido, história de uma vida, 1980

O jogo dos olhos, história de uma vida, 1985

> "Tudo o que foi esquecido brada por socorro nos sonhos."
>
> — *Die Provinz des Menschen*

ACIMA: Foto de Elias Canetti em Zurique, tirada em dezembro de 1983.

VASSILY GROSSMAN

Nascimento: 12 de dezembro de 1905 (Berdichev, Ucrânia). Morte: 14 de setembro de 1964 (Moscou, Rússia).

Estilo e gênero: A obra-prima de Grossman, *Life and Fate*, épico abrasador sobre a vida na Rússia soviética, foi considerada pelo Kremlin perigosa demais para ser lida.

Vassily Grossman se formou como engenheiro, mas virou escritor em tempo integral em 1930. Com o começo da Segunda Guerra Mundial, tornou-se correspondente em Stalingrado do jornal do Exército Vermelho. Seus testemunhos dos horrores da guerra transformaram-no em ícone nacional. Acompanhou o Exército Vermelho ao campo de extermínio de Treblinka e depois até o bunker de Hitler.

Depois da guerra, Grossman participou do *Black Book*, um projeto organizado pelo comitê judeu antifascista para documentar o Holocausto que foi suprimido pelo governo soviético, o que levou Grossman a questionar sua lealdade ao Estado. Esse episódio, as experiências da guerra e a crescente amargura em relação à vida na Rússia soviética conduziram-no ao romance *Life and Fate*, escrito na década de 1950, que já foi descrito como o *Guerra e paz* do século XX. É um épico arrebatador com um enorme elenco de personagens. Defende, como princípio central, a impossibilidade de se esmagar o espírito humano, mesmo sob o peso de um regime totalitário.

É um tema que Grossman voltou a abordar no romance seguinte, *Forever Flowing*. Ele não chegou a ver nenhuma das duas obras publicadas. Grossman apresentou *Life and Fate* para publicação em 1960 e ouviu o Kremlin dizer que não poderia ser publicado antes que se passassem 200 anos. Seria perigoso demais. A KGB destruiu os originais, cópias, cadernos de anotações. A única cópia que restou foi contrabandeada para a Suíça. Grossman morreu em 1964, sem saber se sua obra um dia seria lida. *Life and Fate* foi publicado na Suíça em 1980, em inglês em 1985 e finalmente chegou à Rússia em 1988, sendo *Forever Flowing* publicado no ano seguinte. *Life and Fate* é agora considerado uma das obras-primas da ficção do século XX. **HJ**

"O 'Realismo Soviético' era tão imaginário quanto os romances do século XVIII." – *Forever Flowing*

Principais obras

Não ficção

A Writer at War: A Soviet Journalist with the Red Army, 1941-1945

Romances

Life and Fate, 1980

Forever Flowing, 1989

ACIMA: Imagem em sépia de Vassily Grossman, tirada em 1945.

1900-19

ANTHONY POWELL

Nascimento: 21 de dezembro de 1905 (Londres, Inglaterra). Morte: 28 de março de 2000 (Frome, Inglaterra).

Estilo e gênero: Famoso por *A Dance to the Music of Time*, em 12 volumes, com humor ácido, elaborado elenco de personagens e narrativa oblíqua e alusiva.

Anthony Powell deixou uma marca discreta, mas perceptível, na cena literária britânica dos anos 1930 como autor de cinco sardônicos romances modernistas que assumidamente ignoravam as graves preocupações sociais e políticas da época. Embora sejam com frequência delirantemente engraçadas, essas obras são selvagens e tristes na descrição de festas cansativas, de encontros sexuais mecânicos e da fricção do egoísmo humano na ausência de prazer ou sentimento.

Depois de 10 anos sem escrever ficção, Powell iniciou o monumental *A dance to the Music of Time*, sequência de romances que consolidou sua reputação. O narrador segue um caminho semelhante ao vivido pelo autor, filho de um obscuro oficial do Exército. Educado em Eton e Oxford, passou o período entre as guerras em Londres, flanando entre boates sórdidas e salões cheios de formalidade. Casou com a representante de uma família aristocrática, serviu o Exército na Segunda Guerra Mundial e desfrutou de uma crescente reputação literária no pós-guerra. A função do narrador é mais a de observar do que de experimentar. Por meio da sua consciência irônica e afastada, observamos um enxame de personagens se encontrar e se afastar, conversar e copular, prosperar e cair em decadência.

A autobiografia de Powell e os diários que publicou mais tarde projetam a imagem de um rabugento conservador de classe média alta, o que tendeu a obscurecer o radicalismo estético de seu trabalho como romancista. *Dance* às vezes é classificado como "comédia social". Embora seja contida e consistentemente engraçada, a série é, em seu conjunto, bem mais sombria e artisticamente ambiciosa do que a expressão parece sugerir.

Os escritores que Powell mais admirava não eram Austen ou Trollope, mas sim Dostoievski, Proust e Balzac. Inovador no aspecto formal e obsessivamente comprometido com um ideal de excelência literária, Powell deve ser reconhecido como o mais interessante romancista nascido na Inglaterra no século XX. **RG**

Principais obras

Romances

Afternoon Men, 1931
Venusberg, 1932
From a View to a Death, 1934
Agents and Patients, 1936
What's Become of Waring, 1939
A Dance to the Music of Time
- *Lição de maturidade*, 1951
- *A Buyer's Market*, 1952
- *The Acceptance World*, 1955
- *At Lady Molly's*, 1957
- *Casanova's Chinese Restaurant*, 1960
- *The Kindly Ones*, 1962
- *The Valley of Bones*, 1964
- *The Soldier's Art*, 1966
- *The Military Philosophers*, 1968
- *Books Do Furnish a Room*, 1971
- *Temporary Kings*, 1973
- *Hearing Secret Harmonies*, 1975

ACIMA: Powell em sua casa, em Frome, perto de Somerset, na Inglaterra, em 28 de dezembro de 1983.

À DIREITA: O 12º livro da série *Dance*, publicado por Heinemann, de Londres, em 1975.

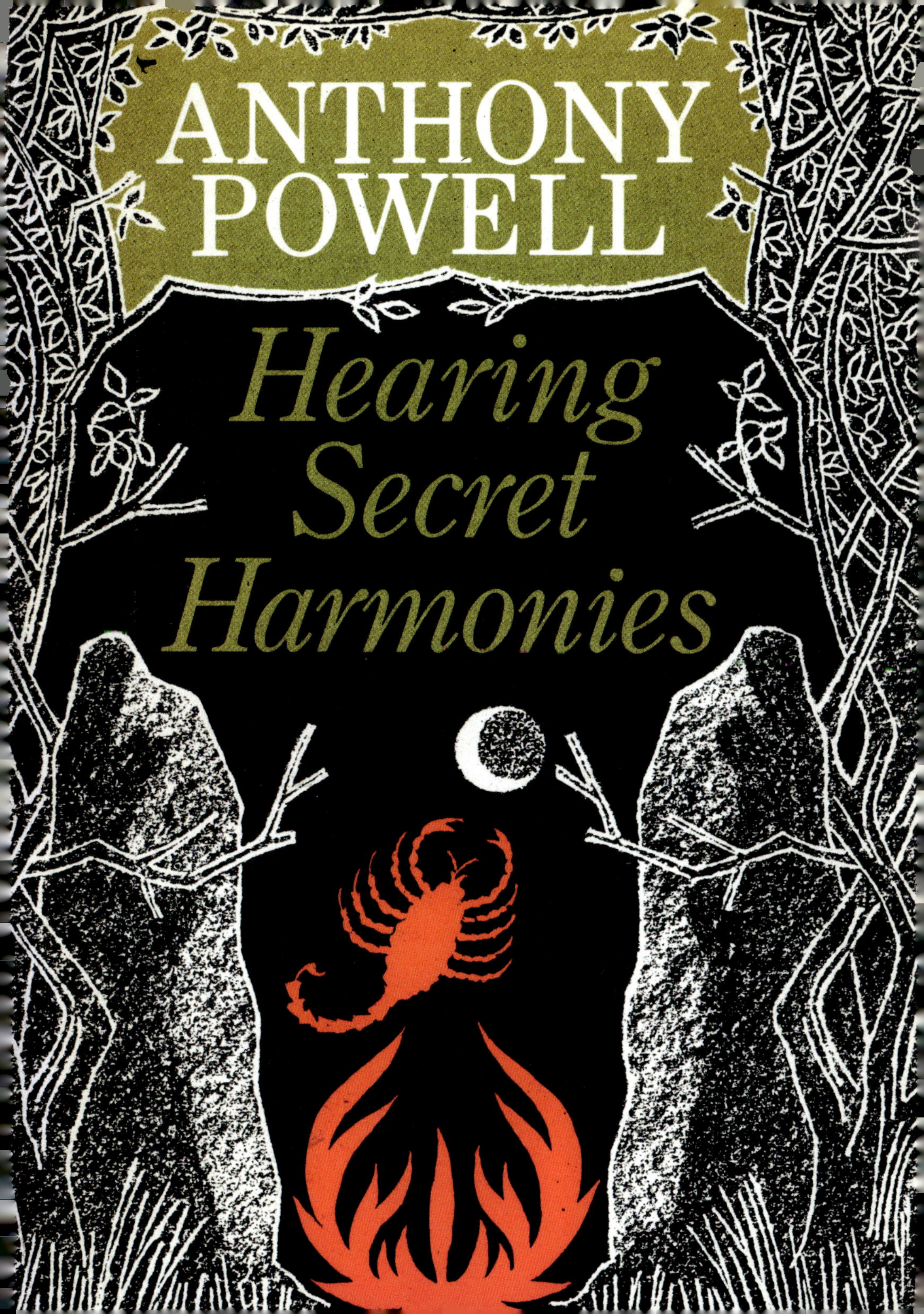
ANTHONY
POWELL
Hearing
Secret
Harmonies

DINO BUZZATI

Nascimento: 16 de outubro de 1906 (Belluno, Itália). Morte: 28 de janeiro de 1972 (Milão, Itália).

Estilo e gênero: Explorou a existência humana por meio de formas e técnicas experimentais, como contos de fadas, histórias em quadrinhos e ficção científica.

Principais obras

Romances

O homem da montanha, 1933

O deserto dos tártaros, 1940

Il grande ritratto, 1960

Um amor, 1963

Contos

Sessanta racconti, 1958

Cronache Terrestre, 1972

Obras ilustradas

A famosa invasão dos ursos na Sicília, 1945

Poema a fumetti, 1969

Dino Buzzati passou a maior parte da vida trabalhando como jornalista em Milão, porém sua imaginação repetidamente retornava às paisagens montanhosas da infância. Seus romances conduzem os personagens em expedições psicológicas através daqueles cenários sombrios e belos, o que o levou a ser comparado a Kafka. Embora Buzzati vivesse na Itália em um período de turbulência política, ele nunca explicitou suas posições políticas. Sua produção literária tem um viés escapista e acontece às margens da sociedade. Em *O deserto dos tártaros*, Giovanni Drogo passa a vida inteira em um solitário forte na fronteira, à espera de um exército invasor que nunca aparece. Buzzati nunca teve medo de questionar e subverter as fronteiras literárias, fazendo muitas experiências com diferentes estilos e gêneros. **TM**

WILLIAM EMPSON

Nascimento: 27 de setembro de 1906 (Yorkshire, Inglaterra). Morte: 15 de abril de 1984 (Londres, Inglaterra).

Estilo e gênero: Empson foi um sábio poeta e escritor inglês cujo exame arguto e intricado das ambiguidades refletia sua paixão pelo debate.

Principais obras

Poesia

Poems, 1934

The Gathering Storm, 1940

Crítica literária

Seven Types of Ambiguity, 1930

Some Versions of Pastoral, 1935

The Structure of Complex Words, 1951

Milton's God, 1961

Entre os amigos, Empson era conhecido pela desorganização da vida pessoal, bem como pelos poemas bem organizados. Era um prodígio sem diploma – começou *Seven Types of Ambiguity* aos 22 anos –, mas foi expulso da Universidade de Cambridge quando um faxineiro encontrou preservativos em seu quarto (coisa chocante em 1929). Empson levou uma vida errante, boa parte passada na China, enquanto compunha as obras pioneiras de crítica e poesia que lhe deram destaque na geração de Auden. (Winston Churchill pegou emprestado o título de um livro de Empson, *The Gathering Storm*, para nomear um volume da sua história da Segunda Guerra Mundial que viria a ser agraciada com o Prêmio Nobel de Literatura.) Mais tarde, Empson escreveu ataques inflamados contra a fé e a moral cristãs. **MS**

MARIO SOLDATI

Nascimento: 11 de novembro de 1906 (Turim, Itália). Morte: 19 de junho de 1999 (Tellaro, La Spezia, Itália).

Estilo e gênero: Sua obra geralmente abordava a questão do "outro" – uma sensação geral de deslocamento e distanciamento da vida.

Entre os intelectuais italianos do século XX, Mario Soldati é um dos mais complexos e difíceis de se definir. A obra multifacetada abrange da dramaturgia à direção cinematográfica; da elaboração de narrativas às entrevistas de televisão; e das dissertações teóricas aos informes sobre acontecimentos insignificantes. A linguagem ficava mais seca quanto mais grave fosse o assunto, como se estivesse a ponto de fazer uma piada com qualquer incidente. Poderia ser chamado de minimalista.

Ao transitar por canais artísticos tão variados, sua obra corre o risco de parecer fragmentada e dispersa, porém suas numerosas contribuições em diferentes modalidades sempre se reduziram a um tema muito contemporâneo: o "outro". Para Soldati, o "outro" significava muitas coisas: a impossibilidade de plantar raízes definitivas e sossegar; a incapacidade de se render às rotinas do trabalho e da vida emocional; e, em um nível psicológico mais profundo, exprime as necessidades do inconsciente, do esquecido, daquelas áreas remotas do cérebro em que a razão não consegue penetrar. É por isso que nos textos de Soldati não há protagonistas capazes de fugir da angústia de lidar com os fantasmas do passado ou de tentar compreender as compulsões de suas mentes inconscientes. Nenhum de seus personagens é capaz de "se confessar". Os protagonistas são criados de forma a reafirmar suas próprias existências por meio de racionalizações que se aproximam da "náusea" de Sartre e da "indiferença" de Moravia. E, mesmo quando a fuga (palavra recorrente nas obras de Soldati) se materializa como uma viagem aos Estados Unidos (um dos países preferidos do autor), Soldati é atraído pelo imprevisto e imprevisível – por um "outro" que encontra a expressão ideal na perambulação. **FF**

"O desejo febril de partir o consumia como fogo."

– *The Two Cities*

Principais obras

Não ficção

America primo amore, 1935

Romances

A cena col commendatore, 1950

Carne viva, 1955

Pecado mortal, 1956

Lo smeraldo, 1974

O incêndio, 1981

ACIMA: Retrato de Soldati na década de 1980, de gravata borboleta, sua marca registrada.

1900–19

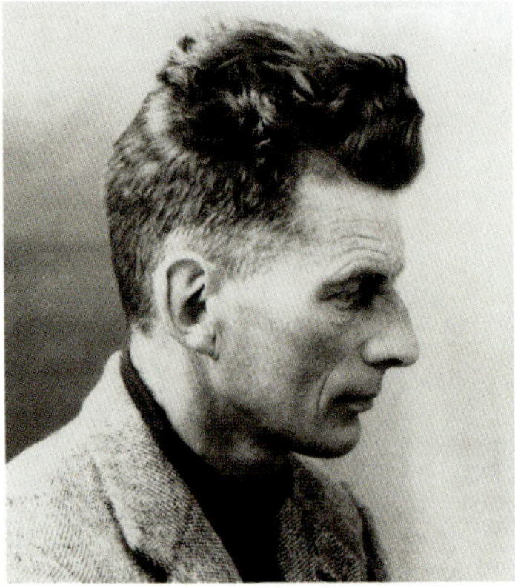

SAMUEL BECKETT

Nascimento: Samuel Barclay Beckett, 13 de abril ou maio de 1906 (Foxrock, Irlanda). Morte: 22 de dezembro de 1989 (Paris, França).

Estilo e gênero: A obra de Beckett exprime a solidão e a angústia da condição humana. Seu estilo minimalista é repleto de humor negro diante da realidade sombria da vida.

Costuma-se considerar que os textos de Beckett articulam mais sobre os riscos da "condição humana" do que refletem especificamente a vida do autor. Porém, o mistério que cerca sua experiência como mensageiro durante a ocupação da França pelos nazistas e a amizade com o escritor irlandês James Joyce contribuíram profundamente para a desolação e a confusão tão características do seu estilo literário, especialmente das obras tardias e mais famosas.

Beckett nasceu em Stillorgan, um distrito de Dublin. Embora a certidão de nascimento registre a data de 13 de maio de 1906, Beckett alegava que, na realidade, havia nascido na Sexta-Feira da Paixão anterior, dia 13 de abril de 1906. Há muitas especulações sobre o fato de ter intencionalmente alterado a data de nascimento. Certa vez disse "gostar de todas essas mentiras e lendas – quanto mais existem, mais interessante eu me torno". Os primeiros anos foram distantes da Primeira Guerra Mundial. Passou o tempo lendo no campo, nadando, andando de motocicleta e frequentando várias escolas particulares de renome. Depois de se formar no Trinity College, Beckett se mudou para Paris para dar lições de inglês na conhecida École Normale Supérieure. Embora estivesse insatisfeito com a função, Beckett viu seus textos ganharem energia renovada a partir do encontro e subsequente amizade com o escritor irlandês James Joyce, que vivia um exílio voluntário. Joyce exerceu uma enorme influência sobre os primeiros escritos de Beckett e foi a razão de ser de uma importante retração estilística na produção do pós-guerra.

A carreira literária de Beckett começou bem antes da Segunda Guerra Mundial, porém a turbulência e a conclusão do conflito deixaram uma profunda marca em suas criações posteriores, de maior repercussão. Antes da guerra, ele tinha modesto sucesso com poemas, romances e resenhas. Em 1937, um cafetão esfaqueou Beckett em Paris e o escritor quase morreu. O caráter aleatório de tal evento – o cafetão, ironicamente chamado Prudent, alegou no tribunal que

Principais obras

Peças

Esperando Godot, 1952
Fim de partida, 1957
A última gravação de Krapp, 1958
Happy Days, 1961
Footfalls, 1975
Rockaby, 1981

Romances

Murphy, 1938
Malone morre, 1951
Watt, 1953
O inominável, 1953
Dream of Fair to Middling Women, 1992 (publicação póstuma)

Novelas/Contos

More Pricks Than Kicks, 1934
Stories and Texts for Nothing, 1954
Primeiro amor, 1973
Stirrings Still, 1988

Poesia

Whoroscope, 1930
What is the Word, 1989

Não ficção

Proust, 1931

ACIMA: Foto de Beckett, de perfil, tirada por volta de 1950.

ACIMA: Beckett no Le Petit Café, no Boulevard St. Jacques, em Paris (1985).

não tinha qualquer razão para atacá-lo – ecoou dentro de Beckett pelo resto da vida. Em 1940, ele se envolveu com uma célula da Resistência Francesa e, em consequência, precisou ficar escondido por um bom tempo. Passou esse tempo escrevendo *Watt* (concluído em 1945), romance de estilo dramaticamente enxuto, que sinalizava o rompimento com a poderosa influência de Joyce.

"Nada é mais engraçado do que a infelicidade, admito isso." – *Fim de partida*

Beckett saiu da guerra melancólico e derrotado, mas com um intenso desejo de continuar a escrever. Logo se interessou pela dramaturgia como forma de escapar do peso dos romances. Trabalhando contra o princípio defendido por Joyce, de que a escrita deveria ser exuberante e preocupada com manifestações exteriores, Beckett escreveu peças e romances que tratavam do empobrecimento e da perda. Em 1949, concluiu *Esperando Godot,* peça sobre dois vagabundos que esperam infindavelmente pela chegada de um misterioso personagem chamado Godot. A peça foi uma sensação internacional, e outras como *Fim de partida*, *Happy Days* e *A última gravação de Krapp* confirmaram sua posição como importante dramaturgo experimental.

Após o sucesso de *Esperando Godot*, Beckett pôde ganhar a vida como escritor em Paris. Em 1969, recebeu o Prêmio Nobel de Literatura: "Por textos em que – de formas inovadoras no romance e no teatro – o homem moderno e destituído obtém a elevação." Nas décadas seguintes, escreveu peças para o rádio e começou a montar suas próprias produções. Com a aproximação da década de 1980, suas peças e obras em prosa assumiram um olhar ainda mais concentrado no exame da condição humana: monólogos exprimindo a solidão, a sobrevivência e a perda tornaram-se independentes de elementos como enredo e montagem.

Embora o conjunto da obra de Beckett não ofereça nítida esperança para um mundo desesperado, não é pessimista ou niilista. Seus últimos textos, *Stirrings Still* e *What is the Word*, testemunham a sua estoica alegação de que os seres humanos precisam avançar resolutos, mesmo quando se encontram próximos do fim. **SD**

Esperando Godot

É difícil saber o que mais intrigou as plateias: os diálogos curiosos de *Esperando Godot* ou a identidade de Godot. A peça trata de dois vagabundos, Vladimir e Estragon, que passam o tempo implicando um com o outro enquanto esperam a chegada de uma misteriosa pessoa chamada Godot. Um menino volta e meia aparece para insistir que Godot comparecerá ao encontro, mas no fim da peça ele ainda não chegou.

O que impressionou imediatamente as primeiras plateias da peça foram os diálogos entre os vagabundos. Beckett trouxe à cena o tédio da conversa comum (insultos, palavras de baixo calão e divagações), até então raramente apresentado no palco – é uma peça em que, de acordo com uma famosa resenha, "nada acontece duas vezes". O texto foi censurado em algumas das primeiras produções na Inglaterra, mas, quando a montagem recebeu críticas avassaladoramente positivas de dois críticos britânicos em 1995, tornou-se imediatamente uma sensação.

A identidade do personagem ausente tem sido também um enigma para as plateias de Beckett. O autor alegava ter pego a palavra emprestada da gíria francesa "*godillot, godasse*", que se refere a botas, para acentuar o importante papel dos pés na peça. Porém, com mais frequência, pensou-se que Godot simbolizaria um "Deus" ausente, um símbolo de renascimento e redenção para o mundo do pós-guerra. Essa é uma interpretação refutada por Beckett, que argumentava que a peça tinha sido escrita em francês e que o nome "Godot" não tinha qualquer semelhança com Deus em francês, "Dieu". "Se Godot fosse Deus", dizia Beckett, "eu lhe teria dado esse nome." A negação de Beckett em relação a Godot como Deus não o torna um niilista. Embora Godot (não importa o que seja) não chegue, a peça enfatiza de forma compassiva, mas humilhante, como os seres humanos passam o tempo à sua espera.

1900–19

À DIREITA: Beckett examina negativos do seu filme *Film*, de 1964.

LOUIS MACNEICE

Nascimento: Frederick Louis MacNeice, 12 de setembro de 1907 (Belfast, Irlanda do Norte). Morte: 3 de setembro de 1963 (Londres, Inglaterra).

Estilo e gênero: O irlandês MacNeice foi um poeta, dramaturgo e crítico mais associado com a geração Auden de poetas dos anos 1930.

A força da Irlanda e da Inglaterra está intensamente presente na obra de Louis MacNeice. Educado em Oxford, foi professor de clássicos em Birmingham e Londres. O amor pelos clássicos impregna sua poesia, mas ele é mais lembrado pela atordoante inovação linguística de poemas como "Snow" e "Bagpipe Music". A reconciliação com a literatura politicamente comprometida da década de 1930 está evidente em *Poems* e especialmente no *Autumn Journal,* desencadeado pela crise de Munique, a Guerra Civil espanhola e acontecimentos na Londres de antes da guerra. Depois, ele experimentou uma renovada explosão de energia criativa com *Visitations, Solstices* e *The Burning Perch*. Escreveu diversas peças radiofônicas, um livro sobre Yeats e uma autobiografia inacabada. **SR**

Principais obras

Poesia

Poems, 1935

The Earth Compels, 1938

Autumn Journal, 1939

Visitations, 1957

Solstices, 1961

The Burning Perch, 1963

Antologia

Collected Poems, 2007

DAPHNE DU MAURIER

Nascimento: 13 de maio de 1907 (Londres, Inglaterra). Morte: 19 de abril de 1989 (Par, Cornualha, Inglaterra).

Estilo e gênero: Seus textos são caracterizados pela soberba pesquisa histórica, por temas excitantes e enredos excepcionalmente bem armados.

Daphne cresceu cercada por uma família criativa. Começou a escrever muito jovem. Apaixonou-se pela Cornualha. Suas praias, a paisagem acidentada e a história recheada de mitos inspiraram a maior parte de suas criações. Confusa em relação à própria sexualidade, casou-se com um conhecido soldado, Frederick Browning (conhecido pelo apelido de "Boy"), com quem teve três filhos, mas também se apaixonou por mulheres, entre elas Gertrude Lawrence. Essas profundas mudanças de humor influenciaram os enredos melodramáticos e ajudaram-na a recriar momentos de alta tensão. Foi um sucesso internacional, mas após a morte de Boy, Daphne viveu como uma reclusa. **LH**

Principais obras

Romances

A estalagem maldita, 1936

Rebecca, 1938

O roteiro das gaivotas, 1941

O general do rei, 1946

Minha prima Raquel, 1951

O voo do Falcão, 1965

A casa na praia, 1969

Contos

Os pássaros e outros contos macabros, 1952

Don't Look Now, 1971

Biografias

The du Mauriers, 1937

The Infernal World of Branwell Brontë, 1960

Não ficção

Vanishing Cornwall, 1967

Enchanted Cornwall, 1989

W. H. AUDEN

Nascimento: Wystan Hugh Auden, 21 de fevereiro de 1907 (York, Inglaterra). Morte: 29 de setembro de 1973 (Viena, Áustria).

Estilo e gênero: Auden foi um poeta e ensaísta inglês cuja maestria da forma e autoridade moral aparecem por toda a sua longa carreira literária e através de muitos estilos.

Em 1922, um colega de escola perguntou a Auden, então com 15 anos, se já havia tentado escrever poesia. A resposta foi negativa, mas o momento despertou nele um senso de vocação. Com a argúcia característica, em cinco anos Auden já havia escrito alguns dos poemas mais originais da década. Atraiu a atenção de T. S. Eliot e se tornou o líder daquilo que se tornaria conhecido como "a geração de Auden". Durante a vida inteira, a poesia de Auden manteria um viés ao mesmo tempo sério e brincalhão, uma precocidade descomplicada e a malícia anárquica de um escolar.

Auden atravessou uma série de fases estilísticas. Os primeiros poemas de obliquidade modernista e dicção sinistra e impessoal desembocaram em um período intermediário (na idade em que a maioria dos poetas ainda engatinha) de compromisso político e autoridade na luta contra o fascismo. Depois de emigrar para os Estados Unidos em 1939, entrou em uma nova fase que combinou um estilo mais relaxado e difuso com a humildade e a sabedoria cristãs.

Os poemas mais conhecidos vêm do período intermediário: "Spain", "Musée des Beaux Arts", "In Memory of W. B. Yeats" e "September, 1, 1939" ressoam como um pronunciamento moral que permanece poderoso nos dias de hoje – o último foi muito citado após os ataques de 11 de setembro de 2001 em Nova York. Depois de deixar a Inglaterra, Auden veio a se arrepender um pouco da ousadia política e das certezas morais transmitidas pelos poemas e fez revisões ou os excluiu de edições posteriores. O poeta se tornou uma celebridade, escrevendo libretos para Benjamin Britten e Stravinsky e aproveitando a liberalidade da vida gay de Greenwich Village, em Nova York. Na velhice, ficou famoso pelo rosto enrugado e cheio de vincos ("Meu rosto parece um ovo sobre um prato", escreveu quando ainda era jovem) e pelos maneirismos excêntricos. **MS**

Principais obras

Poesia

Poemas, 1930

Poemas

"Out on the Lawn I Lie in Bed", 1936
"Letter to Lord Byron", 1937
"Spain", 1937
"Miss Gee", 1938
"In Memory of W. B. Yeats", 1940
"Musée des Beaux Arts", 1940
"September 1, 1939", 1940
"The Sea and the Mirror", 1944
"In Praise of Limestone", 1948
"Horae Canonicae", 1954

Crítica literária

A mão do artista, 1962

"Um poeta é, acima de tudo, uma pessoa que ama apaixonadamente a linguagem."

ACIMA: Auden em Londres, em junho de 1972, um ano antes de sua morte.

ALBERTO MORAVIA

Nascimento: Alberto Pincherle, 28 de novembro de 1907 (Roma, Itália). Morte: 26 de setembro de 1990 (Roma, Itália).

Estilo e gênero: Moravia foi um romancista prolífico cujas obras exploraram a esterilidade moral que se ocultava por trás da superfície reluzente da burguesia italiana.

Principais obras

Romances

Os indiferentes, 1929

Agostinho, 1944

A romana, 1947

O conformista, 1951

A ciociara, 1957

Vidas vazias, 1960

Contos

Contos romanos, 1954

Livro de viagem

A quale tribù appartieni?, 1972

Alberto Moravia registrou a força alienadora do dinheiro sobre a classe média alta italiana. O exame dos desejos frustrados e ocasionalmente picantes levou os críticos a compará-lo aos existencialistas franceses.

Moravia era um romancista rigoroso do ponto de vista psicológico. Em obras como *Agostinho* e *Vidas vazias*, a consciência individual do protagonista se transforma em um caleidoscópio que revela as imposturas sociais. Embora os personagens passem muito tempo olhando para o próprio umbigo e os romances examinem as entranhas de um país mutilado pela claustrofobia social, Moravia era um talentoso escritor de livros de viagem e um intelectual de mente aberta. Não suportava conformistas e nunca foi um deles. **TM**

PAULINE RÉAGE

Nascimento: Anne Desclos, 23 de setembro de 1907 (Rochefort-sur-Mer, França). Morte: 26 de abril de 1998 (Corbeil-Essones, França).

Estilo e gênero: Réage escreveu ficção erótica polêmica, que apresentava a total submissão das mulheres aos homens.

Principais obras

Romances

A história de O, 1954

Return to the Château, 1969

Desde sua publicação em 1954, *A história de O* causou escândalo pela sexualidade explícita e pela descrição de mulheres subservientes aos homens. Muitas críticas feministas atacaram o livro, tachando-o de fantasia misógina, e especularam que teria sido, na realidade, escrito por um homem (o suspeito mais provável era Jean Paulhan, autor da introdução). Porém, em 1994, ficou confirmado que o romance era de autoria de Pauline Réage (um dos pseudônimos de Anne Desclos). Em entrevista, ela alegou que o romance era uma fantasia a ser compartilhada com o amante, Paulhan, e ele a encorajou a publicá-lo. Para alguns, *A história de O* é um emblema da opressão internalizada nas mulheres. Para outros, é o conto erótico de uma mulher que se entrega completamente por amor. **IJ**

MAURICE BLANCHOT

Nascimento: 22 de setembro de 1907 (Quain, França). Morte: 20 de fevereiro de 2003 (Yvelines, França).

Estilo e gênero: Filósofo e crítico literário que examinou "a questão da literatura", Blanchot foi importante na formação da teoria literária pós-estruturalista.

Principais obras

Ensaios

Faux Pas, 1943
A parte do fogo, 1949
L'Espace littéraire, 1955
O livro por vir, 1959
A conversa infinita, 1969
L'Écriture du desastre, 1980
Une Voix venue d'ailleurs, 2002

Romances

Thomas, L'Obscur, 1941
Le Très-Haut, 1948

Filósofo, romancista e crítico literário, Maurice Blanchot reconhecidamente exerceu uma fundamental influência sobre o pensamento dos autores pós-estruturalistas como Derrida e Barthes. Preocupado com a filosofia da linguagem, em seus ensaios Blanchot questiona se é possível descrever a realidade em termos literários abstratos, distintos da experiência cotidiana. O envolvimento consciente com o ato de escrever – e de ler – é tema recorrente em sua obra, que obriga à reavaliação de nossa compreensão sobre o que é literatura e como devemos reagir a ela.

Blanchot estudou filosofia na Universidade de Estrasburgo e durante a década de 1930 trabalhou como jornalista político em Paris. Enquanto ocupava o posto de editor em duas publicações de linhas opostas – uma revista gritantemente antigermânica e um grande jornal conservador –, também foi um crítico eloquente do governo vigente e da legislação antissemita. Durante a Segunda Guerra Mundial, teve papel ativo na Resistência e, em 1944, quase foi executado por um pelotão de fuzilamento nazista. Depois da guerra, suas simpatias voltaram-se nitidamente para a esquerda e ele se retirou para a zona rural no sul da França. O isolamento voluntário estava relacionado com sua saúde precária, mas também à necessidade de resguardar-se para formular ideias. Entre 1953 e 1968, Blanchot fez seu nome com um artigo mensal para a *Nouvelle Revue Française* e continuou a escrever romances e ensaios críticos. Borrando deliberadamente a fronteira entre os gêneros, ele teceu narrativas sobre teoria literária e investigação filosófica com enredos. Voltou a aparecer em público apenas para se pronunciar contra a ocupação francesa da Argélia nos anos 1950 e para emprestar apoio intelectual ao levante dos estudantes de esquerda em maio de 1968. **MK**

"Um escritor nunca lê sua obra... Não consegue encará-la face a face."

ACIMA: Blanchot, um notável recluso que não se deixava fotografar, em um de seus raros retratos.

RICHARD WRIGHT

Nascimento: 4 de novembro de 1908 (Roxie, EUA). Morte: 28 de novembro de 1960 (Paris, França).

Estilo e gênero: Wright era preocupado com a "questão da raça". É famoso pelos detalhes documentais, o determinismo filosófico e as polêmicas comunistas.

Os textos polêmicos de Richard Wright refletem o trauma histórico da segregação e da opressão racial nos Estados Unidos, mas também provocam uma espécie de trauma no leitor. No autobiográfico *Black Boy: Infância e juventude de um negro americano*, Wright refletiu sobre seu despertar artístico, na juventude solitária no delta do Mississippi. O pai abandonou a jovem família, relegada então ao comando da zelosa avó de Richard – que achava que toda ficção não passava de "mentiras do demônio". Em 1927, Wright partiu para Chicago, onde trabalhou como lavador de pratos antes de ser promovido a um emprego nos correios, entrar para o Partido Comunista e publicar o primeiro livro de contos, *Uncle Tom's Children*.

Em 1940, morando em Nova York, Wright publicou a obra que iria consolidar sua reputação como principal romancista negro dos Estados Unidos. *Filho nativo* conta a história de Bigger Thomas, um desarticulado brutamontes negro que assassina impiedosamente a filha de seu patrão rico. As múltiplas atrocidades de Bigger foram idealizadas para chocar os leitores brancos e fazê-los perceber que foi o próprio Estados Unidos que engendrou tal monstro – as atitudes malignas de Bigger eram a consequência lógica do racismo institucionalizado do país. A obra gerou (e continua a gerar) grande polêmica e os críticos vociferaram contra o romance, acusando Wright de confirmar, na essência, os medos dos brancos em relação à potencial violência e ameaça sexual dos homens negros.

Wright, porém, continuou a publicar obras sobre o tema e em 1946 mudou-se para Paris. Lá entrou para o círculo frequentado por Jean-Paul Sartre, Albert Camus e outros existencialistas franceses. Em 1953, publicou sua própria ficção existencialista, *The Outsider*. Wright se encantou profundamente pelos haikai japoneses. Ao morrer, havia escrito mais de 4 mil poemas nesse estilo. **IW**

"Não deixe indícios para serem interpretados quando existem provas a serem apresentadas."

Principais obras

Romances

Filho nativo, 1940
The Outsider, 1953
Savage Holiday, 1954
The Long Dream, 1958

Contos

Uncle Tom's Children, 1938
Eight men, 1961

Não ficção

Black Power, 1954
The Color Curtain, 1956
Pagan Spain, 1957
White Man, Listen!, 1957

Autobiografias

Black Boy, 1945
American Hunger, 1977

ACIMA: Wright fotografado em uma biblioteca em 1943.

SIMONE DE BEAUVOIR

Nascimento: 9 de janeiro de 1908 (Paris, França). Morte: 14 de abril de 1986 (Paris, França).

Estilo e gênero: Escritora e filósofa existencialista, a francesa Simone de Beauvoir serviu de inspiração para as feministas do pós-guerra com o livro *O segundo sexo*.

Filha de um advogado de Montparnasse que dizia que ela era feia – aos 51 anos, ela escreveu que odiava sua aparência –, De Beauvoir foi educada em escolas particulares e depois foi estudar filosofia na Sorbonne, em Paris. Foi lá, em 1929, que encontrou pela primeira vez Jean-Paul Sartre, com quem manteria um relacionamento até o fim da vida, embora vivessem em casas separadas e tivessem casos com outros parceiros. Como feminista, ela rejeitava o casamento por princípio, desaprovava a organização familiar convencional e não teve filhos. Trabalhou como professora, morou em Paris durante a ocupação alemã e, em 1943, publicou o primeiro romance, *A convidada*, com temas e preocupações existencialistas.

Determinada e corajosa, com gosto pela bebida, continuou produzindo livros de filosofia, ensaios, mais romances e uma peça. No fim dos anos 1940, teve um longo caso de amor com o escritor americano Nelson Algren e, em 1949, publicou *O segundo sexo*, estudo em dois volumes sobre a história da opressão da mulher que denunciava inteiramente a noção do "eterno feminino" como um mito calculado para promover o domínio masculino. A obra provocou choque e ultraje na época. A Igreja católica o proibiu. Ajudou a fortalecer o movimento feminista, embora posterior-

Principais obras

Romances

A convidada, 1943

O sangue dos outros, 1945

Todos os homens são mortais, 1945

Os mandarins, 1954

Não ficção

O segundo sexo, 1949

A longa marcha, 1957

Autobiografias

Memórias de uma moça bem-comportada, 1958

A força da idade, 1960

A força das coisas, 1963

Balanço final, 1963

A cerimônia do adeus seguido de Entrevistas com Jean-Paul Sartre, 1981

ACIMA: A estoica Simone de Beauvoir em uma foto de fevereiro de 1968.

À DIREITA: De Beauvoir em uma escola de Marselha, onde deu aulas de 1931 a 1943.

mente algumas feministas tenham criticado De Beauvoir por ficar em segundo plano em relação a Sartre. Na década de 1950, o romance *Os mandarins*, sobre intelectuais engajados na França do pós-guerra, recebeu o Prêmio Goncourt.

Em 1956, ela e Sartre visitaram a União Soviética e a China comunista, com a qual simpatizava, e na década de 1960 ela viajou muito para Cuba, Rússia, Egito, Israel e Japão. Publicou uma autobiografia em quatro volumes, participou de manifestações em apoio dos movimentos estudantis, defendeu o aborto, os anticoncepcionais e os direitos da mulher. Também escreveu sobre os horrores do envelhecimento e a negligência da sociedade em relação aos idosos. Sartre morreu em 1980. No ano seguinte, ela despertou uma nova polêmica com um livro em que se despedia dele com um relato brutal sobre sua decadência física e mental nos últimos anos. Ao morrer, foi enterrada ao lado de Sartre, em Montparnasse. **RC**

ACIMA: Os existencialistas Jean-Paul Sartre e Simone de Beauvoir, sorridentes, em 1959.

Adão e Eva

"Deus não escolheu criar Eva de espontânea vontade, por suas próprias qualidades... Ele a criou destinada ao homem, para resgatar Adão da solidão, Ele a entregou a Adão. Fazer-lhe companhia era seu objetivo e propósito. Era um ser consciente, mas naturalmente submisso. E daí vem a incrível esperança que o homem costuma depositar sobre a mulher. Espera se realizar como ser ao possuir carnalmente outro ser, mas ao mesmo tempo confirma seu senso de liberdade graças à docilidade de uma pessoa livre. Nenhum homem aceitaria ser uma mulher, mas todo homem quer que as mulheres existam." – *O segundo sexo*

CESARE PAVESE

Nascimento: 9 de setembro de 1908 (Langhe, Itália). Morte: 26 de agosto de 1950 (Turim, Itália).

Estilo e gênero: Poeta, romancista, tradutor e jornalista que sofria com seus fracassos pessoais na Itália fascista. Essas inseguranças se refletem em seus textos.

Principais obras

Poesia

Lavorare stanca, 1936

Verrà la morte e avrà i tuoi occhi, 1951

Romances

Paesi Tuoi, 1941

Diálogos com Leucò, 1947

Il carcere, 1948

La casa in collina, 1948

O belo verão, 1949

A Lua e as fogueiras, 1950

Diário

O ofício de viver, 1952

Cesare Pavese nasceu no campo, mas foi educado na cidade. Ao escrever, não sabia onde se sentia mais à vontade. Os primeiros poemas (em *Lavorare stanca*) deram o tom para obras posteriores que questionavam se as formas tradicionais de vida, ligadas ao mundo rural, haviam sucumbido à era da evolução tecnológica. Embora se dedicasse a seu ofício, Pavese desprezava os comprometimentos políticos e pessoais. Encontrava inspiração em clássicos americanos e ingleses, e a variedade estilística dessas obras eletrizava seus experimentos literários. Pavese foi criticado por não ter participado da resistência e os protagonistas de romances como *La casa in collina* e *A Lua e as fogueiras* são os frágeis barômetros que sinalizam sua própria culpa política. **TM**

MALCOLM LOWRY

Nascimento: Clarence Malcolm Lowry, 28 de julho de 1909 (New Brighton, Inglaterra). Morte: 27 de junho de 1957 (Ripe, Inglaterra).

Estilo e gênero: Romancista, contista e poeta, Lowry passou a maior parte de sua breve vida submerso no álcool e com problemas mentais.

Principais obras

Romance

À sombra do vulcão, 1947

Contos

Hear Us O Lord from Heaven Thy Dwelling Place, 1961

Antologias

Selected Poems, 1962

Selected Letters, 1965

A obra-prima de Lowry foi *À sombra do vulcão*, ambientada no México. Ele a iniciou na década de 1930, quando a própria Europa parecia ameaçada de destruição por um vulcão político. O romance se consagrou nos Estados Unidos. Caçula dos quatro filhos de um rico empresário, Lowry foi para a Universidade de Cambridge antes de passar anos errando entre Londres, Paris, Hollywood, México – com a primeira mulher, uma americana, com quem não teve um casamento feliz –, Canadá e Itália, e voltou para a Inglaterra na década de 1950. Sua vida foi pontuada por bebedeiras e problemas mentais e ele provavelmente morreu por misturar álcool com uma dose excessiva de pílulas para dormir. Os contos, os poemas e as cartas foram publicados postumamente, na década de 1960. **RC**

EUGÈNE IONESCO

Nascimento: Eugen Ionescu, 26 de novembro de 1909 ou 1912 (Slatina, Romênia). Morte: 28 de março de 1994 (Paris, França).

Estilo e gênero: Produtivo autor do Teatro do Absurdo, Ionesco escreveu peças pouco ortodoxas, que exploraram a falta de significado da vida.

As "antipeças" surrealistas, com apenas um ato, escritas por Eugène Ionesco, como *A lição*, se beneficiaram da maré existencialista da Paris dos anos 1950, ajudando a estabelecer o Teatro do Absurdo, cujos principais expoentes incluiriam nomes de ponta da dramaturgia do século XX – de Samuel Beckett e Edward Albee a Harold Pinter e Tom Stoppard. As peças de Ionesco são marcadas pela ausência de enredos convencionais, linhas narrativas e caracterização, com temas como a morte, a incapacidade do homem em modificar os acontecimentos, e a natureza dos objetos inanimados. Apresentam episódios bizarros, com frequência grotescamente cômicos e aparentemente arbitrários, como dois personagens que batem papo e descobrem que são casados (*A cantora careca*) ou um palco tomado por cadeiras vazias (*As cadeiras*). A linguagem econômica e fragmentada indica o fracasso das palavras em criar uma comunicação significativa em um mundo burguês e alienado, recheado de relacionamentos vazios.

O uso das palavras de uma forma rudimentar e pomposa era parcialmente inspirado no estudo de inglês feito pelo autor no fim dos anos 1940, quando se surpreendeu com a estranheza das sentenças de um livro didático. As questões linguísticas fizeram parte da sua história. Educado na Romênia e em Paris, com pai romeno e mãe francesa, Ionesco estudou francês na Universidade de Bucareste e se estabeleceu em Paris na década de 1940. A carreira de dramaturgo não começou antes da meia-idade, mas a primeira peça em um ato, *A cantora careca*, foi saudada como ponto de partida para uma nova revolução na dramaturgia.

"As ideologias nos separam. Os sonhos e as angústias nos unem."

Depois do sucesso das peças em um ato, Ionesco enfrentou formatos maiores. Essas obras frequentemente pareciam perder a força daquelas menores, embora *O rinoceronte* se mantenha popular. As obras posteriores exploraram os sonhos e o mundo do subconsciente. **AK**

Principais obras

Peças

A cantora careca, 1950

A lição, 1951

As cadeiras, 1952

O novo inquilino, 1955

O rinoceronte, 1960

Le roi se meurt, 1962

Ce formidable bordel, 1973

Voyages chez les Morts, 1981

ACIMA: Ionesco retratado em seu escritório em casa, em 1º de julho de 1973.

1900–19

JEAN GENET

Nascimento: 19 de dezembro de 1910 (Paris, França). Morte: 15 de abril de 1986 (Paris, França).

Estilo e gênero: Ladrão, homossexual e prostituto que cantou loas ao erotismo anal, Jean Genet foi uma figura de ponta no teatro de vanguarda francês.

A vida de Jean Genet começou mal e ficou pior. Filho ilegítimo, foi abandonado pela mãe e criado em um orfanato, um lar adotivo e um reformatório. Ladrão profissional e orgulhoso disso, ele passou muito tempo na prisão. Na década de 1930, viveu graças à sua própria astúcia, perambulando pela Europa como mendigo, ladrão, batedor de carteiras, traficante de drogas e prostituto, experiência sobre a qual se vangloriaria em *Diário de um ladrão*. Foi enquanto cumpria sentença por roubo em uma cadeia na França que ele começou a escrever. O primeiro romance, *Nossa Senhora das Flores,* celebrava o submundo criminal, enquanto *O milagre da rosa* descrevia o reformatório em Mettray onde havia passado parte da adolescência antes de fugir para servir rapidamente na Legião Estrangeira, que ele desertaria a seguir.

Mais tarde, Genet voltou-se para a dramaturgia, em peças nas quais explorava os problemas de identidade e o apetite humano para interpretar papéis, temas que também fascinaram Samuel Beckett e Eugène Ionesco. Sua reputação cresceu junto aos intelectuais, entre eles Jean Cocteau e Jean-Paul Sartre. Quando foi condenado mais uma vez por roubo em 1948 e se viu ameaçado de receber uma sentença automática de prisão perpétua, escritores muito famosos intercederam. Ele recebeu um indulto.

Principais obras

Romances

Nossa Senhora das Flores, 1943

O milagre da rosa, 1946

Autobiografia

Diário de um ladrão, 1949

Peças

As criadas, 1947

O balcão, 1956

Os negros, 1958

Os biombos, 1961

ACIMA: Foto em preto e branco do jovem Genet durante sua turbulenta juventude.

À DIREITA: Genet (à direita) em Paris, durante uma manifestação política em 1968.

A obra de Genet costumava ser difícil. Ele conseguia ao mesmo tempo explicitar sua criminalidade e homossexualidade – e uma preocupação com o assassinato e mortes violentas – aliadas à religiosidade, e sua própria busca pela "santidade" por meio da degradação e da auto-humilhação. Ao repudiar o mundo burguês que o rejeitara, escreveu sobre criminosos que eram vítimas da sociedade. Descrita como "teatro do ódio", sua obra teatral pretendia chocar e obteve êxito nesse quesito. *O balcão* tinha como cenário um bordel cujos clientes assumiam os papéis de suas fantasias; a peça *Os negros* foi escrita para um elenco negro e culminava com o estupro e assassinato de uma mulher branca. Sartre o elogiou no livro *Saint Genet, ator e mártir*, mas François Mauriac o descrevia como "um esquilo engaiolado, aprisionado nas masmorras de um vício do qual não consegue escapar". Genet escreveu pouco depois de meados dos anos 1960, embora no fim da vida tenha passado um tempo com os Panteras Negras, na América, e com militantes pró-libertação da Palestina. **RC**

ACIMA: Genet no palco, em um encontro dos Panteras Negras, em 1º de maio de 1970.

O candidato a santo

"Embora a santidade seja meu objetivo, não consigo dizer do que se trata. Meu ponto de partida é o próprio mundo, que indica o estado mais próximo à perfeição moral. Da qual não sei nada, a não ser que sem ela minha vida seria em vão. Incapaz de chegar a uma definição de santidade – tão incapaz quanto de encontrar uma definição de beleza –, quero criá-la a todo momento, isto é, agir de tal forma que tudo o que faço possa me conduzir ao que me é desconhecido, para que a cada momento eu possa ser guiado pela busca da santidade até o tempo em que me tornar tão luminoso que as pessoas dirão 'É um santo', ou mais provavelmente 'Ele foi um santo'." – *Diário de um ladrão*

1900–19

GONZALO TORRENTE BALLESTER

Nascimento: 13 de junho de 1910 (Serantes, Espanha). Morte: 27 de janeiro de 1999 (Salamanca, Espanha).

Estilo e gênero: Fortemente influenciada por suas raízes galegas, a obra de Ballester combina mito e realidade em graus variados, enfatizando o intelecto e a racionalidade.

Mais que tudo um romancista, Ballester escreveu também crítica literária, peças, ensaios e até livros de história. Sua atividade literária complementava a paixão pelo ensino, universitário e secundário, a que se dedicou durante a maior parte da vida. Apesar de ter escrito para um jornal anarquista quando estudante, Ballester uniu-se em 1937 ao Partido Falangista de Franco. Mas parece ter conservado seus ideais de esquerda, pois seu primeiro romance, *Javier Mariño*, foi censurado pelo regime quando veio a público em 1943. Talvez por ter seu nome ligado a uma greve de mineiros asturianos em 1962, durante a década de 1960 Ballester teve problemas com os censores do governo e perdeu o cargo de professor na universidade. Por causa de suas atitudes públicas, seu romance favorito, *Don Juan*, de 1963, foi amplamente ignorado pela crítica. Em 1966, o escritor deixou a Espanha para assumir um posto de professor da Universidade do Estado de Nova York, em Albany.

De volta ao seu país em 1970, Ballester consquistou grande popularidade e fama literária. Em 1977 foi aceito como membro da Real Academia Espanhola; em 1981 conquistou o Prêmio Nacional de Literatura; em 1985 foi agraciado com o Prêmio Cervantes. Sua ficção deve muito às superstições da família que o criou na Galícia rural, passado que explica a ironia e os elementos sobrenaturais que ele tece sobre a paisagem pitoresca, porém áspera, da Galícia. Suas peças, jamais encenadas, eram, em suas próprias palavras, mais para ser lidas do que vistas. *A Saga/Fuga de J. B.*, um dos mais importantes romances espanhóis contemporâneos, é uma obra metaliterária de fantasia pós-moderna rica em imaginação e intelecto. **REM**

"O passado e o futuro não existem. Tudo é presente."

Principais obras

Romances

Javier Mariño, 1943
Ifigenia, 1950
Don Juan, 1963
Off-side, 1969
A Bela Adormecida vai à escola, 1985
O rei pasmado e a rainha nua, 1989

ACIMA: Retrato de Gonzalo Torrente Ballester, em 1981.

1900–19

FLANN O'BRIEN

Nascimento: Brian O'Nolan, 5 de outubro de 1911 (Strabane, Irlanda). Morte: 1º de abril de 1966 (Dublin, Irlanda).

Estilo e gênero: O'Brien é por muitos considerado o romancista irlandês mais fascinantemente sagaz e divertidamente obtuso desde James Joyce.

Flann O'Brien era um dos muitos pseudônimos de Brian O'Nolan, um funcionário público irlandês tido por seus contemporâneos como talentoso satirista jornalístico e conhecido desde então por sua resoluta reivindicação de primeiro romancista pós-moderno. Suas obras-primas *At-Swim-Two-Birds* e *O terceiro tira* elevam o pastiche e a sátira ao nível da investigação filosófica.

O'Brien foi o primeiro de 12 filhos de uma família irlandesa e escreveu sua tese de mestrado sobre poesia nesse idioma. *At-Swim-Two-Birds* é, essencialmente, a história de um estudante de poesia irlandesa que escreve um romance sobre um romancista e o romance que ele está escrevendo. O livro tem personagens da mitologia irlandesa como Finn MacCool e um *puca*. Do homem que nasce aos 25 anos de idade ao romancista aprisionado por seus próprios personagens, nenhuma camada de ficção resta isolada e nenhum enigma, inexplorado.

Essas extravagâncias não são nada, porém, comparadas às loucuras apresentadas ao leitor no romance seguinte, *O terceiro tira*. Nessa narrativa, mescla de Lewis Carroll e Hieronymus Bosch, O'Brien larga seu protagonista homicida num país bizarro onde até o ato físico de andar de bicicleta cria um insolúvel dilema metafísico. Apesar de mais bem realizado do que *At Swim-Two-Birds* como obra literária, *O terceiro tira* foi um fracasso comercial.

O'Brien não escreveu outro romance em inglês até *O arquivo Dalkey*, publicado em 1964. **SY**

Principais obras

Romances

At Swim-Two-Birds, 1939

O terceiro tira, 1939-1940

The Poor Mouth, 1941

O arquivo Dalkey, 1964

> "Juro por Deus que se ouvir mais uma vez o nome Joyce eu vou sair espumando de raiva."

1900–19

ACIMA: O'Brien fotografado em Dublin por volta de 1940.

MERVYN PEAKE

Nascimento: Mervyn Laurence Peake, 9 de julho de 1911 (Kuling, China). Morte: 17 de novembro de 1968 (Burcot, Inglaterra).

Estilo e gênero: Com sua prosa fria e contida, Peake criou um universo próprio, circunscrito, porém fascinante, de imagens e dramas excêntricos.

Filho de um médico missionário britânico, Mervyn Peake viveu na China até os 12 anos, uma formação inusitada que se refletiria em suas ilustrações coloridas e caricaturais e em sua imaginativa ficção literária.

Primeiro vieram os desenhos. Na década de 1930 Peake exibiu seus trabalhos na Royal Academy e ilustrou um livro de rimas infantis. Pouco antes da Segunda Guerra Mundial publicou um livro para crianças, *Captain Slaughterboard Drops Anchor*, uma história simples com desenhos maravilhosamente detalhados de criaturas como Dignipomp, personagem marcadamente assemelhado a Cícero.

Foi só depois da guerra que Peake escreveu o primeiro dos livros que formariam o seu legado. O monumental *Titus Groan* descreve o nascimento e a infância do herói, mas seu foco é o estranho e distorcido mundo insular do castelo de Titus, Gormenghast, e de seus habitantes. Peake quis contar a vida inteira de Titus numa série de livros, mas só chegou a escrever três. Ao concluir *Titus Alone*, já sofria da doença de Parkinson.

Entre um e outro dos romances de Gormenghast, Peake preparou pratos mais leves: *Mr. Pye,* de 1953, é a divertida alegoria de um samaritano que se propõe a salvar o povo de Sark à revelia da vontade de Deus. Por fábulas como essa e pela fantasia dos romances Gormenghast, Peake é às vezes tido como autor de livros infantis. Nada mais distante da verdade. As histórias de Gormenghast porejam sexualidade reprimida e suas descrições do mal estão carregadas de experiências da Segunda Guerra Mundial. Peake pode ter um apelo *cult*, como Tolkien, mas sua ficção não pertence a outro mundo que não o nosso. **CO**

"Existe um tipo de riso que debilita a alma. O riso descontrolado..."

Principais obras

Romances

Titus Groan, 1946

Gormenghast, 1950

Mr. Pye, 1953

Titus Alone, 1959

ACIMA: Mervyn Peake na época da publicação de *Titus Groan*.

ELIZABETH BISHOP

Nascimento: 8 de fevereiro de 1911 (Worcester, EUA). Morte: 6 de outubro de 1979 (Boston, EUA).

Estilo e gênero: Um dos nomes mais importantes da poesia americana do século XX, Elizabeth Bishop aborda em suas obras a nossa relação com o mundo natural.

Em vida, Elizabeth Bishop não foi famosa nem produziu muitas obras; postumamente, veio a ser reconhecida como figura de proa da poesia americana.

Elizabeth teve um começo de vida difícil. Tinha menos de 1 ano quando seu pai morreu e menos de 6 quando sua mãe foi recolhida a um hospício. Nunca mais voltou a vê-la. Foi mandada pelos avós para o Vassar College, em Poughkeepsie, estado de Nova York, onde se tornou escritora por influência da poetisa Marianne Moore.

Bishop não gostava de poesia pessoal e confessional; toda a sua atenção estava voltada para a observação e a precisão das imagens. Assim foi que descreveu, com grande clareza e lirismo, suas viagens pela França, Irlanda, Espanha, Itália e pelo norte da África. Não era uma autora prolífica, mas uma perfeccionista que burilava longamente cada poema. Por isso ficou conhecida como a "poetisa das poetisas".

Em 1951, uma bolsa de viagem do Bryn Mawr College a trouxe à América do Sul, onde permaneceu por 15 anos. Em 1956, quando morava no Brasil, ganhou o Prêmio Pulitzer por sua coletânea de poesias *North & South – A Cold Spring*. Em 1970 começou a dar aulas em Harvard e nesse mesmo ano foi agraciada com o Prêmio Nacional do Livro de Poesia por *The Complete Poems*. Sua fama cresceu ainda mais com a publicação, em 1976, de *Geography 111*, sua última coletânea. Vencedor do Prêmio do Círculo Nacional de Crítica Literária, o livro contém 10 poemas, entre os quais os magníficos "In the Waiting Room", "Crusoe in England" e "One Art".

"Não estou interessada em obras grandes. Uma coisa não precisa ser grande para ser boa."

Bishop morreu em Boston em 1979, aos 68 anos. Desde então, sua fama cresceu e sua poesia conquistou um público mais amplo do que jamais teve em vida. **HJ**

Principais obras

Poesia

North & South – A Cold Spring, 1946

Questions of Travel, 1956

The Complete Poems, 1969

Geography 111, 1976

Edgar Allan Poe & The Juke Box: Uncollected Poems, Drafts and Fragments, 2006

ACIMA: Elizabeth Bishop fotografada em 10 de maio de 1956.

1900–19

TENNESSEE WILLIAMS

Nascimento: Thomas Lanier Williams III, 26 de março de 1911 (Columbus, EUA). Morte: 25 de fevereiro de 1983 (Nova York, EUA).

Estilo e gênero: Eminente dramaturgo americano cujas peças, em geral ambientadas no Sul, abordam a dor do isolamento individual.

Principais obras

Novela

The Roman Spring of Mrs. Stone, 1950

Contos

The Field of Blue Children, 1939,

The Yellow Bird, 1947

The Poet, 1948

Peças

The Glass Menagerie, 1945

Um bonde chamado desejo, 1947

A rosa tatuada, 1951

Gata em teto de zinco quente, 1955

Orpheus Descending, 1958

A noite do iguana, 1961

Small Craft Warnings, 1973

Something Cloudy Something Clear, 1983

Depressivo, hipocondríaco, extremamente tímido e homossexual, Tennessee Williams teve uma vida literalmente teatral. Filho de um alcoólatra violento e uma mãe abnegada e sofredora, Tennessee – apelido que adotou aos 28 anos – refletiu em suas peças as neuroses e o isolamento que experimentou na vida, da primeira produção em 1931 até sua morte em 1983.

Esteve em Missouri, na Califórnia e na Colúmbia Britânica, sempre escrevendo, mas passou a maior parte da vida entre Key West, Nova Orleans e Nova York. Por decisão do pai, abandonou a Universidade de Missouri, mas se formou em 1938 pela Universidade de Iowa. Como a maioria de suas peças, o primeiro grande sucesso, *The Glass Menagerie*, trata da dor do isolamento. Seguiram-se 30 anos de sucesso de público e crítica: ganhou seu primeiro Prêmio Pulitzer com *Um bonde chamado desejo*, uma ardente e corajosa denúncia do romantismo desbotado do Sul, e o segundo com a semiautobiográfica *Gata em teto de zinco quente* – Williams era desejado pelas mulheres, por quem não sentia nenhuma atração. Na década de 1960, envolveu-se destrutivamente com drogas. Depois de premiado com *A noite do iguana*, em 1961, não fez nenhum sucesso real até 1973, com *Small Craft Warnings*.

Com a reputação comprometida pelos anos de vício, Tennessee apagou-se em sua última década de vida e morreu só, num quarto de hotel em Nova York. O relatório da polícia sugeriu que as drogas e o álcool podem ter contribuído para a sua morte. Sua obra, porém, assegurou-lhe o lugar de uma das mais importantes figuras da literatura americana do século XX. **JS**

> "Todas essas teologias ocidentais se baseiam na ideia de um Deus delinquente e senil."

ACIMA: Fotografia não datada de Tennessee Williams.

MAX FRISCH

Nascimento: 15 de maio de 1911 (Zurique, Suíça). Morte: 4 de abril de 1991 (Zurique, Suíça).

Estilo e gênero: Prolífico romancista, dramaturgo e jornalista suíço cujos principais temas são os dilemas morais, a busca da identidade e a liberdade pessoal.

Max Frisch começou como jornalista e publicou seu primeiro romance, *Jurg Reinhart*, em 1934. Estagiou como arquiteto e, com a eclosão da Segunda Guerra Mundial, serviu no Exército suíço. Finda a guerra, escreveu peças como *A Muralha da China*, uma farsa macabra ambientada numa China ficcional, e *Als der Kreig zu Ende war*, sobre a culpa, a responsabilidade e a mentalidade derrotista que consumiam os indivíduos na Berlim ocupada pelos russos.

No começo da década de 1950, voltou a escrever romances. Em 1954, publicou sua obra-prima *Stiller*, história em forma de diário de um presidiário que afirma não ser ele mesmo. Os temas da identidade pessoal e da autoaceitação são recorrentes na obra de Frisch. *Homo Faber*, publicado em 1957, examina a busca da identidade explorando os estranhos acontecimentos que perturbam a vida e o senso de segurança de um engenheiro da Unesco cujo avião caiu num deserto mexicano; ele se apaixona por uma mulher que, acaba descobrindo, é sua filha, nascida de um amor do passado.

No começo da década de 1960 Frisch escreveu suas peças mais famosas: *Andorra*, que trata do antissemitismo, e *Bierdermann e os incendiários*, uma comédia negra sobre uma cidade atacada por incendiários. Nesse último trabalho, Frisch mostra as vítimas como cúmplices de seus próprios infortúnios.

Considerado um dos mais notáveis escritores suíços, além de mundialmente aclamado, Frisch ganhou vários prêmios literários, como o Georg Büchner e o Neustadt International. Parou de escrever no fim da vida em decorrência de problemas de saúde e morreu em Zurique em 1991. **HJ**

"A tecnologia é o jeito de arrumarmos o mundo de tal modo que não tenhamos de vivê-lo."

Principais obras

Romances

Stiller, 1954

Homo Faber, 1957

Chamem-me Gantenbein, 1964

Bluebeard, 1982

Peças

A Muralha da China, 1946

Als der Kreig zu Ende war, 1949

Andorra, 1961

Bierdermann e os incendiários, 1963

Biografie, 1967

Jonas und sein Veteran, 1989

1900–19

ACIMA: O escritor Max Frisch fotografado em 1970.

WILLIAM GOLDING

Nascimento: 19 de setembro de 1911 (Newquay, Cornualha, Inglaterra). Morte: 19 de junho de 1993 (Perranarworthal, Cornualha, Inglaterra).

Estilo e gênero: Romancista ganhador do Prêmio Nobel cuja ficção muitas vezes alegórica apresenta os seres humanos privados dos adornos da existência convencional.

Um dos grandes pessimistas da literatura, William Golding era filho de um professor primário e uma militante do direito de voto para as mulheres: uma família de política radical e fé irrestrita no rigor científico. Começou a escrever ainda jovem, mas, por insistência dos pais, estudou ciência antes de passar para o inglês em seu último ano de Oxford. Publicou *Poems* ainda na universidade, mas não escreveu seu primeiro romance até a Segunda Guerra Mundial, quando serviu na Marinha britânica.

Professor depois da guerra, Golding só abraçou a profissão de escritor em 1961, depois do sucesso de *O senhor das moscas*, romance que, até hoje, é o que mais claramente o identifica junto ao público. A visão antiutópica de um grupo de crianças presas numa ilha deserta, cujas boas intenções iniciais e nascentes instintos democráticos dão lugar a um tribalismo primitivo, é uma nota do pós-guerra sobre a fragilidade da civilização. O tema dos baixos instintos superando as boas intenções é recorrente em sua obra, notavelmente no pouco valorizado *The Spire*, de 1964, uma alegoria da ambição e do egoísmo mundanos. Aposentado como professor em 1961, Golding passou um ano como residente na Universidade Hollins, na Virgínia, antes de retornar a Salisbury, Inglaterra, onde viveu com a esposa os 20 anos seguintes.

Golding ganhou o Prêmio Nobel de Literatura de 1983 e, em 1984, publicou *Homens de papel*, uma vigorosa denúncia da celebridade e do vazio moral que talvez refletisse a sua insatisfação com a indústria literária da qual tirava o próprio sustento. Retornou à Cornualha em 1985 e em 1988 foi sagrado cavaleiro pela rainha. Morreu do coração em 1993, deixando o rascunho de *The Double Tongue*, publicado três anos mais tarde. **PS**

Principais obras

Romances

O senhor das moscas, 1954
Os herdeiros, 1955
Pincher Martin, 1956
Free Fall, 1959
The Spire, 1964
The Pyramid, 1967
O deus escorpião, 1971
Visível escuridão, 1979
Homens de papel, 1984
To the Ends of the Earth
- *Ritos de passagem*, 1980
- *Confinados*, 1987
- *Fire Down Below*, 1989

"Estranho pensar que a Fera era algo que se podia caçar e matar!" – *O senhor das moscas*

ACIMA: Golding fotografado na frente de sua casa em Wiltshire, Inglaterra, em 1983.

À DIREITA: Cena do filme *O senhor das moscas* (1963).

CZESLAW MILOSZ

Nascimento: 30 de junho de 1911 (Šeteniai, Lituânia). Morte: 14 de agosto de 2004 (Cracóvia, Polônia).

Estilo e gênero: Milosz é chamado de poeta visionário por sua poesia sem métrica, filosófica e multivocal, ao mesmo tempo íntima e impessoal.

A obra do poeta e escritor político Czeslaw Milosz é inseparável da história das guerras e ocupações europeias do século XX. Ele viveu e escreveu em Varsóvia durante a Segunda Guerra Mundial e testemunhou o Levante de Varsóvia. Ao contrário, porém, de poetas poloneses mais jovens que atingiram a idade adulta durante a guerra, Milosz não abjura a representação do Holocausto. Suas descrições são mediadas pela imaginação poética e falam da responsabilidade, da incapacidade de intervir e do escândalo de ter sobrevivido quando tantos caíram. Em "Dedication", aquilo que mata "você" fortalece o poeta, torna-se o conteúdo da sua arte. A própria arte é culpada, o que está manifesto no ato de representar.

Milosz emigrou para os Estados Unidos em 1960 e ensinou literatura polonesa em Berkeley. Ao ganhar o Prêmio Nobel de Literatura em 1980, abreviou sua presença na cerimônia para dar aula. O prêmio apresentou à Polônia o trabalho de Milosz, censurado por sua oposição ao regime comunista.

Sua poesia recorre decididamente a imagens animais e à desumanidade da natureza, figuras muitas vezes usadas para mostrar a desorientadora desproporção entre os estados de espírito interiores e as exigências externas. "Song of a citizen" retrata uma existência material extraída do comércio no mercado negro ao mesmo tempo que descreve os estados de consciência irreais criados pela guerra. Nesses poemas fúnebres e catastróficos, a dúvida e a esperança coexistem.

A poesia de Milosz é repleta de polaridades e antíteses, frustrando as tentativas de defini-la. Escalas espaço-temporais minúsculas e gigantescas se justapõem em seus versos, cujos temas provêm de várias mitologias e culturas. Milosz foi influenciado por pensadores como Swedenborg e Dostoievski, Bakhtin e Simon Weil – a quem apelidou de "Ariel", em razão de seu "Caliban". A relação entre o eu e os outros assume, em sua obra, o aspecto de uma investigação filosófica e moral. Em "What Does It

Principais obras

Romance

O vale dos demônios, 1981

Memórias

Rodzinna Europa, 1951

Não ficção

Zniewolony umyst, 1953

Poesia

Bells in Winter, 1978

Widzenia nad Zatoka San Francisco, 1982

The Rising of the Sun, 1985

Na brzegu rzeki, 1995

Second Space, 2004

ACIMA: Milosz fotografado durante uma missa em Lublin, Polônia, em 1981.

1900–19

À ESQUERDA: Milosz numa leitura de poesia na Universidade Jagielloniana, de Cracóvia, em 1981.

Mean", o orador imagina "uma cidade em que o chefe dos correios se embebeda todos os dias/ Pesaroso por só permanecer idêntico a si próprio". Se existe algum sentimento unificador, pode ser a injunção de fazer de cada dia aquilo que é possível, dito por uma voz sobrenatural em "On Angels" e reverberado em "Bobo's Metamorphoses", no qual o "êxtase ao nascer do sol" se repete "da infância à velhice". **ER**

O fracasso do intelecto

A obra de não ficção *Zniewolony umyst*, de Czeslaw Milosz, é um registro angustiante do suicídio psicológico que afetava os intelectuais e artistas que viviam sob o regime comunista. Ela segue quatro profissionais – Alfa, o Moralista; Beta, o Amante Decepcionado; Gama, o Escravo da História; e Delta, o Trovador – que abrem mão de suas identidades para conformar-se às ideias do Estado. Milosz delineia habilmente os instintos conflitantes do homem em face da "necessidade" de governo e religião, bem como de liberdade intelectual.

NAGIB MAHFUZ

Nascimento: 11 de dezembro de 1911 (Cairo, Egito). Morte: 30 de agosto de 2006 (Cairo, Egito).

Estilo e gênero: Na tradição narrativa árabe, a obra de Mahfuz foca a modernização política e cultural do Egito e é rica em caracterizações e compreensão psicológica.

Principais obras

Romances

O jogo do destino (Abath Al-Aqdar), 1939
Rhadopis, a cortesã, 1943
A batalha de Tebas, 1944
Khan Al-Khalili, 1944
O beco do pilão, 1947
Trilogia do Cairo
Entre dois palácios, 1956
O palácio do desejo, 1957
O jardim do passado, 1957
Children of Gebelaawi, 1959
O ladrão e os cães, 1961
Adrift on the Nile, 1966
Miramar, 1967
Noites das mil e uma noites, 1981

Mahfuz começou a escrever aos 17 anos, mas seus romances remetem a lembranças cristalizadas desde a infância. Os museus que visitou com a mãe lhe mostraram os tesouros da história egípcia, que converteu em temas de muitas de suas obras. *O jogo do destino*, *Rhadopis, a cortesã* e *A batalha de Tebas* deveriam compor uma obra muito maior, de 30 volumes, cobrindo a história do país.

A maioria dos primeiros romances de Mahfuz se passa em dois distritos do Cairo – al-Abbasiya e al-Jamaliyyah. Ambientada nas ruas onde Mahfuz cresceu, *Trilogia do Cairo*, a sua obra mais famosa, é apreciada em todo o mundo árabe pela descrição da vida urbana do Egito tradicional. De igual importância na formação do autor foi a Revolução de 1919, quando Mahfuz assistiu de sua janela, aos 17 anos, à fuzilaria dos soldados ingleses sobre as multidões de manifestantes.

A Revolução Egípcia de 1952 fez Nagib Mahfuz pôr de lado a sua pena por vários anos. Quando voltou a escrever, sua literatura havia mudado – as metáforas velavam as opiniões políticas enquanto os efeitos psicológicos da mudança social aconteciam ao seu redor. Leitor de romances policiais ocidentais, admirador de James Joyce e conhecedor da literatura árabe, Mahfuz comenta em sua obra a modernização e os efeitos da influência ocidental no Egito.

"O escritor entrelaça uma história com suas próprias dúvidas, indagações e valores. Isso é arte."

Mesmo sendo o primeiro egípcio a ganhar o Prêmio Nobel de Literatura, Mahfuz teve seu nome marcado para morrer pelos fundamentalistas islâmicos por questionar a *fatwa* expedida contra Salman Rushdie. Sobreviveu 12 anos a um ataque a faca perto de sua casa, nas mesmas ruas que ajudou a imortalizar. **JSD**

ACIMA: Fotografia não datada do laureado escritor egípcio Nagib Mahfuz, ganhador do Prêmio Nobel de Literatura.

LAWRENCE DURRELL

Nascimento: 27 de fevereiro de 1912 (Jullundur, Índia). Morte: 7 de novembro de 1990 (Sommières, França).

Estilo e gênero: Romancista, poeta, autor de livros de viagem, humorista, tradutor e dramaturgo, escreveu brilhantes caracterizações e exóticas descrições de Alexandria.

O sucesso da série *O quarteto de Alexandria* ofuscou o restante da obra de Durrell, que contém romances, peças, poesia, humor e várias traduções. *O quarteto de Alexandria* valeu-lhe o reconhecimento internacional e o colocou na vanguarda de sua atividade. Os quatro volumes abordam, de modo inovador e expressivo, eventos ocorridos em Alexandria antes e durante a Segunda Guerra Mundial.

Durrell nasceu na Índia e foi educado na Inglaterra desde os 11 anos. Infeliz na Inglaterra, foi reprovado nos exames para a universidade. Foi por essa época que decidiu tornar-se escritor, mesmo trabalhando no serviço diplomático e dando aulas. Em 1935, ano da publicação de seu primeiro romance, *Pied Piper of Lovers*, mudou-se para Corfu com sua primeira esposa. Em 1937 conheceu em Paris o escritor americano Henry Miller, com quem fez amizade para toda a vida e colaborou em vários projetos na esperança de iniciar um movimento literário.

Fugido da Grécia em face do avanço do nazismo, em 1941 Durrell se estabeleceu no Cairo. No ano seguinte mudou-se para Alexandria, onde conheceu sua segunda esposa, Eve Cohen, inspiração para a personagem Justine do primeiro livro de *O quarteto de Alexandria*. Em 1945 mudou-se para Rodes e em 1947 para a Argentina. De 1949 a 1952 trabalhou como adido de imprensa em Belgrado, um período de pouca produção. Em 1952 mudou-se para o Chipre na esperança de ressuscitar sua carreira literária. Trabalhou em *O quarteto de Alexandria* até ser colhido pelo conflito entre cipriotas gregos, cipriotas turcos e britânicos, experiência que recordou mais tarde em *Limões amargos*. Do Chipre, Durrell mudou-se para Sommières, França, onde viveu o restante da vida. **TamP**

"Todo mundo que é algum tipo de artista detesta seu país e seus compatriotas."

Principais obras

Romances

Pied Piper of Lovers, 1935

O quarteto de Alexandria

Justine, 1957

Balthazar, 1958

Mountolive, 1958

Clea, 1960

The Revolt of Aphrodite

Tunc, 1968

Nunquam, 1970

O quinteto de Avignon, 1974-1985

Livros de viagem

Limões amargos, 1957

Sicilian Carousel, 1977

Caesar's Vast Ghost, 1990

ACIMA: Lawrence Durrell num programa da televisão francesa, em 1982.

PATRICK WHITE

Nascimento: 28 de maio de 1912 (Londres, Inglaterra). Morte: 30 de setembro de 1990 (Sydney, Austrália).

Estilo e gênero: Romancista e dramaturgo, autor de obras épicas e psicológicas que dissecam a narrativa australiana e exploram a busca da identidade pessoal e nacional.

Patrick White passou seus anos de formação entre a Inglaterra e a Austrália, sempre se sentindo um estranho. A tradição de proprietários rurais de onde provinha, ligada ao estereótipo do australiano másculo, não comportava suas aspirações literárias, que diria sua homossexualidade. Criança delicada e asmática, foi mandado à escola e mais tarde a Cambridge – separações que aprofundaram suas diferenças com a família. Trabalhou quando jovem na criação de ovelhas de seu tio, mas a herança deixada pelo pai significou que poderia se sustentar como escritor.

Ainda muito ligado à terra australiana, finda a Segunda Guerra Mundial White se estabeleceu numa granja nas cercanias de Sydney com seu companheiro grego Manoly Lascaris. Um tema recorrente em sua obra é o que significa ser australiano, estar permanentemente rodeado de um imenso vazio. Seus primeiros romances foram bem recebidos nos EUA e na Inglaterra, mas duramente criticados em seu próprio país como "não australianos". O reconhecimento do público só chegou com a publicação de *Voss*, em 1957. Ao se tornar o primeiro (e até hoje o único) australiano a ganhar o Prêmio Nobel de Literatura, em 1973, White já se firmara como um dos grandes escritores do século XX. Belicoso, contraditório e dado a ataques de fúria, ele via na libertação de seus demônios pessoais um requisito da criação. Recusava entrevistas e convites para cerimônias de premiação, mas frequentava as colunas sociais e de entretenimento. Embora detestasse falar em público, foi um loquaz defensor do desarmamento nuclear na década de 1980. **MK**

"Creio ser impossível explicar a fé. É como querer explicar o ar..."

Principais obras

Romances

A árvore do homem, 1955

Voss, 1957

Riders in the Chariot, 1961

The Eye of the Storm, 1973

The Twyborn Affair, 1979

Contos

The Burnt Ones, 1964

The Cockatoos, 1974

Peças

The Ham Funeral, 1947

Signal Driver: A Morality Play for the Times, 1982

Memórias

Flaws in the Glass, 1981

1900–19

ACIMA: Patrick White numa manifestação antinuclear em 1981.

JORGE AMADO

Nascimento: Jorge Amado de Faria, 10 de agosto de 1912 (Ilhéus, Brasil). Morte: 6 de agosto de 2001 (Salvador, Brasil).

Estilo e gênero: A primeira fase da obra de Amado aborda a luta de classes; a segunda enfatiza o lado sensual e bem-humorado da psicologia brasileira.

Jorge Amado cresceu na Bahia, Nordeste do Brasil, na plantação de cacau do avô, onde se familiarizou com a duplicidade que marcaria boa parte de sua obra: os plantadores ricos afirmavam sua masculinidade por meio da promiscuidade, e as mulheres demonstravam sua feminilidade sendo fiéis aos seus homens. Essa duplicidade aparece naquele que é talvez o seu romance mais popular, *Gabriela, cravo a canela,* no relacionamento entre a bela trabalhadora migrante, Gabriela, e Nacib, que a contrata como cozinheira em seu bar.

A carreira de Jorge Amado foi pontuada de fatos turbulentos: a queima pública de seus romances pelo presidente Getúlio Vargas, o exílio decorrente de suas opiniões comunistas e a conclusão de que seria "mais útil ao povo escrevendo do que gastando tempo em atividades partidárias". Sua obra tem duas fases distintas. A luta de classes domina a primeira, como em *Terras do sem fim*, que narra a luta pela sobrevivência no interior do país; *Gabriela* inaugura a fase pós-exílio, que enfatiza o lado sensual e bem-humorado da psicologia brasileira. O retrato dessa psicologia viria a ser o seu principal produto de exportação.

Jorge Amado teve várias obras adaptadas para a TV e o cinema, uma delas *Gabriela*, criticada na época de sua publicação por reforçar as representações terceiro-mundistas da mulher. *Dona Flor e seus dois maridos* e *Terras do sem fim* valeram a indicação de Jorge Amado para o Prêmio Nobel de Literatura. Mas é a imagem de seu país no exterior, que ele tanto ajudou a moldar, o seu duradouro legado aos leitores de todo o mundo. **JSD**

"Eu acredito em mudar o mundo e que a literatura tem uma imensa importância."

Principais obras

Romances

O país do carnaval, 1931
Cacau, 1933
Mar morto, 1936
Terras do sem fim, 1943
Gabriela, cravo e canela, 1958
Os pastores da noite, 1964
Dona Flor e seus dois maridos, 1966
Tenda dos milagres, 1969
Tieta do Agreste, 1977
Farda, fardão, camisola de dormir, 1979
Tocaia grande, 1984
O compadre de Ogum, 1995

ACIMA: Jorge Amado ao receber o prêmio literário Cino del Duca, em 1990.

ALBERT CAMUS

Nascimento: 7 de novembro de 1913 (Mondovi, Argélia). Morte: 4 de janeiro de 1960 (arredores de Sens, França).

Estilo e gênero: Seus temas destacam o isolamento do homem em ambientes estranhos, o absurdo da vida e do universo e o exame da moral e da condição humanas.

Principais obras

Romances

O estrangeiro, 1942

A peste, 1947

A queda, 1956

Contos

O exílio e o reino, 1957

Peça

Calígula, 1938

Não ficção

O mito de Sísifo, 1942

O homem revoltado, 1951

A obra do romancista, dramaturgo, ensaísta e filósofo Albert Camus abordou a alienação e o desencanto do homem no pós-guerra. Com a morte do pai em combate na Primeira Guerra Mundial, menos de um ano depois de seu nascimento, sua mãe levou-o, junto com a família, para morar num bairro pobre de Argel. Aluno inteligente, ganhou uma bolsa de estudos para o liceu de Argel, de onde foi para a Universidade de Argel a fim

1900–19

ACIMA: Foto de estúdio de Camus, *c.*1950.

À DIREITA: Ilustração de Édouard Legrand para uma edição francesa de *A peste*.

ACIMA: Camus fumando um cigarro numa varanda de sua editora, 1955.

de estudar filosofia. Desportista dedicado e exímio futebolista, suas ambições de atleta foram, no entanto, frustradas pela tuberculose.

Camus voltou então sua atenção para a literatura. Estudou os clássicos franceses e a política de esquerda e atuou durante algum tempo no Partido Comunista Argelino, em 1935, até ir trabalhar como jornalista para o jornal socialista *Alger-Republicain*. A paixão pelo teatro o levou a escrever, produzir e atuar no Théâtre du Travail. Apesar de só ter sido produzida em 1945, sua peça *Calígula* foi escrita pouco antes de suas obras mais admiradas.

"O que é a felicidade senão a mera harmonia entre um homem e a vida que ele leva?"

Com a eclosão da Segunda Guerra Mundial, aos 25 anos Camus foi para a França juntar-se ao movimento de resistência à ocupação alemã, trabalhando como editor do diário parisiense clandestino *Combat*. Foi nessa época tumultuosa que escreveu *O estrangeiro*, seu primeiro e mais celebrado romance. Nele, o jovem argelino Meursault é levado a julgamento por matar um árabe. Porém, não é a natureza do crime que ofende o tribunal, mas sua recusa em sentir remorso. Meursault é considerado subumano, um perigo para a sociedade por sua não conformidade. Seu desapego e sua alienação emocional acabam levando-o à morte. A sensação de absurdo e a falta de sentido do mundo são temas recorrentes em Camus, pelo que acabaria rotulado de existencialista, ao lado de seu então amigo Jean-Paul Sartre.

O ensaio filosófico *O mito de Sísifo* deu continuidade à sua exploração do absurdo e da inútil busca humana de significado num mundo incompreensível. Camus nos apresenta vários dualismos paradoxais, como a asserção de que a vida tem um grande valor, mas é banalizada pela morte, que a priva de significado. Sua conclusão é de que, para sobrevivermos, é melhor deixar de lado as ambições e concentrarmo-nos no cotidiano.

A fé persistente de Camus na bondade intrínseca do homem é, no entanto, mais bem retratada em *A peste*, um relato alegórico da ocupação nazista da França em que os cidadãos da cidade argelina de Oran são assolados por uma praga de ratos e isolados do mundo exterior. O triunfo final do espírito humano é o resultado da decisão unilateral de trabalhar juntos em vez de buscar soluções pessoais.

Camus examinou a ideia de rebelião em seu longo ensaio *O homem revoltado*. Na década de 1950, dedicou também boa parte de seu tempo a questões de direitos humanos, defendendo a abolição da pena capital em todo o mundo e denunciando a repressão soviética da Revolução Húngara de 1956. Sua última obra completa de ficção, *A queda*, é uma série de elegantes monólogos do bem-sucedido advogado de defesa parisiense Jean-Baptiste Clemence. A história de Clemence equivale a uma confissão: toda uma vida dedicada a ajudar os fracos e oprimidos se desmancha na hipocrisia complacente de ações realizadas para sua exclusiva satisfação. Em 1957, aos 44 anos, Camus ganhou o Prêmio Nobel de Literatura. Três anos depois, morreu num acidente de automóvel. **SG**

Camus e Sartre

Apesar do conflito de opiniões que acabou com o que fora um dia uma bela amizade, Camus e Sartre são hoje muitas vezes mencionados na mesma frase. Embora Camus rejeitasse o rótulo de "existencialista" e Sartre o assumisse de bom grado, ambos contribuíram para moldar o mundo do pós-guerra com sua filosofia e literatura.

O estrangeiro, de Camus, refletia vários pontos de vista expressos no romance *A náusea*, de Sartre. Acabaram se conhecendo em Paris, em 1943, na estreia da peça de Sartre *As moscas*. Eles e Simone de Beauvoir se encontravam no Café de Flore, na Rive Gauche, para trocar ideias. O mundo achava fascinante essa amizade, que os levou a sair juntos numa foto para a revista americana *Vogue* como os paladinos da *intelligentsia* francesa. Mas a política cavou um abismo entre eles. Camus rejeitava o comunismo e Sartre o defendia ativamente; Camus defendia que a França mantivesse um papel na Argélia e Sartre defendia a sua independência numa época em que essa ideia era impensável para a maioria de seus compatriotas. Suas divergências renderam cartas abertas de críticas às respectivas obras na imprensa escrita.

Eles nunca mais se falaram depois de 1952. Mas o necrológio de Sartre para o ex-amigo prematuramente falecido em 1960 mostrou o profundo respeito que esses dois gigantes das letras tinham um pelo outro.

À DIREITA: **Capa da edição de 1957 de *O estrangeiro*, das Editions Gallimard.**

ALBERT CAMUS
L'ÉTRANGER
Le
LIVRE
de
POCHE
exte intégral

BARBARA PYM

Nascimento: 2 de junho de 1913 (Oswestry, Inglaterra). Morte: 11 de janeiro de 1980 (Oxford, Inglaterra).

Estilo e gênero: Tida como uma escritora subestimada, seus romances tragicômicos e satíricos tratam da vida tranquila da classe média inglesa.

Os romances de Barbara Pym são povoados pelo que descreveu como "mulheres excelentes" – solteironas inteligentes e sensíveis vivendo vidas tranquilas dedicadas às atividades do bairro e da igreja. Pym se baseou em sua própria experiência na Shropshire rural, onde sua mãe era organista da igreja local. Os vigários e curas que visitavam regularmente a sua casa inspiraram alguns de seus mais memoráveis personagens.

Pym estudou inglês em Oxford e escreveu seu primeiro romance em 1935, aos 22 anos. Submetido a várias editoras, *Some Tame Gazelle*, a história de duas solteironas de 50 anos, só foi publicado em 1950. Seu sucesso foi seguido de cinco outros romances, entre os quais *Excellent Women* e *Less than Angels*, que firmaram sua reputação de prosista elegante e cômica. Até que, em 1963, seu sétimo romance, *Uma relação imprópria*, foi rejeitado por 20 editoras por estar "em descompasso com a época".

Pym continuou a escrever, mas não conseguia publicar. Em 1977, porém, sua carreira renasceu quando Philip Larkin a qualificou de "a escritora mais subestimada do século XX". Como resultado, seus livros foram reimpressos e seu romance *Quarteto no outono*, a tocante história de quatro pessoas prestes a se aposentar, foi indicado para o Prêmio Booker. Em 1978 veio *Amor dividido*, sobre o relacionamento de uma mulher idosa com um jovem.

"Como é absurdo e delicioso estar apaixonada por alguém mais jovem." – *Amor dividido*

Além de uma renovada fama na Inglaterra, Pym teve sua obra publicada e aclamada em vários países. Infelizmente, porém, morreu apenas dois anos depois, em decorrência de câncer de mama, aos 66 anos. **HJ**

Principais obras

Romances

Some Tame Gazelle, 1950
Excellent Women, 1952
Jane and Prudence, 1953
Less than Angels, 1955
A Glass of Blessings, 1958
No Fond Return of Love, 1961
Quarteto no outono, 1977
Amor dividido, 1978
Umas poucas folhas verdes, 1980

ACIMA: Barbara Pym em 1979, um ano antes de sua morte.

ANGUS WILSON

Nascimento: 11 de agosto de 1913 (Bexhill, Inglaterra). Morte: 31 de maio de 1991 (Bury St. Edmunds, Inglaterra).

Estilo e gênero: Visão social mordaz e amor pelo macabro dão o tom de sua obra, além das claras referências à homossexualidade.

Angus Wilson foi um dos primeiros escritores ingleses assumidamente homossexuais. Mente brilhante, trabalhou com decifração de códigos na Segunda Guerra Mundial, mas sofreu um colapso que se supõe causado, mais do que pelo trabalho, por rumores sobre sua homossexualidade (ilegal na época). A conselho do psiquiatra, começou a escrever depois da guerra. Suas primeiras publicações foram duas coletâneas de contos, *The Wrong Set* e *Such Darling Dodos*. Logo veio o primeiro romance, *Hemlock and After*, a história de um romancista de meia-idade que tenta criar um centro de escritores numa casa de campo.

Nos anos 1950 e 1960 Wilson produziu uma série de romances que receberam considerável aclamação da crítica. Entre eles, *Anglo-Saxon Attitudes*, sobre um arqueólogo que descobre ter sido envolvido numa farsa, e *A revelação da Sra. Eliot*, sobre uma viúva em dificuldades financeiras. *Os velhos do jardim zoológico* explora o futuro próximo e *No Laughing Matter*, quem sabe seu romance mais ambicioso, é a saga de uma família abrangendo um período de 50 anos.

Wilson escreveu ensaios sobre Émile Zola, Charles Dickens e Rudyard Kipling. Em 1966 tornou-se professor-conferencista de literatura inglesa da Universidade de East Anglia. Em parceria com o romancista Malcolm Bradbury, fundou em 1970 o amplamente aclamado curso de escrita criativa da universidade. Alguns de seus alunos ilustres são os romancistas Angela Carter, Ian McEwan e Kazuo Ishiguro, além do premiado poeta britânico Andrew Motion. Em 1980 foi nomeado cavaleiro por serviços prestados à literatura. Morreu em 1991, depois de longa enfermidade. **HJ**

"Não me preocupo nem um pouco com o homem comum, a não ser por ele ser tão comum."

Principais obras

Contos

The Wrong Set, 1949

Such Darling Dodos, 1950

Romances

Hemlock and After, 1952

Anglo-Saxon Attitudes, 1956

A revelação da Sra. Eliot, 1958

Os velhos do jardim zoológico, 1961

Late Call, 1964

No Laughing Matter, 1967

As If by Magic, 1973

Setting the World on Fire, 1980

1900–19

ACIMA: Retrato de Angus Wilson tirado em 1981.

RALPH ELLISON

Nascimento: 1º de março de 1914 (Oklahoma City, EUA). Morte: 16 de abril de 1994 (Nova York, EUA).

Estilo e gênero: Ellison escreveu ficção naturalista temperada com especulação filosófica e ensaios focados na relação entre raça e estética.

Apesar de só ter publicado um romance em vida, *O homem invisível*, Ralph Ellison é considerado um dos mais importantes escritores americanos do século XX. Nascido em uma família pobre de Oklahoma, ganhou uma bolsa para estudar música no Instituto Tuskegee, escola do Alabama famosa por seu primeiro diretor, Booker T. Washington. Se a biblioteca da Tuskegee lhe deu acesso ao mundo inspirador da literatura modernista, sua temporada no Alabama o apresentou ao legado de escravidão e segregação racial que ainda projeta a sua sombra sobre os afro-americanos.

O protagonista de *O homem invisível* segue uma trajetória similar à de seu criador: deixa a família para estudar e vai para Nova York sem completar os estudos. Para ganhar uma bolsa ele tem de lutar boxe, de olhos vendados, com outros jovens negros, para diversão dos dignitários brancos locais. Mais tarde, no Harlem, o ativista de esquerda se depara com uma tempestade de violência racial. Retira-se, então, para um porão, decidido a viver como um homem invisível, até retornar para cobrar da sociedade branca a discriminação que o levou à clandestinidade. A maior parte do romance é escrita em estilo natural e direto, mas a todo momento o pesadelo surreal da vida dos negros americanos ameaça subjugar a narrativa.

Embora crítico do racismo na sociedade americana, Ellison evitou a atitude militante de Richard Wright e James Baldwin. Por meio de seus brilhantes ensaios – sua maneira de denunciar a segregação racial e cultural –, ele demonstrou que a identidade branca americana foi desde sempre construída em relação aos negros e celebrou o poder do jazz para unir as duas raças. **CT**

Principais obras

Romances

O homem invisível, 1952

Juneteenth, 1999 (inacabado)

Ensaios

Shadow and Act, 1964

Going to the Territory, 1986

Contos

Flying Home and Other Stories, 1996

1900–19

"Quem sabe se, na surdina, não sou eu que falo por você?"

– *O homem invisível*

ACIMA: O polêmico ensaísta Ralph Ellison fotografado em 1964.

ROBERTSON DAVIES

Nascimento: 28 de agosto de 1913 (Thamesville, Canadá). Morte: 2 de dezembro de 1995 (Orangeville, Canadá).

Estilo e gênero: A obra de Davies, um dos mais populares e influentes romancistas do Canadá, é impregnada de mitos, magia e sátira.

O primeiro amor de Robertson Davies foi o teatro. Sua primeira peça comercialmente bem-sucedida, *Fortune, My Foe*, foi produzida em 1948. Afeito à vida acadêmica, na década de 1960 Davies foi ensinar literatura no Trinity College, na Universidade de Toronto.

A obra-prima de Davies é a Trilogia Deptford – *O quinto personagem*, *The Manticore* e *World of Wonders*. As vidas de três personagens se entrelaçam a partir do simples gesto de atirar uma bola de neve. É um mundo de mito e magia cujos personagens incluem santos e demônios. Suas obras seguintes *Os anjos rebeldes*, *What's Bred in the Bone* e *The Lyre of Orpheus*, conhecidas como Trilogia Cornish, satirizam a vida acadêmica. Seu protagonista é Francis Cornish, um misterioso espião, colecionador de arte e falsificador. **HJ**

Principais obras

Romances

Trilogia Deptford
- *O quinto personagem*, 1970
- *The Manticore*, 1972
- *World of Wonders*, 1975

Trilogia Cornish
- *Os anjos rebeldes*, 1981
- *What's Bred in the Bone*, 1985
- *The Lyre of Orpheus*, 1988

Murder and Walking Spirits, 1991

The Cunning Man, 1994

CLAUDE SIMON

Nascimento: 10 de outubro de 1913 (Tananarive, Madagascar). Morte: 6 de julho de 2005 (Paris, França).

Estilo e gênero: Representante do *nouveau roman*, escreveu textos de frases longas e fluxos de consciência abordando a guerra e a experiência do tempo.

Claude Simon nasceu em Madagascar, mas, com a morte do pai na Primeira Guerra Mundial, foi criado por sua mãe e família em Perpignan, França, perto da fronteira espanhola. Teve uma vida movimentada: contrabandeou armas para os republicanos na Guerra Civil espanhola, foi capturado pelos alemães, fugiu quando era transferido para um campo de prisioneiros na França e juntou-se ao movimento de resistência. Depois da guerra, viveu da produção de vinhos e das vendas de seus livros. Seus primeiros quatro romances seguem formas tradicionais, mas *Le Vent*, de 1957, foi internacionalmente aclamado pelo estilo inovador, um *nouveau roman* em que a trama é um mero componente da obra. Simon ganhou o Prêmio Nobel de Literatura em 1985. **REM**

Principais obras

Romances

Le Tricheur, 1945

La corde raide, 1947

Gulliver, 1952

Le Sacre du printemps, 1954

Le Vent. Tentative de restitution d'un retable baroque, 1957

A estrada de Flandres, 1960

Le Palace, 1962

Histoire, 1967

Le Corps conducteurs, 1971

As geórgicas, 1981

L'invitation, 1987

L'acacia, 1989

Le Jardin des plantes, 1997

DYLAN THOMAS

Nascimento: Dylan Marlais Thomas, 27 de outubro de 1914 (Swansea, País de Gales). Morte: 9 de novembro de 1953 (Nova York, EUA).

Estilo e gênero: Poeta e dramaturgo galês cujos textos se distinguem por sua musicalidade e seu lirismo, Dylan Thomas é famoso pela peça *Under Milk Wood.*

Dylan Thomas foi um dos poetas líricos mais influentes do século XX. Apesar de nascido e criado em Swansea, País de Gales, seu pai não aceitava que se falasse galês dentro de casa. Thomas cresceu lendo Shakespeare, folclore local e a Bíblia, que se acredita terem inspirado as intensas imagens e vívidas metáforas que marcam seus textos.

Thomas mudou-se para Londres em 1934, ano de publicação de sua primeira coletânea, *Eighteen Poems*. Ainda que para muitos fossem difíceis de entender, suas imagens surreais lhe renderam elogios de gente como a poetisa Edith Sitwell. *Twenty-five Poems*, publicado dois anos mais tarde, consolidou sua reputação. Os temas mórbidos são recorrentes em sua obra. Uma de suas últimas e mais importantes criações, "Do not go gentle into that good night", que registra seus sentimentos junto ao leito de morte do pai, contém o famoso verso: "Raiva, raiva da morte da luz". Ainda que sua poesia retórica tivesse o aspecto de um fluxo de consciência praticamente livre, suas notas deixam claro que o estilo visionário foi construído com uma quantidade quase obsessiva de trabalho.

Principais obras

Poesia

Eighteen Poems, 1934

Twenty-Five Poems, 1935

The Map of Love, 1939

The World I Breathe, 1939

New Poems, 1943

Deaths and Entrances, 1946

Selected Writings, 1946

Twenty-Six Poems, 1950

Poemas reunidos, 1952

In Country Sleep, 1952

Contos

Retrato do artista quando jovem cão, 1940

Adventures in the Skin Trade, 1955

A Child's Christmas in Wales, 1955

Peça

Sob o bosque de leite, 1954

Roteiro

O médico e os monstros, 1953

Cartas

Letters to Vernon Watkins, 1957

ACIMA: Dylan Thomas fotografado para a *Picture Post* em 10 de agosto de 1946.

À DIREITA: Thomas trabalhando em sua casa em South Leigh, Oxfordshire, em 1º de janeiro de 1948.

ACIMA: Foto não datada do poeta galês e sua esposa Caitlin num pub.

Em 1937 Thomas casou-se com Caitlin Macnamara e morou por algum tempo em Laugharne, Gales Ocidental, dizendo que só em Gales poderia escrever. Em 1954 concluiu sua obra mais famosa, a peça *Sob o bosque de leite*. Era ambientada na cidade litorânea fictícia de Llareggub (Bugger all [ferrar tudo] de trás para a frente), mas tinha um "jogo de vozes" lírico, terno e cômico. Escreveu também contos notáveis, mais tarde reunidos em *Retrato do artista quando jovem cão* e *Adventures in the Skin Trade*.

Além de consumado poeta e dramaturgo, Thomas foi um divertido locutor de rádio da BBC entre 1937 e 1953. Seus programas e suas turnês poéticas pelos Estados Unidos e pela Grã-Bretanha – além de sua vida desregrada de bebedor inveterado – lhe renderam uma curiosa mescla de fama e notoriedade. **JM**

"Cerveja gelada é Deus engarrafado"

Nenhuma descrição de Dylan Thomas estaria completa sem a menção ao álcool. Em Londres e nos Estados Unidos, Thomas tinha má fama como bêbado contumaz, ainda que muitas vezes divertido. Infelizmente, os anos de bebida foram buscá-lo no Hotel Chelsea, em Nova York, em sua quarta turnê pelos Estados Unidos, aos 39 anos. Sofrendo de envenenamento alcoólico, foi então que ele pronunciou as palavras tidas por muitos como suas últimas: "Tomei 18 doses de uísque puro. Acho que é um recorde." Não obstante, só morreu alguns dias depois.

JULIO CORTÁZAR

Nascimento: 26 de agosto de 1914 (Bruxelas, Bélgica). Morte: 12 de fevereiro de 1984 (Paris, França).

Estilo e gênero. Fabulista argentino, autor de contos lúdicos e fantásticos e obras mais longas não lineares, de gênero indefinido, que fundem Poe, Borges, surrealismo e jazz.

Principais obras

Poesia

Presencia, 1938

Os reis, 1949

Contos

Final do jogo, 1956

As armas secretas, 1959

A volta ao dia em 80 mundos, 1967

Todos os fogos o fogo, 1973

Fora de hora, 1994

Romances

O jogo da amarelinha, 1963

O exame final, 1969

O livro de Manuel, 1973

Filho de diplomata com talento para idiomas, Cortázar foi professor primário por mais de 15 anos antes de se mudar para Paris, em 1951. Muitos de seus contos retratam um mundo secreto, fantástico e assustador, que funde sonhos e despertares. Seu romance seminal *O jogo da amarelinha*, de 1963, começa com a proposição de que pode ser lido do início ao "fim" (são 155 capítulos) ou de maneira aleatória, começando pelo capítulo 73 e seguindo indicações de rodapé para formar uma sequência aparentemente aleatória. A jornada caleidoscópica resultante – tocante, irreverente e profunda – captou a energia anárquica dos anos 1960 e assegurou o lugar de Cortázar como um dos pais do realismo mágico. **CH**

MARGUERITE DURAS

Nascimento: Marguerite Donnadieu, 4 de abril de 1914 (Gia Dinh, Indochina – atual Vietnã). Morte: 3 de março de 1996 (Paris, França).

Estilo e gênero: Representante do *nouveau roman* que, como memorialista poética da Indochina francesa, examinou com argúcia a consciência feminina, a loucura e o cinema.

Principais obras

Romances

Les Impudents, 1942

Barragem contra o Pacífico, 1942

Le Square, 1955

O deslumbramento, 1964

India Song, 1973

O amante, 1984

La Vie materielle, 1987

Roteiro

Hiroshima Mon Amour, 1959

Marguerite Duras nasceu na Indochina sob domínio francês. Sua vida e obra se entrelaçam com os dramáticos acontecimentos da Europa do século XX – a dissolução do colonialismo, o genocídio nazista, a revolução sexual e a predominância do cinema. Seus romances e roteiros destacam a incapacidade da linguagem de testemunhar os acontecimentos culturais. A falibilidade das histórias políticas e pessoais, informadas e deformadas pelo desejo, está no cerne de suas obras mais conhecidas: o roteiro poético de *Hiroshima Mon Amour*, a peça *India Song* e o romance quase autobiográfico *O amante*. Tendo tomado a si própria como tema, seus textos foram se tornando cada vez mais abstratos e influenciados pelo seu alcoolismo. **SM**

WILLIAM BURROUGHS

Nascimento: William Seward Burroughs II, 5 de fevereiro de 1914 (St. Louis, EUA). Morte: 2 de agosto de 1997 (Lawrence, EUA).

Estilo e gênero: Importante figura literária da geração beat, conhecido por seu estilo narrativo fragmentado e não linear, por suas performances orais e sua arte.

Considerado um dos mais importantes escritores do século XX, William Burroughs influenciou vários campos da arte e moldou toda uma geração de jovens talentos criativos. Também foi uma figura literária controvertida, cuja obra despertou ardente admiração e ferozes reações. Sua dependência das drogas, sua homossexualidade e seus repetidos choques com a lei basearam boa parte de uma obra profundamente influenciada pelo uso do ópio.

Em *Almoço nu*, seu livro mais famoso, Burroughs usou um novo estilo literário baseado na técnica comumente chamada de "cut up", uma espécie de colagem literária de passagens e personagens fragmentários e aparentemente aleatórios. Foi influenciado nesse aspecto por seu amigo, o artista e escritor Brion Gysin, que empregava a mesma técnica em seus trabalhos. *Almoço nu* foi publicado em 1959 e imediatamente rotulado de obsceno. Sua fama se espalhou pela Europa e pelos Estados Unidos, fazendo de Burroughs um ícone da geração beat. Na época, Burroughs já morava no "Beat Hotel", um albergue dilapidado de Paris onde também viviam o fotógrafo Harold Chapman e os poetas Peter Orlovsky, Allen Ginsberg e Gregory Corso.

Burroughs escreveu a vida inteira e ensinou durante algum tempo no City College de Nova York. Passou seus últimos anos em Lawrence, Kansas, onde fazia apresentações orais. Paralelamente, desenvolveu uma técnica de pintura chamada "arte de ação". Morreu de ataque cardíaco aos 84 anos e permanece uma figura influente cuja obra é reiteradamente citada na literatura, na TV e no cinema contemporâneos. **TamP**

"Todo homem tem dentro de si um ser parasita que age contra os seus interesses."

Principais obras

Romances

Junky, drogado, 1953
Queer, 1951-1953 (publicado em 1985)
Almoço nu, 1959
The Soft Machine, 1961
Dead Fingers Talk, 1963
Cidades da noite escarlate, 1981
The Place of Dead Roads, 1983
The Western Lands, 1987

Não ficção

The Job: Interviews with William S. Burroughs, 1969
Jack Kerouac, 1970 (com Claude Pelieu)
Letters to Allen Ginsberg, 1953-1957

ACIMA: Burroughs fotografado por William Coupon na década de 1990.

BOHUMIL HRABAL

Nascimento: 28 de março de 1914 (Brno, Tchecoslováquia). Morte: 3 de fevereiro de 1997 (Praga, República Tcheca).

Estilo e gênero: A obra de Hrabal é marcada por influências surrealistas. Sua prosa lírica e exuberante contém toques de ironia, simbolismo, humor e realismo mágico.

Bohumil Hrabal pertence à corrente de experimentalistas tchecos do século XX. Sua prosa em fluxo de consciência é rica em pausas cômicas, folclore tcheco e sutilezas vernáculas. Percebe-se em sua obra uma grande compaixão pelas pessoas comuns, cuja ingenuidade lírica e excentricidades as envolvem em acontecimentos muito maiores do que elas mesmas, mas que, na ânsia de dar significado às suas existências, se dão conta de que o heroísmo está nas pausas cômicas criadas pelos acontecimentos de todo dia.

Um dos mais aclamados romances de Hrabal é *Comboios rigorosamente vigiados*, um retrato lírico do aprendiz ferroviário Milo Hrma, que sobrevive a uma tentativa de suicídio e acaba tendo uma morte heroica, embora acidental, ao explodir um trem alemão carregado de munições. Dittie, o garçom protagonista de *Eu servi o rei da Inglaterra*, como tantos personagens de Hrabal, é misteriosamente movido por suas ambições cômicas para situações fora de seu controle. De humilde serviçal do imperador da Etiópia, pai de um rebento mentalmente doente da nova raça germânica, a milionário que sabota a própria fortuna chamando a atenção das autoridades comunistas, Dittie esbanja o propósito de sua vida em nome de uma honestidade digna do Bravo Soldado Schweik. Um dos mais bem-sucedidos romances de Hrabal é *Too Loud a Solitude*, uma sátira política sobre a censura e o "expurgo cultural" comunista em que o protagonista tenta evitar a destruição de livros repudiados pelo regime. Depois da queda do comunismo, Hrabal foi não menos crítico da nascente democracia tcheca, que abordou com uma contagiante mescla de paródia e ceticismo. **PR**

"Se eu soubesse como fazê-lo, escreveria um livro sobre as maiores alegrias e tristezas do homem."

Principais obras

Romances

Dancing Lessons for the Advanced Age, 1964
Comboios rigorosamente vigiados, 1965
Eu servi o rei da Inglaterra, 1971
Cutting It Short, 1974
Lovely Wistfulness, 1977
Too Loud a Solitude, 1977
The Little Town where Time Stood Still, 1978
Vacant Lots, 1986
In-House Weddings, 1986

Contos

Bambino di Praga, 1990
Total Fears: Letters to Dubenka, 1990
Sunny Days, 1998

ACIMA: Bohumil Hrabal em visita a Paris, em 1955.

ADOLFO BIOY CASARES

Nascimento: 15 de setembro de 1914 (Buenos Aires, Argentina). Morte: 8 de março de 1999 (Buenos Aires, Argentina).

Estilo e gênero: O romancista sul-americano Bioy Casares criou obras clássicas do realismo mágico e colaborou com Jorge Luis Borges.

Bioy Casares, ou Bioy, como era carinhosamente chamado, escreveu seu primeiro livro de ficção aos 11 anos. Era grande amigo de Jorge Luis Borges, com quem colaborou na criação de romances policiais e outras obras sob os pseudônimos de H. Bustos Domecq e B. Suárez Lynch. Embora pareça ter estado sempre à sombra de Borges, este reconheceu que Casares o ajudou a deixar a prosa barroca e detalhista em favor de um estilo mais clássico e fluente. Borges, por sua vez, incentivou Casares a se afastar do surrealismo e do fluxo de consciência. Bioy e Borges foram apresentados em 1932 por Victoria Ocampo, escritora e intelectual muito apreciada em seu país, descrita por Borges como *la mujer más argentina*.

Em 1940 Casares casou-se com a irmã mais nova de Victoria, Silvina. Nesse mesmo ano publicou a sua obra talvez mais importante e famosa, *A invenção de Morel*, clássico da literatura latino-americana que mescla realismo mágico, ficção científica, fantasia e terror. Borges e Octavio Paz o definiram como um romance "perfeito", sem absolutamente nada de supérfluo na linguagem e na trama. Em 1954 Casares e sua esposa Silvina assumiram a filha do romancista com outra mulher. Depois da morte de Casares, seu espólio foi repartido com outro filho ilegítimo, Fabián Bioy.

Bioy Casares participou ativamente da vida cultural argentina, produzindo muitos romances e obras curtas de ficção, além de colaborações com Borges e um romance de detetive em parceria com Silvina. Em 1990 ganhou o Prêmio Cervantes, o mais importante da língua hispânica. **REM**

"Não há aqui nenhuma alucinação: eu sei que essas pessoas são reais..." — *A invenção de Morel*

Principais obras

Romances

A invenção de Morel, 1940
Plan de evasión, 1945
O sonho dos heróis, 1954
Diário da guerra do porco, 1969
Dormir al sol, 1973
La aventura de un fotógrafo en La Plata, 1985
Un campeón desparejo, 1993

1900-19

ACIMA: Bioy Casares fotografado em 1994.

OCTAVIO PAZ

Nascimento: Octavio Paz Lozano, 31 de março de 1914 (Cidade do México, México). Morte: 19 de abril de 1998 (Cidade do México, México).

Estilo e gênero: Poeta e ensaísta. Seus poemas abordam o amor, o erotismo e a natureza do tempo, e seus ensaios, a política, a história e a economia.

A poesia de Octavio Paz é lírica e política, erótica e existencial; e, acima de tudo, bela e profunda. Desde cedo quis ser poeta. Começou a escrever incentivado por Pablo Neruda e publicou seus primeiros poemas em 1931. O avô de Paz – romancista, editor, intelectual liberal e ex-soldado do presidente Porfirio Díaz – apresentou o jovem Octavio a autores como Juan Ramón Jiménez, Gerardo Diego e Antonio Machado. O pai de Paz era secretário de Emiliano Zapata e estava sempre longe de casa. O assassinato de Zapata em 1919 levou a família a exilar-se nos Estados Unidos.

Paz esteve na Espanha durante a Guerra Civil, lutando pela República. Os anos passados nos Estados Unidos e na Europa influenciaram sua escrita nos aspectos formal e político. Fez experimentos poéticos surrealistas e modernistas e flertou com a ideologia comunista. O assassinato de um amigo pelos republicanos espanhóis causou-lhe profunda decepção, mas jamais abandonou a defesa da liberdade de expressão.

Principais obras

Peça

La hija de Rappaccini, 1956

Poesia

Luna silvestre, 1933

Entre la piedra y la flor, 1941

Libertad bajo palabra, 1949

Águila o sol?, 1951

Piedra del sol, 1957

Ladera este, 1969

Poemas (1935-1975), 1979

Ensaios

O labirinto da solidão, 1950

O arco e a lira, 1956

Corriente alterna, 1967

Los hijos del limo, 1974

ACIMA: Octavio Paz fotografado em uma livraria, 1982.

À DIREITA: O diploma de Octavio Paz pelo Prêmio Nobel de Literatura de 1990.

ACIMA: Paz dialoga com estudantes da Universidade Cornell, Nova York, 1966.

Paz viajou o mundo inteiro como jornalista e fundou vários jornais e revistas literárias. Em 1945 assumiu um posto no serviço diplomático mexicano que o levou a Nova York, Paris, Índia, Japão e Genebra. Foi nesse período que escreveu seu brilhante estudo sobre a vida, a identidade e o pensamento mexicanos *O labirinto da solidão*, e também seu famoso poema "Piedra del sol". Em 1962 foi nomeado embaixador na Índia, posto a que renunciou em 1968 em protesto pelo massacre de estudantes na Praça Tlatelolco, pouco antes dos Jogos Olímpicos da Cidade do México. Ganhou os prêmios Cervantes em 1981, Neustadt em 1982 e Nobel de Literatura em 1990. Morreu de câncer na Cidade do México, aos 84 anos. **REM**

Pedra do sol

"Piedra del Sol", escrito em 1957, talvez o maior e mais famoso poema de Octavio Paz, tirou seu nome do planeta Vênus, deusa do amor na mitologia romana e símbolo do sol e da água na mitologia asteca. É um poema circular como a Pedra do Calendário asteca – começa onde termina:

"Um salgueiro de cristal, um choupo de água, uma alta fonte que o vento arqueia, uma árvore firme, mas dançante, o caminhar de um rio que se curva, avança, retrocede, faz uma volta e chega sempre."

ROLAND BARTHES

Nascimento: Roland Gérard Barthes, 12 de novembro de 1915 (Cherbourg, França). Morte: 25 de março de 1980 (Paris, França).

Estilo e gênero: Ensaísta e crítico literário francês cujos escritos sobre semiótica foram de grande valia para movimentos como o estruturalismo e a Nova Crítica.

Antes de escrever manifestos literários como *O grau zero da escrita* e *Mitologias*, Roland Barthes diplomou-se em literatura clássica, gramática e filologia pela Universidade de Paris. Depois de vários anos ensinando no Centro Nacional de Pesquisa Científica, foi nomeado em 1976 para a cadeira de semiologia literária do Collège de France. Essa indicação refletiu tanto o seu reconhecimento como teórico da literatura como a importância intelectual da semiótica, o estudo dos signos e símbolos como comportamento comunicativo.

Barthes teve um papel decisivo no desenvolvimento do estruturalismo – aplicação dos conceitos de linguística estrutural aos fenômenos culturais e sociais – nos âmbitos cultural e literário. Com seu estilo alegre, sensual e francamente pessoal, revelou as convenções e funções sociais que existem na propaganda, moda, fotografia e literatura. Seu trabalho mais conhecido, o ensaio "A morte do autor", contesta o uso do contexto biográfico de um autor para entender o significado de seu texto. Embora calorosamente recebidos na década de 1970 pelo psicanalista Jacques Lacan e pelos filósofos Michel Foucault e Jacques Derrida, seus primeiros trabalhos, em especial *Racine*, despertaram acirrados debates entre os críticos franceses mais tradicionais. Alguns acadêmicos acusaram Barthes de aviltar a literatura clássica ao classificá-la como um "sistema" de signos, mais do que como acervo artístico com raízes culturais. Suas obras maduras, particularmente *A câmara clara*, que escreveu depois da morte da mãe, examinam a teoria da comunicação em textos mais pessoais e biográficos. Em 1975 Barthes voltou seu aparato crítico sobre si mesmo, produzindo uma autobiografia que reescreve radicalmente as convenções do gênero. **SD**

> "O que o público quer é a imagem da paixão, não a paixão em si."

Principais obras

Ensaios

O grau zero da escrita, 1953
Racine, 1963
Sistema da moda, 1967
Elementos de semiologia, 1968
Mitologias, 1957
O prazer do texto, 1973
Fragmentos de um discurso amoroso, 1977
A câmara clara – Nota sobre a fotografia, 1980

Autobiografia

Roland Barthes, 1975

ACIMA: Roland Barthes fotografado em 1975.

1900–19

SAUL BELLOW

Nascimento: Solomon Bellows, 10 de junho de 1915 (Lachine, Quebec, Canadá). Morte: 5 de abril de 2005 (Brookline, EUA).

Estilo e gênero: Romancista judeu americano que explorou intensamente a identidade e espiritualidade masculinas em meio à alienação do pós-guerra.

Embora nascido no Canadá de pais judeus russos, Bellow cresceu e viveu em Chicago. Sua fama se fez com a sua descrição da vida urbana dessa cidade. Seu romance de estreia, *The adventures of Augie March*, inaugurou uma nova era de confiança e exuberância na ficção americana do pós-guerra. Nele, Bellow revela uma narrativa ampla e fluente o bastante para captar a expansão obsessiva e a diversidade dos Estados Unidos da década de 1950, usando uma mescla de pilhéria, palavreado malandro, gíria ídiche e precisão poética.

Martin Amis, entre outros, descreveu *Augie March* como o fim da busca pelo grande romance americano. Mas Bellow seguiu criando obras de igual ambição, da picardia exuberante de *Henderson, o rei da chuva* ao intelectualismo desesperado e hilariante de *Herzog*, história de um "cômico sofredor" que escreve cartas nunca enviadas a amores passados, filósofos mortos e o presidente dos Estados Unidos. O livro começa dizendo: "'Se estou fora de mim, está tudo bem comigo', pensou Moses Herzog", e mostra o protagonista se havendo com os destroços de sua vida pessoal (sua esposa o havia trocado pelo melhor amigo) e com a inutilidade de seu fluxo verbal ininterrupto. Problemas com mulheres são um tema recorrente em Bellow, que descreveu a si próprio como um "marido serial": a última de suas cinco esposas tinha a metade de sua idade e ele teve um filho em 1999, aos 84 anos, um antes de publicar seu último romance.

Ao agraciá-lo com o Prêmio Nobel de Literatura de 1976, o comitê elogiou "sua compreensão humana e sua análise sutil da cultura contemporânea". Mas o que faz de Bellow um grande escritor é a transmissão dessas qualidades por meio de uma prosa irresistivelmente memorável e digna de nota, ao mesmo tempo oportuna e divertida, exata e expansiva. **MS**

> "Um idiota pode jogar uma pedra num lago de onde 100 sábios não a conseguirão tirar."

Principais obras

Romances

Por um fio, 1944
A vítima, 1947
The Adventures of Augie March, 1953
Agarre a vida, 1956
Henderson, o rei da chuva, 1959
Herzog, 1964
O planeta do Sr. Sammler, 1970
O legado de Humboldt, 1975
A mágoa mata mais, 1987
Ravelstein, 2000

Ensaios

Jerusalém ida e volta, 1976
Tudo faz sentido, 1994
Graven Images, 1997

ACIMA: Saul Bellow fotografado em 1982.

ARTHUR MILLER

Nascimento: 17 de outubro de 1915 (Nova York, EUA). Morte: 10 de fevereiro de 2005 (Roxbury, EUA).

Estilo e gênero: Dramaturgo e escritor em cuja obra se destacam a crítica social, a identidade judaica, a obsessão com o tempo e a história e o realismo psicológico.

Assim como Tennessee Williams, com quem costuma ser comparado, Arthur Miller chegou cedo ao estrelato. Suas maiores realizações artísticas e comerciais – *Todos eram meus filhos, A morte do caixeiro-viajante* e *As bruxas de Salém* – saíram de um surto produtivo de seis anos (1947-1953) que também gerou *Focus*, romance sobre o antissemitismo, e *An Enemy of the People*, uma adaptação de Ibsen. Miller continuou a escrever por mais 50 anos sem, no entanto, repetir o sucesso da sua juventude.

As mais duradouras obras de Miller tratam dos prementes problemas sociais do pós-guerra americano. Ele acreditava que o drama tem uma função social e via o teatro como uma arena onde confrontar os mitos nacionais coercitivos. Sua obra-prima *A morte do caixeiro-viajante* retrata os efeitos desumanizadores da cultura do consumo por meio da imolação do vendedor Willy Loman. *As bruxas de Salém*, que trata da caça às bruxas na Salém do século XVII, é uma analogia da perseguição macartista da década de 1950.

Em 1956 Arthur Miller foi convocado ao Comitê de Atividades Antiamericanas do Congresso, onde foi acusado de desacato por recusar-se a dar nomes. Sua bravura ante o comitê deu-lhe um capital moral que usaria pelo resto da vida. Naquele mesmo ano Miller deixaria a esposa e os filhos por Marilyn Monroe. Suas peças são assombradas por acontecimentos históricos como a Depressão e o Holocausto. Por outro lado, apesar de ter dedicado boa parte de sua obra teatral ao tema da relação entre pais e filhos, ele nunca reconheceu publicamente a existência de seu filho Daniel, que nasceu com síndrome de Down. Parece que até na morte Arthur Miller foi assombrado pelo passado. **IW**

"O teatro é fascinante por ser essencialmente acidental. Parece muito com a vida."

Principais obras

Romance

Focus, 1945

Peças

The Man Who Had All the Luck, 1944

Todos eram meus filhos, 1947

A morte do caixeiro-viajante, 1949

An Enemy of the People, 1950

As bruxas de Salém, 1953

A View from the Bridge, 1955

Depois da queda, 1964

The Price, 1968

The American Clock, 1980

Broken Glass, 1994

Autobiografia

Arthur Miller – Uma vida, 1987

ACIMA: Arthur Miller fotografado c.1960.

GIORGIO BASSANI

Nascimento: 4 de março de 1916 (Bolonha, Itália). Morte: 13 de abril de 2000 (Roma, Itália).

Estilo e gênero: Poeta e escritor, um dos maiores representantes da literatura italiana das décadas de 1950 e 1960, Bassani é conhecido como "escritor de memórias".

Ferrara, a esplêndida cidade da Emília Romana, foi um dos centros do movimento renascentista nos séculos XV e XVI. No século XX, teve outros filhos ilustres: o pintor Giorgio De Chirico, pai da arte metafísica, e o poeta e escritor Giorgio Bassani, que lhe dedicou uma série chamada *Romanzo di Ferrara* (Romance de Ferrara).

Bassani foi sempre conhecido como "escritor de memórias", aquele que evoca o passado para torná-lo imortal. Sua visão se aproxima mais da arte do que da narrativa tradicional, algo como o equivalente literário de De Chirico. Talvez por essa razão Bassani dedicou o começo de sua carreira quase que exclusivamente à poesia, descrevendo uma realidade estilizada e árida, asfixiada por palavras secas porém fundamentais.

Como a poesia não era o melhor veículo para as descrições históricas que queria transmitir, Bassani decidiu incorporar o cenário de Ferrara no gênero mais sólido da narrativa. O romance *O jardim dos Finzi-Contini*, tido como a sua obra-prima, relata os incidentes ocorridos com a burguesia provincial durante o regime fascista, do qual o autor (de ascendência judia) foi vítima depois da introdução das Leis Raciais de 1938. O livro é um mergulho profundo nesses acontecimentos. Pela voz de um jovem narrador anônimo, ele relata a inadequação de uma adolescência cheia de tormentos e de um puro e simples desejo de viver. Não por coincidência, Vittorio de Sica adaptou o livro para o cinema, conquistando um Oscar em 1972. **FF**

"Este era o nosso defeito: seguir em frente com a cabeça eternamente virada para trás."

Principais obras

Romances

Una città di pianura, 1940
Gli ultimi anni di Clelia Trotti, 1955
Una notte del '43, 1955
Cinque storie Ferraresi, 1956
Óculos de ouro, 1958
O jardim dos Finzi-Contini, 1962
Dietro la porta, 1964
L'airone, 1968
L'odore del fieno, 1972

ACIMA: Bassani por ocasião da publicação de *Dietro la porta*, 1964.

ROALD DAHL

Nascimento: 13 de setembro de 1916 (Llandaff, Cardiff, País de Gales). Morte: 23 de novembro de 1990 (Great Missenden, Buckinghamshire, Inglaterra).

Estilo e gênero: A imaginação fértil e por vezes apavorante de Dahl se expressava em palavras inventadas, tramas fantásticas e personagens hiperbólicos.

Principais obras

Ficção infantil

James e o pêssego gigante, 1961

A fantástica fábrica de chocolate, 1964

O BGA – O bom gigante amigo, 1982

Poesia infantil

Revolting Rhymes, 1982

Dirty Beasts, 1983

Romance

My Uncle Oswald, 1979

Contos

Beijo, 1959

Tales of the Unexpected, 1979

Autobiografias

Boy: Tales of Childhood, 1984

Going Solo, 1986

Dotado de incrível imaginação, Roald Dahl escreveu para adultos e crianças inspirado por sua própria vida – pessoas que conheceu e acontecimentos que viveu – e pelas histórias que lhe foram contadas por sua mãe. O quarto de seis filhos de um casal de noruegueses, seu nome homenageia o explorador Roald Amundsen. Sua irmã Astrid morreu de apendicite quando ele tinha 3 anos e seu pai, de pneumonia poucos meses depois.

As obras de Dahl sublinham a sua natureza bipartida – parte norueguês, parte britânico e nem uma coisa nem outra. Quando criança, sentia-se triste na escola – segundo sua autobiografia, *Boy*, muitos personagens de suas histórias foram inspirados por garotos valentões. A ideia de *A fantástica fábrica de chocolate* surgiu da escolha de sua escola para provar os chocolates da Cadbury. Sua segunda autobiografia, *Going Solo*, fala de suas aventuras como piloto da Shell Oil Company na atual Tanzânia. Piloto da Royal Air Force (RAF) na Segunda Guerra Mundial, em 1940 Dahl sobreviveu à queda e ao incêndio de seu avião no deserto da Líbia.

Egresso da RAF, Dahl foi trabalhar para o esforço de guerra do governo britânico nos Estados Unidos, onde publicou vários artigos. Em 1952 casou-se com a atriz Patricia Neal, com quem teve cinco filhos. Um trágico acidente matou sua filha mais velha aos 7 anos e deixou um filho paralítico. O casal se divorciou em 1983, depois que Dahl começou um caso com Felicity Crossland, que veio a ser a sua segunda esposa. Dahl foi um ativo defensor da beneficência infantil, no Reino Unido e em outros países. Em Buckinghamshire, onde morreu, há dois museus dedicados à sua obra. **LH**

> "Um pouco de absurdo de vez em quando é um prazer para o sábio mais venerado."

ACIMA: Roald Dahl fotografado na década de 1970.

À DIREITA: Capa da 1ª edição americana da coletânea de contos *Beijo* (1960).

OALD
DAHL

Kiss
Kiss

ichael
oseph

ROALD DAHL

Kiss Kiss

Eleven fine new stories by the author of SOMEONE LIKE YOU

CAMILO JOSÉ CELA

Nascimento: 11 de maio de 1916 (Iria Flavia, Espanha). Morte: 17 de janeiro de 2002 (Madri, Espanha).

Estilo e gênero: Escritor iconoclasta espanhol adepto do grotesco e do humor negro. Seus romances transpiram realismo social e experimentação formal.

Principais obras

Romances

A família de Pascual Duarte, 1942

Pabellón de Reposo, 1944

A colmeia, 1951

Mrs. Caldwell habla con su hijo, 1953

San Camilo, 1969

Mazurca para dois mortos, 1983

Christo versus Arizona, 1988

Livro de viagem

Viaje a la Alcarria, 1948

1900–19

A juventude de Cela não teve nada de especial, salvo um e outro surto de tuberculose. Em 1934 foi para a universidade estudar medicina e Direito, que abandonou depois de uma palestra do poeta Pedro Salinas sobre literatura. Escreveu seu primeiro livro de poesia durante o bombardeio de Madri, em 1936, e lutou ao lado de Franco até ficar incapacitado em consequência dos ferimentos causados por uma bomba.

O primeiro romance, *A família de Pascual Duarte*, foi um sucesso de crítica e de público. Sua onda de choque reverberou na sociedade exausta e empobrecida pela Guerra Civil, que deixara mais de 500 mil mortos e outros tantos exilados. Escrito na primeira pessoa, o romance é a confissão de matricídio de Pascual, no corredor da morte, depois de uma vida de ódio, degradação e violência. Com um estilo mais formal, *Pabellón de Reposo* deu continuidade a suas explorações necrológicas narrando os últimos meses de vida de sete tuberculosos terminais. Sempre insatisfeito, Cela seguiu experimentando até concluir sua obra-prima, *A colmeia*, em 1946. Censurado, o romance só

ACIMA: Cela fotografado em 2001, um ano antes de sua morte.

À DIREITA: Em 1956, com Ernest Hemingway (esquerda), uma de suas grandes influências.

foi publicado em 1951, na Argentina, com cortes. Com mais de 300 personagens, ele narra três dias na vida de uma Madri paralisada pelo desespero, pobreza, tédio e medo. Em 1953 veio *Mrs. Caldwell habla con su hijo*, uma narrativa poética das reminiscências lúcidas, porém surreais, de uma inglesa cujo único filho morrera afogado muitos anos antes.

Já com pleno domínio do romance, Cela se aventurou por outros gêneros: oito livros de viagem, notadamente *Viaje a la Alcarria*; pesquisas lexicográficas (*Dicionário secreto*, um tesouro de palavras e expressões proibidas); várias coletâneas de contos; e uma série de antirromances de grande complexidade, sempre se mantendo fiel à sua proposta de desencavar os impulsos instintivos de sua amada Espanha, terríveis, mas humanos. Em 1989, o Prêmio Nobel de Literatura reconheceu o papel de destaque de Cela na ficção espanhola do pós-guerra. **CH**

ACIMA: Cela posa para a foto com um charuto, em 1972.

Ovelha sacrificial

A confissão do Pascual Duarte de Camilo Cela é um espelho sombrio da Espanha de Franco. Os maus-tratos dos pais; a morte do irmão num tonel de petróleo; a filha prostituída; a violação da esposa; o assassinato da irmã e dos amantes da esposa; o matricídio – esse relato direto, mas repugnante, da realidade torna-se ambíguo com as referências de Pascual ao determinismo. O júri ainda não se pronunciou se Pascual Duarte é a ovelha sacrificial sugerida em seu nome ou um sociopata impenitente – e o que esses julgamentos podem significar para os sobreviventes do franquismo.

CARSON McCULLERS

Nascimento: Lula Carson Smith, 19 de fevereiro de 1917 (Columbus, EUA). Morte: 29 de setembro de 1967 (Nyack, EUA).

Estilo e gênero: Na vida como na arte, McCullers foi uma sulista gótica. A solidão ocupa o lugar central de sua obra pungente.

Reconhecida como Mulher Realizadora pelo estado da Geórgia, Lula Carson Smith deixou sua terra aos 17 anos e foi para Nova York estudar piano na Julliard School. Mas sua obra é a prova do adágio "Pode-se tirar a garota do Sul, mas não se pode tirar o Sul da garota". Há quem interprete o obsessivo foco da ficção de McCullers no fracasso, na perda e na rejeição como reflexo da relação do Sul (pobre) com o Norte dos Estados Unidos.

Tanto quanto a história dos Estados Unidos, a biografia de McCullers reflete essa obsessão. Seu primeiro conto, "Wunderkind", produto de um curso de escrita criativa em Columbia (consta que ela perdeu o dinheiro da matrícula na Julliard), narra o sentimento de fracasso de um pianista prodígio. *O coração é um caçador solitário* foi seu primeiro romance publicado, três anos depois de seu casamento com o escritor fracassado Reeves McCullers, de quem se divorciou nesse mesmo ano de 1940 para casar-se com ele outra vez em 1945.

McCullers passou a Segunda Guerra Mundial em Paris, ligada a escritores modernistas como W. H. Auden. Mas foi só depois de retornar com Reeves que produziu a sua melhor ficção, como *A convidada do casamento*, que ela mesma adaptou com sucesso para o teatro, e a apaixonada história de amor *A balada do café triste*. O suicídio de Reeves em 1953 e uma série de ataques só lhe permitiram concluir um romance mais, *Clock Without Hands*, antes de sua morte em 1967. Sua fama, no entanto, recebeu um brilho póstumo nas adaptações para o cinema de John Houston (*O pecado de todos nós*, 1967) e Robert Ellis Miller (*Por que tem de ser assim?*, 1968), ambas aclamadas pela crítica. **SM**

"Eu vivo com as pessoas que criei, e isso sempre fez menos aguda a minha solidão essencial."

Principais obras

Romances

O coração é um caçador solitário, 1940

Reflections in a Golden Eye, 1941

A convidada do casamento, 1946

Clock Without Hands, 1961

Contos

The Jockey, 1941

A balada do café triste, 1951

The Mortgaged Heart, 1971

Peça

The Square Root of Wonderful, 1958

Poesia

Sweet as a Pickle and Clean as a Pig, 1964

Autobiografia

Illumination and Night Glare, 1999 (publicação póstuma)

ACIMA: McCullers fotografada em sua casa, em setembro de 1961.

ROBERT LOWELL

Nascimento: Robert Traill Spence Lowell IV, 1º de março de 1917 (Boston, EUA). Morte: 12 de setembro de 1977 (Nova York, EUA).

Estilo e gênero: Poeta americano, escreveu sobre história e sofrimentos pessoais, em geral com base em sua própria depressão maníaca e seus relacionamentos conturbados.

Membro de uma das famílias mais ilustres dos Estados Unidos – "Os Lowell só falam com os Cabot, e os Cabot só falam com Deus", diz o ditado –, Robert Lowell foi provavelmente o escritor mais bem-nascido do século XX. Entre seus antepassados havia dois poetas notáveis – James Russell Lowell e Amy Lowell –, pioneiros da colônia, generais da guerra revolucionária e reitores de Harvard. Mas boa parte de seus primeiros trabalhos carrega o ônus de libertar o autor de seus ancestrais e da culpa por oprimir "americanos nativos". Por trás de seu nome famoso havia sentimentos familiares amargos e dolorosos, que exerceriam grande influência em seus relacionamentos (casou-se três vezes) e sua saúde mental. Lowell passou a vida à mercê de uma psique instável, sofrendo de depressão maníaca. "Volta e meia ele vai à clínica psiquiátrica e às vezes fica perigoso", escreveu Ted Hughes numa carta; em suas fases "perigosas" Lowell tinha delírios em que acreditava ser Calígula ou Napoleão.

Mas a poesia de Lowell sobreviveu, e talvez deva ser creditada à sua desordem mental. Seus primeiros poemas, como a coletânea premiada com o Pulitzer *Lord Weary's Castle*, são intensos e altamente retóricos, ao passo que *Life Studies* exibe formas mais livres e tratamento direto de material autobiográfico muitas vezes doloroso. Lowell também reuniu e revisou muitas vezes sequências aparentemente intermináveis de sonetos sem rima em volumes como *Notebook*, *History* e *The Dolphin*. Em todas essas obras, seus talentos como criador de expressões, imagens e ritmos o colocam entre os mais importantes poetas do século XX. **MS**

"A luz no fim do túnel é a de um trem que se aproxima."

Principais obras

Poesia

Land of Unlikeness, 1944
Lord Weary's Castle, 1946
The Mills of the Kavanaughs, 1951
Life Studies, 1959
Imitations, 1960
Ao mortos da união, 1964
The Old Glory, 1965
Near the Ocean, 1967
Prometheus Bound, 1969
Notebook, 1970
For Lizzie and Harriet, 1973
History, 1973
The Dolphin, 1973
Day by Day, 1977

1900–19

ACIMA: Retrato não datado de Robert Lowell.

HEINRICH BÖLL

Nascimento: 21 de dezembro de 1917 (Colônia, Alemanha). Morte: 16 de julho de 1985 (Bornheim-Merten, Alemanha).

Estilo e gênero: Böll é tido como um dos maiores exploradores literários dos problemas da Alemanha durante e após a Segunda Guerra Mundial.

Principais obras

Romances

O trem estava no horário, 1949

Onde estiveste, Adão?, 1951

Bilhar às nove e meia, 1959

Pontos de vista de um palhaço, 1963

Retrato de grupo com senhora, 1971

Filho de escultor, Böll teve uma curta passagem como livreiro depois de sair da escola. Passou vários anos no Exército, prestando serviço militar e lutando na Segunda Guerra Mundial em vários lugares da Europa. Ferido, contraiu uma forma grave de tifo e acabou internado pelas forças aliadas. Para um livre-pensador pacifista, a experiência da guerra foi particularmente insuportável; em seu âmago visceralmente moral, Böll se consumia por lutar uma guerra que gostaria que "fosse perdida".

Böll, que começara a escrever em 1938, trouxe da guerra farto material para a carreira literária que começou a construir consistentemente ao fim do conflito. Estabeleceu-se com a esposa e os filhos em Colônia, numa casa atingida pelos bombardeios e cercada de ruínas. Enquanto a reconstruía, produziu suas primeiras histórias sobre a amarga realidade da vida de soldado: *O trem estava no horário* e *Onde estiveste, Adão?*

Em livros posteriores, como *Bilhar às nove e meia*, o realismo até então predominante dá lugar à experimentação e ao simbolismo. Seu tom é muitas vezes severo e satírico, e seu pensamento, ferozmente independente – Böll acreditava firmemente na aceitação da responsabilidade individual. Abordou temas diversos como a culpa e os problemas sociais da Alemanha do pós-guerra, a Igreja católica (sua confissão), a ambição empresarial, o jornalismo amoral e o terrorismo. *Retrato de grupo com senhora* é uma notável crônica das mudanças por que passou a Alemanha entre a Primeira Guerra Mundial e os anos 1970, pela história de uma viúva de guerra que luta para salvar da demolição seu edifício de apartamentos em Colônia. Böll teve imenso sucesso literário em vida e ganhou o Prêmio Nobel de Literatura em 1972. **AK**

"Em breve não é nada e é muito. Em breve é tudo. Em breve é a morte..." – *O trem estava no horário*

ACIMA: Heinrich Böll fotografado em sua casa, em 1982.

ANTHONY BURGESS

Nascimento: John Burgess Wilson, 25 de fevereiro de 1917 (Manchester, Inglaterra). Morte: 22 de novembro de 1993 (Londres, Inglaterra).

Estilo e gênero: Prolífico e multitalentoso escritor e compositor inglês, mais conhecido por sua inventividade linguística e sua amplitude histórica e cultural.

Embora não lhe apreciasse a fama, o livro mais importante de Anthony Burguess é *A laranja mecânica*, conto moral antiutópico sobre a violência adolescente narrado em *nadsat*, uma combinação giriesca de inglês e russo. O livro tornou-se infame quando o diretor Stanley Kubrick embargou sua própria adaptação para o cinema temendo ataques de imitadores. Mas Burgess escreveu e publicou mais de 50 outros livros com a mesma irreprimível energia criativa. Tabagista e bebedor inveterado, alardeava produzir 2 mil palavras diárias em seu exílio em Roma e Mônaco. *Poderes terrenos* é um panorama épico do século XX, ao passo que a série *The Long Day Wanes* retrata o declínio do Império Britânico na Malásia. **MS**

Principais obras

Romances

The Long Day Wanes

- *Time for a Tiger*, 1956
- *The Enemy in the Blanket*, 1957
- *Beds in the East*, 1959

A laranja mecânica, 1962

Enderby

- *Enderby*, 1968
- *Enderby por dentro*, 1968
- *The Clockwork Testament*, 1974

A sinfonia Napoleão, 1974

Poderes terrenos, 1981

Autobiografias

You've Had Your Time, 1980

O pequeno Wilson e o grande Deus, 1987

JUAN RULFO

Nascimento: 16 de maio de 1917 (Sayula, México). Morte: 7 de janeiro de 1968 (Cidade do México, México).

Estilo e gênero: Romancista e contista mexicano cujo papel seminal na literatura latino-americana repousa, segundo Garcia Márquez, sobre "não mais de 300 páginas".

Órfão aos 10 anos, Rulfo começou a publicar contos na década de 1940. Bolsas do Centro Mexicano de Escritores lhe permitiram completar suas duas únicas publicações. Os personagens de Rulfo lutam pela vida na árida e empobrecida planície de Jalisco dos anos revolucionários, obcecados pela lembrança de um passado atavicamente violento. Em *Pedro Páramo*, a jornada de Juan Preciado em busca do pai morto, a aldeia que encontra povoada de fantasmas, sua própria morte e o além-túmulo se entrelaçam com a história de seu pai, um homem forte local que, por cobiça e luxúria, leva a aldeia à ruína. As múltiplas vozes do romance constroem um espaço de proporções históricas, existenciais e míticas. **CH**

Principais obras

Contos

Planalto em chamas, 1953

Romance

Pedro Páramo, 1955

MURIEL SPARK

Nascimento: 1º de fevereiro de 1918 (Edimburgo, Escócia). Morte: 13 de abril de 2006 (Toscana, Itália).

Estilo e gênero: Romancista, poeta, biógrafa e contista escocesa pós-moderna, Spark escreveu textos irônicos sobre a vida moderna.

Muriel Spark revelou seu talento para a literatura aos 12 anos, quando ganhou o Prêmio Walter Scott de poesia. Aos 19, casou-se e foi para a África. Infeliz no casamento, em 1944 retornou a Londres, onde trabalhou na produção de propaganda antinazista para o Ministério das Relações Exteriores da Grã-Bretanha.

Três anos depois, iniciou sua carreira literária como biógrafa e editora da *Poetry Review*. Em 1954 converteu-se ao catolicismo, um marco decisivo em sua vida e obra: em suas próprias palavras, ele lhe deu algo "original para dizer". O estudo do Livro de Jó inspiraria seu primeiro romance, *The Comforters*, publicado três anos depois. História de uma católica convertida que descobre ser a única capaz de ouvir o som de uma máquina de escrever que registra seus pensamentos, como se fosse o personagem de uma história, o romance lhe rendeu muitos elogios da crítica literária e foi descrito por Evelyn Waugh como "extremamente fascinante e original". Ainda mais aclamado e demonstrativo de seus talentos de observadora foi *A primavera da Srta. Jean Brodie,* de 1961. Brodie, uma professora carismática e pouco convencional, com ideias próprias sobre como ensinar seus alunos favoritos, é considerada um dos maiores personagens da ficção moderna.

"Eu não gosto de riso em excesso, mas gosto de um pouco de humor em quase tudo."

Spark escreveu mais de 20 livros. Seu texto irônico aborda os problemas da vida moderna com a leveza de uma pena, dando a acontecimentos surreais o aspecto de ocorrências cotidianas. Em 1967 mudou-se para a Itália, onde viveu o resto da vida. Foi nomeada Dama do Império Britânico em 1993 e ganhou vários prêmios literários, entre os quais o Prêmio Britânico de Literatura e o Prêmio David Cohen. **JM**

Principais obras

Romances

The Comforters, 1957
Memento Mori, 1959
The Ballad of Peckham Rye, 1960
A primavera da Srta. Jean Brodie, 1961
The Girls of Slender Means, 1963
The Mandelbaum Gate, 1965
Loitering with Intent, 1981
A Far Cry from Kensington, 1988
O banquete, 1990
Realidade e sonhos, 1996
Uma escola para a vida, 2004

Contos

The Go-Away Bird, 1958
Bang-Bang You're Dead, 1982

ACIMA: Muriel Spark fotografada em Paris, em 1991.

ALEXANDER SOLJENITSIN

Nascimento: 11 de dezembro de 1918 (Kislovodsk, URSS).

Estilo e gênero: Romancista, dramaturgo, ensaísta e historiador, Soljenitsin escreveu histórias realistas sobre a Rússia sob o regime comunista e sua experiência de dissidente.

"Até 1961, eu não só estava convencido de que jamais conseguiria publicar uma única linha como também não me permitia o risco de deixar que pessoas de minhas relações lessem alguma coisa que eu tivesse escrito", disse Alexander Soljenitsin sobre a época anterior à publicação de seu revolucionário romance *Um dia na vida de Ivan Denisovich*, em 1962.

Revolucionário porque nunca se tinha ouvido falar da publicação, na União Soviética, de um romance que expusesse as privações passadas nos campos de trabalho, ainda mais porque, nele, o dissidente Soljenitsin recorria à sua própria experiência de interno de um *gulag*. Esse livro o colocaria a caminho de tornar-se um gigante literário e futuro Prêmio Nobel de Literatura. Anunciava, também, uma literatura de desafio aos horrores do Estado comunista totalitário que lhe renderia 20 anos de exílio no estrangeiro.

Soljenitsin cresceu querendo ser escritor, mas não conseguiu receber educação literária em Rostov, onde vivia com sua mãe viúva, tampouco publicar seus escritos na década de 1930. Foi, então, estudar matemática na universidade local. Na Segunda

Principais obras

Romances

Um dia na vida de Ivan Denisovich, 1962

O primeiro círculo, 1968

Pavilhão de cancerosos, 1968

Agosto, 1914, 1971

Arquipélago Gulag, 1973-1978

October 1916, 1983

Ensaios

Live Not By Lies, 1974

The Russian Question at the End of the Twentieth Century, 1995

Peça

The Love-Girl and the Innocent (or the Tenderfoot and the Tart), 1969

ACIMA: Soljenitsin em sua casa nos Estados Unidos, exilado, em maio de 1989.

À ESQUERDA: Um enfático Soljenitsin em 27 de maio de 1994, um dia depois de seu retorno do exílio.

O retorno de um dissidente

Em 1990, Mikhail Gorbachev, o último líder da União Soviética, devolveu a cidadania a Soljenitsin. Em 1991 foram retiradas as acusações de traição contra o escritor, que voltou à Rússia em 1994 depois de 20 anos no exílio. Duas mil pessoas foram recebê-lo no aeroporto de Magadan, na Rússia Oriental. De lá, o ex-dissidente iniciou uma viagem de trem até Moscou, de dois meses de duração, com a intenção de encontrar-se com as pessoas comuns.

Encontrou-se com uma reação contraditória: alguns o viam como irrelevante para a Rússia contemporânea, outros como um herói por sua oposição ao totalitarismo comunista e sua defesa dos direitos humanos.

A volta para casa foi um choque para Soljenitsin, que ficou estupefato ao ver o país em graves dificuldades econômicas, nas garras da corrupção e do crime organizado. Não bastasse atacar o presidente Boris Yeltsin por permitir que o país fosse contaminado pelo materialismo e secularismo do Ocidente, em 1998 ele recusou a respeitadíssima Ordem de Santo André – homenagem ao seu 80º aniversário – por achar que Yeltsin havia levado a Rússia à ruína.

Soljenitsin encontrou-se com o presidente Putin – por ironia um ex-chefe da KGB – quando este foi visitá-lo em sua casa, nos arredores de Moscou, em 2000. O encontro aconteceu depois que Soljenitsin criticou o fracasso de Putin em tirar a Rússia "do estado de ruína em que havia caído". Apesar de sua idade avançada, parece que a voz do escritor conhecido como "a consciência da Rússia" ainda é ouvida nos altos escalões.

Guerra Mundial combateu na linha de frente como soldado de artilharia, mas foi preso em 1945 porque os censores descobriram, numa carta a um amigo, referências a Joseph Stalin consideradas "difamatórias" – resultando numa sentença de oito anos nos campos correcionais da Sibéria.

Depois de passar por vários campos de trabalho, Soljenitsin foi enviado – em razão de seu talento matemático – para trabalhar numa entidade de pesquisa científica conhecida como *sharashia*. Essa experiência é a base do romance *O primeiro círculo*, publicado no Ocidente em 1968. Cumprida a pena de oito anos, Soljenitsin foi outra vez condenado, dessa vez ao exílio interno perpétuo no sul do Cazaquistão. Um diagnóstico de câncer em 1953 o levou a Tashkent para tratamento e cura, experiência em que se baseou para escrever *Pavilhão de cancerosos*.

Cansado de escrever em segredo, Soljenitsin conseguiu, com a ajuda do editor Alexander Tvardovsky, publicar *Um dia na vida de Ivan Denisovich* em 1962, quando tinha 42 anos. Mas o surto liberal das autoridades soviéticas durou pouco: em 1964 teve recusada a permissão para publicar *Pavilhão de cancerosos* e em 1965 a KGB apreendeu todos os seus textos, entre os quais os originais de *O primeiro círculo*. Não dissuadido, Soljenitsin continuou a escrever, dando forma ao seu épico literário sobre o sistema soviético e a formação dos *gulags* – *Arquipélago Gulag*. Por essa época, suas obras já circulavam ilegalmente como *samizdat*, ou literatura "autopublicada".

Soljenitsin ganhou o Prêmio Nobel de Literatura de 1971, mas não foi à Suécia recebê-lo porque temia não receber autorização para retornar à União Soviética. Quando a primeira parte de *Arquipélago Gulag* foi publicada em Paris, as autoridades soviéticas resolveram dar um basta em sua literatura franca e realista sobre o sistema: em 1974, privaram-no de sua cidadania e deportaram-no para a Alemanha Ocidental. No dia em que a KGB foi à sua casa buscá-lo, Soljenitsin escreveu o ensaio "Viver sem mentiras" ou "Live not By Lies", convocando os cidadãos a assumir uma posição moral contra o regime comunista.

Nos Estados Unidos, onde se estabeleceu, Soljenitsin recebeu calorosa acolhida. Mas, como patriota e seguidor da Igreja

ACIMA: Soljenitsin fala à imprensa internacional ao ser privado da cidadania soviética, em fevereiro de 1974.

ortodoxa russa, não se abstinha de criticar o que via, no Ocidente, como vácuo espiritual e paixão pelo materialismo. Com a queda do Muro de Berlim e o advento da *glasnost*, retornou em 1994 à União Soviética, onde continuou a escrever e falar sem reservas contra todo tipo de totalitarismo. O sofrimento experimentado pelas pessoas comuns sob o regime comunista, trazido à luz nas páginas desse bravo paladino dos direitos humanos, não poderá jamais ser esquecido. **CK**

"Possua apenas o que você pode levar consigo... Deixe que a memória seja a sua mala."

DORIS LESSING

Nascimento: Doris May Taylor, 22 de outubro de 1919 (Kermanshah, Pérsia – atual Irã).

Estilo e gênero: Autora de romances realistas e de ficção científica, irreverente e rigorosa no tratamento da desigualdade e da hipocrisia nas relações de gênero e raça.

Doris Lessing nasceu na Pérsia, mas sua família se mudou para uma fazenda na Rodésia (atual Zimbábue) quando ela era bebê. Ela cresceu no que descreveu como "uma choça de lama, mas repleta de livros". Deixou a escola aos 13 anos e casou-se aos 19. Largou o primeiro marido depois de alguns anos e se envolveu com um círculo literário comunista local, onde conheceu o segundo. Decepcionada com o casamento e com o Partido Comunista, mudou-se para Londres com o filho mais novo e começou a trabalhar em seu primeiro romance, *The Grass is Singing*, sobre as relações raciais na África.

Sua falta de educação formal não foi obstáculo. Autodidata e firme defensora do livre pensar, construiu uma prolífica carreira de escritora. Seus primeiros livros seguem muito de perto sua experiência de vida: a protagonista da série *The Children of Violence*, Martha Quest, faz um percurso muito similar ao seu. Experimental na forma, *O carnê dourado* é formado pelos vívidos cadernos de notas da protagonista Anna Wulf, cada um deles dedicado a uma parte de seu eu dividido; depois de um colapso nervoso, ela encontra uma espécie de completude no último caderno.

Influenciada pelo misticismo sufista, Lessing voltou-se para a ficção científica: na série *Canopus in Argos*, extraterrestres documentam sua relação com um planeta muito similar à Terra por um período de cerca de 1 milhão de anos.

Ao receber da rainha da Inglaterra o título de Companion of Honour em1999, Lessing revelou que recusara anteriormente o título de Dama do Império Britânico porque "não existe nenhum Império Britânico". Lessing ganhou o Nobel em 2007 – a pessoa mais velha a conquistar o prêmio. **CQ**

Principais obras

Romances

The Children of Violence

O sonho de Martha Quest, 1952

Um casamento sem amor, 1954

O eco distante da tormenta, 1958

Exilada em seu país, 1965

A cidade de quatro portas, 1969

O carnê dourado, 1962

Ficção científica

Canopus in Argos: Archives vol. 1-5, 1979-1984

Contos

O quarto dezenove, 1978

A tentação de Jack Orkney, 1978

Autobiografias

Debaixo da minha pele, 1994

Andando na sombra, 1997

"O homem, quem é ele? Ruim demais para ser obra de Deus: bom demais para ser obra do acaso!"

ACIMA: A prolífica Doris Lessing numa foto de 1991.

J. D. SALINGER

Nascimento: Jerome David Salinger, 1º de janeiro de 1919 (Nova York, EUA).

Estilo e gênero: Autor americano, notoriamente recluso, de um romance e vários contos cujos principais temas são a alienação adolescente e a perda da inocência.

Mais famoso recluso do mundo e autor de um clássico da adolescência, Salinger produziu uma obra pequena porém notável. Nascido e crescido em Manhattan, teve uma rápida passagem pelas universidades de Nova York e Columbia antes de dedicar-se à literatura. Mas foi somente depois de seu retorno da Segunda Guerra Mundial, com a publicação regular de suas histórias na *New Yorker*, que a obra de Salinger alcançou um público mais amplo.

Seu único romance, *O apanhador no campo de centeio*, foi entusiasticamente aplaudido ao ser publicado em 1951. A história é narrada pelo adolescente sensível e rebelde Holden Caulfield, por uns dias à toa em Nova York. Em tom coloquial, Holden expõe seu desconforto com o fim da infância e a raiva que sente do mundo adulto "falso" que o espera. Holden tornou-se um ícone do mal-estar e da alienação adolescentes, fazendo do livro um dos mais importantes do século XX, estudado em escolas e universidades de todo o mundo anglófono.

A criação seguinte de Salinger, *Nine Stories*, é uma coletânea de contos sobre a família Glass e o efeito que o suicídio do filho mais velho, Seymour, exerce sobre seus membros. "A Perfect Day for Bananafish" e "For Esme – with Love and Squalor" são contos notáveis que muito contribuíram para aumentar sua fama. Mas a invasão do sucesso em sua vida pessoal o levou a retirar-se da cena pública. Seguiram-se dois outros livros – *Franny and Zooey*, publicado em 1961, e *Carpinteiros, levantem bem alto a cumeeira* e *Seymour, uma apresentação*, publicados juntos em 1963 – até que sua produção cessou. No lugar de uma voz verdadeiramente criativa, ficou um silêncio ensurdecedor. **SG**

> "Sou um paranoico ao contrário. Suspeito de que as pessoas conspiram para me fazer feliz."

Principais obras

Romance

O apanhador no campo de centeio, 1951

Contos

Nine Stories, 1953

Franny and Zooey, 1961

Carpinteiros, levantem bem alto a cumeeira, 1963

Seymour: uma apresentação, 1963

ACIMA: Uma rara imagem de Salinger, de 1951, ano da publicação de *O apanhador no campo de centeio*.

1900–19

PRIMO LEVI

Nascimento: 31 de julho de 1919 (Turim, Itália). Morte: 11 de abril de 1987 (Turim, Itália).

Estilo e gênero: Autor de romances, memórias, poemas e contos, sobrevivente do Holocausto, Levi é famoso por suas reflexões sobre sua experiência em Auschwitz.

Nascido em uma família ítalo-judaica acomodada, Levi era químico formado pela Universidade de Turim em 1941, um ano depois que a Itália entrou na Segunda Guerra Mundial. A profissão o ajudou a sobreviver. Em 1943 foi capturado pelos alemães quando fugia para o norte da Itália com um grupo de amigos para juntar-se à resistência antifascista. Enviado a Auschwitz, foi empregado como escravo numa fábrica de borracha sintética. Depois da libertação de Auschwitz pelos russos, em 1945, e após meses à espera da repatriação, Levi retornou a Turim, onde começou a trabalhar como técnico químico numa fábrica de tintas e resinas, da qual se tornou gerente geral em 1961.

A experiência de Auschwitz inspirou seu primeiro livro, *É isto um homem?*. Levi disse que ficara com uma necessidade irresistível de escrever, não só por obrigação moral, mas por necessidade psicológica. Descrevendo-se como um homem normal que "caiu num turbilhão e saiu dele mais por sorte do que por virtude", Levi tinha curiosidade pelos "grandes e pequenos turbilhões, metafóricos e reais". Sua percepção da psicologia dos administradores e prisioneiros dos campos causou forte impressão, confirmada em dois outros livros publicados nas décadas de 1950 e 1980. Descritos com notável distanciamento e humanidade, os horrores que ele viu e padeceu ainda deixam espaço para sentimentos de otimismo e esperança. Seus contos, romances, poemas e ensaios são também muito admirados. Não podendo, porém, fugir de seu pessimismo avassalador, Levi suicidou-se em abril de 1987. Sua lápide traz gravado o seu número de prisioneiro no campo de concentração. **RC**

Principais obras

Romances

É isto um homem?, 1947

A trégua, 1958

Os afogados e os sobreviventes, 1986

Contos

Vizio di forma, 1971

Meditações

A tabela periódica, 1975

Poemas

L'osteria di Brema, 1976

"Nossa linguagem não tem palavras para expressar este crime..." – *É isto um homem?*

ACIMA: Primo Levi fotografado em janeiro de 1986.

IRIS MURDOCH

Nascimento: Jean Iris Murdoch,15 de julho de 1919 (Dublin, Irlanda). Morte: 8 de fevereiro de 1999 (Oxford, Inglaterra).

Estilo e gênero: As tramas de Murdoch são repletas de humor negro, obsessão e coincidências, refletindo o poder do mito e da magia para clarificar e distorcer.

Romancista e filósofa prolífica, Iris Murdoch é quase tão famosa por seu modo de vida quanto por seus livros. Quando jovem, aluna e depois professora em Oxford, levou uma vida pessoal e intelectual promíscua, recusando propostas de vários escritores e filósofos até se casar com o crítico literário John Bayley. Embora continuasse a ter casos, viveu 40 anos com Bayley em bem-aventurada sordidez, escrevendo, lendo e jogando pôquer. Em 2001, sua biografia escrita por Bayley, que inclui sua fase final com a doença de Alzheimer, foi adaptada para o cinema no filme *Iris*, com Kate Winslet e Judi Dench.

Em seu ensaio "Against Dryness", de 1961, Murdoch diz que "a filosofia não é atualmente capaz de nos oferecer uma imagem completa e poderosa da alma" – mas que a literatura pode nos dar um lampejo da complexidade da vida e das pessoas. Embora geralmente envolvidos com filosofias como o platonismo ou a psicanálise freudiana, seus personagens não são meros porta-vozes dessas ideias; ao contrário, Murdoch as põe à prova com seus impulsos morais e sexuais conflitantes e não distinguindo mística verdadeira de magia barata. Charles Arrowby, narrador do premiado *O mar, o mar*, é um dramaturgo e diretor de teatro aposentado que decide, como Próspero em *A tempestade* de Shakespeare, abjurar a magia e aprender a ser bom – tarefa que se revela decididamente difícil quando os relacionamentos passados se recusam a afrouxar o laço sobre esse velho ciumento e voraz. Esse romance ironicamente absurdo, embora terno, é Murdoch em plena forma, abordando a impossibilidade de se verem as coisas claramente e a dificuldade de deixar para lá. **CQ**

"O amor é a compreensão sumamente difícil de que algo diferente de você mesmo é real."

Principais obras

Romances

Under the Net, 1954

The Sandcastle, 1957

The Bell, 1958

A cabeça decepada, 1961

A moça italiana, 1964

The Nice and The Good, 1968

O mar, o mar, 1978

Filosofia

Sartre: Romantic Rationalist, 1953

The Fire and the Sun, 1977

Existentialists and Mystics, 1997

Poesia

A Year of Birds, 1978

Poems by Iris Murdoch, 1997

ACIMA: Fotografia não datada de Iris Murdoch.

1900–19

RAY BRADBURY

Nascimento: 22 de agosto de 1920 (Waukegan, EUA).

Estilo e gênero: Ícone da década de ouro da ficção científica (1950) cujas histórias preenchem o espaço entre o gótico americano e a irreverência de Kurt Vonegut Jr.

Principais obras

Contos

Dark Carnival, 1947

The Illustrated Man, 1951

O país de outubro, 1955

I Sing the Body Electric, 1969

Bradbury Stories: 100 of His Most Celebrated Tales, 2003

Romances

As crônicas marcianas, 1950

Fahrenheit 451, 1953

O vinho da alegria, 1957

Algo sinistro vem por aí, 1962

A árvore sagrada, 1972

Farewell Summer, 2006

Poucos escritores americanos de ficção podem reivindicar uma influência tão duradoura. Pelo menos, não são muitos os que podem exibir os prêmios literários O. Henry e World Fantasy, a Medalha da Fundação Nacional do Livro e um Emmy. A influência de Bradbury, como a de seu contemporâneo Isaac Asimov, foi tão profunda que transcendeu a ficção científica para torná-lo um dos maiores ícones da cultura pop do século XX.

A obra de Bradbury compreende quase 600 contos e 11 romances, sem falar de seus poemas, peças, ensaios, roteiros e do cenário da gigantesca geosfera Espaçonave Terra no Epcot Center, na Flórida. Seu primeiro romance, *As crônicas marcianas*, é uma série de contos sobre o futuro da colonização de Marte com uma cronologia vagamente análoga à da história americana da conquista europeia à Primeira Guerra Mundial. A estrutura episódica, também usada em *The Illustrated Man* e *A árvore sagrada*, fala por seus talentos. Ainda que Bradbury seja mais conhecido por seu romance antiutópico *Fahrenheit 451* – uma reflexão sobre os perigos da censura que durante décadas frequentou as listas de leitura do ensino secundário dos Estados Unidos –, a maior parte de sua melhor produção veio em forma de contos. Assim como seus colegas escritores da era de ouro da ficção científica, Bradbury começou a carreira vendendo contos para periódicos como *Planet Stories* e *Fantastic Adventures*. Suas parábolas do pós-guerra americano evocam, com mais sucesso do que qualquer outro escritor desde então, a peculiar combinação de otimismo e paranoia que marcou o período. **SY**

"O que poderia ele dizer que fosse capaz de queimar os rostos de todos?" – *Fahrenheit 451*

ACIMA: Fotografia do escritor em 1984.

À DIREITA: Capa da *Planet Stories* com um dos primeiros textos de Bradbury, 1949.

A.N.C.
PLANET
stories
SPRING
20c
ROBERT ABERNATHY
RAY BRADBURY
ALFRED COPPEL
ETERNAL ZEMMD MUST DIE! . . . .
"Oh Zemmd-beware the Outcast's daughter. Beware the Convict from cold Mercury. These two speak death!"
Novel by HENRY HASSE

PAUL CELAN

Nascimento: Paul Antschel, 23 de novembro de 1920 (Bukovia, Romênia – atual Ucrânia). Morte: 23 de abril de 1970 (Paris, França).

Estilo e gênero: Um dos mais importantes poetas do pós-guerra, Paul Celan escreveu poemas intensamente pungentes sobre o Holocausto.

Principais obras

Poesia

A areia das urnas, 1948
Ópio e memória, 1952
De limiar a limiar, 1955
Prisão da palavra, 1959
A rosa de ninguém, 1959
Mudança de ar, 1967
Sóis em fios, 1968
Pressão da luz, 1970
Neve repartida, 1971

Paul Celan nasceu e cresceu na Romênia, filho de judeus de fala alemã. Estudou medicina na França, mas voltou à terra natal em 1939 para estudar literatura e línguas. Com a ocupação nazista, foi obrigado a viver num gueto, onde começou a escrever sua própria poesia e traduzir sonetos de Shakespeare. Mais tarde foi enviado a um campo de trabalhos forçados e se separou dos pais, que foram assassinados.

Essas experiências, sua culpa e sua perda são a base de seus poemas. Sua coletânea *Ópio e memória* o firmou como um excepcional poeta do Holocausto. Esse volume contém seu poema mais conhecido e antologizado, "Fuga sobre a morte", evocação da vida nos campos de concentração nazistas.

Na década de 1950, os poemas de Celan foram se tornando cada vez mais minimalistas e fragmentados, refletindo o mundo fraturado em que vivera. Celan escreveu em alemão, "o idioma dos assassinos de sua mãe", mas era de opinião que essa língua deve ser libertada da história. Ao ganhar o Prêmio Bremen de Literatura Alemã em 1958, ele disse: "Uma única coisa permanece alcançável, fechada e segura entre todas as perdas: a língua. Sim, a língua. Apesar de tudo, ela permaneceu segura em face da perda."

Na década de 1960 Celan escreveu outros livros de poesia, todos internacionalmente aclamados. Traduziu também obras de autores como Osip Mandelstam, Paul Valéry e Henri Michaux. Contudo, seu estado mental era cada vez mais frágil. Equivocadamente acusado de plagiar a obra do poeta Yvan Goll, sofreu um colapso nervoso seguido de ataques periódicos de depressão. Paul Celan suicidou-se em 1970, atirando-se no rio Sena, em Paris. **HJ**

"Nada pode impedir um poeta de escrever, nem mesmo o fato de ser judeu e alemão."

ACIMA: Celan em 1967, três anos antes de suicidar-se.

ISAAC ASIMOV

Nascimento: Isaak Judah Ozimov, 2 de janeiro de 1920 (Petrovichi, União Soviética). Morte: 6 de abril de 1992 (Nova York, EUA).

Estilo e gênero: Escritor da era de ouro da ficção científica americana. Sua influência sobre o gênero é grande a ponto de quase personificá-lo.

Embora todos os autores retratados neste livro possam dizer que deixaram uma marca indelével no mundo da literatura, foram poucos aqueles que inventaram as suas próprias palavras. Asimov é um desses. Inventou o termo "robótica" e, quem sabe, a disciplina que ele nomeia. Os contos de Asimov estão entre os primeiros a tratar de robôs no sentido moderno (máquinas humanoides com cérebro de computador), e suas "três leis da robótica" vão sendo cada vez mais discutidas à medida que a tecnologia da inteligência artificial se depara com os problemas éticos descritos em sua ficção há mais de 50 anos.

Outra de suas grandes contribuições para o gênero é a série *Fundação*, baseada na ideia de que, no futuro, seremos capazes de aplicar a tese de que o crescimento e o declínio das civilizações seguem certos padrões (Gibbon, *Declínio e queda do império romano*) relacionados a uma disciplina científica chamada "psico-história". A série detalha os milênios seguindo a aplicação dessa disciplina por um psico-historiador, para criar uma Fundação que encurtará a duração do caos inevitável entre os picos das civilizações intergaláticas.

Asimov publicou prodigiosamente, do momento em que começou a escrever, em 1939, até 1958, quando abandonou a ficção para se dedicar à ciência popular. Retornou, porém, à ficção na década de 1980, para escrever romances que ligavam suas histórias de robôs à série *Fundação*, como uma mitologia contínua. Em certo sentido, isso era desnecessário, dado que esses dois universos já estavam articulados pela sua tese básica: a de que conseguiremos nos salvar se usarmos plenamente a nossa capacidade racional. **SY**

"Eu escrevo pela mesma razão que respiro – se não o fizesse, morreria."

Principais obras

Contos

Eu, robô, 1950
O cair da noite, 1969
O homem bicentenário, 1976

Romances

Fundação, 1951
Fundação e império, 1952
Segunda fundação, 1953
Caça aos robôs, 1954
O fim da eternidade, 1955
Os robôs, 1957
Fundação II, 1982
Os robôs do amanhecer, 1983
Os robôs e o império, 1985
A fundação e a Terra, 1986

ACIMA: Asimov, o mestre da ficção científica, fotografado na década de 1980.

CHARLES BUKOWSKI

Nascimento: Henry Charles Bukowski, 16 de agosto de 1920 (Andernach, Alemanha). Morte: 9 de março de 1994 (San Pedro, EUA).

Estilo e gênero: Romancista e poeta turbulento, cujo hábito de beber e estilo individual lhe renderam status de cult.

Para alguém tão identificado com os Estados Unidos, é surpreendente que Charles Bukowski tenha nascido na Alemanha, de mãe alemã e pai americano. Encerrado o período de serviço militar de seu pai, a família mudou-se para os Estados Unidos em 1922; mas, depois de um começo promissor, foi atingida pela Depressão. Consta que o pai de Bukowski, cronicamente desempregado, se embebedava e batia nele. Isso e mais uma acne agressiva e renitente faziam o jovem Bukowski se sentir indesejado, tema que transparece em seus romances e poemas, em especial no autobiográfico *Ham on Rye*, de 1982. Boa parte da obra de Bukowski, aliás, é explicitamente sobre si mesmo. *Cartas na rua*, de 1971, que aborda a sua experiência de trabalho nos correios durante as décadas de 1950 e 1960, é também a estreia de seu alter ego literário Henry Chinaski.

Além dos correios, Bukowski escrevia poesia e matéria jornalística para várias revistas de Los Angeles, bebia muito e vivia na pobreza. Apesar de identificado com a geração beat, ele resistia a esse rótulo, preferindo ficar só – o poeta de Skid Row. Bukowski viveu toda a sua vida adulta na cidade de Los Angeles, uma relação ambígua que assoma em sua obra: se as corridas de cavalos e os bares foram companhias fiéis em seus últimos anos, há também o sentimento de que Los Angeles pode ser uma cidade impessoal e implacável. Bukowski morreu de leucemia aos 73 anos, deixando uma esposa, Linda, e uma obra que é a própria "biblioteca do *outsider*", estilisticamente única e tematicamente solidária àqueles que ele nunca deixou: os que estão à margem, os que não se encaixam. **PS**

Principais obras

Poesia

Burning in the Water Drowning in Flame: Selected Poems 1955-1973, 1974

War All the Time: Poems 1981-1984, 1984

Roominghouse Madrigals: Early Selected Poems 1946-1966, 1988

Last Night of the Earth Poems, 1992

Betting on the Muse, 1996

Romances

Flower, Fist, and Bestial Wall, 1960

Confessions of a Man Insane Enough to Live with Beasts, 1965

All the Assholes in the World and Mine, 1966

Notas de um velho safado, 1969

Fire Station, 1970

Factótum, 1975

Mulheres, 1978

"Alguns nunca enlouquecem. Que vida horrível eles devem levar." – *Betting on the Muse*

ACIMA: Bukowski em sua casa em Los Angeles, 1978.

1920-39

FRIEDRICH DURRENMATT

Nascimento: 5 de janeiro de 1921 (Konolfingen, Suíça). Morte: 14 de dezembro de 1990 (Neuchâtel, Suíça)

Estilo e gênero: Conhecido como "o Aristófanes suíço", Durrenmatt foi um dramaturgo brilhante e divertido, embora enigmático, que escreveu para o palco e o rádio.

Principais obras

Peças e radioteatros

Es steht geschrieben, 1947

Romulus der grosse, 1949

Ein Engel Kommt nach Babylon, 1953

A visita da velha senhora, 1956

Gesammelte Horspiele, 1961

Durrenmatt estudou teologia na Universidade de Berna, mas começou a escrever canções e peças de cabaré, a primeira das quais foi produzida em 1947. Muitas de suas peças são ambientadas no passado, mas têm a intenção de iluminar o presente. Sua recusa em tomar partido ou, como ele dizia, em "botar o ovo da explicação" intriga e desconcerta o público. Seu humor selvagem rejeita a tragédia por não ter lugar num mundo contemporâneo sem padrões morais. Durrenmatt via o mundo como "algo monstruoso" a que não devemos nos render ainda que tenhamos de aceitar. Em *A visita da velha senhora,* tida por muitos como sua obra-prima, uma velha rica retorna à sua cidade natal e suborna o povo para matar o agora eminente e respeitável cidadão que a estuprou quando menina. **RC**

STANISLAW LEM

Nascimento: 12 de setembro de 1921 (Lvov, Polônia – atual Ucrânia). Morte: 27 de março de 2006 (Cracóvia, Polônia).

Estilo e gênero: Escritor de ficção científica, sátira e filosofia, Lem aborda a ascensão da tecnologia, a natureza da inteligência e a dificuldade de comunicação humana.

Principais obras

Romances

Eden, 1959

Regresso das estrelas, 1961

Solaris, 1961

Memórias encontradas numa banheira, 1961

A voz do mestre, 1968

Fiasco, 1986

Contos

Cyberiada, 1967

Deskonata próznia, 1971

Filho de pais judeus seculares, Lem foi educado como católico, mas era tido como ateu. Durante a ocupação nazista da Polônia na Segunda Guerra Mundial, escapou ao campo de concentração usando documentos falsos e juntou-se à resistência contra os alemães. Em 1946, ano em que a Ucrânia soviética anexou a Polônia Oriental, publicou obras de poesia, vários romances de folhetim e sua primeira ficção serializada na revista *Nowy S'wiat Przygód* (Novo mundo de aventuras). Não podendo se expressar abertamente na Polônia controlada pelos soviéticos, Lem usou a ficção científica para comunicar suas ideias, tornando-se o mais famoso autor não anglófono do gênero no século XX, de estatura comparável a H. G. Wells e Olaf Stapledon. **REM**

JOSÉ SARAMAGO

Nascimento: José de Sousa Saramago, 16 de novembro de 1922 (Azinhaga, Portugal).

Estilo e gênero: Com sua voz narrativa peculiar, Saramago usa fantasias e alegorias para refletir sobre a condição humana, a política e os acontecimentos históricos.

Principais obras

Romances
Memorial do convento, 1982
O ano da morte de Ricardo Reis, 1984
A jangada de pedra, 1986
História do cerco de Lisboa, 1989
O evangelho segundo Jesus Cristo, 1991
Ensaio sobre a cegueira, 1995
O conto da ilha desconhecida, 1997
A caverna, 2000
O homem duplicado, 2002
Ensaio sobre a lucidez, 2004
As intermitências da morte, 2005
As pequenas memórias, 2006
A viagem do elefante, 2008
Livro de viagem
Viagem a Portugal, 1981

José Saramago nasceu em uma família de camponeses sem terra em 1922, origem que considera responsável pelo homem e o escritor que é. Em 1924, seu pai levou a família para Lisboa em busca de uma vida melhor. Empregado como policial, pôs o jovem Saramago na escola. Não podendo custear a continuação de seus estudos, mandou-o à escola técnica para que se tornasse mecânico de automóveis. Foram as longas temporadas passadas na aldeia natal com os avós maternos que alimentaram a imaginação de Saramago e forjaram o pragmatismo pessimista que caracterizaria a sua vida e obra.

Saramago tinha 3 anos quando um golpe militar instituiu o regime fascista de Antônio Salazar, que governou Portugal durante os 48 anos seguintes. Adulto, Saramago teve vários empregos e perdeu outros tantos, às vezes por causa de suas posições políticas (em 1969 ele entrou para o PC português). Seu primeiro romance foi publicado em 1947, o que só voltaria a acontecer em 1966, quando começou a produzir regularmente. O reconhecimento internacional só viria com a publicação de seu romance satírico *Memorial do convento*, em 1982.

"O homem deixou de respeitar a si mesmo quando perdeu o respeito por seus semelhantes."

As obras de Saramago são alegóricas e fantásticas, algumas se aproximam do realismo mágico sul-americano. Em *Memorial do convento*, os protagonistas sonham fugir construindo uma máquina voadora movida pela vontade humana; em *A jangada de pedra*, a península Ibérica se parte e fica à deriva no oceano Atlântico. Mas não se trata de meros voos de fantasia: os romances de Saramago abordam a vida sob a ditadura política, a condição humana e a necessidade de nos conectarmos como humanos, de viver em comunidade sem perder nossa individualidade. *O evangelho segundo Jesus Cristo*, de 1991, foi recebido com indignação, censurado pelo gover-

ACIMA: Saramago em 2007, numa exposição comemorativa de seu 87º aniversário.

1920–39

À ESQUERDA: Capa da edição Harvill Press (2004) de *O homem duplicado*, ilustrada por Tom Gauld.

no português e excluído do concurso literário da Comunidade Europeia. Em resposta, Saramago e sua segunda esposa, a espanhola Pilar del Río, jornalista e tradutora de suas obras, exilaram-se simbolicamente em Lanzarote, ilhas Canárias. Saramago ganhou o Prêmio Nobel de Literatura em 1988 e continuou a escrever até os 80 anos. **REM**

O que significa um nome?

Quando José tinha 7 anos, precisou levar sua certidão de nascimento à escola. Foi quando a família soube que o pároco da aldeia, fosse porque estava bêbado ou porque era um gozador, havia registrado o sobrenome de José como Saramago, apelido depreciativo que os aldeões deram ao pai de José e que significa "rabanete".

Contra a vontade, seu pai teve de assumir o nome ele também – "a primeira vez na História em que um filho deu o nome ao pai", disse Saramago numa entrevista ao *The New York Times*.

ALAIN ROBBE-GRILLET

Nascimento: 18 de agosto de 1922 (arredores de Brest, França). Morte: 18 de fevereiro de 2008 (Caen, França).

Estilo e gênero: Romancista experimental polêmico, roteirista cinematográfico (*O ano passado em Marienbad*, de Alan Resnais) e cineasta.

Principais obras

Romances

Les Gommes, 1953

À espreita, 1955

Dans le labyrinthe, 1959

La Maison de Rendez-vous, 1965

Roteiros

O ano passado em Marienbad, 1961

L'Imortelle, 1963

Trans-Europ-Express, 1966

Autobiografias

Le Miroir qui revient, 1985

Angèlique ou l'enchantement, 1988

Os últimos dias de Corinto, 1993

Nascido na Bretanha, Robbe-Grillet começou a vida como cientista agrícola, mas foi trabalhar nas Éditions de Minuit, célebre editora de vanguarda de Paris que tinha Samuel Beckett entre seus autores. Foi expoente e teórico do *nouveau roman*, o "romance novo" ou antirromance da década de 1950, cujos adeptos, conhecidos como "a Escola de Minuit", pretendiam libertar o romance dos padrões do século XIX, tidos como produto de uma ordem social que deixara de existir e veículo de valores em que já não se acreditava.

Robbe-Grillet sustentava que não havia lugar para o romance tradicional no mundo do pós-Segunda Guerra Mundial e rejeitava o engajamento político de autores como Jean-Paul Sartre. Em seu livro *Pour un Nouveau Roman*, de 1963, ele disse que a sua ficção dava "atenção aos vínculos existentes entre objetos, gestos e situações, e evitava análises psicológicas e ideológicas das ações dos personagens. (...) O verdadeiro escritor não tem nada a dizer. O importante é o modo como ele diz".

Seus resultados foram polêmicos. Ele foi criticado por abandonar a trama e o personagem em favor de misteriosas ambiguidades e inconsistências. A ininteligibilidade, ao que parece, devia refletir o mundo real incompreensível. O leitor de *Dans le labyrinthe* é conduzido entre diferentes labirintos, físicos e mentais; em *La Maison de Rendez-vous* os "mesmos" personagens aparecem e reaparecem como pessoas diferentes. Robbe-Grillet criou também roteiros cinematográficos, dirigiu, a partir de 1963, filmes desconcertantes e cada vez mais sadomasoquitas e, finalmente, escreveu uma "autobiografia imaginária" em três volumes. **RC**

"O leitor não vê a obra de fora. Ele também está no labirinto."

ACIMA: Foto de Robbe-Grillet, feita em fevereiro de 1994.

À DIREITA: Robbe-Grillet em 1978 nos Estados Unidos, onde passou algum tempo.

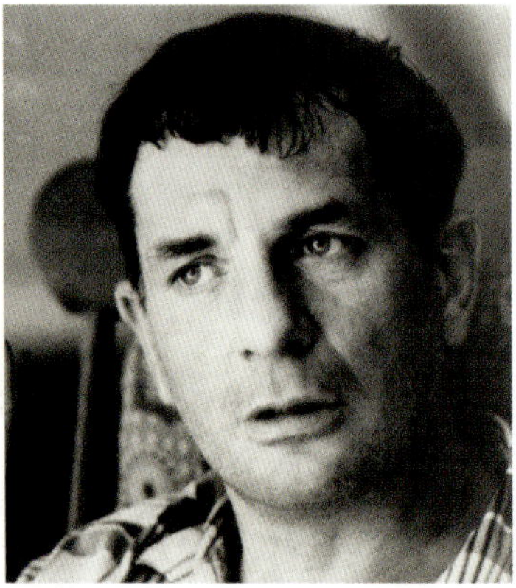

JACK KEROUAC

Nascimento: Jean-Louis Lebris de Kerouac, em 12 de março de 1922 (Lowell, EUA). Morte: 21 de outubro de 1969 (St. Petersburg, EUA).

Estilo e gênero: A obra de Jack Kerouac é um amálgama de ficção e autobiografia. Ele escreveu sem estrutura coerente nem marcos tradicionais.

Principais obras

Romances

Cidade pequena, cidade grande, 1950
On the Road – Pé na estrada, 1957
Os subterrâneos, 1958
Os vagabundos iluminados, 1958
Maggie Cassidy, 1959
Doctor Sax, 1959
Viajante solitário, 1960
Big Sur, 1962
Visions of Gerard, 1963
Desolation Angels, 1965

ACIMA: O autor no documentário de TV, de 1985, *O que aconteceu com Kerouac?*.

Figura de proa do movimento beat, Jack Kerouac nasceu nos Estados Unidos de pais franco-canadenses, só aprendendo a língua inglesa depois dos 6 anos. De caráter complexo e rebelde, Kerouac abandonou a Universidade de Columbia para trabalhar na Marinha mercante. Serviu na Marinha americana durante a Segunda Guerra, mas foi desligado por ter uma personalidade esquizoide. Passou também uma curta temporada na prisão por ajudar o amigo Lucien Carr a ocultar provas num caso de assassinato. Com a vida a ponto de entrar numa espiral sem controle, retornou a Columbia em 1944 e fez amizade com gente como Allen Ginsberg e William Burroughs, futuros protagonistas da geração que Kerouac batizou como "beat"– um grupo de escritores que buscava um novo modo de ver e entender o mundo por meio da literatura enquanto fazia experiências com drogas, jazz progressivo e zen-budismo.

Finalmente capaz de realizar seu maior desejo, Kerouac escreveu seu primeiro romance, *Cidade pequena, cidade grande*, enquanto viajava pelos Estados Unidos. Essas viagens são o tema de sua obra mais famosa, *On the Road*, que se diz ter sido escrita em três semanas de abril de 1951. Kerouac adotou um modo de

ABAIXO: Original de *On the Road*, escrito num rolo de papel de teletipo.

escrever revolucionário, renunciando aos modelos tradicionais em favor de um enfoque espontâneo do tipo "fluxo de consciência". O livro, semiautobiográfico, faz uso da inserção de personagens reais nas frenéticas viagens costa a costa de Sal Paradise (Kerouac) e dos idealistas sem eira nem beira que ele encontra pelo caminho, movidos a drogas, álcool e amor, em busca de prazer em meio à esterilidade do pós-guerra americano. O melhor exemplo é o personagem Dean Moriarty, baseado no amigo Neal Cassidy. William Burroughs observou que Kerouac criou uma nova consciência nacional com uma obra verdadeiramente revolucionária que destaca "a alienação, o desassossego a e insatisfação".

Romances posteriores, como *Os vagabundos iluminados* e *Desolation Angels*, deram continuidade à perspectiva autobiográfica apresentando outros escritores beat. A automitologia e a prosa de Kerouac conservaram a sua influência cultural por mais de 50 anos. **SG**

ACIMA: Kerouac se inclina para o rádio para escutar a si próprio num programa de 1959.

Canções de Kerouac

Jack Kerouac e sua obra foram uma permanente fonte de inspiração para músicos de todo o mundo:

- "Antes de poder dizer Jack Kerouac você virará as costas e eu terei ido embora." – "The Other Kind", Steve Earle
- "A curiosidade matou o gato / *Os vagabundos iluminados* e *On the Road*, Jack Kerouac" – "Cleaning Windows", Van Morrison
- "Enquanto leio *On the Road*, de Jack Kerouac" – "3-minute Rule", Beastie Boys
- "Tem noites em que eu acho que Sal Paradise tinha razão..." – "Boys and Girls of America", The Hold Steady

1920–39

PIER PAOLO PASOLINI

Nascimento: 5 de março de 1922 (Bolonha, Itália). Morte: 2 de novembro de 1975 (Ostia, Itália).

Estilo e gênero: Poeta, romancista e, mais tarde, ensaísta e polemista. Escreveu roteiros e dirigiu filmes sobre vários aspectos da vida, religião e mitologia italianas.

Pier Paolo Pasolini passou a Segunda Guerra refugiado em Casarsa, região de Friuli, norte da Itália, onde formou um círculo de jovens poetas e escreveu uma série de poemas em idioma local – *Le Poesie a Casarsa*, mais tarde complementados por *La meglio gioventù*. No começo da década de 1950, mudou-se para Roma. Vivendo com dificuldade, passava o tempo com os destituídos cujas vidas se tornaram os temas de seus romances *Meninos da vida* e *Uma vida violenta* (1959).

Na década de 1960, depois de escrever vários roteiros, Pasolini começou sua atividade de cineasta. A vida dura dos subúrbios é o foco de filmes como *Accatone* (1961). A religião como vocação trágica é o tema de *Vangelo secondo Matteo* e *Teorema*. *Il Decamerone* tratou do romance como gênero. *Salò ou 120 dias em Sodoma* é uma releitura altamente original da República Social Italiana. *Édipo rei* (1967) e *Medeia* (1969) confrontam os mitos gregos com a sociedade contemporânea.

Da crítica literária Pasolini passou ao último estágio de sua crítica social escrevendo de maneira polêmica e apaixonada para jornais e periódicos. Analisando com rigor os aspectos degradantes e degradados da caótica sociedade italiana surgida da Segunda Guerra Mundial, Pasolini ligou a perda da identidade dos italianos ao seu empenho pelo bem-estar econômico geral a qualquer custo. Previu os desastres ambientais e morais causados pelo êxodo da população para as grandes cidades, em busca de empregos. Em seu lúcido desespero com o destino do mundo, Pasolini identificou o modelo econômico prevalecente, baseado em lucros fabulosos, como a principal causa dos males da sociedade contemporânea. **CC**

"A morte determina a vida. A vida só adquire significado quando acaba."

Principais obras

Poesia

Le Poesie a Casarsa, 1950

La meglio gioventù, 1954

Le ceneri di Gramsci, 1957

La religione del mio tempo, 1961

Poesia in forma di Rosa, 1964

Romance

Meninos da vida, 1954

Roteiros

MammaRosa, 1962

Vangelo secondo Matteo, 1964

Teorema, 1968

Il Decamerone, 1971

ACIMA: O poeta, romancista e cineasta italiano fotografado em 1970.

1920–39

PHILIP LARKIN

Nascimento: 9 de agosto de 1922 (Coventry, Inglaterra). Morte: 2 de dezembro de 1985 (Hull, Inglaterra).

Estilo e gênero: Um dos grandes poetas do século XX, também romancista e crítico de jazz. A principal voz de um grupo de jovens escritores ingleses.

Philip Larkin disse que sua biografia poderia começar aos 21 anos sem omitir nada de importante e parecia se orgulhar de não recorrer às fontes convencionais de inspiração poética: "A privação é, para mim, o que os narcisos eram para Wordsworth." A Oxford do tempo da guerra, onde estudou, é o cenário de seu primeiro romance, *Jill*. O segundo, *A Girl in Winter*, é um ambicioso estudo da solidão à maneira simbolista de Virginia Woolf. Mas seus esforços posteriores na ficção falharam. Em 1945 Larkin descobriu a poesia de Thomas Hardy, de quem se tornou grande admirador. Sua primeira grande coletânea de poemas, *The North Ship*, costuma ser criticada pela retórica bombástica, à maneira de Yeats, mas é relevante pelo lirismo elegíaco do tempo da guerra e por seu tenaz senso de sobrevivência.

Nos anos 1950 Larkin ligou-se ao "Movimento", um grupo de jovens escritores ingleses antirromânticos. Em 1955 tornou-se bibliotecário da Universidade de Hull, East Yorkshire, onde passou o resto da vida. A cidade e seus arredores, com suas extraordinárias imagens da sociedade inglesa do pós-guerra, ocupariam um lugar de destaque em seus poemas. *The Less Deceived* é cético quanto à promessa de liberdade e examina cuidadosamente os valores e as atitudes tradicionais para com o trabalho, o amor e a religião; *The Whitsun Weddings* nos leva da austeridade dos anos 1950 para a afluência dos 1960; *High Windows* registra a ruptura do consenso social do pós-guerra.

Larkin, cuja poesia via significados não sentimentais nos detalhes da vida cotidiana, tornou-se um dos mais queridos poetas ingleses do século XX. Com a morte de John Betjeman, em 1984, foi-lhe oferecido o título de poeta laureado, do qual declinou. **SR**

"Eu creio que escrever sobre a infelicidade é provavelmente a fonte da minha popularidade."

Principais obras

Poesia

The North Ship, 1945

The Less Deceived, 1955

The Whitsun Weddings, 1964

High Windows, 1974

Philip Larkin: Collected Poems, 1988

Romances

Jill, 1946

A Girl in Winter, 1947

Não ficção

All What Jazz: A Record Diary, 1961-1971

ACIMA: Larkin na missa em memória de John Betjeman, Abadia de Westminster, Londres, 1984.

KINGSLEY AMIS

Nascimento: 16 de abril de 1922 (Londres, Inglaterra). Morte: 22 de outubro de 1995 (Londres, Inglaterra).

Estilo e gênero: Romancista, poeta, crítico e satirista inglês, conhecido por sua veia cômica. Nomeado Comandante da Ordem do Império Britânico em 1990.

Principais obras

Romances

Lucky Jim, 1954
That Uncertain Feelings, 1955
The James Bond Dossier, 1965
The Anti-Death League, 1966
Colonel Sun, 1968 (sob o pseudônimo Robert Markham)
The Green Man, 1969
The Alteration, 1976
Jake's Thing, 1978
The Old Devils, 1886

Pai do romancista Martin Amis, Kingsley Amis é tido como uma das maiores figuras literárias britânicas do século XX, famoso por sua afiada veia cômica e satírica.

Amis baseou seus romances na vida britânica contemporânea, recorrendo muitas vezes a experiências próprias. Foi ligado a um grupo de escritores conhecido como "Os Jovens Irados" dada a natureza sardônica e às vezes radical de suas obras, que criticavam as convenções sociais e a atmosfera política de sua época, embora ele próprio – e vários outros – rejeitassem esse rótulo. Com base em suas experiências de conferencista e professor, Amis desenvolveu o romance "de campus", ambientado no mundo universitário. Obras como *Lucky Jim*, que retratam a vida de estudante e professor com clareza e humor seco, serviram de modelo a autores como Howard Jacobson e Tom Sharpe.

Na década de 1960 Amis começou a se afastar do realismo preciso de seus primeiros romances em favor de uma realidade mais alternativa e controversa que, em parte, refletia seu interesse pela ficção científica. Pode-se vê-la, por exemplo, em *The Anti-Death League* e *The Alteration*, que questionam as crenças religiosas convencionais de acordo com a sua visão ateística. Ainda na década de 1960 se envolveu com o James Bond de Ian Fleming, sobre o qual escreveu artigos críticos, o *The James Bond Dossier* e o livro *Colonel Sun*, sob pseudônimo. Amis criou prolificamente, escrevendo romances, ensaios críticos e livros de poesia. Em 1986 ganhou o Prêmio Booker com *The Old Devils*, amplamente considerado, ao lado de *Lucky Jim*, um de seus melhores livros. **TamP**

"Não faz muito sentido escrever se não for para incomodar alguém."

ACIMA: Kingsley Amis fotografado na década de 1970.

WILLIAM GADDIS

Nascimento: 29 de dezembro de 1922 (Nova York, EUA). Morte: 16 de dezembro de 1998 (East Hampton, EUA).

Estilo e gênero: Romancista de voz seca e satírica cujos romances, muitas vezes complexos, abordam a moderna situação cultural e social dos Estados Unidos.

William Gaddis foi um dos gigantes literários do pós-guerra. Sua obra influenciou o desenvolvimento da literatura pós-moderna, em especial escritores como Thomas Pynchon, Don DeLillo e Christopher Wunderlee. Seu primeiro romance, *The Recognitions*, é uma obra complexa, com várias tramas meticulosamente entrelaçadas e 50 personagens cujas histórias abarcam um período de 30 anos. Em seu centro está o tema da falsificação artística, uma alusão à fraude e à falsificação num nível mais geral e metafísico. Embora considerado a sua melhor obra, *The Recognitions* não teve a receptividade que Gaddis esperava.

JR, outra narrativa imensa e complicada, é uma abordagem satírica da América empresarial e sua obsessão pelo dinheiro. Protagonizado por um garoto de 11 anos, o romance é quase totalmente um diálogo contínuo, escrito conforme se fala – com frases interrompidas e erros de gramática. Além do Prêmio Nacional do Livro, *JR* deu ao seu autor um público fiel, ainda que modesto. *Alguém parado lá fora* foi um esforço menor e mais bem-sucedido comercialmente. Também escrito em diálogo praticamente contínuo, ele reitera a visão de mundo irônica e pessimista de Gaddis. *A Frolic of His Own* traz a mesma voz irônica, dessa vez usando o litígio como veículo. Inteligentemente concebido, sua complicada trama expõe com habilidade a diferença entre o ideal de justiça e a realidade do direito. *Agape Agape*, seu último romance, foi planejado como obra de não ficção, mas Gaddis decidiu transformá-lo num monólogo dramático que retorna aos temas anteriores. **TamP**

"Escrever diz respeito somente ao que se passa entre o leitor e a página."

Principais obras

Romances

The Recognitions, 1955

JR, 1975

Alguém parado lá fora, 1985

A Frolic of His Own, 1994

Novela

Agape Agape, 2002 (publicação póstuma)

1920–39

ACIMA: William Gaddis fotografado em Paris, em 1993.

KURT VONNEGUT JR.

Nascimento: 11 de novembro de 1922 (Indianápolis, EUA). Morte: 11 de abril de 2007 (Nova York, EUA).

Estilo e gênero: Romancista satírico, dramaturgo e ensaísta cujas comédias sutilmente sinistras e surreais têm, muitas vezes, temas semiautobiográficos.

Principais obras

Contos

Welcome to the Monkey House, 1968

Romances

Player Piano, 1952

Mother Night, 1961

Cama de gato, 1963

God Bless You, Mr. Rosewater, or Pearls Before Swine, 1965

Matadouro nº 5, ou A cruzada das crianças, 1969

Café da manhã dos campeões, 1973

Slapstick, 1976

Bode vermelho, 1985

Barba-Azul, 1987

Peça

Happy Birthday, Wanda June, 1970

Nos anos 1970, Kurt Vonnegut foi leitura quase obrigatória para qualquer estudante que quisesse "estar por dentro", um ícone de uma geração que fumava maconha, ouvia Pink Floyd e protestava contra a Guerra do Vietnã. Nas suas histórias, comicamente sinistras, personagens e invenções recorrentes se movem em mundos surreais, mesclas de ficção científica, absurdo e realidade. Seus romances jogam com a forma, a estrutura e a tipografia à maneira de Laurence Sterne, às vezes com garatujas do próprio autor.

O ritmo rápido e sincopado e o estilo irreverente, quase despreocupado, de seu texto mal disfarçam, porém, a sua seriedade temática. Capturado pelos alemães na Segunda Guerra Mundial, Vonnegut sobreviveu ao bombardeio aliado de Dresden, junto de seis outros prisioneiros, num frigorífico subterrâneo no Schlachthof-Fünf – o Matadouro nº 5. Depois do bombardeio, foram todos obrigados a trabalhar no enterro dos mortos. Esses acontecimentos inspiraram seu best-seller *Matadouro nº 5, ou A cruzada das crianças*. O tema da capacidade humana de autodestruição, uma constante em sua obra, provém, em ampla medida, de sua experiência pessoal.

Os romances desse ludista, humanista e ambientalista antiautoritário, defensor das liberdades civis, nunca são, porém, explicitamente políticos ou cínicos, antes têm um tom metafísico temperado de esperança na vitória da bondade humana. Depois de seu último romance, em 1997, Vonnegut dedicou-se a escrever ensaios, alguns com enfoque político, como o que aborda a inutilidade da Guerra do Iraque. Depois de sua morte, toda uma geração de seus leitores, como o cineasta Michael Moore, continua a usar o humor na luta contra a ordem estabelecida. **CK**

"Sou um pacifista, um anarquista, um cidadão planetário e assim por diante."

ACIMA: Kurt Vonnnegut Jr., fotografado em 1984.

NADINE GORDIMER

Nascimento: 20 de novembro de 1923 (Transvaal, África do Sul).

Estilo e gênero: Romancista de estilo conciso e narrativa contida e atenta ao detalhe, suas obras abordam as tensões raciais na África do Sul do apartheid e do pós-apartheid.

Quando criança, Nadine Gordimer não saía de casa por causa de seu coração fraco. Mal sabia sua mãe que isso facilitaria a precoce carreira de escritora de sua filha: aos 14 anos, seu primeiro conto, "Come Again Tomorrow", saiu na revista *Forum* de Joanesburgo, e aos 20 ela já publicava regularmente – auspicioso começo de uma autora que ganharia 15 diplomas honorários e inúmeros prêmios, entre os quais o Booker e o Nobel de Literatura. Depois de um ano na universidade, Gordimer dedicou-se exclusivamente a escrever: foram 13 romances e 10 coletâneas de contos.

A crítica ao apartheid ocupa um lugar central em sua obra, que narra as tensões psicológicas inerentes aos conflitos raciais sul-africanos. *Occasion for Loving* aborda a lei racial por meio do relacionamento entre Ann Davis, uma mulher branca e casada, o pintor Gideon Shibalo, seu amante, negro e também casado, e Jessie Stilwell, uma mulher liberal que facilita o relacionamento entre os dois. Outro aspecto do apartheid que Gordimer trata de perto é a relação patrão-empregado, como em *O pessoal de July* e *O falecido mundo burguês* (1966). *A filha de Burger* foi escrito na esteira do brutal levante de Soweto e *A arma da casa* trata da violência na sociedade sul-africana pós-apartheid.

Apesar de ter crescido numa sociedade que a aceitava como "normal", três livros seus foram proibidos. Mas Gordimer não quis exilar-se, tornando-se um ícone na África do Sul e no exterior. As várias facetas do apartheid estão presentes em sua obra, que permanece como narrativa alternativa de acontecimentos a que sua própria carreira de escritora sobreviveu. **JSD**

"Escrever, a mais solitária das ocupações, é uma espécie de aflição."

Principais obras

Contos

Face to Face, 1949

Six Feet of the Country, 1956

Livingstone's Companions, 1971

O amante da natureza, 1980

Writing and Being, 1995

Beethoven Was One-Sixteenth Black and Other Stories, 2007

Romances

Occasion for Loving, 1963

A Guest of Honor, 1971

The Conservationist, 1974

A filha de Burger, 1979

O pessoal de July, 1981

A arma da casa, 1988

O engate, 2001

ACIMA: Nadine Gordimer em maio de 2006.

1920–39

YASAR KEMAL

Nascimento: Kemal Sadik Gokceli, em 1923 (Hemite, hoje Gokçedam, Turquia).

Estilo e gênero: Romancista turco de sucesso, famoso por suas histórias líricas da vida de aldeia e seu consumado realismo. Escreve também poesia e contos.

Yasar Kemal nasceu na Turquia em 1923, à sombra dos montes Taurus, cenário de alguns de seus romances. Filho de um rico latifundiário, ainda jovem viu seu pai ser assassinado, o que motivou um bloqueio na fala que durou vários anos. Fez apenas dois anos de curso secundário, que abandonou aos 14, após a morte de suas irmãs, para cuidar da mãe.

Kemal cresceu ouvindo histórias populares e começou a escrever poesia e contos. Era jornalista, mas foi com seu primeiro romance, *Memed, meu falcão*, publicado em 1955, que ganhou fama na Turquia e no exterior. É a história de um jovem aldeão que se torna bandido, luta contra a injustiça e acaba virando lenda. Suas façanhas em favor dos pobres prosseguem em outros livros. *Memed, meu falcão* já foi publicado em 40 idiomas.

Também sobre os pobres e oprimidos é a trilogia épica de Kemal – *The Wind from the Plain; Iron Earth, Copper Sky*; e *The Undying Grass*, romances que tratam da vida de privações de um grupo de aldeões empregados na colheita do algodão.

Obras posteriores como *The Saga of a Seagull*, ambientada numa cidade pesqueira do mar Negro, e *The Sea-Crossed Fisherman*, deixam o cenário rural de suas primeiras obras para enfocar o caos da vida urbana.

Kemal conservou o interesse pelos oprimidos durante toda a vida. Em 1995 foi preso e condenado a uma pena de 20 meses, com suspensão condicional, por um artigo escrito para a revista alemã *Der Spiegel* sobre a situação dos curdos turcos. Os vários prêmios literários turcos e internacionais conquistados por Kemal são a melhor prova do apelo universal de sua obra. **HJ**

"As pessoas sempre criaram os seus próprios mundos de mitos e sonhos."

Principais obras

Romances

Memed, meu falcão, 1955
The Wind from the Plain, 1960
Iron Earth, Copper Sky, 1963
The Undying Grass, 1968
They Burn the Thistles, 1968
The Saga of a Seagull, 1976
The Sea-Crossed Fisherman, 1978

ACIMA: Kemal na Academia Universal das Culturas, em Paris, 2003.

NORMAN MAILER

Nascimento: 31 de janeiro de 1923 (Long Beach, EUA). Morte: 10 de novembro de 2007 (Nova York, EUA).

Estilo e gênero: Mailer é conhecido por narrar por meio de uma versão estilizada de seu próprio ego, por sua prosa muitas vezes barroca e pela quantidade de seus romances.

ACIMA: O belicoso Mailer fotografado em Nova York, em 1987.

Para resumir a vida de Norman Mailer num simples adjetivo, "fértil" seria uma boa opção – eis aqui um homem cuja produção, literária e não literária, é tudo menos econômica. "Fértil" é a melhor palavra para uma imaginação que nos deu um romance sobre o antigo Egito (*Noites antigas*), um relato em primeira pessoa da vida de Jesus (*O evangelho segundo o Filho*), uma crônica da CIA de 1.300 páginas (*O fantasma da prostituta*) e uma meditação sobre a gênese de Adolf Hitler (*O castelo na floresta*).

Tudo isso de um autor que é principalmente lembrado não como escritor, mas como jornalista. Cofundador do Novo Jornalismo da década de 1960, Mailer escreveu ensaios sobre a raça ("The White Negro"), livros sobre política (*Miami e o cerco de Chicago*) e a apoteose do gênero *A canção do carrasco*, a história de Gary Gilmore, assassino que fez campanha por sua própria execução.

A vida de Mailer condensou uma espantosa gama de experiências: lutou na Segunda Guerra Mundial (tema de *Os nus e os mortos*), foi cofundador do jornal *Village Voice* e candidatou-se à prefeitura de Nova York com o slogan "Piada São Os Outros". Seus ensaios trataram de tudo, de viagens espaciais a controle da natalidade.

Teórico (e prático ocasional) da violência, Mailer era fascinado pelo boxe, tema que inspirou alguns de seus melhores trabalhos. *A luta* documenta o duelo de titãs entre Mohamed Ali e George Foreman. Numa entrevista coletiva anterior ao combate Paterson-Liston, em 1962, ele causou uma grande confusão ao sentar na cadeira de Sonny Liston e recusar-se a sair. O posto de titular, inamovível, de uma cadeira na "universidade da literatura" lhe cairia, portanto, perfeitamente bem. **IW**

"O machismo não é uma capa confortável, um papel cômodo de se assumir na vida."

Principais obras

Romances

Os nus e os mortos, 1948

Parque dos cervos, 1955

Um sonho americano, 1965

Noites antigas, 1983

Homem que é homem não dança, 1984

O fantasma da prostituta, 1991

O evangelho segundo o Filho, 1997

O castelo na floresta, 2007

Não ficção

Advertisements for Myself, 1959

Os exércitos da noite ou Os degraus do Pentágono, 1968

Miami e o cerco de Chicago, 1968

A luta, 1975

A canção do carrasco, 1979

ITALO CALVINO

Nascimento: 15 de outubro de 1923 (Santiago de Las Vegas, Cuba). Morte: 19 de setembro de 1985 (Siena, Itália).

Estilo e gênero: Romancista e crítico italiano cujas ousadas experiências com a técnica narrativa redefiniram as fronteiras do possível no romance.

Principais obras

Romances

A trilha dos ninhos de aranha, 1947
I nostri antenati, 1960
Marcovaldo, ou as estações da cidade, 1963
As cosmicômicas, 1965
As cidades invisíveis, 1972
O castelo dos destinos cruzados, 1973
Se um viajante numa noite de inverno, 1979
Palomar, 1983

Ensaio

Una pietra sopra, 1980

Nascido em Cuba de pais italianos, Italo Calvino nunca teve medo de expressar sua antipatia pelas convenções e pelas expectativas alheias. Na escola primária, na Itália, ele irritou seus professores católicos declarando-se desobrigado da educação religiosa. Embora filho de cientistas, foi inflexível em seu desejo de seguir a carreira literária. Em 1944, em vez de se alistar nas forças fascistas do ditador Benito Mussolini, juntou-se a um grupo de militantes do Partido Comunista para combatê-las. Seu primeiro romance, *A trilha dos ninhos de aranha*, baseado nessas experiências, foi saudado como um clássico do neorrealismo.

Calvino casou-se em 1964 e três anos depois se mudou para Paris, centro da inovação literária da época. Se na década de 1950 seus trabalhos já exibiam variações narrativas e temáticas fabulares, agora seus experimentos, mais do que engenhosos, eram audaciosos. Em *As cosmicômicas*, uma entidade chamada Qfwfq narra a evolução do universo em 12 contos. *O castelo dos destinos cruzados* é a estranha história de um baralho de tarô que contém meditações sobre a fatalidade e o destino humano. *As cidades invisíveis* é uma extraordinária coletânea de conversas imaginárias entre Marco Polo e Kublai Khan, em que o explorador descreve e

ACIMA: Italo Calvino na década de 1980.

À DIREITA: Foto do escritor italiano em data desconhecida.

classifica 55 utopias fantásticas. Esses romances – se é que são romances – rompem com a ideia da narrativa linear empregando estruturas insólitas e indicando sua proximidade com outros tipos de prosa escrita.

Calvino foi um membro ilustre da organização experimental OuLiPo, ao lado de Raymond Queneau e Georges Perec. Conheceu também Roland Barthes, cuja lúdica teoria pós-estruturalista impregnou toda a sua obra, o que é absolutamente evidente em *Se um viajante numa noite de inverno*. A seriedade que permeia a ficção e a crítica de Calvino mostra que ele nunca se afastou demasiado dos círculos acadêmicos; não por acaso, sua morte súbita interrompeu uma série de palestras que vinha ministrando a convite da Universidade de Harvard. **TM**

ACIMA: Calvino, fotografado em Paris por Sophie Bassouls, em 1981.

O grande experimento

Se um viajante numa noite de inverno é, provavelmente, o mais importante romance jamais inspirado por um bloqueio criativo do escritor – um jogo de experiências metatextuais ao mesmo tempo desconcertante e tentador. O romance contém os primeiros capítulos de diferentes romances, conectados por uma narrativa livre sobre o ato de ler. "Você está começando a ler o novo romance de Italo Calvino", ele começa, mas o primeiro capítulo é interrompido pela revelação de que o livro tem um erro de impressão e "você" tem de sair em busca de outro exemplar – o que, vai-se ver, é um romance totalmente diferente.

JOSEPH HELLER

Nascimento: 1º de maio de 1923 (Brooklyn, Nova York, EUA). Morte: 12 de dezembro de 1999 (Long Island, EUA).

Estilo e gênero: Implacável satirista que desafiou a burocracia e a natureza ilógica da guerra. É famoso por suas frases de abertura.

Principais obras

Romances

Ardil 22, 1961, adaptado para o teatro, 1971
Alguma coisa mudou, 1974
Gold vale ouro, 1979
Só Deus sabe, 1984
Imaginem que, 1988
A hora final, 1994
Retrato do artista quando velho, 2000

Peças

We Bombed in New Haven, 1967
Clevinger's Trial, 1973

Roteiro

Sex and the Single Girl, 1964

Autobiografias

Não é caso para rir, 1988
Now and Then, 1998

Desde tenra idade o judeu nova-iorquino Joseph Heller adorava escrever. Mas teve vários empregos depois do secundário, um deles de aprendiz de serralheiro, até se alistar na força aérea em 1942, aos 19 anos. Tornou-se bombardeiro de B-25, posição em que adquiriu a mordaz consciência da guerra em que se baseia o personagem Yossarian, de *Ardil 22*, primeira e mais famosa de suas obras.

Heller fez mestrado em inglês pela Universidade de Columbia e passou um ano como bolsista Fulbright no St. Catherine's College, de Oxford. Sua primeira publicação foi um conto escrito em 1948, quando era revisor de uma agência de publicidade e escrevia em casa, nas horas livres. As sementes de *Ardil 22* foram plantadas no começo da década de 1950, mas o romance só foi publicado em 1961, merecendo aplausos discretos de início e entusiásticos mais tarde. Sua trama tortuosa e acelerada, grotescamente cômica, mostra honrosas ações de combate como provas de insanidade e o aterrorizado Yossarian como o "louco" mais lúcido das forças armadas. As maquinações contraditórias da administração da guerra e suas mortes organizadas são também tratadas com um humor corrosivo. A expressão *"Catch-22"* entrou desde então para a linguagem corrente para designar um problema insolúvel. A versão cinematográfica de *Ardil 22* foi lançada nos anos 1970 com Alan Arkin no papel de Yossarian.

> "Sua única missão a cada vez que decolava era pousar vivo."
>
> — *Ardil 22*

Antes de completar qualquer outro romance, Heller escreveu roteiros de cinema e TV, além de uma peça, todos marcados por suas ideias sobre o ridículo da guerra. Seu segundo romance, *Alguma coisa mudou*, foi lançado em 1974, seguido de várias outros, mas nenhum obteve o sucesso de *Ardil 22*. **LK**

ACIMA: Retrato do autor de *Ardil 22* em fevereiro de 1988.

OUSMANE SEMBÈNE

Nascimento: 1º de janeiro de 1923 (Ziguinchor, Senegal). Morte: 9 de junho de 2007 (Dacar, Senegal).

Estilo e gênero: Com suas obras, Ousmane Sembène, o "pai do cinema africano", deu vida prática, ficcional e cinematográfica ao marxismo francês no Senegal.

Ousmane Sembène era filho de pescador. Convocado a lutar pelos senhores coloniais no fim da Segunda Guerra Mundial, tornou-se trabalhador portuário e agitador radical na França do pós-guerra. De volta ao Senegal depois da independência em 1960, formado em marxismo e literatura mundial, passou da agitação política à criativa publicando quatro romances e dirigindo sete filmes, entre os quais *La Noire de...*, antes de escrever a sátira *Xala*, que adaptou para o cinema.

Traduzidos para o inglês na década de 1980, seus romances foram publicados na série Heinemann African, e seus filmes conquistaram muitos prêmios, culminando com o prestigioso "Um Certain Regard", de Cannes, conferido ao seu último filme, *Moolaadé*. **SM**

Principais obras

Romances

Le docker noir, 1956

Les Bouts de bois de Dieu, 1960

Xala, 1973

Niiwam, 1987

Roteiros

La Noire de..., 1966

Ceddo, 1976

Gelwaar, 1992

Moolaadé, 2004

SHUSAKU ENDO

Nascimento: 23 de março de 1923 (Tóquio, Japão).

Estilo e gênero: Um dos favoritos entre os romancistas japoneses do século XX, Endo abordou questões morais complexas e a relação entre Ocidente, Oriente e cristianismo.

Ainda criança, Shusaku Endo converteu-se ao catolicismo, religião que ocupa um lugar central em seus romances. Talvez por isso seja frequentemente comparado com o escritor católico britânico Graham Greene, que o classificou como um dos melhores romancistas do século XX.

Endo estudou literatura francesa na Universidade de Lyon no começo da década de 1950. Seu primeiro conto, "To Aden", trata de suas viagens pela Europa. Em 1955 ganhou o prestigioso Prêmio Akutagawa por seu primeiro romance, *White Men*. Mas sua fama internacional veio com *O silêncio*, livro que enfoca o martírio dos cristãos convertidos do Japão nos século XVI e XVII por meio das atribulações de um padre português que tem sua fé duramente testada. **HJ**

Principais obras

Contos

To Aden, 1954

Admirável idiota, 1959

Romances

White Men, 1955

Yellow Man, 1956

Mar e veneno, 1958

Volcano, 1960

O silêncio, 1966

Upon the Dead Sea, 1973

A Life of Jesus, 1973

Song of Sadness, 1977

O samurai, 1980

Peça

The Golden Country, 1970

MICHEL TOURNIER

Nascimento: 19 de dezembro de 1924 (Paris, França).

Estilo e gênero: Contador de velhas histórias sob novos pontos de vista, Tournier escreve romances míticos, às vezes fantásticos, de fácil leitura e notável profundidade.

Um dos mais importantes escritores franceses dos últimos 50 anos, Tournier produziu uma obra amplamente inspirada pela cultura alemã (quando criança passava seus verões nesse país), pelo catolicismo romano e pela obra do filósofo francês Gaston Bachelard. Estudou filosofia na Sorbonne e na Universidade de Tübingen, na Alemanha.

Tournier começou sua carreira no rádio e na televisão, época em que escreveu três romances, que não achou que valesse a pena publicar. O grande salto se deu com *Sexta-feira*, romance que lhe deu o Grand Prix du Roman da Academia Francesa. Trata-se de uma versão alternativa de Robinson Crusoé, de Daniel Defoe, em que Robinson opta por permanecer na ilha em vez de retornar à civilização. O romance rendeu a Tournier um público amplo e fiel entre os franceses, já um tanto cansados das dificuldades do *nouveau roman*.

Le Roi des aulnes é considerado a sua obra-prima. O romance conta a história de inocência e obsessão de Abel Tiffauges – o ogro –, prisioneiro francês que ajuda a dirigir um campo de treinamento militar nazista e morre resgatando uma criança judia. Best-seller internacional, o livro ganhou o Goncourt, o mais importante prêmio literário da França.

Tournier retorna ao mito de Castor e Pólux em *Les Météores* e à lenda dos Reis Magos em *Gaspard, Melchior, et Balthazar*, história de quatro sábios vindos da Índia que não chegaram a Belém para o nascimento de Cristo, mas salvaram um grupo de crianças do Massacre dos Inocentes. A autobiografia de Tournier (*Le Vent paraclet*) foi traduzida para o inglês e publicada em 1988 como *The Wind Spirit*. **HJ**

"Só sei viver na obscuridade e por meio de equívocos."

— *Le Roi des aulnes*

Principais obras

Romances

Sexta-feira, ou Os limbos do Pacífico, 1967

Le Roi des aulnes, 1970

Les Météores, 1975

Sexta-feira ou A vida selvagem, 1977

Gaspard, Melchior, et Balthazar, 1980

Le Medianoche amoureux, 1989

Le Miroir des idées, 1994

Autobiografia

Le Vent paraclet, 1977

ACIMA: Tournier fotografado num jardim francês em 2006.

JAMES BALDWIN

Nascimento: 2 de agosto de 1924 (Harlem, Nova York, EUA). Morte: 30 de novembro de 1987 (St.-Paul-de-Vence, França).

Estilo e gênero: Polêmico e inovador, Baldwin foi romancista, dramaturgo, poeta e ensaísta, além de ativista pelos direitos civis.

"O autor escreve com base em uma única coisa – a própria experiência", disse James Baldwin em sua autobiografia, na época em que o Movimento pelos Direitos Civis varria os Estados Unidos. Malcom X e Martin Luther King eram seus amigos. Sua obra aborda as relações inter-raciais e a dura condição de pobre, negro e homossexual nos Estados Unidos, onde essas questões eram verdadeiros tabus.

Baldwin nasceu no seio de uma família pobre do Harlem, em Nova York, e foi enteado de um pastor que não apreciava seu gosto pelos livros, em especial os de Charles Dickens. Mas frequentou seu púlpito antes de ir trabalhar nas ferrovias de Nova Jersey. Mais tarde mudou-se para Greenwich Village, em Nova York, onde trabalhou como escritor freelance. Em 1948 foi para Paris, onde se juntou ao círculo de expatriados americanos de que faziam parte Hemingway, Richard Wright e F. Scott Fitzgerald. Embora tenha retornado aos Estados Unidos, Baldwin achava mais fácil escrever sobre seu país a distância.

A prosa de Baldwin deve muito à Igreja pentecostal e à Bíblia do rei James. Seu primeiro romance, *Go Tell It on the Mountain*, trata de racismo e religião. *Giovanni* fala de um jovem americano branco na França que, abandonado pela noiva e assombrado pela paixão adolescente por um menino, inicia um relacionamento com um italiano.

Os personagens de Baldwin são pessoas de todas as cores, nacionalidades e orientações sexuais, retratados com absoluta honestidade no que tange aos seus defeitos. Ainda que o ódio das injustiças sociais transpareça em suas obras, Baldwin está mais interessado na falibilidade humana como elemento comum a todas as pessoas mundo afora. **CK**

"Eu comecei a imaginar romances na mesma época em que aprendi a ler." – *Notes of a Native Son*

Principais obras

Poesia

Jimmy's Poems, 1983

Romances

Go Tell It on the Mountain, 1853

Giovanni, 1956

Numa terra estranha, 1962

Peça

A esquina do Amém, 1954

Ensaios

Autobiographical Notes, 1952

Notes of a Native Son, 1955

ACIMA: Baldwin fotografado em sua casa no sul da França, em setembro de 1985.

1920–39

TRUMAN CAPOTE

Nascimento: Truman Streckfus Persons, 30 de setembro de 1924 (Nova Orleans, EUA). Morte: 25 de agosto de 1984 (Los Angeles, EUA).

Estilo e gênero: A obra de Capote tem um singular enfoque jornalístico que combina reminiscências infantis e sulistas com intrigas da alta sociedade.

Personalidade exuberante e exibicionista, Truman Capote escrevia ficção e não ficção com uma prosa absolutamente esmerada. Embora seus primeiros textos pertençam à tradição do gótico sulista, ele se tornaria famoso por seu romance jornalístico *A sangue-frio*.

Capote passou boa parte da juventude escrevendo. Saiu da escola aos 17 anos para trabalhar na *New Yorker* e conquistou reconhecimento literário aos 21 com seu romance de estreia

Principais obras

Contos

A Tree of Night and Other Stories, 1949

Novela

Bonequinha de luxo, 1958

Romances

Other Voices, Other Rooms, 1948

A sangue-frio, 1966

Súplicas atendidas, 1987 (publicação póstuma)

Peça

The Grass Harp, 1951

1920–39

ACIMA: Capote em 1970, no jardim de sua casa em Palm Springs, na Califórnia.

À DIREITA: Capote em 1980, com um exemplar da revista *Interwiew* com o seu retrato.

Other Voices, Other Rooms, de 1948, ganhador do O. Henry Memorial. A abordagem franca de sua homossexualidade nesse sensível relato da adolescência no Sul profundo gerou tanta controvérsia quanto a sugestiva fotografia do autor na contracapa.

O sucesso literário fez de Capote uma celebridade, incansável frequentador de festas e colunas sociais. Esses círculos inspirariam *Bonequinha de luxo*, uma de suas obras mais populares, cuja acessibilidade repousa sobre a trama linear, os diálogos vívidos e uma das personagens mais cativantes da ficção americana, Holly Golightly, dama de passado misterioso que passa a vida à procura do lugar a que pertence. Sua adaptação para o cinema com Audrey Hepburn no papel principal consolidou a fama de Capote como talentoso contador de histórias, habilidade que levaria à perfeição em seu projeto seguinte.

O pioneiro romance de não ficção *A sangue-frio* representa não apenas um giro radical em sua obra, mas uma verdadeira revolução nos campos do jornalismo e da literatura. Trata-se de um eletrizante relato do assassinato de uma família de agricultores do Kansas por dois jovens psicopatas, incorporando o envolvimento pessoal do autor na vida dos assassinos e dos habitantes da cidade por meio de uma série de entrevistas realizadas no período de seis anos que antecedeu a execução dos criminosos. Com maestria, Capote consegue abster-se de vínculos emocionais, contando os fatos terríveis com uma narrativa poderosamente evocatória.

Obra seminal, *A sangue-frio* atingiu instantaneamente o status de clássico, trazendo ao autor riqueza e fama sem paralelo no mundo literário. Foi o auge de sua carreira, já que seus trabalhos posteriores não tiveram o mesmo sucesso. Capote acabaria exilado da elite que ele tanto admirava depois que a revista *Esquire* publicou fragmentos de seu romance *Súplicas atendidas* contendo detalhes íntimos de seu círculo social. Capote morreu sem completá-lo. **SG**

ACIMA: Capote dançando com Marilyn Monroe em Nova York, em 1955.

Como a câmera projetou Capote para a fama

A provocativa foto do autor por Harold Halma na contracapa de *Other Voices, Other Rooms* criou uma onda de interesse por Capote, tornando-o famoso da noite para o dia. A imagem, inócua pelos padrões atuais, mostra o jovem Capote deitado languidamente numa espreguiçadeira. Sua pose sensual, embora infantil, foi exibida nas vitrines das livrarias de todos os Estados Unidos provocando o interesse de uns e a indignação de outros. Eterno autopropagandista, Capote ficou encantado com a publicidade, que confirmou sua fé no poder da imagem e lhe garantiu outras fotos memoráveis.

JANET FRAME

Nascimento: 28 de agosto de 1924 (Dunedin, Nova Zelândia). Morte: 29 de janeiro de 2004 (Dunedin, Nova Zelândia).

Estilo e gênero: Salva da lobotomia por um prêmio literário, Frame pôs a Nova Zelândia no mapa da literatura com suas vívidas evocações da loucura.

Principais obras

Contos

The Lagoon and Other Stories, 1951

You Are Now Entering the Human Heart, 1983

Romances

Owls Do Cry, 1957

Faces in the Water, 1961

Scented Gardens for the Blind, 1963

Living in the Maniototo, 1979

Autobiografias

To the Is-Land, 1982

An Angel at My Table, 1984

The Envoy from Mirror City, 1985

Ao conquistar vários prêmios em festivais de cinema de 1990, o filme *An Angel at My Table* chamou a atenção do mundo para duas artistas neozelandesas. Jane Campion acabaria fazendo *O piano*, ao passo que Janet Frame, cuja autobiografia em três volumes ela havia adaptado, viu seu trabalho celebrado em todo o mundo.

A coletânea de contos *The Lagoon*, de Janet Frame, foi publicada enquanto ela vagava de hospício em hospício em razão de um (falso) diagnóstico de esquizofrenia. Ao ler que Frame havia ganhado o Prêmio Hubert Church Memorial, um funcionário do hospital adiou a sua lobotomia. *Owls Do Cry* foi o primeiro romance de uma carreira que investigou com brilhantismo os estados mentais limítrofes. **SM**

LUIS MARTÍN SANTOS

Nascimento: 11 de novembro de 1924 (Larache, Marrocos). Morte: 21 de janeiro de 1964 (San Sebastian, Espanha).

Estilo e gênero: O interesse pela psiquiatria permeia a obra de Luis Martín Santos, que fez uso de técnicas modernistas, do ponto de vista da 2ª pessoa e do monólogo interior.

Principais obras

Poesia

Grana gris, 1945

Romances

Tiempo de silencio, 1962

Tiempo de destrucción,1975 (inacabado, publicação póstuma)

Não ficção

Dilthey, Jaspers y la comprensión del enfermo mental, 1955

Libertad, temporalidad y transferencia en el psicoanálisis existencial, 1964

Apólogos y otras prosas inéditas, 1970

Luis Martín Santos estudou medicina na Universidade de Salamanca e foi diretor do Sanatório Psiquiátrico de San Sebastian durante 13 anos. Escreveu muitos ensaios em sua busca de desenvolver uma psicologia da pessoa integral e publicou uma coletânea de ideias – *Dilthey, Jaspers y la comprensión del enfermo mental*.

Em 1962, Martín Santos escreveu um romance que traduziu para o espanhol as estruturas narrativas, as técnicas modernistas e a complexidade linguística de *Ulisses*, de James Joyce. O romance, *Tiempo de silencio*, tinha um enfoque subjetivo e inovador, em desacordo com o realismo social prevalecente na Espanha. *Tiempo de destrucción*, o segundo romance de sua trilogia projetada, ficou inacabado por causa de sua morte num acidente de automóvel. **REM**

GORE VIDAL

Nascimento: Eugene Luther Gore Vidal, 3 de outubro de 1925 (West Point, EUA).

Estilo e gênero: Romancista, dramaturgo, roteirista e ensaísta famoso por suas ideias mordazes sobre a política dos Estados Unidos e pela abordagem direta da homossexualidade.

A publicação, em 1948, de *A cidade e o pilar*, terceiro romance de Gore Vidal, gerou uma onda de publicidade. Primeiro a abordar com franqueza o tema da homossexualidade nos Estados Unidos, o livro, apesar de considerado escandaloso pelo público e pela crítica, consolidou a fama de Gore Vidal como um dos mais talentosos e polêmicos escritores americanos.

A obra de Vidal é notória pela linguagem espirituosa e desabrida. A desarmante franqueza com que tratou de homossexualidade e política ao longo de sua carreira valeu-lhe tanto apreço quanto abominação. A queda nas vendas de seus livros na década de 1950 o fez voltar-se para o cinema. Sua versão do roteiro de *Ben-Hur* sugere um subtexto gay não assumido na caracterização de Charlton Heston.

Na década de 1960, a carreira de Vidal como romancista decolou uma vez mais com a publicação de *Juliano*, *Washington, D.C.* e *Myra: homem e mulher até certo ponto*, este uma satírica e bem-humorada abordagem da transsexualidade e do feminismo. Os romances escritos a partir de então se encaixam em duas grandes categorias: obras históricas e/ou políticas como *Lincoln* e comédias sarcásticas como *Myra: homem e mulher até certo ponto* e *Fundação Smithsonian*.

Vidal é também famoso por seus ensaios. Com estilo e dinamismo raramente igualados, além da ênfase que o caracteriza, ele os utiliza para veicular opiniões políticas, sexuais e sociais polêmicas, que já lhe trouxeram uma série de problemas – em especial com o analista político William F. Buckley Jr., com quem vem travando uma contínua guerra jornalística e judicial. **TamP**

"Em literatura, como em política, o melhor é não pensar a respeito, mas fazer."

Principais obras

Romances

A cidade e o pilar, 1948

Juliano, 1964

Washington, D.C., 1967

Myra: homem e mulher até certo ponto, 1968

Lincoln, 1984

Fundação Smithsonian, 1998

Roteiro

Ben-Hur, 1959

ACIMA: Gore Vidal fotografado em outubro de 2006.

1920–39

FLANNERY O'CONNOR

Nascimento: 25 de março de 1925 (Savannah, EUA). Morte: 3 de abril de 1964 (Milledgeville, EUA).

Estilo e gênero: A ficção de Flannery O'Connor tem como cenário o Sul dos Estados Unidos, com personagens rudes e foco na busca de Deus em um mundo irreverente.

Principais obras

Contos

É difícil encontrar um homem bom, 1955

Everything That Rises Must Converge, 1965

Romances

Sangue sábio, 1952

The Violent Bear It Away, 1960

Aos 25 anos, Flannery O'Connor foi acometida de lúpus, doença devastadora que havia matado seu pai 10 anos antes. Esse primeiro contato com a doença não a matou, mas ela teve de passar o resto de sua curta vida adulta como inválida, isolada na residência rural de sua mãe, na Geórgia. Viver com os efeitos debilitantes do lúpus lhe deu o senso da sua própria mortalidade: sua obra proclama a preocupação com a morte.

O Sul das histórias de O'Connor é povoado de pessoas tacanhas, egoístas, inválidas e loucas. Católica devota, ela optou por escrever sobre pecadores, não sobre santos. Seus dois romances retratam as agruras dos que têm fé em face de um mundo profano. Em *Sangue sábio*, Hazel Motes tenta fundar uma "Igreja Sem Cristo", uma fé não maculada pelo pecado, mas é frustrado pela ação de um adolescente ávido por lhe dar um "novo Jesus". Em *The Violent Bear It Away*, Francis Tarwater se vê envolvida com a missão que lhe foi zelosamente confiada pelo avô: batizar um jovem primo mentalmente incapaz só para contrariar o tio, que não tem religião. Nos dois livros, uma série de acontecimentos violentos leva o protagonista à redenção.

Embora seus temas – sofrimento e salvação – sejam sérios, o estilo de O'Connor é decididamente cômico. Boa parte de sua ficção gira em torno de algum incidente grotesco: um pervertido que rouba a perna de pau de uma mulher ou um jovem que se veste de gorila. Nenhum aspecto da vida é mesquinho a ponto de não merecer sua atenção ou macabro demais que não tenha significado espiritual. Em suas histórias, a graça de Deus se manifesta nas situações mais improváveis, não nas vitórias e celebrações, mas em momentos de derrota, frustração e constrangimento. **CT**

"A morte sempre foi irmã da minha imaginação."

ACIMA: O'Connor posa para uma foto, na década de 1950.

1920–39

YUKIO MISHIMA

Nascimento: Kimitake Hiraoka, 14 de janeiro de 1925 (Shinjuku, Tóquio, Japão). Morte: 25 de novembro de 1970 (Tóquio, Japão).

Estilo e gênero: Autor japonês de romances, contos, ensaios, poesia e peças que tratam da decadência da beleza física, do suicídio, do masoquismo e do homoerotismo.

Yukio Mishima, provavelmente o escritor japonês mais conhecido dos leitores ocidentais, foi indicado três vezes para o Prêmio Nobel de Literatura. Teve também um suicídio público, morrendo por *seppuku* – o ritual de autoevisceração.

A maneira de morrer de Mishima refletiu as preocupações de sua obra. Em seus 40 romances, 20 coletâneas de contos e 18 peças, Mishima investiga a ascensão dos valores ocidentais em meio à lenta decadência do Japão imperial. Seu primeiro romance, *Confissões de uma máscara*, que o projetou para o sucesso, conta a história de um homem que descobre a própria homossexualidade. Diz-se que é semiautobiográfico: apesar de marido e pai, a sexualidade de Mishima nunca foi perfeitamente clara. **CK**

Principais obras

Romances

Confissões de uma máscara, 1948

Cores proibidas, 1953

O tumulto das ondas, 1954

O templo do pavilhão dourado, 1956

O marinheiro que perdeu as graças do mar, 1963

Mar de fertilidade, 1966-1971

Hagakure – A ética dos samurais e o Japão moderno, 1967

Peças

Five Modern Noh Plays, 1956

Tenth Day Chrysanthemum, 1961

Madame de Sade, 1965

CARMEN MARTÍN GAITE

Nascimento: 8 de dezembro de 1925 (Salamanca, Espanha). Morte: 22 de julho de 2000 (Madri, Espanha).

Estilo e gênero: Inicialmente focada na injustiça social e nas convenções e monotonia dos papéis sociais femininos, Gaite também abordou o acaso e a passagem do tempo.

Uma das duas mulheres membros da Real Academia Espanhola por ocasião de sua morte, Carmen Martín Gaite destacou em sua obra as restrições que pesam sobre as mulheres nas sociedades patriarcais, e que as mulheres espanholas enfrentaram ao longo da História. Suas obras tardias contêm elementos de mito, folclore, lenda e fábula.

Autora do pós-Guerra Civil, Martín Gaite escreveu sobre as consequências sociais do regime de Franco. Ela ganhou o Prêmio Nadal com *Entre visillos*, o Prêmio Príncipe de Astúrias de Literatura em 1988 e o Prêmio Nacional de Literatura em 1978 e 1994. Sua obra liga o realismo da literatura espanhola de meados do século XX ao intimismo do romance moderno. **REM**

Principais obras

Contos

El balneário, 1954

Las ataduras, 1960

Cuentos completos, 1978

Romances

Entre visillos, 1957

Ritmo lento, 1963

Retahílas, 1974

Fragmentos de interior, 1976

El cuarto de atrás, 1978

Nebulosidade variável, 1992

A rainha das neves, 1994

O estranho é viver, 1996

Irse de casa, 1998

Los parentescos, 2001 (inacabado, publicação póstuma)

JOHN BERGER

Nascimento: 5 de novembro de 1926 (Londres, Inglaterra).

Estilo e gênero: As reflexões revolucionárias de Berger sobre os "modos de ver" ainda redefinem as reações – e responsabilidades – dos leitores para com a arte, a cultura e a política.

Principais obras

Romances

G., 1972

Into their Labours – a Trilogy

Terra nua, 1979

Uma vez na Europa, 1987

Bandeira e lilás, 1990

Não ficção

Modos de ver, 1972

About Looking, 1980

Ensaios

The Shape of a Pocket, 2001

Hold Everything Dear: Despatches on Survival and Resistance, 2007

Memórias

Aqui nos encontramos, 2005

É difícil apreciar o alcance dos 60 anos de atividade de John Berger como ensaísta, artista e crítico de arte, roteirista e intelectual sem levar em conta as suas parcerias – predisposição generosa que é, talvez, o dom maior desse brilhante humanista de formação marxista. Assim foi com o diretor Simon McBurney, o escultor Juan Muñoz e o compositor Gavin Bryars. Seus ensaios também apresentaram aos leitores uma gama de escritores, artistas e ativistas da América Latina e do Oriente Médio, como o enigmático Subcomandante Marcos (*The Shape of a Pocket*), com quem manteve memorável intercâmbio.

Autor de vários livros de não ficção, Berger é quase tão fugidio quanto a guerrilha de Chiapas. Conhecido por seu estudo sobre a arte maior ocidental, *Modos de ver* (1972), escrito quando era crítico de arte da revista *New Statesman*, Berger é um romancista notável que escreve sobre vidas e lugares marginalizados pelo capitalismo industrial. Como Marcos, ele vive longe dos grandes centros (numa aldeia dos Alpes) observando de maneira incisiva e mordaz a política e a cultura mundiais.

Presciente e politizado, *Hold Everything Dear: Despatches on Survival and Resistance* mescla reportagem (da Palestina), poesia erótica e teoria econômica numa reflexão multifacetada sobre a relação entre liberdade e desejo, que se opõe a todos os muros, seja entre países e pessoas ou entre gêneros e mídias. Quer esteja focado em vidas de trabalhadores, em suas memórias (*Aqui nos encontramos*), na parede pintada de um amigo (*I Send You This Cadmium Red*, com John Christie), num quadro de Ticiano ou em fotos de montanhas, o olho nômade de Berger é sempre profundamente local e brilhantemente global. **SM**

"[A arte]... dá sentido ao que as brutalidades da vida não podem dar..." – *Let Seven Men Write Your Poem*

ACIMA: Berger durante a realização do vídeo "Vanishing Points", em 2005.

DARIO FO

Nascimento: 24 de março de 1926 (San Giano, Itália).

Estilo e gênero: Ator, escritor, comediante e contador de histórias, Fo é um *performer* que emprega métodos da commedia dell'arte italiana e dirige uma companhia de teatro.

Filho de ferroviário, Dario Fo mudou-se com a família várias vezes quando jovem. Em 1940, foi para Milão estudar arquitetura. Convocado para lutar na Segunda Guerra Mundial, fugiu e se escondeu. Sua família se opunha ao regime fascista de Mussolini.

A conquista do Nobel de Literatura de 1997 gerou entre os intelectuais italianos mais perplexidade do que alegria. Afinal, Fo não é um escritor no estrito sentido da palavra. Mas seria errado defini-lo como um ator, dado que poucas pessoas veem nele as qualidades de um autêntico *performer*. Seus escritos, construídos com um vocabulário repleto de significados e expressões regionais ameaçadas pela influência da mídia, subvertem rótulos e gêneros.

Um dos episódios mais significativos de sua carreira foi a participação no programa de TV *Canzonissima*, em 1962, ao lado de sua esposa Franca Rame. Engraçado e sarcástico na superfície, Fo desferiu ataques velados contra as classes políticas, as "falsas" promessas de liberdade do milagre econômico e a exploração dos trabalhadores. Depois dessa apresentação, foi praticamente banido da TV, o que só fez multiplicar o número de seus admiradores. A partir daí, as salas de espetáculos onde ele se apresentava estiveram sempre lotadas. Nos anos que culminaram nos protestos estudantis de 1968, Fo levou suas peças para instituições locais como prefeituras e ginásios, reafirmando assim a sua arte como algo que fazia parte da vida cotidiana. Tal como nas artes visuais, o *performer* Fo rompeu com as regras estabelecidas, refutando as tradições do teatro para descer ele próprio ao nível da vida moderna. **FF**

"Milhares de crianças massacradas, um rio de sangue por uma taça." – *Mistero buffo*

Principais obras

Peças

Poer nano, 1952

L'operaio conosce 300 parole, il padrone 1000: per questo è lui il padrone, 1969

Mistero buffo, 1969

Morte acidental de um anarquista, 1970

Non si paga, non si paga!, 1974

Il papa e la strega, 1989

Johan Padan e la descoberta de le Americhe, 1991

L'anomalo Bicefalo, 2003

ACIMA: Dario Fo numa cerimônia de premiação, em 1998.

1920–39

ALLEN GINSBERG

Nascimento: Irwen Allen Ginsberg, 3 de junho de 1926 (Newark, EUA). Morte: 6 de abril de 1997 (Nova York, EUA).

Estilo e gênero: Poeta e ativista da geração beat e da contracultura cuja poesia visionária captura o espírito da vida boêmia dos anos 1960 e 1970.

Principais obras

Poesia

Uivo, 1955
Kaddish, 1958
Planet News, 1968
A queda da América, 1973
Plutonian Ode, 1982

O pai de Allen Ginsberg, Louis, foi professor de inglês do secundário e poeta menor. Sua mãe, Naomi, foi ativa militante do Partido Comunista nos anos pós-Depressão, mas passou boa parte da vida em sanatórios por ser mentalmente instável e sujeita a surtos de paranoia e ataques epiléticos. Essas influências iriam se manifestar na obra de Ginsberg, que escreveu bastante sobre a doença mental de sua mãe, de modo mais marcante em seu poema *Kaddish* – uma elegia para Naomi modelada na tradição judaica, por muitos considerada a sua obra-prima. Também foi comprometido com causas políticas radicais, em seus escritos e ativismo pessoal. Ginsberg teve presença marcante em vários comícios contra a Guerra do Vietnã, liderando a multidão em cânticos budistas de "Om".

O poema que projetou Ginsberg foi *Uivo*, descrito por ele mesmo como "uma bomba-relógio emocional que continuaria a explodir na consciência dos Estados Unidos caso o nosso complexo militar-industrial-nacionalista se consolide como uma burocracia policial repressiva". Escrito em versos longos, o poema tem influências de Whitman, dos livros proféticos de William Blake e das cadências do Antigo Testamento. Seu conteúdo, que lhe valeu um processo judicial por obscenidade, é uma celebração do sexo gay, da vida bandida e da mudança cultural. Obra mais conhecida da geração beat ao lado de *On the Road*, de Jack Kerouac, *Uivo* assegurou o lugar de Ginsberg entre os principais ícones da contracultura de sua época.

"Eu vi as melhores cabeças de minha geração destruídas pela loucura." – *Uivo*

Ginsberg passou a vida viajando, incluindo dois anos na Índia aprendendo a meditar, e dedicava-se a experimentos farmacológicos em prol da expansão da consciência. Mesmo sendo muito festejado pela ordem estabelecida, Ginsberg nunca renunciou aos seus princípios radicais. **MS**

ACIMA: Ginsberg fotografado em Nova York por William Coupon, em 1988.

JOHN FOWLES

Nascimento: 31 de março de 1926 (Leigh-on-Sea, Inglaterra). Morte: 5 de novembro de 2005 (Lyme Regis, Inglaterra).

Estilo e gênero: Romancista, poeta e ensaísta pós-moderno que abordou temas existencialistas e pôs em questão a forma narrativa tradicional com seu espírito lúdico.

Os primeiros três romances de John Fowles – *O colecionador*, *The Magus* e *A mulher do tenente francês* – tiveram bastante sucesso e fizeram dele uma estrela ascendente na cena literária britânica da década de 1960. Mas eles representam o auge de seus poderes. A relativa indiferença da crítica por trabalhos posteriores como *Daniel Martin* parece ter arrefecido a sua produção. Em 1988, Fowles sofreu um derrame que o obrigou a passar o resto da vida recluso em sua adorada casa em Lyme Regis, West Country. A publicação de seus diários veio a revelar um homem intolerante, dado a fortes antipatias e preconceitos, feliz por estar longe da ribalta literária.

Não obstante, suas primeiras obras permanecem imensamente populares, quase cult. Sua temática é incrivelmente variada: *O colecionador*, que se pode considerar um thriller, conta a perturbadora história de um desajustado que rapta uma mulher; *The Magus* é uma extensa crônica shakespeariana da maioridade de um jovem professor de inglês numa ilha grega; *A mulher do tenente francês*, parte romance, parte pastiche do romance vitoriano, conta a história de uma mulher perdida. À parte o talento de Fowles como contador de histórias, o que os une é sua lúdica atitude pós-moderna para com a forma narrativa tradicional, com finais alternativos, mudança de voz narrativa e a sugestão de que os personagens têm vida própria fora da obra. Ateu, Fowles foi atraído pelos trabalhos de existencialistas franceses como Jean-Paul Sartre. Ele não apenas dá ao existencialismo um toque absolutamente britânico como pede ao leitor que tire suas próprias conclusões sobre os personagens e seu destino. **CK**

"Seus personagens se tornam muito mais reais para você do que é possível imaginar."

Principais obras

Romances

O colecionador, 1963

The Magus, 1965, edição revisada 1977

A mulher do tenente francês, 1969

The Ebony Tower, 1974

Daniel Martin, 1977

Mantissa, 1982

A Maggot, 1985

1920–39

ACIMA: John Fowles fotografado em dezembro de 1999.

GÜNTER GRASS

Nascimento: 16 de outubro de 1927 (Danzig – atual Gdansk –, Polônia).

Estilo e gênero: Grass lança mão de temas político-históricos instigantes, resolve tramas em situações fantásticas e aborda a culpa e a aceitação na Alemanha do pós-guerra.

Mais importante porta-voz da literatura alemã contemporânea, Günter Grass é também um talentoso poeta, dramaturgo e escultor. O revolucionário *O tambor*, romance de estreia desse escritor de marcadas tendências socialistas, é ainda uma de suas obras mais conhecidas. A polêmica revelação, em 2006, de que Grass serviu na SS de Hitler durante a Segunda Guerra manchou sua reputação de laureado com o Prêmio Nobel de Literatura de 1999.

Grass fez parte da Juventude Hitlerista em sua Danzig natal antes de ser convocado para a SS aos 17 anos. Ferido em combate, passou o restante da guerra num campo de prisioneiros. Depois da guerra estudou arte em Düsseldorf e Berlim e teve vários empregos – peão, mineiro, artista gráfico, escultor e músico de jazz.

Principais obras

Romances

O tambor, 1959
Gato e rato, 1961
Anos de cão, 1963
Anestesia local, 1969
Aus dem Tagenbuch einer Schnecke, 1972
O linguado, 1977
A ratazana, 1987
Unkenrufe, 1992
Passo de caranguejo, 2002

Autobiografia

Nas peles da cebola, 2007

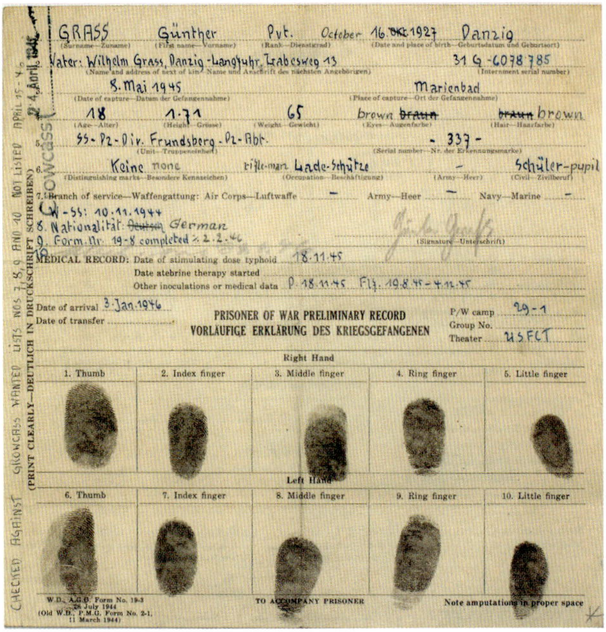

GRASS (Surname—Zuname) Günther (First name—Vorname) Pvt. (Rank—Dienstgrad) October 16. 1927 Danzig (Date and place of birth—Geburtsdatum und Geburtsort)
Vater: Wilhelm Grass, Danzig-Langfuhr, Labesweg 13 (Name and address of next of kin—Name und Anschrift des nächsten Angehörigen) 31 G-6078785 (Internment serial number)
8. Mai 1945 (Date of capture—Datum der Gefangennahme) Marienbad (Place of capture—Ort der Gefangennahme)
18 (Age—Alter) 1.71 (Height—Grösse) 65 (Weight—Gewicht) brown ~~braun~~ (Eyes—Augenfarbe) ~~braun~~ brown (Hair—Haarfarbe)
5. SS-Pz-Div. Frundsberg-Pz-Abt. (Unit—Truppeneinheit) - 337 - (Serial number—Nr. der Erkennungsmarke)
6. Keine none (Distinguishing marks—Besondere Kennzeichen) rifle-man Lade-Schütze (Occupation—Beschäftigung) – (Army—Heer) Schüler-pupil (Civil—Zivilberuf)
7. Branch of service—Waffengattung: Air Corps—Luftwaffe – Army—Heer – Navy—Marine –
W-SS: 10.11.1944
8. Nationalität: ~~Deutsch~~ German
9. Form. Nr. 19-8 completed 2.2.46
(Signature—Unterschrift)
10. MEDICAL RECORD: Date of stimulating dose typhoid 18.11.45
Date atebrine therapy started
Other inoculations or medical data P. 18.11.45 Flt. 19.8.45–4.12.45
Date of arrival 3. Jan. 1946
Date of transfer
PRISONER OF WAR PRELIMINARY RECORD
VORLÄUFIGE ERKLÄRUNG DES KRIEGSGEFANGENEN
P/W camp 29-1
Group No.
Theater USFCT
Right Hand
1. Thumb 2. Index finger 3. Middle finger 4. Ring finger 5. Little finger
Left Hand
6. Thumb 7. Index finger 8. Middle finger 9. Ring finger 10. Little finger
W.D., A.G.O. Form No. 19-3 28 July 1944 (Old W.D., P.M.G. Form No. 2-1; 11 March 1944)
TO ACCOMPANY PRISONER
Note amputations in proper space
(PRINT CLEARLY—DEUTLICH IN DRUCKSCHRIFT SCHREIBEN)
CHECKED AGAINST GROWCASS WANTED LISTS NOS 7, 8, 9 AND 10 NOT LISTED APRIL 15-4-
GROWCASS

ACIMA: Grass, autor de livros sobre aceitação e culpa na Alemanha do pós-guerra.

À DIREITA: Registro de Grass como prisioneiro de guerra, em 1945.

1920–39

ACIMA: Grass (à esquerda) no set de filmagem de *O tambor*, em 1979.

Em 1955 entrou para o Gruppe 47, um clube literário orientado para a critica social, e publicou seus primeiros poemas e peças, com pouca repercussão.

Grass trabalhava em Paris quando concluiu o alegórico e picaresco *O tambor*, que o tornou conhecido em toda a Alemanha. Resposta à culpa alemã no pós-guerra, o romance é a história de Oscar Matzerath, que aos 3 anos ganha um tambor e se recusa e crescer fisicamente por não querer entrar num mundo adulto carregado de ambiguidades. Embora soturno e perturbador, Grass exagera imaginativamente suas experiências em Danzig durante a ascensão do nazismo, a invasão soviética e a reconstrução do pós-guerra. Oscar está sempre fora de passo com as marchas das hordas nazistas, tocando obstinadamente o seu tambor, soltando seu grito pungente e

"Hoje sei que tudo vigia, nada passa sem ser visto..."
— *O tambor*

1920–39

Descascando a cebola

A admissão pública de que foi membro das SS aos 17 anos de idade, depois de anos condenando os nazistas, causou mais do que uma mera comoção no mundo literário. Grass não apenas não se opôs aos nazistas como marchou ao lado deles em uma de suas mais notórias organizações. Homem de sólidas credenciais socialistas, crítico feroz do tratamento dado pela Alemanha ao seu passado nazista, alguém que construiu sua carreira satirizando pessoas que vivem em conflito com suas crenças, não surpreende que tenha sido bombardeado de acusações de hipocrisia.

A extensão de seu envolvimento nas SS é descrita em *Nas peles da cebola*. Apesar de nos pedir para olhar sem preconceito sua afirmação de que nunca desferiu um tiro, Grass é um forte crítico do jovem Grass. O livro, que não pretende acusar nem redimir, levanta importantes questões sobre a ética autoral e as expectativas do público a respeito do comportamento do escritor.

Para alguns, a revelação o desacreditou como autoridade moral; para outros, seu sentimento de culpa por ter sido cúmplice faz parte das implacáveis questões morais colocadas em suas obras. Como muitos de seus romances, essa também é uma questão que continuará dividindo opiniões.

zombando do absurdo dos acontecimentos que se desenrolam ao seu redor.

Duas outras obras viriam completar a Trilogia de Danzig, romances de tempos de guerra emoldurados pelo dualismo germano-polonês da cidade. *Gato e rato* é a história de Joachim Mahlke (o rato do título), estudante secundarista que tem um pomo de adão proeminente, tal como visto pelo narrador nada confiável Pilenz. Este recorda a juventude de ambos na Alemanha de Hitler e analisa o que significa ser humano em tempos de guerra. *Anos de cão*, com suas palavras inventadas e imagens retorcidas, é estilisticamente ainda mais instigante. A história, passada num período apocalíptico da história da Alemanha e contada de três pontos de vista diferentes, é uma aflitiva jornada adentro da psique alemã do século XX.

Na década de 1960, Grass participou das campanhas eleitorais do líder social-democrata Willy Brandt, seu amigo, experiência que incorporou no livro *Aus dem Tagenbuch einer Schnecke* (Diário de uma lesma). Apesar de suas intenções sérias, Grass aparece como um personagem cômico que tenta obstinadamente fazer a coisa certa apesar dos muitos obstáculos. O livro aborda de maneira divertida e satírica questões históricas e políticas de magnitude suficiente para deixar o leitor perplexo. *O linguado* narra a guerra dos sexos da Idade da Pedra até os dias de hoje, um conto fantástico recheado de humor, trocadilhos, comida e sexo, que conquistou o público fora da Alemanha.

Grass escreve livros intelectuais e experimentais na forma, no tema e na linguagem, desafiando nossa interpretação do passado – o que continuou fazendo neste século com *Passo de caranguejo*. O afundamento por um submarino soviético, em 1945, do cruzador alemão *Wilhelm Gustloff* lotado de refugiados é contado por um jornalista, filho de um dos poucos sobreviventes. A história enfrenta o problema da culpa por meio de um olhar sobre o passado – problema que o próprio Grass viria a enfrentar depois da publicação de suas memórias, *Nas peles da cebola*, em 2007. **SG**

GABRIEL GARCÍA MÁRQUEZ

Nascimento: 6 de março de 1927 (Aracataca, Colômbia).

Estilo e gênero: Com raízes profundas na história da Colômbia e na magia e no folclore caribenhos, a ficção de Márquez sonda as vicissitudes do coração e a política internacional.

Criado por avós que marcaram para sempre a sua ficção com suas lendas e superstições, Márquez começou como jornalista. Em 1955, a história em capítulos de um marinheiro náufrago dobrou a circulação do jornal oposicionista *El Espectador*. Suas ideias esquerdistas se consolidaram depois de um massacre de estudantes por tropas governamentais. Em 1959 Fidel o nomeou chefe da Prensa Latina de Bogotá, posto a que renunciou em 1961. Depois de quatro anos na Cidade do México como jornalista e roteirista, começou a escrever *Cem anos de solidão*, publicado em 1967 com imediato sucesso e imensa aclamação.

Os romances anteriores de Márquez podem ser vistos como fragmentos de um todo ficcional ainda indefinido. O magistral *Cem anos de solidão* é uma viagem na roda do tempo ao reino de Macondo. Com cadência bíblica e imaginação poética, o romance narra um século de vidas e amores no vilarejo: a praga da insônia, o retorno dos mortos, o desaparecimento de um trem cheio de trabalhadores, uma mulher que come terra, o tempo paralisado, a destruição da aldeia e como tudo estava previsto desde muito.

Seus romances seguintes desenvolvem temas similares tomando como base outros objetos. *O outono do patriarca* investiga a patologia do ditador e *O general em seu labirinto* disseca a solidão do estadista; ambos questionam a suposta correspondência entre fatos e personalidades. *Crônica de uma morte anunciada* narra a absurda transformação de vítimas em carrascos e vice-versa sob a égide de uma implacável resignação frente ao destino. *O amor nos tempos do cólera* e *Do amor e outros demônios* retornam para um mergulho profundo nas ninfomanias do coração. García Márquez ganhou o Prêmio Nobel de Literatura de 1982. **CH**

"A única vantagem da fama foi ter podido dar a ela um uso político."

Principais obras

Romances

Cem anos de solidão, 1967
O outono do patriarca, 1975
Crônica de uma morte anunciada, 1982
O amor nos tempos do cólera, 1981
O general em seu labirinto, 1989
Do amor e outros demônios, 1994

Novelas

Ninguém escreve ao coronel, 1961
A má hora (O veneno da madrugada), 1962

ACIMA: García Márquez numa fotografia sem data.

1920–39

JOHN ASHBERY

Nascimento: 28 de julho de 1927 (Rochester, EUA).

Estilo e gênero: Celebrado poeta da escola de Nova York que une o estilo dos escritores da corrente principal e de vanguarda com seus poemas sagazes, fugidios e lúdicos.

Principais obras

Poesia
Some Trees, 1956
The Tennis-Court Oath, 1962
The Double-Dream of Spring, 1970
Three Poems, 1973
Self-Portrait in a Convex Mirror, 1975
Houseboat Days, 1977
As We Know, 1979
A Wave, 1984
Flow Chart, 1991
And the Stars Were Shining, 1994
Wakefulness, 1998
Girls on the Run, 1999
Chinese Whispers, 2002
A Worldly Country, 2007

John Ashbery é o mais raro dos pássaros: aclamado poeta experimental e escritor de textos ao mesmo tempo desafiadores e sedutoramente líricos, surpreendentes e belos. Em Harvard, onde estudou, Ashbery fez amizade com Robert Creeley, Robert Bly, Kenneth Koch e Frank O'Hara, escritores que traçariam o panorama da poesia americana do pós-guerra. Ao lado de Koch e O'Hara, Ashbery seria peça-chave da "escola de Nova York" de poesia, com seus versos elegantes e coloquiais fortemente influenciados pelas artes visuais, em especial o expressionismo abstrato. Mas a obra de Ashbery tem também fortes traços surrealistas, talvez em virtude do tempo que passou em Paris trabalhando como crítico de arte.

Sua primeira coletânea, *Some Trees*, foi selecionada para o Prêmio Jovens Poetas de Yale de 1956 pelo escritor W. H. Auden, sobre quem havia escrito uma tese em Harvard. *The Tennis-Court Oath*, a segunda, surpreendeu os leitores por seu estilo disjuntivo, não linear e surrealista. Em 1975 Ashbery foi aclamado por *Self-Portrait in a Convex Mirror*, passaporte para os prêmios Pulitzer, Nacional do Livro e Círculo Nacional de Crítica Literária. O poema-título parte da obra homônima de Parmigianino para investigar as convexidades e complicações da subjetividade e o modo como a linguagem se move em busca de um "eu mesmo" que nunca pode fixar completamente. Desde então, Ashbery vem produzindo regularmente sua poesia singular e não parafraseável. Parte de seus melhores trabalhos está reunida em coletâneas como *Houseboat Days*, *As We Know*, *Wakefulness* e *Girls on the Run*, este um longo poema narrativo baseado na obra do artista "marginal" Henry Darger. **MS**

"Flutuamos / Em nossos sonhos como numa barcaça de gelo..." – "My Erotic Double"

ACIMA: Ashbery em Nova York, em agosto de 1964.

JUAN BENET

Nascimento: Juan Benet Goita, 7 de outubro de 1927 (Madri, Espanha). Morte: 5 de janeiro de 1993 (Madri, Espanha).

Estilo e gênero: Juan Benet rompeu com a tradição narrativa espanhola para criar uma obra de qualidade, singularidade e importância reconhecidas por seus contemporâneos.

O pai de Juan Benet morreu ao iniciar-se a Guerra Civil espanhola, em 1936. A família fugiu da capital para San Sebastian, região basca, retornando a Madri quando ela se tornou segura, em 1939. Concluído o secundário, Benet entrou para a Escola de Engenharia Civil de Madri, onde se diplomou em 1954. Trabalhou como engenheiro rodoviário primeiro na Finlândia, depois na Espanha, até 1961, quando publicou seu primeiro livro, uma coletânea de contos chamada *Nunca llegarás a nada*.

Seu primeiro romance, *Volverás a Región*, despertou críticas, mas também muito interesse por seu estilo experimental e complexo, em ruptura com a narrativa tradicional. Seus personagens vivem em uma região fictícia da Espanha chamada Región, talvez vagamente inspirada na montanhosa León, no norte do país. Território de difícil acesso, muito isolado e provinciano, Región é, para alguns críticos, uma metáfora da própria Espanha. Primeiro de uma trilogia aí ambientada, *Volverás a Región* é recheado de mitos e alegorias e escrito em um tom sarcástico, exigindo muito do leitor. *Una meditación,* de 1969, e *Un viaje de invierno,* de 1972, completam a trilogia.

Benet escreveu, também, ensaios e peças. Um de seus ensaios mais conhecidos é *La inspiración y el estilo*, no qual expõe suas ideias sobre literatura. Ele dizia que a essência da literatura está no estilo, mais do que nas histórias e nos argumentos. Benet tem sido associado a uma elite internacional de figuras literárias que inclui Marcel Proust, James Joyce e William Faulkner, este último uma influência particularmente importante em sua obra. **REM**

"A filosofia é uma ciência que torna complicadas as coisas que todo mundo sabe."

Principais obras

Romances

Volverás a Región, 1967
Una meditación, 1969
Un viaje de invierno, 1972
Herrumbrosas lanzas, 1983
El caballero de Sajonia, 1991

1920–39

ACIMA: Benet fotografado na Espanha, em 1980.

EDWARD ALBEE

Nascimento: Edward Harvey, 12 de março de 1928 (Washington, D.C., EUA).

Estilo e gênero: Aclamado dramaturgo que com sua mescla de teatralidade e diálogos mordazes ajudou a reinventar o teatro americano no começo da década de 1960.

Poucos autores ganharam o Prêmio Pulitzer mais de uma vez. Edward Albee ganhou três. Sempre um grande experimentador, suas alternâncias de temas e estilos dramáticos lhe renderam iguais quantidades de elogio e escárnio dos críticos teatrais, mas ninguém pode negar seu espírito inovador. Como ele mesmo disse: "Eu devo ter sido programado diferente desde lá de trás." Albee foi adotado quando bebê por uma família rica, mas nunca se sentiu ajustado – ele e seus pais tinham visões de mundo muito diferentes. Foi expulso de várias escolas particulares e, mais tarde, da faculdade. Aos 20 anos escolheu a vida boêmia do Greenwich Village, em Nova York, porque lhe haviam dito que era lá que estavam as pessoas interessantes.

Foi ali, dois dias antes de completar 30 anos, que escreveu a surpreendente peça em um único ato *A história do jardim zoológico*, sobre um vagabundo que encontra um estranho num parque e o arrasta à violência. Foi o começo de uma série de peças curtas repletas de realismo e absurdo que lhe trariam os primeiros aplausos entusiásticos do público. Mas foi sua primeira peça de mais de 55 minutos de duração, um polêmico sucesso da Broadway sobre a vida conjugal chamado *Quem tem medo de Virginia Woolf?*, que lhe rendeu a fama a que seus textos faziam jus. Em seguida vieram as primeiras peças ganhadoras do Prêmio Pulitzer, *Um equilíbrio delicado* e *Seascape*.

"Dramaturgo é uma pessoa que põe as tripas penduradas no palco."

A popularidade das peças de Albee declinou na década de 1980, dando a impressão de que ele desapareceria da vista do público. Mas, em 1991, a peça *Three Tall Women*, sobre uma mulher moribunda que rejeitara seu filho gay, lhe proporcionou seu terceiro Pulitzer e o trouxe de volta aos holofotes, onde se encontra até hoje. **JM**

Principais obras

Peças

A história do jardim zoológico, 1958
The Sandbox, 1960
A morte de Bessie Smith, 1960
Quem tem medo de Virginia Woolf?, 1962
A balada do café triste, 1964
Um equilíbrio delicado, 1966
Box and Quotations from Chairman Mao Tse-Tung, 1969
Seascape, 1975
Finding the Sun, 1982
The Man Who Had Three Arms, 1983
Three Tall Women, 1991
Fragments, 1993
A cabra ou Quem é Sylvia?, 2002
Peter and Jerry, 2004.

ACIMA: Edward Albee fotografado em Londres, em 2006.

CARLOS FUENTES

Nascimento: Carlos Fuentes Macías, 11 de novembro de 1928 (Cidade do Panamá, Panamá).

Estilo e gênero: Romancista e crítico mexicano nascido no Panamá, conhecido pelo experimentalismo narrativo e incursões na história do México e da América Latina.

Tal como os murais de Diego Rivera, os romances de Carlos Fuentes tratam da identidade mexicana em suas dimensões política, social, psicológica e mítica. Além de escritor, Fuentes foi diplomata e embaixador extraoficial da cultura latino-americana.

Seus primeiros romances retratam o México urbano contemporâneo regido pelo determinismo econômico (e mítico), pela amnésia histórica e por uma imagem ossificada de seu passado revolucionário. Seus protagonistas sofrem a estagnação da sociedade que ajudaram a construir como uma morte em vida. *La región más transparente* retrata isso de um modo panorâmico e caleidoscópico, com múltiplos personagens e pontos de vista representando vários estratos sociais. *A morte de Artemio Cruz* é a alucinação do protagonista no leito de morte narrada em três vozes – "eu", "você", "ele" –, "eus" conflitantes que só se fundem na morte. *Gringo velho* é menos pessimista: a solteirona americana Harriet Winslow revê longamente seu passado no México revolucionário dando sinais de ter mudado suas atitudes puritanas e crescido como mulher.

Igualmente sombrios, porém lúdicos, são *Cristóvão Nonato*, em que um feto-narrador espera nascer em 12 de outubro de 1992, e *Terra Nostra*, um vasto épico circular de 1492-1999 que pode ser descrito como a reconquista do Velho Mundo pelo Novo. Nos dois romances, o apocalipse enfrenta a utopia e terminam ambos com potencial de um novo Gênese.

Defensor de Fidel Castro e dos sandinistas, crítico às vezes feroz dos Estados Unidos, Carlos Fuentes teve sua entrada naquele país recusada três vezes, mas se tornou, em 1987, professor titular de estudos latino-americanos em Harvard. **CH**

"O romance indica que estamos nos transformando. Não há solução final. Não há última palavra."

Principais obras

Romances

La región más transparente, 1958
A morte de Artemio Cruz, 1962
Cambio de piel, 1967
Terra Nostra, 1975
A cabeça da hidra, 1978
Gringo velho, 1985
Cristóvão Nonato, 1987

Ensaios

Contra Bush, 2004

ACIMA: Carlos Fuentes em outubro de 2006.

ELIE WIESEL

Nascimento: 30 de setembro de 1928 (Sighet, Romênia).

Estilo e gênero: Um dos grandes escritores do Holocausto, Wiesel faz uso de uma prosa direta e parca cuja simplicidade dá enorme poder à sua mensagem de paz e tolerância.

Principais obras

Romances

Dawn, 1961

Day/The Accident, 1962

Memórias

A noite, 1958

Legends of Our Time, 1968

All Rivers Run to the Sea, 1995

And the Sea Is Never Full, 1999

Não ficção

One Generation After, 1971

Judeu, hoje, 1978

After the Darkness, 2002

Ensaísta, romancista e contista, Elie Wiesel é autor de mais de 40 livros de ficção e não ficção e ganhador do Prêmio Nobel da Paz de 1986. Mais do que escritor, Wiesel é um sobrevivente e um mensageiro. Em 1978 foi indicado por Jimmy Carter presidente do Holocaust Memorial Council dos Estados Unidos e em 1985 ganhou a Medalha da Liberdade do congresso. Hoje cidadão americano, Wiesel mora em Nova York e ensina na Universidade de Boston. Ele e sua esposa fundaram a Elie Wiesel Foundation for Humanity, uma organização que luta pelos direitos humanos em todo o mundo.

Wiesel nasceu e passou a infância em Sighet, norte da Romênia, onde uma comunidade judaica se estabeleceu em 1640. Em 1944, aos 15 anos, foi deportado pelos nazistas, com seus pais e três irmãs, para o campo de concentração de Auschwitz. Separado na chegada da mãe e das irmãs, Wiesel nunca mais viu a mãe e a irmã mais moça; as mais velhas sobreviveram. Wiesel e seu pai ficaram juntos em Auschwitz e mais tarde em Buchenwald, mas seu pai morreu pouco antes da libertação do campo em abril de 1945.

Depois de libertado, Wiesel estudou filosofia e psicologia na Sorbonne, em Paris, e se tornou jornalista. Seu silêncio do pós-

ACIMA: Retrato de Wiesel por William Coupon, Nova York, 1984.

À DIREITA: Wiesel com a imprensa depois de receber a Medalha de Ouro do Congresso dos EUA em 1985.

ACIMA: Wiesel (fila do meio, sétimo desde a esquerda) em Buchenwald, em abril de 1945.

-guerra foi quebrado em 1958 com a publicação de seu primeiro e mais famoso livro, *A noite*. Memória concisa e desoladora de suas terríveis experiências, *A noite* foi internacionalmente aclamado e vendeu mais de 5 milhões de exemplares.

Cidadão americano desde 1963, Wiesel firmou residência em Nova York e trabalhou como articulista do jornal *The Jewish Daily Forward*. Continuou a escrever e publicar romances, peças e ensaios em francês, conquistando reputação internacional. A maior parte de seus livros trata dos acontecimentos do Holocausto; suas conferências, de sua oposição à perseguição religiosa e racial. A obra de sua vida tem sido assegurar que a morte de 6 milhões de judeus no Holocausto não seja esquecida, na esperança de que, assim, não possa se repetir. **LP**

A publicação de *A noite*

Apesar de traduzido para mais de 30 idiomas, *A noite* por pouco não foi perdido para o mundo. Foi François Mauriac, romancista francês ganhador do Prêmio Nobel, quem convenceu Wiesel a quebrar seu silêncio de 10 anos e escrever sobre a sua experiência do Holocausto. Quando Wiesel lhe trouxe o manuscrito, Mauriac enviou-o pessoalmente a inúmeras editoras, que o rejeitaram por ser "excessivamente mórbido". Uma pequena editora o publicou, vendendo menos de 1.500 exemplares entre 1960 e 1963.

WILLIAM TREVOR

Nascimento: William Trevor Cox, 24 de maio de 1928 (Mitchelstown, Irlanda).

Estilo e gênero: Romancista, contista e dramaturgo irlandês cuja criação protestante na Irlanda católica lhe deu um forte senso do presente talhado nas agruras do passado.

De família de classe média protestante, Trevor cresceu numa sucessão de cidades do interior da Irlanda. Formado em História pelo Trinity College de Dublin, trabalhou como professor enquanto tentava se firmar como escultor. Já casado, mudou-se na década de 1950 para a Inglaterra, onde trabalhava, de má vontade, como redator de uma agência de publicidade.

Seu primeiro romance, *A Standard of Behaviour*, publicado em 1958, não despertou grande atenção, mas os contos e romances na década de 1960 o tornaram conhecido e admirado. *The Old Boys*, história de um grupo de ex-estudantes que tramam e conspiram entre si sob o domínio dos ódios e das rivalidades dos tempos de escola, fez jus ao Prêmio Hawthornden.

Alguns de seus contos são ambientados em sua Irlanda natal, outros, na Inglaterra. Elogiado por suas hábeis caracterizações, seu humor seco, seu toque macabro e sua prosa econômica, mas sutilmente eficaz, ele diz que o ato de escrever "padece de excesso de atenção introspectiva".

Sua obra, fortemente influenciada pela história e pela política irlandesas, gravita ao redor da inescapável influência do passado sobre as vidas humanas. Com sua assim descrita "gélida objetividade", ele escreve sobre os conflitos na Irlanda do Norte e a longa e trágica luta entre irlandeses e ingleses. Alguns de seus romances tratam das tensões entre proprietários de terras protestantes e seus arrendatários católicos. *Fools of Fortune* é a história de um amor condenado entre uma irlandesa e um inglês. Trevor adaptou algumas de suas obras para o teatro (uma delas *The Old Boys*), o rádio e a televisão e ganhou vários prêmios. **RC**

Principais obras

Contos

The Day We Got Drunk on Cake and Other Stories, 1967

The Ballroom of Romance and Other Stories, 1972

Angels at the Ritz and Other Stories, 1975

The Stories of William Trevor, 1983

Romances

The Old Boys, 1964

The Children of Dynmouth, 1976

Fools of Fortune, 1983

Felicia's Journey, 1994

"Invulgarmente bem escrito, pavoroso, engraçado e original."
— Evelyn Waugh, sobre *The Old Boys*

ACIMA: Retrato do escritor irlandês William Trevor, 1993.

MAYA ANGELOU

Nascimento: Marguerite Johnson, 4 de abril de 1928 (St. Louis, EUA).

Estilo e gênero: Conhecida por suas autobiografias sinceras, Angelou é também poetisa, dramaturga, historiadora, ensaísta e *performer*, com uma carreira no cinema e no teatro.

Os primeiros passos de Maya Angelou – filha de adolescente, aluna de escola pública no Arkansas e vítima de estupro – podem não parecer propícios para se alcançar Capitol Hill, Washington. Mas foi em parte contando essa história no primeiro volume de sua autobiografia, *Eu sei por que o pássaro canta na gaiola*, que ela chegou a recitar um de seus poemas – "On the Pulse of the Morning" – na cerimônia de posse de Bill Clinton, em 1993, a segunda pessoa a fazê-lo na história dos Estados Unidos.

O relato sincero dessa mulher brilhante, negra e sulista antes da Segunda Guerra revela seu ordálio com o racismo e o sexismo, sua perplexidade com o tratamento recebido e sua fuga salvadora para a literatura. A prosa cadenciada, a astúcia descritiva, o humor seco e a narrativa em última instância otimista dessa artista incansável, inspirada e multitalentosa a levaram à lista dos mais vendidos e à fama. Ironicamente, Angelou começou a escrever sua autobiografia para se recuperar da dor pelo assassinato do amigo Martin Luther King.

Mas Angelou é muito mais do que autobiógrafa. Originalmente cantora e atriz, foi indicada para o Emmy de Melhor Atriz Coadjuvante pela série de TV *Raízes* (1977). Como escritora, criou peças, roteiros e, principalmente, poesia: "Just Give Me a Cool Drink of Water 'Fore I Diiie" foi indicado para o Prêmio Pulitzer. Seu talento inspirou toda uma geração de afro-americanas, como Oprah Winfrey. Angelou é também professora de estudos americanos da Universidade de Wake Forest. Sua capacidade de ver esperança onde há desespero a levou, sem esnobismo, a fornecer textos para os cartões de visita Hallmark. Nada pode fazer o pássaro parar de cantar. **CK**

"Não há agonia maior do que carregar dentro de si uma história não contada."

Principais obras

Poesia

Just Give Me a Cool Drink of Water 'Fore I Diiie, 1971

The Complete Collected Poems of Maya Angelou, 1994

Autobiografia

Eu sei por que o pássaro canta na gaiola, 1969

Ensaio

Even the Stars Look Lonesome, 1977

ACIMA: A multitalentosa Maya Angelou fotografada em 2005.

PHILIP K. DICK

Nascimento: Philip Kindred Dick, 16 de dezembro de 1928 (Chicago, EUA). Morte: 2 de março de 1982 (Santa Ana, EUA).

Estilo e gênero: Escritor de ficção científica e ícone da contracultura cujas fantasmagóricas histórias de paranoia primam pela originalidade.

O espantosamente prolífico Philip K. Dick viveu quase toda a sua vida no norte da Califórnia. Estudou um ano em Berkeley, onde dirigiu uma loja de discos e um programa de música clássica no rádio. Teve cinco esposas e três filhos. Entre 1950 e 1970 escreveu mais de 60 romances e centenas de contos, alguns dos quais figuram entre os mais sensacionais e inventivos voos de fantasia jamais dados por um escritor americano.

Mesmo não se afastando demasiado das convenções da ficção científica, o trabalho de Dick é sempre reconhecível. Sua principal preocupação é de ordem epistemológica: como sabemos o que sabemos? Sua narrativa gravita ao redor dessa questão, muitas vezes com temas de esquizofrenia e drogas, que aborda com conhecimento de causa. Mas seus romances se mantêm nos trilhos ancorando-se firmemente no cotidiano dos Estados Unidos de meados do século XX. Em *Os três estigmas de Palmer Eldricht*, a colonização de Marte é reduzida a um passeio até os subúrbios: no Planeta Vermelho se pode ter mais acesso à propriedade e menos poluição, mas não se tem nada para fazer exceto drogar-se e ter casos com as vizinhas. O mais fascinante na ficção de Dick é que seus personagens se envolvem

Principais obras

Contos

Selected Stories, 2002

Romances

Loteria solar, 1955

Time Out of Joint, 1959

O homem do castelo alto, 1962

Martian Time-Slip, 1964

Os três estigmas de Palmer Eldritch, 1965

Dr. Bloodmoney, 1965

O caçador de androides, 1968

Identidade perdida, 1974

Confessions of a Crap Artist, 1975

O homem duplo, 1977

Radio-Free Albemuth, 1985

ACIMA: Philip K. Dick fotografado na década de 1970.

À DIREITA: Um androide de Dick é entrevistado para a NextFest de Chicago em 2005.

com problemas mundanos enquanto tratam de assuntos mais próprios do gênero – alienígenas e conspirações sinistras.

Ainda que sua obra tenha tido uma segunda vida no cinema, Dick foi mais conhecido em vida pelo livro *O homem do castelo alto*. Ficção especulativa, mais do que científica – tudo se passa numa história alternativa em que o Eixo venceu a Segunda Guerra Mundial –, o romance é puro Dick em oposição à sua própria premissa: o protagonista é um escritor de ficção científica que escreve um livro sobre uma história alternativa em que os aliados venceram a Segunda Guerra. Gestos desse tipo é que fazem de Dick um autor tão interessante: ele nos convida a pensar se a realidade em seus livros é a verdadeira e o mundo em que os lemos, a fictícia. **SY**

ACIMA: Darryl Hannah como Pris no filme *Blade Runner – O caçador de androides*, baseado no romance de Dick.

Dick e o cinema

Dick morreu de derrame cerebral antes de poder desfrutar o sucesso de *Blade Runner – O caçador de androides*, filme de Ridley Scott, de 1982, baseado no romance *O caçador de androides*. O filme foi um sucesso de bilheteria que ajudou a criar a estética ciberpunk. Outros filmes baseados em obras suas são *O vingador do futuro* (1990), de Paul Verhoeven, *Minority Report: A nova lei* (2002), de Steven Spielberg, e *O homem duplo*, de Richard Linklater (2006). Segundo *The Economist*, esses filmes somavam até 2004 uma receita bruta de cerca de 700 milhões de dólares.

MILAN KUNDERA

Nascimento: 1º de abril de 1929 (Brno, Tchecoslováquia).

Estilo e gênero: Kundera escreve prosa filosófica com temas de melancolia, exílio e transformação, influências musicais e uso de simbolismo metafísico, dialética da memória e transcendentalismo erótico.

A obra do mundialmente aclamado escritor tcheco-francês Milan Kundera é famosa por sua agilidade filosófica, sua eloquência lírica e seu toque musical. Inspirado pelo pai, professor de música e muito amigo do compositor morávio Leos Janacek, Kundera apurou o estilo melódico, embora disciplinado, de sua prosa quando estudante de composição musical e literatura na Universidade Karoly, em Praga e, posteriormente, como conferencista na Academia de Cinema. Sua ascendente carreira literária e acadêmica foi interrompida pela Primavera de Praga, em 1968, obrigando-o a exilar-se na França.

Seus primeiros romances abordam as perversões ideológicas do regime comunista por meio de personagens vitimados pela história, mas também por suas escolhas pessoais. *A brincadeira*, seu primeiro romance, é uma reflexão nietzschiana sobre o bem e o mal em que o protagonista é expulso da universidade meramente por ridicularizar o regime num cartão-postal enviado à namorada. O tragicômico também permeia *O livro do riso e do esquecimento*, uma série de vinhetas melancólicas sobre a luta pessoal de personagens que tiveram suas vidas de alguma forma comprometidas pelo governo Husak. Exilados de sua profissão e de seu país, os protagonistas de Kundera se valem da memória para construir, do desenraizamento e da ausência de peso em face das agruras da vida, um senso de pertencimento, noção desenvolvida em *A insustentável leveza do ser*. Os romances mais recentes de Kundera, escritos em francês (*A imortalidade, A lentidão, A identidade e A ignorância*), tratam da complexidade do desejo humano, da identidade e da história individual, denunciando o *ethos* efêmero e destrutivo da sociedade contemporânea. **PR**

Principais obras

Poesia

Man: A Broad Garden, 1953

Romances

A brincadeira, 1967

O livro do riso e do esquecimento, 1978

A insustentável leveza do ser, 1982

A imortalidade, 1988

A lentidão, 1994 (como peça, 1968)

A identidade, 1996

A ignorância, 2000

Peças

The Owner of the Keys, 1962

Jacques e seu amo, 1971

Ensaios

A arte do romance, 1960

A cortina, 2005

"Um romance que não revela um aspecto até então desconhecido da existência é imoral."

ACIMA: O escritor tcheco Milan Kundera fotografado em 1980.

CHRISTA WOLF

Nascimento: Christa Ihlenfeld, 18 de março de 1929 (Landsberg an der Warthe, Polônia).

Estilo e gênero: Romancista, ensaísta e crítica alemã que escreve sobre autodescoberta, feminismo, nazismo e humanidade.

Principais obras

Romances

Der geteilte Himmel, 1963

Em busca de Christa T., 1969

Cassandra, 1983

Medea: Stimmen, 1996

Autobiografia

Was bleibt, 1979, publicada em 1990

Intimamente ligada à Alemanha Oriental, Christa Wolf escrevia obras críticas do regime. Publicou seu primeiro romance, *Der geteilte Himmel*, em 1963, mas só se firmou com *Em busca de Christa T.*, sobre as pressões pela conformidade da mulher. *Cassandra*, talvez seu romance mais importante e de maior sucesso internacional, é uma nova versão da Cassandra de Ésquilo em *Agamemnon*. *Was Bleibt* é uma obra autobiográfica baseada em sua vida sob a vigilância do Ministério da Segurança do Estado – a Stasi. Embora escrita em 1979, só foi publicada muito mais tarde. Wolf ganhou o Prêmio Heinrich Mann em 1963, o Prêmio Nacional em 1978 e o Prêmio Georg Büchner em 1980. **HJ**

MILORAD PAVIC

Nascimento: 15 de outubro de 1929 (Belgrado, Sérvia).

Estilo e gênero: Poeta, escritor e historiador da literatura que expande os limites da estrutura narrativa com o uso de palavras cruzadas, cartas de tarô e inícios duais.

Principais obras

Romances

O dicionário kazar, 1984

Paisagem pintada com chá, 1988

The Inner Side of the Wind or The Novel of Hero and Leander, 1991

Last Love in Constantinople, 1994

Milorad Pavic é autor de algumas das obras mais inovadoras e intrigantes da ficção pós-moderna. Ele acredita que o leitor tem os mesmo direitos do autor e pode, portanto, escolher o modo como a obra será lida. Seu primeiro romance, *O dicionário kazar*, é um simulacro de história contada em três versões – cristã, islâmica e judaica, com versões masculina e feminina que diferem em um parágrafo. *Paisagem pintada com chá* é parcialmente escrito em forma de palavras cruzadas e *The Inner Side of the Wind*, baseado na história de Hero e Leandro, de Marlowe, pode ser lido de trás para a frente. *Last Love in Constantinople* vem com um baralho de tarô que o leitor pode usar para escolher a ordem em que vai ler os capítulos. **HJ**

JOHN OSBORNE

Nascimento: 12 de dezembro de 1929 (Londres, Inglaterra). Morte: 24 de dezembro de 1994 (Shropshire, Inglaterra).

Estilo e gênero: Dramaturgo que revolucionou o teatro da década de 1950, voz maior do "jovem irado" do pós-guerra britânico.

Principais obras

Peças

O tempo e a ira, 1956
O animador, 1957
Lutero, 1961
Inadmissable Evidence, 1964
A Patriot for Me, 1965
West of Suez, 1971
Watch It Come Down, 1976
Déjàvu, 1992

Autobiografias

A Better Class of Person, 1981
Almost a Gentleman, 1991

John Osborne foi a encarnação do jovem (e velho) irado, conhecido por dirigir sua raiva contra a sociedade do pós-guerra que não cumpria suas promessas, os valores suburbanos, sua mãe, suas esposas e seus críticos. Essa raiva explodiu no palco numa peça memorável, internacionalmente aclamada: *O tempo e a ira*.

Admirado pela falas apaixonadas de seus protagonistas, festejado em Londres e Nova York, esse janota brilhante e sem papas na língua teve nas décadas de 1950 e 1960 a sua idade de ouro com peças extraordinárias como *O animador, Lutero* e *Inadmissable Evidence*. Nas décadas seguintes vieram *Watch It Come Down* e *Déjàvu*, esta última um retorno aos personagens de *O tempo e a ira*. **AK**

HANS MAGNUS ENZENSBERGER

Nascimento: 11 de novembro de 1929 (Kaufbeuren, Alemanha).

Estilo e gênero: Um dos mais importantes poetas alemães do pós-guerra, com uma visão radical sobre temas de agitação civil decorrentes de questões econômicas e de classe.

Principais obras

Poesia

Blindenschrift, 1964
Mausoleum: 37 Balladen aus der Geschichte der fortschistts, 1975
O naufrágio do Titanic, 1978
O diabo dos números, 1977
Por onde você andou, Robert?, 1998
Leichter als Luft: Moralische Gedichte, 1999

Prosa crítica

The Consciousness Industry: On Literature, Politics, and the Media, 1974

A primeira coletânea de poemas de Hans Magnus Enzensberger, publicada em 1957, o firmou como "jovem irado" alemão. Sua poesia política de estilo claro e conciso foi bem recebida e fez crescer rapidamente sua fama de poeta que fala com compaixão pelos oprimidos. Na década de 1960 Enzensberger passou a escrever também para o teatro, rádio e ópera. Ganhou o Prêmio Georg Büchner de 1964 com *Blindenschrift*, sua terceira coletânea de poemas, e entrou para o movimento literário Gruppe 47, que reunia escritores políticos, entre os quais Heinrich Böll. *O naufrágio do Titanic*, metáfora da sociedade moderna, fala do hiato entre ricos e pobres. **HJ**

JOHN BARTH

Nascimento: 27 de maio de 1930 (Cambridge, EUA).

Estilo e gênero: Contista e romancista resolutamente pós-moderno cujas narrativas não convencionais jogam com a verdade, o poder autoral e a epistemologia.

John Barth é uma figura-chave na formação do gênero metaficção, estilo literário lúdico e autorreferencial que convida o leitor ao processo criativo que construiu o texto. Ao lançar os autores de vanguarda no fermento da dúvida autoral e ontológica, o pós-modernismo incentivou escritores como Barth a rever os modos narrativos convencionais em favor de alternativas hiperativas e inseguras, embora ousadas, refratárias às recém-reconhecidas limitações da narrativa.

Barth estudou teoria musical e orquestração na Juilliard School de Nova York, mas abandonou a música para se tornar bacharel em jornalismo e, mais tarde, mestre pela Universidade Johns Hopkins, de Maryland. Ocupou várias posições acadêmicas, ensinando inglês nas universidades Penn State, de Buffalo, de Boston e Johns Hopkins.

A ópera flutuante, romance não convencional sobre a vida de um advogado suicida, foi publicado em 1957. Sua peculiaridade dividiu os críticos, alguns dos quais qualificaram o estilo de John Barth de excessivamente delirante, concebido para confundir o leitor. Outros, porém, consideraram-no renovador, ousado e ajustado aos movimentos literários pós-modernos em ascensão. *The Sot-Weed Factor* e *Giles Goat-Boy* também foram bem recebidos.

A energia e as travessuras de *Perdido no túnel do terror*, de 1968, deixam bem claro o desejo de Barth de testar o status quo. Nesses contos, os jogos textuais servem para sublinhar a exaustão da linguagem escrita, mas demonstram também que há espaço para formas textuais dinâmicas e inovadoras. Barth conquistou o Prêmio Nacional do Livro, o Prêmio F. Scott Fitzgerald e o Prêmio PEN/Malamud. **LK**

"Não sou filósofo, a não ser depois do fato; sou um racionalizador de segunda." – *A ópera flutuante*

Principais obras

Romances

A ópera flutuante, 1957

The End of the Road, 1958

The Sot-Weed Factor, 1960

Giles Goat-Boy, 1966

The Tidewater Tales, 1987

Coming Soon!!!: A Narrative, 2001

Contos

Perdido no túnel do terror, 1968

Novelas

Quimera, 1972

Where Three Roads Meet, 2005

ACIMA: Barth em 1997, ano em que ganhou o Prêmio F. Scott Fitzgerald.

DEREK WALCOTT

Nascimento: 23 de janeiro de 1930 (Castries, Santa Lúcia).

Estilo e gênero: Poeta, dramaturgo e pintor caribenho que aborda a complexidade das raízes multiculturais em temas de jornada e exílio inspirados em Homero.

A paisagem do Caribe e seu doloroso legado colonial tiveram um poderoso efeito modelador sobre a obra de Derek Walcott. Boa parte de sua poesia se inspira na certeza profunda de estar "inapelavelmente dividido" por sua ascendência africana e europeia. Filho de família metodista anglófona vivendo em uma comunidade católica francófona, Walcott cedo adquiriu consciência da potencial fecundidade artística e dos conflitos sociais inerentes a uma herança multicultural complexa.

Em sua vida e obra, Walcott foi muitas vezes atraído pela imagem fascinante do deportado, dividido entre diferentes lugares, culturas e idiomas. *In a Green Night*, livro que lhe deu fama internacional, ecoa em seu título um verso do grande poema de exílio religioso de Andrew Marvell, "Bermudas", e é uma das muitas dolorosas lembranças de que o Renascimento foi uma era de ilustração, mas também de obscurantismo e opressão colonial. O deslocamento geográfico e social é evidente em títulos posteriores como *The Castaway* e *The Gulf*. Walcott lida com os efeitos psicológicos da diáspora africana por meio de paralelos com o poema

Principais obras

Poesia

In a Green Night, 1962
The Castaway and Other Poems, 1965
The Gulf and Other Poems, 1969
Another Life, 1973
The Star Apple Kingdom, 1979
Collected Poems, 1948-1984, 1986
Omeros, 1990
The Bounty, 1997
Tiepolo's Hound, 2000
The Prodigal, 2004

Peças

Ione, 1957
Ti-Jean and His Brothers, 1958
Dream on Monkey Mountain, 1967

ACIMA: Retrato de Derek Walcott por Horst Tappe, 2000.

À DIREITA: Walcott em sua casa em Santa Lúcia, em janeiro de 2005.

épico de Homero. No entanto, ele observou certa vez que "os clássicos podem consolar, mas nunca o suficiente".

Mesmo assim, a ideia da jornada épica persiste em sua obra, especialmente em *Omeros*, com sua ênfase lúdica no nome grego de Homero e sua busca circular pelo lar. *Another Life* se propõe a descobrir e retomar uma herança cultural distintivamente caribenha. "Minha geração", ele disse, "viu a vida com pele negra e olhos azuis". *Sea Grapes* retorna às paisagens e aos sons de sua Santa Lúcia natal e *The Star Apple Kingdom* recolhe do marinheiro poeta Shabine a língua crioula de Trinidad. Walcott tem se negado terminantemente a fazer literatura de vingança ou remorso, afirmando que "estética pura e verdadeira" continua sendo a chave de seus trabalhos mais recentes – *The Bounty, Tiepolo's Hound* e *The Prodigal*. Walcott ganhou o Prêmio Nobel de Literatura em 1992. **SR**

ACIMA: ***Street in Gros Îlet*, aquarela de Walcott pintada em 2002.**

Um lado teatral

Derek Walcott teve importante papel no desenvolvimento de uma tradição teatral caracteristicamente caribenha. A peça *Ione* mescla elementos do folclore caribenho com o legado do drama clássico. Sua ambição de criar um teatro em que "se possa fazer Shakespeare e cantar calipso com igual convicção" viria a se materializar em seu trabalho com a Oficina de Teatro de Trinidad e na produção de peças vigorosas como *Ti-Jean and His Brothers* e *Dream on Monkey Mountain*. Walcott também colaborou nos musicais *The Joker of Seville* (1974), com Galt MacDermot, e *The Capeman* (1988), com Paul Simon.

TED HUGHES

Nascimento: Edward James Hughes, 16 de agosto de 1930 (Mytholmroyd, Inglaterra). Morte: 28 de outubro de 1998 (Evon, Inglaterra).

Estilo e gênero: Poeta prolífico cuja obra se caracteriza pela linguagem eloquente. Ostentou o título de poeta laureado de 1984 a 1998.

Ao longo de toda a carreira de Ted Hughes, seus poemas permaneceram firmemente enraizados no vernáculo do Calder Valley, onde cresceu, e intimamente ligados à paisagem cuja ruína pós-industrial foi tantas vezes objeto de suas elegias. Seu pai foi um sobrevivente da Primeira Guerra Mundial, tragédia colossal cantada em seus poemas iniciais como "Six Young Men" e "Wilfred Owen's Photographs". A formação de arqueólogo e antropólogo pela Universidade de Cambridge iria moldar e sustentar, para toda a vida, seu interesse pelo ambiente natural e por culturas e idiomas que não os seus. Foi em Cambridge que conheceu Sylvia Plath, com quem se casou em junho de 1956 e passou dois anos (1957-1959) nos Estados Unidos.

The Hawk in the Rain estabeleceu imediatamente a fama de Hughes como poeta ousado e enérgico, trabalhando, com sua preferência por formas tradicionais e temas acessíveis, contra o *ethos* "de movimento" predominante em sua época. Embora frequentemente confundida com violência, a vitalidade linguística era a sua principal característica. *Lupercal* e *Wodwo* consolidaram ainda mais o seu apelo como escritor atento às energias da natureza e ao "circuito de alimentação elementar do universo". Com notáveis ilustrações de Leonard Baskin, *Crow* mostra que Hughes era um poeta dotado de poderosa imaginação mitogênica e sinistro senso de humor. Em trabalhos posteriores como *Moortown Diary* e *Remains of Elmet*, Hughes deu nova urgência e sensibilidade ecológica aos seus escritos sobre a paisagem britânica. Além disso, ajudou a trazer poetas russos, europeus orientais e outros não ingleses à cena de seu país por meio da influente revista *Modern Poetry in Translation*. **SR**

"Se você não tem aquela confissão secreta, talvez não tenha um poema."

Principais obras

Poesia

The Hawk in the Rain, 1957
Lupercal, 1960
Wodwo, 1967
Crow, 1970
Moortown Diary, 1979
Remains of Elmet, 1979
River, 1983
Flowers and Insects, 1986
Cartas de aniversário, 1988
Wolfwatching, 1989
Tales from Ovid, 1997
Collected Poems of Ted Hughes, 2003

ACIMA: Hughes numa leitura 24 horas ao ar livre, 1986.

1920–39

J. G. BALLARD

Nascimento: James Gordon Ballard, 15 de novembro de 1930 (Xangai, China).

Estilo e gênero: Romancista e contista que escreve sobre os desastres naturais, o potencial físico e erótico da tecnologia e a violência do capitalismo tardio.

Há mais de 50 anos Ballard é uma figura única na literatura inglesa. Hoje, "ballardiano" é uma categoria essencial ao entendimento do mundo pós-moderno. Ballard começou como escritor de ficção científica, mas logo deturpou as convenções do gênero em benefício de seus elegantes romances-catástrofes *O mundo de cristal*, *The Drowned World* e *The Drought*. Nestes, o fim do mundo é menos uma catástrofe do que a oportunidade de uma reconsideração estranhamente bela de nossas vidas interiores.

O salto de Ballard veio com *The Atrocity Exhibition* – início do que Martin Amis chama de seu "período de concreto e aço" –, um brilhante catálogo experimental das atrocidades patológicas do capitalismo tardio com seções como "A Plástica Facial da Princesa Margaret" e "Por Que Quero Ferrar Ronald Reagan". Em seguida veio *Crash – Estranhos prazeres*, um discurso ainda menos conciliador sobre as possibilidades eróticas dos acidentes de tráfego. Quando Ballard apresentou *Crash* ao editor, seu primeiro leitor comentou: "No autor deste livro nem psiquiatra dá jeito" – para Ballard, um sinal de sucesso literário. Em 1996, *Crash* encontrou em David Cronenberg o diretor ideal para sua memorável adaptação para o cinema.

As raízes de algumas das imagens e ansiedades compulsivas de Ballard aparecem em *O império do sol*, relato autobiográfico de sua criação num campo japonês de prisioneiros de guerra – um inusitado sucesso comercial levado às telas por Steven Spielberg. Ballard, porém, logo retornou às suas preocupações habituais escrevendo, a partir dos anos 1990, uma série de romances que subvertem elegantemente as nossas noções de comunidade e forma literária – *Cocaine Nights*, *Super-Cannes* e *O reino do amanhã*. **MS**

"Eu vejo meus livros como alertas. Sou o sujeito na beira da estrada que grita: 'Devagar!'"

Principais obras

Romances

O mundo de cristal, 1962
Mundos em chamas, 1965
The Drowned World, 1966
The Atrocity Exhibition, 1970
Crash – Estranhos prazeres, 1973
Concrete Island, 1974
High Rise, 1975
Cocaine Nights, 1996
Super-Cannes, 2000
O reino do amanhã, 2006

Autobiografia

O império do sol, 1984

ACIMA: Detalhe de uma foto de Ballard numa plataforma de estação ferroviária, 9 de outubro de 1992.

1920–39

HAROLD PINTER

Nascimento: 10 de outubro de 1930 (Londres, Inglaterra). Morte: 24 de dezembro de 2008 (Londres, Inglaterra).

Estilo e gênero: Dramaturgo que fez uso distintivo da linguagem, pausas e senso de ameaça; notório por sua poesia e seus discursos polêmicos.

O efeito da dramaturgia de Harold Pinter é difícil de descrever. Os críticos costumam usar a expressão "comédia de ameaça" e este segundo termo é, com certeza, aquele que seu público sente mais agudamente. Em *A volta ao lar*, por muitos considerada sua obra-prima, Teddy retorna à casa da família em Londres com sua esposa americana. De início ela fica confusa com a estranha casa e seus habitantes, todos homens; sua apreensão parece se justificar quando o pai e os irmãos de Teddy a abordam sexualmente. Mas, quando eles lhe propõem abertamente ficar como prostituta e acompanhante, sua única preocupação é garantir um bom salário.

Essa trama não parece propícia a gargalhadas. Mas muitas das primeiras obras de Pinter são deliberadamente divertidas. Peças como *The Dumb Waiter* e *Feliz aniversário* são recheadas de piadas, diálogos rápidos e comédia física. Como as peças de Pinter são conhecidas por suas reviravoltas e suas guinadas para a hostilidade, a brutalidade e a violência, é fácil esquecer seu aspecto cômico. Pinter nos obriga a reconhecer que o riso e a linguagem

Principais obras

Peças

O quarto, 1957
Feliz aniversário, 1958
O zelador, 1960
A volta ao lar, 1965
Landscape, 1968
Silence, 1969
Velhos tempos, 1971
No Man's Land, 1975
Traições, 1978
A Kind of Alaska, 1981
One for the Road, 1984
Mountain Language, 1988
Party Time, 1991
Moonlight, 1993
Ashes to Ashes, 1996
Celebração, 1999

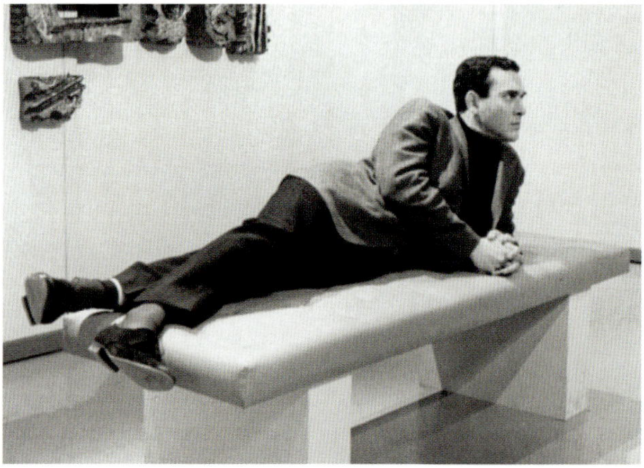

ACIMA: Pinter fotografado em Paris em maio de 2005, ano em que ganhou o Prêmio Nobel.

À DIREITA: Harold Pinter fotografado por Georges Konig, 1964.

ACIMA: Pinter à mesa de trabalho de sua casa em Londres, em setembro de 2007.

podem expurgar a feiura e a perversidade endêmica nas relações de poder – admissão cuja expressão estilística já se chamou de "pinteresca".

Embora a obra de Pinter resista a classificações, algumas generalizações são possíveis. Suas peças rejeitam sentimentalismos, como indica a relação contrapontística entre títulos e temas (o calor humano implícito em *A volta ao lar* e seu conteúdo arrepiante); evitam categoricamente explicações e soluções e são, portanto, formalmente opostas à estrutura da peça bem construída; seus personagens são, em geral, profundamente ambíguos, guiados por motivações obscuras para os demais personagens e para o público.

Pinter parou de escrever para o teatro em 2003, mas continuou criando poesia e roteiros. Em 2005, ganhou o Prêmio Nobel de Literatura. **IW**

Pinter no cinema

Embora seja mais conhecido como dramaturgo e poeta, Pinter é também um prolífico roteirista, com mais de 25 trabalhos já filmados. Seu principal interesse é adaptar obras de outros autores, tendo produzido roteiros para *A mulher do tenente francês*, de John Fowles, *O conto da aia*, de Margaret Atwood, *Estranha sedução*, de Ian McEwans, *O processo*, de Franz Kafka, e, mais recentemente, *Sleuth*, de Anthony Shaffer. Adaptou também *Em busca do tempo perdido*, de Proust, e *Rei Lear*, de Shakespeare, nunca levados à tela.

CHINUA ACHEBE

Nascimento: Albert Chinualumogu Achebe, 16 de novembro de 1930 (Ogidi, Nigéria).

Estilo e gênero: Achebe descreve os efeitos da cultura ocidental sobre o povo Igbo usando linguagem falada, parábolas igbo e língua franca.

Principais obras

Romances

O mundo se despedaça, 1958

No Longer at Ease, 1960

Arrow of God, 1964

A Man of the People, 1966

Anthills of the Savanna, 1987

Poesia

Christmas in Biafra and Other Poems/Beware, Soul Brother and Other Poems, 1971

Ficção infantil

How the Leopard Got His Claws, 1972

The Flute, 1977

Não ficção

The Trouble with Nigeria, 1983

Hopes and Impediments, 1988

Home and Exile, 2000

Chinua Achebe passou a infância olhando para dois mundos, que desde então tenta reconciliar por meio da literatura. No caminho, conquistou 22 diplomas honorários de doutor e vários prêmios literários, entre os quais o Man Booker International de 2007 e o Mérito Nacional da Nigéria de 1979.

Cristãos devotos, os pais de Achebe batizaram-no Albert, mas lhe incutiram também a cultura igbo tradicional. Depois de se formar na Universidade de Ibadan ele adotou seu nome igbo, que significa "Que Deus Lute por mim", e lançou em sua própria vida as bases para a mudança social que sua literatura tanto explora.

Seu primeiro e talvez mais famoso romance é *O mundo se despedaça,* que conta a história do declínio de um chefe okonkwo que não consegue adaptar-se à nova autoridade do comissário distrital britânico e da igreja missionária. *No Longer at Ease* e *Arrow of God* seguem trajetórias similares revelando, pela primeira vez, os conflitos enfrentados pelos modos de vida tradicionais nigerianos quando o poder colonial começa a afirmar sua influência. Obras posteriores, como *A Man of the People*, examinam os conflitos internos decorrentes da presença colonial. Essa segunda fase de sua carreira literária coincide com a guerra civil, quando Achebe serviu como diplomata biafrense. Com o uso da língua franca e das parábolas igbo, Achebe desenvolveu um novo paradigma para o romance africano. Defendendo o uso do inglês e rejeitando os conceitos artísticos europeus, ele transpôs a tradição narrativa oral para o formato de romance, fundando assim um novo tipo de literatura africana. **JSD**

"Nossos ancestrais criaram seus ritmos e contaram suas histórias para uma finalidade humana."

ACIMA: Achebe numa cerimônia de premiação na Alemanha, 13 de outubro de 2002.

À DIREITA: Capa da edição de *Arrow of God* de 1967.

1920–39

Arrow of God

CHINUA ACHEBE

EDNA O'BRIEN

Nascimento: 15 de dezembro de 1930 (Tuamgraney, Irlanda).

Estilo e gênero: Autora de comoventes retratos de mulheres contemporâneas isoladas, reprimidas e insatisfeitas. Seus textos contêm lirismo, sexualidade franca e ecos de James Joyce.

A vida de Edna O'Brien é rica em material para seus romances. Nascida numa vila do oeste da Irlanda, ela teve uma infância reclusa dedicada a escrever histórias. Depois de alguns anos preparando-se para ser freira num convento católico, trocou-o pelas luzes mundanas de Dublin. Na capital qualificou-se como farmacêutica, conseguiu publicar alguns artigos na *Irish Press* e teve um envolvimento amoroso com o escritor Ernest Gebler, com quem se casou em 1951 e foi morar em County Wicklow e, mais tarde, Londres.

Divorciou-se em 1960, pouco depois do grande sucesso de seu primeiro romance, *The County Girls*. Logo vieram *The Lonely Girl* e *Girls in Their Married Bliss*. A trilogia, baseada em suas experiências dolorosas, rendeu-lhe muitos aplausos. Ela mapeia os destinos de moças criadas na repressiva Irlanda rural católica que fogem para Dublin e Londres e caem prisioneiras de casamentos infelizes. Seus livros foram proibidos na Irlanda por sua franqueza.

O tema dos amores condenados continuou presente na obra de O'Brien. No emocionante *August Is a Wicked Month*, o filho e o marido da heroína, sedentos de amor, são assassinados; em *I Hardly Knew You*, a protagonista vinga os pecados de antigos parceiros matando o seu amante. *House of Splendid Isolation* adentra a dimensão política dando início a uma trilogia sobre problemas irlandeses: o IRA, o aborto e a identidade nacional. O'Brien é particularmente admirada por seus contos, entre os quais "The Love Object" e "The House of My Dreams". Escreveu também roteiros para versões filmadas de seus contos e romances, peças de teatro, artigos de não ficção sobre a Irlanda e uma biografia muito pessoal de James Joyce. **AK**

"... transtorno mental causado pela literatura é algo muito saudável e revigorante."

Principais obras

Romances

The County Girls, 1960
The Lonely Girl/Girl with Green Eyes, 1962
Girls in Their Married Bliss, 1964
August Is a Wicked Month, 1965
I Hardly Knew You, 1977
House of Splendid Isolation, 1994
Dezembros selvagens, 1999
A luz da noite, 2006

Contos

The Love Object, 1968
Uma mulher escandalosa, 1974
Lantern Slides, 1990

Biografia

James Joyce, 1999

ACIMA: O'Brien no Festival do Livro de Edimburgo, Escócia, 19 de agosto de 2002.

JUAN GOYTISOLO

Nascimento: 5 de janeiro de 1931 (Barcelona, Espanha).

Estilo e gênero: Escritor de vanguarda, modernista e provocativo, crítico dos valores católicos da Espanha e da traição ao seu passado multicultural.

Nascido pouco antes da Guerra Civil, Goytisolo cresceu odiando o regime franquista, que culpava pela morte de sua mãe (num ataque aéreo sobre Barcelona) e pela ruptura de sua família (seu pai, um franquista, foi aprisionado pelos republicanos). Suas obras indicam, de fato, sentimentos conflitantes com relação à Espanha. Em entrevista ao *Guardian* em agosto de 2000, ele disse que "teria sido impossível ter uma terceira vida na Espanha. Eu amo a cultura espanhola, mas odeio a sociedade espanhola; não posso viver lá", referindo-se ao exílio autoimposto em Paris e no Marrocos, iniciado em 1956.

A bissexualidade de Goytisolo (a despeito de seu duradouro relacionamento com a francesa Monique Lange) está presente em sua obra e em seus sentimentos para com a cultura espanhola tradicionalista e repressiva. Seu primeiro romance, *Juegos de manos*, publicado em 1954 e aclamado pela crítica, foi proibido pelo regime de Franco, assim como toda a sua obra até a morte do ditador em 1975. Depois da publicação da coletânea de contos *Fin de fiesta*, Goytisolo rompeu com o realismo de sua obra anterior e começou a escrever mais de uma forma experimental. Repudiando seus primeiros trabalhos, ele considera que seu primeiro romance adulto é *Señas de identidad*. *Reivindicação do conde Julião*, tido por muitos como a sua obra-prima, trata da reinvenção da língua espanhola, vista como ferramenta de poder político. Sua autobiografia em dois volumes, escrita em meados dos anos 1980, é considerada magistral e pioneira por sua sinceridade. Goytisolo se estabeleceu no Marrocos em virtude de seu amor pela cultura islâmica e à atitude desta para com a sua sexualidade, que é aceita embora não deva ser mencionada. Sua longa batalha contra a Espanha católica e nacionalista está ligada à sua bissexualidade e à sua busca de liberdade moral, sexual e política. **REM**

"Suas obras são como páginas arrancadas do livro da experiência." – *The New York Times*

Principais obras

Romances

Juegos de manos, 1954

Fiestas, 1958

Señas de identidad, 1966

Reivindicação do conde Julião, 1970

Juan sin tierra, 1975

A saga dos Marx, 1993

El sitio de los sitios, 1995

As semanas do jardim, 1997

Carajicomedia, 2000

Telón de boca, 2003

Contos

Fin de fiesta, 1962

ACIMA: Goytisolo numa feira de livros em Sarajevo, Bósnia, em 18 de setembro de 2000.

E. L. DOCTOROW

Nascimento: Edgar Lawrence Doctorow, 6 de janeiro de 1931 (Nova York, EUA).

Estilo e gênero: Romancista de temas históricos cujo estilo agudo, desbravador e às vezes polêmico estende as fronteiras de seus gêneros literários.

Principais obras

Romances

Welcome to Hard Times, 1960
O livro de Daniel, 1971
Ragtime, 1975
O lago da solidão, 1980
A grande feira, 1985
Billy Bathgate – O menino gângster, 1989
The March, 2005

Equilibrando cuidadosamente ficção literária e registros factuais, o celebrado escritor contemporâneo E. L. Doctorow dá vida à história dos Estados Unidos em obras inteligentes e provocativas como *Billy Bathgate – O menino gângster* e *The March*. Enquanto sua prosa elegante pinta em cores vivas passagens e cenários da história americana, seu estilo narrativo lhes dá proximidade e um viés surpreendente e realista.

Terceiro romance de Doctorow e primeiro a fazer sucesso comercial, *O livro de Daniel* é um relato ficcional acelerado e excitante do caso de espionagem Rosenberg, revelador das complexidades dos Estados Unidos do tempo da Guerra Fria. Ele firmou a reputação de Doctorow como um dos mais importantes escritores americanos. Quatro anos depois, foi a vez de *Ragtime*. Passado na década que precedeu a Primeira Guerra Mundial, esse romance de tirar o fôlego reúne personagens reais e ficcionais desempenhando seus papéis em acontecimentos históricos e imaginários. A versão de Doctorow é tão convincente que a fronteira entre fato e ficção é completamente apagada. Ganhador do Prêmio do Círculo Nacional de Crítica Literária de 1976, *Ragtime* foi também escolhido pelo conselho editorial da Modern Library um dos 100 melhores romances em língua inglesa do século XX. *The March*, de 2005, confirmou a posição de Doctorow no mais alto escalão dos escritores modernos. Passado durante a Guerra Civil, o romance é um relato fictício da infame violência militar do general William Tecumseh Sherman pelo país. Foi finalista do Prêmio Nacional do Livro de 2005, ganhador do Prêmio do Círculo Nacional de Crítica Literária do mesmo ano e do Prêmio PEN/Faulkner de 2006. **TamP**

"Precisamos de escritores porque precisamos de testemunhas deste terrível século."

1920–39

ACIMA: Doctorow no PEN Montblanc Literary Gala, em Nova York, 20 de abril de 2005.

THOMAS BERNHARD

Nascimento: Nicolaas Thomas Bernhard, 9 de fevereiro de 1931 (Heerlen, Holanda). Morte: 12 de fevereiro de 1989 (Gmunden, Áustria).

Estilo e gênero: Nos romances e nas peças de Bernhard, a náusea existencial atinge aquele grau em que se torna indistinguível do amor... ou da mera brincadeira.

Enfant terrible da Áustria do pós-guerra e autoproclamado "artista do exagero", Thomas Bernhard era filho de uma empregada doméstica que morreu quando ele tinha 19 anos. Não conheceu o pai. Seu avô materno, também escritor, foi uma figura importante em sua vida, ainda que ele próprio não o tivesse como modelo. Até onde sabia, ele não tinha *nenhum* modelo, é claro.

Bernhard passou a infância em Viena, depois Seekirchen, perto de Salzburgo, e na Bavária. O período da Segunda Guerra Mundial traumatizou sua adolescência, passada em internatos nacional-socialistas na Turíngia e em Salzburgo. Convertida em escola católica depois de 1945, a Salzburg Johanneum lhe deu o mote para sua famosa caracterização do Estado austríaco como "nacional-socialista-católico".

A obra de Bernhard foi influenciada por seus estudos de música, teatro e filosofia. Seu primeiro romance, *Frost*, é quase totalmente preenchido pelos monólogos misantropos do velho artista Strauch, proferidos em longas caminhadas em meio à triste paisagem alpina. Morte, insinceridade, brutalidade e estupidez – questões que retornam com insana determinação ao longo de sua obra – são examinadas com paciente atenção ao indivíduo capaz de formulá-las. Um jovem médico é o público de Strauch e nosso narrador, criando um espaço entre leitor e artista no qual a sedução só pode se dar conscientemente. Bernarhd passou a maior parte da vida em Salzburgo e arredores, acossado por seus pulmões imperfeitos. *Old Master: A Comedy* é uma homenagem póstuma à sua alma gêmea Hedwig Stavianicek. **JK**

"Nós só enfrentamos realmente a nós mesmos quando estamos com medo."

Principais obras

Romances

Frost, 1963

Das Kalkwerk, 1970

Korrektur, 1975

O sobrinho de Wittgenstein, 1982

Extinção, 1986

Peças

Ein Fest für Boris, 1968

Ritter, Dene, Voss, 1984

Der Theatermacher, 1984

Poesia

In Hora Mortis, 1958

Unter dem Eisen des Mondes, 1958

Autobiografia

Gathering Evidence, 1975-1982

ACIMA: Bernhard fotografado em Ohlsdorf, março de 1981.

1920–39

TONI MORRISON

Nascimento: Chloe Anthony Wofford, 18 de fevereiro de 1931 (Lorain, EUA).

Estilo e gênero: Escritora afro-americana cujos romances sinuosamente poéticos combinam as técnicas narrativas inovadoras do Harlem Renaissance com o simbolismo alusivo do realismo mágico.

Em 2006, *Amada*, de Toni Morrison, foi eleito pela *The New York Times Book Review* o melhor romance americano dos 25 anos anteriores. A escolha causou uma controvérsia surpreendente – afinal, o livro havia conquistado o Prêmio Pulitzer, e sua autora, o Nobel de Literatura de 1993.

Parece que o motivo dos resmungos foi que, apesar de seu indiscutível domínio da forma, os romances de Morrison são tão singulares no contexto americano que mal podem ser considerados representativos de suas letras. Morrison compartilha as preocupações temáticas e técnicas narrativas do movimento internacional vagamente referido como "pós-colonialista", mas difere de autores como Salman Rushdie e Gabriel García Márquez por sua resoluta domesticidade. A política de seus romances emerge de sua ética sexual, mais do que de qualquer outra coisa. Seu texto é profundo em sentimento e desenvolvimento dos personagens e suas tramas, em mãos menos competentes, poderiam ficar sobrecarregadas de revisão histórica.

Morrison escreveu seu primeiro romance, *O olho mais azul*, quando já tinha 15 anos como professora universitária de literatura inglesa, sustentando dois filhos com uma única fonte de renda. Seu segundo romance, *Sula*, foi indicado para o Prêmio Nacional do Livro e o terceiro, *A canção de Solomon*, ganhou o Prêmio do Circulo Nacional de Crítica Literária. Essas primeiras obras demonstram sua capacidade de entrelaçar textos com redes de alusões e desenvolver temas inspirados pela teoria pós-moderna sem descambar para a abstração.

Amada é inspirado na história de um escravo fugido que mata os filhos para não vê-los levados de volta à fazenda. Tal como *Jazz* e *Paraíso*, *Amada* parte de experiências traumáticas, descritas com uma economia narrativa que sustenta a sua prosa rica e evocativa. Seu mais recente romance, *Amor*, acrescenta complexidade à dinâmica interpessoal dos trabalhos anteriores, mas muitos de seus temas – a dificuldade de dividir espaços, a relação entre uma

Principais obras

Romances

O olho mais azul, 1970
Sula, 1973
A canção de Solomon, 1977
Amada, 1987
Jazz, 1992
Paraíso, 1999
Amor, 2003

ACIMA: Retrato de Morrison por Dana Lixenberg divulgado na *Book Magazine* de janeiro de 2003.

ACIMA: Oprah Winfrey recomenda *A canção de Solomon* 19 anos depois que ele foi escrito.

história traumática e o presente, o significado da morte para os vivos – continuam a ser explorados.

O fato de uma romancista tão intransigentemente literária como Toni Morrison ter um público leitor tão amplo e popular nos Estados Unidos se deve, em larga medida, a suas aparições no programa de entrevistas de Oprah Winfrey, que não apenas produziu e estrelou o filme *Amada*, de 1988, como fez de *A canção de Solomon* uma das primeiras recomendações de seu famoso clube do livro. Winfrey convida Morrison a participar regularmente de seu programa com os mais variados propósitos, de guiar grupos de discussão sobre seus romances a falar sobre o que significa ter verdadeira autoestima. **SY**

"Libertar a si própria era uma coisa; afirmar a posse desse eu liberto era outra."

1920–39

TOM WOLFE

Nascimento: Thomas Kennerly Wolfe, 2 de março de 1931 (Richmond, EUA).

Estilo e gênero: Jornalista e romancista, notório erudito e estudioso da cultura, que documenta as mudanças econômicas e sociais da sociedade americana.

Tom Wolfe foi um grande realizador, sob todos os aspectos, quando estudante, optando pelas universidades de Washington e Lee em vez de Princeton para estudar inglês. Em meados dos anos 1950 iniciou a carreira de jornalista que lhe permitiria registrar o sem-número de mudanças sociais ocorridas nos Estados Unidos na década de 1960. A questão racial era um de seus principais temas. Wolfe trabalhou para o *Washington Post* e o *New York Herald Tribune*, às vezes criando suas próprias ilustrações, e teve presença marcante no movimento do Novo Jornalismo.

Seu primeiro livro, *The Kandy-Kolored Tangerine-Flake Streamline Baby*, é uma coletânea de artigos sobre a década de 1960. Outros sucessos de não ficção foram *The Pump House Gang*, *O teste do ácido do refresco elétrico*, *Radical chique* e *A palavra pintada*. Em boa parte de sua obra, suas teorias sobre a arte de escrever foram mal recebidas por escritores contemporâneos inconformados com sua abordagem realista e jornalística da ficção.

Primeiro e mais famoso romance de Wolfe, *A fogueira das vaidades* foi divulgado em capítulos quinzenais na revista *Rolling Stone* e mais tarde lançado na íntegra, com grande sucesso. Sua síntese perspicaz dos Estados Unidos da década de 1980, enlouquecidos por dinheiro, mereceu aplausos da crítica. No notável *Um homem por inteiro*, o protagonista Charlie Croker já não consegue lidar com a nova demografia multicultural dos Estados Unidos com a mesma autoridade de quando eram uma sociedade mais jovem e complacente. Tom Wolfe ganhou vários prêmios literários importantes como o American Book de não ficção, o Prêmio Columbia de Jornalismo e o Prêmio Dos Passos, da Universidade de Longwood. **LK**

"A atitude é vivermos e deixarmos viver... um exemplo de liberdade da religião."

Principais obras

Romances

A fogueira das vaidades, 1987
Emboscada no forte Bragg, 1997
Um homem por inteiro, 1998
Eu sou Charlotte Simmons, 2004

Não ficção

The Kandy-Kolored Tangerine-Flake Streamline Baby, 1965
O teste do ácido do refresco elétrico, 1968
The Pump House Gang, 1968
Radical chique e o novo jornalismo, 1970
A palavra pintada, 1975
Os eleitos, 1979
Décadas púrpuras, 1982
Ficar ou não ficar, 2000

ACIMA: Tom Wolfe em sua casa em Nova York, em outubro de 2004.

DONALD BARTHELME

Nascimento: 7 de abril de 1931 (Filadélfia, EUA). Morte: 23 de julho de 1989 (Houston, EUA).

Estilo e gênero: Contista e romancista, autor de obras surrealistas e pós-modernas de grande comicidade, com experimentações formais e inovações linguísticas.

Donald Barthelme faz parte daquele grupo de grandes escritores cujo forte são as obras curtas. "O fragmento é a única forma em que eu confio", ele disse. Mas seus contos fragmentários têm um impacto assustadoramente coerente e preciso sobre o leitor.

Barthelme nasceu na Filadélfia e foi ainda pequeno para Houston, no Texas, onde trabalhou como repórter, redator de discursos e diretor do Museu de Arte Contemporânea. Sua carreira artística começou ao se mudar para Nova York, em 1962, para fundar a revista *Location*. Publicou sua primeira história na *New Yorker* e, em 1964, sua primeira coletânea de contos, *Come Back, Dr. Caligari*. Como muitas de suas narrativas, esses contos lançam mão de justaposições surpreendentes e técnicas de colagem que remetem aos surrealistas Max Ernst, Marcel Duchamp e René Magritte.

Apesar de seus escrúpulos a respeito, Barthelme merece ser classificado como maior expoente do conto pós-moderno americano. Sua obra nos traz à consciência o meio pelo qual a recebemos. Como disse o escritor de vanguarda Robert Coover, a obra de Barthelme é "desoladoramente cômica e paradoxal, sustentada nos maravilhosos absurdos da linguagem". Barthelme publicou também vários romances. *Snow White* é uma versão atabalhoada de Branca de Neve e *The Dead Father*, um ataque devastador contra toda forma de autoridade – pessoal, cultural e textual – em que um pai monolítico com uma libido fúnebre e voraz caminha em meio a uma paisagem mítica rumo ao lugar que descobre ser o de seu próprio enterro. Barthelme tem exercido grande influência sobre toda uma geração de seguidores: sua marca é visível nas obras de David Foster Wallace, Dave Eggers e Péter Esterházy. **MS**

"Eu abri a porta e o novo gerbo entrou. As crianças ficaram loucas de alegria." – "The School"

Principais obras

Romances

Snow White, 1967

The Dead Father, 1975

Paradise, 1986

The King, 1990

Contos

Come Back, Dr. Caligari, 1964

Unspeakable Practices, Unnatural Acts, 1968

Vida de cidade, 1970

Guilty Pleasures, 1974

Sixty Stories, 1980

Forty Stories, 1987

ACIMA: Retrato de Barthelme por Jerry Bauer, dos anos 1980.

ALICE MUNRO

Nascimento: Alice Laidlaw, 10 de julho de 1931 (Wingham, Canadá).

Estilo e gênero: Contista que aborda os relacionamentos humanos desde uma perspectiva essencialmente feminina, com tristeza e estoicismo, notável amplidão, humor ágil e cruel.

Principais obras

Contos

Dance of the Happy Shades, 1968
Lives of Girls and Women, 1971
Something I've Been Meaning to Tell You, 1974
Who Do You Think You Are?, 1978
The Moons of Jupiter, 1982
The Progress of Love, 1986
Friend of My Youth, 1990
Open Secrets, 1994
The Love of a Good Woman, 1998
Ódio, amizade, namoro, amor, casamento, 2001
Fugitiva, 2004
The View from Castle Rock, 2006

Comparar Alice Munro a Anton Tchékov, esse outro mestre do conto, é um compreensível lugar-comum. Em ambos, a simplicidade e o naturalismo contido são enganosamente transparentes; ambos são formalmente inovadores, mas não abertamente "experimentais"; ambos deixam que as complexas peculiaridades do caráter guiem a trama, não o contrário. Podemos também compará-los pela simples razão de que ambos são muitos difíceis de descrever. Em ambos os casos, podemos perguntar: como pode acontecer tanta coisa quando tão pouco parece acontecer?

Muitas histórias de Munro são, como ela mesma disse certa vez de *Lives of Girls and Women*, "autobiográficas na forma, mas não no conteúdo". Como muitos de seus protagonistas, Munro cresceu num bairro pobre, num lar que não dava valor à instrução e à criatividade, especialmente entre as moças. Desde pequena aprendeu a dissimular, vida secreta que é a de muitas de suas personagens. Extremamente submissas, elas caem das nuvens e até se divertem quando suas personificações são confundidas com suas pessoas.

A maior parte das histórias de Munro é marcadamente canadense, baseada nas distinções de classe e nos costumes que constituem a própria vida no interior de Ontário e nos subúrbios da Vancouver da década de 1960. Mas suas narrativas nunca são simplesmente de um lugar e dão voltas no tempo para capturar a emoção de um momento. O brilhantismo de Munro reside em sua capacidade de isolar aqueles elementos geralmente não examinados que podem determinar uma vida inteira: a lembrança submersa da traição, a ambição frustrada, a vergonha e a pretensão íntimas, o amor que se gostaria de nunca admitir para si mesmo. **CQ**

"Há uma coisa que eu creio estar crescendo em mim à medida que fico mais velha: os finais felizes."

ACIMA: Alice Munro em Nova York, em 1º de fevereiro de 2005.

1920–39

IVAN KLÍMA

Nascimento: 14 de setembro de 1931 (Praga, Tchecoslováquia).

Estilo e gênero: Autor de narrativas kafkianas sobre temas de religião, justiça social e luta política, generosamente entrelaçados com vulnerabilidade erótica.

Ganhador, entre outros prêmios, do Franz Kafka de 2002, Ivan Klíma é um mestre da prosa política, mas profundamente pessoal. Sua obra, marcada pelo trauma da infância passada no campo de concentração de Terezin, expõe as crueldades da luta pela sobrevivência, geralmente acompanhadas de alusões irônicas, quando não afetuosas. Perseguido pelo regime comunista, Klíma foi proscrito como escritor e obrigado a exercer funções servis – o que não abalou sua devoção artística ao estudo da natureza humana.

De *Judge on Trial*, de 1986, até o mais recente *Nem santos nem anjos*, suas narrativas são tecidas com protagonistas cujos esforços sentimentais, porém sinceros, de resolver enigmas morais, éticos e políticos os deixam suspensos entre o certo e o errado, a fidelidade e a traição, a crença política e a propaganda. Klíma promove uma exploração kafkiana da psique de seus personagens por meio de suas provas cotidianas, quando eles oscilam entre a busca egoísta da liberdade e os compromissos morais a honrar. *Judge on Trial*, sua obra mais abertamente política, examina o apuro de Adam Kindl, juiz da corte suprema que compactua com o sistema totalitário para evitar suas lealdades conflitantes. Nos mais recentes *Nem santos nem anjos* e *The Premier and the Angel*, Klíma expõe uma visão cética da vida tcheca pós-comunista chamando a atenção para o consumismo generalizado e a crescente homogeneização da cultura europeia sob o jugo de outro *golem* político, a União Europeia em contínua expansão. Crítico da injustiça humana, Klíma é inegavelmente um realista político cuja ficção comenta a luta entre o eu falível e o mundo. **PR**

"A humanidade precisa de mais tolerância, mais solidariedade e mais humildade."

Principais obras

Romances

Judge on Trial, 1986

Amor e lixo, 1988

Waiting for the Dark, Waiting for the Light, 1993

Ultimate Intimacy, 1996

Nem santos nem anjos, 1999

The Premier and the Angel, 2003

Peças

The Castle, 1964

The Master, 1967

Não ficção

The Spirit of Prague and Other Essays, 1994

Between Security and Insecurity, 2000

Karel Čapek: Life and Work, 2001

ACIMA: Ivan Klíma fotografado em Paris, em 10 de outubro de 2002.

UMBERTO ECO

Nascimento: 5 de janeiro de 1932 (Alessandria, Itália).

Estilo e gênero: Semiólogo e romancista, autor de obras eruditas e densamente alusivas que figuram entre os maiores sucessos da ficção pós-moderna, além de trabalhos acadêmicos e livros infantis.

Principais obras

Romances

O nome da rosa, 1980

O pêndulo de Foucault, 1988

A ilha do dia anterior, 1994

Baudolino, 2000

A misteriosa chama da rainha Loana, 2004

Ficção infantil

A bomba e o general, 1966

Os três astronautas, 1966

Ninguém diria, muito menos seu autor, que *O nome da rosa*, um romance de detetive passado num mosteiro medieval italiano tendo como pano de fundo o debate franciscano sobre a pobreza, faria tanto sucesso. Eco, já um respeitado semiólogo da Universidade de Bolonha quando o escreveu, declarou que sua inspiração foi a mera vontade que tinha de envenenar um monge.

Muito mais coisas acontecem, porém, nesse livro do que seu autor levaria você a acreditar. Uma delas é o seu conhecimento íntimo do tema: seus monges pensam do jeito que os monges pensariam na densa rede intertextual de escrituras, comentários e filosofia neoplatônica que caracterizava as mentes medievais ilustradas. É uma obra extremamente densa para um romance histórico de mistério e assassinato, mas, ainda que seus leitores casuais possam achar difícil acompanhar as discussões filosóficas, o mais comum é acharem difícil pôr o livro de lado.

Sucesso de vendas não tão expressivo quanto seu predecessor, *O pêndulo de Foucault* está, não obstante, na origem de um gênero que, na esteira de *O Código Da Vinci*, poderia ser para o século XXI o que o romance de detetive foi para o século XIX: o thriller histórico-artístico. Ele conta a história de três editores de livros ocultistas que inventam uma única teoria da conspiração abrangendo toda a História, das pirâmides ao nazismo. Eco escreve com raro entusiasmo pelas ideias em si e por si; poucos escritores decidiram mais claramente compartilhá-las com seus leitores pelo mero prazer de fazê-lo. Eco ganhou inúmeros títulos honoríficos de instituições acadêmicas de todo o mundo. **SY**

"Um sonho é uma escritura e muitas escrituras não são senão sonhos."

ACIMA: O escritor e jornalista Umberto Eco em Paris, em 17 de outubro de 2007.

À DIREITA: Umberto Eco faz uma pausa na literatura para praticar flauta doce, em 1983.

JOHN UPDIKE

Nascimento: John Hoyer Updike, 18 de março de 1932 (Reading, EUA).

Estilo e gênero: Prolífico autor de ficção, não ficção e poesia que aborda o casamento, o adultério e a fé religiosa com descrições densas, vívidas e realistas, de sexo inclusive.

Para quem espera que o moderno escritor americano – desde Hemingway e Mailer – seja um aventureiro, um ser político e um homem do mundo, John Updike é uma curiosidade. Sua ficção tem um escopo decididamente doméstico. A maioria de seus romances se passa na Pensilvânia de classe média de sua juventude e na Nova Inglaterra privilegiada de sua meia-idade e maturidade. Seus personagens levam vidas aparentemente confortáveis, mas têm inquietações sexuais, éticas e religiosas que Updike desnuda com maestria. E, o que é inusitado para um escritor, o casamento e suas insatisfações são suas obsessões predominantes: muitos de seus romances e contos tratam de adultério, divórcio e reconciliação.

A carreira literária de Updike começou em 1964, quando, depois de várias recusas, conseguiu que a revista *New Yorker* publicasse um de seus poemas. De 1955 a 1957 ele foi seu redator, criando esquetes para a seção "Talk of the Town". A grande versatilidade de Updike como escritor provém de sua época de jornalista – uma longa parceria que rendeu centenas de histórias, críticas, poemas e esquetes.

Foi como romancista, porém, que Updike chegou ao ápice. Harry "Coelho" Angstrom – sua visão do americano comum – foi seu passaporte para o sucesso de crítica e de vendas. Quatro romances traçam a trajetória de Coelho, da problemática juventude à complacente meia-idade. Cada livro reflete as tensões sociais de uma parte da história americana do pós-guerra enquanto o olho de Updike mantém o foco nas epifanias e crises pessoais de Coelho. Como muitos de seus personagens, Coelho compartilha com Updike o questionamento da fé religiosa: luta para viver como cristão num mundo secular dividido. **CT**

Principais obras

Romances

Corre, coelho, 1960
Casais trocados, 1968
Coelho em crise, 1971
O coelho está rico, 1981
As bruxas de Eastwick, 1984
Na beleza dos lírios, 1996

Contos

Escola de música, 1966
Too Far to Go: the Maples Stories, 1979
The Early Stories 1953-1975, 2003

Poesia

The Carpentered Hen and Other Tame Creatures, 1958
Telephone Poles and Other Poems, 1963

"Estar nu é quase revolucionário; andar descalço é puro populismo."

ACIMA: Sorrindo como sempre, Updike é fotografado em Boston, em 15 de outubro de 2002.

V. S. NAIPAUL

Nascimento: Vidiadhar Surajprasad Naipaul, 17 de agosto de 1932 (Chaguanas, Trinidad e Tobago).

Estilo e gênero: Romancista cuja análise irônica e concisa do lado pessimista da natureza humana justifica comparações com Joseph Conrad.

Naipaul nasceu em Trinidad e Tobago, filho de brâmanes indianos. Seu pai, que era contista, o incentivou a escrever desde cedo. "Não fossem os contos de meu pai", disse Naipaul, "eu não saberia quase nada sobre a vida da nossa comunidade indiana". A figura do pai aparece em alguns de seus romances, notadamente em *Uma casa para o Sr. Biswas*, um dos mais conhecidos, a história de um brâmane azarado que vive em Trinidad e busca uma casa para comprar.

Naipaul abordou muitas vezes em sua obra a figura do andarilho solitário, ou *outsider* – tema extraído de sua própria experiência como indiano nas Índias Ocidentais e como natural das Índias Ocidentais na Inglaterra. Boa parte de sua obra descreve com propriedade os efeitos do colonialismo sobre seus ex-súditos. Ao ganhar o Prêmio Nobel de Literatura, em 2001, Naipaul foi elogiado por "unir narrativa perspicaz e escrutínio incorruptível em obras que nos obrigam a ver a presença de histórias reprimidas".

Como acontece com boa parte da diáfana ficção de viagem de Naipaul, a visão da África exposta em *Uma curva no rio* gerou reações negativas. As críticas por seu juízo racista das "meias-sociedades" foram, para dizer o mínimo, educadas. O poeta Derek Walcott, de Santa Lúcia, também nas Índias Ocidentais, disse: "Se o desdém de Naipaul para com os negros (...) fosse dirigido aos judeus, quantos o elogiariam por sua franqueza?" Mais conhecido escritor de língua inglesa das Índias Ocidentais, Naipaul, que é cavaleiro britânico desde 1990, declarou no entanto que "não tinha nenhuma fé na sobrevivência do romance". Opinião polêmica de um ganhador do Nobel de quem não se poderia esperar menos. **JSD**

"Eu sou aquele tipo de escritor que as pessoas pensam que os outros estão lendo."

Principais obras

Romances

O massagista místico, 1957
The Suffrage of Elvira, 1958
Miguel Street, 1959
Uma casa para o Sr. Biswas, 1961
Mr. Stone and the Knights Companion, 1963
Os mímicos, 1967
In a Free State, 1971
Guerrilheiros, 1975
Uma curva no rio, 1979
Finding the Centre, 1984
O enigma da chegada, 1987
Um caminho no mundo, 1994
Meia vida, 2001

ACIMA: Naipaul em seu apartamento em Londres, em 7 de abril de 1994.

Principais obras

Romance

A redoma de vidro, 1963 (sob o pseudônimo Victoria Lucas)

Contos

Johnny Panic and the Bible of Dreams, 1977

Poesia

Poemas, 1981

Ariel: edição restaurada, 2004

Ficção infantil

O terno tanto faz como tanto fez, 1996

1920–39

ACIMA: Cópia de 2003 de uma foto de Plath em preto e branco, não datada.

À DIREITA: Sylvia Plath relaxa na praia, por volta de 1954.

SYLVIA PLATH

Nascimento: 27 de outubro de 1932 (Boston, EUA). Morte: 11 de fevereiro de 1963 (Londres, Inglaterra).

Estilo e gênero: "Nova Poetisa" confessional americana que passou os anos 1960 na Inglaterra documentando de maneira abrasadora sua vida interior como filha, esposa e mãe.

A maioria das pessoas começou a conhecer Sylvia Plath após seu suicídio e os protestos das críticas feministas contra seu marido Ted Hughes por tê-la traído. O título da última coletânea de Hughes indica que sua reputação poética foi ofuscada pela condição de "marido dela". De modo análogo, a morte de Plath ameaça obscurecer a música verbal de seus três pequenos volumes de poesia, uma inebriante mistura "yeatsiana" de biografia e mito.

Plath tinha biografia de sobra para converter em mito: uma tentativa de suicídio que redundou em terapia com eletrochoques; uma mordida em Hughes quando o conheceu. Graças a esses lances cinematográficos, Plath foi objeto de ampla cobertura da mídia muito antes do filme *Sylvia*, de John Madden, levando Jacqueline Rose a escrever *The Haunting of Sylvia Plath*, uma crítica à indústria de biografias de Plath. Mas foi Plath mesma que a inaugurou com *A redoma de vidro*, romance veladamente autobiográfico, publicado sob pseudônimo, que conta a trajetória de Esther Greenwood do estágio em uma revista de Nova York até sua internação em um sanatório.

A sufocante redoma colocada por Plath sobre sua protagonista dos anos 1950 repercutiu entre as leitoras das décadas de 1960 (e 1970, quando o livro foi publicado nos Estados Unidos). Nascida em 1932, Plath foi precursora da revolução: estudava no Smith College quando se escrevia *The Feminine Mystique*; seu suicídio em 1963 e a publicação de seus últimos e furiosos poemas em *Ariel* galvanizaram o nascente movimento feminista.

Influenciada pelo poeta Robert Lowell, seu conterrâneo da Nova Inglaterra, ela garimpou sua vida vivida e imaginada em busca de material poético. Sexo, exaltação, maternidade e literatura são vistos pelas lentes fraturadas de um microscópio, sintomas históricos de uma doença depauperante. Postumamente, Plath influenciou decisivamente poetas e leitores feministas e ganhou o Prêmio Pulitzer. Poucos (como Gwyneth Paltrow) chegaram perto do brilho e da precisão cirúrgica de seus versos. **SM**

JOE ORTON

Nascimento: John Orton, 1º de janeiro de 1933 (Leicester, Inglaterra). Morte: 9 de agosto de 1967 (Londres, Inglaterra).

Estilo e gênero: Dramaturgo cujas comédias negras usam diálogos epigramáticos e tramas farsescas para subverter a moral convencional e satirizar a autoridade.

Principais obras

Peças

The Ruffian on the Stair, 1964

Entertaining Mr. Sloane, 1964

Loot, 1965

The Eringham Camp, 1966

The Good and Faithful Servant, 1967

Funeral Games, 1968

What the Butler Saw, 1969

Autobiografia

The Orton Diaries, 1986 (publicação póstuma)

Criado num conjunto proletário nas Midlands inglesas, Joe Orton se saiu mal nos estudos e teve de ir trabalhar num escritório aos 15 anos. Refugiou-se no teatro, que lhe propiciou uma bolsa para a Real Academia de Arte Dramática, onde conheceu seu parceiro de toda a vida, Kenneth Halliwell. Fracassados como atores, no começo dos anos 1960 os dois viviam da ajuda do governo num apartamento barato do então desvalorizado bairro de Islington, em Londres. Juntos dedicavam-se a escrever romances de caserna impublicáveis e a cometer pilantragens, às vezes divertidamente criativas como desfigurar livros de biblioteca – crime que lhes rendeu seis anos de prisão em 1962.

Orton saltou para a fama quando começou a escrever sem Halliwell. Em 1963 a BBC levou ao ar a sua peça radiofônica *The Ruffian on the Stair*. No ano seguinte, sua comédia "pinteresca" *Entertaining Mr. Sloane* foi ao palco em Londres, sendo aclamada pela crítica. A paródia policial *Loot*, depois de críticas ruins e muitas revisões, levou sua fama a um novo patamar.

Em 1967, seu status como figura badalada em Londres foi confirmado pelo convite para escrever um roteiro para os Beatles. Seu diário desse período revela uma vida dividida entre a celebridade, a promiscuidade homossexual e a crise de relacionamento com Halliwell. Em agosto de 1967 Halliwell espancou Orton até a morte com um martelo antes de dar fim à própria vida.

"Os Dez Mandamentos. Ela acreditava piamente em alguns deles." – *Loot*

As peças de Joe Orton são notáveis pelo fluxo incessante de paradoxos sutis e por seus ataques frontais à sensibilidade convencional – do tratamento nada cerimonioso do cadáver de uma mãe em *Loot* à exibição do pênis de Winston Churchill em *What the Butler Saw*, encenada depois de sua morte. **RG**

ACIMA: Orton em sua casa em Islington, em 1º de outubro de 1966.

1920-39

SUSAN SONTAG

Nascimento: 16 de janeiro de 1933 (Nova York, EUA). Morte: 28 de dezembro de 2004 (Nova York, EUA).

Estilo e gênero: Mulher de letras da Renascença americana e intelectual pública dedicada a questões contemporâneas, do Vietnã à aids.

Voraz, versátil e vociferante. Susan Sontag era uma intelectual tão poderosa que o programa de TV *Saturday Night Live* tinha um estoque de perucas negras com dramáticas faixas brancas para parodiá-la. Ora com retumbantes pronunciamentos na TV, ora baixando o tom da mídia com sua prosa cristalina, Sontag foi – apesar de demasiado idiossincrática para ser assim chamada – a voz de uma geração.

Sontag nasceu em 1933 na comunidade judaica liberal de Nova York e estudou filosofia, literatura e teologia em Harvard e Oxford. Ganhou notoriedade ao dizer à *Paris Review* que saiu da academia porque "queria todo tipo de vida e a de escritora lhe parecia a mais abrangente". A formação acadêmica lhe deu uma memória fotográfica: seus ensaios são como turbilhões varrendo a literatura ocidental e além – a mídia visual em particular.

O gosto cinematográfico de meados do século XX nos Estados Unidos foi moldado pela rivalidade "crítica" entre a eurófila modernista Sontag – que escrevia seriamente sobre cinema antes de essa atividade se tornar rotina – e a mais populista Pauline Kael; mas seu interesse pelo cinema ia além da crítica: ela escrevia seus próprios roteiros, como o de *Brother Carl*, filmado em Israel durante a guerra de 1973. Com a ferocidade e o destemor humanista que lhe eram peculiares, somados à ironia delicadamente selvagem de sua prosa, ela dirigiu *Esperando Godot* na Sarajevo sitiada em 1993. Em seu último livro, *Assim vivemos agora*, escrito no período de sua quimioterapia, Sontag perguntou-se sem piedade como e por que as pessoas olham para imagens de outros que sofrem. Com um dom para dizer o indizível com uma prosa inimitável, Sontag poderia ser chamada a consciência de meados do século XX. **SM**

"As únicas respostas interessantes são aquelas que destroem as perguntas."

Principais obras

Romances

O benfeitor, 1963

Morte em questão, 1967

O amante do vulcão, 1992

Peças

A Parsifal, 1991

Alice in Bed, 1993

Lady from the Sea, 1999

Não ficção

Contra a interpretação, 1966

A doença como metáfora, 1978

Aids e suas metáforas, 1988

Diante da dor dos outros, 2003

Contos

I, etcetera, 1977

Assim vivemos agora, 1986

ACIMA: Sontag numa noite de autógrafos em 1992.

1920–39

JERZY KOSINSKI

Nascimento: Josek Lewinkopf, 14 de junho de 1933 (Lodz, Polônia). Morte: 3 de maio de 1991 (Nova York, EUA).

Estilo e gênero: Romancista polonês-americano, autor de vinhetas existencialistas sádicas. Foi acusado de vender fraudulentamente sua história pessoal.

Jerzy Kosinski foi ajudante de pintor, professor em Yale e Princeton e favorito dos badalados. Como escritor, fez de sua vida um mito. Seu primeiro romance, *O pássaro pintado*, pretensamente baseado em suas experiências de criança perdida nas aldeias da Europa Oriental durante a Segunda Guerra, transmite a aguda impressão de um interior habitado por camponeses cruéis e supersticiosos. Mas Kosinski passou a guerra em casa, com a família, que trocou o nome Lewinkopf para ocultar sua identidade judia. Em 1982, o *Village Voice* denunciou que ele não poderia ter tido muitas das experiências descritas em *O pássaro pintado* e que seus livros haviam sido amplamente editados sem o devido crédito e, em um caso, plagiado de uma fonte polonesa.

Kosinski nunca se recuperaria dessas acusações. Porém, dada a sua reiterada descrição do eu como uma série de ficções momentâneas, não surpreende o caráter camaleônico de sua imagem pública.

A intolerável opressão da vida intelectual sob o regime comunista levou-o a emigrar para os Estados Unidos, onde se doutorou em Columbia. A notável desinibição de seus escritos contrasta fortemente com a atmosfera repressiva de sua juventude. O uso do inglês o ajudou a examinar suas experiências a partir de uma perspectiva externa – para ele, o movimento crucial da arte.

Os romances de Kosinski apresentam um mundo de depravação moral sem uma palavra sequer sobre quão perturbadoras são essas descrições. Em *Passos*, ganhador do Prêmio Nacional do Livro de 1969, a sexualidade é a chave para um entendimento mais amplo da natureza humana. Ali, como em *A árvore do diabo*, a beleza desperta o desejo de destruir e o autocontrole é buscado por meio do controle sexual violento de outros. **ER**

Principais obras

Romances

O pássaro pintado, 1965

Passos, 1969

O vidiota, 1971

A árvore do diabo, 1973

Cockpit, 1975

Um parceiro desconhecido, 1977

A comédia da paixão, 1979

Pinball, 1982

The Hermit of 69th Street, 1988

Ensaios

The Art of the Self: Essay à propos Steps, 1968

Passing By: Selected Essays, 1962-1991, 1992

ACIMA: Detalhe de um retrato de Kosinski.

À direita: Cartaz do filme *Muito além do jardim*, adaptação para o cinema do romance *O vidiota*, 1979.

BEING THERE

PHILIP ROTH

Nascimento: 19 de março de 1933 (Newark, EUA).

Estilo e gênero: Autor de intricadas tramas com dublês, alter egos, vidas alternativas e interesse pelas identidades judaica e americana.

Principais obras

Romances

O complexo de Portnoy, 1969

My Life as a Man, 1974

The Professor of Desire, 1977

Diário de uma ilusão, 1979

Zuckerman Unbound, 1981

O avesso da vida, 1986

O teatro de Sabbath, 1995

Pastoral americana, 1997

A marca humana, 2000

Contos

Adeus, Columbus, 1959

Não ficção

Reading Myself and Others, 1975

Shop Talk, 2001

Philip Roth converteu o tecido de sua própria vida em material de ficção. Sua obra é povoada de versões alternativas de si mesmo – Nathan Zuckerman, David Kapesh e até Philip Roth –, alter egos que lhe permitiram testar as várias facetas de sua própria identidade: escritor, filho, marido, americano, judeu. Zuckerman, sua mais duradoura criação, teve uma vida parecida com a sua: era filho de judeus dos subúrbios de Nova Jersey, fez sucesso com um romance polêmico, tinha uma vida sexual complexa e enfrentou um establishment desaprovador. Mas há também diferenças capitais: enquanto os pais de Zuckerman se mortificavam com a fraqueza de seu livro *Carnovsky*, os de Roth tinham imenso orgulho das conquistas do filho.

O livro que projetou a carreira de Roth foi o provocativo *O complexo de Portnoy*. Ofegante e teatral, o protagonista desfia para o psicanalista o seu histórico de disfunção sexual. Aqui se fixaram os temas que dominariam a sua obra: o fascínio pelo sexo em toda a sua glória cômica e obscena, casos torturados entre homens judeus e mulheres não judias e as relações familiares tensas e difíceis. Na década de 1990 Roth produziu uma extraordinária trilogia que expandiu a sua visão artística. Cada volume examina, em um período particular da história moderna dos Estados Unidos, como a vida de um homem pode expressar as esperanças, os temores e os preconceitos de um país. O melhor deles, *Pastoral americana*, ganhou o Prêmio Pulitzer de ficção em 1998. Em *Complô contra a América*, Roth passa das "vidas alternativas" para a "história alternativa" imaginando que impacto teria a eleição de um governo fascista nos Estados Unidos de 1940 sobre uma versão ficcional de sua própria família. **CT**

> "O homem judeu com pais vivos continuará tendo 15 anos até eles morrerem."

ACIMA: Detalhe de uma foto de Roth em Nova York, em 23 de maio de 2007.

CORMAC McCARTHY

Nascimento: Charles McCarthy, 20 de julho de 1933 (Providence, Estados Unidos).

Estilo e gênero: Romancista que aborda temas históricos do Oeste americano e situações angustiantes e violentas, combinando um claro realismo com verdades "maiores e universais".

Cormac McCarthy é um escritor enigmático. Apesar de tenazmente refratário a publicidade e entrevistas, é um dos nomes mais conhecidos da moderna literatura americana.

Sua trajetória pode ser dividida em duas partes. A primeira abrange seus quatro primeiros livros, que o firmaram como figura literária de certo prestígio: *The Orchard Keeper*, *Outer Dark*, *Child of God* e *Suttree*. *Child of God*, motivo de comoção pública, foi saudado como brilhante por alguns críticos e duramente atacado por outros. No estilo que o caracteriza, a história aborda um tema complexo e perturbador de maneira direta e sem juízo de valor. E, se o tema é polêmico, mais ainda é o tratamento que lhe dá McCarthy, a equanimidade com que descreve o protagonista e criminoso, refletindo a ideia de que a humanidade é um só corpo de filhos de Deus. *Suttree* teve uma recepção mais favorável e é considerado um de seus melhores trabalhos.

A publicação de *Meridiano sangrento,* em 1985, inaugura a segunda parte da obra de McCarthy, em que predominam temas do Oeste americano. São esses os livros pelos quais ele é hoje mais conhecido, em especial o best-seller *Todos os belos cavalos*, o primeiro da "Trilogia da fronteira". Sua lendária capacidade de levar o leitor para dentro do cenário de seus romances é produto de um notável realismo e de uma linguagem vividamente sugestiva. Seus lampejos e suas reflexões pungentes sobre a vida e a humanidade contribuem também para torná-lo um dos mais importantes autores americanos contemporâneos. O filme dos irmãos Coen *Onde os fracos não têm vez*, de 2007, ganhou quatro Oscars e vários outros prêmios. **TamP**

"Tudo o que você faz fecha alguma porta à sua frente."

Principais obras

Romances

The Orchard Keeper, 1965
Outer Dark, 1968
Child of God, 1974
Suttree, 1979
Meridiano sangrento, 1985
Todos os belos cavalos, 1992
A travessia, 1994
Cidades da planície, 1998
Onde os velhos não têm vez, 2005
A estrada, 2006

ACIMA: McCarthy fotografado pouco depois da cerimônia de premiação do Oscar de 2008.

1920–39

CEES NOOTEBOOM

Nascimento: Cornelius Johannes Jacobus Maria Nooteboom, 31 de julho de 1933 (Haia, Holanda).

Estilo e gênero: Importante escritor holandês contemporâneo, frequentemente mencionado como candidato ao Prêmio Nobel.

Principais obras

Romances

Philip en de anderen, 1956

De ridder is gestorven, 1963

Rituais, 1980

Een lied van schÿn en wezen, 1981

In Nederland, 1984

Dia de Finados, 1999

Paraíso perdido, 2004

Novela

A seguinte história, 1991

Poesia

The Captain of the Butterflies, 1997

Livro de viagem

Caminhos para Santiago, 1992

Embora seja mais conhecido fora da Holanda por seus romances, Cees Nooteboom se considera antes de tudo um poeta. Sua obra é inspirada por suas muitas viagens e boa parte dela tem um quê de desassossego. Seu primeiro romance, *Philip en de anderen*, de 1956, foi escrito ao longo de uma viagem de carona pela Europa; vários de seus personagens exploram não só o mundo ao seu redor, mas também seus mundos interiores.

A obra de Nooteboom é experimental e cerebral, mas também leve e lúdica, e repleta de alusões literárias. Em *De ridder is gestorven*, publicado em 1963, um dos personagens está escrevendo um livro sobre um amigo falecido que estava escrevendo um livro sobre um escritor que morreu. Depois de sua publicação, Nooteboom concentrou-se em poesia e livros de viagem e passou 17 anos sem escrever outro romance. Seu livro de viagem mais estimado é, talvez, *Caminhos para Santiago*, mescla de descrições líricas, poesia e filosofia inspirada por uma viagem à Espanha.

Entre as obras posteriores destaca-se *A seguinte história*, uma intricada história de amor e morte de menos de 100 páginas sobre o professor holandês Herman Mussert, que dorme em Amsterdã e acorda em Lisboa. Mussert não faz ideia de como chegou lá, mas é capaz de reconhecer o quarto em que dormiu com a mulher de outro homem cerca de três anos antes. No leito de morte, Mussert relembra momentos passados de sua vida. No fim, ele sai em viagem pelo rio Amazonas rumo ao desconhecido. *A seguinte história* conquistou o Prêmio de Literatura Europeia como melhor romance de 1993. Nooteboom ganhou, entre outros, o Prêmio Pegasus de Literatura e é frequentemente citado como provável candidato ao Nobel. **HJ**

"É um escritor de escritores; seus livros parecem metáforas da própria arte." – Ed Park, *Village Voice*

ACIMA: Cees Nooteboom em Paris, em 29 de novembro de 1990.

ALAN BENNETT

Nascimento: 9 de maio de 1934 (Leeds, Inglaterra).

Estilo e gênero: Dramaturgo ligado ao teatro, ao rádio e à TV, conhecido por sua ironia, seu humor seco e sua emoção, bem como pela capacidade de juntar o sério e o mundano.

Encarnação da expressão "tesouro nacional", Alan Bennett vem encantando leitores e plateias desde a década de 1960 com sua obra única e elegante. Criado em Yorkshire, Bennett ganhou uma bolsa para estudar no Exeter College, Oxford, onde formou-se em 1957. Lá conheceu Dudley Moore, que o recomendou para a revista satírica *Beyond the Fringe*, com os atores Peter Cook e Jonathan Miller, saídos do Cambridge Footlights. O espetáculo estreou no Festival de Edimburgo de 1960 e fez sucesso mais tarde no West End de Londres e em Nova York.

As obras mais conhecidas de Bennett são os monólogos *Talking Heads*, escritos para a BBC. As duas séries, de seis monólogos cada uma, foram ao ar com 10 anos de intervalo –1988 e 1998 –, abordando temas como incesto, alcoolismo, assassinato, doença mental e demência. Na superfície, porém, os personagens dolorosamente reais de Bennett apenas relatam aos espectadores os acontecimentos banais de suas vidas cotidianas. Bennett escreve com sensibilidade, movendo-se entre o cotidiano e o horrível ou o dolorosamente triste com tanta graça e leveza que o espectador não percebe onde começa um e termina outro.

Em 1994 Bennett foi indicado ao Oscar como roteirista do filme *As loucuras do rei George*. Sua mais recente peça, *The History Boys*, foi indicada em 2006 para sete Prêmios Tony e ganhou seis. O roteiro do filme também foi escrito por ele.

Seu humor seco e sua destreza textual são igualmente evidentes em seus livros, um conjunto de três novelas intitulado *Three Stories* e duas coleções de ensaios e memórias, *Writing Home* e sua continuação, *Untold Stories*. **LP**

Principais obras

Peças e roteiros

Afternoon Off, 1979
One Fine Day, 1979
Talking Heads, 1988
As loucuras do rei George, 1992
Talking Heads, 1998
Telling Tales, 2000
The History Boys, 2004

Novelas

Three Stories, 2003
Uma real leitora, 2007

Não ficção

The Lady in the Van, 1989
Writing Home, 1994
Untold Stories, 2005

"Escrevo peças sobre coisas que não consigo resolver em minha cabeça. Procuro até encontrar."

ACIMA: Bennett no Festival Internacional do Livro de Edimburgo, em 11 de agosto de 2007.

1920–39

WOLE SOYINKA

Nascimento: Akinwande Oluwole Soyinka, 13 de julho de 1934 (Abeokuta, Nigéria).

Estilo e gênero: Dramaturgo, poeta e ensaísta que aplica recursos estilísticos afro--ocidentais e ocidentais de vanguarda em sua literatura mística, às vezes recorrendo a parábolas iorubás. Um de seus temas é a repetição da história.

Principais obras

Peças

A Dance of the Forests, 1963

The Strong Breed, 1963

The Lion and the Jewel, 1963

Death and the King's Horseman, 1975

King Baabu, 2001

Poesia

A Shuttle in the Crypt (Poems from Prison), 1969

Ensaio

Myth, Literature, and the African World, 1976

Memórias

You Must Set Forth At Dawn: A Memoir, 2006

The Man Died, 1972

Primeiro e único negro africano a ganhar o Prêmio Nobel de Literatura, em 1986, Wole Soyinka comentou na ocasião: "Há quem pense que o Nobel o torna à prova de balas. Eu nunca tive essa ilusão." Sua declaração reflete toda uma vida de militância política que lhe valeu a prisão e o exílio: foi preso por denunciar eleições fraudulentas e acusado de conspirar em favor da guerra civil de Biafra; denunciou a exploração corrupta do petróleo nigeriano pela Shell; defendeu a libertação do ativista dos direitos humanos Ken Saro-Wiwa, preso e enforcado pelo general Sani Abacha; propôs o pagamento de reparações ocidentais à África.

Soyinka, que é filho de um respeitado professor e líder comunitário iorubá, prestou tributo a seu conterrâneo Chinua Achebe em seu discurso de premiação. Apesar de ligado a universidades e ativistas de todo o mundo, a Nigéria e sua política nunca deixaram de ser o tema mais importante de seus escritos. Sua maior preocupação tem sido escrever sobre o "tacão opressivo e a irrelevância da cor do pé que o calça".

A Dance of the Forests, celebração da independência da Nigéria, ligou a política nigeriana ao seu trabalho desde então. Sua peça mais conhecida, *Death and the King's Horseman*, fala da morte de um chefe tribal iorubá e da proibição do sacrifício ritual de seu cavalo por um funcionário britânico, o que lança a tribo em uma catastrófica confusão. *The Man Died* é a crônica, escrita originalmente em papel higiênico, de sua temporada na prisão (1967-1969). Desde então, Soyinka passou a registrar a história nigeriana da segunda metade do século XX. Em abril de 2007 ele pediu o cancelamento das eleições presidenciais nigerianas por causa de fraudes e episódios de violência que, segundo ele, haviam corrompido o processo. **JSD**

ACIMA: Soyinka é o primeiro negro africano a ganhar o Prêmio Nobel de Literatura.

À DIREITA: Foto do jovem Wole Soyinka em 1966.

PER OLOV ENQUIST

Nascimento: 23 de setembro de 1934 (Hjoggböle, Suécia).

Estilo e gênero: Romancista e dramaturgo de estilo investigativo que aborda de forma ficcional, mas com um viés jornalístico, pessoas e acontecimentos reais ambíguos e complexos.

Principais obras

Romances

Magnetisörens femte vinter, 1964
Legionärerna, 1968
Musikanternas uttåg, 1978
Nedstörtad ängel, 1985
Kapten Nemos bibliotek, 1991
Livläkarens besök, 1999
Boken om Blanche och Marie, 2004

Per Olov Enquist começou sua carreira literária na década de 1960, quando os escritores eram influenciados pelo *nouveau roman* francês de Claude Simon, Nathalie Sarraute e Michel Butor. Em sua busca de novas formas de expressão, Enquist desenvolveu um estilo de "repórter investigativo" baseado em sua experiência de colunista de jornal e repórter de TV. A maior parte de seus escritos é o resultado de muita pesquisa, dando um toque jornalístico a fatos que são depois combinados com a riqueza e a flexibilidade do romance. Muitas de suas obras refletem a vida na isolada e piedosa Vasterbötten, onde ele nasceu e cresceu, uma comunidade fortemente influenciada pelo laestadianismo, movimento luterano conservador de meados do século XIX.

Enquist ganhou fama internacional com seu romance de 1999 *Livläkarens besök*, baseado na figura de Johan Friedrich Struensee, médico pessoal do rei dinamarquês mentalmente doente Christian VII. No livro, o médico começa a expedir decretos reformistas sem a permissão do rei, com a ajuda e a cumplicidade da obstinada rainha Caroline Mathilde. Struensee foi executado pela facção que recuperou o poder, mas várias das reformas que ele havia promovido foram mantidas. O romance levanta interessantes questões sobre o choque entre o mero idealismo e o poder político. Em 2004 foi publicado *Boken om Blanche och Marie*, romance sobre a relação de Blanche Wittman, notória paciente histérica do professor J. M. Charcot, com Marie Curie, física polonesa ganhadora do Prêmio Nobel. Enquist usa a amizade entre as duas para falar de ciência e amor, recorrendo uma vez mais a fatos históricos para criar um romance belo e inspirado. **REM**

"Aliás, é duvidoso que alguém possa jamais se divorciar."

– Narrador, *Nedstörtad ängel*

1920–39

ACIMA: Retrato do escritor sueco Per Olov Enquist.

ALASDAIR GRAY

Nascimento: 28 de dezembro de 1934 (Glasgow, Escócia).

Estilo e gênero: Romancista cujas obras combinam ficção científica, fantasia e realismo, com ilustrações do próprio autor e uso de recursos tipográficos.

Alasdair Gray nasceu em Glasgow, de pais trabalhadores. Durante a Segunda Guerra Mundial foi evacuado junto com a mãe e a irmã para uma fazenda em Perthshire e dali para a cidade de Stonehouse, Lanarkshire, experiências que acabariam marcando a sua primeira grande obra, *Lanark*, e seus romances posteriores.

Quando a guerra acabou, a família reuniu-se em Glasgow e Gray foi para a escola, obtendo bom aproveitamento em inglês e arte. Nessa época começou também a ter aulas de apreciação artística na Kelvingrove Art Gallery and Museum. Em 1952, ano em que sua mãe morreu, Gray entrou para a Glasgow School of Art, e dois anos depois começou a escrever *Lanark*, que só seria publicado em 1981. Quando estudante de arte, Gray trabalhou no primeiro dos muitos murais – chamado "Horrores da Guerra" – criados para a Sociedade pela Amizade Escócia-URSS, organização que existe até hoje em Glasgow. Nas décadas seguintes à sua saída da escola de arte, Gray viveu de dar aulas, pintar cenários e murais e escrever peças radiofônicas e documentários para a TV. Só depois da publicação de *Lanark* foi finalmente capaz de dedicar-se somente a escrever, desenhar e ilustrar livros, a maioria seus.

A obra desse escocês tradicional é marcada por um humor cortante e preciso, às vezes toldado por um realismo que ele insiste que deve ser ouvido; a verdade nunca é romantizada. Em geral seus romances não têm finais felizes, mas sua arte consiste em fornecer ele mesmo o antisséptico e o alívio em outro lugar. Leitura entretida, Gray é também um escritor social e político capaz de criar fortes personagens femininos. Seu romance *Poor Things*, publicado em 1992, ganhou os prêmios Whitbread e Guardian Fiction. **REM**

"Trabalhe como se você vivesse nos primeiros dias de um país melhor."

Principais obras

Romances

Lanark, 1981

1982, Janine, 1984

The Fall of Kelvin Walker, 1985

McGrotty and Ludmilla, 1990

Poor Things, 1992

A History Maker, 1994

Old Men in Love, 2007

Contos

Unlikely Stories, Mostly, 1983

Ten Tales Tall & True, 1993

The Ends of Our Tethers, 2003

Poesia

Old Negatives, 1989

Sixteen Occasional Poems, 2000

ACIMA: Fotografia de Alasdair Gray por Marius Alexander, 1996.

KENZABURO OE

Nascimento: 31 de janeiro de 1935 (Ose, Japão).

Estilo e gênero: Romancista que escreve sobre uma ampla gama de temas filosóficos, sociais e políticos, entre os quais o isolamento e a exclusão.

Principais obras

Romances

Memeushiri Kouchi, 1958

Uma questão pessoal, 1964

O grito silencioso, 1967

Warera no kyōki wo ikinobiru michi wo oshieyo, 1977

Mizuakara waga namida wo nuguitamu hi

Shūku

Warena no kyōki wo ikinobiru michi wo oshieyo

Sora no kaibustsu Agui

Dias tranquilos, 1990

Chugaeri, 2003

Não ficção

Kaifuku suru kakozu, 1995

Kenzaburo Oe é um dos mais importantes escritores do Japão contemporâneo. Um de sete irmãos (seu pai morreu quando ele tinha 9 anos), Oe foi fortemente influenciado pela literatura francesa, que teve oportunidade de estudar na Universidade de Tóquio. Sua monografia versou sobre a obra de Jean-Paul Sartre. Seu primeiro romance, *Memeushiri Kouchi*, publicado em 1958, fala da destruição da vida dos jovens habitantes das florestas do idílico Japão rural em decorrência da guerra. Não por acaso, foi comparado a *O senhor das moscas*, obra-prima de William Golding. Entre 1958 e 1961, Oe publicou uma série de romances sobre a ocupação do Japão, notáveis por sua sexualidade e violência explícitas.

Mas foi o nascimento de seu filho Hikari, em 1963, que mudou o rumo de seus escritos. Hikari nasceu com deficiência cerebral, tornando o tema do "filho-idiota" – palavras do próprio Oe – recorrente em sua obra. Boa parte dela é nitidamente autobiográfica: *Warera no kyōki wo ikinobiru michi wo oshieyo* e *Mizukara waga namida wo nuguitamu hi* enfocam o pai de um filho deficiente. O pai não entende seu próprio pai e, por outro lado, o filho deficiente também não entende seu pai. A história de Hikari está presente também em *O grito silencioso*, que aborda o difícil relacionamento de um casal que retorna, com seu filho deficiente, à sua aldeia de origem. Seus trabalhos posteriores abordam uma ampla gama de temas. *Chugaeri*, por exemplo, trata do ataque com gás sarin no metrô de Tóquio perpetrado em 1995 por um culto apocalíptico, em que 12 pessoas morreram e 50 ficaram gravemente feridas. Oe ganhou o Prêmio Nobel de Literatura em 1994. Mora atualmente em Tóquio. **HJ**

"Sobrevivi representando esses meus sofrimentos na forma de romances."

ACIMA: Kenzaburo Oe em Tóquio, Japão, em 3 de dezembro de 2004.

À DIREITA: Coletânea japonesa de entrevistas de Oe sobre literatura, linguagem e política.

「話して考える」と「書いて考える」

シンク・トーク

Think Talk

シンク・ライト

Think Write

大江健三郎

骨太でいながら、こまやかで、
深味のある情報も、
ユーモアにもみちている、
大江さんの話を、活字で読みたい。

講演会の感想から

集英社　定価1470円［本体1400円］

CAROL SHIELDS

Nascimento: Carol Ann Warner, 16 de maio de 1935 (Oak Park, EUA). Morte: 16 de julho de 2003 (Victoria, Canadá).

Estilo e gênero: Poetisa e romancista que escreveu sobre vidas comuns com profundidade e clareza incomuns, simpatia tocante e humor surpreendentemente ferino.

Carol Shields nasceu nos arredores de Chicago, estudou na Universidade de Exeter, na Inglaterra, passou mais de 20 anos ensinando em universidades – primeiro Ottawa, onde escreveu uma tese de mestrado sobre Susanna Moodie, depois Colúmbia Britânica e Winnipeg – e teve cinco filhos. E só começou a escrever ficção e poesia aos 30 anos, porque encontrou pouca literatura que falasse dessa experiência.

Embora também tenha escrito poesia e contos, Shields é célebre por seus romances profundamente humanos sobre os momentos comuns de perplexidade e felicidade. Em *Os diários de pedra*, a despretensiosa Daisy Goodwill nos conta a história de sua vida na correnteza do século XX. O *The New York Times* disse que ele "nos faz lembrar por que a literatura é importante". *A festa de Larry* teve igual sucesso de crítica e público e foi adaptado como musical. Larry Weller tem uma revelação, no centro do labirinto de Hampton Court, em Londres, de que pode fazer algo importante na vida – construir labirintos. *Bondade*, seu último romance e francamente feminista, enfoca uma escritora que luta para entender por que a filha vive pelas ruas, muda, com um cartaz escrito "Bondade" pendurado no pescoço. *Bondade* entrou para a lista dos 10 livros escritos por mulheres favoritos dos britânicos e foi adaptado para o teatro pela filha de Shields.

Shields ganhou vários prêmios e diplomas honorários. Foi a única a conquistar o Prêmio Pulitzer americano e o Prêmio do Governador Geral canadense, o que só foi possível graças à sua dupla nacionalidade. Ganhou também o Prêmio Charles Taylor por sua biografia de Jane Austen. Em 1998 teve um diagnóstico de câncer no seio, vindo a falecer em 2003. **CQ**

Principais obras

Romances

Small Ceremonies, 1976
The Box Garden, 1977
A Fairly Conventional Woman, 1982
Various Miracles, 1985
Swann, 1987
Republic of Love, 1992
Os diários de pedra, 1993
A festa de Larry, 1997
Dressing Up for the Carnival, 2000
Bondade, 2002

Contos

The Orange Fish, 1989

Peças

Departures and Arrivals, 1990
Thirteen Hands and Other Plays, 2001

Poesia

Others, 1972
Intersect, 1974
Coming to Canada, 1992

Biografia

Jane Austen, 2001

ACIMA: Carol Shields em sua casa em Victoria, Canadá, 27 de novembro de 2001.

À DIREITA: Capa de *Bondade (Unless)*, indicado para o Prêmio Man Booker em 2002.

SHORTLISTED FOR
THE ORANGE PRIZE FOR FICTION 2003

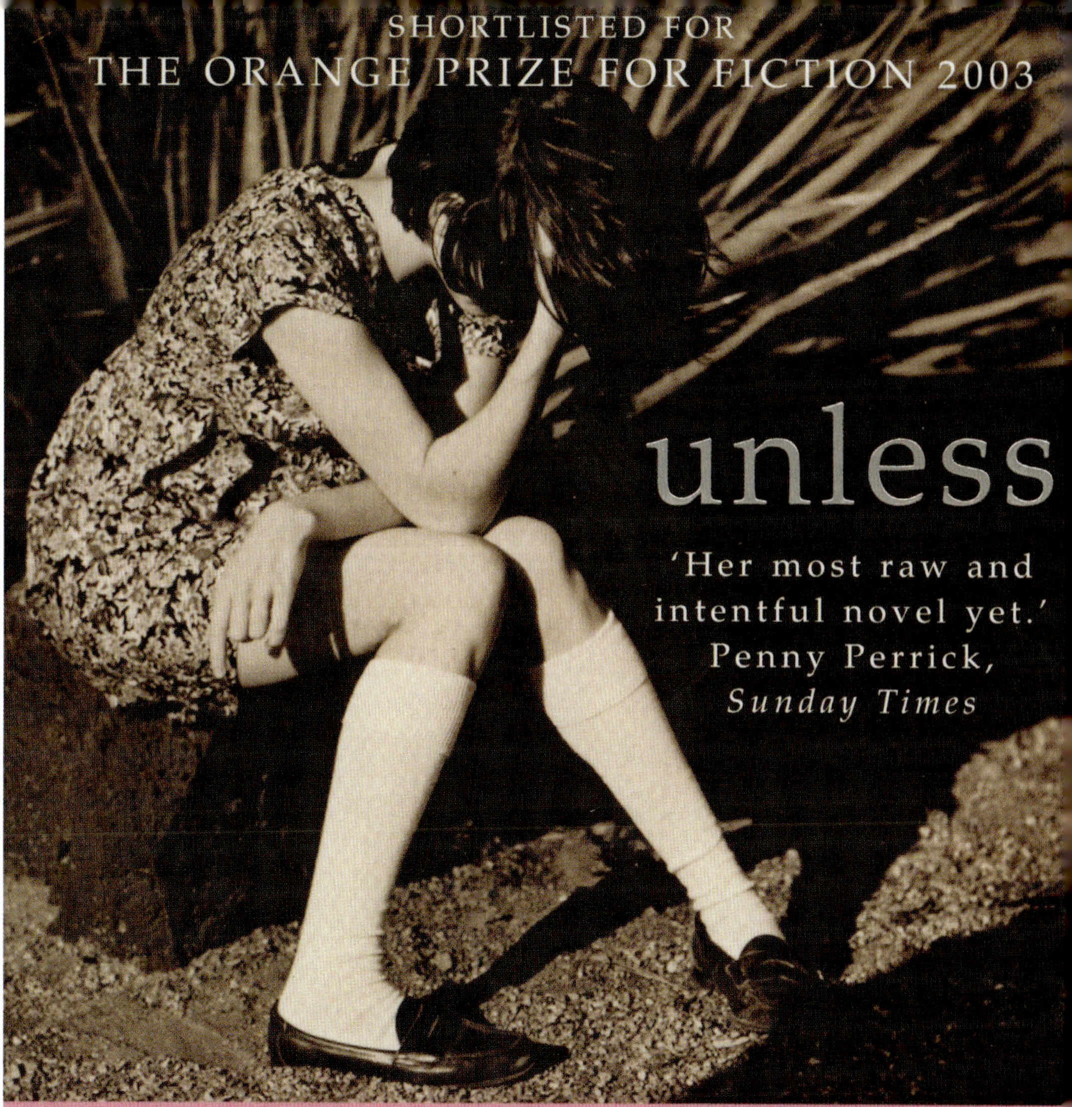

unless

'Her most raw and intentful novel yet.'
Penny Perrick, *Sunday Times*

Carol
Shields

SHORTLISTED FOR THE MAN BOOKER PRIZE

ANDRÉ BRINK

Nascimento: 29 de maio de 1935 (Vrede, África do Sul).

Estilo e gênero: Autor de romances que contestam o regime do apartheid, mas defendem o idioma africâner. Foi duas vezes indicado ao Prêmio Booker e ganhou o Prêmio Commonwealth Writers de 2003.

André Brink construiu sua fama de inimigo literário do regime sul-africano do apartheid com uma série de romances declaradamente políticos. O contato com estudantes negros durante sua temporada de estudante em Paris na década de 1960 deu ao jovem de família africâner conservadora uma nova perspectiva sobre seu país. Brink decidiu, então, voltar à África do Sul para participar da luta contra o sistema político.

Ao lado de Breyten Breytenbach, Brink foi figura de proa do movimento literário *Die Sestigers* (Os Sessentistas), grupo de escritores interessados em importar técnicas da literatura experimental europeia para o africâner e em usar o idioma oficial para escrever a respeito da situação política. *Looking on Darkness*, romance de Brink sobre o relacionamento entre um sul-africano negro e uma mulher branca, questiona as leis de segregação racial e por isso foi proibido em 1973 com base na severa lei de censura – a primeira vez que ela foi aplicada a uma obra em africâner. Em resposta, Brink o traduziu para o inglês para que atingisse um público mais amplo. Todas as suas obras posteriores foram escritas simultaneamente em africâner e inglês.

Traduzidos para mais de 20 idiomas, em pouco tempo os romances de Brink conquistaram um público internacional. *An Instant in the Wind*, história do relacionamento entre uma branca e um negro, e *Rumors of Rain*, sobre a agitação em Soweto, foram indicados para o Prêmio Booker de ficção. O posterior *The Other Side of Silence*, ambientado na África colonial de começos do século XX, ganhou o prêmio regional Commonwealth Writers de Melhor Livro de 2003. **HJ**

"Não acha que as pessoas são como paisagens a serem exploradas?" – Elisabeth, *An Instant in the Wind*

Principais obras

Romances

Looking on Darkness, 1974
An Instant in the Wind, 1976
Rumors of Rain, 1978
Uma estação branca e seca, 1979
A muralha da peste, 1984
States of Emergency, 1988
An Act of Terror, 1991
On the Contrary, 1993
Imaginings of Sand, 1996
Devil's Valley, 1988
The Other Side of Silence, 2002
Before I Forget, 2004
Praying Mantis, 2005

ACIMA: Brink em sua casa na Cidade do Cabo, África do Sul, em 13 de outubro de 2006.

1920-39

E. ANNIE PROULX

Nascimento: Eda Annie Proulx, 22 de agosto de 1935 (Norwich, EUA).

Estilo e gênero: Proulx escreve sobre os Estados Unidos rural, caracterizando o campo e seus habitantes com precisão, economia e pitadas de humor sardônico. Ganhou vários prêmios literários.

Embora só tenha começado a escrever a sério aos 50 anos, E. Annie Proulx ascendeu rapidamente ao mais alto escalão dos autores americanos contemporâneos com seu estilo conciso e seu implacável realismo. Habitados por personagens fascinantes, seus livros evocam a América rural com notável perspicácia e nitidez.

Durante décadas de produção intermitente Proulx escreveu vários contos, publicados em 1988 na coletânea *Canções do coração e outros contos*, favoravelmente recebida pela crítica. Seu primeiro romance, *Postcards*, publicado em 1992, conquistou o público e o Prêmio PEN/Faulkner de ficção. Foi a primeira escritora a receber tal homenagem. Para escrever o subsequente *Chegadas e partidas*, ganhador do Prêmio Pulitzer, Proulx submergiu na vida da pequena e um tanto decadente cidade pesqueira da Terra Nova, cenário da história de um homem que luta para estruturar sua vida depois de se mudar para a cidade natal de seus ancestrais. A narrativa rastreia sutilmente o crescimento emocional do protagonista e a gradual recuperação de sua personalidade – um livro tocante que combina habilmente desenvolvimento do personagem, inesperadas guinadas no enredo e humor peculiar.

Proulx esteve recentemente no centro da celeuma pública provocada pelo lançamento do filme *O segredo de Brokeback Mountain*, baseado em um conto seu. A história do relacionamento amoroso entre dois vaqueiros põe em causa a imagem de macho do caubói americano. Proulx disse posteriormente que sua abordagem literária da homossexualidade entre os dois vaqueiros baseou-se em anos de observações e em suas conclusões sobre a homofobia nos estados do Meio-Oeste.

"Estou desesperada para escrever. Louca para escrever. Quero escrever."

Além do Pulitzer e do PEN/Faulkner, Proulx ganhou também o Prêmio Nacional do Livro. **TamP**

Principais obras

Romances

Postcards, 1992

Chegadas e partidas, 1993

Os crimes do acordeom, 1996

That Old Ace in the Hole, 2002

Contos

Canções do coração e outros contos, 1988

Curto alcance, 2000

Bad Dirt: Wyoming Stories 2, 2004

Não ficção

Sweet and Hard Cider: Making It, Using It and Enjoying It, 1980

ACIMA: A premiada escritora E. Annie Proulx fotografada em setembro de 2001.

THOMAS KENEALLY

Nascimento: 7 de outubro de 1935 (Homebush, Austrália).

Estilo e gênero: Romancista e dramaturgo prolífico, autor de obras históricas com muita pesquisa e que expressam um interesse particular pela história social e política da Austrália.

Thomas Keneally é um dos mais proeminentes escritores e personagens públicos da Austrália. Defensor convicto da independência do país, seus romances abordam os acontecimentos históricos nacionais (as colônias penais, a marginalização dos aborígines), o embate entre as forças e as fraquezas da Austrália, a fé religiosa e as lutas e alegrias do dia a dia das pessoas comuns.

Keneally largou o seminário católico pouco antes de ser ordenado padre e trabalhou como professor até a publicação de *The Place at Whitton*, história de horror gótico passada num seminário. Publicou regularmente romances muito apreciados pelo público australiano e internacional, especialmente *Bring Larks and Heroes*, *The Chant of Jimmie Blacksmith* (cujo protagonista é um indivíduo de ascendência aborígine e branca, levado às telas em 1978) e *Confederates*.

Keneally é mais conhecido, porém, por *A lista de Schindler*, um mergulho profundo e detalhado no papel de Oskar Schindler na história do Holocausto. O encontro casual com um "sobrevivente de Schindler" o estimulou a escrever o romance, interessado no que chamou de "histeria étnica" do Holocausto e no desafio de levar a público o caráter problemático e paradoxal de Schindler. Agraciado com o Prêmio Booker em 1982, *A lista de Schindler* foi adaptado para o cinema por Steven Spielberg em 1993.

Thomas Keneally ganhou o Prêmio de Literatura da Royal Society, o Prêmio C. Weichhardt de Literatura Australiana e o Premio Literário Miles Franklin – este não menos que três vezes. Por indicação do National Trust australiano, Keneally faz parte da lista dos Tesouros Vivos da Austrália. **LK**

Principais obras

Romances

Tle Place at Whitton, 1964

Bring Larks and Heroes, 1967

A Dutiful Daughter, 1971

The Chant of Jimmie Blacksmith, 1972

Ned Kelly and the City of the Bees, 1978

A lista de Schindler, 1982

Flying Hero Class, 1991

Bettany's Book, 2001

Peças

Halloran's Little Boat, 1968

Childermas, 1968

Bullie's House, 1981

Não ficção

Homebush Boy: A Memoir, 1995

"Penso que a literatura e a Igreja tiveram uma presença dramática na década de 1950."

ACIMA: Keneally, defensor da cultura e da independência da Austrália, em 1994.

À DIREITA: fotografia de Schindler com uma lista dos judeus que ele salvou do Holocausto.

te of Honou
68911
68920
68 930
68940
Pamser
Weinzeraer
Reisman
Oppenheim
Eintracht
Schneider Israel
Nussbaum Wilhelm
Nussbaum Richard
Pemper Stefan
Perl Salomon
Mützner Jeremiasz
Nichthauser Alfred
Posner Baruch
Rosner Franciszek
Mindelgrün Menasche
Mühlrad Aleksander
Pemper Jakob
Leser Jakob
Leser Saulis
Müller Moses
Lezerkiewicz Wiktor
Pechner Simon
Lewkowicz Natan
Melzer Josef
Mützenmacher Rubin
Lewkowicz Hermann
Rosenzweig Maks
Stern
76290
76300
76310
Hirsch Anna
Hirschberg Helga
Hirschfeld Sali
Hollander Perl
Horowitz Bronislawa
Horowitz Halina
Horowitz Ruchel
Horowitz Sara

ISMAIL KADARÉ

Nascimento: 28 de janeiro de 1936 (Gjirokaster, Albânia).

Estilo e gênero: Mais importante poeta e romancista albanês, Kadaré escreve sobre a cultura, a história e o folclore de seu país e sobre o impacto do passado no presente.

Principais obras

Romances

Gjenerali i ushtrisë së vdekur, 1963
Why These Mountains Brood, 1964
Dasma, 1968
Kështjella, 1970
A ponte dos três arcos, 1978
Abril despedaçado, 1980
Nënpunësi i pallatit të ëndrrave, 1981
Koncert në fund të dimrit, 1988
Pasardhsi, 2005

Memórias

Nga një dhjetor në tjerin, 1995

Ismail Kadaré foi figura de proa da literatura albanesa durante mais de 40 anos. Seu primeiro romance, *Gjenerali i ushtrisë së vdekur*, um épico do pós-guerra albanês, foi publicado em 1963. Embora a Albânia tenha se isolado do mundo exterior, a obra de Kadaré foi levada para fora do país na década de 1980 e traduzida para o francês. Vários de seus romances, incluindo *Nënpunësi i pallatit të ëndrrave* – uma história kafkiana sobre o absurdo do totalitarismo –, foram proibidos pelo regime repressivo de Enver Hoxha. Kadaré buscou asilo político na França em 1990 e agora divide seu tempo entre a França e a Albânia. Em 2005, obteve reconhecimento mundial ao ganhar o primeiro Prêmio Man Booker Internacional. **HJ**

A. S. BYATT

Nascimento: Antonia Susan Drabble, 24 de agosto de 1936 (Sheffield, Inglaterra).

Estilo e gênero: Ficcionista voltada para o realismo social, o pastiche histórico e os contos de fadas, criadora de uma obra erudita, ricamente alusiva e assumidamente literária. Recebeu diversos prêmios literários.

Principais obras

Romances

The Virgin in the Garden, 1978
Still Life, 1985
Babel Tower, 1996
A Whistling Woman, 2002
Possessão: uma fantasia, 1990
The Biographer's Tale, 2000

Contos

Sugar and Other Stories, 1987
Histórias com Matisse, 1993
The Djinn in the Nightingale's Eye, 1994
Elementals: Stories of Fire and Ice, 1998
Little Black Book of Stories, 2003

Ensaios

Passions of the Mind: Selected Writing, 1991
On Histories and Stories: Selected Essays, 2000
Portraits in Fiction, 2001

A. S. Byatt decidiu cedo que a única maneira de não ser abertamente influenciada por qualquer escritor era ler todos eles. E sua ficção sugere que leu mesmo. Apaixonada por todos os tipos de narrativa, seus personagens costumam ser escritores ou, pelo menos, grandes leitores. As histórias dessa polímata insaciável são repletas de imagens e metáforas extraídas da história da arte, teoria da linguagem, entomologia, genética e matemática abstrata. Seu *Frederica Quartet* é ao mesmo tempo uma história das tendências intelectuais e um relato da maioridade da protagonista. No best-seller *Possessão: uma fantasia*, ganhador do Prêmio Booker, dois acadêmicos investigam um caso de amor secreto entre poetas vitorianos. **CQ**

MARIO VARGAS LLOSA

Nascimento: Jorge Mario Pedro Vargas Llosa, 28 de março de 1936 (Arequipa, Peru).

Estilo e gênero: Multifacetado jornalista, ensaísta e romancista, tido como um dos mais importantes escritores da América Latina, Llosa usa uma variada gama de técnicas literárias para expressar sua aguda consciência social.

Mario Vargas Llosa é uma das mais eminentes testemunhas da história da América Latina do século XX. Nascido no sudoeste do Peru em uma família bem estabelecida de classe média, com 1 ano de idade foi para Cochabamba, Bolívia, por causa da separação dos pais. Lá viveu com a mãe e os avós maternos até os 10 anos, quando seus pais se reconciliaram e ele retornou ao Peru. Depois de servir numa academia militar, estudou literatura no Peru e foi se doutorar em Madri.

A carreira de escritor de Llosa começou com sua mudança para Paris e a publicação de uma coletânea de contos em 1959. Seus romances desse período são ambiciosos amálgamas de autobiografia e comentário social de corte esquerdista. *A cidade e os cachorros* – ambientado na academia militar onde estudou – é, provavelmente, o melhor deles. Llosa mudou-se para Barcelona em 1970 e cinco anos depois retornou ao Peru, época em que suas opiniões políticas começaram a mudar. Antes um entusiástico defensor de Cuba e Fidel Castro, parece que ao investigar a validade de tais projetos em romances como *História de Mayta* concluiu que eles deixavam a desejar. De fato, em 1993 Llosa disputou – e perdeu – a eleição presidencial peruana como candidato conservador.

Dado que, em seus romances, Vargas Llosa oscila entre o engraçado e o surrealista, o trágico e o otimista, e já que suas opiniões políticas são tão nebulosas, a melhor maneira de apreciá-lo é lê-lo sem preconceitos. Sua obra-prima *A festa do bode* talvez seja o melhor resumo de sua grandeza como escritor: examina a fundo a América Latina, julga os personagens, mas se recusa a condená-los. Vargas Llosa vive hoje entre Madri e Londres. **PS**

"Há uma incompatibilidade entre a criação literária e a atividade política."

Principais obras

Romances

A cidade e os cachorros, 1963

A casa verde, 1966

Pantaleão e as visitadoras, 1973

A guerra do fim do mundo, 1981

História de Mayta, 1984

Quem matou Palomino Molero?, 1986

A festa do bode, 2000

O paraíso na outra esquina, 2003

Não ficção

Peixe na água, 1993

ACIMA: Vargas Llosa no Festival Internacional do Livro de 2003 em Edimburgo, Escócia.

GEORGES PEREC

Nascimento: 7 de março de 1936 (Paris, França). Morte: 3 de março de 1982 (Paris, França).

Estilo e gênero: Romancista experimentalista, célebre pelo domínio dos jogos de palavras e pela elaborada construção matemática de seus livros.

A linguagem lúdica e fascinante dos livros de Perec contrasta nitidamente com as trágicas circunstâncias de sua infância. Filho de imigrantes judeus, Perec se sentia deslocado na sociedade francesa: "Sou francês, tenho um nome francês, Georges, e um sobrenome francês, ou quase, Perec." A palavra-chave aqui é "quase". Sua percepção da diferença que uma única letra pode fazer (um francês verdadeiro seria Perrec ou Pérec) se reflete na atenção que dá em romances aos mais ínfimos detalhes linguísticos. Mas sua sensação de que falta alguma coisa se relaciona com as perdas terríveis sofridas no começo da vida: seu pai morreu em 1940 lutando na Legião Estrangeira francesa e sua mãe morreu em Auschwitz.

O primeiro romance de Perec, *Les Choses*, ganhou o Prêmio Renaudot por sua crítica do fetichismo mercantil da classe média e da sociedade de consumo. Em 1967 Perec se tornou membro da OuLiPo (Oficina de Literatura Potencial), um grupo de escritores e matemáticos interessados em aplicar restrições formais e princípios matemáticos à composição de textos literários. Essa é a influência capital em seus melhores livros. Além de formas menores como palíndromos, enigmas multilíngues e palavras cruzadas, Perec compôs obras grandes e ambiciosas usando res-

ACIMA: Perec no programa literário "Apostrophes", em Paris, 1982.

À DIREITA: Com Alain Corneau no set de *Serie Noire*, para o qual Perec contribuiu com diálogos.

Principais obras

Romances

Les Choses: Une histoire des années soixante, 1965

Quel petit vélo à guidon chromé au fond de la cour?, 1966

Um homem que dorme, 1967

La disparition, 1969

Les revenentes, 1972

Espèces d'espaces, 1974

W, ou a memória da infância, 1975

A vida: modo de usar, 1978

trições externas. A mais famosa é *La Disparition*, romance que é um lipograma (texto que exclui uma letra do alfabeto). O fato de ter optado por excluir a letra "e", a mais comum da língua francesa, demonstra a incrível habilidade e inventividade de Perec. Mas *La Disparition* nada tem de frio; ao contrário, a tragédia está implícita na maneira como se pode fazer desaparecer coisas e pessoas. Essa capacidade de tornar divertidos e emocionantes textos altamente experimentais talvez seja o maior legado de Perec, presente em sua obra-prima *A vida: modo de usar*. É por meio de sua estrutura formal consumadamente lúdica que a miríade de narrativas do livro, assim como a história central do criador de quebra-cabeças excêntrico, concretiza a sua arrebatadora força emocional. **MS**

ACIMA: Perec na filmagem de *Um homem que dorme*, nos anos 1960.

Escrevendo com restrições

A vida: modo de usar tem uma estrutura inusitada: "Eu imagino um edifício de apartamentos parisiense cuja fachada foi removida de modo a deixar instantânea e simultaneamente visíveis todos os cômodos da frente, do térreo à cobertura." Além de "descrever os cômodos assim revelados e as atividades que se desenrolam dentro deles", o romance também usa "procedimentos formais" para determinar sua narrativa – como "um gráfico dos movimentos do cavalo no jogo de xadrez" e "um biquadrado latino ortogonal de ordem 10" (isto é, uma matriz 10 por 10 com uma letra e um número em cada quadrícula).

VACLAV HAVEL

Nascimento: 5 de outubro de 1936 (Praga, Tchecoslováquia).

Estilo e gênero: O papel de primeiro presidente da República Tcheca tem obscurecido sua carreira de escritor, mas suas peças, seus poemas e ensaios permanecem muito influentes.

Vaclav Havel vem de uma família rica de Praga. Considerado membro da burguesia, não pôde entrar para a universidade. Tornou-se, então, ajudante de palco, estudou teatro por correspondência e começou a escrever ficção. Sua primeira peça foi *Zahviadní slavnost*, uma sátira da burocracia encenada como parte de uma sessão de teatro do absurdo. Seguiu-se *Vyrozumění*, sobre a introdução, em uma organização burocrática, de uma linguagem artificial destinada a melhorar a comunicação entre as pessoas, mas que produz resultados absurdos. Sátira do sistema comunista, *Vyrozumění* tem, no entanto, um apelo universal em virtude da maneira como aborda a política nos escritórios; por isso tem sido encenada em várias partes do mundo.

Depois da Primavera de Praga, em 1968, as obras de Havel foram banidas do teatro, o que o tornou cada vez mais ativo politicamente. Foi detido e aprisionado várias vezes nas décadas de 1970 e 1980, experiência que o levou a escrever, em 1978, uma série de peças em um único ato – *Audiência, Private View* e *Protest* – sobre as discussões de um dramaturgo dissidente com as autoridades. Na década de 1980 tornou-se líder do movimento tcheco pelos direitos humanos, mas não parou de escrever. *Largo desolato*, escrita depois de uma longa temporada na prisão, trata de um escritor que não consegue enfrentar suas dificuldades; *Pokoušení* é uma releitura da lenda de Fausto. Figura de proa na Revolução de Veludo que derrubou o comunismo na Tchecoslováquia, Havel foi eleito presidente em 1989 e mais tarde primeiro presidente da República Tcheca em 1993. E continua a escrever. Suas memórias, *To the Castle and Back*, foram publicadas em 2007. **HJ**

"Sempre há algo de suspeito no intelectual que está do lado vencedor."

Principais obras

Peças

Zahviadní slavnost, 1963
Vyrozumění, 1965
Ztížená možnost soustředění, 1968
Audiência, 1970
Private View, 1970
Protest, 1970
Largo desolato, 1985
Pokoušení, 1986
Odcházení, 2008

Memórias

To the Castle and Back, 2007

ACIMA: Havel em 1990, como presidente da Tchecoslováquia.

DON DeLILLO

Nascimento: 20 de novembro de 1936 (Nova York, EUA).

Estilo e gênero: Mestre do romance pós-moderno americano que disseca a paranoia nacional e a formação ideológica do mundo do pós-guerra com uma prosa poética e precisa, aguda noção de ritmo e linguagem coloquial.

Ao ser publicado em 1997, *Submundo* foi imediatamente saudado como uma obra-prima épica da consciência da Guerra Fria. Nas palavras de Michael Ondaatje, "uma ária e um uivo de meados do nosso século"; era um livro concebido e executado em grande escala, com 800 páginas cobrindo 50 anos da história dos Estados Unidos.

As primeiras 60 páginas contêm uma impressionante descrição da partida decisiva de beisebol entre Dodgers e Giants de 1951. Ao longo da narrativa, desfilam figuras públicas como Frank Sinatra, J. Edgar Hoover e o comediante Lenny Bruce. Com uma ousada capa marcada pelo negativo de uma foto das Torres Gêmeas, *Submundo* parece notavelmente antecipatório do terror que atingiria Nova York em 2001 e que DeLillo abordaria em *Falling Man*.

Em certo sentido, todos os livros de DeLillo antecipam uma época em que a paranoia parece ser a única resposta legítima ao curso dos acontecimentos. Romances como *Americana*, *Ruído branco*, *Libra* e *Mao II* trazem à tona, de forma memorável, a colisão do poder e do terrorismo com as vidas ordinárias e extraordinárias das pessoas. *Libra*, em especial, com seus vislumbres do que se passava na mente de Lee Harvey Oswald e do investigador do FBI encarregado de catalogar o assassinato de Kennedy, lançou novas luzes sobre os trâmites do destino pessoal e da maquinação política. Outra característica de DeLillo é o virtuosismo de sua prosa: suas frases e seus parágrafos são cheios de expressões descartáveis, ousadas escolhas de palavras e diálogos rápidos em linguagem moderna, tudo com um ritmo decidido e um ouvido para o discurso coloquial que é quase o dom do arremesso perfeito. **MS**

"Vejo a Europa como um livro de capa dura e os Estados Unidos como sua edição em brochura."

Principais obras

Romances

Americana, 1971
End Zone, 1972
Great Jones Street, 1973
Ruído branco, 1985
Libra, 1988
Mao II, 1991
Submundo, 1997
A artista do corpo, 2001
Homem em queda, 2007

Peças

The Day Room, 1986
Valparaiso, 1999
Love-Lies-Bleeding, 2005
The Word for Snow, 2007

1920–39

ACIMA: Don DeLillo no Hay Festival, na Grã-Bretanha, em 2003.

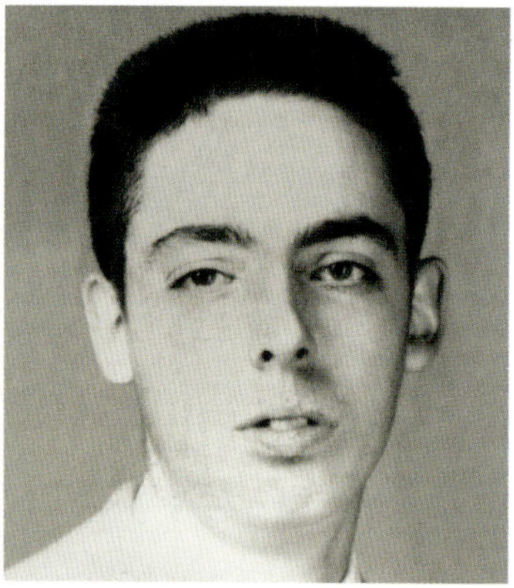

THOMAS PYNCHON

Nascimento: 8 de maio de 1937 (Glen Cove, EUA).

Estilo e gênero: Romancista pós-moderno cujos épicos com finais interminavelmente protelados se distinguem pela prosa ardente, o historicismo bizarro e o pastiche galhofeiro.

Principais obras

Romances

V., 1963

O leilão do lote 49, 1966

O arco-íris da gravidade, 1973

Vineland, 1990

Mason & Dixon, 1997

Against the Day, 2006

Contos

Slow Learner, 1984

Os romances fabulosamente inventivos de Pynchon procedem todos de um tema basicamente muito simples: as melhores coisas já foram irremediavelmente perdidas ou nunca chegamos a tê-las. O prazer de sua obra está, pois, menos no destino do que na jornada, na sua louca oscilação entre os extremos insatisfatórios de qualquer eixo imaginável; utopia e fascismo, cultura e contracultura, Eros e Tanatos – e o que mais estiver no meio. Tal como seu contemporâneo Salinger, Pynchon é notoriamente recluso. É tão pouco fotografado que foi desenhado com um saco na cabeça em sua aparição em *The Simpsons* em 2004.

Sua prosa extravagante surge em plena força nas primeiras obras, *V.* e *O leilão do lote 49*, e parece encontrar sua expressão emocional mais consistente em *Mason & Dixon*. Mas seu exercício simbólico mais impressionante é o romance tido por muitos como a sua obra-prima, *O arco-íris da gravidade* – a história do soldado americano Tyrone Slothrop, estacionado em Londres durante a Segunda Guerra Mundial, que descobre que o mapa de suas conquistas sexuais corresponde exatamente ao padrão dos bombardeios nazistas. (E muitas outras coisas, como sempre.)

O arco-íris da gravidade exibe todas as marcas da ficção de Pynchon – em especial seu talento para a resistência cômica ao progresso da narrativa, em que só é igualado por mestres do século XVIII como Laurence Sterne e Henry Fielding. Ao interromper a toda hora a busca de Slothrop com as coisas mais diversas – de números de música e dança à historia de uma lâmpada inacabável da General Electric, Pynchon não apenas nos diverte, como faz a pergunta: aliás, o que é que estamos procurando com tanta pressa? **SY**

"Se eles podem levar você a fazer as perguntas erradas, não têm de se preocupar com as respostas."

ACIMA: O jovem Thomas Pynchon numa foto de 1955.

ANITA DESAI

Nascimento: 24 de junho de 1937 (Mussoorie, Délhi, Índia).

Estilo e gênero: Romancista que aborda a psicologia feminina e a família como fonte de opressão e apoio. Seus temas mais comuns são a morte dos valores tradicionais e os retratos ocidentais da Índia.

Anita Desai passou a infância falando alemão em casa com sua mãe (seu pai era indiano), comunicando-se com sua cidade, Délhi, em híndi, e escrevendo em inglês. Quando seu primeiro conto saiu publicado numa revista infantil, a importância da linguagem já se havia estabelecido em sua vida – um auspicioso começo literário para uma criança de 9 anos.

Pouco depois de se casar, seu romance de estreia *The Peacock*, de 1963, foi publicado no Reino Unido por uma editora especializada em literatura da Comunidade Britânica. Numa época em que pouquíssimos escritores indianos escreviam sobre a Índia em inglês, Desai podia ser considerada uma pioneira literária.

Suas personagens femininas são geralmente mulheres de classe média anglicizadas: independentes, como Bim Das em *Clear Light of Day*, casadas e bonitas como Aruna em *Fasting, Feasting*, ou lutadoras como a irmã de Aruna, Uma. Mas não é a vida exterior dessas personagens, e sim o seu mundo interior – a alienação, a tensão familiar e a repressão da cultura indiana tradicional – que é reiterada ao longo de sua obra. Entender essas mulheres foi motivo de muitos debates entre os críticos de Desai: elas estão mais próximas ou mais distantes do público ocidental? São mais indianas ou mais europeias? Desfazer as visões ocidentais sobre a Índia é outra linha de força dos contos e romances de Desai. Sua abordagem da relação entre Oriente e Ocidente, tradição e modernidade reflete sua visão de um país que é uma mescla de tudo isso. Em *The Zigzag Way*, ambientado no México e na Cornualha, passando por Viena e pela Nova Inglaterra, o protagonista em busca de identidade é levado à companhia de mulheres desbravadoras, ao passo que a autora toma um caminho diferente. **JSD**

"Meu objetivo é dizer a verdade sobre qualquer assunto, sem romancear nem fantasiar."

Principais obras

Romances

Voices in the City, 1965
Bye-Bye Blackbird, 1971
Where Shall We Go This Summer?, 1975
Fire on the Mountain, 1977
Sob custódia, 1984
Journey to Ithaca, 1996
Fasting, Feasting, 1999
The Zigzag Way: A Novel, 2004

Ficção infantil

The Peacock Garden, 1974
Cat on a Houseboat, 1976
Village by the Sea, 1982

Contos

Diamond Dust, 2000

ACIMA: Anita Desai no Festival Internacional do Livro de Edimburgo, na Escócia, em 2004.

TOM STOPPARD

Nascimento: Tomás Straussler, 3 de julho de 1937 (Zlin, Tchecoslováquia).

Estilo e gênero: Dramaturgo inglês conhecido por seu humor metafísico e seus desafiadores enigmas éticos; criador do Prêmio Tom Stoppard para escritores de origem tcheca.

Nascido na Tchecoslováquia, Stoppard mudou-se com a família para Cingapura em 1939 fugindo da invasão nazista. Seu pai morreu num campo japonês de prisioneiros depois de lutar ao lado dos britânicos na Segunda Guerra. Educado na Inglaterra a partir de 1946, Stoppard traz o nome de seu padrasto.

As agruras da infância influenciaram fortemente a sua obra, boa parte da qual trata dos conflitos entre as diferentes filosofias éticas e políticas. Depois de sair da escola, Stoppard trabalhou como jornalista e teve a sua primeira peça transmitida pela TV em 1963. Mas foi em 1966 que deu o salto de público e crítica, com *Rosencrantz and Guildenrstern Are Dead* – uma releitura de dois personagens periféricos do *Hamlet*, de Shakespeare. Com sua característica veia cômica, Stoppard imagina os personagens como vítimas involuntárias e ignorantes da fúria de Hamlet. Embora não abertamente política, a peça aborda os temas da marginalização e da falta de representação que dominariam de maneira crescente o seu trabalho. Uma viagem à União Soviética em 1977 foi o catalisador de um longo período de ativismo em prol dos direitos humanos e de um renovado interesse pelo destino da Tchecoslováquia.

Em 1983 Stoppard criou o prêmio que leva o seu nome para incentivar dramaturgos tchecos. Peças como *Every Good Boy Deserves Favor* e *Rock'n'Roll*, que exploram os limites da filosofia política de esquerda no contexto da Guerra Fria, confirmam suas simpatias. Stoppard escreveu também para a televisão e o cinema, com destaque para o roteiro – premiado com o Oscar – de *Shakespeare apaixonado* (1998), dirigido por John Madden. Stoppard foi feito cavaleiro pela rainha em 1997 e ganhou inúmeros prêmios de teatro em Londres e Nova York. **PS**

Principais obras

Peças

Rosencrantz and Guildenstern Are Dead, 1966
The Real Inspector Hound, 1968
Jumpers, 1972
Travesties, 1974
Every Good Boy Deserves Favor, 1977
The Real Thing, 1982
Arcadia, 1993
The Invention of Love, 1997
Rock'n'Roll, 2006

Roteiros

Brazil, 1985 (coautor)
O império do Sol, 1987
Shakespeare apaixonado, 1998 (coautor)

"A eternidade é um pensamento horrível. Onde é que tudo isso vai acabar?"

ACIMA: Fotografia de Tom Stoppard por Francesco Guidicini, 2002.

HUNTER S. THOMPSON

Nascimento: Hunter Stockton Thompson, 18 de julho de 1937 (Louisville, EUA). Morte: 20 de fevereiro de 2005 (Woody Creek, EUA).

Estilo e gênero: O estilo subjetivo de reportagem de Thompson, combinando ficção e comentário político sem rodeios, deu visibilidade à contracultura dos anos 1960.

Hunter S. Thompson foi o pioneiro do jornalismo *gonzo* – um estilo de reportagem que foge da objetividade e coloca o autor no centro da trama. Conhecido por seu modo de vida hedonista e sua personalidade rebelde, Thompson abriu uma cratera na escrita convencional, tornando-se um ícone da contracultura.

Os livros de Thompson saíram de artigos de jornais e revistas. A missão de infiltrar-se no grupo de motociclistas Hell's Angels deu-lhe a oportunidade de relatar a experiência no volume *Hell's Angels: medo e delírio sobre duas rodas*. Esse relato preciso da vida no seio de uma gangue não apenas temida como muito pouco conhecida da maioria dos americanos fez deslanchar sua carreira artística, resultando em convites para escrever para as revistas *Esquire*, *Harper's* e *Rolling Stone*.

A cobertura da corrida de motocicletas Mint 400, em Nevada, para a *Sports Illustrated* foi o catalisador da sua obra mais memorável, *Medo e delírio em Las Vegas: uma jornada selvagem ao coração do sonho americano*. Os protagonistas Raoul Duke (alter ego de Thompson) e seu advogado Dr. Gonzo saem em busca do sonho americano e descobrem que o idealismo dos anos 1960 foi subitamente transformado em cinismo com o advento da nova década. Alguns de seus mais engraçados e polêmicos escritos estão em *Fear and Loathing: On the Campaign Trail '72*, um relato da eleição presidencial americana de 1972 no qual critica abertamente Richard Nixon numa série de divertidas diatribes. Thompson diminuiu sua produção literária nos anos que se seguiram, mas continuou fazendo reportagens políticas e compilando seus artigos, publicados nos quatro volumes de *Gonzo Papers*. **SG**

"A pessoa que não sacudir o orvalho da manhã não penteará seus cabelos grisalhos."

Principais obras

Romances

Hell's Angels: medo e delírio sobre duas rodas, 1966

Medo e delírio em Las Vegas: uma jornada selvagem ao coração do sonho americano, 1972

Memórias

Reino do medo: segredos abomináveis de um filho desventurado nos dias finais do século americano, 2003

Não ficção

Fear and Loathing: On the Campaign Trail '72, 1973

Gonzo Papers vol. 1: A grande caçada aos tubarões: Histórias estranhas de um tempo estranho, 1979

Better than Sex: Confessions of a Political Junkie, 1994

ACIMA: Thompson em casa, em Woody Creek, Colorado, 11 de fevereiro de 2003.

RAYMOND CARVER

Nascimento: 25 de maio de 1938 (Clatskanie, EUA). Morte: 2 de agosto de 1988 (Port Angeles, EUA).

Estilo e gênero: Contista apelidado de "Tchékov americano" por sua abordagem concisa e sensível da vida dos trabalhadores e das dificuldades cotidianas.

Principais obras

Contos

Fique quieta, por favor, 1976

What We Talk About When We Talk About Love, 1981

Cathedral, 1983

Where I'm Calling From, 1988

Poesia

All of Us: The Collected Poems, 1996

Antologia

Fires: Essays, Poems, Stories, 1983

Raymond Carver viveu boa parte de sua curta vida em circunstâncias difíceis. Filho de um trabalhador de serraria e uma garçonete, teve empregos sem futuro como entregador, operário e zelador de hospital para sustentar a família que formou ainda jovem (como era típico no pós-guerra, Carver teve dois filhos antes de completar 21 anos). Sem tempo para escrever, tornou-se alcoólatra inveterado. Ainda assim, conseguiu criar histórias de rara beleza, tão notáveis pela contenção das coisas não ditas quanto pelos retratos dos rotos e bêbados contumazes.

Foi somente com a publicação de *Fique quieta, por favor*, em 1976, que Carver obteve algum reconhecimento. Pouco depois, separado da primeira esposa e dos filhos, ele começou o que chamou de sua segunda vida: parou de beber e conheceu a escritora Tess Gallagher, sua companheira pelo resto da vida. Foi a época de suas maiores realizações – as coletâneas *What We Talk About When We Talk About Love* e *Cathedral*, de contos escritos num estilo definido pelo autor como econômico "não até os ossos, mas até a medula".

Depois da morte de Carver, e à medida que seus manuscritos vinham à luz, descobriu-se que seu estilo demasiadamente conciso era, em parte, fruto da intervenção de seu editor Gordon Lish – o que não diminui sua importância. Adaptações bem-sucedidas de obras literárias para o cinema são raras, mas Carver teve direito a duas. Em 1993 Robert Altman fez um apanhado de suas histórias no panorâmico *Cenas da vida* e, em 2006, "So Much Water So Close to Home" foi transplantada para a Austrália provinciana em *Jindabyne*, de Ray Lawrence, acrescentando um toque de tensão racial e de classe à sensível história doméstica de Carver. **MS**

> "Não escrevi uma única linha que valesse um tostão quando estava sob a influência do álcool."

ACIMA: Raymond Carver na década de 1980.

JOYCE CAROL OATES

Nascimento: 16 de junho de 1938 (Lockport, EUA).

Estilo e gênero: Oates é uma romancista cujo estilo se distingue pelas descrições vívidas, pelo grande senso visual, pela caracterização minuciosa e a exatidão histórica.

Mestra da ficção intelectualmente instigante, Joyce Carol Oates vira pelo avesso o sonho americano inserindo o leitor na vida de seus personagens. Seus romances e suas experiências biográficas e autobiográficas ficcionalizadas se caracterizam por situações aparentemente felizes secretamente sublinhadas de tensões.

Nascida durante a Grande Depressão num subúrbio proletário de Nova York, Oates sempre se interessou mais pelos livros do que pela granja de seus pais. Aos 14 anos começou a escrever a sério e aos 26 teve publicado o seu primeiro romance, *With Shuddering Fall*. Cinco anos depois conquistou o Prêmio Nacional do Livro com *Them*, focado nas divisões raciais, sociais e de gênero que assombram a sociedade americana contemporânea. Oates assim descreveu o romance e, em essência, o seu próprio estilo literário: "Esta é uma obra histórica em forma de ficção – isto é, em perspectiva pessoal, que é a única história que existe."

Em toda a sua obra, vidas reais são colocadas em ambientes ficcionais inspirados por alguma história relacionada ou pessoa que conheceu. O lírico e hipnótico *As cataratas* é a história de amor – com um segredo – de uma recém-casada que fica viúva em Niagara Falls. O polêmico *Rape: A Love Story* é um romance forte, mas muito bem narrado, sobre uma mulher e filha brutalizadas e o homem que as atacou. *Blonde* é a biografia romanceada de Norma Jean Baker (mais conhecida como Marylin Monroe), contada pela voz de seus personagens. Espantosamente prolífica, Oates também escreve contos, ensaios, peças, poesia e – sob os pseudônimos Lauren Kelly e Rosamond Smith – histórias de suspense. **LH**

"O amor combinado com o ódio é mais forte que o amor. Ou o ódio."

Principais obras

Romances

Them, 1969

Childwold, 1976

Bellefleur, 1980

Para jamais esquecer, 1987

Because It Is Bitter, and Because It Is My Heart, 1990

We Were the Mulvaneys, 1996

Man Crazy, 1997

Blonde, 2000

Middle Age, A Romance, 2001

Rape: A Love Story, 2003

As cataratas, 2004

Missing Mom, 2005

A filha do coveiro, 2007

ACIMA: Joyce Carol Oates em Londres, na Inglaterra, em agosto de 2006.

CARYL CHURCHILL

Nascimento: 3 de setembro de 1938 (Londres, Inglaterra).

Estilo e gênero: Dramaturga que escreve obras radicais e muitas vezes experimentais sobre a opressão da mulher, a desigualdade social e as ambições políticas frustradas.

Principais obras

Peças

Owners, 1972
Light Shining in Buckinghamshire, 1976
Cloud Nine, 1979
Top Girls, 1982
Softcops, 1984
A Mouthful of Birds, 1986
Serious Money, 1987
Ice Cream/Hot Fudge, 1989
Mad Forest, 1990
The Skriker, 1994
Thyestes, 2001
A Dream Play, 2005

Caryl Churchill passou boa parte da infância em Montreal, no Canadá, mas retornou à Inglaterra para estudar inglês em Oxford, onde começou a escrever suas primeiras peças. Desde então vem criando uma obra abrangente, em estilo e conteúdo.

Sua abordagem ousada e inovadora lhe deu a fama de mais importante escritora da "nova safra" de dramaturgos ingleses. Seus escritos partem de uma perspectiva nitidamente esquerdista, mas não necessariamente didática, e usam ângulos inventivos diversos para explorar temas feministas. Suas peças rejeitam as tramas estritamente lineares, são episódicas por natureza e justapõem dois mundos teatrais imensamente díspares, assumindo, no conjunto, um viés claramente brechtiano.

Boa parte de seus trabalhos saiu de oficinas com grupos teatrais como o Joint Stock e com o diretor britânico Max Stafford-Clark. Dois exemplos são *Cloud Nine* e *Top Girls*, peças que lançam mão do anacronismo para investigar temas sociais e políticos. Em *Cloud Nine*, os costumes sexuais de duas épocas são examinados colocando-se os mesmos personagens de 25 anos de idade nos anos de 1879 e 1979. Com esse método engenhoso, Churchill consegue comparar a reação à inconformidade sexual na sociedade patriarcal vitoriana e na década supostamente mais esclarecida e não preconceituosa de 1970. No primeiro ato de *Top Girls*, um jantar comemorativo em homenagem a Marlene, uma bem-sucedida mulher de negócios, acaba em uma grande baderna de convidadas ilustres de várias épocas históricas completamente bêbadas; no sóbrio segundo ato, Marlene se vê a braços com os problemas práticos e sociais da vida de uma mulher de negócios na Grã-Bretanha de Thatcher. **GM**

"Precisamos encontrar novas perguntas que nos ajudem a responder às velhas..."

ACIMA: Caryl Churchill fotografada por Gemma Levine, *c.*1985.

MANUEL VÁZQUEZ MONTALBÁN

Nascimento: 27 de julho de 1939 (Barcelona, Espanha). Morte: 18 de outubro de 2003 (Bangcoc, Tailândia).

Estilo e gênero: Romancista, poeta, contista, ensaísta, biógrafo, jornalista, crítico social, comentarista político e gastronômico também conhecido por seus romances policiais.

A obra do prolífico Manuel Vázquez Montalbán abrange uma infinidade de gêneros e uma vasta gama de temas. Mas talvez ele seja mais conhecido como criador da série de romances policiais protagonizada por seu alter ego, o detetive particular José "Pepe" Carvalho – um investigador barcelonês cuja paixão pela comida reflete os interesses gastronômicos de seu criador. Traduzida para 24 idiomas, a série foi também adaptada para a TV. Montalbán foi um importante membro do Partido Comunista da Catalunha quando jovem, uma época em que era perigoso se opor ao regime de Franco. Sua franqueza rendeu-lhe uma temporada na prisão. Seus romances, ensaios e matérias jornalísticas costumam abordar questões sociais espinhosas. **CK**

Principais obras

Romances

Yo maté a Kennedy, 1972

La soledad del manager, 1977

Os mares do Sul, 1979

Galíndez, 1991

Sabotaje olímpico, 1993

O estrangulador, 1994

O quinteto de Buenos Aires, 1997

Erec e Enide, 2002

Poesia

Memoria y deseo, 1986

Ensaios

As notícias e a informação, 1963

MARIE-CLAIRE BLAIS

Nascimento: 5 de outubro de 1939 (Quebec, Canadá).

Estilo e gênero: Romancista, poetisa e dramaturga, Blais escreve perspicazes análises sociais combinando elementos de realidade e fantasia.

A obra de Marie-Claire Blais é um relato claro e pungente da humanidade e da sociedade. Com igual perspicácia ela aborda o moral, o espiritual e o mundano, quebrando convenções literárias e criando personagens convincentes em cenas ocasionalmente montadas em estruturas de fantasia. Seu primeiro romance, *La Belle bête*, publicado em 1959, quando tinha apenas 20 anos, foi aclamado pela crítica. Seguiu-se *Tête Blanche*, em 1960. Seu romance mais conhecido é, talvez, *Une Saison dans la vie d'Emmanuel*, ganhador dos prêmios França-Canadá e Médicis. Blais foi homenageada em 1972 com a Ordem do Canadá e feita cavaleira da Ordem Francesa das Letras. **TamP**

Principais obras

Romances

La Belle bête, 1959

Tête Blanche, 1960

Une Saison dans la vie d'Emmanuel, 1965

Le Loup, 1970

Dans la foudre et la lumière, 2001

Peça

Sommeil d'hiver, 1984

SEAMUS HEANEY

Nascimento: 13 de abril de 1939 (Mossbawn, Irlanda do Norte).

Estilo e gênero: Poeta e escritor irlandês que acredita que a poesia é um ato de redenção. Seus temas mais frequentes são a opressão política e religiosa e as qualidades inspiradoras da natureza.

O primeiro grande livro de poemas de Seamus Heaney, *Death of a Naturalist*, tem raízes na vida e no trabalho do condado Derry. "Digging", seu poema de abertura, passou a ser considerado a peça distintiva de sua vocação poética pelo impecável equilíbrio entre a fidelidade à terra e ao trabalho braçal e o compromisso com a vida da imaginação e do intelecto. *Door into the Dark*, publicado quando mais intensa e disseminada era a violência sectária despertada pelas marchas em prol dos direitos civis dos católicos, é um umbral político e psicológico na carreira de Seamus. Vários poemas de *Wintering Out* declaram sua solidariedade aos que sofreram opressão nas longas lutas políticas e religiosas da Irlanda, mas é em *North* que fica mais explícito o embate de Heaney com a violência política dos anos 1970.

Exibindo o seu forte e continuado interesse pela terra como fonte de inspiração e sustento, *Field Work* é um reexame das responsabilidades do poeta após 10 anos de antagonismos políticos no Norte. Em *Station Island*, Heaney medita sobre sua vocação como poeta abordando a chegada do cristianismo à

Principais obras

Poesia

Death of a Naturalist, 1966
Door into the Dark, 1969
Wintering Out, 1972
North, 1975
Field Work, 1979
Station Island, 1984
The Haw Lantern, 1987
Seeing Things, 1991
The Spirit Level, 1996
Electric Light, 2001
District and Circle, 2006

Peças

The Cure at Troy, 1990
The Burial at Thebes, 2004

Não ficção

Preoccupations: Selected Prose 1968-1978, 1980
The Government of the Tongue, 1988
The Redress of Poetry: Oxford Lectures, 1995
Finders Keepers: Selected Prose 1971-2001, 2002

ACIMA: Heaney no Festival Intenacional do Livro de Edimburgo, Escócia, agosto de 2006.

À DIREITA: Heaney em casa, na Irlanda, com a esposa e os filhos, 1977.

Irlanda e os ritos penitenciais dos peregrinos que visitam a ilha intimamente associada a São Patrício. Sua duradoura crença nas possibilidades da forma lírica recebe ampla expressão em *The Haw Lantern* e *Seeing Things*, que inauguram uma etapa mais reflexiva e visionária em sua poesia. Um pessimismo tentativo prevalece em *The Spirit Level* – primeira coletânea de poemas publicada depois do cessar-fogo de 1994 –, *Electric Light* e *District and Circle*, que revisitam lugares e temas associados ao começo de sua obra.

Heaney foi nomeado professor de poesia da Universidade de Oxford, na Inglaterra, em 1988, e ganhou o Prêmio Nobel de Literatura em 1995. Como seu antecessor Yeats, ele é fiel à ideia de que a poesia é um ato potencialmente redentor, ousando acreditar que "o fim da arte é a paz". **SR**

ACIMA: Heaney muitas vezes se inspirou no ambiente à sua volta (foto de 1996).

Heaney e seus "poemas do pântano"

Em 1969, com a intensificação da violência política, Heaney começou a reconsiderar sua vocação e a procurar o que W. B. Yeats chamara de "emblemas próprios da adversidade". Ele encontrou imagens apropriadas no trabalho do arqueólogo dinamarquês P. V. Glob, cujos estudos de vítimas de sacrifícios da Idade do Ferro preservadas em pântanos de turfa sugeriam um paralelo com os assassinatos ritualísticos na Irlanda do Norte. Seu relato da descoberta dos homens de Tollund e de Grauballe em *The Bog People* (1969) inspirou a série de "poemas do pântano" de Heaney reunidos em *Wintering Out* (1972) e *North* (1975).

AMOS OZ

Nascimento: Amos Klausner, 4 de maio de 1939 (Jerusalém, Israel).

Estilo e gênero: Romancista, contista, ensaísta político e ativista pela paz cujas obras, com raízes em Israel, abordam o tema da fragilidade da natureza humana.

Principais obras

Romances

Where the Jackals Howl, 1965

Elsewhere, Perhaps, 1966

Meu Michel, 1968

Conhecer uma mulher, 1989

Memórias

De amor e trevas, 2005

Não ficção

Help Us to Divorce, 2004

Afamado autor israelense de ficção e não ficção, Amos Oz diz que se tivesse de resumir toda a sua obra em uma palavra ela seria "famílias"; em duas palavras, seriam "famílias infelizes". Seus personagens sofrem de solidão, conflitos interiores e desenraizamento, reflexo da realidade atual de Israel. Um dos mais proeminentes escritores judeus contemporâneos e também um dos mais respeitados intelectuais de Israel, Oz foi criado em Jerusalém por pais europeus ocidentais. Sua mãe, que sofria de depressão, cometeu suicídio quando ele tinha 13 anos, causando-lhe um trauma profundo que, segundo ele, influenciou sua decisão de tornar-se escritor.

Sua primeira coletânea de contos, *Where the Jackals Howl*, publicada em 1965, é uma alegoria dos problemas enfrentados pelo Estado de Israel. Um ano depois veio *Elsewhere, Perhaps*, um romance sobre a vida num kibutz israelense. O trabalho seguinte o tornou, finalmente, conhecido: *Meu Michel* é a história de uma mulher que foge de um casamento infeliz para um mundo de fantasia em meio à história turbulenta de Israel. *De amor e trevas* contém memórias da infância na Jerusalém dilacerada pela guerra, do suicídio de sua mãe e de 120 anos de história da família.

> "Para mim, a família é a instituição mais misteriosa e fascinante que existe."

Ensaísta político, Amos Oz discute os problemas da relação entre judeus e árabes e defende vigorosamente uma solução binacional para o conflito árabe-israelense. Oz já foi traduzido para mais de 30 idiomas e agraciado com vários prêmios internacionais, entre os quais o de cavaleiro da Legião de Honra (França) em 1997, o Prêmio de Literatura de Israel em 1988 e o Prêmio Goethe em 2005. **HJ**

ACIMA: Oz no Festival Internacional de Literatura de Roma, Itália, 23 de junho de 2005.

À DIREITA: Capa da edição inglesa de *De amor e trevas*, uma tocante saga familiar.

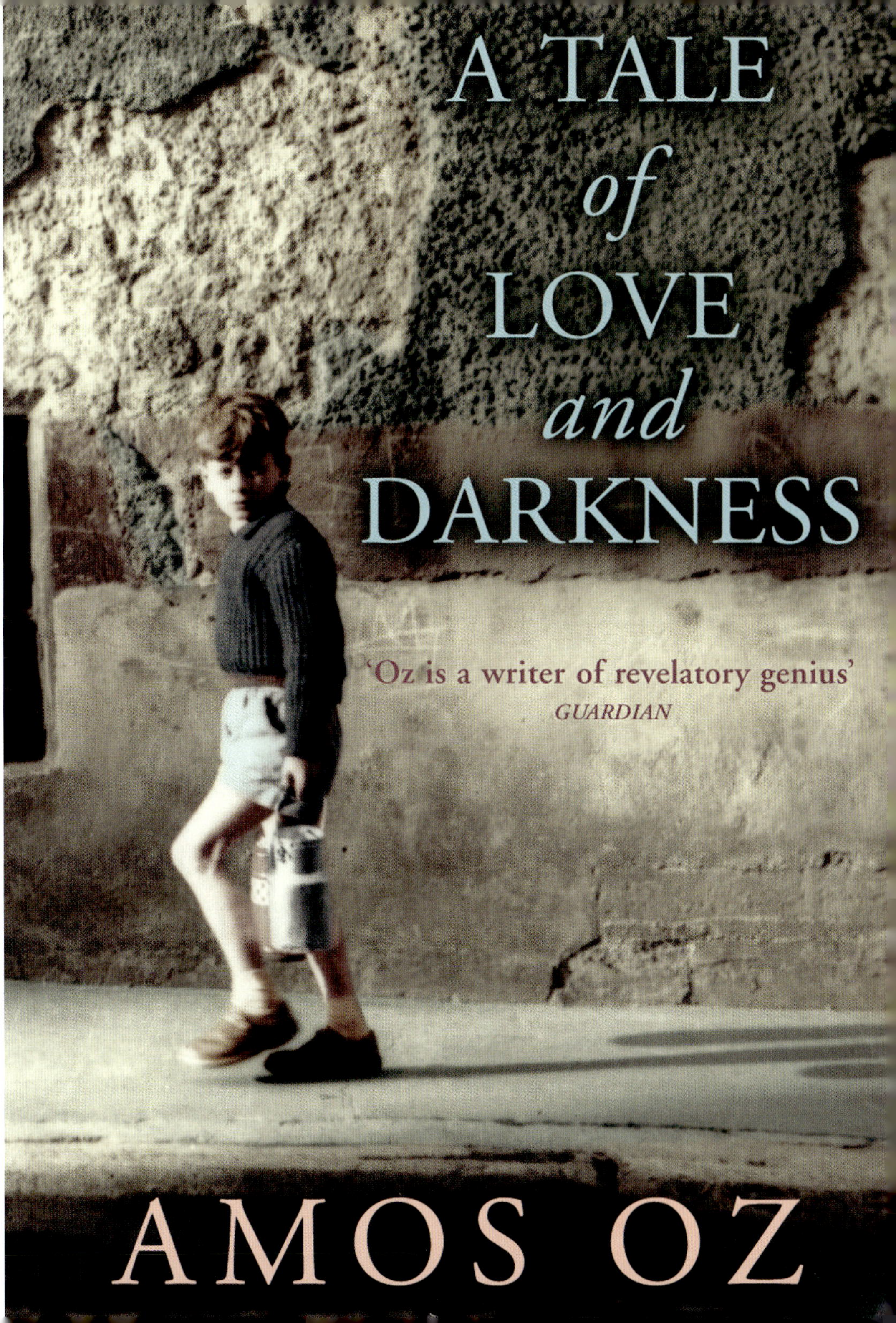

A TALE *of* LOVE *and* DARKNESS

'Oz is a writer of revelatory genius'
GUARDIAN

AMOS OZ

MARGARET ATWOOD

Nascimento: 18 de novembro de 1939 (Ottawa, Canadá).

Estilo e gênero: Poetisa e romancista que mescla uma fina veia irônica e lúdica com uma aguçada perspicácia para questões contemporâneas como as relações de gênero e o meio ambiente.

Margaret Atwood rejeitou certa vez o qualificativo de "ícone literário" dizendo que as verdadeiras celebridades são "os astros do rock e Elizabeth Taylor". Fica-se a imaginar se ela não estava se fazendo de modesta. Afinal, seus últimos romances foram campões de venda e de crítica, sua ficção e poesia foram traduzidas para mais de 30 idiomas e ela própria ganhou 16 diplomas honorários e mais de um prêmio literário por ano desde o fim da década de 1970.

Apesar de muitas vezes descrita como escritora feminista, sua obra nunca é polêmica ou pura alegoria política. "Eu não inventei o feminismo e ele certamente não me inventou", ela disse. "Mas eu, naturalmente, simpatizo com ele." As questões de gênero ocupam um lugar central em sua obra: os ideais culturais de feminilidade, a representação do corpo feminino nas artes, o relacionamento homem-mulher e o que ela chama de "mau comportamento feminino". Talvez seja mais preciso chamá-la de estudiosa da psique feminina, que descreve com impiedosa perspicácia e bem-humorada ambiguidade. E há também, claro, temas maiores em sua obra, como o conflito entre natureza e tecnologia, os limites da racionalidade e do conhecimento histórico e a inevitabilidade da morte.

Principais obras

Romances
A mulher comestível, 1969
O conto da aia, 1985
Olho de gato, 1988
A noiva ladra, 1993
Vulgo Grace, 1996
O assassino cego, 2000
Oryx e Crake, 2003
A odisseia de Penélope, 2005

Contos
Dançarinas, 1979
Bluebeard's Egg, 1985
Wilderness Tips, 1991
A tenda, 2006

Poesia
Eating Fire: Selected Poetry 1965-1995, 1998

Ficção infantil
Princess Prunella and the Purple Peanut, 1995
Rude Ramsay and the Raring Radishes, 2003

Não ficção
Survival, 1972
Negociando com os mortos, 2002

ACIMA: Atwood em uma pose teatral, em Toronto, Canadá, 2 de maio de 2006.

À DIREITA: Fotografia de Atwood por Sophie Bassouls, 10 de novembro de 1994.

ACIMA: Em casa com seu gato, Fluffy, em janeiro de 1989; o olho de gato do título de seu livro é um tipo de mármore.

Filha de um entomologista florestal, Atwood passou boa parte da juventude no remoto norte de Quebec, onde o pai era pesquisador. Não havia completado um ano inteiro de escola até a oitava série, mas lia muito e se sentia perfeitamente à vontade naquele ermo. Quem a incentivou a escrever foi um professor de inglês do secundário, que leu um de seus poemas e disse: "Não consigo entender nada do que está escrito, minha cara, portanto deve ser bom!" Ela obteve o diploma de bacharel na Universidade de Toronto, onde estudou com Northrop Frye, e publicou por conta própria sua primeira coletânea de poemas, vencedora de um prêmio universitário. Depois de se formar, escreveu outro livro de poesia, *A Circle Game*, e dessa vez recebeu o mais importante galardão literário do Canadá, o Prêmio do Governador Geral. Poucos anos depois publicou seu primeiro

"Um divórcio é como uma amputação: se sobrevive, mas se perde um pedaço."

A Rainha da CanLit

Publicado em 1972, *Survival*, de Margaret Atwood, levantava a seguinte questão: por que devemos nos importar com a literatura canadense? A resposta pode não parecer óbvia quando superastros literários internacionais como Michael Ondaatje, Alice Munro, Carol Shields e Rohinton Mistry (e Atwood, é claro) provêm todos do Grande Norte Branco, mas antes deles o número de autores reconhecidos era extremamente limitado. Havia escritores canadenses, é claro, mas os leitores canadenses eram indiferentes aos talentos nacionais. Atwood disse que os canadenses preferiam escritores estrangeiros em virtude de um enraizado complexo de inferioridade – o duradouro legado de uma mentalidade colonial.

Survival, descrito simplesmente como "um pequeno manual de literatura canadense", vendeu extremamente bem para um livro de ensaios. Ele dizia que não só *existia* uma "CanLit" (literatura canadense), com suas preocupações características, mas que ela devia ser lida, estudada e discutida. Em parte crítica, em parte manifesto, essa análise inteligente e apaixonada discutia o tema dos personagens canadenses como sobreviventes com mentalidade de vítima – das atribulações dos colonizadores à luta pela sobrevivência das culturas francesa e inglesa em face de seus vizinhos do sul. Francamente nacionalista, *Survival* foi o toque de alvorada para um grande surto de produção cultural canadense. A década de 1970 foi, de fato, um período de crescimento das editoras (entre as quais a House of Anansi, que Atwood ajudou a fundar), da produção teatral e cinematográfica e do ensino de autores canadenses nas escolas do país.

romance, *A mulher comestível*, e a partir de então alternou entre os dois gêneros explicando que, enquanto a poesia está no cerne de seu relacionamento com a linguagem, a ficção resume a sua visão moral do mundo.

O reconhecimento internacional veio com *O conto da aia*, romance distópico sobre uma fictícia teocracia americana: uma peste (ou uma arma biológica – nunca fica claro) tornou infértil boa parte da população e a narradora Offred, oficialmente privada de seus direitos e bens, é uma aia a contragosto obrigada a gerar um filho para o seu senhor. Atwood insiste que não faz ficção científica, gênero que lembra alienígenas e naves espaciais, mas "ficção especulativa", porque fala de coisas que poderiam acontecer (de fato, os flashbacks de Offred mostram um mundo muito parecido com o nosso). O romance foi adaptado para o cinema e, mais recentemente, a ópera. *Oryx e Crake*, outro experimento de Atwood no campo da ficção especulativa, é um conto admonitório sobre a engenharia genética e o meio ambiente. São romances de ideias, ancorados, porém, em ambientes ricamente descritos e personagens consistentes, que funcionam como comentário social e ficção literária.

Outros romances revelam uma Atwood inquieta, capaz de brincar com as convenções literárias eruditas e populares, do épico (*A odisseia de Penélope*) e formativo (*Olho de gato*) ao policial (*Vulgo Grace*) e histórico (*O assassino cego*). Isso para ficar nos romances. Além de poesia, Atwood escreve também crítica literária, roteiros de cinema e rádio e livros infantis. Sua obra foi objeto de várias adaptações – *A mulher comestível* como peça de sucesso, *A noiva ladra* como filme de TV e *Vulgo Grace* como minissérie.

Conhecida por sua língua ferina e seu humor insolente, Atwood já assustou mais de um entrevistador. Mas, como ela mesma diz em seu livro *Negociando com os mortos*, "Eu levei muito tempo para descobrir que o mais jovem de uma família de dragões é ainda um dragão para quem se assusta com dragões". **CQ**

À DIREITA: Sobrecapa da edição Doubleday (Nova York, 1996) de *Vulgo* Grace.

ALIAS GRACE

A NOVEL

MARGARET ATWOOD

GAO XINGJIAN

Nascimento: 4 de janeiro de 1940 (Ganzhou, China).

Estilo e gênero: A narrativa fragmentada de Xingjian é um relato crítico da Revolução Cultural, que o tornou *persona non grata* em seu país. Foi o primeiro chinês agraciado com o Prêmio Nobel de Literatura.

Principais obras

Romances

Buying a Fishing Rod for My Grandfather, 1986
A montanha da alma, 1989
One Man's Bible, 1999

Peças

Warning Signal, 1982
Bus Stop, 1983
Wild Man, 1985
The Other Shore, 1986
Escape, 1990
Between Life and Death, 1991

Ensaios

Cold Literature, 1990
Parisian Notes, 1990
The Case for Literature, 2000

A trajetória de Gao Xingjian como dramaturgo começou com sua indicação para roteirista do Teatro de Arte Popular de Pequim. Sua primeira peça, *Warning Signal*, foi bem recebida, mas cedo ele caiu em desgraça com o regime. *Bus Stop*, sátira beckettiana de uma amostra da sociedade pequinesa esperando por um ônibus que nunca chega, foi censurada como "o mais pernicioso texto escrito desde a fundação da República Popular da China". Em consequência, Gao foi alvo da "Campanha Contra a Poluição Espiritual" de 1983.

Depois de se formar em 1962 no prestigioso Instituto de Línguas Estrangeiras de Pequim, onde estudou língua e literatura francesas, Gao trabalhou como tradutor. A violência e o absurdo da Revolução Cultural (1966-1976) deixaram uma marca indelével em sua obra, caracterizada por uma forte aversão à ideologia de massa e pela valorização da introspecção individual.

O romance lírico *A montanha da alma* é uma odisseia filosófica que leva o narrador ao místico sudoeste da China em busca do verdadeiro significado da vida. Ainda mais pessoal, e fragmentário como *A montanha da alma*, é o romance *One Man's Bible*, publicado em 1990, em que o narrador relata as suas experiências de ativista político, vítima e observador externo da Revolução Cultural.

"Comecei a escrever meu romance *A montanha da alma* para combater minha solidão interior."

Convidado a visitar a Europa em 1987, Gao decidiu não retornar à China. Estabeleceu-se em Paris e tornou-se cidadão francês em 1998. Suas peças continuam proibidas na China. Gao conquistou o Prêmio Nobel de Literatura em 2000, mas foi também reconhecido como pintor. Seus desenhos a nanquim foram reproduzidos num livro intitulado *Return to Paintings*, publicado em 2002. **FHG**

ACIMA: Gao Xingjian, fotografado em novembro de 2006.

EDMUND WHITE

Nascimento: 13 de janeiro de 1940 (Cincinnati, EUA).

Estilo e gênero: Um dos mais prestigiados escritores americanos. Romancista, crítico literário e biógrafo, White é cronista da vida gay e do impacto da aids nos Estados Unidos e na França.

Edmund White nasceu em Cincinnati, mas cresceu em Chicago. Estudou chinês na Universidade de Michigan e mais tarde trabalhou como jornalista em Nova York. Seu primeiro romance, *Forgetting Elena*, é uma bem-humorada abordagem da vida numa comunidade insular. Seguiu-se uma obra de não ficção, *The Joy of Gay Sex*, um guia para a realização erótica, emocional e social do modo de vida gay.

White é mais conhecido, no entanto, por *A Boy's Own Story*, uma obra profundamente tocante de ficção autobiográfica sobre um garoto americano da década de 1950 que foge de sua infância difícil mergulhando na arte, na literatura e na imaginação. A obra é a primeira de uma trilogia que inclui ainda *O lindo quarto está vazio*, sobre a transição do narrador para a vida adulta e o nascimento do movimento gay, e *The Farewell Symphony* (homenagem à obra de Hadyn em que os instrumentistas deixam o palco um a um até ficar um único violino), que fala da ascensão da aids e da sobrevivência do autor a vários de seus amigos. A trilogia é uma emocionante crônica de 40 anos do mundo gay americano.

Em 2000, White publicou *O homem casado*, tido por muitos como o seu melhor trabalho, um relato marcante da vida de um americano de meia-idade em Paris. White retornou à autobiografia em 2005 com *My Lives*, mas, em lugar do enfoque cronológico tradicional, cada capítulo tem um tema, como Minha Europa, Meus Amigos e Meus Psicanalistas. Escreveu também uma aclamada biografia do escritor francês Jean Genet, um estudo sobre Marcel Proust e uma reflexão sobre Paris – *O flâneur: um passeio pelos paradoxos de Paris*, que leva o leitor a lugares da cidade por onde os guias nunca se aventuraram. **HJ**

"Acho que a sinceridade foi a minha única estética e o realismo, a minha técnica experimental."

Principais obras

Romances

Forgetting Elena, 1973

Nocturnes for the King of Naples, 1978

A Boy's Own Story, 1982

O lindo quarto está vazio, 1988

The Farewell Symphony, 1997

O homem casado, 2000

Fanny: A Fiction, 2003

Hotel de Dream, 2007

Autobiografia

My Lives: An Autobiography, 2005

Não ficção

The Joy of Gay Sex, 1977

Genet: uma biografia, 1993

O flâneur: um passeio pelos paradoxos de Paris, 2001

ACIMA: Foto de estúdio de Edmund White feita em 2005.

1940–59

J. M. COETZEE

Nascimento: John Maxwell Coetzee, 9 de fevereiro de 1940 (Cidade do Cabo, África do Sul).

Estilo e gênero: Romancista conhecido por sua prosa econômica, porém complexa, suas descrições sem peias da violência e seu inflexível retrato dos legados do colonialismo.

Não é de surpreender que, vivendo a maior parte de sua vida sob o regime do apartheid, J. M. Coetzee tenha dedicado a carreira de escritor a examinar a relação entre os usos e abusos pessoais e políticos do poder. O mais notável é a honestidade intelectual com que ele trata das realidades da tortura, da brutalidade e da injustiça, recusando-se a ficar como espectador inocente de colonialismos de todo tipo.

Coetzee estudou na Universidade da Cidade do Cabo e na Universidade do Texas, em Austin, onde produziu uma tese de doutorado sobre a obra de Samuel Beckett – ao lado de Kafka e Dostoievski, uma de suas mais importantes influências. Na verdade, dois de seus romances – *Vida e época de Michael K.* e *O mestre de Petersburgo* – têm débitos especiais para com esses dois autores.

Ao premiá-lo com o Nobel de Literatura de 2003, a Academia Sueca o chamou de "escritor da solidão". A descrição é apropriada. Seus romances estão constantemente a reconfigurar os problemas da comunicação, quer entre indivíduos ou culturas. Em *Foe*, sua resposta ficcional ao *Robinson Crusoé* de Daniel Defoe – romance que criou um gênero –, Coetzee acrescenta um novo ponto de vista à narrativa original: o de uma mulher, náufraga na mesma ilha. Sexta-Feira a acompanha de volta a Londres depois da morte de Crusoé, mas é incapaz de contar sua história, uma vez que sua língua foi cortada. No mais celebrado romance de Coetzee, *Desonra*, a filha de um professor é vítima de um crime violento, mas decide não perseguir seus agressores. Seu pai tem de perder o cargo para poder admitir plenamente a dificuldade de sua posição ética como homem branco na África do Sul. A conclusão dessa alegoria do país pós-apartheid contém uma visão nada consoladora, indicativa da inquebrantável clareza com que o autor aborda seus temas.

A descrição da Academia é também apropriada pelo fato de Coetzee valorizar a solidão. Ele sequer foi receber pessoalmente

Principais obras

Romances

Terras de sombras, 1974
No coração do país, 1977
À espera dos bárbaros, 1980
Vida e época de Michael K., 1983
Foe, 1986
A cidade do ferro, 1990
O mestre de Petersburgo, 1994
Desonra, 1999
Elizabeth Costello: oito palestras, 2003
Homem lento, 2005
Diário de um ano ruim, 2007

Memórias

Cenas de uma vida, 1997
Juventude: cenas da vida na província II, 2002

ACIMA: Coetzee no Parlamento Internacional de Escritores, em 2005.

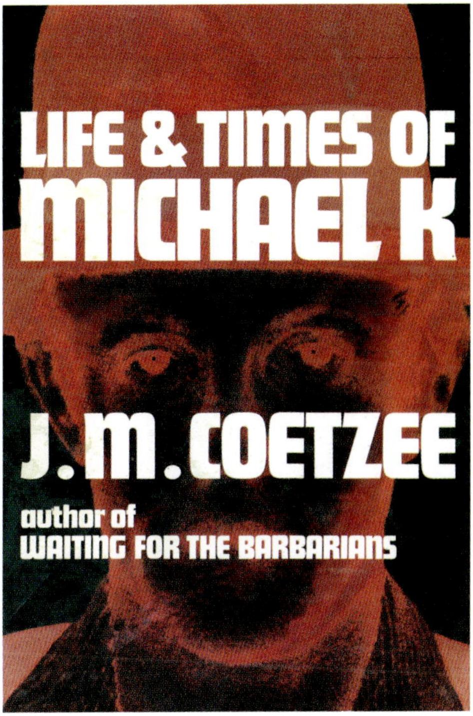

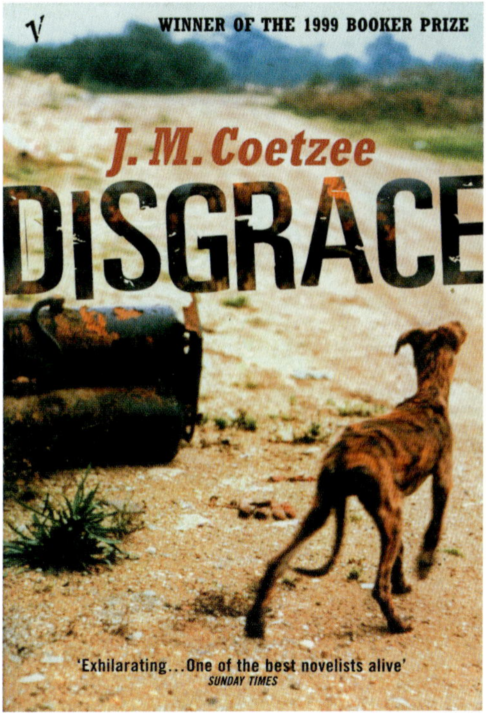

seus dois prêmios Booker. Mas foi à cerimônia de entrega do Nobel dizendo que sua mãe com certeza ficaria orgulhosa.

A polêmica sempre perseguiu Coetzee. Um relatório preparado pelo Congresso Nacional Africano (CNA) classificou *Desonra* como um exemplo do racismo remanescente na África do Sul pós-apartheid – embora muitos leitores e críticos tenham saído em sua defesa. A conquista do Nobel desencadeou um debate parlamentar, com o partido de oposição exigindo que o CNA se desculpasse por sua crítica estreita do romance. Numa supreendente reviravolta, o presidente Thabo Mbeki conclamou a nação a celebrar o sucesso de seu compatriota. **CQ**

ACIMA À ESQUERDA: Capa da edição inglesa de *Vida e época de Michael K.*

ACIMA: Capa da edição inglesa de *Desonra*, sobre a África do Sul pós-apartheid.

"Temos às vezes a intuição de que o intelecto por si só não nos levará a parte alguma."

1940–59

ANGELA CARTER

Nascimento: Angela Olive Stalker, 7 de maio de 1940 (Eastbourne, Inglaterra). Morte: 16 de fevereiro de 1992 (Londres, Inglaterra).

Estilo e gênero: Prolífica romancista, jornalista e editora, vista como uma espécie de Mamãe Gansa pós-moderna a inventar histórias populares de transgressão e desejo.

Principais obras

Romances

The Magic Toyshop, 1967

Heroes and Villains, 1969

As infernais máquinas de desejo do Dr. Hoffman, 1972

Noites no circo, 1984

Wise Children, 1991

Contos

O quarto do Barba-Azul, 1979

Black Venus, 1985

American Ghosts and Old World Wonders, 1993

Não ficção

The Sadeian Woman and the Ideology of Pornography, 1978

Expletives Deleted: Selected Writings, 1992

As infernais máquinas de desejo do Dr. Hoffman – título de um dos mais conhecidos romances de Angela Carter – poderia aplicar-se à própria autora. No papel, palco, TV ou rádio, suas histórias são maravilhas de invenção. Parte de uma tendência antirrealista da ficção britânica que remonta a *Sonhos de uma noite de verão*, Angela Carter trouxe à tona as energias grotescas e sexuais da fantasia para criar contos de fadas para adultos do século XX.

Londres, onde morou a vida inteira, é uma presença envolvente em seus livros, em especial *Noites no circo* e *Wise Children*, que veem a capital pelo olhar brejeiro das jovens trabalhadoras. Carter absorveu da família a política socialista; seus personagens não apenas veem o brilho do consumismo como compreendem seu significado. O feminismo tornou-se parte de sua vida depois de se divorciar do primeiro marido e passar três anos no Japão, de 1969 a 1972. De retorno a Londres, associou-se à recém-fundada Virago Press, que, além de resgatar romances de mulheres modernistas, obteve um grande sucesso com seu estudo *The Sadeian Woman*.

Embora não faltem em seus romances anteriores a 1969 o gótico característico e a narrativa febril, seus trabalhos pós-Japão têm um refinado senso de propósito e um humor mordaz. Tendo editado uma coletânea de contos de fadas de todo o mundo (com a polêmica inclusão da lenda inuíte explicitamente sexual de Sedna), Carter atentou produtivamente para as histórias morais de Perrault. "A companhia dos lobos", filmado por Neal Jordan com roteiro seu, é a mais conhecida – um jogo de espelhos com histórias-dentro-de-uma-história-dentro-de-uma-história – lembrança adequada dessa Sherazade surrealista. **SM**

"Talvez seja melhor ser valorizada como objeto de paixão do que não ser valorizada jamais."

1940–59

ACIMA: Angela Carter fotografada em seu escritório na década de 1980.

BRUCE CHATWIN

Nascimento: 13 de maio de 1940 (Sheffield, Inglaterra). Morte: 18 de janeiro de 1989 (Nice, França).

Estilo e gênero: Os escritos de viagem de Chatwin entrelaçam fatos, ficção e experiência pessoal com forte sensibilidade histórica e clara voz narrativa.

Historiador da arte convertido em jornalista, Bruce Chatwin tornou-se um famoso romancista de viagem – mais do que um escritor de livros de viagem – cujas obras contêm igual quantidade de imaginação e realidade. O celebrado *O rastro dos cantos* aborda a cultura e a mitologia aborígines mesclando pensamentos e histórias do autor com suas tradições – um estilo criticado pelos puristas, mas entusiasticamente recebido pelos leitores. Seus escritos de viagem raramente são narrados desde o ângulo esperado, antes instigam o leitor a entrar na mente do autor tanto quanto no país sobre o qual ele escreve, passando da história para o jornalismo de viagem por meio de reflexões ficcionais.

Seu estilo muda de livro para livro. A prosa lírica e evocativa de *Na Patagônia* incentivou toda uma geração a explorar a Argentina e o Chile na expectativa de vivenciar a jornada que Chatwin reivindicou como não ficcional; o amplo e transitório dá lugar ao claustrofóbico e contido em *Colina negra*, sobre gêmeos idênticos que se obstinam em permanecer no mesmo lugar. Outra guinada é *O vice-rei de Uida*, romance difícil e incômodo sobre a escravidão em que Chatwin tenta entrar na mente dos mercadores de escravos. A vasta temática e os diversos modos de escrita, ricocheteando entre estilos e gêneros, parecem espelhar as contradições da vida desse homem controvertido e camaleônico, que vivia como viajava – assumindo riscos e recusando convenções. Mais do que por sua literatura, Chatwin tornou-se uma celebridade pelo seu modo de vida escandaloso: frequentava as socialites nova-iorquinas e ícones gays, viajava com os nômades e vivia como homossexual assumido, apesar de indissoluvelmente casado com sua amada Elizabeth. **LH**

"Perder o passaporte era a menor de minhas preocupações; perder o *notebook* era uma catástrofe."

Principais obras

Romances

O vice-rei de Uida, 1980

Colina negra, 1982

Utz, 1988

Antologias

What Am I Doing Here?, 1989

Anatomy of Restlessness, 1997

Não ficção

Na Patagônia, 1977

O rastro dos cantos, 1987

Winding Paths, 1998

ACIMA: Chatwin em Paris durante uma turnê de promoção literária, em 1984.

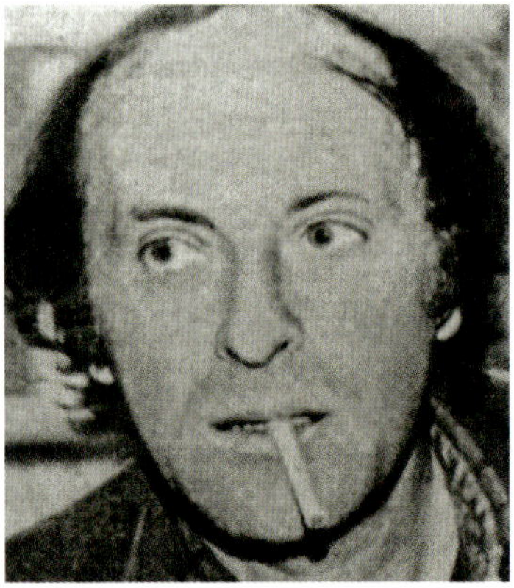

JOSEPH BRODSKY

Nascimento: Iosif Alexandrovich Brodsky, 24 de maio de 1940 (Leningrado – atual São Petersburgo), Rússia). Morte: 28 de janeiro de 1996 (Nova York, EUA).

Estilo e gênero: Poeta e ensaísta russo-americano que sobreviveu ao gulag soviético para ganhar o Nobel de Literatura e tornar-se poeta laureado dos Estados Unidos.

A morte de Joseph Brodsky, causada por um ataque cardíaco em 1996, tornou-o um dos poetas mais pranteados do século XX. Sua vida foi celebrada em poemas de colegas de Prêmio Nobel como Derek Walcott e Seamus Heaney, assim como do importante poeta irlandês Paul Muldoon e muitos outros. Teve também a honra de ser traduzido por alguns de seus mais notáveis contemporâneos, como Walcott, Richard Wilbur e Anthony Hecht. Mas a ideia de que Brodsky é apenas um "poeta de poetas" não poderia estar mais distante da verdade. Brodsky tinha um grande talento para a sociabilidade e a amizade: Robert Lowell chamou-o de "conversador perdulário" e Heaney recorda, em sua elegia, o apetite de Brodsky para a "vodca com pimenta". Essas qualidades se refletem, em seus poemas, em energia, generosidade e amor pelo detalhe mundano.

É quase um milagre que tudo isso tenha sobrevivido a um verdadeiro calvário. Em posição social desvantajosa por ser judeu russo, Brodsky deixou a escola aos 15 anos e exerceu atividades subalternas até entrar na órbita da poetisa Anna

Principais obras

Peças

Marbles, 1989
Democracy!, 1991

Poesia

Elegy to John Donne, 1967
A Part of Speech, 1977
Verses on the Winter Campaign, 1980
To Urania: Selected Poems, 1965-1985
Lullaby of Cape Cod, 1975
So Forth: Poems, 1996
Discovery, 1999 (publicação póstuma)

Ensaios

Menos que um, 1986
Marca-d'água, 1992
On Grief and Reason, 1996

ACIMA: Brodsky com um cigarro na boca, 1970.

À DIREITA: Brodsky abraça seu editor ao ser informado do Prêmio Nobel, em 1987.

À ESQUERDA: Foto não datada de Brodsky. Seu trabalho mereceu aclamação mundial e desprezo soviético.

Akhmátova, que admirava a combinação de modernidade e tradição em seus poemas. Em poucos anos se tornou conhecido, despertando suspeitas entre as autoridades. Denunciado como "parasita social" em 1964 (o tribunal o julgou insuficientemente instruído, "um pseudopoeta com calças de veludo"), foi condenado a cinco anos de trabalhos forçados numa fazenda estatal no norte da União Soviética. Sob protestos internacionais de poetas e intelectuais, foi libertado depois de 18 meses quebrando pedras, carregando estrume e cortando toras, mas continuou a ser assediado pelas autoridades. Expulso do país em 1971, conseguiu uma nova vida nos Estados Unidos: com a ajuda de W. H. Auden, tornou-se poeta-residente na Universidade de Michigan. Seguiram-se publicações de traduções, e em pouco tempo Brodsky já compunha poemas originais em inglês. Em 1987 ganhou o Prêmio Nobel e em 1991 tornou-se o primeiro poeta laureado da era Clinton. **MS**

Processado como "parasita"

Uma transcrição clandestina do julgamento de Brodsky, em 1964, foi publicada no Ocidente. Perguntado pelo juiz: "Quem o reconheceu como poeta?", Brodsky respondeu: "Ninguém. Quem me colocou na raça humana?" Perguntado por que não ganhava um salário regular para a pátria, Brodsky disse: "Eu tenho um terno velho. Não preciso de outro. Eu trabalhei. Escrevi poemas." E descreveu seu trabalho como "labor espiritual". O juiz lhe disse "Esqueça as belas palavras" e o condenou a cinco anos de trabalhos forçados; mas o filisteísmo grosseiro do processo levou constrangimento e descrédito à União Soviética.

ANNE TYLER

Nascimento: 25 de outubro de 1941 (Minneapolis, EUA).

Estilo e gênero: Romancista famosa por documentar a vida familiar da classe média americana do século XX com um humor sutil e delicado, mas marcado pela ironia e pela caracterização dos personagens.

Principais obras

Romances

If Morning Ever Comes, 1964
The Tin Can Tree, 1965
A Slipping-Down Life, 1970
The Clock Winder, 1972
Celestial Navigation, 1974
Searching for Caleb, 1975
Earthly Possessions, 1977
A passagem de Morgan, 1980
Jantar no restaurante da saudade, 1982
O turista acidental, 1985
Lições de vida, 1988
Saint Maybe, 1991
Escada dos anos, 1995
O jogo da vida, 1998
Quando éramos adultos, 2001
Michael e Pauline: um casamento amador, 2004
Digging to America, 2006

A escritora americana Anne Tyler é conhecida por suas felizes descrições da vida cotidiana às vezes bizarra das famílias americanas de classe média. Apesar de excêntricos, seus personagens são pessoas ao mesmo tempo irritantes e adoráveis, que poderiam ser nossas vizinhas. Seus livros mais aclamados são *O turista acidental*, sobre um autor de livros de viagem em sua jornada de perda e redescoberta, e o ganhador do Prêmio Pulitzer *Lições de vida*, história de um casal que examina seus 28 anos de vida em comum enquanto viaja para comparecer a um enterro. Notoriamente reclusa, Tyler recusa-se a dar entrevistas, mesmo quando ganhou o Prêmio Pulitzer. Mora em Baltimore, Maryland, cenário de muitos de seus romances. **JM**

PETER HANDKE

Nascimento: 6 de dezembro de 1942 (Griffen, Áustria).

Estilo e gênero: Destacado escritor austríaco de vanguarda que transcende os gêneros com obras polêmicas caracterizadas pela experimentação linguística.

Principais obras

Romances

Die Hornissen, 1966
O medo do goleiro diante do pênalti, 1970
Mein Jahr in der Niemandsbucht, 1998

Peças

Publikumsbeschimpfung, 1966
Die Stunde, da wir nichts voneinander wussten, 1992

Contos

A mulher canhota, 1976

Peter Handke é um prolífico escritor de peças, romances e contos que colaborou com o cineasta alemão Wim Wenders no roteiro de *Asas do desejo*, de 1987. Despertou a atenção do público em 1966 com o arrebatador *Publikumsbeschimpfung*, que punha em questão as noções convencionais do teatro: os espectadores são informados pelos atores de que são eles os verdadeiros atores do drama. Outra peça que desafia as nossas ideias sobre o teatro é *Die Stunde, da wir nichts voneinander wussten*, com 450 personagens e nenhum diálogo. Handke conquistou o prêmio literário Heinrich Heine em 2006, depois de cassado em razão de seu polêmico apoio à Sérvia. **HJ**

À DIREITA: Foto não datada de Handke em Kragujevac, Sérvia.

ISABEL ALLENDE

Nascimento: Isabel Allende Llona, 2 de agosto de 1942 (Lima, Peru).

Estilo e gênero: Romancista e contista chileno-americana cuja obra se distingue pelo realismo mágico, pela prosa lírica e onírica e os temas autobiográficos.

Recorrendo à sua própria vida como tema literário, Isabel Allende tece histórias que misturam memória, sonho e fantasia, uma característica do realismo mágico que suscita comparações com o gigante literário Gabriel García Márquez. As narrativas de Allende, como as do mestre, transcorrem quase sempre na América Latina, em românticos e turbulentos lugares de conto de fadas povoados de espíritos, superstições, pobreza, famílias e comunidades cerradas e o peso do tacão do ditador. Mas, ao contrário de García Márquez, seus protagonistas são quase sempre mulheres e seu conteúdo, mais transparentemente autobiográfico.

Embora chilena, Isabel Allende nasceu no Peru, onde seu pai (primo do presidente chileno Salvador Allende) era embaixador. Depois que ele "desapareceu" em 1945, a família morou na Bolívia, no Líbano e no Chile. Com o golpe liderado pelo general Augusto Pinochet em 1973, que resultou na morte de Salvador Allende, Isabel ajudou vários políticos dissidentes a fugir do país. Em perigo, ela própria teve de fugir para a Venezuela e, mais tarde, para os Estados Unidos.

Seu primeiro romance, *A casa dos espíritos*, nasceu de uma carta ao avô moribundo. Parte romance, parte relato velado

Principais obras

Romances

A casa dos espíritos, 1982
De amor e de sombra, 1984
Eva Luna, 1985
O plano infinito, 1991
Filha da fortuna, 1999
Retrato em sépia, 2000
Meu país inventado, 2003
Zorro, 2005
Inês de minha alma, 2006

Não ficção

Paula, 1994
Afrodite: contos, receitas e outros afrodisíacos, 1998

ACIMA: Allende fotografada em 1984, no início de sua carreira literária.

À DIREITA: Allende esteve presente neste protesto contra a ditadura chilena em Paris, 1973.

ACIMA: Winona Ryder em *A casa dos espíritos* (1993), baseado no romance de Isabel Allende.

da ascensão de Salvador Allende ao poder, ele narra o crescimento do socialismo revolucionário no Chile e a situação que se segue ao golpe de Estado, o país infestado de agentes secretos e as pessoas desaparecendo, fugindo para o exílio ou vivendo aterrorizadas. É a destreza de Allende como contadora de histórias e o realismo mágico do romance que tornam tolerável a violência dos acontecimentos. Seu romance seguinte, *De amor e de sombra*, narra as peripécias de dois jornalistas que investigam o destino de uma jovem "desaparecida" sob o regime militar chileno.

Allende continuou a recorrer a suas experiências – como a de mãe de uma doente terminal. Mestra na abordagem de temas como a injustiça da vida sob o regime militar e a obscenidade da pobreza, ela nunca deixa, no entanto, de oferecer um vislumbre de esperança encarnada em suas inquebrantáveis personagens femininas. **CK**

Homenagem à filha

Paula, livro de memórias de Isabel Allende, nasceu de uma carta à sua filha Paula, em coma. É um relato da vida de Allende e da doença de Paula, que morreu em 1992. Em homenagem à filha, Isabel Allende decidiu fundar uma instituição de caridade que dá educação e atendimento médico a mulheres e crianças. O primeiro trabalho de Allende após um longo período de luto foi uma coletânea de receitas de pratos com propriedades afrodisíacas – *Afrodite: contos, receitas e outros afrodisíacos*. Allende disse: "Eu sabia que estava chegando ao fim de um longo túnel de luto... com um imenso e renovado desejo de comida e aconchego."

PETER CAREY

Nascimento: 7 de maio de 1943 (Bacchus Marsh, Austrália).

Estilo e gênero: Romancista australiano pós-colonial, autor de obras satíricas e fantásticas, notáveis pela capacidade de jogar com a verdade, o tempo, a narrativa e a História. Ganhou o Prêmio Booker duas vezes.

Peter Carey passou um ano medíocre estudando zoologia até começar numa agência de publicidade em 1962, ocasião que aproveitou para iniciar sua educação literária, descobrindo e inspirando-se nas obras de Faulkner, Joyce, Kafka e Beckett. Continuou na publicidade em Melbourne e Londres, escrevendo à noite e nos fins de semana. Depois de 12 anos de recusas, seu primeiro manuscrito publicado foi *The Fat Man in History*, coletânea de contos que o tornou famoso da noite para o dia. Em 1980 fundou sua própria agência em Sydney, trabalhando em tempo parcial até deixar definitivamente o ramo para se estabelecer nos Estados Unidos – onde hoje leciona num curso de escrita criativa na Universidade de Nova York e dedica o restante do tempo a escrever.

Carey (ao lado de J. M. Coetzee) é um dos dois escritores a ganhar o Prêmio Booker duas vezes: com *Oscar e Lucinda* e *A história do bando de Kelly*. O "verdadeiro" diário do bosquímano fugitivo Ned Kelly é autêntico Carey, misturando livremente personagens históricos e ficcionais e jogando com a verdade, a cronologia e a voz narrativa. *Minha vida, uma farsa*, guerra de embustes construída em torno de uma autêntica fraude literária da década de 1940, é uma intricada teia de realidades improváveis e exóticos acontecimentos imaginados; em *Illywhacker* – gíria australiana para vigarista –, o narrador, que diz ter 139 anos, se apresenta, com a maior cara de pau, como "um tremendo mentiroso". Alguns críticos de sua Austrália natal recriminam Carey por escrever a partir de uma perspectiva australiana mesmo vivendo fora do país, mas suas fábulas de humor negro podem ser lidas como reflexões sobre a sociedade e sátiras do capitalismo. **MK**

"Tenho maior senso de comunidade em Nova York que em quase todos os lugares onde vivi."

Principais obras

Romances

Bliss, 1981
Illywhacker, 1985
Oscar e Lucinda, 1988
The Tax Inspector, 1991
The Unusual Life of Tristan Smith, 1994
Jack Maggs, 1997
A história do bando de Kelly, 2000
Minha vida, uma farsa, 2003
Roubo: uma história de amor, 2006

Contos

The Fat Man in History, 1974
War Crimes, 1979
Exotic Pleasures, 1990

Ficção infantil

The Big Bazoohley, 1995

ACIMA: Peter Carey, em janeiro de 2001.

1940–59

REINALDO ARENAS

Nascimento: 16 de julho de 1943 (Província do Oriente, Cuba). Morte: 7 de dezembro de 1990 (Nova York, EUA).

Estilo e gênero: Poeta da liberdade revolucionária, em Cuba como em sua vida sexual e literária, dentro do país ou contra ele.

Reinaldo Arenas é, talvez, mais conhecido pela adaptação para o cinema, por Julian Schnabel, de sua autobiografia *Antes que anoiteça*. O fato de Arenas, que lutou na guerrilha de Fidel Castro quando adolescente, ingressar na memória popular por meio de um filme americano é uma prova das contradições que marcaram sua carreira literária. Falecido desgraçadamente cedo, Arenas deixou um tesouro de romances, poesias, autobiografia e jornalismo – e, o que é mais espantoso, construído sob censura, na prisão ou sofrendo de doenças relacionadas à aids.

De jovem peão ao underground literário de Nova York, a trajetória de Arenas caracteriza-se pela autoconstrução de sua figura pública. Manejando a pena em sua própria defesa e autodefinição, Arenas demonstrou uma coragem tão tênsil e frágil quanto uma canção de amor não correspondido. Seus escritos resistem a toda verdade estabelecida, ficção que não é escapismo, mas sobrevivência em face do dogmatismo.

Repercutindo o pós-modernismo e o realismo mágico, sua obra – contrabandeada para publicação no estrangeiro – conquistou muitos adeptos fora de Cuba. Desde muito cedo desiludido com o regime por estigmatizá-lo como não pessoa, Arenas trocou Cuba por Nova York em 1980 graças a um erro burocrático. Nos Estados Unidos seu trabalho floresceu, abordando de maneira mais explícita e polêmica a experiência gay (no contexto dos campos de trabalhos forçados, por exemplo) e moldando sua narrativa com base na tensão entre dogma político e liberdade individual. O suicídio em 1990, depois de concluídos a série de romances *Pentagonia*, sua autobiografia *Antes que anoiteça* e um volume de poesias sobre a vida com aids, consumou sua mensagem de liberdade individual. **SM**

"Minha mensagem não é de fracasso, mas de luta e esperança."

Principais obras

Romances

O mundo alucinante, 1966

Pentagonia

- *Celestino antes de alba*, 1967
- *Palacio de las blanquísimas mofetas*, 1980
- *Otra vez el mar*, 1982
- *El color del verano*, 1982
- *El asalto*, 1990

A velha rosa, 1980

La loma del angel, 1987

O porteiro, 1990

Autobiografia

Antes que anoiteça, 1992

1940–59

ACIMA: O poeta e romancista cubano Reinaldo Arenas em Paris, foto de 1986.

MICHAEL ONDAATJE

Nascimento: Philip Michael Ondaatje, 12 de setembro de 1943 (Colombo, Sri Lanka).

Estilo e gênero: Romancista e poeta canadense nascido no Sri Lanka, mágico do local e do íntimo que alterna identidades e oscila entre a ficção rapsódica e a poesia observadora.

"Estou aprendendo um truque com uma faca" – assim Michael Ondaatje intitulou sua coletânea de poesia ganhadora do Prêmio do Governador Geral (GGA) – o mais prestigioso do Canadá. Aos 36 anos Ondaatje já havia publicado três livros de poesia (reunidos na coletânea) e conquistado um GGA anterior com seu romance *The Collected Works of Billy the Kid*, de 1970.

O truque que percorre toda a obra de Ondaatje é o do homem que desaparece: o incapturável Billy, o pai de Ondaatje (mencionado em *Running in the Family*), o músico de jazz Buddy Bolden em *Coming Through Slaughter*, o epônimo sem rosto *O paciente inglês*, o cadáver não identificado de *Bandeiras pálidas* e Coop, que desaparece ele próprio em *Divisadero*.

Na pele de um leão, obra emblemática de Ondaatje que serve de prefácio a *O paciente inglês*, examina a impressão deixada por aquilo que desaparece: nesse caso, por meio da rede de conexões criadas a partir do desaparecimento do milionário Ambrose Small. Tal como Billy the Kid e Bunny Bolden, Ambrose Small é um personagem histórico, aqui convertido em centro ausente do mapa erótico de uma Toronto formacional – e formativa.

A linguagem de Ondaatje é delicadamente invasiva, tão sensível quanto sensual, recorrendo às vezes a um registro ou uma prática específica para revelar o personagem: desativar bombas é o truque de Kip em *O paciente inglês*, assim como o pôquer é o de Coop em *Divisadero*. A revelação dos truques que isolam esses personagens posiciona a obra de Ondaatje enquanto ele joga com a dupla etimologia de *Divisadero*: separador e lugar desde o qual as coisas são visíveis. O truque da faca de Ondaatje deve levar a violenta ausência ou abscesso e nos trazer a magia. **SM**

"Escrever do ponto de vista de alguém que você não é duplica a sua percepção."

Principais obras

Romances

Coming Through Slaughter, 1976

Running in the Family, 1982

Na pele de um leão, 1987

O paciente inglês, 1982

Bandeiras pálidas, 2000

Divisadero, 2007

Poesia

The Collected Works of Billy the Kid, 1970

There's a Trick with a Knife I'm Learning to Do, 1979

The Cinnamon Peeler, 1991

ACIMA: Ondaatje fotografado em outubro de 2007.

1940–59

ALICE WALKER

Nascimento: 9 de fevereiro de 1944 (Eatonton, EUA).

Estilo e gênero: Romancista e poetisa de estilo hipnoticamente lírico que aborda os direitos humanos, civis e da mulher, às vezes entrelaçados com mitologia africana e histórias modernas.

Conhecida por seu ativismo político tanto quanto por sua poesia e seus romances, Alice Walker é hoje uma favorita entre as escritoras americanas. Sua obra fala de temas que dizem respeito à vida de todos os que já foram vítimas de preconceito. *A cor púrpura*, seu livro mais famoso, ganhou o Prêmio Pulitzer e foi levado às telas; o pioneiro *Possessing the Secret of Joy* é uma abordagem polêmica do tema da mutilação genital feminina na África tribal; e sua poesia mergulha em temas pessoais e mundiais, de suas próprias experiências traumáticas de gravidez indesejada e depressão suicida a questões globais de corrupção política.

Walker nasceu em uma família pobre, numa América onde ainda vigora a estrita segregação entre negros e brancos. Com um olho cego e uma cicatriz no rosto provocados por um acidente na infância, Walker foi uma criança e uma adolescente reclusa e nervosa que encontrou sua identidade no trabalho escolar. Ganhou uma bolsa para o Spelman College – uma universidade destinada a mulheres negras – em sua Geórgia natal e mais tarde se transferiu para Nova York. Ao passar um ano de intercâmbio estudantil na África, se apaixonou pelo continente, seu folclore, seus mitos e suas tradições, fascínio que influenciou boa parte de sua obra.

Com pouco mais de 20 anos, Walker se casou com um advogado de direitos civis, de quem mais tarde se divorciou, e teve uma filha, nascida em 1969. Foi membro do movimento pelos direitos civis nos Estados Unidos durante a década de 1960 – em 1962 conheceu Martin Luther King – e voz ativa nos movimentos feminista, antiapartheid e antinuclear. Ainda uma ativista política, Walker mora na Califórnia, onde dirige sua própria empresa de publicidade, a Wild Trees Press. **LH**

"O pacifista pacífico e silencioso sempre morre para dar vez às pessoas que gritam."

Principais obras

Romances

A cor púrpura, 1983

O templo dos meus familiares, 1989

Possessing the Secret of Joy, 1992

By the Light of My Father's Smile, 1998

Now Is the Time to Open Your Heart, 2004

Contos

Ninguém segura essa mulher, 1982

The Way Forward Is With a Broken Heart, 2000

Poesia

Goodnight Willie Smith, I'll See You in the Morning, 1979

Horses Make a Landscape Look More Beattiful, 1984

A Poem Traveled Down My Arm, 2005

1940–59

ACIMA: Foto da escritora e ativista política Alice Walker, em 1989.

ARMISTEAD MAUPIN

Nascimento: 13 de maio de 1944 (Washington, D.C., EUA).

Estilo e gênero: Jornalista convertido em escritor que documenta o mundo gay e os modos de vida alternativos em São Francisco, conhecido pela série *Histórias de uma cidade.*

Obra de um Dickens gay de São Francisco, *Histórias de uma cidade* é um inestimável documento social e uma irreprimível celebração. Mas não são somente suas descrições incrivelmente atentas que marcam a série como obra de um ex-jornalista. O veterano do Vietnã Armistead Maupin talvez tenha afiado a sua pena na imprensa conservadora da Carolina do Norte durante o turbulento fim da década de 1960, mas foi a mudança para São Francisco, em 1971, que libertou a pena e o homem.

Assim como Michael "Mouse" Tolliver, o personagem preferido de suas *Histórias*, Maupin veio de uma família resolutamente conservadora, só descobrindo sua sexualidade depois dos 20 anos. Três anos depois de sua mudança para São Francisco, Maupin dirigia seu talento de repórter para as celebridades, pós-hippies, proto-yuppies e gays de sua cidade adotiva. Com a dona de albergue maconheira Anna Madrigal, Maupin criou uma heroína transexual que era "a mãe de todos nós", chefe de uma família alternativa de albergados que leitores do mundo inteiro adotaram (ou foram por ela adotados) durante mais de 30 anos. O tardio *Michael Tolliver Lives*, sétimo romance da série, foi publicado em 2007. A importância do título parece estar no que não é dito – "Michael Tolliver vive (com aids)".

Principais obras

Romances

Histórias de uma cidade, 1978
Novas histórias de uma cidade, 1980
Outras histórias de uma cidade, 1982
Babycakes, 1984
Significant Others, 1987
Sure of You, 1989
Maybe the Moon, 1992
Ouvinte da noite, 2000
Michael Tolliver Lives, 2007

ACIMA: Maupin fotografado em 2006 na *after party* do filme *Segredos na noite*.

À DIREITA: Maupin ri com Terry Anderson, corroteirista de *Segredos na noite* (2006).

A contar do quarto livro da série (*Babycakes*), Maupin foi um dos primeiros e registrar a chamada "peste gay" que assolou as saunas, as boates e os personagens que eram seus temas centrais. Sem jamais temer a polêmica, Maupin adaptou o primeiro romance da série *Histórias* para a rede de TV pública americana PBS em 1993. A minissérie gerou não apenas o maior índice de audiência entre os programas dramáticos da rede, mas reclamações contra cenas de nudez, sexo gay e uso de drogas em número suficiente para colocar por terra os planos de adaptar os romances seguintes.

A rede de TV a cabo americana Showtime apresentou *More Tales* e *Outras histórias* em 1998 e 2001, respectivamente. O romance *Ouvinte da noite* foi levado às telas em 2006 num filme com Toni Collette e Robin Williams. Seu protagonista, o radialista gay Gabriel Noone, nos dá uma clara percepção do mundo de um escritor cuja paixão está em dizer a verdade – mesmo quando a verdade é ficção. **SM**

ACIMA: Maupin e Terry Anderson, com quem ele teve um relacionamento de 12 anos.

Verdade e ficção

Maupin é famoso por esconder a lacuna entre verdade e ficção em sua obra, a começar por seu próprio nome, que, embora real, é um anagrama de "Is a Man I Dreamt Up" (É um Homem Com Quem Sonhei). O breve caso de Mouse com uma estrela de cinema em *Outras histórias* baseia-se no relacionamento do próprio Maupin com Rock Hudson. *Maybe the Moon* é uma autobiografia imaginária de Tamara de Treaux, atriz anã que fez *E.T.*, ao passo que *Ouvinte da noite* fala do caso Antony Godby Johnson, um traumatizado adolescente HIV-positivo com quem Maupin se correspondia e que, ao fim, descobriu-se ser uma invenção literária de sua mãe "adotiva".

1940–59

W. G. SEBALD

Nascimento: Winfried Georg Maximilian Sebald, 18 de maio de 1944 (Wertach im Allgäu, Alemanha). Morte: 14 de dezembro de 2001 (Norfolk, Inglaterra).

Estilo e gênero: Autor de romances elegíacos focados na memória pessoal e coletiva empregando uma mescla de ficção, história e imagens mal lembradas.

Principais obras

Romances

Vertigem, 1990
Os emigrantes, 1992
Os anéis de Saturno, 1995
Austerlitz, 2001

Poesia

For Years Now, 2001
Nach der Natur, 2002
Unerzählt, 2003 (publicação póstuma)

W. G. Sebald, conhecido como Max, nasceu numa aldeia dos Alpes bávaros durante a Segunda Guerra Mundial. Seu pai, que voltou para casa um estranho depois de libertado de um campo de prisioneiros na França em 1947, nunca falou de suas experiências na guerra. O silêncio, a memória e o passado da Alemanha se tornariam temas centrais nos escritos de Sebald.

Ele estudou literatura alemã na Universidade de Freiburg. Formado em 1965, mudou-se para a Inglaterra para ser "*lektor*" na Universidade de Manchester. Em 1970 tornou-se professor palestrante de alemão na recém-criada Universidade de East Anglia. Em 1987 foi nomeado titular da cadeira de literatura e em 1989 era diretor-fundador do Centro Britânico de Tradução Literária.

Foi só depois de completar 40 anos que começou a escrever os romances altamente peculiares que lhe dariam fama internacional. Sebald criou uma nova forma literária – parte romance, parte livro de viagem, parte memória e parte documentário. Com poucos diálogos, sem parágrafos nem capítulos, seus livros são obras melancólicas pontuadas por imagens em preto e branco – velhas fotografias, recortes de jornal e cartões-postais – que acentuam o seu tom onírico. Apesar de ter passado mais da metade da vida na Inglaterra, Sebald escreveu seus romances em alemão e dizia não confiar em sua capacidade de traduzi-los. Três deles – *Vertigem*, *Os emigrantes* e *Austerlitz* – tratam do passado da Europa, ao passo que *Os anéis de Saturno* é uma meditação em fragmentos sobre a caminhada de um homem pelos cenários de East Anglia. Aclamado pela crítica, Sebald começava a conquistar um público mais amplo quando morreu num acidente de automóvel em Norfolk, em 2001. **HJ**

"... os que não têm memória têm maiores chances de viver vidas felizes."

ACIMA: W. G. Sebald só começou a escrever aos 40 anos. Foto de 1999.

JOHN BANVILLE

Nascimento: 8 de dezembro de 1945 (Wexford, Irlanda).

Estilo e gênero: Romancista de prosa complexa e sugestiva, pontuada por jogos de palavras e humor negro, conhecido por seus romances densos e filosóficos. Escreve também histórias de mistério sob o pseudônimo Benjamin Black.

Os romances de Banville parecem contar sempre a mesma história sobre os caprichos da percepção e da representação e a natureza fugidia da individualidade. Os primeiros tratam de temas metafísicos; quatro abordam cientistas (Copérnico, Kepler, Newton e um matemático chamado Swan, em *Mefisto*); uma trilogia livre segue a luta de um artista assassino para se conformar com seu crime (*O livro das provas*, *Ghosts*, *Athena*). São todas obras densamente alusivas, umas das outras e de clássicos da literatura, de *A tempestade* aos ídolos Nabokov e Proust, conectadas pelo desejo de dar à sua prosa "aquela densidade e espessura que a poesia tem".

Banville não cursou universidade – saiu de casa jovem para trabalhar na Aer Lingus, empresa aérea nacional da República da Irlanda, o que lhe deu a oportunidade de se tornar um homem viajado. Tal como seu herói Beckett, ele escreve tão à vontade sobre a cena continental quanto sobre a irlandesa.

Shroud, história de um teórico da literatura com um passado secreto, evoca com lucidez a cidade de Turim. Mas a paisagem privilegiada de seus romances é a psique de artistas e pessoas que pensam na arte. Em *O mar* – ganhador do Prêmio Booker –, um velho historiador da arte retorna à casa do litoral onde passou os verões de sua infância para chorar a morte da esposa.

No discurso de premiação do Booker, Banville disse: "Quando comecei a escrever eu era um grande racionalista que acreditava estar totalmente no controle. Mas quanto mais velho você fica, mais confuso, e eu acho que para um artista isso é muito bom; você dá mais asas ao seu instinto, a seus sonhos, fantasias e lembranças. É mais rico, de certa forma." **CQ**

"Os escritores são iguais às outras pessoas, apenas ligeiramente mais obsessivos."

Principais obras

Romances

Long Lowkin, 1970
Doctor Copernicus, 1976
Kepler, 1981
The Newton Letter, 1982
Mefisto, 1986
O livro das provas, 1989
Ghosts, 1993
Athena, 1995
Shroud, 2004
O mar, 2005

Como Benjamin Black

Christine Falls, 2006
The Silver Swan, 2007
The Lemur, 2008

ACIMA: John Banville em maio de 2007.

JULIAN BARNES

Nascimento: 19 de janeiro de 1946 (Leicester, Inglaterra).

Estilo e gênero: Romancista, ensaísta e jornalista conhecido pela ironia tranquila, por jogar com a forma e as convenções e pelo que Joyce Carol Oates chamou de "seu humanismo pré-pós-moderno".

Falando de seu processo criativo, Julian Barnes declarou que, "para escrever, você precisa se convencer de que se trata de um novo começo, para você e para a história do romance". Essa máxima lhe cai muito bem, visto que cada livro seu torna mais difícil classificá-lo como escritor. Martin Amis afirmou: "O que ele faz de melhor é criar suspense por meio de temas e ideias, o que é muito raro."

Filho de professores franceses, Barnes é um notório francófilo. Em seu primeiro romance, o semiautobiográfico *Metroland*, um adolescente furiosamente entediado e briguento vai a Paris durante os levantes de 1968; *Do outro lado da Mancha* é uma coletânea de histórias sobre a relação entre Inglaterra e França; e *Something to Declare* reúne ensaios sobre o mesmo tema. Mas é no revolucionário *O papagaio de Flaubert*, seu terceiro romance, que o comedimento inglês e o exibicionismo francês colidem da maneira mais inventiva. Estapafúrdio híbrido de formas, de bestiário a prova escrita, o romance registra a obsessão de um médico aposentado com as banalidades biográficas do autor de *Madame Bovary*, revelando pouco a pouco a tristeza por trás de seus arrebatamentos literários.

O domínio de Barnes sobre a voz e a forma é evidente no escopo nada convencional de alguns de seus romances: *Uma história do mundo em 10½ capítulos* é uma colagem de fantasia, revisão histórica e crítica de arte (o ½ capítulo é um longo "parêntese" sobre a paixão do escritor por sua esposa); *Inglaterra, Inglaterra* é uma sátira da sensibilidade britânica passada num futuro próximo; *Arthur e George* é a criativa abordagem de um momento esquecido da história britânica, em que o criador de Sherlock Holmes é convocado a defender um advogado equivocadamente acusado. Toda a sua obra é uma eloquente combinação de ironia tranquila e lucidez emocional no trato do amor, da traição e da natureza da verdade e da autenticidade. **CQ**

Principais obras

Romances

Metroland, 1980
Before She Met Me, 1982
O papagaio de Flaubert, 1984
De frente para o sol, 1986
Uma história do mundo em 10½ capítulos, 1989
Em tom de conversa, 1991
O porco-espinho, 1992
Inglaterra, Inglaterra, 1998
Amor, etc., 2000
Arthur e George, 2005
Nothing to Be Frightened Of, 2008

Contos

Do outro lado da Mancha, 1996
Um toque de limão, 2004

Ensaio

Something to Declare, 2002

Como Dan Kavanagh

Duffy, 1980
Fiddle City, 1981
Putting the Boot In, 1985
Going to the Dogs, 1987

ACIMA: Julain Barnes fotografado em sua casa.

À DIREITA: A capa de *Metroland* lembra os cartazes do metrô de Londres na década de 1920.

METROLAND

Julian Barnes

JAMES KELMAN

Nascimento: 9 de junho de 1946 (Glasgow, Escócia).

Estilo e gênero: Romancista, contista e dramaturgo que fala da vida dos trabalhadores escoceses, da alienação e da sociedade burguesa usando o dialeto de Glasgow, o monólogo e a prosa rítmica.

A voz irada, o sentimento de alienação e os monólogos interiores dos personagens, bem como a linguagem quase impenetrável de seus romances e contos, renderam a James Kelman comparações com Samuel Beckett, James Joyce e Franz Kafka.

Criado em Glasgow, Kelman foi ainda adolescente para os Estados Unidos com a família, mas acabou retornando à Escócia. Leu as histórias de sua época de garoto até perceber que a vida da classe trabalhadora escocesa e a linguagem dos conjuntos habitacionais de Glasgow estavam ausentes da ficção. Homem de esquerda, defensor da justiça social, Kelman vê isso quase como um ato político da sociedade burguesa e capitalista. Ao trazer para o papel a cadência da fala escocesa, às vezes pontuada de expressões vernáculas, Kelman deu vida àquela voz, tornando-se assim uma espécie de Robert Burns contemporâneo. Sua obra revela a vida do homem oprimido e amargurado do pub, com um copo de cerveja na mão, vivendo do auxílio-desemprego e obrigado a se virar para ganhar a vida.

Kelman estudou filosofia na Universidade Strathclyde, mas saiu sem se formar. Em 1971 entrou para um grupo de escritores da Universidade de Glasgow, ocasião em que escreveu a sua primeira coletânea de contos, *An Old Pub Near the Angel*. O reconhecimento público veio em 1994 com o romance *How Late It Was, How Late*, controvertido ganhador do Prêmio Booker que conta a história de um desempregado e pequeno delinquente de Glasgow que acorda na cela de uma delegacia. *Translated Accounts* é Kelman fora de seu território familiar, agora um Estado anônimo sob lei marcial, onde, como sempre, ele aborda a vida dos destituídos e explora a politização da linguagem. **CK**

Principais obras

Romances

The Busconductor Hines, 1984

A Chancer, 1985

A Disaffection, 1989

How Late It Was, How Late, 1994

Translated Accounts, 2001

You Have To Be Careful in the Land of the Free, 2004

Kieron Smith, Boy, 2008

Contos

An Old Pub Near the Angel, 1973

Not Not While the Giro, 1983

Greyhound for Breakfast, 1987

Peças

Hardie and Baird and Other Plays, 1991

"[Kelman] é o Coller King da prosa escocesa."
— Tim Adams, *The Observer*

1940–59

ACIMA: James Kelman fotografado em 1994.

PHILIP PULLMAN

Nascimento: 19 de outubro de 1946 (Norwich, Inglaterra).

Estilo e gênero: Pedagogo com um dom para histórias do outro mundo e outros mundos históricos. Sua série *Fronteiras do universo* despertou corações, mentes e a fúria católica.

Poucos personagens da literatura contemporânea são tão cativantes quanto Lyra Belacqua, a corajosa e inventiva heroína da série *Fronteiras do universo*, de Philip Pullman. A matéria-prima da trilogia é a jornada de Satã em *Paraíso perdido*, de Milton, que começa num mundo como o nosso, mas se desvia quando João Calvino se torna papa de um iluminismo teológico e lorde Asriel, sua figura satânica, surpreende os acadêmicos com a afirmação de que o Pó (prova material do pecado original) prova também que outro universo existe – e pode ser alcançado. Lyra, a sobrinha protegida de Asriel, segue o tio ao fim da Terra e alcança aquilo com que ele só poderia sonhar – entrar em outro universo para dar fim à Morte.

Chamada de Língua de Prata pelo Urso Blindado, que se elege seu protetor, Lyra encarna o que para Pullman é a mais elevada das vocações, a de contador de histórias – o que não quer dizer "fantasista". De fato, o narrador observa que Lyra, como todo bom mentiroso, é carente de imaginação. Em um momento triunfante, Lyra atormenta o Inferno contando às harpias guardiãs dos mortos histórias picantes sobre suas experiências no mundo material. É esse mundo sensorial e sensual que os romances de Pullmann trazem à vida, por meio de jovens personagens não apenas corajosos e leais, mas também pragmáticos e sofridos, convincentemente reais. Sally Lockhart, protagonista de uma série anterior ambientada numa Londres dickensiana, é uma órfã da Revolta Indiana de 1857, uma proto-Nova Mulher, objetiva e centrada, com talento para o trabalho de detetive e chefe de uma família alternativa. Tal como Lyra, ela aprende a abrir seu coração por meio das histórias que conta e ouve, convidando o leitor a fazer o mesmo. **SM**

"Os homens passam pelos nossos olhos como borboletas, criaturas de uma breve estação."

Principais obras

Ficção infantil

Um mistério de Sally Lockhart
- *Sally e a maldição do rubi*, 1985
- *The Shadow in the North*, 1986
- *The Tiger in the Well*,1991
- *The Tin Princess*, 1994

The White Mercedes, 1992 (republicado como *A borboleta tatuada*, 2001)

A filha do fabricante de fogos de artifício, 1995

Fronteiras do universo
- *A bússola dourada*, 1995
- *A faca sutil*, 1997
- *A luneta âmbar*, 2000

A Oxford de Lyra, 2003

1940–59

ACIMA: O criador de outros mundos Philip Pulllman fotografado em novembro de 2003.

ELFRIEDE JELINEK

Nascimento: 20 de outubro de 1946 (Mürzzuschlag, Áustria).

Estilo e gênero: Dramaturga e romancista polêmica que usa sátira mordaz e conteúdo chocante para criticar a opressão sexual e social da vida contemporânea.

Feminista de esquerda, politizada ao extremo, Jelinek tem sido uma pedra no sapato do conservadorismo austríaco. Houve até quem se enfurecesse com sua premiação com o Nobel de Literatura de 2004 e qualificasse seu romance *Lust* de pornográfico. Foi também acusada de traição por criticar os ministros direitistas do governo. Como pessoa, porém, Jelinek é contraditória: sensível, ansiosa e introvertida por um lado, belicosa e combativa por outro.

Seus alvos principais são a repressão patriarcal da mulher, a repressiva mentalidade austríaca (entre os católicos, principalmente), a retórica política vazia e o comercialismo crasso. Mas há também a violência e a discriminação – de classe, raça e nacionalidade, que associa ao passado nazista do país.

De família meio judia, Jelinek recebeu educação escolar e universitária em instituições religiosas. Estudou música quando criança no Conservatório de Viena, o que explica a musicalidade de sua prosa. Outras de suas qualidades literárias são a ironia ácida e o gosto pela linguagem experimental. Seus personagens são como cascas vazias num mundo brutalmente desconstruído, para o qual ela não indica soluções – diz apenas que sua linguagem oferece possibilidades de fuga da opressão, sem ditar o caminho a ser seguido. A personagem típica de Jelinek, cujo primeiro romance foi publicado em 1970, é a mulher escravizada ao ambiente doméstico, como a sadomasoquista Erika de *Die Klavierspielerin* (convertido em 2001 num filme polêmico), uma mulher madura que ainda mora com a mãe controladora. *Bambiland*, mescla de tragédia grega com reportagens da CNN sobre a guerra do Iraque, aborda a relação entre a política e a mídia. **AK**

"Não faço o que faço de bom grado, mas porque é preciso."

Principais obras

Romances

Wir sind Lockvögel Baby!, 1970

Die Liebhaberinnen, 1975

Die Ausgesperrten, 1980

Die Klavierspielerin, 1983

Lust, 1989

Peças

Was geschah, nachdem Nora ihren Mann verlassen hatte oder Stützen der Gesellschaften, 1980

Bambiland, 2003

ACIMA: Elfriede Jelinek em outubro de 1997.

PAUL AUSTER

Nascimento: 3 de fevereiro de 1947 (Newark, EUA).

Estilo e gênero: Autor conhecido pelos romances labirínticos de aparência enganosamente simples e histórias policiais existencialistas marcadas pela coincidência, pelo acaso e pelo inesperado.

Paul Auster remete seus leitores à estranheza essencial do ato de escrever. Seus personagens ora são personificações de outros personagens, ora representam aspectos de alguém que está ausente ou aquilo que não são, ora chamam-se "Paul Auster", ora escrevem ficções cujas tramas revelam mais sobre seu autor do que a sua própria narrativa, ora remetem à realidade do leitor. A ficção é usada para investigar a relação entre escritura e escritor. A percepção de que não temos acesso direto à realidade implica que o escritor está impedido de se conhecer verdadeiramente. E, por ser o escritor inerentemente "outro" em relação a si mesmo, em *Cidade de vidro* e *A invenção da solidão* a abordagem do eu desde o exterior possibilita uma forma mais íntima de autobiografia.

A ideia de Auster de que o ato de escrever está enraizado na luta tem origens biográficas e filosóficas. Em "White Spaces", aquilo que se esquiva de nós é o que "nos impele ao discurso" – escrever é o registro da luta para preencher a lacuna entre as palavras e os objetos que elas representam. Mas a carreira de Auster começou com anos de pobreza, quando escrever significava, em termos práticos, miséria voluntária. Egresso da pós-graduação em Columbia, Auster fazia biscates diversos para pagar as contas e escrevia no tempo livre. Morou um tempo em Paris, sustentando-se como tradutor. Tentou ganhar dinheiro criativamente com um romance policial, um romance pornográfico (felizmente abandonado), a invenção de um jogo de cartas e projetos de tradução, edição e *ghostwriting*. Os romances de Auster procuram romper a fronteira entre viver e escrever, assim revelando a incompatibilidade recíproca entre um e outro. **ER**

"Quem é você? Se você acha que sabe, por que continua mentindo a respeito?" – *Cidade de vidro*

Principais obras

Romances

A trilogia de Nova York

Cidade de vidro, 1985

Fantasmas, 1986

O quarto fechado, 1986

No país das últimas coisas, 1987

Noite do oráculo, 2003

Desvarios no Brooklyn, 2005

Homem no escuro, 2008

Ensaios

A invenção da solidão, 1982

A arte da fome, 1982

Roteiros

A música do acaso, 1993

Cortina de fumaça, 1995

ACIMA: Auster numa recepção literária em Nova York, em abril de 2005.

SALMAN RUSHDIE

Nascimento: Ahmed Salman Rushdie, 19 de junho de 1947 (Bombaim – atual Mumbai –, Índia).

Estilo e gênero: Autor que mescla lendas hindus, teologia islâmica e literatura clássica ocidental para "responder" ao Império Britânico e ao caos político por ele deixado.

Salman Rushdie cresceu na Caxemira. Embora a posse dessa região seja há muito motivo de violentas disputas entre a Índia e o Paquistão, Rushdie disse numa entrevista que se lembra dela como um lugar de tolerância religiosa.

Todos os escritos de Rushdie são marcados pelo desejo de transmitir ao mundo esse aspecto de sua terra natal. Suas combinações experimentais de diferentes símbolos, modos, dialetos e alusões são tentativas de construir uma nova experiência compartilhada num mundo que já não nos ajuda a distinguir entre nós mesmos e todos os demais. Rushdie é um porta-voz da transnacionalidade cuja ficção agitadamente experimental busca o tempo todo solapar as velhas dicotomias Oriente-Ocidente, pro-

Principais obras

Romances

Grimus, 1975

Os filhos da meia-noite, 1981

Vergonha, 1983

Os versos satânicos, 1988

O último suspiro do mouro, 1995

O chão que ela pisa, 1999

Shalimar, o equilibrista, 2005

Ficção infantil

Haroun e o mar de histórias, 1990

Não ficção

O sorriso do jaguar, 1987

Imaginary Homelands: Essays and Criticism 1981-1991, 1991

Cruze esta linha – Ensaios e artigos 1992-2002, 2002

ACIMA: Rushdie no Festival Internacional do Livro de Edimburgo, em 2005.

À DIREITA: Rushdie em sua casa em Londres, em 1988, tendo ao fundo um painel indiano.

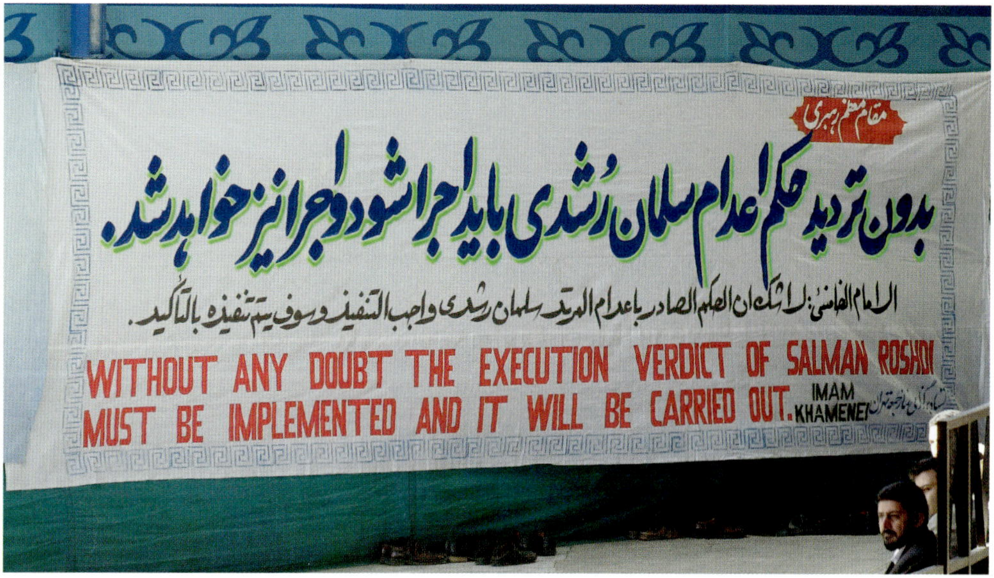

ACIMA: Uma faixa em Teerã, Irã, confirma a *fatwa* do aiatolá Khomeini em 1989.

gressismo-fundamentalismo, colonizado-colonizador, mostrando que ele mesmo, apesar de suas contradições, pode se reivindicar como modelo de um novo tipo de coerência.

Foi com *Os filhos da meia-noite*, seu segundo romance, que Rushdie começou a deixar sua marca indelével no mundo literário. Trata-se de uma alegoria sobre a independência da Índia que retoma, de forma inteligente, a narrativa de *Tristram Shandy*, de Sterne: os filhos da meia-noite do título são as 1.001 pessoas oficialmente nascidas na noite da independência da Índia, em 1947, cujos destinos estão intimamente ligados à nascente democracia. Rushdie também nasceu em 1947 e há vários elementos autobiográficos na história. Essa mescla de fontes contribui para dar aos leitores a sensação de que estão testemunhando o nascimento de um novo mundo de ficção. O romance ganhou o Prêmio Booker, e em 1993 foi homenageado com o "Booker dos Bookers" como o melhor ganhador dos 25 anos de existência do prêmio. *Vergonha*, seu romance seguinte, também lança mão

> "Ser caxemiriano era dar mais valor ao que tínhamos em comum do que ao que nos separava."

A *fatwa*

A conclamação do aiatolá Khomeini aos fiéis muçulmanos para matar Salman Rushdie pelo que se interpretava como a natureza blasfema de *Os versos satânicos* não foi uma ameaça vazia. Livrarias foram atacadas a bomba, efígies do autor foram queimadas e o tradutor do romance para o japonês foi morto a facadas. Um atentado a bomba do Hezbollah na Grã-Bretanha em 1989 parece ter sido um atentado contra a vida de Rushdie. Por causa dele, a Grã-Bretanha rompeu os laços diplomáticos com o Irã no mesmo ano. Por quase uma década Rushdie deixou de fazer aparições públicas e até hoje só viaja com um grande séquito de seguranças.

Como precondição britânica para reatar as relações diplomáticas, em 1998 o Irã recuou de sua posição. Embora a *fatwa* ainda seja válida e a vida de Rushdie corra perigo, a morte do escritor deixou de ser objetivo oficial do governo iraniano. Mesmo antes, Rushdie havia relaxado suas medidas de segurança, tendo participado de um quadro no programa *David Letterman* em 1995 (foi dito que a audiência de Letterman andava tão baixa que Rushdie achou que o programa era um bom lugar para se esconder). Rushdie chamou essa experiência de "licenciatura em inutilidade, minha absoluta inutilidade pessoal".

de meios surreais e fantasmagóricos para abordar seus temas-chave. Nele, a história do Paquistão é ficcionalizada como um drama de família num país de espelhos. *Os versos satânicos* é uma alegoria apocalíptica da batalha entre o bem e o mal, a fé e o fanatismo. *Haroun e o mar de histórias* surgiu como uma distração para a hora do banho do filho de Rushdie e acabou se transformando numa meditação sobre o papel do artista. *O chão que ela pisa* é o mito de Orfeu reinventado na vida dos astros de rock nascidos na Índia. Em *Shalimar, o equilibrista*, Rushdie retorna às questões políticas capitais com ânsia renovada em face da ameaça extremista contra o pluralismo vocal subjacente ao seu método narrativo e à sua política. Embora esses resumos transmitam algo da inventividade cômica que dá a esses romances seu apelo, vinculado a todos eles está o mesmo imperativo ético de respeito à diferença sem recurso à brutalidade e a mesma tristeza com o fato de tal imperativo raramente ser levado em consideração.

Versão ficcional de um episódio apócrifo da história muçulmana envolvendo o profeta Maomé, *Os versos satânicos* viria a ter importantes consequências políticas. Interpretado pela linha dura islâmica como sacrílego, deu margem a uma polêmica explosiva que culminou na expedição de uma *fatwa* do aiatolá Khomeini, do Irã, clamando pela morte de Rushdie.

Em parte em virtude do choque de civilizações suscitado por *Os versos satânicos*, Rushdie tornou-se um autêntico *superstar* literário, a tal ponto que se poderia razoavelmente perguntar se algum outro escritor vivo merece esse título. Rushdie tem usado esse status para criticar abertamente o islamismo militante e o envolvimento dos Estados Unidos no Oriente Médio, uma combinação de posições que o afasta de quase todo o mundo. Mas Rushdie não apenas sempre teve um pé de cada lado dessa "falha geológica" como tem tentado convencer os seus leitores a fazer o mesmo. **SY**

PAULO COELHO

Nascimento: 24 de agosto de 1947 (Rio de Janeiro, Brasil).

Estilo e gênero: Autor brasileiro que fala de iluminação espiritual e satisfação pessoal e prega a coragem de identificar e realizar os próprios sonhos.

Os livros de Paulo Coelho devem ser considerados no contexto de sua jornada pessoal de entendimento espiritual e autoaceitação. Embora não defenda nenhuma fé como sendo "a certa", seus livros têm um fundo religioso que mescla elementos de catolicismo, misticismo oriental e culto da Terra dos indígenas da América Latina.

Quando jovem, Coelho se rebelou contra a sua rígida educação jesuíta e o desejo da família de que estudasse engenharia, indo parar num hospital psiquiátrico. Mais tarde seguiu a trilha hippie que percorre o Peru, a Bolívia e o México e fez sucesso compondo músicas com Raul Seixas. Seus planos de fundar uma sociedade alternativa radical em Minas Gerais, considerados subversivos pela ditadura militar, o levaram à prisão e à tortura.

Em 1986, a experiência do caminho de Santiago o inspirou a escrever *A peregrinação*, livro em que celebra o extraordinário no cotidiano e sugere que significado e verdade devem ser buscados na simplicidade. As questões existenciais de *O alquimista*, conversas com "a criança interior de [sua] alma", calaram fundo no coração de milhões, transformando-o em best-seller internacional na década de 1990. A eleição de Coelho para a Academia Brasileira de Letras em 2002 foi motivo de polêmica. A despeito de sua imensa popularidade, Coelho teve sua obra criticada como mal escrita, abertamente dependente de fontes externas e mais próxima da autoajuda do que da literatura; outros, porém, a elogiaram por seu humanismo tocante e universal. Em prosa fluida, Coelho traz orientações e meditações para uma vida mais plena e feliz, convidando os leitores a se tornarem "guerreiros da luz" e assumirem suas jornadas espirituais, analisando menos e sentindo mais. **MK**

Principais obras

Romances

A peregrinação, 1987
O alquimista, 1988
O dom supremo, 1991
As Valkirias, 1992
Brida, 1993
Na margem do rio Piedra eu sentei e chorei, 1994
O monte Cinco, 1996
Veronika decide morrer, 1998
O demônio e a Srta. Prym, 2000
Onze minutos, 2003
O Zahir, 2005
A bruxa de Portobello, 2006

Antologias

O manual do guerreiro da luz, 1997
Ser como o rio que flui, 2006

"Quando estamos lá em cima, tudo parece muito pequeno."
— *O monte Cinco*

ACIMA: Paulo Coelho fotografado em agosto de 2003.

1940–59

STEPHEN KING

Nascimento: 21 de setembro de 1947 (Portland, EUA).

Estilo e gênero: Romancista que escreve, com ritmo frenético e suspense de arrepiar, sobre acontecimentos sobrenaturais em lugares sinistros envolvendo intrusos que buscam vingança.

Principais obras

Romances

Carrie, 1974
Salem's Lot, 1975
O iluminado, 1977
A dança da morte, 1978
A zona morta, 1979
Cujo, 1981
Christine, 1983
A coisa, 1986
Desespero, 1987
À espera de um milagre, 1996
A torre negra (série), 1982-2004

Contos

Tripulação de esqueletos, 1985

Bem-sucedido autor de mais de 50 romances, sinônimo do gênero terror, Stephen King sabe como ninguém explorar o medo de todo dia dos leitores com acontecimentos extraordinários em situações e ambientes ordinários.

Quando ainda era professor de inglês, King publicou seu primeiro romance, *Carrie*, história de uma universitária perseguida e atormentada que descobre ter poderes telecinéticos e os usa contra seus perseguidores – um estrondoso sucesso que lhe permitiu dedicar-se integralmente aos seus escritos. *Carrie* antecipou o tema de vários romances posteriores – a cidadezinha idílica assaltada por forças inexplicáveis. Em *Salem's Lot*, dois garotos de uma pequena cidade da Nova Inglaterra são aterrorizados por vampiros; no ciclópico *A coisa*, um monstruoso assassino de crianças espalha o medo em uma cidade fictícia do Maine.

Outro mote popular nos romances de King é o escritor como personagem principal. O violento e alcoólatra Jack Torrance, candidato a escritor de *O iluminado*, tem seu trabalho interrompido por espíritos malignos num hotel mal-assombrado, perdendo gradualmente a sanidade e a vida. *Desespero* conta a sinistra história do romancista Paul Sheldon, salvo de um acidente de carro por sua fã número um, Annie Wilkes, que o sequestra e obriga, mediante tortura, a escrever um livro. King mergulha também nos gêneros fantasia e ficção científica, especialmente em *À espera de um milagre*, série de seis volumes ambientada no corredor da morte de uma penitenciária na década de 1930, e *A torre negra*, série de sete livros sobre as aventuras do Gunslinger, que habita um mundo desolado paralelo ao nosso. Em 2003, King ganhou a Medalha da Fundação Nacional do Livro por Relevante Contribuição às Letras Norte-Americanas. **SG**

> "Só inimigos dizem a verdade; amigos e amantes mentem, presos na teia da obrigação."

ACIMA: Stephen King no Festival de Cinema de Sundance, em 2006.

DAVID MAMET

Nascimento: 30 de novembro de 1947 (Chicago, EUA).

Estilo e gênero: Dramaturgo famoso pelos diálogos aforísticos que vão do direto ao barroco, do poético ao grosseiro, e por um teatro de incrível vitalidade linguística e personificações altamente estilizadas.

Um dos mais celebrados e prolíficos dramaturgos americanos, David Mamet é também um de seus mais duros críticos. Suas peças retratam, com detalhes repugnantes, as consequências da degradação social generalizada. Suas mais memoráveis criações – Ricky Roma, de *Glengarry Glen Ross*; Don Dubrow, Bobby e Teach, de *American Buffalo*; Bernie, de *Sexual Perversity in Chicago* – vivem numa América superficial e fajuta onde o princípio fundacional da oportunidade pessoal converteu-se em licença para o egoísmo. Dessa corrupção da identidade nacional fluem todas as perversões sexuais, econômicas e políticas que vêm à tona em suas peças.

Embora às vezes se diga que as obras de Mamet não observam suficientemente os requisitos da trama convencional, muitos de seus melhores trabalhos contêm no subtexto um claro padrão de degeneração coletiva em que os limites críticos da alienação social (o capitalismo ruidosamente amoral de *Glengarry Glen Ross*, por exemplo) conduzem a uma visão local e pessoal de tragédia. Mamet povoa seu palco de pechincheiros, espertalhões e pequenos escroques unidos pela paixão por vender, o que sempre equivale a vender alguma individualidade.

Mamet cria personagens com os quais é difícil nos identificarmos, até insuportáveis moralmente falando, mas transbordantes de vitalidade linguística. O público costuma elogiar o "realismo" de seus ritmos urbanos, mas suas falas resultam de personificações rigorosamente controladas e estilizadas. Sua linguagem é de uma beleza inebriante. Mamet é dado a crises periódicas de depressão em face da corrupção moral, intelectual e até física de sua sociedade – mas nunca o declínio de um império foi tão divertido. **IW**

"Toda reafirmação da ideia de que nada importa rebaixa o espírito humano."

Principais obras

Peças

The Duck Variations, 1972

Sexual Perversity in Chicago, 1974

American Buffalo, 1977

The Woods, 1977

Edmond, 1982

Glengarry Glen Ross, 1983

The Shawl, 1985

Speed-the-Plow, 1988

Oleanna, 1992

The Cryptogram, 1994

Não ficção

Writing in Restaurants, 1986

A Whore's Profession: Notes and Essays, 1994

On Acting, 1999

ACIMA: Davit Mamet fotografado em Veneza, *c.*2001.

JAMES ELLROY

Nascimento: Lee Earl Ellroy, 4 de março de 1948 (Los Angeles, EUA).

Estilo e gênero: Escritor de romances policiais "durões" cujas tramas bizantinas, personagens desesperados e sintaxe abreviada fazem Raymond Chandler parecer Henry James.

Principais obras

Romances

L. A. Quartet

Dália negra, 1987

O grande deserto, 1988

Los Angeles, cidade proibida, 1990

Jazz branco, 1992

Trilogia do submundo americano

Tabloide americano, 1995

6 mil em espécie, 2001

Blood's a Rover, 2008

Contos

Noturnos de Hollywood, 1994

Onda de crimes, 1999

Autobiografia

Meus lugares escuros, 1996

Poder-se-ia dizer que *Meus lugares escuros* é a autobiografia mais "durona" jamais escrita. Ela descreve com detalhes dolorosos o sensacional assassinato da própria mãe de James Ellroy quando ele tinha 10 anos, a sua adolescência difícil sob a guarda de um pai irresponsável e o preço dessas experiências na sua vida adulta – vícios típicos (drogas, álcool), atípicos (invasões de domicílio) e, felizmente para seus leitores, formativos (romances policiais).

Ellroy já era um escritor estabelecido quando se voltou para um tema caro ao seu coração: o assassinato da chamada "Dália Negra", uma desconhecida atriz de Hollywood cujo corpo foi encontrado mais ou menos na mesma época do assassinato de sua mãe. O relato ficcionalizado desse assassinato foi o primeiro da série literária pela qual Ellroy é mais conhecido, *L. A. Quartet*, quatro romances passados na Los Angeles da década de 1950 cujos personagens e tramas se superpõem a cada livro. As entranhas da Cidade dos Anjos emergem de pequenos detalhes sucintamente esboçados, sem jamais repisar o território já mapeado por Raymond Chandler, Nathaniel West e outros. Ellroy conhece perfeitamente a sua cidade, evocando sem qualquer exagero o poder político e o racismo brutal que caracterizaram a sua polícia nas décadas de 1950 e 1960.

"Sou um mestre da ficção. Sou também o maior escritor de romances policiais que já existiu."

Os romances seguintes de Ellroy trazem essa mentalidade brutalmente oportunista ao cenário nacional na abordagem ficcional do assassinato de Kennedy e suas sequelas. Se algo se perde quando Ellroy se afasta da intimidade de Los Angeles, muito se ganha com o ápice de seu poder narrativo, capaz de resolver, como num passe de mágica, dezenas de personagens e tramas paralelas. **SY**

ACIMA: O escritor de romances policiais James Ellroy, em setembro de 2006.

IAN McEWAN

Nascimento: 21 de junho de 1948 (Aldershot, Inglaterra).

Estilo e gênero: Autor de romances de realismo psicológico impiedoso, com rigor de detalhes e clima ameaçador, ambientados em cenas históricas e com especial interesse na relação entre os sexos.

Os romances e os contos de Ian McEwan são famosos pelos intensos retratos psicológicos de protagonistas colocados em circunstâncias extraordinárias – violentas e/ou românticas – que perturbam a percepção que eles têm de si mesmos e da própria realidade. Suas histórias exploram o tema da escolha ética, as decisões difíceis em si mesmas e a pergunta decorrente: como conviver com isso? A resposta vem muitas vezes associada ao que um crítico descreveu apropriadamente como a "arte do desconforto".

A obra de McEwan pode ser dividida em duas partes. Seus sombrios e claustrofóbicos romances iniciais, frequentados por incestos, assassinatos e sadomasoquismo, lhe renderam o apelido de "Ian Macabro". *O jardim de cimento* é sobre três crianças que decidem enterrar no porão a mãe morta para não serem levadas para o orfanato. Em *Ao deus-dará*, um casal inglês de férias em Veneza cai sob o feitiço de um carismático local que põe em risco não só o seu bem-estar como as suas vidas.

Os romances seguintes parecem refletir uma mudança no estado de espírito de McEwan, talvez porque, como ele mesmo disse, depois de ter filhos "você, gostando ou não, passa a ter um interesse especial no sucesso do projeto humano". Desde então seus trabalhos têm como pano de fundo acontecimentos históricos: as sequelas da Segunda Guerra Mundial em *O inocente* e *Cães negros*; uma Inglaterra thatcheriana apenas levemente exagerada em *A criança no tempo*; a sombra do terrorismo em *Sábado*. O leque temático e temporal de *Reparação*, seu romance mais ambicioso e desafiador, vai de uma abastada família inglesa do pré-guerra à Londres de 1999 passando pela desastrosa retirada de Dunquerque, em 1940. **CQ**

"É preciso ter a coragem de assumir o próprio pessimismo."
— Ian McEwan, *Guardian*, 1983

Principais obras

Romances

O jardim de cimento, 1978
Ao deus-dará, 1981
A criança no tempo, 1987
O inocente, 1990
Cães negros, 1992
Amor para sempre, 1997
Amsterdam, 1998
Reparação, 2001
Sábado, 2005

Contos

Primeiro amor, último sacramento, 1975
Entre lençóis, 1978

Novela

Na praia, 2007

ACIMA: Ian McEwan em 2007, ano da publicação de *Na praia*.

PASCAL QUIGNARD

Nascimento: 23 de abril de 1948 (Verneuil-sur-Arve, França).

Estilo e gênero: Romancista famoso pela abordagem erudita e iconoclasta da ficção, pela experimentação com estilos narrativos e pela incorporação de outras disciplinas em seus escritos.

Pascal Quignard é conceituado em seu país por uma obra ambiciosa e distintiva que segue livremente a tradição de escritores-filósofos como Bataille e Blanchot. Ele almeja uma literatura "livre de gênero" – não no sentido de criar um gênero novo, ou híbrido, mas de instigar o diálogo, envolvendo colaboração e competição, entre a invenção ficcional e o pensamento crítico (da antropologia à psicanálise e além). Quignard ganhou vários prêmios importantes, como o Gouncourt de 2002 com *Les Ombres errantes*, mas é provavelmente mais conhecido por *Todas as manhãs do mundo*, sobre o violista e compositor do século XVII Marin Marais, levado às telas no começo da década de 1990.

Quignard tem seguido uma ilustre e variada carreira de filósofo, professor, músico e musicólogo, tradutor (latim, grego e chinês) e editor. Esses diversos interesses integram o escopo e a forma de sua obra, uma característica mistura de elementos de ficção, teoria, diário, sonho, poesia, ensaio, citação e aforismo. Seus romances são não convencionais em sua estrutura narrativa e multivocalidade. Tal como boa parte de sua obra, *Les Ombres errantes* é construído sobre o princípio da fragmentação – uma série de esboços ou extratos narrativos sem começo nem fim. Quignard o descreveu como "uma sequência de começos de romances, histórias, paisagens e fragmentos autobiográficos". Ainda que possa desagradar alguns leitores, Quignard atribui a esse enfoque um lugar central em seu projeto: "Eu procuro escrever uma sucessão de cenas sem conexão de modo a não interpretar para o leitor... Os fragmentos da vida são sempre mais emocionantes." **ST**

"Experimentar como pensamento algo que está em busca de expressão." – *Les Ombres errantes*

Principais obras

Romances

Carus, 1979

O salão de Wurttemberg, 1986

Une gêne technique à l'égard des fragments, 1986

Les Escaliers de Chambord, 1989

Todas as manhãs do mundo, 1991

Le Sexe et l'effroi, 1994

Ódio à música, 1996

Les Ombres errantes, 2002

ACIMA: Além de romancista, Quignard é musicólogo e filósofo. Foto de 1989.

1940–59

PATRICK SÜSKIND

Nascimento: 26 de março de 1949 (Ambach am Starnberger See, Alemanha).

Estilo e gênero: Romancista, dramaturgo, ensaísta e roteirista conhecido por seus peculiares contos existenciais de obsessão e absurdo, cenários bizarros e personagens solitários.

Pouco se sabe sobre a vida privada de Patrick Süskind, dado que ele se recusa a dar entrevistas e aparecer em público. Sabe-se, porém, que seu pai era jornalista, tradição que ele manteve, escrevendo roteiros cinematográficos e uma peça, *O contrabaixo*, muito popular nos palcos alemães.

A obra que projetou Süskind para a fama foi o romance *O perfume* – parte thriller, parte conto da roupa nova do imperador –, levado às telas em 2006. Ambientado na França do século XVIII, ele conta a história de Jean-Baptiste Grenouille, um misantropo desajustado que não tem nenhum odor corporal, mas um olfato poderoso que lhe permite criar perfumes de grande sucesso. Sua obsessão de criar o aroma perfeito o leva a um território obscuro. Com suas poderosas descrições de odores de pessoas, objetos e lugares – o fedor do mercado, as estonteantes fragrâncias das flores, o aroma sedutor de uma jovem –, Süskind desperta a consciência olfativa dos leitores a ponto de deixá-los dias a fio a farejar o ambiente ao seu redor.

A obra de maior sucesso de Süskind desde então foi a novela *A pomba*, que leva o leitor a um mundo kafkiano tingido de terror gótico contemporâneo. Dessa vez o protagonista é o segurança de banco Jonathan Noel, cuja existência solitária e metódica é rompida quando uma pomba vem se abrigar em sua casa. A capacidade que tem Süskind de criar cenários bizarros habitados por personagens solitários e obsessivos torna irresistível a sua leitura. Por conta, talvez, do senso de absurdo, suas narrativas têm sido associadas ao realismo mágico, embora pertençam à tradição existencialista na busca de seus protagonistas por significado, propósito e importância. **CK**

> "Ele não tem cheiro algum. Está possuído pelo demônio."
> — *O perfume*

Principais obras

Romances

O perfume: a história de um assassino, 1985

A história do Sr. Sommer, 1991

Um combate e outros relatos, 1995

Peça

O contrabaixo, 1981

Novela

A pomba, 1987

ACIMA: Süskind com olhar pensativo numa fotografia não datada.

1940–59

HARUKI MURAKAMI

Nascimento: 12 de janeiro de 1949 (Kioto, Japão).

Estilo e gênero: Mescla de prosa coloquial, narrativa sinuosa e pendor para o bizarro, os romances e os contos desse ex-proprietário de jazz club têm sido associados a tendências tão diversas quanto o realismo mágico e o ciberpunk.

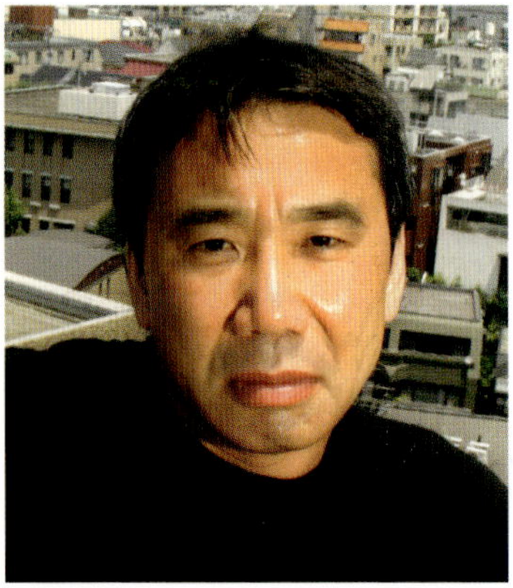

ACIMA: Murakami fotografado numa cobertura de Tóquio, em abril de 2004.

Principais obras

Romances

Caçando carneiros, 1982

Hard-Boiled Wonderland and the End of the World, 1985

Norwegian Wood, 1988

South of the Border, East of the Sun, 1992

The Wind-up Bird Chronicle, 1995

Minha querida Sputnik, 1999

Kafka à beira-mar, 2002

Conto

The Elephant Vanishes, 1985

Não ficção

Underground: The Tokio Gas Attack and the Japanese Psyche, 2000

Não surpreende que Haruki Murakami tenha se tornado escritor por impulso no auge dos seus 30 anos. Ele assistia a uma partida da equipe japonesa de beisebol Yakult Swallows quando o jogador americano Dave Hilton acertou um duplo. Num estalo, Murakami percebeu que poderia escrever um romance. Foi para casa e começou naquela mesma noite. Um ano depois, seu primeiro livro era publicado.

A história tem um desenvolvimento imprevisto, do tipo que atrai os leitores ao mundo de Murakami. Objetos e acontecimentos aparentemente prosaicos assumem uma importância extraordinária: a marca de nascença em forma de estrela do carneiro do título em *Caçando carneiros*; a garrafa de Cutty Sark que tem algo a ver com projeção astral em *The Wind-up Bird Chronicle*. Embora contenham reflexões sobre a cultura pop ocidental e o choque entre tradição e pós-modernidade no Japão, os romances de Murakami não são em geral "sobre" o Japão em nenhum sentido particular; seus personagens são reconhecíveis por qualquer habitante do mundo desenvolvido. Do mais realista (*Norwegian Wood*) ao mais especulativo (*Hard-Boiled Wonderland and the End of the World*), o tema dominante em seus romances é a ausência; mas, seja de uma mulher, de uma lembrança ou de uma ovelha, fica sempre a impressão de que o que está ausente não foi perdido – na verdade, nunca se apresentou.

Underground: The Tokio Gas Attack and the Japanese Psyche é a sua reflexão mais explícita sobre a cultura japonesa, como deixa claro o título. Mas a forma como ele descreve o ataque do culto Aum Shinrikyo com gás sarin no metrô de Tóquio, em 1995, é também marcante: Murakami deixa que suas entrevistas com os membros do culto e os sobreviventes do ataque falem por si mesmas. A complexa pluralidade de vozes que emerge desse enfoque simples é emblemática daquilo que há de melhor também em sua ficção: em vez de assumir o controle, Murakami se senta para ver aonde a história irá levá-lo. **SY**

MARTIN AMIS

Nascimento: 25 de agosto de 1949 (Oxford, Inglaterra).

Estilo e gênero: Romancista e crítico muito polêmico e imitado que reflete, com um estilo vertiginoso e extravagante, sobre a masculinidade e a violência, pessoal e política.

Aos 24 anos, Martin Amis publicou *The Rachel Papers*, que já evidenciava uma sagacidade precoce e uma desenvoltura para tratar de temas sexuais. A extraordinária trilogia sobre o submundo e o consumo na Londres moderna (*Grana*, *Campos de Londres* e *A informação*) foi seguida do registro da crise de meia-idade em *Experience*, uma reflexão sobre a morte do pai e a perda da própria inocência. A isso, seguiu-se a fase de comentarista político pós-11 de Setembro, marcada por sua participação ativa em colunas jornalísticas. Mesmo escrevendo sobre o Holocausto (*A seta do tempo*) e os *gulags* (*House of Meetings*), Amis não reprime suas inovações linguísticas. É considerado por muitos o maior criador de personagens desde Charles Dickens. **MS**

Principais obras

Romances

The Rachel papers, 1973

Dead Babies, 1975

Grana, 1984

Campos de Londres, 1989

A seta do tempo, ou A natureza do delito, 1991

A informação, 1995

Trem noturno, 1997

Yellow Dog, 2003

House of Meetings, 2006

Não ficção

Visiting Mrs. Nabokov: And Others Excursions, 1993

Experience, 2000

The War Against Cliché, 2001

PEDRO JUAN GUTIÉRREZ

Nascimento: 27 de janeiro de 1950 (Matanzas, Cuba).

Estilo e gênero: Escritor, artista plástico e jornalista, autor de romances semiautobiográficos estrelados por seu alter ego Pedro Juan, mestre do realismo sujo focado na vida da Havana contemporânea.

Pedro Juan Gutiérrez escreve histórias impregnadas de sexo, rum, pobreza e hedonismo em uma Havana decrépita (não por acaso, sua obra tem sido comparada à de Charles Bukowski). Seu primeiro livro, com fortes tons autobiográficos e proibido em Cuba, *Trilogia suja de Havana*, narra as desventuras de seu alter ego Pedro Juan, envolvido em situações que desembocam invariavelmente em violência ou em sexo. Já *Animal tropical* apresenta Pedro Juan na Suécia, onde é assombrado pelas lembranças de Gloria, sua amante. Em *O insaciável homem-aranha*, Pedro Juan, agora com 50 anos e casado com Julia, enfrenta uma séria crise conjugal. Apesar das sombrias descrições da vida cotidiana da ilha, a obra de Gutiérrez evidencia sua paixão pelo país e por sua cultura. **HJ**

Principais obras

Romances

Trilogia suja de Havana, 2001

Animal tropical, 2002

O insaciável homem-aranha, 2005

JAVIER MARÍAS

Nascimento: 20 de setembro de 1951 (Madri, Espanha).

Estilo e gênero: Autor de complexos romances de intriga, amor, família, espionagem, violência, mistério e imaginação, com crescente reconhecimento popular e literário na Espanha e no mundo.

Pouco antes do nascimento de Javier Marías, o seu pai aceitou um cargo no Wellesley College, Estados Unidos. A exposição precoce à cultura americana resultou em fascínio pela literatura inglesa e fama como tradutor literário, interesse que se manifesta em sua obra – todos os seus protagonistas-narradores são tradutores ou intérpretes que nunca se identificam totalmente nem revelam suas identidades. Marías valoriza o ato de escolher uma palavra ou expressão em vez de outra para captar da maneira mais autêntica e honesta possível o significado do original. Essa escolha, bem como o espaço que existe entre duas opções, é o ponto de destaque de alguns de seus melhores trabalhos. **REM**

Principais obras

Romances

O homem sentimental, 1986
Todas as almas, 1989
Coração tão branco, 1992
Vidas escritas, 1992
Amanhã, na batalha, pensa em mim, 1994
Quando fui mortal, 1996
Negro dorso do tempo, 1998
Seu rosto amanhã
 Febre e lança, 2002
 Dança e sonho, 2004
 Veneno y sombra y adiós, 2007

ORHAN PAMUK

Nascimento: Ferit Orhan Pamuk, 7 de junho de 1952 (Istambul, Turquia).

Estilo e gênero: Escritor de vanguarda que examina, em suas primeiras obras mais naturalísticas como nas posteriores pós-modernas, os problemas do modo de vida ocidental num país não ocidental.

Ganhador do Prêmio Nobel de Literatura de 2006, Orhan Pamuk é reconhecido internacionalmente, mas sua obra jamais perdeu o caráter turco. Seus romances mesclam mistério, fantasia e discussões filosóficas, e têm como tema central o processo de ocidentalização da Turquia e os choques culturais dele decorrentes. Pamuk é um irresistível contador de histórias, capaz de construir narrativas complexas com um distanciamento quase irônico. Embora não se considere um escritor político, Pamuk ficou conhecido por sua crítica aberta ao Estado, especialmente no campo dos direitos humanos. Ao condenar a *fatwa* contra Salman Rushdie, despertou a ira dos ultranacionalistas turcos. **JSD**

Principais obras

Romances

Cevdet Bey and His Sons, 1982
The Silent House, 1983
O castelo branco, 1985
O livro negro, 1990
The New Life, 1995
Meu nome é vermelho, 1998
Neve, 2002

Roteiro

Secret Face, 1992

Ensaio

Other Colors, 1999

Memórias

Istambul: memória e cidade, 2003

ROBERTO BOLAÑO

Nascimento: 28 de abril de 1953 (Santiago, Chile). Morte: 15 de julho de 2003 (Barcelona, Espanha).

Estilo e gênero: Escritor chileno cujos romances do ausente e do esquecido mesclam, com selvagem ironia, as letras de Jim Morrison com o jargão modernista de James Joyce.

Em 1974, Bolaño ajudou a fundar os infrarrealistas, grupo de provocadores punk-surrealistas conhecido por se infiltrar em leituras de poesia "burguesa" para declamar seus próprios versos. De 1993 até sua morte, publicou uma série de obras inovadoras e intensas sobre o que chamava de "astronautas em planetas perdidos sem escapatória possível". Entre elas, *Literatura nazi en América*, uma enciclopédia de autores fictícios; *Estrella distante*, biografia de um poetastro e assassino fascista; e *Noturno do Chile*, confissão de um padre poeta, colaborador de Pinochet. Mas sua obra mais notável é, provavelmente, *Os detetives selvagens*, épico antilírico sobre dois poetas que buscam um poeta perdido e acabam ele próprios se perdendo. **CH**

Principais obras

Romances

Literatura nazi en América, 1996

Os detetives selvagens, 1998

2666, 2004

Novelas

Estrella distante, 1996

Noturno do Chile, 2000

KAZUO ISHIGURO

Nascimento: 8 de novembro de 1954 (Nagasaki, Japão).

Estilo e gênero: Romancista anglo-nipônico que aborda o poder do inconsciente e questões de ética pessoal e trauma histórico com enredos intricados e elípticos e uma prosa escrupulosamente clara.

Os narradores de Kazuo Ishiguro têm algo em comum: são escravos de suas lembranças, desejosos de tornar palatáveis para si mesmos as histórias de suas vidas. Seus primeiros romances, *Uma pálida visão dos montes* e *Um artista do mundo flutuante*, reformulam questões de ética pessoal em face ao trauma histórico (as bombas de Nagasaki e Hiroshima, respectivamente). O seguinte – *Vestígios do dia*, vencedor do Prêmio Booker – conta a melancólica história de Stevens, um mordomo-chefe de idade avançada que viaja pelo interior da Inglaterra. O compromisso de Ishiguro com a inovação narrativa transparece em seus romances seguintes, nos quais uma lógica surreal sugere o poder do irracional em nossas vidas. **CQ**

Principais obras

Romances

Uma pálida visão dos montes, 1982

Um artista do mundo flutuante, 1986

Vestígios do dia, 1989

O desconsolado, 1995

Quando éramos órfãos, 2000

Não me abandone jamais, 2005

Roteiros

The Saddest Music in the World, 2003

The White Countess, 2005

WILL SELF

Nascimento: 26 de setembro de 1961 (Londres, Inglaterra).

Estilo e gênero: Romancista, contista, blogger e jornalista que escreve sátiras grotescas, ruidosas e modernas, tão engraçadas quanto cortantes, com uma prosa maníaca e grande vitalidade intelectual.

Principais obras

Romances

Cock & Bull – Histórias para boi dormir, 1992
Minha ideia de diversão, 1993
Os grandes símios, 1997
Como vivem os mortos, 2000
Dorian, an Imitation, 2002
O livro de Dave, 2006

Contos

The Quantity Theory of Insanity, 1991
Grey Area, 1994
Tough, Tough Toys for Tough, Tough Boys, 1998
Dr. Mukti and Other Tales of Woe, 2004

Não ficção

Feeding Frenzy, 2001
Psycogeography, 2007

Will Self é onipresente na Inglaterra: é autor de artigos de jornal, romances, introduções críticas e manuais de psicogeografia. Sua carreira decolou em 1991 com *The Quantity Theory of Insanity*, uma coletânea de contos elogiada por críticos e leitores. Em 1997, lançou *Os grandes símios*, sua obra mais celebrada até o momento, uma sátira feroz da arrogância e da estupidez humanas. Desde que parou de usar drogas, por volta do fim da década de 1990, a produção de Self cresceu bastante. Além de publicar vários romances e obras de não ficção, o autor vem construindo uma notória e lucrativa carreira na mídia. Mais do que tudo, Self tornou-se um cronista de Londres, investigando e escrevendo sobre a cidade onde mora. **PS**

J. K. ROWLING

Nascimento: Joanne Rowling, 31 de julho de 1965 (Yate, Inglaterra).

Estilo e gênero: Criadora da série de ficção de maior sucesso de todos os tempos, seus romances repletos de humor, aventura e alusões clássicas falam de família, amizade e identidade e da natureza do bem e do mal.

Principais obras

Romances

Harry Potter e a pedra filosofal, 1997
Harry Potter e a câmara secreta, 1998
Harry Potter e o prisioneiro de Azkaban, 1999
Harry Potter e o cálice de fogo, 2000
Harry Potter e a Ordem da Fênix, 2003
Harry Potter e o enigma do príncipe, 2005
Harry Potter e as relíquias da morte, 2007

Contos

Fantastic Beasts and Where to Find Them, 2001
Quadribol através dos séculos, 2001
Contos de Beedle, o Bardo, 2007

Quando lemos a seção autobiográfica do site de J. K. Rowling, percebemos que diversos momentos decisivos de sua vida envolveram trens. A própria ideia da série sobre o menino mágico Harry Potter lhe ocorreu numa viagem de trem. A imagem de Rowling rascunhando seu primeiro romance num café de Edimburgo entrou para a mitologia moderna tanto quanto a King's Cross 9¾, plataforma de embarque do Expresso de Hogwarts. Esse trem levou Potter e uma geração inteira de leitores a uma década marcada por sete obras épicas, festejadas e menosprezadas em igual medida. É cedo para saber se Potter e companhia resistirão ao tempo como a Alice de Lewis Carroll, mas é indiscutível que a série de Rowling inaugurou uma nova era da ficção infantil, popularizando o hábito da leitura. **SM**

GRANDES ESCRITORES BRASILEIROS

A edição original inglesa de *501 grandes escritores* inclui apenas três nomes brasileiros: Machado de Assis, Jorge Amado e Paulo Coelho. Para dar maior peso à literatura brasileira, incluímos, nesta edição, outros 24 autores. Não foi uma escolha fácil.

A literatura não suporta aferições, ou estatísticas. Toda seleção de livros e de autores é, em grande parte, arbitrária. Ao lado de fatores objetivos como o sucesso e o prestígio intelectual, pesam os fatores subjetivos, inerentes a qualquer leitura.

Para diminuir os efeitos dessa inevitável visada pessoal, adotamos alguns critérios. O prestígio, que se reflete na fortuna intelectual, na concessão de grandes prêmios e na recepção crítica. A originalidade da obra, que se evidencia em sua força de ruptura com os padrões vigentes e na afirmação de um estilo. A influência intelectual, isto é, a capacidade de gerar discípulos e dissidentes.

Muitas restrições podem ser feitas à lista dos nomes incluídos, sobretudo às inevitáveis ausências. Mas é na arte das escolhas que uma literatura se constitui.

EUCLIDES DA CUNHA

Principais obras

Romance

Os sertões, 1902

Não ficção

Contrastes e confrontos, 1907

À margem da história, 1909

Nascimento: Euclides Rodrigues Pimenta da Cunha, 20 de janeiro de 1866 (Cantagalo, Brasil). Morte: 15 de agosto de 1909 (Rio de Janeiro, Brasil).

Estilo e gênero: Apaixonado pelos problemas de seu tempo, adota um estilo radicalmente objetivo, sempre em intensa conexão com o sofrimento humano.

De formação positivista, Euclides da Cunha aproximou a literatura da história. Em contraste com a tradição beletrista do século XIX, adotou uma linguagem seca e substantiva, a meio caminho entre a literatura e a sociologia. O gosto pela ciência naturalista é, porém, temperado pela paixão. O caráter rebelde se evidenciou aos 22 anos, quando foi expulso da Escola Militar. Como correspondente de *O Estado de S. Paulo*, Euclides acompanhou a Guerra de Canudos — o dramático conflito entre as tropas da República e o movimento político-religioso de Antonio Conselheiro. Da experiência resultou o célebre *Os sertões*, de 1902, livro que inaugura o modernismo no Brasil. Foi eleito membro da Academia Brasileira de Letras em 1903. Morreu assassinado por Dilermando de Assis, amante de sua esposa. **JC**

LIMA BARRETO

Principais obras

Romances

Recordações do escrivão Isaías Caminha, 1909

Triste fim de Policarpo Quaresma, 1915

Os Bruzundangas, 1923

Contos

O homem que sabia javanês e outros contos, 1911

Nascimento: Afonso Henriques de Lima Barreto, 13 de maio de 1881 (Rio de Janeiro, Brasil). Morte: 1º de novembro de 1922 (Rio de Janeiro, Brasil).

Estilo e gênero: Mais importante cronista da vida carioca durante a República Velha e autor de romances de forte crítica social; influenciou os modernistas de 1922.

Sua obra é inseparável de seu tempo. Mulato e marginal em um Brasil que acabara de abolir a escravidão, conviveu desde cedo com os internos da Colônia dos Alienados, onde o pai (que depois enlouqueceria) trabalhava. Passou a sofrer de distúrbios mentais, que não o impediram, porém, de colaborar com a imprensa, como repórter e cronista de prestígio. Sua obra, desprezada por muitos intelectuais, retrata os costumes e as misérias do homem comum numa linguagem coloquial. Foi simpatizante do anarquismo e criticou o ufanismo e o nacionalismo. Seu livro mais importante, *Triste fim de Policarpo Quaresma*, saiu na forma de folhetim no *Jornal do Commercio*. O alcoolismo agravou seus problemas psíquicos, levando-o a sucessivas internações no Hospício Nacional, no Rio de Janeiro. **JC**

MONTEIRO LOBATO

Nascimento: José Bento Monteiro Lobato, 18 de abril de 1882 (Taubaté, Brasil). Morte: 4 de julho de 1948 (São Paulo, Brasil).

Estilo e gênero: Inventou a literatura infantojuvenil brasileira. Suas narrativas e seus ensaios para adultos se caracterizam pelo engajamento nas grandes questões nacionais.

Monteiro Lobato foi o inventor da moderna literatura infantojuvenil brasileira e seu autor mais importante. Por meio de personagens carismáticos, como Narizinho, Emília, Dona Benta e o Visconde de Sabugosa — habitantes do lendário Sítio do Pica-Pau Amarelo –, traçou um delicioso retrato do homem brasileiro. Suas narrativas mesclam a imaginação exuberante com a observação minuciosa da vida interiorana, além de conter lições de história.

Formado em Direito, comprou, em 1918, a *Revista do Brasil*, que transformaria em instrumento da causa nacionalista. Fundou, depois, a primeira editora brasileira, a Monteiro Lobato & Cia., e, em 1925, a Companhia Editora Nacional.

Emília, sua personagem mais célebre, esperta e irônica, lhe serve como poderoso instrumento de crítica sutil à realidade. Há uma delicada pedagogia em suas narrativas para crianças, o que, no entanto, não lhes tira o encanto e a simplicidade.

Em 1927, tornou-se adido comercial nos Estados Unidos. Dois anos depois, perdeu dinheiro na Quebra da Bolsa de Nova York e, de volta ao Brasil, se engajou na campanha do petróleo, luta que lhe trouxe muitos inimigos. Tornou-se um entusiasmado difusor dos princípios nacionalistas, escrevendo vários artigos para a imprensa. Para Lobato, a literatura foi sempre um instrumento de transformação do mundo. O governo Vargas recolheu *O escândalo do petróleo*, balanço de sua participação na política. Em 1941, passou três meses nas prisões do Estado Novo.

Monteiro Lobato foi um modernista marginal: sua ligação com os participantes do movimento de 1922 se deu menos no campo das ideias e mais nas lutas concretas. Aproximou-se do Partido Comunista Brasileiro, mas não se filiou a ele. Não aceitou uma vaga na Academia Brasileira de Letras nem um posto no governo Vargas. Foi um entusiasmado autor de cartas: sua longa correspondência com Godofredo Rangel está reunida em *A barca de Gleyre*. **JC**

Principais obras

Contos

Urupês, 1918

Ideias de Jeca Tatu, 1919

Ficção infantil

A menina do narizinho arrebitado, 1920

O pica-pau amarelo, 1939

A chave do tamanho, 1942

Não ficção

O escândalo do petróleo, 1936

ACIMA: Monteiro Lobato, fotografado por volta de 1945.

MANUEL BANDEIRA

Nascimento: Manuel Carneiro de Souza Bandeira Filho, 19 de abril de 1886 (Recife, Brasil). Morte: 13 de outubro de 1968 (Rio de Janeiro, Brasil).

Estilo e gênero: Poeta lírico, cujos versos se definem pela delicadeza; escritos em linguagem coloquial, têm como objeto os sentimentos do cotidiano.

A poesia de Manuel Bandeira é uma luta constante para aproximar literatura e vida. Ele pretendia ser arquiteto quando, em 1908, adoeceu do pulmão. Obrigado a abandonar os estudos, a literatura — que praticava em estilo simples e delicado — passou a ocupar o centro de sua existência.

Em 1913, internado no sanatório de Cladavel, na Suíça, se aproximou dos poetas Paul Éluard e Charles Picker, com quem dividiu a mesma enfermaria. Em 1914, a guerra o trouxe de volta ao Brasil. Três anos depois, com seu primeiro livro, *A cinza das horas*, afirma os princípios de sua estética da leveza, que liga a brutalidade da vida à sutileza das palavras.

Após a morte do pai, viveu por 13 anos na rua do Curvelo, no bairro carioca de Santa Teresa, onde, segundo o próprio Bandeira, aprendeu a respeitar a "humildade do cotidiano". A partir de 1933, ao se mudar para o bairro boêmio da Lapa, incorporou, em definitivo, o Rio de Janeiro em seus versos.

Apesar da amizade com Mário de Andrade, não se interessou em participar da Semana de Arte Moderna de 1922. A independência intelectual é marca de seu caráter.

Em 1940, foi eleito para a Academia Brasileira de Letras. No ano seguinte, se dedicou, também, à crítica de artes plásticas. Seus ensaios críticos lhe renderam, mais tarde, várias antologias. Em 1943, tornou-se professor de literatura na Faculdade Nacional de Filosofia. Os rigores da vida acadêmica não afetaram a índole de seus versos, marcados sempre pela linguagem coloquial, pelos fatos banais da existência e por um humor sutil. Em suas crônicas, faz a crítica da vida cultural brasileira e luta, em particular, contra os clichês que a asfixiam. Foi, também, um tradutor competente, além de autor de importantes antologias da poesia brasileira. **JC**

Principais obras

Poesia

A cinza das horas, 1917
Libertinagem, 1930
Mafuá do Malungo, 1948
Estrela da tarde, 1960

ACIMA: O pernambucano Manuel Bandeira.

À DIREITA: O poeta no quarto do seu apartamento, no Centro do Rio de Janeiro.

OSWALD DE ANDRADE

Nascimento: José Oswald de Sousa Andrade, 11 de janeiro de 1890 (São Paulo, Brasil). Morte: 22 de outubro de 1954 (São Paulo, Brasil).

Estilo e gênero: Principal nome, ao lado de Mário de Andrade, do movimento modernista brasileiro; sua obra, marcada pela ideia da ruptura, busca uma arte nacional.

Principais obras

Romances

Memórias sentimentais de João Miramar, 1924

Serafim Ponte Grande, 1933

Poesia

Pau-brasil, 1925

Peça

O rei da vela, 1937

Manifestos

Manifesto da poesia pau-brasil, 1924

Manifesto antropófago, 1928

Em 1917, Oswald conheceu Mário de Andrade, com quem dividiu a liderança do modernismo. Em *Memórias sentimentais de João Miramar*, usa um estilo rápido e cortante, à base de flashs do cotidiano. Em 1922, liderou a Semana de Arte Moderna. Casou-se com a pintora Tarsila do Amaral em 1926. Autor de temperamento forte, seus escritos reproduzem a fragmentação e a agitação da vida urbana. Seus manifestos, assim como seu trabalho na *Revista de Antropofagia*, pregam uma "digestão" dos valores importados e a criação de uma identidade brasileira. Essa visão seria derrotada pelo nacionalismo conservador do Estado Novo. Na década de 1930, rompeu com Mário de Andrade, separou-se de Tarsila e se casou com Patricia Galvão, a Pagu. **JC**

MÁRIO DE ANDRADE

Nascimento: Mário Raul de Morais Andrade, 9 de outubro de 1893 (São Paulo, Brasil). Morte: 25 de fevereiro de 1945 (São Paulo, Brasil).

Estilo e gênero: Destaca-se pela erudição; engajamento na modernidade, sem abdicar do primitivo; a busca de uma nova linguagem com uma refinada reflexão sobre o mundo.

Principais obras

Romances

Amar, verbo intransitivo, 1927

Macunaíma, 1928

Poesia

Remate de males, 1930

Lira paulistana, 1945

Ensaios

Pauliceia desvairada, 1922

A escrava que não é Isaura, 1925

Mario de Andrade estudou música e dirigiu o Departamento Musical de Cultura de São Paulo. Em 1922, lançou *Pauliceia desvairada*, livro fundador do modernismo brasileiro. Era o mais erudito dos líderes da Semana de Arte Moderna de 1922. Inquieto, praticou todos os gêneros e se esquivou dos sistemas de pensamento. Também foi autor de farta correspondência — com Manuel Bandeira, Carlos Drummond de Andrade e Oswald de Andrade, entre outros. Em 1925, publicou *A escrava que não é Isaura*, ensaio sobre a poesia modernista, em que se destaca o célebre "Prefácio interessantíssimo", escrito sob a influência do futurismo. O romance *Amar, verbo intransitivo*, de 1927, chocou a burguesia paulista. Com *Macunaíma*, de 1928, traçou uma original genealogia do caráter brasileiro. **JC**

GRACILIANO RAMOS

Nascimento: Graciliano Ramos de Oliveira, 27 de outubro de 1892 (Quebrangulo, Brasil). Morte: 20 de março de 1953 (Rio de Janeiro, Brasil).

Estilo e gênero: Estilo seco e elegante; regionalismo com refinado estofo psicológico; seus romances constroem painéis pessimistas da realidade do Nordeste brasileiro.

Nascido numa pequena vila do sertão de Alagoas, Graciliano Ramos comoveu-se, desde cedo, com o sofrimento do povo nordestino. Ainda jovem, trabalhou no Rio de Janeiro como revisor. Aos 18 anos, mudou-se para Palmeira dos Índios, onde o pai era comerciante. Lá perdeu três de seus 14 irmãos, vitimados pela peste. Sete anos depois, foi eleito prefeito da cidade. Renunciou e se mudou para Maceió.

O estilo irreverente e irônico de seus relatórios de trabalho chamou a atenção do poeta e editor carioca Augusto Frederico Schmidt que, em 1933, lançou o livro de estreia de Graciliano, *Caetés*. Em 1935, acusado de participar da Intentona Comunista, foi preso. Passou dois anos nas prisões do Estado Novo, experiência que lhe rendeu o livro *Memórias do cárcere*, que deixou inacabado.

Nos primeiros escritos, guarda forte influência de Eça de Queirós e do realismo clássico, que se dilui a partir de *São Bernardo*. Nesse romance, em estilo mais introspectivo, narra uma tragédia rural brasileira. De fundo fatalista, *Vidas secas* — comovente história de uma família perdida na seca nordestina — se torna um dos grandes clássicos da literatura brasileira. Suas ficções tratam da solidão e do desamparo do homem, massacrado pelas contingências e submetido a forças adversas, que não pode dominar. Compõem, assim, impecáveis retratos da dor e da experiência da opressão.

Em suas mãos, a escrita regionalista explode, alargando-se até o conflito doloroso entre o eu e o mundo externo; ela se transforma, assim, em sutil reflexão existencial. **JC**

Principais obras

Romances

São Bernardo, 1934

Angústia, 1936

Vidas secas, 1938

Memórias

Infância, 1945

Memórias do cárcere, 1953

ACIMA: Graciliano Ramos e um exemplar da 3ª edição de *Vidas secas*, de 1952.

À ESQUERDA: Primeira edição de *Memórias do cárcere*, pela José Olympio.

JOSÉ LINS DO REGO

Nascimento: José Lins do Rego Cavalcanti, 3 de junho de 1901 (Pilar, Brasil). Morte: 12 de setembro de 1957 (Rio de Janeiro, Brasil).

Estilo e gênero: O grande retratista da decadência dos senhores de engenho; descreve a antiga ordem patriarcal e faz da literatura um instrumento de observação do mundo.

Principais obras

Romances
Menino de engenho, 1932
O moleque Ricardo, 1935
Água-mãe, 1941
Fogo morto, 1943
Eurídice, 1947
Memórias
Meus verdes anos, 1956

ACIMA: Zé Lins na Livraria José Olympio Editora, em 1939.

À DIREITA: Detalhe da capa da 2ª edição de *Menino de engenho*, de 1933.

Descendente de tradicionais senhores de engenho, José Lins do Rego fez da literatura um instrumento de reflexão sobre os conflitos sociais no Nordeste.

Em 1922, fundou o semanário *Dom Casmurro*, iniciando longa participação na imprensa. Sofreu forte influência das ideias do sociólogo pernambucano Gilberto Freyre. Em 1926, em Maceió, aproximou-se de Graciliano Ramos, Rachel de Queiroz e Jorge de Lima. Em 1932, publicou *Menino de engenho*, romance de memórias que inaugura o "ciclo da cana de açúcar" e é um dos mais importantes livros do movimento regionalista de 1930. A série se estendeu por 13 anos e cinco livros, encerrando com o mais sofisticado *Fogo morto*, romance de 1943.

Dotado de sensível poder de observação, Zé Lins é um exímio retratista da ordem patriarcal, da experiência da seca, das aventuras do cangaço e do misticismo popular. Deu atenção especial aos sofrimentos sociais e à miséria de seu tempo. Sem abdicar da escrita poética, registrou a difícil transição entre os decadentes engenhos e as modernas usinas, o que confere à sua obra grande interesse sociológico. Também a memória lhe serviu não apenas como consolo, mas como um instrumento de prospecção do mundo e de decifração de conflitos.

Aos 34 anos, se mudou para o Rio de Janeiro, onde ampliou sua colaboração com a imprensa, assinando crônicas diárias. Seus apaixonados textos sobre o futebol foram, depois, reunidos em livro. Conservou, até o fim, o estilo instintivo e espontâneo.

Em sua obra, apresenta uma visão telúrica do mundo, que guarda uma dívida indisfarçável com o cancioneiro nordestino, a literatura de cordel e a experiência da infância. Em 1955, foi eleito para a Academia Brasileira de Letras. **JC**

DE
NGENHO
ROMANCE
CO.
JOSÉ LINS DO REGO
JOSÉ OLYM

CECÍLIA MEIRELES

Nascimento: Cecília Benevides de Carvalho Meireles, 7 de novembro de 1901 (Rio de Janeiro, Brasil). Morte: 9 de novembro de 1964 (Rio de Janeiro, Brasil).

Estilo e gênero: Poeta intimista; sua linguagem é fluida e de grande força plástica; seu lirismo se baseia na certeza do transitório e prega a reinvenção da vida.

Principais obras

Poesia

Criança meu amor, 1923
Viagem, 1939
Vaga música, 1942
Romanceiro da Inconfidência, 1953
Poemas escritos na Índia, 1953 (publicados em 1961)
Romance de Santa Cecília, 1957
Ou isto ou aquilo, 1964

ACIMA: A escritora carioca em sua biblioteca.

Desde cedo, dividiu sua vida entre duas paixões: o ensino e a poesia. Sem abdicar da educação primária, em que se especializou, deu aulas de literatura em universidades do Rio de Janeiro e no Texas.

Viajante incansável, tinha apreço especial pela Índia e por Portugal — terra de seu primeiro marido, o pintor Fernando Correia Dias, com quem se casou aos 21 anos. Após o suicídio do pintor, em 1935, casou-se novamente, com o engenheiro Heitor da Silveira Grilo.

O amor pela educação das crianças levou Cecília a escrever *Criança meu amor*, em 1923, prosa poética que se tornou leitura obrigatória nas escolas primárias. O temperamento solitário e a tendência à introspecção fizeram com que ela recorresse aos mesmos temas fundamentais: a transitoriedade da vida, o desamparo existencial e a ausência de sentido, que obriga cada homem a se reinventar. As influências de Rainer Maria Rilke, Cruz e Sousa e Tagore, nesse aspecto, são nítidas.

No fim da década de 1920, Cecília Meireles publicou em Portugal o ensaio *O espírito vitorioso*, em que fez uma defesa vigorosa do simbolismo e da supremacia do particular sobre os ideais coletivos. Suas crônicas sobre a educação defendem uma postura humanista, distante dos valores pragmáticos do século XX. Muitos a ligaram ao grupo dos neossimbolistas, que combateram com veemência o modernismo, redução, contudo, que não dá conta de sua poesia. Seu misticismo não se volta para o mundo, tampouco para os mistérios religiosos, mas a levam a uma região abstrata, regida pela visão do silêncio e do nada.

Ela surpreendeu seus leitores quando, em 1953, publicou o *Romanceiro da Inconfidência*, poema épico em que relata a história de Minas desde a colonização até a Inconfidência Mineira, no século XVIII. Mesmo a temática política, porém, lhe serve de motivo para uma densa reflexão filosófica. **JC**

CARLOS DRUMMOND DE ANDRADE

Nascimento: 31 de outubro de 1902 (Itabira, Brasil). Morte: 17 de agosto de 1987 (Rio de Janeiro, Brasil).

Estilo e gênero: Sua poesia, resultado de um denso trabalho de linguagem, se caracteriza por um sutil ceticismo e por uma feroz, ainda que fracassada, paixão pelo real.

A marca do poeta Carlos Drummond de Andrade surgiu na infância, quando os jesuítas o expulsaram do Colégio Anchieta, em Nova Friburgo, sob o argumento de "insubordinação mental". Sua poesia sempre foi uma porta aberta a desafiar o real — busca incessante, como ele mesmo definia, do "sentimento do mundo".

Aos 22 anos, Drummond se aproximou de Manuel Bandeira, Oswald de Andrade e Mário de Andrade. Apesar desses laços fraternos, não chegou a se tornar um modernista; definia-se, melhor, como um poeta que ultrapassa o modernismo.

Em 1928, publicou na *Revista de Antropofagia* o célebre poema "No meio do caminho", divisor de águas em sua busca de uma poesia pessoal, que se caracteriza pelo ceticismo, por uma sutil filosofia do cotidiano e pelo primado da objetividade.

Em 1934, Drummond se mudou para o Rio de Janeiro, onde se tornou chefe de gabinete do ministro da Educação, Gustavo Capanema. Depois de 11 anos, transferiu-se, até a aposentadoria em 1962, para o Serviço do Patrimônio Histórico e Artístico Nacional. A vida reclusa e metódica de burocrata contrastava com o espírito insubordinado de sua poesia. O humor discreto e a preocupação com a forma, porém — e com exceção de uma breve fase em que se destaca o poema "Rosa do povo" –, o afastaram dos realistas e engajados.

Sua poesia é uma sofisticada meditação sobre o cotidiano, no fundo do qual o poeta encontrava, sempre, um "sistema de erros" e um grande vazio. Isso o levou a um sentimento constante de solidão que se define pelo verso célebre do "Poema das sete faces": "Vai, Carlos! ser *gauche* na vida." Serena e contida, sua poesia guarda, muitas vezes, um tom clássico, outro aspecto que a afasta do modernismo. A ironia delicada, a linguagem sofisticada e o repúdio à retórica, porém, aproximam Drummond dos modernistas. **JC**

Principais obras

Poesia

Alguma poesia, 1930

Brejo das almas, 1934

Sentimento do mundo, 1940

Claro enigma, 1951

Boitempo, 1968

Contos

Contos de aprendiz, 1951

ACIMA: Drummond em foto da década de 1950.

ERICO VERISSIMO

Nascimento: Erico Lopes Verissimo, 17 de dezembro de 1905 (Cruz Alta, Brasil). Morte: 28 de novembro de 1975 (Porto Alegre, Brasil).

Estilo e gênero: Autor de sagas inspiradas na vida e na história do Rio Grande do Sul. Destaca-se pelo pensamento humanista e pela visão intuitiva e aventureira do mundo.

Erico Verissimo se tornou editor da *Revista do Globo* em 1927. No ano seguinte, publicou o primeiro livro, *Clarissa*. Na década de 1940, uma temporada nos Estados Unidos, como professor da Universidade da Califórnia, lhe rendeu dois livros de viagens. É um narrador prolixo, autor de aventuras realistas e de sagas. Em 43 anos de vida literária, escreveu 35 livros. Sua obra mais importante, a trilogia *O tempo e o vento*, com mais de 2.500 páginas no original, cobre um período de 250 anos da história do Rio Grande do Sul e lhe custou 15 anos de trabalho. Seus personagens carismáticos, como Ana Terra, Capitão Rodrigo e Bibiana, inspirados na realidade, fixam a tipologia do gaúcho tradicional — um homem duro, mas apaixonado, para quem o mundo é uma difícil aventura. **JC**

Principais obras

Romances

Clarissa, 1933

Olhai os lírios do campo, 1938

O tempo e o vento, Volume 1: *O continente,* 1949

O tempo e o vento, Volume 2: *O retrato,* 1951

O tempo e o vento, Volume 3: *O arquipélago,* 1961

Memórias

Solo de clarineta, Volume 1, em 1973, e Volume 2 (publicação póstuma), em 1976

RACHEL DE QUEIROZ

Nascimento: 17 de novembro de 1910 (Fortaleza, Brasil). Morte: 4 de novembro de 2003 (Rio de Janeiro, Brasil).

Estilo e gênero: Rachel afirmava ser mais jornalista que escritora. Sua literatura é marcada, de forma radical, pela realidade; sua escrita, substantiva, evita o sentimentalismo.

Rachel de Queiroz passou a infância em Quixadá, Ceará. Seus relatos guardam uma visão dolorosa da realidade nordestina. O primeiro romance, *O Quinze*, foi inspirado pela seca de 1915. Participou da fundação do Partido Comunista cearense, cuja direção vetou a publicação de seu segundo livro, *João Miguel*, mas Rachel rompeu com os comunistas e publicou a obra. Aproximou-se de Graciliano Ramos, Jorge de Lima e José Lins do Rego. Mudou-se para o Rio de Janeiro, porém continuou a frequentar a fazenda "Não me Deixes", em Quixadá. Para Rachel, a realidade era mais importante que a ficção. Ela se consagrou, na década de 1990, com uma adaptação do *Memorial de Maria Moura* para a TV. Também se destacou como autora de crônicas e foi a primeira mulher eleita para a Academia Brasileira de Letras. **JC**

Principais obras

Romances

O Quinze, 1930

João Miguel, 1932

As três Marias, 1939

Dora, Doralina, 1975

Memorial de Maria Moura, 1992

Peça

A beata Maria do Egito, 1958

GUIMARÃES ROSA

Nascimento: João Guimarães Rosa, 27 de junho de 1908 (Cordisburgo, Brasil). Morte: 19 de novembro de 1967 (Rio de Janeiro, Brasil).

Estilo e gênero: Renovador do romance moderno brasileiro. Experiências de linguagem e interesse pela metafísica popular.

A escrita de Guimarães Rosa se distingue pelo sofisticado trabalho de linguagem e pela forte carga poética. Em seu romance mais célebre, *Grande sertão: veredas*, de 1956, em refinado exercício de reinvenção, recria a tradição oral e a metafísica do sertão mineiro. É um inspirado inventor de novas palavras, como "nonada", com que abre seu grande romance. Arcaico e moderno, muitos o consideram um místico da língua.

Guimarães Rosa começou a trabalhar como médico, na carente Itaguara, cidade do interior de Minas. O conflito com a realidade foi decisivo para sua opção pela literatura. Nas constantes andanças pelo sertão, conheceu figuras singulares como o curandeiro Manoel Rodrigues de Carvalho, que inspirou um de seus personagens mais célebres, Compadre Meu Quelemém, de *Grande sertão: veredas*. Desiludido com a impotência da medicina diante dos males sociais, decidiu se tornar diplomata.

Em 1937, estreou com *Magma*, coletânea de poemas que lhe deu o prêmio da Academia Brasileira de Letras. No ano seguinte, foi transferido para Hamburgo. Em 1946, de volta ao Brasil, publicou o livro de contos, *Sagarana*, reunião de relatos inspirados no cotidiano e na fala dos vaqueiros do sertão.

Em 1952, acompanhando uma boiada com o vaqueiro Manuelzão, viajou a Sirga, na fronteira de Minas com a Bahia, experiência que incorporou em "Manuelzão e Miguilim", um dos relatos de *Corpo de baile*, livro de 1956.

Em 1963, já considerado o mais importante narrador brasileiro, candidatou-se, pela segunda vez, à Academia Brasileira de Letras e foi eleito por unanimidade. Durante quatro anos, acossado por superstições, adiou a cerimônia de posse. Ela se deu, enfim, em 16 de novembro de 1967. Três dias depois, confirmando seus temores, um infarto fulminante o matou. **JC**

Principais obras

Romance

Grande sertão: veredas, 1956

Contos

Sagarana, 1946

Corpo de baile, 1956

Primeiras estórias, 1962

ACIMA: Guimarães Rosa em foto da década de 1950 e capa de *Grande sertão: veredas*, 7ª edição.

NELSON RODRIGUES

Nascimento: Nelson Falcão Rodrigues, 23 de agosto de 1912 (Recife, Brasil). Morte: 21 de dezembro de 1980 (Rio de Janeiro, Brasil).

Estilo e gênero: Mais importante dramaturgo brasileiro do século XX, Nelson desmascara com ferocidade a hipocrisia e as ilusões do mundo pequeno-burguês.

Principais obras

Peças

Vestido de noiva, 1943
Álbum de família, 1945
A falecida, 1953
O beijo no asfalto, 1960
Toda nudez será castigada, 1965

Criado no ambiente da pequena burguesia, desenvolveu desde cedo forte senso crítico. Tinha 17 anos quando o irmão Roberto foi assassinado. A experiência da tragédia se tornou elemento-chave de sua dramaturgia, baseada no conflito entre o desejo e a repressão. Teve peças censuradas. Seu "teatro desagradável" era norteado pelo deboche, pela ironia e pela crítica feroz da realidade. Em 1943, a estreia de *Vestido de noiva*, no Teatro Municipal do Rio, ainda que sob intensa vaia, se tornou o marco do modernismo no teatro. Retratava as taras, a falsidade e a decadência, sempre em tintas expressionistas — estética que confirmou nos folhetins. Foi autor, ainda, de romances e contos. Suas crônicas estão entre as mais importantes do século XX brasileiro. **JC**

RUBEM BRAGA

Nascimento: 12 de janeiro de 1913 (Cachoeiro de Itapemirim, Brasil). Morte: 19 de dezembro de 1990 (Rio de Janeiro, Brasil).

Estilo e gênero: Fundador da moderna crônica brasileira. Seus relatos, breves e coloquiais, são carregados de lirismo e guardam um compromisso inegociável com o transitório.

Principais obras

Crônicas

O conde e o passarinho, 1936
A borboleta amarela, 1955
Ai de ti, Copacabana, 1960
Crônicas de guerra, 1964
A traição das elegantes, 1967

Rubem Braga foi o grande reformador da crônica, que elevou à categoria dos gêneros literários nobres. Usou esse gênero, considerado informal e ligeiro, como um instrumento de interrogação do mundo. A crônica de Rubem se afirma como um território lírico independente, situado entre a literatura e o jornalismo. O primeiro livro, *O conde e o passarinho*, de 1936, é um marco da moderna crônica brasileira. Durante a Segunda Guerra, foi correspondente dos *Diários Associados* no front italiano. Embaixador do Brasil no Marrocos, não se afastou da imprensa. Em 1968, em parceria com os escritores Otto Lara Resende e Fernando Sabino, fundou a Editora Sabiá, de enorme importância para a história editorial brasileira. **JC**

VINICIUS DE MORAES

Nascimento: 19 de outubro de 1913 (Rio de Janeiro, Brasil). Morte: 9 de julho de 1980 (Rio de Janeiro, Brasil).

Estilo e gênero: Foi um poeta lírico; praticou, também, a crônica, o teatro e o romance; tornou-se músico e foi um letrista inspirado.

A vida e a poesia de Vinicius de Moraes se caracterizam pela ênfase na paixão e pelo desejo de mudança. Estudou Direito, mas, depois de casar-se com Tati de Moraes, em 1939, abandonou a religião, dedicou-se ao jornalismo e, por fim, se tornou diplomata. Na juventude, escreveu poemas metafísicos. A partir da década de 1940, voltou-se para o cotidiano e se tornou o poeta do amor e da vida comum. A cada um dos nove casamentos, sua poesia também mudava de rumo. Passou longas temporadas em Los Angeles, Paris, Salvador e Buenos Aires. Na década seguinte, depois de conhecer o maestro Antonio Carlos Jobim, com quem compôs a trilha sonora da peça *Orfeu da Conceição*, se tornou cantor, letrista e mentor da Bossa Nova. **JC**

Principais obras

Poesia

Cinco elegias, 1943

Poemas, sonetos e baladas, 1946

Livro de sonetos, 1957

Novos poemas (II), 1959

Peça

Orfeu da Conceição, 1956

CLARICE LISPECTOR

Nascimento: 10 de dezembro de 1920 (Tchetchelnik, Ucrânia). Morte: 9 de dezembro de 1977 (Rio de Janeiro, Brasil).

Estilo e gênero: Nos romances, inspeciona as fronteiras da linguagem e interroga o sentido da existência; nos contos, trata da fragilidade e do desamparo.

Aos 24 anos, Clarice Lispector estreou com o surpreendente romance *Perto do coração selvagem*. Casou-se com um diplomata e partiu, em 1944, para uma longa temporada no exterior. Avessa à vida social, refugiou-se na literatura. Em 1964, publicou *A paixão segundo G. H.*, seu romance mais importante. Após se separar do marido, ela retornou ao Brasil. Em 1966, sobreviveu a um incêndio em seu quarto, provocado por um cigarro aceso. Passou três dias em estado grave por causa das queimaduras e entrou em longa depressão. Solitária, assim Clarice resumia sua literatura: "Não escrevo para fora, escrevo para dentro." Fazia uso brilhante do fluxo de consciência para revelar os pensamentos de seus personagens. **JC**

Principais obras

Romances

Perto do coração selvagem, 1943

A paixão segundo G. H., 1964

Água viva, 1973

Novela

A hora da estrela, 1977

Contos

Laços de família, 1960

JOÃO CABRAL DE MELO NETO

Nascimento: 9 de janeiro de 1920 (Recife, Brasil). Morte: 9 de outubro de 1999 (Rio de Janeiro, Brasil).

Estilo e gênero: É conhecido pela linguagem seca e contida; avesso ao lirismo, acreditava que a função da poesia é "dar a ver" a realidade.

Principais obras

Poesia

O engenheiro, 1945
Psicologia da composição, 1947
O cão sem plumas, 1950
Morte e vida severina, 1954
A educação pela pedra, 1966
Museu de tudo, 1975
A escola de facas, 1980
Sevilha andando, 1990

Depois de passar a infância nos engenhos de açúcar pernambucanos, João Cabral de Melo Neto frequentou, no Recife, as rodas literárias de Willy Lewin e se aproximou não só de escritores, mas também de pintores e arquitetos. A leitura da obra teórica do arquiteto francês Le Corbusier, mestre do modernismo funcionalista, foi crucial para sua formação.

Na juventude, João Cabral desejava ser crítico literário. Um forte senso crítico percorre, de fato, toda a sua obra. Aos 20 anos, no Rio de Janeiro, ele conheceu Carlos Drummond de Andrade e frequentou as rodas literárias de Jorge de Lima. Dois anos depois, mudou-se em definitivo para a cidade. Em seus primeiros livros, até *O cão sem plumas*, de 1950, apresenta forte influência do surrealismo. Depois, adota uma estética seca, sustentada em versos curtos e substantivos, ferozmente depurados, cujo símbolo é o poema "Uma faca só lâmina", de 1955.

Diplomata de carreira, serviu em Londres, Dacar e Tegucigalpa. Desde 1947, quando se tornou vice-cônsul em Barcelona, desenvolveu uma relação especial com a Espanha. Esta se expressava, particularmente, em sua paixão por Sevilha, cidade em que serviu por duas ocasiões. Nas temporadas espanholas, conheceu artistas como Joan Miró, Antonio Tàpies e Joan Brossa.

Andarilho incansável e leitor voraz, João Cabral tornou-se referência fundamental para as vanguardas brasileiras do século XX, em particular para o Movimento da Poesia Concreta. Na maturidade, desprezou seu poema mais célebre, "Morte e vida severina", de 1954, musicado por Chico Buarque de Holanda. Lírico e prolixo, João Cabral desmentia os princípios de sua poética.

Foi o autor mais importante da chamada geração de 1945. Em 1969, foi eleito para a Academia Brasileira de Letras. Em 1991, recebeu o Neustadt International Prize for Literature, da Universidade de Oklahoma. **JC**

ACIMA: João Cabral aos 72 anos.

À DIREITA: Capa de *Morte e vida severina*, edição de 1981.

MORTE E VIDA SEVERINA

E OUTROS POEMAS EM VOZ ALTA

15ª EDIÇÃO

JOÃO CABRAL DE MELO NETO

LIVRARIA JOSÉ OLYMPIO EDITORA

LYGIA FAGUNDES TELLES

Nascimento: 19 de abril de 1923 (São Paulo, Brasil).

Estilo e gênero: Seus relatos buscam, nas entrelinhas do banal, a grandeza do ser humano. Não retrata a realidade bruta, mas aquilo que ela nos esconde.

A literatura de Lygia Fagundes Telles se baseia na ideia de que o ser humano é indefinível, inacessível e incontrolável. Atraídos pelo fantástico, seus contos encenam o cruel teatro da existência, espetáculo fracassado de desafio à morte. Mais fiéis à vida real, seus romances não perdem a densidade. Seu primeiro romance, *Ciranda de pedra*, de 1954, trata do desamparo que define o humano. Separada do primeiro marido, Goffredo da Silva Telles, passou a viver, em 1963, com o crítico Paulo Emílio Salles Gomes. A coletânea *Antes do baile verde* recebeu, na França, o Grande Prêmio Internacional Feminino. Em 1973, o romance *As meninas* ganhou três dos mais importantes prêmios literários do país. Foi eleita para a Academia Brasileira de Letras em 1985 e, em 2005, recebeu o prestigiado Prêmio Camões. **JC**

Principais obras

Romances

Ciranda de pedra, 1954

As meninas, 1973

Contos

Antes do baile verde, 1970

Seminário dos ratos, 1977

A estrutura da bolha de sabão, 1991

A noite escura e mais eu, 1995

À DIREITA: Capa de Eugenio Hirsch para a 5ª edição de *As meninas*.

FERREIRA GULLAR

Nascimento: José Ribamar Ferreira, 10 de setembro de 1930 (São Luís, Brasil).

Estilo e gênero: Autor de versos fortes; poeta da existência. Escritor engajado, não se esquiva das lutas de seu tempo.

O percurso poético de Ferreira Gullar apresenta grandes rupturas, o que se reflete no caráter radical de sua obra. Em 1951, rompendo com a tradição parnasiana, aproximou-se do crítico modernista Mário Pedrosa e passou a escrever sobre artes plásticas. Com *A luta corporal*, de 1954, atraiu a atenção dos poetas concretistas. Depois, desgostoso com os rumos intelectualistas do grupo, Gullar fundou o neoconcretismo. Em 1964, filiou-se ao Partido Comunista Brasileiro. Seu ensaio *Cultura em questão* foi queimado pelos militares. No grupo teatral Opinião, escreveu dramaturgia com Oduvaldo Vianna Filho e Dias Gomes. Com o AI-5, foi preso e perseguido. Em 1976, publicou o *Poema sujo*, obra madura que alia as lições do concretismo à linguagem calorosa. **JC**

Principais obras

Poesia

A luta corporal, 1954

Dentro da noite veloz, 1975

Poema sujo, 1976

Ensaios

Argumentação contra a morte da arte, 1993

Teoria do não objeto, 1959

Vanguarda e subdesenvolvimento, 1969

lygia fagundes telles

5.ª edição

ROMANCE

AS MENINAS

LYGIA BOJUNGA

Nascimento: Lygia Bojunga Nunes, 26 de agosto de 1932 (Pelotas, Brasil).

Estilo e gênero: Em linguagem densa e metafórica, seus relatos tratam dos grandes temas humanos, rompendo as fronteiras entre a literatura infantojuvenil e a adulta; fazem uma aposta incondicional na imaginação.

Principais obras

Romances

Os colegas, 1972
A bolsa amarela, 1976
Corda bamba, 1979
O sofá estampado, 1980
O meu amigo pintor, 1987
Seis vezes Lucas, 1995

A literatura de Lygia Bojunga constrói uma ponte entre o mundo da infância e o adulto. Os limites entre a realidade e a imaginação também se anulam. Desde os primeiros livros, mescla os temas nobres da literatura infantojuvenil, como amizade, fidelidade e bons sentimentos, com assuntos mais dolorosos, como tristeza e suicídio. O espírito independente e a linguagem direta, mas sofisticada, lhe deram, em 1982, o Prêmio Hans Christian Andersen — o mais importante laurel internacional da literatura infantojuvenil. Atriz profissional na juventude, na maturidade se reencontrou com o teatro e, em 1985, pela adaptação de *O pintor*, ganhou o Prêmio Molière. Em 2004, o governo da Suécia lhe deu o Prêmio Alma. **JC**

ANA MARIA MACHADO

Nascimento: 24 de dezembro de 1941 (Rio de Janeiro, Brasil).

Estilo e gênero: Trabalhando indistintamente com literatura infantojuvenil e para adultos, cultiva um estilo coloquial em que a delicadeza se combina com a profundidade.

Principais obras

Romances

Alice e Ulisses, 1983
Tropical sol da liberdade, 1988
O mar nunca transborda, 1995
A audácia dessa mulher, 1999

Ficção infantil

Bento que Bento é o frade, 1977
História meio ao contrário, 1979
Raul da ferrugem azul, 1979
Bisa Bia, Bisa Bel, 1981
De olho nas penas, 1983

Ensaio

Recado do nome, 1976

Ana Maria Machado escreve em tom de conversa amistosa e trabalha com temas polêmicos, como a rebeldia, o preconceito e o autoritarismo. Não acredita na separação entre a literatura para jovens e para adultos. Trabalha com ricos jogos de linguagem, que estimulam o raciocínio e a imaginação das crianças. Escrevendo para leitores maduros, trata de temas antigos como o amor, a memória e a liberdade, e preserva o mesmo estilo delicado que destina às crianças. Seu gosto pela pintura explica a força visual de suas ficções. Trabalhou por uma década na Rádio Jornal do Brasil. No ano 2000, recebeu o Prêmio Hans Christian Andersen e, em 2003, foi eleita para a Academia Brasileira de Letras. Tem mais de 100 livros publicados. **JC**

RUBEM FONSECA

Nascimento: José Rubem Fonseca, 11 de maio de 1925 (Juiz de Fora, Brasil).

Estilo e gênero: Em estilo hiper-realista, seus contos tratam da violência urbana brasileira; nos romances, se volta para os temas históricos. O estilo seco e a linguagem fotográfica o aproximam do cinema.

Exímio retratista da vida urbana brasileira, Rubem Fonseca é um dos destaques da geração de 1970. Começou na literatura como contista impecável. Seus relatos, ágeis e brutais, tratam da violência que se torna crueldade e do aniquilamento dos valores humanos. Especialista em personagens do submundo, inspira-se em figuras com que conviveu e situações que experimentou quando trabalhou como comissário de polícia. Com refinada psicologia, ultrapassa, porém, as fronteiras do registro documental. Na maturidade, Rubem Fonseca vem privilegiando o romance. Em estilo mais elegante e clássico, voltou-se também para os temas da história. Autor de premiados roteiros, suas ficções inspiram adaptações para o cinema. **JC**

Principais obras

Romances

A grande arte, 1983

Bufo & Spallanzani, 1986

Vastas emoções e pensamentos imperfeitos, 1988

Agosto, 1990

Contos

A coleira do cão, 1965

Lúcia McCartney, 1967

Feliz ano-novo, 1975

O cobrador, 1979

RADUAN NASSAR

Nascimento: 27 de novembro de 1935 (Pindorama, Brasil).

Estilo e gênero: Autor de narrativas curtas e densas, se destaca pela incomum força poética, que esgarça os limites entre ficção e poesia. Em um espaço de quatro anos, publica seus dois principais livros e depois desiste de escrever.

Filho de imigrantes libaneses, Raduan Nassar abandonou o curso de Direito para se dedicar exclusivamente à literatura. Aos 26 anos, escreveu o conto "Menina a caminho", que, publicado 33 anos depois, seria seu terceiro e, em tese, último livro. Em 1965, inspirado pela mãe, Chafika, dedicou-se à criação de coelhos. Nessa década, passou a fazer jornalismo. Em 1968, começou a escrever *Lavoura arcaica*, seu único romance. Em 1970, rascunhou a primeira versão da novela *Um copo de cólera*. Cinco anos depois, *Lavoura arcaica* foi lançado pela José Olympio, em coedição com o autor. Os dois livros — compactos e com densa linguagem poética — o transformaram num dos mais importantes narradores brasileiros. No fim da década de 1980, surpreendeu seus leitores com a notícia de que não escreveria mais. **JC**

Principais obras

Romance

Lavoura arcaica, 1975

Novela

Um copo de cólera, 1978

Contos

Menina a caminho, 1994

COLABORADORES

José Castello (JC), jornalista e escritor, é colunista de *O Globo* e colaborador do *Valor Econômico*. É mestre em Comunicação pela UFRJ e autor de *Vinicius de Moraes: O poeta da paixão* (Companhia das Letras, 1993), *João Cabral: O homem sem alma* (Bertrand Brasil, 2006) e *A literatura na poltrona* (Record, 2007).

Richard Cavendish (RC), historiador, faz regularmente a cobertura do aniversário de acontecimentos passados para a revista *History Today*.

Claudio Cazzola (CC) ensina literatura, latim e grego na escola secundária Ludovico Ariosto, em Ferrara. É também professor adjunto de latim na Escola de Humanidades da Universidade de Ferrara. Publicou ensaios e estudos sobre autores clássicos (Homero, Lucrécio, Horácio), humanistas (cultura na corte da Casa de Este) e contemporâneos (Giorgio Bassani).

Stephanie DeGooyer (SD) é doutoranda em língua inglesa na Universidade de Cornell. Estuda filosofia e literatura do século XVIII.

Jenny Doubt (JSD) concluiu o mestrado na Universidade de Sussex e desde então trabalha como editora sênior na publicação de livros ilustrados em Londres, na Inglaterra. Natural do Canadá, Jenny também trabalha como escritora freelance, concentrando-se particularmente na literatura pós-colonial.

Fabriano Fabbri (FF) é professor de história da arte contemporânea na Universidade de Bolonha. Seus livros tratam do relacionamento entre a alta e a baixa culturas, da literatura e artes plásticas aos vídeos musicais. Entre suas obras está *Sesso arte rock'n'roll* (Atlante, Bolonha, 2006).

Simon Gray (SG) estudou comunicação em Sheffield Hallam e, há mais de 10 anos, trabalha como escritor freelance especializado em viagem, música e artes. Seu primeiro livro deve ser publicado em breve.

Reg Grant (RG) é escritor freelance. Tem enorme conhecimento da literatura europeia moderna, especialmente da ficção francesa produzida após a Segunda Guerra Mundial.

Frederik H. Green (FHG) estudou no St. John's College, em Cambridge, e na Universidade de Yale, onde está concluindo sua dissertação de doutorado sobre literatura chinesa. Entre os temas de sua pesquisa está a recepção ao modernismo europeu na Ásia Oriental.

Paul Gareth Gwynne (PG) formou-se em inglês e latim (Reading), fez mestrado em literatura renascentista inglesa (York) e doutorado em Estudos Históricos Combinados: O Renascimento (Warburg Institute, Londres). Vive e trabalha na Itália, onde é diretor de estudos interdisciplinares da Universidade Americana de Roma.

Lucinda Hawksley (LH) é historiadora da arte, biógrafa, escritora freelance especializada no século XIX e no início do século XX. Seus livros incluem *Essential Pre-Raphaelites* e *Katey: The Life and Loves of Dickens's Artist Daughter*.

Colman Hogan (CH) ensina literatura e cinema na Rye University, em Toronto, no Canadá, e se tornou pai recentemente. É coeditor de *The Camp: Narratives of Internment and Exclusion* (2007).

Ian Johnston (IJ) é doutorando na Queen's University. Dá aulas sobre o teatro de Shakespeare e trabalha em uma dissertação sobre literatura sadomasoquista. Reside atualmente em Kingston, Ontário, no Canadá.

Helen Jones (HJ) é jornalista freelance e escreve para jornais e revistas de circulação nacional na Grã-Bretanha e nos EUA.

Lara Kavanagh (LK) é formada em inglês e francês pela Universidade de Leeds, com mestrado em literatura do século XX no King's College, de Londres. Escreveu artigos sobre literatura, entretenimento e viagem para publicações impressas e virtuais.

Ann Kay (AK) estudou inglês, literatura americana e história da arte na Universidade de Kent. Tem grande interesse por teatro, trocando seus planos iniciais de se tornar atriz por uma longa carreira como escritora e editora de publicações de não ficção.

Carol King (CK) é jornalista freelance. Formou-se em literatura inglesa pela Universidade de Sussex.

Melanie Kramers (MK) é formada em inglês e francês pela Universidade de Leeds. Trabalhou na edição de livros e revistas por vários anos e atualmente vive na Argentina.

John Koster (JK) é originário de Loveland, Ohio, nos Estados Unidos. Formado pelo Hampshire College, de Amherst, Massachusetts, atualmente cursa o doutorado de literatura e teoria alemã na Universidade de Toronto.

Thomas Marks (TM) está escrevendo uma tese de doutorado sobre a poesia e a arquitetura do século XIX no Magdalen College, em Oxford, onde também ensina literatura inglesa dos séculos XIX e XX. Colabora regularmente com o suplemento literário do *Times* e outros periódicos especializados.

Sophie Mayer (SM) é autora de obras que apareceram em periódicos acadêmicos, revistas literárias e jornais na Grã-Bretanha, nos EUA, no Canadá e na Austrália. Escreveu *The Cinema of Sally Potter* (WallFlower, 2008) e a coletânea de poesia *The Private Parts of Girls* (Salt, 2009).

Jamie Middleton (JM) é escritor e editor freelance para livros e revistas sobre comportamento. Morador de Bath, já tratou dos mais variados assuntos, da ponte de Milau aos automóveis Jaguar, laptops e vinhos finos.

Geoff Mills (GM) estudou inglês nas universidades de Reading e Londres e está matriculado na National Academy of Writing. Ensina inglês em uma pequena escola particular de Worcestershire.

Robin Elam Musumeci (REM) trabalha como assistente de advogado especializado em direito de propriedade, com mestrado em literatura inglesa pelo Trinity College, de Hartford, Connecticut. Já viveu nos Estados Unidos e na Inglaterra e adora ler, escrever e viajar.

Carrie O'Grady (CO) cresceu em Toronto e trabalha para o jornal *The Guardian* em Londres, na Inglaterra.

Julian Patrick (JP) é professor de inglês e literatura comparada na Universidade de Toronto. Dirigiu o programa de estudos literários no Victoria College e editou livros sobre Ben Jonson e teoria literária.

Laura Pearson (LP) mora em Londres, onde trabalha como editora. Antes trabalhou como revisora para um canal de vendas pela televisão, atendeu consultas à lista telefônica e aplicou rótulos nas tampas de vidros de cebola em conserva.

Timothy Perry (TP) é especialista em literatura grega clássica, tema que leciona na Universidade de Toronto.

Tamsin Pickeral (TamP) escreve e pesquisa sobre arte, arquitetura, literatura e cavalos.

Mariapia Pietropaolo (MP) faz especialização em elegias romanas na Universidade de Toronto.

Cynthia Quarrie (CQ) escreve a tese de doutorado sobre o romance britânico contemporâneo na Universidade de Toronto, onde mora com o marido e seu filho ainda bebê.

Pavlina Radia (PR) é palestrante na Universidade de Toronto Scaborough. Seus principais interesses são a literatura, o estudo de gênero e a composição de textos.

Erin Rozanski (ER) é doutoranda da Universidade de Toronto e estuda literatura contemporânea.

Stephen Regan (SR), professor de inglês da Universidade de Durham, também é diretor do Centro Basil Bunting para Poesia Moderna. Entre seus livros estão *Irish Writing: An Anthology of Irish Writing 1789-1939* (Oxford University Press, 2004) e *Irelands of the Mind: Memory and Identity in Modern Irish Culture* (Cambridge Scholars Press, 2008).

Peter Scott (PS) é jornalista. Mora e trabalha na região noroeste de Londres.

Donald Sells (DS) persegue o doutorado de filologia clássica na Universidade de Toronto. Entre seus interesses estão o teatro grego do século V (especificamente a Velha Comédia), bem como a poesia helenística e a papirologia.

Andrew Smith (AS), neozelandês, como a maior parte de seus compatriotas, atualmente mora na Austrália. Faz o doutorado de literatura inglesa na Universidade de Melbourne, pesquisando o papel interpretado pelas ruínas nas descrições das paisagens presentes na literatura britânica do século XVIII e do início do século XIX.

Matthew Sperling (MS) leciona inglês no Hertford College, em Oxford, e está escrevendo uma tese de doutorado sobre Geoffrey Hill e a filologia.

Julie Sutherland (JS) concluiu o doutorado na Universidade de Durham e leciona no Kwantlen University College, no Canadá. Também cuida de um grupo de teatro profissional (Pacific Theatre) em Vancouver, Colúmbia Britânica.

Sophie Thomas (ST) dá aulas na Universidade de Sussex, onde ensina literatura inglesa dos séculos XVIII e XIX, cultura visual e teoria crítica. É autora de *Romanticism and Visuality: Fragments, History, Spectacle.*

Christopher Trigg (CT) estudou literatura medieval em Trinity Hall, Cambridge. Atualmente escreve uma tese sobre literatura americana na Universidade de Toronto.

Claire Watts (CW) graduou-se em língua francesa pelo King's College, em Londres. Nos últimos 20 anos, atuou como escritora e editora freelance. Passa tempo demais lendo quando deveria estar trabalhando.

Ira Wells (IW) é doutorando em literatura americana na Universidade de Toronto. Atualmente está concluindo uma dissertação sobre os gêneros no naturalismo literário americano.

Stephen Yeager (SY) tem doutorado em literatura inglesa. Reside em Toronto.

GLOSSÁRIO

Académie Française
Autoridade máxima na língua francesa, composta por membros eleitos. É responsável pela normatização do francês, decidindo, por exemplo, quando aceitar na língua oficial novas palavras, estruturas gramaticais ou formas.

Caligrama
Poema ou trecho de prosa em que as palavras são escritas e organizadas de acordo com um formato que costuma refletir o assunto abordado. Foram criados pelo poeta Guillaume Appollinaire.

Cânone
Lista definitiva das obras de um autor. Devem ser obras indubitavelmente atribuídas ao escritor em questão. Não pode incluir obras de autenticidade duvidosa.

Canto
Nome de uma seção ou divisão de um longo poema.

Écloga
Poema pastoral curto. Geralmente, trata-se de poema que contém diálogo.

Estruturalismo
Escrita caracterizada pela análise do processo linguístico.

Expressão idiomática
Expressão coloquial em que as palavras adquirem um significado diferente do habitual. Perde significado se for traduzida ao pé da letra, como "chover canivete" e "custar os olhos da cara".

Formalismo
Estilo de escrita que se preocupa mais com a forma do que com a criatividade do conteúdo.

Geração perdida
A geração que escreveu depois da Primeira Guerra Mundial, cujos valores e experiências haviam sido formados no mundo antes do conflito, um mundo que não mais existia.

Metafísico
Algo que transcende o corpo, o físico e as leis da natureza. O termo costuma ser usado para descrever um grupo de poetas ingleses que esteve ativo no século XVII.

Metatexto
Texto que explica ou descreve outro texto.

Movimento humanista
Durante o Renascimento, foi um movimento que buscou retornar aos sistemas de crença das antigas Grécia e Roma, se opondo à forma medieval de pensamento, então vigente. Hoje, o movimento humanista segue um sistema de crenças que defende a importância suprema dos seres humanos e de suas preocupações, opondo-se assim a crenças religiosas e sobrenaturais.

Obras existentes
Aquelas que ainda se encontram disponíveis, em contraste com obras que sabemos terem sido escritas por determinado autor, mas que foram destruídas ou perdidas.

Ode
Poema lírico geralmente feito para elogiar determinada pessoa ou evento. As odes, em geral, eram criadas para serem cantadas.

OuLiPo
Grupo de escritores franceses, abreviatura de Ouvroir de Litterature Potentielle.

Poesia improvisada
Poesia criada sem qualquer preparação.

Poetas beat
Escritores associados ao movimento beat, movimento cultural rebelde dos anos 1950 e 1960. A geração beat era formada por gente jovem que se recusava a se sujeitar às convenções. Sua música e literatura buscavam encontrar uma expressão pessoal.

Polêmica
Ataque, geralmente sob forma de ensaio ou poema. Debate verbal, frequentemente em torno de tema controverso.

Pós-estruturalismo
Movimento que veio depois do estruturalismo, geralmente crítico em relação a seu antecessor. O pós-estruturalismo examina a dualidade da linguagem e as ideias por trás do estruturalismo e aspira levar a linguagem ao avanço.

Protagonista
Personagem principal ou "herói", geralmente de obras de ficção, embora ocasionalmente seja empregado para se referir a personagens reais.

Retórica
Linguagem persuasiva, eficiente em comunicar uma mensagem, geralmente grandiosa em excesso.

Saga
Longa história que acompanha o progresso heroico ou a trajetória de uma família através de várias gerações. Costuma estar associada a textos islandeses e dos antigos povos nórdicos.

Soneto
Poema com 14 estrofes. Na literatura inglesa, costuma estar associado a William Shakespeare.

Sturm und Drang
Significa literalmente "tempestade e ímpeto". Originalmente, era uma expressão alemã, mas agora se refere à literatura em que a paixão e a emoção estão liberadas.

Terceto
Três estrofes de poesia vinculadas pelas rimas ou de alguma outra forma, por exemplo, pelo tema.

Vernáculo
Linguagem nativa de determinada área ou país, como um dialeto regional.

ÍNDICE

CRÉDITOS DE FOTOS E ILUSTRAÇÕES

Foram feitos todos os esforços possíveis para se dar o crédito aos detentores dos direitos autorais das imagens usadas neste livro. Desde já pedimos desculpas por qualquer omissão involuntária ou erro. Ficaremos felizes em incluir o crédito devido a qualquer empresa ou indivíduo em edições futuras desta obra.

8 AKG Images; **8** The Art Archive/Bardo Museum Tunis/Gianni Dagli Orti; **9** The Art Archive/Musée des Beaux Arts Besançon/Gianni Dagli Orti; **10** Museo e Gallerie Nazionali di Capodimonte, Naples, Italy, Lauros/Giraudon/Bridgeman Art Library; **11** Araldo de Luca/Corbis; **12** Private Collection, Ken Welsh/Bridgeman Art Library; **13** Private Collection, Ken Welsh/Bridgeman Art Library; **14** Private Collection, Ken Welsh/Bridgeman Art Library; **15** Bettmann/Corbis; **16** Archives Charmet/Bridgeman Art Library; **16** The Art Archive/Corbis; **17** Musee de la Chartreuse, Douai, France, Giraudon/Bridgeman Art Library; **19** Vatican Museums and Galleries, Vatican City, Italy/Bridgeman Art Library; **21** AKG Images; **22** AKG Images; **23** AKG Images; **24** TopFoto/Arenapal; **25** North Carolina Museum of Art/Corbis; **26** Bettmann/Corbis; **26** Bibliotheque des Arts Decoratifs, Paris, France, Archives Charmet/Bridgeman Art Library; **27** AKG Images; **28** Czartoryski Museum, Cracow, Poland/Bridgeman Art Library; **28** Biblioteca Marciana, Venice, Italy/Bridgeman Art Library; **29** The Art Archive/British Library; **31** The Art Archive/Palazzo Pitti Florence/Dagli Orti; **32** The Art Archive/Bibliothèque Universitaire de Mèdecine, Montpellier/Dagli Orti; **32** The Art Archive/Musée du Château de Versailles/Dagli Orti; **33** Bridgeman Art Library; **35** Hip/Scala, Florence; **36** AKG Images; **37** AKG Images; **39** Lebrecht Authors; **40** Michael Nicholson/Corbis; **41** Museu Nacional de Arte Antigua, Lisbon, Portugal, Giraudon/Bridgeman Art Library; **42** The Art Archive/Musée du Château de Versailles/Dagli Orti; **43** Bibliotheque de L'Arsenal, Paris, France, Archives Charmet/Bridgeman Art Library; **44** Bettmann/Corbis; **45** AKG Images; **46** Real Academia de la Historia, Madrid, Spain, Index/Bridgeman Art Library; **46** Collection Kharbine-Tapabor, Paris, France/Bridgeman Art Library; **47** Musee des Tapisseries, Aix-en-Provence, France, Lauros/Giraudon/Bridgeman Art Library; **49** AKG Images; **50** Michael Nicholson/Corbis; **51** Bolton Museum and Art Gallery, Lancashire, UK/Bridgeman Art Library; **52** Museo Lazaro Galdiano, Madrid, Spain, Index/Bridgeman Art Library; **53** With kind permission from Corpus Christie College; **54** National Portrait Gallery, London, UK/Bridgeman Art Library; **54** AKG Images; **55** The Art Archive/Tate Gallery London/Eileen Tweedy; **57** Sotheby's/akg-images; **58** National Portrait Gallery, London, UK/Bridgeman Art Library; **59** Private Collection/Bridgeman Art Library; **60** Lebrecht Authors; **62** Private Collection, Madrid, Spain, Index/Bridgeman Art Library; **63** Private Collection, Madrid, Spain, Index/Bridgeman Art Library; **64** Chateau de Versailles, France, Lauros/Giraudon/Bridgeman Art Library; **65** Private Collection, Archives Charmet/Bridgeman Art Library; **66** Private Collection, Ken Welsh/Bridgeman Art Library; **66** Bonhams, London, UK/Bridgeman Art Library; **67** The Art Archive/Tate Gallery London/Eileen Tweedy; **69** Victoria & Albert Museum, London, UK/Bridgeman Art Library; **70** Hulton-Deutsch Collection/Corbis; **71** Musee Jean de la Fontaine, Chateau-Thierry, France, Lauros/Giraudon/Bridgeman Art Library; **72** The Art Archive/Musée du Château de Versailles/Gianni Dagli Orti; **72** The Art Archive/Musée d'Orsay Paris/Alfredo Dagli Orti; **73** Comedie Francaise, Paris, France, Lauros/Giraudon/Bridgeman Art Library; **75** Private Collection/Bridgeman Art Library; **76** Royal Society of Arts, London, UK/Bridgeman Art Library; **77** AKG Images; **78** Chateau de Versailles, France/Bridgeman Art Library; **79** AKG Images; **81** Private collection/Bridgeman Art Library; **82** Private Collection, Ken Welsh/Bridgeman Art Library; **83** Private Collection, Roger-Viollet, Paris/Bridgeman Art Library; **84** Philip Mould Ltd, London/Bridgeman Art Library; **85** AKG Images; **86** Private Collection/Bridgeman Art Library; **87** Worshipful Company of Stationers & Newspapermakers, UK/Bridgeman Art Library; **88** Bibliothèque Nationale, Paris, France, Lauros/Giraudon/Bridgeman Art Library; **88** The Art Archive/Musée du Château de Versailles/Gianni Dagli Orti; **89** Musee des Beaux-Arts, Nantes, France, Giraudon/Bridgeman Art Library; **91** Bibliotheque Mazarine, Paris, France, Archives Charmet/Bridgeman Art Library; **92** Private Collection/Bridgeman Art Library; **93** Private Collection/Bridgeman Art Library; **94** Private Collection/Bridgeman Art Library; **94** Bibliotheque des Arts Decoratifs, Paris, France, Giraudon/Bridgeman Art Library; **95** Bibliotheque Nationale, Paris, France, Flammarion/Bridgeman Art Library; **96** National Portrait Gallery, London, UK/Bridgeman Art Library; **98** Private Collection/Bridgeman Art Library; **99** Interfoto Pressebildagentur/Alamy; **100** Roger-Viollet/Rex Features; **101** Private Collection, Giraudon/Bridgeman Art Library; **102** AKG Images; **102** AKG Images; **103** Mary Evans Picture Library; **104** Musee d'Art Local et d'Histoire Regionale, Amiens, France, Giraudon/Bridgeman Art Library; **105** Stapleton Collection/Corbis; **106** Bonhams, London, UK/Bridgeman Art Library; **106** The Art Archive/Museo di Goethe Rome/Gianni Dagli Orti; **107** Musée d'Orsay, Paris, France, Lauros/Giraudon/Bridgeman Art Library; **109** Bibliothèque de l'Opéra Garnier, Paris, France, Archives Charmet/Bridgeman Art Library; **110** National Portrait Gallery, London, UK/ Bridgeman Art Library; **110** National Portrait Gallery, London, UK/Bridgeman Art Library; **111** The Art Archive; **112** The Art Archive/Tate Gallery London/Eileen Tweedy; **112** The Print Collector/Alamy; **113** The Art Archive/Tate Gallery London/Eileen Tweedy; **113** Fitzwilliam Museum, University of Cambridge, UK/Bridgeman Art Library; **114** Private Collection/Bridgeman Art Library; **115** Private Collection, Ken Welsh/Bridgeman Art Library; **116** Goethe Museum, Frankfurt, Germany, Interfoto/Bridgeman Art Library; **117** Château de Versailles, France/Bridgeman Art Library; **118** Château de Versailles, France, Giraudon/Bridgeman Art Library; **119** AKG Images; **120** Wordsworth Trust/Bridgeman Art Library; **120** Dove Cottage Trust, Grasmere, Cumbria, UK/Bridgeman Art Library; **121** Private Collection/Bridgeman Art Library; **123** The British Library; **125** Wordsworth Trust/Bridgeman Art Library; **126** Private Collection/Bridgeman Art Library; **126** Private Collection/Bridgeman Art Library; **127** The Art Archive; **128** AKG Images; **130** Private Collection, Ken Welsh/Bridgeman Art Library; **131** National Portrait Gallery, London, UK/Bridgeman Art Library; **132** The Art Archive/Château de Blérancourt/Dagli Orti; **132** Rafael Valls Gallery, London, UK/Bridgeman Art Library; **133** Mary Evans Picture Library/Alamy; **134** AKG Images; **135** National Portrait Gallery, London, UK/Bridgeman Art Library; **136** Mary Evans Picture Library/Alamy; **137** AKG Images; **138** Holmes Garden Photos/Alamy; **138** Guildhall Art Gallery, City of London/Bridgeman Art Library; **139** Fitzwilliam Museum, University of Cambridge, UK/Bridgeman Art Library; **139** Fitzwilliam Museum, University of Cambridge, UK/Bridgeman Art Library; **139** Fitzwilliam Museum, University of Cambridge, UK/Bridgeman Art Library; **139** Fitzwilliam Museum, University of Cambridge, UK/Bridgeman Art Library; **140** Mary Evans Picture Library/Rue des Archives; **141** Private Collection/Bridgeman Art Library; **142** Hamburger Kunsthalle, Hamburg, Germany/Bridgeman Art Library; **143** AKG Images; **144** Musée des Beaux-Arts, Tours, France/Bridgeman Art Library; **145** Bibliothèque de la Comédie Française, Paris, France, Lauros/Giraudon/Bridgeman Art Library; **146** The Art Archive/Victor Hugo House Paris/Dagli Orti; **146** Private Collection, Archives Charmet/Bridgeman Art Library; **147** John Springer Collection/Corbis; **148** Private Collection/Bridgeman Art Library; **149** Peabody Essex Museum, Salem, Massachusetts, USA/Bridgeman Art Library; **150** Musée de la Ville de Paris, Musée Carnavalet, Paris, France, Giraudon/Bridgeman Art Library; **151** Atwater Kent Museum of Philadelphia, Courtesy of Historical Society of Pennsylvania Collection/Bridgeman Art Library; **152** Everett Collection/Rex Features; **153** AKG Images; **154** Bettmann/Corbis; **154** Blue Lantern Studio/Corbis; **155** Mary Evans Picture Library; **156** AKG Images; **156** Tretyakov Gallery, Moscow, Russia/Bridgeman Art Library; **157** Tretyakov Gallery, Moscow, Russia/Bridgeman Art Library; **158** Private Collection, Ken Welsh/Bridgeman Art Library; **159** Private Collection, Ken Welsh/Bridgeman Art Library; **160** Private Collection, Ken Welsh/Bridgeman Art Library; **161** Private Collection/Bridgeman Art Library; **162** Private Collection, Ken Welsh/Bridgeman Art Library; **162** Hulton-Deutsch Collection/Corbis; **163** Victoria & Albert Museum, London, UK/Bridgeman Art Library; **165** Private Collection/Bridgeman Art Library; **166** Everett Collection/Rex Features; **167** AKG Images; **168** AKG Images; **169** Private Collection, Ken Welsh/Bridgeman Art Library; **171** Historical Picture Archive/Corbis; **172** Sebastopol Art Museum, Sebastopol, Ukraine/Bridgeman Art Library; **173** CSU Archive/Everett/Rex Features; **174** Private Collection/Bridgeman Art Library; **175** Bettmann/Corbis; **176** CSU Archive/Everett/Rex Features; **177** AKG Images; **178** Bettmann/Corbis; **179** Hulton-Deutsch Collection/Corbis; **180** Stapleton Collection, UK/Bridgeman Art Library; **180** The Art Archive/Musée d'Art et d'Industrie Saint-Étienne/Gianni Dagli Orti; **181** The Art Archive/National Gallery London/Eileen Tweedy; **182** Musée des Beaux-Arts, Rouen, France, Lauros/Giraudon/Bridgeman Art Library; **182** Château de Versailles, France, Lauros/Giraudon/Bridgeman Art Library; **183** The Art Archive/Bibliothèque des Arts Décoratifs Paris/Dagli Orti; **184** Columbia/Kobal Collection; **184** Bridgeman Art Library; **184** Bettmann/Corbis; **185** AKG-images/RIA Nowosti; **187** RIA Novosti/Lebrecht Music & Arts; **187** Bridgeman Art Library; **189** Private Collection, Archives Charmet/Bridgeman Art Library; **190** Private Collection, Avant-Demain/Bridgeman Art Library; **191** Lebrecht Music and Arts Photo Library/Alamy; **192** The Art Archive/Culver Pictures; **192** Lebrecht Authors; **193** Lebrecht Music & Arts/Corbis; **194** Everett Collection/Rex Features; **195** James Marshall/Corbis; **196** Private Collection, Ken Welsh/Bridgeman Art Library; **197** Private Collection, Archives Charmet/Bridgeman Art Library; **198** Private Collection/Bridgeman Art Library; **198** Everett Collection/Rex Features; **199** Private Collection, The Stapleton Collection/Bridgeman Art Library; **201** TS/Keystone USA/Rex Features; **202** AKG Images/P.Nadar; **202** Peter Horree/Alamy; **203** Lebrecht Authors; **204** Topfoto/Arenapal; **205** Bettmann/Corbis; **206** Roger-Viollet/Rex Features; **207** graficart.net/Alamy; **208** Private Collection/Bridgeman Art Library; **209** Harlingue/Rex Features; **211** Lebrecht Authors; **212** Hulton-Deutsch Collection/Corbis; **213** The Art Archive; **214** Roger-Viollet/Rex Features; **215** AKG Images; **216** Château de Versailles, France, Lauros/Giraudon/Bridgeman Art Library; **217** Private Collection, The Stapleton Collection/Bridgeman Art Library; **219** Bettmann/Corbis; **220** Archives Larousse, Paris, France/Bridgeman Art Library; **221** Lebrecht Authors; **222** Torre Abbey, Torquay, Devon, UK/Bridgeman Art Library; **223** Hulton Archive/Getty Images; **224** Roger-Viollet/Rex Features; **224** Zoetrope/United Artists/Kobal Collection; **225** Topfoto/Arenapal; **225** Topfoto/Arenapal; **226** Roger-Viollet/Rex Features; **226** Photos 12/Alamy; **227** Mary Evans Picture Library/Alamy; **228** Harlingue/Roger-Viollet/Rex Features; **229** AKG images; **230** Tretyakov Gallery, Moscow, Russia/Bridgeman Art Library; **231** Harlingue/Roger Viollet/Rex Features; **233** DeAgostini Picture Library/Scala; **234** Everett Collection/Rex Features; **236** Choumoff/Roger Viollet/Getty Images; **236** EFE/Corbis; **237** Museo de Bellas Artes, Bilbao, Spain, Index/Bridgeman Art Library; **238** George C Beresford/Getty Images; **238** Brian Seed/Alamy; **239** Hulton-Deutsch Collection/Corbis; **240** E.O. Hoppé/Corbis; **241** AKG Images; **242** Roger-Viollet/Rex Features; **243** Mary Evans Picture Library/Alamy; **245** The Art Archive/Domenica del Corriere/Dagli Orti; **246** AKG Images; **247** Private Collection/Bridgeman Art Library; **248** Annebicque Bernard/Corbis Sygma; **249** The Art Archive/Bibliothèque des Arts Décoratifs Paris/Dagli Orti; **250** Topfoto/Arenapal; **251** Corbis; **252** AKG Images; **254** AKG Images; **254** Private Collection, Archives Charmet/Bridgeman Art Library; **255** Collection Bourgeron RA/Lebrecht Authors; **256** AKG Images; **257** E O Hoppé/Getty Images; **258** Private Collection/Bridgeman Art Library; **259** AKG Images; **260** Private Collection/Bridgeman Art Library; **261** Roger-Viollet/Rex Features; **262** Eric Schaal/Time Life Pictures/Getty Images); **263** AKG Images; **264** Roger-Viollet/Rex Features; **265** AKG Images; **266** AKG Images; **266** AKG Images; **267** AKG Images; **269** AKG Images; **271** CSU Archive/Everett/Rex Features; **272** Walter Sanders/Time & Life Pictures/Getty Images; **273** Private Collection, Archives Charmet/Bridgeman Art Library; **275** Private Collection, Joerg Hejkal/Bridgeman Art Library; **276** CSU Archive/Everett/Rex Features; **277** Bettmann/Corbis; **278** Hulton-Deutsch Collection/Corbis; **278** George C Beresford/Getty Images); **279** Tate Images; **281** Courtesy of University of Reading; **282** Hulton-Deutsch Collection/Corbis; **282** National News/Topfoto/Arenapal; **283** CSU Archive/Everett/Rex Features; **285** Lebrecht Authors; **286** George C Beresford/Getty Images; **287** AKG Images; **288** AKG Images; **289** Penguin; **290** AKG Images; **291** Oscar White/Corbis; **292** Hulton Archive/Getty Images; **292** TopFoto/Arenapal; **293** Lebrecht Authors; **294** AKG Images; **295** Bettmann/Corbis; **296** Roger-Viollet/Rex Features; **297** E.O. Hoppé/Corbis; **299** The Art Archive; **300** Rex Features; **301** David E. Scherman/Time Life Pictures/Getty Images; **302** Everett Collection/Rex Features; **303** Ralph Crane/Time Life Pictures/Getty Images; **304** Bettmann/Corbis; **304** TopFoto/Arenapal; **305** Bettmann/Corbis; **307** John Minnion/Lebrecht Music & Arts; **308** Roger-Viollet/Rex Features; **309** Roger-Viollet/Rex Features; **311** Dan Materna/AFP/Getty Images; **312** Roger-Viollet/Rex Features; **313** RA/lebrecht Music & Arts; **314** CSU Archive/Everett/Rex Features; **315** Mary Evans Picture Library/Alamy; **317** AKG Images; **318** Bettmann/Corbis; **319** AKG Images; **320** Lebrecht Authors; **321** RIA Novosti/TopFoto/Arenapal; **322** Bettmann/Corbis; **324** E.O. Hoppé/Corbis; **326** AKG Images; **327** Lipnitzki/Roger Viollet/Getty Images); **329** TopFoto/Arenapal; **330** Bettmann/Corbis; **330** Mary Evans Picture Library/Chris Coupland; **331** Solo Syndication/British Cartoon Archive/University of Kent; **333** Bibliothèque Littéraire Jacques Doucet, Paris, France, Archives Charmet/Bridgeman Art Library; **334** Hulton Archive/Getty Images; **335** Harry Ransom Center; **337** Album AKG; **338** Roger-Viollet/Rex Features; **340** ANSA/Corbis; **341** AKG Images; **342** Alinari/Rex Features; **343** AKG Images; **344** Bettmann/Corbis; **344** Kurt Weill Foundation/Lebrecht; **345** Kurt Weill Foundation/Lebrecht; **346** Loomis Dean/Time Life Pictures/Getty Images; **346** Bettmann/Corbis; **347** American Stock Photos/Getty Images; **349** Lebrecht Authors; **350** Eudora Welty/Corbis; **351** John Springer Collection/Corbis; **352** Horst Tappe/Hulton Archive/Getty Images; **352** MGM/Kobal Collection; **353** Carl Mydans/Time Life Pictures/Getty Images; **354** Horacio Villalobos/Corbis; **354** Charles H. Phillips/Time Life Pictures/Getty Images; **355** Mary Evans Picture Library/AISA; **357** AKG Images; **358** AKG Images; **359** Alain Nogues/Corbis Sygma; **361** Sophie Bassouls/Sygma/Corbis; **362** Bettmann/Corbis; **362** AKG-images/Bianconero; **363** John Springer Collection/Corbis;

363 Lebrecht Authors; **365** Robert Maass/Corbis; **366** Popperfoto/Getty Images; **367** Lebrecht Authors; **367** Lebrecht Authors; **368** Hulton-Deutsch Collection/Corbis; **369** Jacques Haillot/Sygma/Corbis; **370** Bettmann/Corbis; **371** Lebrecht Authors; **372** Bettmann/Corbis; **374** Neil Libbert/Lebrecht Music & Arts; **374** Bettmann/Corbis; **375** Leemage/Lebrecht Music & Arts; **376** Sophie Bassouls/Sygma/Corbis; **377** Sophie Bassouls/Sygma/Corbis; **378** Louis Monier RA/Lebrecht Authors; **378** Larry Burrows/Time Life Pictures/Getty Images); **379** Lebrecht Authors; **380** James Andanson/Apis/ Sygma/Corbis; **380** RA/Lebrecht; **381** Private Collection, Giraudon/Bridgeman Art Library; **382** AKG/Niklaus Stauss; **384** Jonathan Player/Rex Features; **385** Lebrecht Authors; **387** Leemage/Lebrecht Authors **388** AGIP RA/Lebrecht Authors; **389** John Minihan; **389** John Haynes/Lebrecht Authors; **390** Steve Schapiro/Corbis Outline; **392** Hulton-Deutsch Collection/Corbis; **395** Corbis; **396** Bettmann/Corbis; **396** RA/Lebrecht/Lebrecht Authors; **397** Georges Pierre/Sygma/Corbis; **399** Sophie Bassouls/Sygma/Corbis; **400** Private Collection, Archives Charmet/Bridgeman Art Library; **400** RA/Lebrecht Authors; **401** David Fenton/Getty Images; **402** Colita/Corbis; **403** IT WriterPictures/Lebrecht Authors; **404** By kind permission of the Mervyn Peake Estate; **405** Bettmann/Corbis; **406** John Springer Collection/Corbis; **407** AKG Images; **408** Bettmann/Corbis; **409** Two Arts/CD/Kobal Collection; **410** Gerard Rancinan/Sygma/Corbis; **411** Keystone/Getty Images; **412** EPA/STR/Corbis; **413** RA/Lebrecht Authors; **414** Patrick Riviere/Getty Images; **415** Sergio Gaudenti/Kipa/Corbis; **416** AKG Images; **416** AKG Images; **417** Loomis Dean/Time Life Pictures/Getty Images; **419** Lebrecht Authors; **420** Unknown/Lebrecht Authors; **421** Sophie Bassouls/Corbis Sygma; **422** Bettmann/Corbis; **424** Francis Reiss/Picture Post/Getty Images); **424** Mirrorpix/Lebrecht Authors; **425** Lebrecht Authors; **427** William Coupon/Corbis; **428** Ulf Andersen/Getty Images; **429** Rafael Roa/Corbis; **430** Steve Northup/Timepix/Time Life Pictures/Getty Images); **430** The Nobel Foundation/Bo Larsson/Annika Rucker; **431** Ulf Andersen/Getty Images; **432** Sipa Press/Rex Features; **433** Sipa Press/Rex Features; **434** Everett Collection/Rex Features; **435** Cossu/Keystone/Hulton Archive/Getty Images); **436** ITV/Rex Features; **438** Lavandeira Jr/epa/Corbis; **438** RA/Lebrecht Authors; **439** Colita/Corbis; **440** Leonard McCombe/Time Life Pictures/Getty Images); **441** Oscar White/Corbis; **442** Sahm Doherty/Time Life Pictures/Getty Images; **444** Sophie Bassouls/Sygma/Corbis; **445** Steve Liss/Time Life Pictures/Getty Images; **445** Michael Evstafiev/AFP/Getty Images); **447** Keystone/Getty Images; **448** Assignments/Rex Features; **449** Bettmann/Corbis; **450** Gianni Giansanti/Sygma/Corbis; **451** Julian Calder/Corbis; **452** Jean-Claude Amiel/Kipa/Corbis; **453** Charles Walker/TopFoto/ArenaPAL; **454** AKG Images; **455** Alex Gotfryd/Corbis; **456** Sophie Bassouls/Corbis Sygma; **458** EPA/Martinez De Cripan/Corbis; **459** Lebrecht Authors (Jose Saramago's book *The Double* Dust jacket. Published London, Harvill Press, Random House, 2004); **460** Sipa Press/Rex Features; **461** Sophie Bassouls/Corbis Sygma; **462** Everett Collection/Rex Features; **462** Christies Images; **463** John Cohen/Getty Images; **464** Sipa Press/Rex Features; **465** Daily Express/Hulton Archive/Getty Images); **466** Rex Features; **467** Sipa Press/Rex Features; **468** Marko Shark/Corbis; **469** M L Antonelli/Rex Features; **470** Pelletier Micheline/Corbis Sygma; **471** William Coupon/Corbis; **472** Jean-Paul Guilloteau/Kipa/Corbis; **472** Alinari/TopFoto/ArenaPAL; **473** Sophie Bassouls/Sygma/Corbis; **474** Torgovnik Jonathan/Corbis Sygma; **476** Sophie Bassouls/Corbis Sygma; **477** Ulf Andersen/Getty Images; **478** Slim Aarons/Getty Images; **478** George Rose/Getty Images); **479** Bettmann/Corbis; **481** Patrick Rideaux/Rex Features; **482** CSU Archive/Everett/Rex Features; **484** Tristan Kenton/Lebrecht Authors; **485** Bembaron Jeremy/Corbis Sygma; **486** William Coupon/Corbis; **487** Richard Austin/Rex Features; **488** Joel Robine/AFP/Getty Images; **489** Seitz/Bioskop/Hallelujah/Kobal Collection; **491 492** John Jonas Gruen/Hulton Archive/Getty Images); **493** Colita/Corbis; **494** Rex Features; **495** Alex Macnaughton/Rex Features; **496** Diana Walker/Time Life Pictures/Getty Images; **496** William Coupon/Corbis; **497** Corbis; **498** Matthew Ford/Rex Features; **499** Hallmark Ent/Everett/Rex Features; **500** Courtesy of the Philip K Dick Trust; **500** Reuters/John Gress/Corbis; **501** Vaughan Stephen/Corbis Sygma; **502** Team/Alinari/Rex Features; **505** Sipa Press/Rex Features; **506** Horst Tappe/Hulton Archive/Getty Images; **506** Micheline Pelletier/Corbis; **507** June Kelly Gallery, New York; **508** Nils Jorgensen/Rex Features; **509** Bleddyn Butcher/Rex Features; **510** Derek Hudson/Getty Images); **510** George Konig/Rex Features; **511** Steve Forrest/Rex Features; **512** Ralph Orlowski/Reuters/Corbis; **512** Sutton-Hibbert/Rex Features; **513** Lebrecht Authors; **515** Sophie Bassouls/Corbis Sygma; **516** Carolyn Contino/BEI/Rex Features; **517** Brigitte Hellgoth/AKG Images; **518** Dana Lixenberg/Corbis; **519** Reuters/Corbis; **520** Dan Callister/Rex Features; **522** Andrew Testa/Rex Features; **523** Daniel Michau/Corbis; **524** Sipa press/Rex Features; **525** David Lees/Corbis; **526** Rick Friedman/Corbis; **527** Jonathan Player/Rex Features; **528** CSU Archive/Everett/Rex Features; **529** CSU Archive/Everett/Rex Features; **530** H Thompson/Getty Images); **531** Stephen Barker/Rex Features; **532** Sipa press/Rex Features; **533** United Artists/Kobal Collection; **534** Orjan F. Ellingvag/Dagbladet/Corbis; **535** Eric Charbonneau/Wireimage/Getty Images; **536** Sophie Bassouls/Sygma/Corbis; **537** Marco Secchi/Rex Features; **538** Leemage/Lebrecht Authors; **539** Carlo Bavagnoli/Time Life Pictures/Getty Images); **540** Jorma Valkonen IBL Bildbyra/Lebrecht Authors; **541** Marius Alexander/Rex Features; **542** Sutton-Hibbert/Rex Features; **543** Haga Library/Lebrecht Authors; **544** Christopher J. Morris/Corbis; **545** John Li/Getty Images); **546** Louise Gubb/Corbis; **547** Rex Features; **548** Austral International/Rex Features; **549** Ricki Rosen/Corbis SABA; **551** Rex Features; **552** Jean-Paul Guilloteau/Kipa/Corbis; **552** Etienne George/Sygma/Corbis; **553** Claude Schwartz/Corbis; **554** Liba Taylor/Corbis; **555** Justin Williams/Rex Features; **556** Bettmann/Corbis; **557** Maggie Hardie/Rex Features; **558** Francesco Guidicini/Rex Features; **559** Lynn Goldsmith/Corbis; **560** Everett Collection/Rex Features; **561** Mykel Nicolaou/Rex Features; **562** Gemma Levine/Hulton Archive/Getty Images; **564** Ian Berry/Magnum; **564** Colin McPherson/Colin McPherson/Corbis; **565** Martine Franck/Magnum; **566** Antonelli/Rex Features; **568** KC Armstrong/Corbis; **568** Bassouls Sophie/Corbis Sygma; **569** Evelyn Floret/Time Life Pictures/Getty Images; **571** Lebrecht Authors; **572** Gregory Pace/BEI/Rex Features; **573** Sutton-Hibbert/Rex Features; **574** Andanson James/Corbis Sygma; **575** Lebrecht Authors; **575** Lebrecht Authors; **576** Mike Laye/Corbis; **577** Ulf Andersen/Getty Images; **578** Peter Skingley/Reuters/Corbis; **578** Reuters/Corbis; **579** AKG Images; **579** AKG Images; **581** AFP Photo/STR/Getty; **582** Jan E. Carlsson/AFP/Getty Images; **582** RA/Lebrecht Authors; **583** Interfoto/lebrecht Authors; **584** Tony Buckingham/Rex Features; **585** Sophie Bassouls/Sygma/Corbis; **586** Sipa Press/Rex Features; **587** Peter Brooker/Rex Features; **588** Peter Kramer/Getty Images; **588** Mario Anzuoni/Reuters/Corbis; **589** Kim Komenich/Time Life Pictures/Getty Images; **590** Sipa Press/Rex Features; **591** AGF s.r.l./Rex Features; **592** Sahm Doherty/Time Life Pictures/Getty Images; **593** Lebrecht Authors (Julian Barnes's novel *Metroland*); **594** Nils Jorgensen/Rex Features; **595** Clive Postlethwaite/Rex Features; **596** Sipa Press/Rex Features; **597** Carolyn Contino/BEI/Rex Features; **598** Horst Tappe/Getty Images; **598** Colin McPherson/Corbis; **599** Scott Peterson/Getty Images; **601** Rex Features; **602** Thos Robinson/Getty Images; **603** Kurt Krieger/Corbis; **604** Sipa Press/Rex Features; **605** David Hartley/Rex Features; **606** Sergio Gaudenti/Kipa/Corbis; **607** Sipa Press/Rex Features; **608** Sutton-Hibbert/Rex Features; **615** © Monteiro Lobato – Todos os direitos reservados; **616, 617, 619, 620, 621, 622, 623, 625** Acervo Editora José Olympio; **628** Oscar Cabral/Editora Abril; **629, 631** Acervo Editora José Olympio.

AGRADECIMENTOS

A Quint**essence** gostaria de agradecer às seguintes pessoas que ajudaram na preparação deste livro:

Jemima Dunne-Lord
Lucinda Hawksley
Claire Hubbard
David Hutter
Carol King
Irene Lyford
Lisa Morris
Frank Ritter
Andrew Smith

Agradecimentos do editor geral

Gostaria de agradecer a Jodie Gaudet por seu trabalho meticuloso e determinado. Obrigado também a Jane Laing e Tristan de Lancey por me convidarem para o projeto, a todos os colaboradores por suas excelentes resenhas e especialmente aos meus companheiros da 25 Friar's Walk e da 503 Manning Avenue pela ajuda e pelo apoio.